범우비평판세계문학선 46-❶

희망
L'Espoir

앙드레 말로 지음/이가형 옮김

범우사

차 례

이 책을 읽는 분에게 · *5*

제 1 편 서정적 환상 · *9*
  1. 서정적 환상 · *10*
  2 묵시록의 실천 · *120*

제 2 편 반사나레스 강(江) · *255*
  1. 존재와 행위 · *256*
  2. 좌익의 피 · *328*

제 3 편 희 망 · *403*

작품론 · *488*

연 보 · *509*

이 책을 읽는 분에게

　앙드레 말로가 1930년대의 '혁명의 신화' 시대를 대표하는 행동적 작가였음은 잘 알려져 있다.
　1929년 미국의 경제공황으로부터 시작하는 세계적 사회 불안은 1933년 1월 독일에 히틀러의 독재정권을 낳게 하고 이와 함께 국제적 파시즘의 세력이 급성장하자 이에 대항하는 반(反)파시즘 운동이 대두하게 된다.
　드디어는 1936년 6월 프랑스에 레옹 브룸의 인민전선 내각이 성립함으로써 파시스트와 반파시스트의 대립은 절정에 달한다. 우익혁명이냐 좌익혁명이냐, 시대는 바야흐로 '혁명의 신화' 시대에 돌입한 듯한 양상을 띠게 된다.
　바로 이런 판국에 그 해 3월에는 스페인에서 출범했던 인민전선 정부에 반대하는 군부 및 파시스트의 반란이 일어난다.
　독일과 이탈리아의 적극적인 후원을 받고 있는 반란군은 갑자기 총을 든 노동자와 농민으로 형성된, 아직 조직과 훈련이 미숙한 정부군의 적수가 되기에는 너무나 강했다. 정부군을 돕는 것은 소련의 소극적인 원조뿐이었고, 영국이 주도하는 불간섭정책 때문에 프랑스도 공공연한 원조를 할 수가 없었다.
　상황은 스페인의 민중이 파시스트들에 의해서 무자비한 살육을 당하고 있는 처지에 있었다. 그래서 반파시스트 운동의 앞장을 서왔던 앙드레 말로는 누구보다도 먼저 스페인으로 뛰어가지 않을 수가 없었던 것이다. 실제로 말로는 군사 쿠데타가 일어난 직후에 스페인으로 비행한다. 그는 '국제 의용 비행대'를 조직하여 스스로 대장이 된다. 그는 비행기를 탔을 뿐만 아니라 직접 조종도 하고 총격도 하여 마침내는 격추를 당해 부상까지

입는다. 그는 전투를 하는 사이사이에 소설 〈희망(L'Espoir)〉을 쓴다.

앙드레 말로가 1937년 12월에 출간한 〈희망〉에서의 마지막 전황은 전쟁초부터 기울어져가던 전세가 상당히 호전되어 아직은 '희망'이 엿보이는 때였다.

실제의 전투는 그 후 급격히 불리해져 그래도 2년간은 버티었으나 결국 1939년 3월 31일 마드리드 함락으로 프랑코 장군의 완전한 승리로 끝나고 만다.

게다가 한때 노동자의 유토피아처럼 선전되었던 소련의 배신으로 인하여 반파시스트 전선은 무너지고, 잇따른 세계대전의 발발은 코뮤니즘에 실망한 앙드레 말로로 하여금 한낱 전차대의 병사로서 제2차세계대전에 참가하게 한다.

이로써 지금까지 자유와 정의의 세계를 수립하기 위하여 싸워오던 '혁명의 신화' 시대의 영웅들은 허깨비만 쫓고 있었던 셈이 된다. 극좌와 극우는 한통속이었던 것이다.

그러나 그들의 영웅적인 행동은 말로의 소설 〈희망〉에 생생히 기록되어 있다. 〈희망〉은 흔히 말하는 전쟁소설과는 다르다. 전쟁이 끝난 뒤에 전쟁을 회상하거나 그것을 소설화한 따위의 전쟁소설이 아닌 것이다.

작가는 그가 겪은 전투 장면을 순간 순간 기록하는 형식을, 다시 말하면 전사(戰士) 자신이 직접 전투를 기록하는 형식을 취하고 있다. 그리고 등장인물들의 개인적 행동보다는 집단적 행동에 초점이 기울어져 있다.

스페인 각처에서 일어나는 지상 내지 공중전투가 장단 59장면으로 나뉘어 있다. 여기서는 이념을 달리한 동족 및 이족들이 좌우로 갈라져 각자 자기의 주장을 위하여 목숨을 걸고 싸우고 있다. 마치 신화시대에 신들과 영웅들이 싸우듯이. 스페인 내란을 소재로 한 소설로서 가장 뛰어난 작품은 말로의 〈희망〉과 헤밍웨이의 〈누구를 위하여 종은 울리나〉의 두 가지일 것이다.

같은 스페인 내란을 다룬 소설이라 해도 헤밍웨이는 로맨스를 썼는데 반해 말로는 르포르타주를 썼다. 헤밍웨이는 극한상황하에 있어서의 사랑을 곁들여 전세계적 베스트 셀러가 되었지만, 말로는 인텔리겐치아 출신 전사들의 난삽한 대화가 많이 삽입되어 있어 헤밍웨이보다 대중성은 적다.

그러나 10년밖에 남지 않은 20세기를 돌이켜볼 때 실로 말로의 〈희망〉은 '혁명의 신화' 시대의 대표적인 혁명소설일 뿐만 아니라 호메로스의 〈일리아스〉나 〈오디세이아〉에서처럼 위대한 서사시를 느낄 수 있다는 점에서 위대한 소설이라 아니할 수 없는 것이다.

옮긴이

제 1 편

서정적 환상

1. 서정적 환상

제 1 장

1

 소총을 실은 화물자동차들이 일으키는 소음이 긴박한 사태에 처한 마드리드 시의 여름밤을 휩싸고 있었다. 며칠 전부터 노동단체들은 파시스트의 반란이 절박해 있음을, 병영(兵營)의 세포화와 무기수송의 긴급함을 보도하고 있었다. 이제는 모로코가 파시스트에게 점령당하고 있었다. 새벽 1시에 정부는 드디어 국민들에게 무기를 보급하기로 결정했다. 3시에는 노동조합원증을 소지한 자들에게 무장할 권리가 부여되었다. 시기가 무르익었다―지방 전화에 의하면, 사태는 자정에서 2시까지는 낙관적이었으나 그 후부터는 비관적으로 돼가고 있다는 것이다.
 북(北) 정거장의 전화교환국은 각 정거장을 차례로 불러내고 있었다. 철도원 조합의 서기인 라모스는 마누엘과 함께 지휘하고 있었다. 마누엘은 이날 밤 라모스를 도우라는 지령을 받고 있었다. 나바라 지방은 불통이었으나 다른 곳에서는 "정부는 아직도 권력을 장악하고 있다", 또는 "노동조합원들이 정부의 지시를 기다리며 시읍(市邑)을 지배하고 있다"는 대답이었다. 그러나 조금 전부터 대화의 성격이 달라졌다.
 "여보세요, 웨스카요?"
 "누구요?"

"마드리드의 노동위원회요."
"얼마 안 남았다, 이 똥 같은 새끼들아! 아리바 에스파냐(스페인 만세! 라는 뜻의 스페인어)!"
벽에는 《클라리다드(광명이라는 뜻)》지(紙)의 호외가 압정으로 붙여져 있었다. 여섯 단에 걸쳐서 "동지들이여, 무기를 들어라!"라는 기사가 게재되어 있었다.
"여보세요, 아빌라요? 이곳은 마드리드의 북 정거장인데, 그곳은 어떻소?"
"개새끼야, 곧 본때를 보여주마. 그리스도 왕 만세!"
"곧 만나세! 살루드(안녕히! 라는 뜻의 스페인어)!"
라모스에게 지금 전화가 걸려왔다.

북 정거장의 철도는 사라고사, 부르고스, 발랴돌리드를 향하여 모여들고 있었다.
"여보세요, 사라고사요? 역의 노동위원회요?"
"총살당했네. 너희들도 얼마 안 가서 같은 꼴을 당할거야. 아리바 에스파냐!"
"여보세요, 타블라다요? 이곳은 마드리드의 북 정거장이오. 난 노동조합의 책임자요."
"똥갈보 같은 놈아, 감옥에나 전화 걸어라! 너를 곧 붙잡으러 갈 거다."
"그럼, 알칼라가(街) 왼쪽 두번째 술집으로 나와주게."
전화교환국 직원들은 고수머리를 한 깡패 같은 쾌활한 라모스의 얼굴을 쳐다보고 있었다.
"여보세요, 부르고스요?"
"여긴 사령관이오."
역장은 이미 없었으므로 라모스는 수화기를 놓았다.

한 대의 전화가 울렸다.
"여보세요, 마드리드요? 누구시오?"
"철도 수송 조합이오."
"이곳은 미란다일세. 역과 읍은 우리 수중에 들어왔네, 아리바 에스파냐!"

"그러나 마드리드는 우리 수중에 있네, 살루드!"
그렇다면 발랴돌리드를 제외하고는 북부의 원군(援軍)은 기대할 필요도 없었다. 남은 것은 아스투리아스 지방뿐이다.
"여보세요, 오비에도요? 누구시오?"
라모스의 얼굴은 신중해졌다.
"역의 위원이오."
"여긴 조합 서기 라모스요. 그곳은 어떻소?"
"아란다 대령은 친정부적(親政府的)이오. 발랴돌리드의 사태는 별로 좋지 않소. 우리 편을 강화하기 위해 무장한 광부 3000명을 파견합니다."
"언제요?"
라모스의 주위에 개머리판들이 시끄럽게 부딪치고 있어 그의 귀에는 전화 소리가 들리지 않는다.
"언제요?"
"곧장이오."
"살루드!"

"전화로 그 기차의 상황을 알려주게" 하고 라모스는 마누엘에게 말했다. 마누엘은 발랴돌리드를 불러냈다.
"여보세요, 발랴돌리드요? 누구요?"
"역의 위원이오."
"그곳은 어떻소?"
"우리 편이 병영을 장악하고 있소. 우린 오비에도로부터의 원군을 기다리고 있소. 가급적 빨리 오도록 전력을 다해주시오. 그러나 걱정은 마시오. 이곳은 잘될 거요. 그곳 형편은 어떻소?"
역전에서 들려오는 노랫소리 때문에 라모스는 자기 목소리조차 들리지 않았다.
"형편이 어떻소?" 하고 발랴돌리드는 대답을 재촉하고 있었다.
"좋아요, 좋아."
"군대는 반란을 일으켰나요?"
"아직 그런 일은 없소."

발랴돌리드는 수화기를 놓았다.
 북부의 모든 원군은 발랴돌리드를 통해서 우회시킬 수 있었다. 마누엘은 알아들을 수 없는 전철기(轉轍機) 이야기를 들으며, 또 마분지 서류철 냄새라든가 철(鐵)이나 역(驛)의 연기 냄새를 맡으며(매우 무더운 밤이라 문은 열어놓은 채) 시읍(市邑)에서 걸려오는 전화들을 기록하고 있었다. 바깥에서는 노랫소리와 개머리판 부딪치는 소리. 마누엘은 자꾸 되풀이하여 물어야 했다. (파시스트들은 곧장 전화를 끊었다.) 그는 철도망 지도 위에 각 역의 정세를 기입하고 있었다. 나바라 지방은 불통. 비스카야 항만(港灣)의 동쪽에 있는 빌바오, 산탄데르, 산세바스티안은 모두가 친정부적이다. 그러나 미란다에서 단절되어 있다. 다른 쪽은 아스투리아스 지방과 발랴돌리드가 친정부적이다. 전화가 끊임없이 울린다.
 "여보세요, 이곳은 세고비아요. 누구요?"
 "조합의 위원이오" 하며 마누엘은 의아스러운 표정을 짓고 있는 라모스를 쳐다본다. 그 사람은 정말 어느 편이었을까?
 "곧 너희들 모가지를 베러 가겠다!"
 "감쪽같이 해치우겠지, 살루드!"
 이제는 파시스트에게 점령당한 정거장들 쪽에서 전화가 걸려오고 있었다. 사라신, 레르마, 아란다 델 두에로, 세풀베다, 그리고 부르고스는 재차. 부르고스에서 시에라 지방에 이르기까지는 위협이 원군 열차보다 더 빠른 속도로 하강(下降)하고 있었다.
 "이곳은 내무부요. 북 정거장 전화교환국이오? 민위대와 돌격대는 정부 편이라고 각 역에 전달해주시오."

 "이곳은 마드리드의 남(南) 정거장이오. 북부는 어떤가요, 라모스?"
 "미란다는 적의 수중에 들어갔나봐요. 그러나 아래쪽은 형편이 과히 나쁘지 않지요. 3000명의 광부가 발랴돌리드로 내려가고 있소. 원군은 그곳을 통과해 올 거요. 그런데 그쪽은요?"
 "세빌랴와 그라나다 역은 그들의 수중으로 넘어갔소. 나머지 역들은 버티고 있고."
 "코르도바는?"

"몰라요. 역은 점령되었어도 교외에선 전투를 벌이고 있으니까. 트리아나에서는 격심한 난전(亂戰)이 있었소. 페나로야에서도 마찬가지요. 그러나 발랴돌리드 얘긴 놀라운데. 적의 수중에 넘어간 것은 아니지요?"
 라모스는 전화를 바꾸어 발랴돌리드를 불러냈다.
 "여보세요, 발랴돌리드요? 누구요?"
 "역의 위원이오."
 "그래?…… 그곳이 파시스트에게 점령당했다는 소문이 있던데."
 "오보(誤報)예요, 이상 없어요. 그곳은 어때요? 병정들이 반란을 일으켰나요?"
 "어림도 없소."

 "여보세요, 마드리드 북 정거장이오? 누구요?"
 "수송 책임자요."
 "이곳은 타블라다요. 그곳에서 전화를 걸었나요?"
 "그곳 사람들은 총살되었거나 감금되었거나 했다던데 어찌된 일인지 모르겠군."
 "우린 탈출했소. 파시스트들이 지금 감금되어 있소, 살루드!"

 "이곳은 국민관(國民館)이오. 정부는 민병의 지지를 얻어 바르셀로나, 무르시아, 발렌시아, 말라가, 그리고 에스트레마두라 지방 일대 및 동부 일대를 장악하고 있다고 정부 편의 모든 역에 전달해주게."

 "여보세요! 이곳은 토르데실라스요. 거긴 누구요?"
 "마드리드의 노동위원회요."
 "너 따위 새끼들은 총살당했다, 아리바 에스파냐!"
 메디나 델 캄포도 같은 대화. 발랴돌리드 철도선만이 북부와의 유일한 대연락선이다.
 "여보세요, 레온이오? 누구요?"
 "조합의 위원이오, 살루드!"
 "이곳은 마드리드의 북 정거장이오. 오비에도의 광부 열차는 통과했나요?"

"통과했소."
"어디쯤 달리고 있는지 아시오?"
"마요르가(街) 근방일 거요."
바깥 마드리드의 거리에서는 끊임없이 노랫소리와 개머리판 부딪치는 소리.
"여보세요, 마요르가요? 이곳은 마드리드요. 누구요?"
"당신은 누구요?"
"마드리드의 노동위원회요."
전화가 끊어졌다. 그렇다면 기차는 어디에 있을까?
"여보세요, 발랴돌리드요? 광부 열차가 도착할 때까지 버틸 자신이 있소?"
"물론 자신 있고말고."
"마요르가는 대답이 없는데."
"상관없소."

"여보세요, 마드리드요? 이곳은 오비에도요. 아란다 대령이 방금 봉기했소. 교전중이오."
"광부 열차는 어디 있소?"
"레온과 마요르가 중간에."
"연락을 끊지 말게!"
마누엘이 마요르가를 불러내고 있었다. 라모스는 기다리고 있었다.
"여보세요, 마요르가요? 이곳은 마드리드요."
"그래서?"
"노동위원회요. 당신은 누구요?"
"스페인 팔랑헤당(1933년에 결성된 스페인의 파시즘 정당으로서 국가지상주의를 주장함)의 백인대(百人隊) 대장이다. 너희들의 기차는 통과했다. 바보같으니라고. 발랴돌리드까지는 모든 역이 우리 수중으로 넘어왔어. 발랴돌리드는 어제 자정부터 우리 것이고 너희 광부들은 우리 편의 기관총이 대기하고 있다. 아란다 대령도 처치했고. 또 만나세!"
"곧 만나세!"
마누엘은 마요르가와 발랴돌리드 사이의 모든 역들을 하나씩 차례로 불러 냈다.

"여보세요, 세풀베다요? 이곳은 마드리드의 북 정거장이오. 노동위원회요."
"너희들 기차는 통과했다, 얼간이들아. 너희들은 바보들이야. 금주중으로 너희들의 모가지를 베어주겠다."
"그건 생리적 모순이로군, 살루드!"

전화소리가 계속 울린다.
"여보세요, 마드리드요? 여보세요! 여보세요! 마드리드요? 이곳은 나발페랄드 피나레스요. 정거장이오. 이 지역은 탈환했소. 파시스트들을 무장해제시키고 감금했소. 이 소식을 알려주시오. 그놈들은 5분마다 한 번씩 계속 이곳이 그들의 수중에 들어 있는지를 알기 위해 전화를 걸어와요. 여보세요! 여보세요!"

"유언비어를 마구 퍼뜨릴 필요가 있지 않을까?" 하고 라모스가 물었다.
"그들이 확인할텐데."
"우선은 당황할거야."

"여보세요, 마드리드의 북 정거장이오? 이곳은 U. G. T.(사회당계의 노동총동맹의 약칭)인데, 누구요?"
"라모스요."
"파시스트들이 탄 열차가 완전무장하고서 이쪽으로 오고 있다는 소문이오. 열차는 부르고스에서 내려오는 모양이던데 소식을 알고 있나요?"
"여기서도 그런 소식은 알고 있소. 시에라 지방까지는 모든 역이 우리 편이오. 하여튼 조심은 해야죠. 잠깐 기다려요."
라모스는 "시에라 지방을 불러내게, 마누엘" 하고 말했다.
마누엘은 정거장을 차례로 불러냈다. 그는 삼각자를 손에 들고 박자를 맞추고 있는 것 같았다. 시에라 지방 전체가 이쪽 편이었다. 그는 우체국의 교환국을 불러냈다. 같은 정보였다. 시에라 지방의 이쪽은 파시스트들이 공격에 나서지 않았거나 또는 파시스트들이 격퇴되었거나 어느 한 쪽이었다.
그럼에도 불구하고 파시스트들은 북부의 절반을 장악하고 있다. 나바라 지방에서는 마드리드의 보안국장이었던 몰라가 반기(叛旗)를 휘두르고 있었고,

군대의 4분의 3은 으레 반정부적이다. 정부 편은 돌격대와 국민과 그리고 어쩌면 민위대가 있을지 모른다.
"이곳은 U. G. T.요. 라모스 씬가요?"
"그렇소."
"그럼, 열차는요?"
라모스는 요약해서 말해주었다.
"그럼, 전반적 정세는요?" 하고 이번에는 라모스 쪽에서 물었다.
"좋습니다. 아주 좋습니다. 국방부를 제외하곤. 여섯시에 그들은 모든 일이 틀렸다고 말했어요. 그래서 그들에게 너희들은 민병(民兵)들이 도망칠 것을 가정하고 있다고 말해주었지요. 그들의 엉터리 애긴 문제가 안 돼요. 당신 말이 들리지 않아요. 거리에서 녀석들이 하도 시끄럽게 노래를 부르고 있어서……."
라모스는 수화기를 통해서 노래를 듣는다. 이 노래는 정거장에서 부르는 노래와 뒤섞인다.
공격이 도처에서 동시에 시작됐음에도 불구하고 진격중인 군대가 접근하고 있는 것 같았다. 파시스트들의 수중으로 넘어간 정거장들이 점점 마드리드에 가까워지고 있었다. 게다가 분위기가 몇 주 전부터 긴박해졌고, 군중은 맨손으로 적의 공격을 받게 될지도 모른다는 불안에 떨고 있었으므로 이날 밤 전쟁을 개시한 것은 마치 거대한 해방을 맞이한 것과도 같았다.
"스키용 자동차가 아직 있을지 모르겠군?" 하고 라모스가 마누엘에게 물었다.
"있을걸."
라모스는 전화교환국을 정거장 책임자의 한 사람에게 맡겼다. 몇 달 전에 마누엘은 시에라 지방에 스키를 타러 가기 위하여 조그만 자동차를 한 대 싸게 샀었다. 일요일마다 라모스는 선전활동에 이 차를 써왔다. 이날 밤 마누엘은 이 차를 다시 한 번 공산당에 제공하여 그의 동료 라모스와 함께 한 번 더 일하고 있었다.
"1934년을 되풀이하지 말자" 하고 라모스는 말했다.
"테투안 드 라스 비크토리아스까지 전속력으로 뛰자."
"그게 어디 있는데?"

"구아트로 카미노스에."
300미터도 못 가서 그들은 검문소에서 정지당했다.
"서류를 봅시다."
서류는 조합원증이었다. 마누엘이 공산당원증을 휴대하는 일은 거의 없었다. 그는 영화 촬영소에서 일하고 있었으므로(그는 음향 기사였다), 그에게서는 어딘지 몽파르나스형(型)의 멋이 풍겼고, 따라서 그는 복장부터 부르주아로 보이지 않는다는 환상을 가지고 있었다. 아주 거무스름하고 이목구비가 반듯한, 그리고 약간 둔하게 보이는 그의 얼굴에서는 오직 짙은 눈썹만이 프롤레타리아를 자부하고 있는지도 몰랐다. 그러나 민병들은 마누엘에게는 시선을 슬쩍 던지는 둥 마는 둥 하고 라모스의 웃음이 나올 것 같은 고수머리를 알아보았다. 어깨를 치고 주먹을 올리며, '살루드!'를 나누면서 차는 다시 출발했다. 이날 밤은 우애(友愛)로 충만한 밤이었다.

그렇지만 사회당의 우파(右派)와 좌파(左派) 간의 싸움이며, 프리에토 내각의 가능성에 대한 카발레로(수상)의 반대는 이 최근 몇 주 동안 격심했다……. 두번째 검문소에서는 F. A. I.(이베리아 무정부주의자 연맹의 약칭) 연맹원들이 한 사람의 용의자를 그들의 옛날 적이었던 U. G. T. 소속의 노동자들 손에 넘겨주고 있었다. 좋은 경향인데, 하고 라모스는 생각했다. 무기의 보급은 아직 끝나지 않았다. 소총을 실은 화물 자동차가 한 대 도착했다.

"이건 마치 구두창 같군 그래!" 하고 라모스는 말문을 열었다. 아닌게아니라, 소총의 개머리판밖에는 보이지 않았다.
"정말로 구두창 같군 그래" 하고 마누엘이 대꾸했다.
"구두창? 왜 횡설수설하나?"
"아까 식사 때 이를 한 개 부러뜨렸네. 혓바닥이 잇자국만 핥고 있는거야. 혓바닥은 파시스트 반대 같은 것은 아랑곳하지 않네."
"무얼 먹다가 그랬지?"
"포크를 깨물었네."

사람의 그림자들이 방금 받은 소총들을 끌어안고 있었다. 이들에게 성냥개비처럼 빽빽이 모여 어둠 속에서 기다리고 있던 다른 그림자들이 욕지거리를 하고 있었다. 옆을 지나가는 여자들이 들고 있는 바구니 속에는 총알이 가득 들어 있었다.

"그다지 빠르지는 않군" 하고 어떤 목소리가 말했다. "파시스트들이 우릴 공격하리라고 기대했던 시간을 생각한다면 말이야!"
"난 우리가 짓밟히는 것을 정부가 방임하리라고 생각했었지."
"걱정 말게. 이렇게 됐으니 얼마나 오랫동안 버틸 수 있는가 놈들에게 보여 줄테야. 개새끼 같은 놈들!"
"오늘 밤은 국민들이 마드리드의 야경(夜警) 노릇을 하는군……"
500미터마다 검문소가 있었다. 파시스트들이 탄 자동차들이 기관총을 싣고 시내를 돌아다니기 때문이다. 그리고 언제나 같은 주먹을 올리고, 같은 우애에 충만되고, 그리고 소총을 끊임없이 매만지고 있는 야경꾼들의 이상한 몸짓들. 하긴 그들은 100년 동안이나 총을 만져보지 못했던 것이다.
도착하자 라모스는 피우던 궐련을 내던지고 그것을 구둣발로 짓밟았다.
"담배를 피우지 말게."
그는 부산하게 자취를 감추더니 10분 후에 돌아왔다. 세 사람의 동료가 그의 뒤를 따라 나왔다. 모두가 신문지로 싸고 끈으로 묶은 꾸러미를 들고 있었다.
마누엘은 천천히 새 궐련에 불을 붙였다.
"담배를 버리게" 하고 라모스가 조용히 말했다. "이건 다이너마이트란 말이야."
세 사람의 동료는 그 꾸러미를 절반은 앞좌석에, 나머지 절반은 뒷좌석에 갖다 놓고서 집안으로 다시 들어갔다. 마누엘은 담배를 내던지지 않고 운전석에서 나와 발로 밟아 껐다. 그는 어쩔 줄 몰라하는 표정으로 라모스를 쳐다보았다.
"웬일이야? 무슨 생각을 하고 있지?" 하고 라모스가 물었다.
"라모스, 이건 곤란한데."
"글쎄 말이야. 이젠 가세."
"다른 차는 없단 말인가? 내가 운전할 수 있는데."
"우리가 할 일은 교량을 폭파시키는거야. 맨 먼저 아빌라의 교량을. 우리가 다이너마이트를 운반하는 건데, 페퀘리노스와 같이 필요한 곳에는 지금으로 보내줘야지……. 자넨 두 시간을 허비할 생각은 없겠지? 이 차는 적어도 움직이기는 한단 말이야."

"알았네" 하고 마누엘은 찬성은 하나 기분은 언짢은 듯이 대답했다.

마누엘에게는 자동차보다는 아름다운 부속품들이 아까웠다. 자동차는 다시 출발했다. 마누엘은 앞좌석, 라모스는 뒷좌석. 라모스는 한 꾸러미의 수류탄을 배 위에 안고 있었다. 그리고 그는 갑자기 자기가 이 자동차에 관심이 없어지고 있다는 것을 깨달았다. 자동차 같은 것은 존재하지도 않았다. 존재하는 것은 다만 불안한, 그러나 무한한 희망으로 가득 찬 오늘 밤, 인간이면 각자가 지상에서 어떤 행동을 취해야만 하는 오늘 밤이었다. 그는 그의 심장의 고동과도 같은, 멀리서 들려오는 북소리를 듣고 있었다.

5분마다 그들은 검문소에서 정지당했다.

대부분은 무지한 민병들이었지만 그들은 라모스의 얼굴을 알아보고는 차에 탄 사람들의 어깨를 두드렸다. "담배를 피워선 안 돼!" 하고 라모스가 외치자 그들은 차에 실은 수류탄 꾸러미를 보고 발을 구르며 기뻐했다. 다이너마이트는 아스투리아스 지방의 사람들에게는 소설에나 나오는 옛 무기였기 때문이다.

자동차는 다시 출발했다.

알칼라가에서 마누엘은 속력을 냈다. 왼쪽에서 무장한 노동자들을 가득 실은 F.A.I. 소속의 화물 자동차 한 대가 느닷없이 오른쪽으로 선회했다. 오늘 밤은 모든 차가 시속 80킬로미터로 달리고 있었다. 마누엘은 그 화물 자동차를 피하려고 애썼으나 그 고물 자동차가 가뿐하게 차체를 공중으로 치켜올리는 것을 느끼자 '마지막이로구나!' 하고 생각했다.

그는 수류탄 꾸러미들 사이에 몸을 죽 뻗고 엎드려 있었다. 수류탄은 다행히 밤송이처럼 인도 위로 굴렀다. ㅡ그의 얼굴에 흐르는 피는 가로등에 비쳐 번들거렸다. 그는 거의 고통을 느끼지 못한 채, 코피를 흘리며 라모스가 "동지들, 담배를 피우지 마시오!" 하고 외치는 소리를 듣고 있었다. 그도 라모스와 똑같은 소리를 지르며 드디어 동지를 돌아보았다. 라모스는, 두 다리를 직각으로 뻗치고 그의 곱슬거리는 머리털은 얼굴 위에 흐트러진 채, 수류탄을 배에 꽉 끌어안고 있었다. 그를 둘러싸고 있는 소총 소지자들은 꾸러미의 주위에서 지껄이고 있었으나 감히 그것에 손을 대지는 못하고 있었다. 길 한가운데에는 라모스가 피우던 담배 꽁초만이 타고 있었다(라모스는 뒷좌석에 앉은 것을 기화로 궐련을 한 개비 더 피웠던 것이다). 마누엘은 구둣발로 꽁초를 비벼 껐다. 라모스는 수류탄 꾸러미를 벽에다 쌓는 일을 시키기 시작했다. 스키용 자동차에 대해서는 차라리 얘기하지 않는 편이 낫다.
 확성기가 외치고 있었다.

 반란군이 바르셀로나 시의 중심을 향하여 진격중입니다. 정부는 사태를 장악하고 있습니다.

 마누엘은 꾸러미를 쌓는 일을 거들었다. 언제나 활동적이던 라모스는 움직이지 않았다.
 "무엇을 기다리느라고 도와주지 않나?"

 여러분! 반란군은 바르셀로나 시의 중심을 향하여 진격중입니다.

 "난 팔을 움직일 수가 없네, 경련이 너무 심해서. 곧 좋아질거야. 탈 수 있는 차가 있거든 정지시켜 곧 떠나세."

2

 바르셀로나의 한여름의 새벽이 물을 뿌린 뒤와 같은 신선한 공기 속에서 동트고 있었다. 인적이 드문 넓은 가로를 향해 있는, 밤새 문을 여는 비좁은 술집에서 F. A. I.의 연맹원이며 운수 노동조합의 조합원인 실스가 그의 동료들에게 권총을 분배하고 있었다. 실스는 별명이 엘 네구스(이디오피아 국왕의 존칭)였다.
 반란군은 바르셀로나 시의 변두리로 진격하고 있었다.
 모두가 지껄이고 있었다.
 "이곳 군대는 어떻게 하는거야?"
 "우릴 쏠거야. 장담해도 좋아."
 "장교들은 어제 콤파니스(카탈로니아 자치주 통령)에게 충성을 약속했다던데."

"라디오가 그 대답을 해 줄걸."
좁은 방구석에 있는 조그마한 라디오가 지금 5분마다 되풀이하고 있었다.

반란군은 바르셀로나 시의 중심을 향하여 진격중입니다.

"정부는 무기를 보급하고 있는 건가?"
"천만에."
"어제 총을 들고 서성거리던 F. A. I.의 두 동료가 체포되었어. 두루티와 올리베르가 들어가서 간신히 그들을 석방시켰다는군."
"트란킬리다드*에선 무어라고들 하지? 총은 갖게 되는거야, 못 갖게 되는거야?"
"못 받게 되기 쉬울걸."
"그럼 권총은요?"
엘 네구스는 권총을 계속 나눠주고 있었다.
"이 권총들은 파시스트 장교님들이 고맙게도 무정부주의 동지들에게 제공해주신거야. 아마 내 수염이 미더웠던 모양이지."
친구 두 사람과 공범자 몇 명을 거느리고 엘 네구스는 전날 밤 두 척의 전함(戰艦) 사관실을 습격했던 것이다. 그는 아직도 군함에 잠입할 때 입었던 기관사의 푸른 작업복을 입고 있었다.
"자, 그러면" 하고 그는 마지막 권총을 내주며 말했다. "우리들의 소지품을 모으자! 문을 연 총포점(銃砲店)이 있으면 총알을 사야 하네. 각자 25발씩 가지고 있지만 그것으론 부족하단 말이야."
확성기 소리.

반란군은 바르셀로나 시의 중심을 향하여 진격중입니다……

"총포점은 오늘 문을 열지 않았을 거요. 일요일이니까."
"잠꼬대 같은 소리 하지 마. 우리들 자신이 문을 여는거야."
"각자 동료들을 찾아와서 우리와 함께 데리고 가도록 해요" 하고 엘 네구스는 지령을 내린다.

―――――――――――
* 아나키스트들이 모이던 카페.

6명이 남고 나머지는 떠난다.

　　반란군은……..

　엘 네구스는 지휘를 한다. 조합에서의 그의 역할 때문이 아니다. 그가 5년 동안 형무소 생활을 했기 때문이다. 바르셀로나의 전화 회사가 파업 후에 400명의 노동자를 해고했을 때 엘 네구스는 12명의 동료의 도움을 받아 어느 날 밤 티비다보 언덕 위의 차고에 들어 있는 전차에 불을 지르고 브레이크까지 빼버렸다. 게다가 그 충격으로 경적을 마구 울리는 화염에 싸인 전차를 바르셀로나 시의 중심까지 몰고 갔던 것이다. 그 후 그가 지휘하던 별로 규모가 크지 않은 파업도 2년간 계속되었다.
　그들은 푸르스름한 이른 새벽에 출발했다. 그러나 그들은 다음날 새벽은 어떻게 될 것인가 하고 자문자답하고 있었다. 길모퉁이마다에서 먼저 술집을 떠났던 자들이 데리고 온 패들이 합류했다. 그들이 디아고날가에 도착했을 때, 군대가 떠오르는 아침 해를 등지고 나타났다.
　망치질소리와 같은 발자국소리가 멎자 일제사격이 가로숫길을 종사(縱射)했다. 직선으로 뻗은 바르셀로나 시에서도 가장 큰 거리를 페드랄베스 병영의 병사들이 장교를 앞세우고 시의 중심을 향하여 진격하고 있었다.
　아나키스트들은 한길과 직각이 되는 첫 골목으로 피신했다. 엘 네구스와 다른 두 명은 되돌아갔다.
　그들은 그 장교들을 처음 보는 것은 아니었다. 아스투리아스 지방의 3만 명의 죄수를 체포한 자들이 바로 이 장교들이었다. 1933년의 사라고사 때도 그들이었고, 농민 반란을 방해한 것도 그들이었으며, 100년 전부터 내린 예수회(會) 재산 몰수의 명령이 여섯 번이나 사문화(死文化)된 것도 그들 때문이었다. 엘 네구스의 양친을 추방한 것도 그들이었다. 카탈로니아의 법률에 의하면, 포도원이 경작 불능일 때 포도원 경작자들은 쫓겨나게 되어 있다. 그러므로 포도원에 진디가 생겼을 때 진디가 생긴 모든 포도원은 경작 불능으로 간주되었고, 포도원 경작자들은 20년이나 50년 동안 경작하던 포도원에서 쫓겨나야 했다. 쫓겨난 자들을 대신한 자들은 포도원에 대해서 아무런 권리도 없었으므로 보상은 쌀 수밖에 없었다. 어쩌면 이런 똑같은 아나키스트 장교들에 의해 저질러졌을는지도 모른다…….
 그들 장교들은 부대를 지휘하면서 차도의 한가운데를 전진하고 있었다. 그들보다 앞선 호위 정찰대는 인도를 전진하다가 길모퉁이에 다다르면 그 때마다 통과하기에 앞서 길 깊숙이 총격을 퍼부었다. 가로등은 아직 꺼지지 않았다. 네온 사인은 새벽의 햇빛보다 더욱 강렬하게 번쩍이고 있었다.
 엘 네구스는 동지들이 있는 쪽으로 돌아갔다.
 "틀림없이 놈들은 우리를 보았을거야. 돌아가서 놈들을 더욱 높은 데서 습격해야 돼."
 그들은 소리 내지 않고 뛰었다. 거의 모두가 운동화를 신고 있었다. 그들은 디아고날가와 직각인 거리의 대문 밑으로 숨었다. 부유한 주택가의 아름다운 대문들도 고요했다. 큰 거리의 가로수는 새들이 노는 풀숲과 같았다. 각자는 거리를 사이에 두고 동지들과 마주보고 있었다. 그들은 권총을 손에 들고 움직이지 않았다.
 텅 빈 거리가 규칙적인 발자국소리로 점점 가득 찼다. 한 명의 아나키스트가 쓰러졌다. 창문에서 그를 쏘았음에 틀림없다. 어느 창문일까? 군대는 50미터 지점까지 와 있었다. 교차로에서는 반대쪽 보도의 모든 대문들이 어쩌면 이렇게도 잘 보일까? 부대의 규칙적인 발자국소리로 충만해 있는 텅 빈 거리의 모든 현관 뒤에 숨어서 움직이지 않고 있는 아나키스트들은 마치 사격장의 표적처럼 총탄에 맞기만을 기다리고 있는 것 같았다.
 정찰대의 일제사격 총알이 메뚜기가 나는 듯 스쳐갔다. 정찰대는 다시 전진했다. 부대의 대부분이 그 거리 앞을 지나자 모든 대문들로부터 권총이 발사되었다.
 아나키스트들은 사격이 서툴지 않다. 앞으로! 하고 장교들은 외쳤다. 이 거리를 향해서가 아니라 시가지의 중심을 향해서이다. 매사는 때가 있다. 엘 네구스가 피신해 있는 솟을대문의 장식물 사이로는 병정들의 모습이 혁대에서 다리까지만 보이고 무기는 보이지 않았다. 그들은 모두가 총을 겨누고 저들이 통과할 때에 발사하고 있었기 때문이다.
 그러나 군복의 윗옷 자락 밑으로 민간인의 바지가 많이 뛰어가고 있었다. 파시스트의 민병이 거기에 섞여 있었기 때문이다.
 후위의 정찰대가 통과하고, 뛰는 소리는 줄어들었다.

엘 네구스는 동지들을 규합하고 다른 거리로 이동하여 정지했다. 별로 효과가 없는 짓이었다. 본격적인 전투는 시가지의 중심에서 일어날지 모르겠다. 틀림없이 카탈로니아 광장에서. 부대의 후위를 공격할 필요가 있었다. 그러나 그 방법은?

첫 광장에서 부대는 분대(分隊)를 남겨놓았다. 아마도 좀 경솔한 짓이었는지도 모른다……. 부대는 기관총을 한 자루 가지고 있었다.

노동자 한 명이 권총을 손에 든 채 뛰어갔다.

"국민을 무장시키고 있다!"

"우리도 말인가?" 하고 엘 네구스는 반문했다.

"국민을 무장시키고 있다고 말했잖아!"

"아나키스트들도 말인가?"

그자는 돌아보지도 않았다.

엘 네구스는 카페 하나를 찾아내어 아나키스트 신문사에 전화를 걸었다. 국민을 무장시키고 있는 것은 사실이었다. 그러나 지금까지 아나키스트들은 60정의 권총밖에는 받지 못했다. "군함에 가서 권총을 털어오는 게 낫겠군!"

공장의 사이렌 소리가 아침 하늘에 울려퍼졌다. 이날도 사소한 운명들만이 결정되는 다른 날과 다름이 없었다. 엘 네구스와 그의 동료들이 그 사이렌 소리를 들으며 회색과 황색의 끝없이 기다란 벽을 끼고 부산하게 뛰어다니던 다른 날과 다름이 없었다. 늘 같은 새벽. 아직도 불이 켜져 있는, 마치 전차의 전선에 매달려 있는 듯이 보이는 늘 같은 전깃불. 두번째의 사이렌. 열 번, 스무 번, 백 번.

엘 네구스 일행이 모두 차도의 한가운데에 말뚝처럼 우뚝 멈춰 섰다. 그들은 다섯 번 이상의 사이렌 소리를 동시에 들은 적이 없었던 것이다. 일찍이 스페인의 위협을 받은 도시들이 모든 교회의 종소리에 동요된 것처럼, 바르셀로나의 프롤레타리아는 일제사격에 대해서 공장 사이렌의 숨가쁜 경종소리로 응답하고 있었다.

"푸이그가 카탈로니아 광장에 나타났대" 하고 두 사람을 거느리고 중심을 향해 뛰어가던 한 녀석이 외쳤다. 그들은 총을 들고 있었다.

"난 그가 아직 퇴원하지 않았는 줄 알고 있었네" 하고 엘 네구스의 한 동료가 대꾸했다.

이 모든 사이렌 소리는 출항하는 기선이 울리는 슬픈 고동소리라기보다는 반란을 일으킨 군함의 출항 준비를 알리는 소리와도 같았다.
"무기 분배는 우리들 자신이 해야지" 하며 엘 네구스는 분대와 기관총을 쳐다보았다.
그의 미소는 노기가 등등하였다. 그의 검은 수염 사이로 하얀 이가 조금 튀어나와 있었다. 점령된 모든 공장에서 교대로 길고 급해지는 사이렌의 요란한 소리가 집들에, 거리들에, 대기에, 산악에까지 이르는 항만 전체에 퍼지고 있었다.

공원 병영의 부대들은—다른 모든 부대들과 마찬가지로—도심(都心)을 향하여 내려가고 있었다.
검은 스웨터를 입은 푸이그는 300명의 부하를 거느리고 광장 하나를 점령하고 있었다. 그는 키가 제일 작고 어깨가 좁았다. 모두가 아나키스트는 아니었다. 100명 이상이 정부에서 분배한 소총을 들고 있었다. 거의가 사격이라는 것을 모르는 자들이었으므로 총을 다루는 방법을 배우고 있었다. "이곳에서는 소유권이라는 게 소용이 없단 말이야" 하며 푸이그는 전원의 찬성을 얻은 후에 우수한 사격수들에게 소총을 분배했다.
병정들은 가장 큰 거리로 해서 다가왔다. 푸이그는 부하를 반대쪽 모든 거리에 배치했다. 엘 네구스가 동료들과 함께 기관총을 들고 막 도착했다. 기관총을 조작할 수 있는 자는 그뿐이었다. 아무 소리도 들리지 않았다. 운동화를 신은 민병들의 달리는 소리도, 전차소리도—병정들의 발자국소리도 아직 너무 멀어서 들리지 않았다. 사이렌 소리가 멈춘 후부터 잠복 장소에 흐르는 침묵이 바르셀로나를 짓누르고 있었다.
맨 앞줄의 병정들이 총을 겨누어 들고 호텔과 향수 회사의 거대한 광고판 밑을 전진하고 있었다. 저 광고는 이미 과거의 것이 되었을까? 하고 푸이그는 생각하였다. 아나키스트들은 모두가 총을 겨누고 있었다.
병정들이—민간인의 바지를 입은—거리를 향해 사격했다. 그 줄은 밝은 빛깔의 비둘기들이 날아간 자리로 흩어졌는데, 많은 비둘기들이 다시 그자리를 향해 내려왔다. 제2열의 병정들이 또 거리를 향해 사격하고 흩어졌다. 숨어 있던 푸이그의 부하들도 사격을 했지만 엘 네구스의 부하들처럼 거리의 가장자리를 쏘지 않고 집중사격을 했다. 광장은 크지 않았다. 맨 앞줄이 뛰면서 엘 네구스의 기관총 쪽으로 덤벼들었는데, 마치 파도가 조약돌을 남기고 물러가듯, 격렬한 사격소리 뒤에 그들이 큰길 쪽으로 물러간 뒤에는 시체들이 꽃무늬처럼 널려 있었다.

어떤 호텔의 창문에선 겉저고리를 벗은 사나이들이(민간인일까? 병정일까?) 손뼉을 치고 있었다. 올림픽 경기를 구경하러 온, 경기를 좋아하는 외국인들이었다. 공장에서 뱃고동소리와 같은 사이렌 소리가 또 울렸다.

노동자들이 병정들의 뒤를 쫓아 돌진했다.

"자리에서 떠나지 마!" 하고 푸이그는 짧은 팔을 흔들며 소리쳤다. 그들에게는 푸이그의 고함소리가 들리지 않았다.

1분도 못 되어 추격하던 노동자들의 3분의 1이 쓰러졌다. 이번에는 병정들이 큰길의 현관 밑에 숨어 있었기 때문에 노동자들은 5분 전의 부대와 똑같은 사태 속에 빠져 있었다. 광장의 으슥한 곳에는 카키색 군복을 입은 시체들과 부상자들이 있었고, 앞에는 칙칙한 빛깔의 또는 푸른 빛깔의 시체들과 부상자들이 있었으며, 그 중간에는 죽은 비둘기들이 널려 있었다. 이 모든 시체들과 부상자들 위로 20여 개의 사이렌 소리가 휴일의 태양 속에서 아우성치기 시작했다.

광장에서는 부상자를 냈어도 자꾸 수가 늘어난 푸이그의 부하들은 찢을 듯한 사격소리와 짓누르는 듯한 사이렌 소리 속에서 부대를 괴롭히고 있었다. 병정들은 구보(驅步)로 후퇴하며 싸우고 있었다. 그렇지 않으면 인민전선의 전투원들이 큰길과 평행한 거리로 해서 그들의 배후로 돌아 그들을 바리케이드 뒤에 숨어서 기다릴 것이다.

병영의 문들이 쇳소리를 내며 닫혔다.

"푸이그?"

"나야. 그래서?"

끊임없이 새로운 전투원들이 도착하고 있었다. 민위대와 돌격대는 도심에서 싸우고 있었고, 바르셀로나에는 코뮤니스트들의 수효가 적었으므로 아나키스트의 지도자들이 전투를 지휘하고 있었다. 푸이그는 비교적 알려져 있지 않았다. 그는《솔리다리테 우브리예르(노동자의 연대라는 뜻)》지(誌)에 글을 쓰고 있지 않았기 때문이다. 그러나 그가 사라고사의 어린이들을 원조하는 단체를 조직했다는 사실은 잘 알려져 있었으므로 아나키스트가 아닌 자들은 F. A. I.의 지도자들보다 그와 함께 일하는 것을 더 좋아했다. (1934년의 봄, 5주일에 걸쳐서 두루티의 지휘를 받은 사라고사의 노동자들은 스페인 초유의 최대 파업을 끌고 나갔다. 모든 보조금을 거부한 그들은 오직 프롤레타리아의 연대에 그들의 자식들을 위하여 실력 행사를 할 것을 요구했던 것이다. 10만 명 이상이 《솔리다리다드(연대 결속이라는 뜻)》 지로 식량과 자금을 보내왔고, 이것을 즉각 푸이그가 분배했다. 그가 장만한 화물 자동차대가 사라고사에 있는 노동자의 어린이들을 바르셀로나로 데려갔었다.)

그러나 한편에 있어서는, 아나키스트들은 추렴을 내놓지 않았으므로 푸이그는 두루티처럼, 《솔리데르》 지의 모든 그룹처럼, 파업원들과 《아나키스트 리브레리(아나키스트 문고)》를 돕기 위하여 스페인 은행의 금괴를 운반하는 화물 자동차를 습격하여 이것을 포획한 적도 있었다.

그의 소설적인 전기를 알고 있는 자는 누구나 매부리코에 비웃는 듯한 눈을 가진, 체구가 아주 작은 맹금류와 같은 이 사나이를 보고 깜짝 놀랐던 것이다. 그런데 이 사나이의 입가에는 오늘 아침부터 미소가 가시지 않았다. 그의 전기와 유사한 것은 오직 그의 검은 스웨터뿐이었다.

그는 더욱 수효가 늘어난 그의 부하 가운데 3분의 1과 기관총을 그곳에 남겼다. 그들은 바리케이드를 치고 있었다. 새로 온 부하 한 사람이 기관총을 다룰 줄 알고 있었다. 국민 쪽으로 옮긴 병정들이 많이 도착했는데, 그들은 모두가 혼동을 피하기 위해 겉저고리를 벗고 있었다. 그러나 철모는 그대로 쓴 채였다. 파시스트의 장교들은 그날 아침에 그들에게 럼주(酒)를 두 잔씩 돌리며 코뮤니스트의 음모를 진압하겠다고 기세를 올렸다는 것이다.

푸이그는 나머지 부하들을 거느리고 카탈로니아 광장으로 향했다. 도심에 있는 반란군을 분쇄하고 이어서 병영으로 돌아갈 뱃심이었다.

그들은 카탈로니아의 산책길로 해서 당도했다. 그들의 정면에는 호텔 콜론이 파인애플 형의 탑과 기관총들로 광장을 위압하고 있었다. 페드랄베스 병영의 부대들은 따로 세 개의 중요한 건물을 점령하고 있었다. 중앙에는 호텔, 우측에는 중앙 전화국, 좌측에는 엘도라도 극장. 부대의 병정들은 거의 싸우고 있지 않았으나 기관총들이 있기 때문에 장교들과 허리까지만 변장한 파시스트들, 그리고 두 주일 전에 '병정이 된' 자들은 광장을 지배할 수가 있었던 것이다.

  30명 가량의 노동자들이 광장의 한복판을 이루고 있는, 지대가 높은 소공원(小公園)을 가로질러 돌진할 때 소공원을 둘러싸고 있는 나무들을 방패로 삼기로 했다. 기관총들이 불을 내뿜기 시작하자 그들은 연거푸 쓰러졌다. 꽤 높이, 멀어지지도 않으며, 동그라미를 그리며 날고 있는 비둘기들의 그림자가 쭉 뻗은 시체 위를, 팔을 내뻗어 머리 위로 총을 치켜들고 아직도 비틀거리고 있는 한 사나이의 위를 스쳐갔다.

  푸이그의 주위에는 지금 온갖 좌익 정당의 당원들이 모여 있었다. 몇 천 명이 그곳에 모여 있었다.

  처음으로 자유주의자, U. G. T.와 C. N. T.(전국 노동동맹의 약칭), 아나키스트, 공화파, 노동조합원, 사회주의자가 하나로 뭉쳐서 적군의 기관총을 향해 돌진하고 있었다. 처음으로 아나키스트들은 아스투리아스 지방의 포로들을 석방하기 위하여 찬성 투표를 던졌던 것이다. 바르셀로나의 단결과, 이제까지 의혹의 깃발에 불과하던 이 적색과 흑색의 기치(旗幟)가 펼쳐져 언제나 나부끼는 것을 보고 싶다는 푸이그의 희망을 낳게 한 것은 바로 뒤섞인 아스투리아스 지방의 피였다.

  "공원의 병정들은 병영으로 돌아갔네!" 하고 웬 텁석부리가 외쳤다. 그는 수탉을 한 마리 겨드랑이 밑에 끼고 뛰어가고 있었다.

  "고데드가 발레아레스 섬에서 방금 돌아왔다는군" 하고 다른 사나이가 외쳤다.

  고데드는 우수한 파시스트 장군의 한 사람이었다.

  한 대의 자동차가 지나갔다. 차체에는 호분(胡粉)으로 U. H. P.(스페인 인민연맹의 약칭)라고 쐬어 있다. "우리들에게도 광고가 필요하군" 하고 소광장의 광고판을 생각하고 있던 푸이그가 혼자 중얼거렸다.

  다른 돌격병들이 벽을 끼고 기어들어가 처마와 발코니를 방패로 삼으려고 했으나 언제나 적어도 두 기관총 총좌군(銃座群)의 사격에서 벗어나지는 못했다. 마치 담배 세 갑을 연거푸 피운 것처럼 목이 말라 타는 듯한 푸이그는 그들이 차례차례로 쓰러지는 것을 바라보고 있었다.

  적을 향하여 돌진하는 것이 반란의 전통에 속하는 것이었으므로 그들은 전진하고 있었다. 저기 호텔 앞에서, 카페의 둥근 테이블이 통로를 막고 있는 보도 위에서 정지라도 한다면 그들은 쨍쨍 내리쬐는 햇볕 속에서 사살되었을 것이다. 영웅적 행동의 모방에 불과한 행동으로부터는 아무것도 나오지 않는 법이다. 푸이그는 억센 부하들을 사랑하였다. 그는 쓰러져가는 부하들을 사랑하였다. 그러면서도 그는 낙심하고 있었다. 국고의 금괴를 약탈하기 위하여 민간인의 호위병들과 싸우는 것은 호텔 콜론을 탈취하는 것과는 다르다. 그러나 그는 자기의 겸손한 경험으로 미루어 충분히 돌격병들에게는 상호연락과 특정한 목표가 없었음을 이해했다.

소공원을 둘러싸고 있는 아주 큰 가로숫길의 포장도로에서는 총알이 곤충들처럼 튀어오르고 있었다. 창문이 참 많구나! 푸이그는 호텔의 창문을 셌다. 백이 넘는다. 그리고 옥상의 콜론(COLON)이라는 거대한 간판의 O자 속에 기관총이 있는 것 같았다.

"푸이그?"

"무슨 일인가?"

그는 조그마한 회색 코밑수염을 기르고 있는 이 대머리 사나이에게 거의 적대심을 느끼며 대꾸했다. 그에게 명령을 요구하려 했지만 그는 더욱 신중을 기하느라고 그것을 거부했기 때문이다.

"돌격할 건가?"

"잠깐 기다려."

작은 그룹들이 여전히 광장으로의 전진을 시도하고 있었다. 푸이그는 그의 부하들에게 기다리라고 말했다. 부하들은 그의 명령을 믿고 기다리고 있었다. 무엇을 기다리고 있는 것인가?

새로운 인파가 —— 와이셔츠를 입고 모자까지 쓴 고용원들이 —— 코르테스가에서 뛰어나왔다가 호텔 콜론의 탑과 엘도라도 극장의 기관총 사격을 받고 그라시아 산책길의 모퉁이에서 흩어졌다.

쭉 뻗어 있는 시체들과 거기에서 흘러나온 피 위로 보이는 하늘은 맑기만 했다.

푸이그는 그때 처음으로 포성을 들었다.

대포가 노동자들의 것이라면 호텔은 탈취된다. 그러나 만약에 부대들이 광장을 향해서 병영을 뛰어나와 대포의 엄호를 받게 된다면 국민의 항쟁은 —— 1933년 때처럼, 1934년 때처럼……

푸이그는 전화를 하려고 뛰었다. 대포는 2문밖에 없었는데, 그것들은 이미 파시스트들의 수중에 있었다.

그는 부하들을 규합하여 첫 차고 속으로 들어가서 부하들을 화물 자동차에 태우고 여름 나무들 밑으로 출발했다. 거기에는 참새들이 날고 있었다.

75밀리 구경의 대포 2문이 그들이 휩쓸어가고 있는 폭넓은 큰길 양측에 진을 치고 있었다. 대포 앞에 있는 병정들은 이번에는 모두가 민간인의 바지를 입고 있었는데, 총도 들고 있고 기관총도 한 자루 가지고 있었다. 뒤에는 병정들이 더 많았다. 약 100명 가량. 그러나 기관총은 없는 것 같았다. 큰길은 200미터 앞에서 끊어지고 이 큰길과 직각으로 교차하는 또 하나의 길이 가로막고 있었다. T자형 길의 한복판에 현관이 하나 있었는데, 이곳에서 37밀리 구경의 대포가 포격을 터뜨리고 있었다.

푸이그는 작은 그룹 하나를 파견하여 T자형 길의 양쪽 지점에 포병대의 호위가 있는가를 정찰시키고, 부하들을 큰길과 직각인 한 거리에 대기시켰다.

푸이그 뒤에서 두 대의 캐딜락이 경적을 숨가쁘게 울리며 마치 갱 영화에 나오는 것처럼 지그재그로 달려왔다. 짧따란 코밑수염이 난 한 대머리 사나이가 운전하는 첫번째 차는 소총과 기관총의 집중사격을 받으면서 지나치게 높이 쏜 포탄 밑을 뚫고 급히 내려갔다. 2문의 대포 사이를 돌파할 때 그 차는 마치 제설차(除雪車)가 눈을 날리듯 병정들을 날렸다. 그리고 37밀리 구경의 대포가 진을 친 현관 옆 벽에 부딪혀 부서졌다. 이 차가 대포를 노린 것만은 틀림없었다. 혈점(血點) 가운데의 검은 파편들 ── 그것은 벽 위에 으스러진 한 마리의 파리였다…….

37밀리 구경의 대포는 두번째 차를 겨누고 쏘기 시작했으나, 이 차는 클랙슨을 울리면서 2문의 대포 사이를 뚫고 들어가 시속 120킬로미터의 속도로 현관 밑에 처박혔다.

포격이 멈췄다. 모든 거리로부터 노동자들은 클랙슨이 울리지 않는 침묵 속에서 현관의 검은 구멍을 바라보고 있었다. 그들은 차를 몰고 간 자들이 나타나기를 기다렸으나 그들은 나타나지 않았다.

사이렌이 다시 울리기 시작했는데, 그것은 마치 점차 거대해져 아직도 공중에 맴돌고 있는 클랙슨 소리가 혁명의 영웅들을 위한 최초의 장례(葬禮)이기라도 한 것처럼 온 시내에 충만하였다. 매일의 소음에 익숙해진 비둘기들이 커다란 동그라미를 그리며 큰길의 상공을 빙빙 돌고 있었다. 푸이그는 죽어간 동지들을 부러워했다. 그러면서도 그는 다가올 날들을 보고 싶다는 욕망을 지니고 있었다. 바르셀로나는 그의 인생의 모든 꿈을 잉태하고 있었다. "떠들지 말게" 하고 엘 네구스가 말했다. "훌륭한 일이긴 하나 신중한 일은 못 되네."

푸이그가 파견한 정찰대가 돌아왔다. "저기 위쪽 대포 뒤에는 열 명 정도밖에는 없어요."

파시스트들은 그 수효가 너무 적어서 그들 주위의 거리를 모두 지킬 수 없음에 틀림없었다. 바르셀로나는 바둑판과 같은 도시였다.

"명령하게" 하고 푸이그는 엘 네구스에게 말했다. "난 뒤로 돌아가 거꾸로 통과해보겠어. 부하들과 함께 될 수 있는 한 대포에 접근하겠네. 우리가 통과하면 그들을 공격하게."

그는 부하 다섯 명과 함께 출발했다.

엘 네구스와 그의 부하들은 전진했다.

10분도 되지 않았다. 당황한 병정들은 돌아섰고, 포병들은 대포를 돌리려고 했다. 푸이그의 차는 조그마한 검문소를 돌파한 후 두 장의 바람막이 유리 사이로 기관총을 내놓고 대포 쪽을 향하여 돌진했다. 차의 후미는 미쳐 날뛰는 천칭(天秤)처럼 좌우로 흔들렸다. 푸이그의 눈에는 방탄판(防彈板)의 보호를 받고 있지 않은 포병들이 영화의 한 장면처럼 클로즈업되어가는 것이 보였다. 불을 내뿜는 파시스트의 기관총이 클로즈업되었다. 삼중 유리에 네 개의 동그란 구멍. 자기 다리가 짧은 것에 화를 내면서 몸을 앞으로 숙이고 푸이그는 대포 저쪽에 있는 동료들에게 가려고, 마치 자동차 바닥을 짓밟기라도 하는 듯이 엑셀러레이터를 밟았다. 삼중 유리에는 구멍이 둘이나 더 뚫리고 가느다란 금이 갔다. 왼쪽 다리의 경련, 운전대 위의 움츠러든 손, 바람막이 유리에 부딪히는 단총의 총신들, 귀청을 찢을 듯한 기관총의 발사음, 상하로 흔들리는 집과 나무——날면서 방향과 동시에 색채도 바뀌는 비둘기들——엘 네구스의 외치는 소리…….

푸이그는 실신 상태에서 깨어나 혁명과 노획된 대포를 재발견한다. 그는 차가 전복되었을 때 목덜미에 아주 심한 상처를 받았을 뿐이었다. 그의 동료 두 명이 피살되었다. 엘 네구스는 푸이그의 상처에 붕대를 감아주었다.

"터반을 감은 것 같군. 아라비아인 같아. 그럼 됐지 뭐!"

큰길의 저쪽 끝으로 민위대와 돌격대가 통과했다. 장교와 민간인의 바지를 입은 사나이는 경시청으로, 무장해제된 병정들은 병영으로 연행되었다. 병정들은 그들의 총을 분배받아 어깨에 멘 호위 노동자들과 지껄이면서 출발했다. 다른 패들은 모두 카탈로니아 광장으로 되돌아 갔다.

그곳은 사태에 변화가 없었다. 단지 시체의 수효가 늘어났을 뿐이었다. 푸이그는 이번에는 그라시아 산책길로 해서 당도했다. 그 모퉁이에 호텔 콜론이 서 있었다. 확성기가 외치고 있었다.

엘 프라트의 비행대는 국민의 자유의 옹호자 편에 가담했습니다.

"잘된 일이야, 그러나 어디서?"

또 한 번 호텔 반대쪽의 모든 거리에서 아나키스트들이, 소셜리스트들이, 빳빳하게 풀먹인 칼라를 단 프티 부르주아들이, 농민 그룹들이 나타났다. 해가 높이 떠오르자 농민들이 도착하기 시작했다. 푸이그는 그의 부하들을 제지했다. 돌격병의 인파는 세 개의 기관총 총좌군의 소사(掃射)를 받자 꽃무늬같이 쓰러진 시체들을 버리고 물러갔다.

비둘기떼가 날아가듯 창문에서 뿌려진 파시스트 단체의 선전 삐라들이 천천히 떨어지거나 아니면 나무 위에 얹혀 있었다.

처음으로, 푸이그는 자신이 1934년 때처럼 —여느 때와 다름없이— 절망적인 시도에 직면하고 있지는 않다고 느껴졌다. 그 대신 그는 자신이 가능한 승리와 대면하고 있다고 느꼈다. 그는 바쿠닌에 대해서 알고 있었음에도 불구하고(하긴 바쿠닌의 책을 뒤적여본 사람은 이 그룹 전체에서 틀림없이 그 혼자뿐이었겠지만) 혁명이라는 것은 그에게는 농민 폭동과 같은 것으로만 보였다. 희망 없는 세계와 직면한 그는 무정부상태에서 오직 모범적 혁명만을 기대했다. 그러므로 모든 정치 문제는 대화와 인격에 의해서만 해결된다고 그는 생각했다.

소비에트의 지속 기간이 파리 코뮌의 지속 기간보다 24시간 더 지났을 때 레닌이 눈 위에서 춤을 추었다는 것을 그는 상기했다. 오늘날 중요한 것은 모범이 되는 것이 아니라 승리자가 되는 것이었다. 그리고 만약에 그의 부하들이 다른 패들처럼 광장으로 뛰어나간다면 그들은 적의 기관총에 쓰러질 것이고, 따라서 호텔은 탈취하지 못할 것이다.

　광장을 횡단하여 호텔 콜론을 향해 V자형으로 내려가는 두 개의 가로숫길로부터, 그리고 문빗장처럼 앞을 지나가는 코르테스가로부터 3연대의 민위대가 정확히 동시에 당도했다. 푸이그는 옛날의 적들이 쓰던 이각모(二角帽)가 햇빛에 반사되는 것을 지켜보았다. 그들이 환성을 올리며 전진하는 모양을 보면 그들은 정부의 편이었다. 광장은 비둘기가 나는 소리마저 들릴 정도로 고요했다. 파시스트들도 경찰이 정부측에 가담한 것을 보고 놀랐음인지 역시 주저하고 있었다. 그리고 그들은 민위대가 뛰어난 사수(射手)들임을 모르는 바가 아니었다.

　히메네스 대령이 다리를 절면서 소공원의 계단을 올라가 호텔 쪽으로 바로 전진했다. 그는 무기를 가지고 있지 않았다. 광장의 3분의 1정도 전진할 때까지는 아무도 발포하지 않았다. 조금 후 세 방향으로부터 기관총들이 다시 발사되기 시작했다. 푸이그는 어떤 집 앞에 서 있었는데 곧 그 집 2층으로 뛰어올라갔다. 모든 적들 가운데 아나키스트들이 가장 미워하는 것은 민위대였다. 히메네스 대령은 열렬한 천주교 신자였다. 그러나 지금 그들은 묘한 우애를 느끼면서 함께 싸우고 있지 않은가.

　히메네스는 돌아섰다. 그는 민위대장의 지휘봉을 올렸다. 세거리에서 이각모를 쓴 그의 부하들이 튀어나왔다. 히메네스는 여전히 다리를 절면서(푸이그는 그의 부하들이 그를 '늙은 오리'라고 부르던 것을 상기했다) 호텔 쪽으로 다시 행진했다. 그는 넓은 소공원의 한복판으로 쏟아지는 총알을 무릅쓰고 혼자 행진하고 있었다. 왼편의 민위대는 중앙 전화국에 붙어서 전진했다. 이곳에서는 수직으로 사격을 할 수가 없었기 때문이다. 오른편의 민위대는 엘도라도 극장에 붙어서 전진하고 있었다. 엘도라도 극장의 기관총은 왼쪽의 민위대를 쏘아야만 했으나 민위대를 상대하게 되었으니 어떤 파시스트의 그룹도 자기 편을 지키기보다 자기 자신을 지키려고 애를 쓰고 있었다.

　호텔 콜론의 기관총은 왼쪽의 민위대와 오른쪽의 민위대를 교대로 겨누고 있었으나 힘이 들었다. 왜냐하면 민위대는 횡렬(橫列)이 아닌 종렬(縱列)로 전진하고 있었고, 또한 그들은 나무를 정확히 방패로 삼고 있었기 때문이다. 그리고 그들 뒤를 아나키스트들이 따르고 있었다. 지금 아나키스트들은 모든 거리로부터 나오고 있었다. 동시에 푸이그 앞을 요란한 장화소리를 내면서 코르테스가의 민위대들이 습격의 보조(步調)로 통과했다. 아무도 그들에게 발포하지 않았다. 광장의 한복판에서 대령은 다리를 절며 똑바로 앞으로 나아가고 있었다.
　10분 후에 호텔 콜론은 함락되었다.

　민위대가 카탈로니아 광장을 점령하고 있었다. 바르셀로나의 밤은 노랫소리와 고함소리와 총소리로 가득 차 있었다.
　무장한 민간인, 부르주아, 노동자, 병정, 돌격대 등이 맥주 집에서 흘러나오는 불빛 속을 지나갔다. 모든 테이블에 자리를 잡고 앉아 민위대원들은 술을 마시고 있었다.
　사령관실로 변한 이층의 조그마한 살롱에서 히메네스 대령도 술을 마시고 있었다. 그는 그 구역 전체를 장악하고 있었다. 몇 시간 전부터 숱한 그룹의 지휘자들이 히메네스 대령의 지시를 받으러 왔다.
　푸이그가 들어왔다. 그는 지금 가죽 윗옷을 입고 성능이 좋은 권총을 차고 있었다. ──게다가 때와 피로 얼룩진 터반까지 감고 있어서 어딘지 낭만적인 모습마저 엿보이는 옷차림이었다. 따라서 그는 더 키가 작고 살이 더 찐 것처럼 보였다.
　"우린 어디로 가야 가장 긴하게 쓰이지요?" 하고 그가 물었다.
　"제게는 약 1000명의 부하가 있는데요."
　"갈 곳이 없네. 당분간은 만사가 잘 되어갈 테니까. 그들은 병영에서 탈출하려고 할거야. 적어도 아타라사나스로부터 말이야. 제일 좋은 것은 자네들이 반시간 동안만 기다려주는 것이야. 당장은 내 예비군에 자네의 군사를 보류해두는 것도 쓸모가 있겠지. 그들은 세빌랴, 부르고스, 세고비아, 팔마에서 승리를 거두고 있네. 모로코는 말할 것도 없이. 그러나 이곳 바르셀로나에서는 그들은 두들겨 맞을걸."
　"포로들은 어떻게 하실 건가요?"
　아나키스트인 푸이그는 그들이 한 달 전부터 함께 싸워온 것처럼 친근해진 기분이었다──그는 명령을 받으러 온 것이 아니라 조언을 들으러 왔음을 그의 태도로 은연중에 나타내고 있었다. 히메네스는 그의 인체 측정 카드를 여러 차례 조사한 적이 있었기 때문에 그의 특징을 잘 알고 있었다. 그는 푸이

그의 작달막한, 해적과 같은 작은 키에 놀라고 있었다. 설사 푸이그가 이류 지도자에 불과했을지라도, 그가 사라고사의 어린이들을 도와준 일이 있었기 때문에 어느 누구보다도 히메네스의 호기심을 끌고 있었던 것이다.
"정부는 포로가 된 병정들은 무장해제시키고 석방하라는 지시야" 하고 대령은 말했다. "장교들은 군법회의에 회부될거야."
이어서 장군은 "캐딜락을 몰고 가서 대포의 포획을 가능케 한 게 자네였나?" 하고 물었다.
거리의 맨 끝에서 돌격대의 납작한 철모와 함께 지나가던 민위대의 이각모를 보던 기억이 그의 머릿속에 떠올랐다…….
"맞습니다."
"잘된 일이었네. 왜냐하면 만일 그들이 대포를 끌고 이곳까지 왔더라면 아마 모든 일이 변했을거야."
"당신도 광장을 가로지를 때 운이 매우 좋았습니다……."
스페인을 무척 사랑하고 있었던 대령은 이 아나키스트에게 고마운 생각을 가지고 있었다. 이유는 푸이그가 찬사를 보내서가 아니라, 많은 스페인 사람들에게 가능한 이러한 스타일을 보여주고 동시에 샤를 캥(샤를 5세) 휘하의 대장처럼 그에게 대답했기 때문이다. 히메네스는 분명 '운'이라는 말을 '용기'라는 말로 잘못 들은 것이다.
"저는 대포가 있는 데까지 당도하지 못할까봐 걱정이 됐어요" 하고 푸이그는 말했다. "살아서든 아니면 죽어서든간에 대포가 있는 데까지 말이에요. 그런데 당신은 무슨 생각을 하고 계셨나요?"
히메네스는 미소를 지었다. 그는 모자를 벗고 있었기 때문에 짧게 깎은 하얀 머리칼은 그의 부하들이 별명을 지었듯이 작고 검은 눈과 주걱 같은 코로 인해 마치 오리털처럼 보였다.
"그러한 경우에 내 두 다리는 이렇게 말하지. 자, 넌 무엇을 하고 있는거야, 바보같으니! 라고 말이야. 특히 저는 다리 쪽이……."
그는 한 눈을 감고 집게손가락을 치켜들었다.
"그러나 마음은 이렇게 말하는거야. 자, 어서 가게…… 라고. 난 총알이 그렇게 소나기처럼 퍼붓는 것을 본 적이 없었네. 위에서 아래를 내려다보면 사람과 그림자를 혼동하기 쉽지. 그래서 사격의 효과가 줄어든단 말이야."

"공격도 훌륭했어요" 하며 푸이그는 부러워했다.

"그랬지. 자네 부하들은 치고 받는 건 잘해도 전쟁은 모르더군."

그들 아래로, 보도 위로, 피 묻은 빈 들것들이 지나갔다.

"제 부하들은 치고 받는 건 잘해요" 하고 푸이그는 말했다.

들것들이 지나갈 때 꽃 파는 여자들이 카네이션을 던졌다. 하얀 꽃들이 가죽띠 위의 혈점 옆에 떨어졌다.

"형무소에 있을 때" 하고 푸이그가 말했다. "우애감이 이렇게 많이 생겨날 줄은 미처 상상도 하지 못했어요."

형무소라는 말을 듣자 히메네스는 바르셀로나 민위대의 대령인 그가 아나키스트의 두목과 함께 술을 마시고 있다는 사실을 새삼스럽게 깨달았다. 그래서 또다시 미소가 저절로 나왔다. 이러한 극좌(極左) 그룹의 두목들은 모두가 용감했다. 부상을 입거나 죽어간 자들도 많았다. 푸이그와 마찬가지로 히메네스에게 있어서도 용기는 또한 하나의 조국이었다. 지나가는 아나키스트 전투원들의 볼이 호텔의 불빛에 반사되어 검게 보였다. 수염을 깎은 자는 하나도 없었다. 전투가 일찍부터 시작됐기 때문이다. 들것이 또 하나 지나갔다. 그것의 손잡이에는 한 송이의 글라디올러스가 매달려 있었다.

광장 뒤쪽에서 적갈색의 어렴풋한 빛이 치솟았고, 먼 언덕 위에서도 같은 빛이 솟았다. 이윽고 떨고 있는 듯한 새빨간 불덩어리들이 여기저기서 떠올랐다. 새벽의 모든 사이렌이 숨가쁜 소리로 도움을 호소하듯이 이날 밤 바르셀로나의 모든 교회는 불에 타고 있었다. 숯내가 여름밤 활짝 열어놓은 커다란 살롱 안에까지 들어왔다. 히메네스는 아래에서 불빛의 반사를 받은 거대한 석류빛 연기를 보았다. 이 연기는 카탈로니아 광장 위에서 소용돌이치고 있었다. 히메네스는 일어나 가슴에 성호를 그었다. 그러나 그 동작은 드러내놓고 하는 것은 아니었다. 그것은 마치 그가 자기의 신앙을 고백하고 싶어하는 듯한, 다시 말해 마치 그가 혼자 있을 때 그러는 것 같은 동작이었다.

"당신은 접신론(接神論)을 아십니까?" 하고 푸이그가 물었다.

그들에게는 보이지 않았으나 신문기자들이 호텔의 입구에서 떠들어대며 스페인 승려들의 중립적 입장에 대해, 혹은 사라고사에서 나폴레옹의 근위병을 십자가로 때려죽인 수도승에 대해서 얘기하고 있었다. 그들의 목소리는 멀리서 나는 포성과 고함소리에도 불구하고, 한밤에 똑똑하게 위에까지 들렸다.

"이것 보게" 하고 히메네스는 중얼거리며 연기에서 시선을 떼지 않고 말했다. "하느님이란 인간이 가지고 놀도록 만들어진 게 아니야. 도둑이 주머니 속에 성체기(聖體器)를 가지고 놀 듯이 말이야."

"바르셀로나의 노동자들은 누구에게서 하느님의 이야기를 들었나요? 아스투리아스 지방을 탄압한 것은 잘한 일이라고 하느님의 이름으로 그들에게 설교한 자들에게서 듣지 않았나요?"

"이봐! 그건 인간이 그의 인생에 있어서 주의 깊게 듣는 소중한 것들에 의해서라네. 즉 유년시절이라든가, 죽음이라든가, 용기라든가……에 의해서지 인간의 언사(言辭)에 의해서가 아니란 말일세! 스페인의 교회가 그러한 임무를 맡을 자격이 없다고 가정해보세. 당신에게 호소하는 살인자들이 ─ 그들의 수효는 부족하지 않지 ─ 무엇 때문에 당신이 당신의 임무를 수행하는 것을 방해하겠나? 인간을 생각할 때 인간의 비열함을 기준으로 삼는 것은 좋지 않아……."

"사람이 강제에 의해 비열하게 살게 되었을 때 그 사람은 고상한 생각을 하지 못하게 되게 마련이지요. 도대체 누가 400년 전부터 당신이 말씀하신 것처럼 '이 영혼들을 맡아' 왔나요? 만약에 그들이 증오라는 것을 그토록 잘 배우지 않았더라면 아마도 그들은 사랑이라는 것도 더 잘 배우게 되지는 못했을 거예요."

히메네스는 먼 곳의 불꽃을 바라보고 있었다.

"자네는 가장 아름다운 대의명분을 옹호한 사람들의 초상이나 얼굴을 본 적이 있나? 마땅히 그것들은 적어도 명랑하거나 ─ 아니면 침착하거나 ─ 해야 했을거야……. 그런데 그것들의 첫인상은 언제나 슬픔뿐이야……."

"사제(司祭)들과 마음은 별개의 것이지요. 그 점에 있어서는 저는 당신에게 해명할 수가 없어요. 저는 지껄이기 좋아하는 무식한 인간은 아닙니다. 저는 인쇄공이지만 그러나 다른 점이 있어요. 인쇄소에서 저는 종종 작가들과 얘기를 나누었지요. 당신과 얘기하는 것 같았어요. 제가 사제 얘기를 하면 당신네들은 성녀 테레사 얘길 하고, 제가 교리문답 얘길 하면 당신네들은…… 뭐였더라? ……토마스 아퀴나스의 얘길 해요."

"내게는 토마스 아퀴나스보다는 교리문답이 더 중요하지."

"당신네들의 교리문답과 저희들의 교리문답은 달라요. 저희들과는 생활이 너무나 다르니까요. 전 스물 다섯 살 때 교리문답을 재독한 적이 있어요. 전 그 책을 이곳의 도랑 속에서 발견했거든요(이건 훈화로군요). 2000년 전부터 줄곧 뺨을 얻어맞은 자들에게 다른 뺨마저 내놓으라고 가르치지는 못하죠."

푸이그는 히메네스를 당황하게 했다. 왜냐하면 푸이그의 총명과 우둔의 안배는 히메네스가 늘 만나는 사람들과는 달랐기 때문이다.

마지막 손님들은 파시스트들이 그들을 감금했던 세탁실, 화장실, 지하실, 다락방에서 풀려나온 자들이었는데 그들의 얼빠진 얼굴은 불길에 반사되어 오렌지색을 띠고 있었다.

구름과 같은 연기가 더욱 짙어지고 숯내도 호텔 자체가 탄 것처럼 강렬해졌다.

"성직자 말인데요, 들어보세요. 전 지껄이기만 하고 아무것도 하지 않는 사람들을 누구보다도 가장 미워합니다. 전 그들과는 인종이 달라요. 그러나 역시 같은 인종이지요. 그러기 때문에 전 그들을 싫어해요. 가난한 자에 대해서, 노동자에 대해서 아스투리아스 지방의 탄압을 단념하라고 말하지는 못해요. 그러나 그들은 사랑…… 사랑이라는 이름으로 단념을 가르치고 있는데 그게 정말이지 불쾌해요. 동료들은 이렇게 말하죠. 바보 같은 놈들아, 차라리 은행에다 불을 지르는 게 나을 것이다!라고 말예요. 저는 안 된다고 말하죠. 부르주아가 그런 짓을 한다면 그거야 당연하지요. 그러나 성직자는 안 됩니다. 안 되고말고요. 3만 명이나 체포하고 고문하고 또 그 밖에 다른 나쁜 짓도 많이 한 교회들이 불에 타는 것은 좋은 일입니다. 그러나 예술품은 달라요. 그것은 국민을 위해 보존되어야 합니다. 대성당은 태우지 못해요."

"그럼 그리스도에 대해서는?"

"그는 성공한 아나키스트입니다. 유일한 존재시죠. 그리고 사제들에 대해서 한 가지 말씀드리겠는데, 당신은 가난해본 경험이 없어서 아마 제 말을 잘 이해하지 못할 거예요. 저로서는 최선을 다했는데 그것을 용서하고 싶어하는 인간들을 저는 증오하지요."

푸이그는 히메네스를 매서운 눈초리로 쳐다보았다. 이번에는 히메네스가 마치 적이나 되는 듯이.

"전 남의 용서를 받고 싶지 않아요."

확성기가 밤의 광장에서 외치고 있었다.

마드리드의 군대는 아직 태도를 밝히고 있지 않습니다.
스페인 전국에 질서가 잡히고 있습니다.
정부는 사태를 장악하고 있습니다.
프랑코 장군은 세빌랴에서 방금 체포되었습니다.
바르셀로나의 시민은 이제 파시스트와 반란군에 대해서 완전히 승리를 거두었습니다.

엘 네구스가 두 팔을 휘저으며 들어와서는 푸이그에게 외쳤다.
"공원에서 병정들이 방금 또 뛰어나왔네! 그들은 바리케이드를 쳤어."
"살루드!" 하고 푸이그는 히메네스에게 말했다.
"다시 만나세" 하고 대령은 대답했다.

징발한 자동차를 타고 푸이그와 엘 네구스는 노랫소리로 가득 찬 적갈색 밤을 뚫고 전속력으로 떠났다. 카라콜 구역에서는 민병들이 매음굴 창문에서 바깥의 화물 자동차 속으로 매트를 내던지면 화물자동차는 곧장 바리케이드 쪽으로 떠났다.

이제는 밤의 온 도시에 바리케이드가 쳐졌다. 매트, 포석, 가구들……. 바리케이드 중에 기묘한 것이 하나 있었는데, 그것은 고해대(告解臺)로 만들어진 것이었다. 또 한 바리케이드 앞에는 말들이 쓰러져 있어서 헤드라이트의 광선이 쏜살같이 스쳐가자 그 순간 그것은 마치 죽은 말들의 머리가 무더기로 쌓여 있는 것처럼 보였다.

푸이그는 파시스트들이 친 바리케이드가 무슨 소용이 있는지 이해할 수가 없었다. 그들은 이제는 병정들의 적의에 둘러싸여서 고전분투하고 있었다. 그들은 희미한 빛을 받으며 다리가 삐죽삐죽 튀어나온 뒤죽박죽이 된 의자더미 뒤에서 난사(亂射)하고 있었다. 가로등들이 총알에 맞아 날아갔기 때문이다. 푸이그와 그의 터반이 사람들의 눈에 띄자 거리는 즐거운 소음으로 가득 찼다. 모든 전투가 오래 끄는 경우에 늘 그러하듯이 두목 숭배열이라는 것이 시작되고 있었다. 여전히 엘 네구스를 거느리고 푸이그는 맨 처음의 차고로 갔고, 거기서 화물 자동차를 잡아탔다.

한길은 길었고 가장자리에 서 있는 나무들은 한밤중이었으므로 푸르게 보였다. 파시스트들은 이제는 보이지 않았지만 사격하고 있었다. 그들에게는 기관총이 한 자루 있었다. 파시스트들에게는 언제나 기관총이 있었다.
 푸이그는 전속력을 냈고, 자동차의 경우처럼 엑셀러레이터를 마구 밟았다. 가속하는 소리가 가라앉자 두 번의 일제사격 사이로 한 방만 별도로 나는 총소리를 엘 네구스는 들었다. 그리고 그와 동시에 엘 네구스는 푸이그가 느닷없이 일어서서 마치 테이블을 누르는 듯이 두 손을 운전대에다 괴는 것을 보았다. 이때 푸이그는 소리를 질렀는데, 그의 이가 총알에 맞아 부러졌던 것이다.
 바리케이드로 사용되고 있는 거울 달린 옷장이 거기에 비친 화물 자동차의 헤드라이트에 습격하듯이 덤벼들었다. 엘 네구스의 경기관총이 미친 듯한 소음을 내자, 가구더미가 부서진 문처럼 좌우로 열렸다.
 틈새로 통과한 민병들은 가구들 사이에 처박힌 화물 자동차를 지나쳐갔다. 파시스트들은 가까운 병영으로 도망을 치고 있었다. 엘 네구스는 사격을 멈추지 않고 계속하면서 푸이그를 쳐다보았다. 터반으로 얼굴을 가리고 운전대 위에 쓰러진 푸이그는 이미 죽어 있었다.

3

7월 20일

 상반신을 벌거벗고 있는 사람들과 윗옷을 벗고 셔츠 바람인 사람들을 헤치고, 쫓아도 되돌아오는 여자들 사이에 끼어서, 이각모를 쓴 민병대원과 돌격대원은 군중을 정리하려고 시도했으나 그건 헛일이었다. 선두는 엉성한데 후미의 밀집한 군중 속에서는 준엄한 아우성소리가 끊임없이 솟아나오고 있었다. 한 장교가 라몬타냐 병영에서 방금 탈출한 병정을 술집으로 데려가고 있었다. 하이메 알베아르는 그들이 술집으로 행차하는 것을 알고 그들보다 먼저 술집에 들어가 있었다. 포탄은 이 군중의 심장의 고동처럼 규칙적으로 모든 창문과 입구에서 발사되는 가느다란 총성 위에, 고함소리 위에, 마드리드에서 솟아오르는 뜨거운 돌과 아스팔트의 냄새 위에 떨어지고 있었다.
 술집 손님들의 머리가 마치 파리떼처럼 그 병정의 주위에 모여들었다. 그는 가쁘게 숨을 내쉬고 있었다.
"대령께서 말씀하셨어요, 공화국을…… 살려야 한다고."
"공화국이라니?"
"그렇습니다. 공화국이 볼셰비키의…… 유태인들의 그리고 아나키스트들의 수중에 방금 떨어졌으니까요."
"그래서 병정들은 뭐라고 대답했나?"
"브라보!라고."
"브라보!라니?"
"그렇고말고요……. 그들은 아무래도 좋았어요. 브라보라고 대답한 것은 특히 신병들이라는 점을 말씀드려야겠군요. 일주일 전부터…… 병영은 신병들로 가득 찼으니까요."
"그럼 좌익 병정들은?" 하고 누가 물었다.
정지하고 있는 유리잔 속에서 코냑과 만자니야 술이 전쟁의 리듬에 맞추어 가늘게 떨고 있었다. 그 병정은 술을 마셨다. 조금씩 그의 숨결이 바로잡혔다.
"나머지는 어느 쪽인지 모르는 패들이었지요. 다른 놈들은 모두가 2주일 전부터 진로를 바꾸었지요. 아마 좌익도 우리들 사이에 아직 150명쯤은 있었을 것 같았는데 그들은 자취를 감추었어요. 들리는 소문으로는 그들은 결박되어 감금되었다고 하더군요."
반란군들은 정부가 국민에게 무기를 주지 않으리라 확신하고 있었다. 그리고 그들이 기대를 걸고 있는 마드리드의 파시스트들은 아직도 움직이지 않고 있었다.
갑자기 주위가 고요해졌다. 확성기가 소리를 지르기 시작했다. 신문은 하루에 한 번 나왔고, 스페인의 운명을 알려주는 것은 오직 라디오뿐이었다.

　　바르셀로나 병영의 투항은 계속 진행중이다.
　　아타라사나스 병영은 아스카소와 두루티가 인솔하는 노동조합원들에게 점령당했다. 아스카소는 병영 공격중에 전사했음.
　　몬트후이크의 요새는 싸우지 않고 국민에게 항복하였음…….

　　술집에 있던 사람들은 모두 열광적인 환성을 올렸다. 아스투리아스 지방에서도 몬트후이크라는 이름은 가장 의미심장하고 음산한 이름이었다.

　……반란 장교에 대한 병정들의 복종의 의무가 해제되었다는 합법정부의 보도를 확성기로 들은 후부터는 병정들이 장교의 명령을 실행에 옮기는 것을 거절하였으므로……

"지금 병영에서는 누가 싸우고 있나?" 하고 장교가 물었다.
"장교들과 신병들이오. 동료들은 그럴 수 있기만 하면 뺑소니를 쳤지요. 그들은 지하실에 가득 찼을 거요. 당신네 대포가 포격을 시작했을 때 아무도 전진하려 들지 않았어요. 사정을 알아버렸거든요. 아나키스트나 볼셰비키가 대포를 가지고 있지 않다는 것은 잘 알고들 있어요. 난 동료에게 말했지요. 대령의 연설은 파시스트나 하는 짓거리라고. 국민에게 발포를 하다니, 그건 안 될 말이야! 그래서 난 당신네들에게로 도망쳤던 것이오."
병정은 떨리는 두 어깨를 도저히 진정시킬 수가 없었다. 포격은 계속되었고 작렬하는 포탄은 메아리를 쳤다.
하이메는 그 대포를 본 적이 있었다. 그 대포는 돌격대의 대위가 조작을 했었는데, 이 대위는 포병이 아니라서 발포는 할 수 있어도 조준(照準)은 할 수 없었다. 옆에서는 하이메가 속했던 소셜리스트 의용병의 사령관 로페스가 떠들고 있었다. 로페스는 조각가였다. 전망이 트이지 않았기 때문에 입구에다 포진(砲陣)을 칠 수가 없었으므로 대위는 눈어림으로 벽에다 대고 쏘았다. 첫 포탄은──너무 높아서──교외로 나가서 터졌다. 두번째는 벽돌벽에 맞아 터져서 누런 먼지를 잔뜩 일으켰다. 포탄이 발사될 때마다 고정되지 않은 대포는 맹렬히 뒷걸음질치고 그때마다 로페스가 지휘하는 민병들은 프랑스 혁명시대의 판화에서 보듯이 소매를 걷어붙인 팔을 바퀴살로 내밀어 대포를 간신히 제자리로 갖다놓곤 했다. 그러나 포탄 하나는 창문을 뚫고 들어가 병영 속에서 터졌다.
"차렷하시오! 병영에 들어갈 땐" 하고 병정이 말했다. "왜냐하면 신병들은 당신네들을 향해 발포하진 않으니까요. 그리고 그들은 일부러 그러는 거요!"
"그럼 무엇으로 신병을 식별하나?"
"당장에 말입니까……? 모르겠는데요……. 그러나 좀 후에라면…… 이렇게 말해도 되겠지요. 그들은 가족이란 것을 가지고 있지 않다고요…….”

 그가 말하고 싶은 것은 국민의 궐기와 싸우기 위해 군대에 들어간 파시스트들은 너무나 우아한 아내들을 숨겨두고 있다는 사실이었다. 가장 가까운 엄폐된 거리는 남편을 기다리는 파시스트들의 아내들로 가득 차 있었다. 군중 속에서 말없이 있었던 유일한 그룹이 바로 그녀들이었다.

 화물 자동차의 삐걱거리는 소리 위에 농성군의 일제사격 소리가 갑자기 덮쳤다. 다른 돌격대원들이 도착하고 있었다. 그들의 장갑차가 한 대 벌써 거기에 와 있었다. 포성이 울릴 때마다 유리잔 속의 포도주가 흔들렸다. 총을 손에 든 자들이 뉴스를 가지고 왔다. 촬영 도중의 쉬는 시간에 배우들이 출연 의상을 입은 채 촬영소의 구내식당에 한잔 하러 오기라도 한 것처럼. 그러나 바둑판 모양으로 포석을 깐 술집의 흰 타일 바닥에는 피 묻은 구두 자국이 남아 있었다.

 “파성추(破城槌)가 다른 게 왔어.”

 기하학적 괴물과도 같은 두꺼운 널판자가 정말로 앞으로 나왔다. 마치 배를 끄는 사람처럼 몸을 앞으로 숙이고 평행으로 줄을 선 약 50명의 남자들이 널판자를 메고 있었다. 그들은 칼라를 붙이기도 하고 안 붙이기도 했으나 총은 한결같이 등에 메고 있었다. 이 널판자는 차도의 잔해 사이를, 회벽의 부스러기와 철책의 단편들 사이를 지나서 거대한 종(鐘)인 양 입구의 문을 받고 후퇴했다. 설사 병영은 고함, 충성, 연기에 충만되어 있을지라도 그곳은 높은 문 뒤에서 마치 수도원의 문이 잘 울려퍼지는 것처럼 그렇게 떨고 있었다. 널판자를 짊어진 남자들 중에서 세 사람이 파시스트의 총을 맞고 쓰러졌다. 하이메가 그 중 한 사람의 자리로 들어갔다. 파성추가 다시 돌아서는 순간 키가 크고 눈썹이 짙은 한 조합원이 두 손을 들어 두 귀를 막는 듯한 시늉을 하며 전진하고 있는 널판자 위로 쓰러졌다. 한쪽 팔과 다른 쪽 다리가 대롱거렸다. 파성추를 짊어진 대부분의 사람들은 그것을 보지 못했다. 파성추는 계속해서 천천히 육중하게 전진했고 그 사나이는 널판자 위에 몸이 가로 걸려 있었다. 지금 스물 여섯 살인 하이메에겐 ‘인민전선’이란 공생공사(共生共死)의 이러한 우애를 뜻했다. 몇 백 년 전부터 이 나라를 지배해왔던 어떠한 조직에 대해서도 품지 않았던 희망을 그는 노동단체에 걸고 있었다. 노동단체 중에서도 특히 그가 알고 있는 사람들은 온갖 생업에 종사하는 무명의 이 ‘기층(基層)

의 투사들'이었다. 그들이 스페인에 모든 것을 바치고 있는 점은 같았다. 이 대낮에 팔랑헤당의 쏟아지는 총알 밑에서 이 거대한 널판자에 죽은 동지를 싣고 정문 쪽을 향하고 있는 그는 흐뭇한 마음으로 싸우고 있었다. 파성추가 문에 부딪혀 다시 소리를 냈고, 그 앞에서 시체가 굴러떨어졌다. 시체 옆에 있던 두 사람 중의 하나가 라모스였는데, 그가 시체를 운반했다. 널판자는 더욱 천천히 뒤로 돌아갔다. 다섯 명이 또 쓰러졌다. 파성추가 지나간 곳에, 부상자와 전사자의 두 열 사이로, 희부옇고 텅 빈 길이 나 있었다.

  7월의 아침 해가 중천에 떠오르고 사람들의 얼굴은 땀으로 번질번질했다. 공격 때의 모든 음향에 박자를 맞추는 파성추와 대포가 내는 둔중하고 커다란 음향 아래, 병영에 가까운 계단 밑 낮은 쪽의 거리에서는, 가는 끈을 단 소총을 손에 들고(정부는 총은 배부했으나 멜빵은 배부하지 않았던 것이다) 탄약갑의 가죽끈이 너무 짧아 가슴 한복판에 늘어뜨린 사무원, 노동자, 소시민의 군중들이 눈을 들어 문을 쳐다보면서 총공격의 시간을 기다리고 있었다.

  파성추의 속도가 둔해지고, 포격은 중지되고, 모자를 쓰지 않은 사람들과 이각모를 쓴 사람들이 고개를 쳐들었다. 파시스트들까지도 총격을 중지했다. 이때 비행기 엔진의 우렁찬 진동소리가 들려왔다.

  "저건 뭐야?"

  모두들 하이메에게 곁눈질을 했다. 소셜리스트 의용군의 동지들은 검은 머리칼을 휘젓는 이 덩치 큰 빨간 피부의 사나이가 이스파노 항공 회사의 기사임을 알고 있었기 때문이다. 그것은 스페인 군 소속의 낡은 브레게기(機)의 하나였다. 그러나 파시스트는 군대내에도 있었다. 군중의 무거운 침묵 위로 비행기는 커다란 곡선을 그으며 내려왔다. 두 발의 폭탄이 병영의 마당에 터지는 바람에 삐라들이 색종이처럼 떨어졌고, 그것은 환성이 오르는 여름 하늘에 오랫동안 하늘거리고 있었다.

  아래쪽 거리에서 군중이 뛰어나와 계단을 뛰어오르고 돌격해 나아갔다. 파성추는 필사적인 일제사격을 무릅쓰고 한 번 더 문을 들이받았다. 파성추가 뒤로 물러난 순간 병영 건물 전면의 한 창문에서 시트가 한 장 튀어나왔다. 그것을 내던질 수 있도록 한 끝에는 커다란 매듭이 지어져 있었다. 파성추를 짊어진 사람들에게는 그것이 눈에 띄지 않았다. 파시스트들은 다시 돌진하여 일격으로 문을 부쉈다. 마침내 문이 열렸다.

안마당은 완전히 비어 있었다.
그 공지를 가로지른 저쪽, 창문과 포석을 깐 안뜰의 닫혀진 문 뒤에서 포로들이 나오기 시작하였다.

처음에 병정들은 그들 위원회의 수첩을 흔들며 나왔다. 대부분 상반신은 벗은 채였다. 선두의 한 병정은 비틀거리고 있었다. 군중이 그에게 질문을 퍼붓는 동안, 그는 네 발로 기어가서 시냇물을 마셨다. 이어서 두 팔을 쳐드는 장교들, 무관심한 또는 무관심한 체하는 사람들, 철모로 얼굴을 가리는 사람들이 있는가 하면, 모든 것이 장난에 불과했던 것처럼 미소를 짓는 사람도 있었다. 그는 두 손을 어깨까지밖에는 올리지 않았으므로 마치 민병들을 포옹하러 오는 것 같았다.

그들의 머리 위에서, 가운데 유리창문의 마지막 덧문이 포격에 한 귀퉁이가 어긋났었는데 지금 그것이 떨어져나갔다. 절반이 부서져버린 발코니 위의 창틀에서 한 젊은 녀석이 뛰어내렸는데, 그는 큰 소리를 내며 웃고 있었다. 그의 등에는 소총을 석 자루 짊어지고, 왼손에는 마치 개줄을 끌듯이 두 자루의 소총의 총신을 질질 끌고 있었다. 그는 길바닥에 총들을 내던지며 살루드! 하고 외쳤다.

병정의 아내들과 파성추를 짊어진 의용병들, 민위대원들이 뛰어왔다. 여자들은 포격이 멎은 뒤부터 이상할 정도로 고요한 병영의 수도원 같은 복도를 달려가면서 서로의 이름을 불러댔다. 하이메와 그의 동지들은 총을 거꾸로 메고 이층으로 올라갔다. 다른 의용병들도 벽에 뚫린 틈새로 들어와 있었다. 탄약갑을 사무원복 상의에 매달고, 가짜 칼라를 달고 있는 명랑한 민간인들의 호위를 받으며 장교들이 전진하고 있었다.

민병의 수효가 많아진 것을 보면 벽에 뚫린 틈새가 넓었음에 틀림없다. 바깥에서 들어오는 거대한 군중의 만세소리에 벽들이 흔들렸다. 하이메는 창문으로 내다보았다. 주먹을 쥔, 살이 드러난 수많은 팔들이 윗옷을 벗은 군중들로부터 튀어올랐다. 마치 체조를 하고 있는 것 같았다. 노획 무기의 분배가 시작된 것이다.

벽 앞에는 근대식 소총들과 연극에 나오는 것 같은 장검(長劍)들이 산적되어 있었다. 이 벽은 하이메가 내려다보고 있는 병영의 넓은 안마당을 거리 쪽에서 보이지 않도록 가리고 있었다. 이 안마당의 구석에는 자전거 보관소가 있었다. 민병들이 서로 다투고 있는 사이에 보관소는 약탈당했고 안마당은 커다란 포장지 조각과 핸들과 바퀴들로 난잡하게 어질러져 있었다. 이때 하이메는 널판자 위에 가로놓여 있던 그 조합원을 생각하고 있었다.

첫번째 방에는 한 장교가 한쪽 손으로 머리를 감싸고 앉아 있었는데 머리에서 떨어지는 피가 아직도 테이블 위로 흐르고 있었다. 다른 두 장교는 마루 위에 쓰러져 있었다. 그들의 손 가까이에는 권총이 한 자루씩 떨어져 있었다.

두번째 방은 꽤 어두웠는데 거기에는 병정들이 누워 있었다. 그들은 살루드! 살루드! 하고 울부짖고 있었으나 몸은 움직이지 않았다. 그들은 묶여 있었기 때문이다. 그들은 파시스트들에게서 공화국의 충복이라는 또는 노동운동의 동조자라는 혐의를 받은 자들이었다. 그들은 기쁜 나머지 밧줄로 묶여 있으면서도 발뒤꿈치로 마룻바닥을 차고 있었다. 하이메와 민병들은 밧줄을 풀어주고 스페인식으로 그들을 포옹했다.

"아래에는 아직도 동지들이 있어요" 하고 그들 중의 하나가 말했다.

하이메와 그의 동지들은 실내의 계단을 내려가 좀더 어두운 방 속으로 들어갔고, 결박된 동지들을 보자 뛰어가서 그들을 역시 포옹했다. 그러나 그들은 전날 밤에 이미 총살을 당한 사람들이었다.

4

"여, 잘 있었나!" 하고 쉐이드는 그를 수상하게 쳐다보고 있는 검정 고양이에게 외쳤다. 그는 카페 그란하의 테이블에서 일어나 고양이에게 손을 내밀었다. 그러나 고양이는 밤거리의 군중 사이로 자취를 감춰버렸다. "혁명 후부터는 고양이들도 자유의 몸이야. 그러나 고양이는 여전히 나를 싫어한단 말이야. 난 언제나 학대받는 자야."

"돌아와 앉게, 거북이 형" 하고 로페스는 말했다. "고양이란 것들은 더럽게 매정한 놈들이야. 어쩌면 파시스트 같은 놈들인지도 몰라. 개나 말은 바보들이야. 그놈들은 조각 예술의 모델이 될 수가 없거든. 인간의 친구가 될 수 있는 유일한 동물은 피레네 산맥의 독수리뿐이야. 내가 맹금류를 조각하던 시절엔 피레네의 독수리를 한 마리 길렀었지. 독수리는 뱀밖에는 먹지 않아. 그런데 뱀은 비싸거든. 그리고 식물원에서 뱀을 훔칠 수도 없는 일이라 난 값싼 고기를 사서는 가느다란 끈처럼 썰었네. 그러고는 그걸 독수리 앞에서 흔들어 보였지. 그랬더니 —— 녀석 참 귀엽단 말이야 —— 속는 체하고선 걸신들린 듯이 처먹더란 말이야."

확성기에서는 다음과 같은 말이 흘러나왔다.

여기는 바르셀로나 방송국입니다. 국민이 노획한 대포들은 포구를 라카피타니아 요새 쪽으로 돌리고 있습니다. 반란군 수령들이 요새로 피란하고 있습니다.

알칼라가를 지켜보면서 내일의 기사를 쓰고 있던 쉐이드에게는 큼직한 매부리코의 이 조각가가 두꺼운 아랫입술과 볏처럼 생긴 머리털만 아니라면 조지 워싱턴을 닮은 것같이 보였다. 그는 특히 그가 금강 잉꼬를 닮았다는 생각이 들었다. 로페스가 지금 독수리 흉내를 내느라고 날개짓을 하는 시늉을 내고 있어서 더욱 그러한 생각이 들었다.

"출연 준비!" 하고 그는 외쳤다. "촬영 개시!"

혁명의 온갖 가장복으로 분장한 마드리드는 마치 휘황찬란한 가로등 속의 거대한 야간 촬영소와도 같았다.

그러나 로페스는 침착해졌다. 민병들이 그와 악수하러 왔기 때문이다. 단골인 예술가들 사이에서 그는 인기가 있었다. 전날 라몬타냐 병영의 대포를 마치 15세기식으로 쏘았다든가 또는 예술적 재능이 있다든가 해서라기보다는 일찍이 알바 공작 부인의 흉상을 조각해달라고 의뢰하러 온 대사관의 문정관에게 "만약 공작 부인께서 하마처럼 포즈를 취해주시기만 한다면" 하고 대답했다는 이유로 그는 더 인기가 좋았다. 로페스의 말은 진담이었던 것이다. 식물원에서 언제나 살다시피 하고 동물에 대해서는 성 프란체스코보다도 더 잘 아는 로페스는, 하마라는 놈은 휘파람을 불면 다가와서 꼼짝달싹하지 않고 가만히 있다가 필요가 없어지면 돌아가는 동물이라고 확언했다. 경솔한 공작 부인 쪽도 봉변을 면했다고 할 수 있다. 그도 그럴 것이, 로페스는 조각할 때 섬록암(閃綠岩)을 사용했으며, 모델도 그가 대장장이처럼 두들기는 소리를 몇 시간이나 듣고 난 후에야 자기의 흉상이 7밀리 가량 '진행' 되고 있음을 볼 수 있었기 때문이다.
　윗옷을 벗은 병정들이 지나갔다. 그들의 주위로는 만세소리가 일어났고 그들의 뒤를 어린이들이 따라갔다——그들은 국민의 편으로 가기 위하여 알칼라 데 에나레스의 파시스트 반란 장교들을 등진 사병들이었다.
　"지나가는 아이들을 보게나" 하고 쉐이드가 말했다. "그들은 자부심에 들떠 있어. 이곳에는 내 마음에 드는 점이 하나 있네. 그게 뭐냐 하면 어른들이 아이들과 같다는거야. 하긴 내가 좋아하는 것은 어른들이 언제나 아이들을 많든 적든 닮았다는 거지. 어른을 보고 있으면 뜻밖에도 그 속에 아이가 나타나지. 마음이 끌리거든. 여자 속에는 물론이고. 이쯤되면 만사가 끝장이지. 저들을 보게나. 저들에게선 그들이 으레 감추고 있는 아이들이 튀어나오지. 이곳의 민병들은 폭음 폭식하고 있지만, 시에라 지방에선 민병들이 죽어가고 있어. 그러나 동심은 마찬가지야. 미국에선 혁명을 분노의 폭발인 양 상상하지. 하지만 이 순간에, 이곳에서 모든 것을 지배하는 것은 유쾌한 기분이야."
　"유쾌한 기분만 있는 것은 아니야."
　로페스는 예술에 대한 이야기를 할 때에는 민감해졌다. 그는 그가 원하는 말을 찾아내지 못하고 단지 이렇게 말했다.
　"내 말을 듣게나."
　조합, 또는 U. H. P.의 굉장히 큰 하얀 두문자(頭文字)가 씌어 있는 자동차들이 두 방향으로 전속력을 내며 지나갔다. 차에 탄 자들은 서로 인사를 나누며 살루드! 하고 외쳤다. 그리고 승리에 취한 군중은 모두 이 고함소리가 마치 한결같은 우애의 합창인 양 여기에 한데 뭉치는 것 같았다. 쉐이드는 두 눈을 감았다.
　"모든 인간은 어느 날엔가는 자신의 서정(抒情)을 찾을 필요가 있지" 하고 그는 말했다.
　"게르니코는 혁명의 가장 큰 추진력은 희망이라고 말했지."
　"가르시아도 그런 말을 했네. 모든 사람이 그렇게 말했지. 그러나 게르니코는 지겨워. 기독교도들도 지겹고. 계속하게."
　쉐이드는 브르타뉴 지방의 사제(司祭)와 비슷했다. 그것이 그가 반교권주의자(反敎權主義者)가 된 근본적 원인이라고 로페스는 생각했다.
　"그렇지만 그건 정말이야, 거북이 형. 나를 보게나, 내가 열 다섯 해 전부터 원하는 게 무엇이겠나? 예술의 부흥이야. 좋아, 이곳에서는 모든 준비가 다 돼 있어. 마주 보이는 이 벽 말이야. 이 모든 바보들이 지나갈 때 이 벽 위에 그들의 그림자가 비친단 말이야. 그리고 그들은 벽을 쳐다보지 않지. 이곳에는 숱한 화가들이 있어. 길바닥에서 돋아나는 거지. 지난 주에 에스쿠리알 왕궁의 다락에서 화가를 하나 발견했는데…… 그자는 잠을 자고 있었네. 그들에게 벽을 주어야 하네. 벽이 필요할 때에는 언제나 벽이 있어야 한단 말이야. 더럽고, 황토색이나 아니면 시에나 토색(土色)의 벽 말이야. 그걸 백색으로 바꿔서 화가에게 주는거야."

추장과 같은 손짓으로 도제(陶製) 파이프를 피우면서 쉐이드는 열심히 듣고 있었다. 지금 로페스는 진지하게 얘기하고 있었기 때문이다. 미치광이는 예술가의 흉내를 내고 예술가는 미치광이를 닮는다. 쉐이드는 모든 혁명을 위협하는 예술 이론을 불신하고 있었으나 멕시코 예술가의 작품이라든가, 로페스의 거칠한 대벽화(大壁畵)를 알고 있었다. 이 벽화 속에 가득 차 있는 스페인 맹금류의 발톱이라든가 맹수의 뿔은 정말로 싸우는 인간의 언어였다.

민병을 태우고 소총을 가득 실은 버스 두 대가 톨레도를 향하여 출발했다. 톨레도에서는 반란이 아직 끝나지 않았다.

"노형, 화가들에게 벽을 준단 말이야. 자, 어서 소묘를 하게, 색을 칠하게! 그리고 말이야, 그 앞을 지나가는 사람들에게 이야기를 걸어야 해요. 얘깃거리가 없으면 대중에게 이야기하는 예술을 만들 수 없단 말이야. 그러나 우리는 함께 싸우고 있고, 함께 다른 인생을 살고 싶어하고, 우리는 모든 것을 서로 얘기해야 해요. 성당은 모두를 위하여, 모든 이와 함께 악마에 대항하여 싸우고 있었네. 하긴 악마는 프랑코의 얼굴을 닮았지. 우린……"

"난 성당은 진절머리가 나네. 이 거리엔 반대쪽의 어느 성당보다도 많은 우애가 있지. 계속하게."

"예술이 문제삼는 것은 주제가 아니야. 위대한 혁명 예술이라는 것은 있지 않아. 왜냐고? 그건 기능에 대해서는 토론하지 않고 강령에 대해서만 줄곧 토론하기 때문이지. 그러므로 예술가들에게 '당신네들은 싸우는 사람들에게 (대중과 같은 추상적 대상에 대해서가 아니라 구체적인 대상에 대해서) 얘기할 필요가 있나요?' 하고 물어야 해. 그럴 필요가 없나? 그럼, 다른 말을 하라고 하면 되지. 그래도 좋소? 그럼, 거기에 벽이 있네. 여보게, 벽이 있어요, 벽뿐이오. 매일 2000명이 벽 앞을 지나가지. 당신은 그들을 알고 있어요. 당신은 그들에게 이야기를 하고 싶어해요. 그렇다면 지금 좋도록 하세요. 당신에겐 벽을 이용할 수 있는 자유와 이용하고자 하는 욕구가 있어요. 그러면 됐어요……. 우린 걸작을 만들지 못할 겁니다. 걸작이란 주문한다고 만들어지는 게 아니지요. 그러나 우린 어떤 스타일〔樣式〕을 만들어낼 겁니다."

위쪽에는, 그늘 속에 은행이나 보험회사와 같은 스페인식의 훌륭한 건물들이, 그리고 좀 아래쪽에는 식민지풍의 장려한 관청들이 시간과 밤 속에서 마치 출항 준비를 하는 함선(艦船)처럼 괴상한 영구차, 클럽의 샹들리에, 분수의 물길, 해군성 안마당에 매달린 갤리선(船)의 깃발 등으로 의장(艤裝)되어 있었다. 갤리선의 깃발은 바람 한 점 없는 이날 밤 요지부동이었다.

한 노인이 카페를 나가다가 로페스의 이 이야기를 듣고 그의 어깨에다 손을 얹었다.

"나 같으면 사라지는 노인과 세수하는 녀석의 그림을 그리겠네. 세수하는 바보는 운동을 좋아하고, 머리가 모자라 흥분하고 있으니, 그건 파시스트……."

로페스는 머리를 들었다. 이야기를 하고 있는 노인은 이름난 스페인의 화가였다. 그는 분명 '파시스트가 아니면 코뮤니스트야'라고 생각했을 것이다.

"……그러니까 파시스트야. 사라지는 노인은 늙은 스페인이고. 로페스 씨, 안녕히 계시오."

그는 다리를 약간 절면서 걸어 나갔다. 바깥에서는 밤하늘에 거대한 환성이 충만해 있었다. 알칼라의 반란군을 격파한 돌격대가 마드리드로 돌아오고 있었다. 테이블에서, 보도에서, 이 밤중에 모두가 주먹을 쳐들었다. 돌격대도 주먹을 쳐들고 지나갔다.

"아마도" 하고 로페스는 쇠사슬에서 풀려난 듯 이야기를 다시 시작했다. "얘기를 하고자 하는 욕구를 가진 사람들과 얘기를 듣고자 하는 욕구를 가진 사람들로부터 어떤 스타일이 나올지도 몰라요. 그들을 가만히 놔두도록, 에어 브러시나 도료 분무기나 모든 현대 기술을, 나중에는 도자기 제조법을 그들에게 주어보도록. 그리고 조금 기다리라고 하는 거죠."

"당신 계획의 장점은" 하고 나비 넥타이의 한 끝을 잡아당기며 생각에 잠긴 듯이 쉐이드가 말했다. "당신이 바보라는 점이오. 난 바보만을 좋아해요. 옛날에는 순진이라고 불렀지. 사람들은 모두 머리만 커져서 아무것도 못해요. 이자들도 우리처럼 바보요."

속도를 바꾸느라고 삐걱거리는 차소리. 거리에 충만한 말들, 〈인터내셔널〉의 박자에 맞춰 가로질러가는 발소리. 한 여자가 카페 앞을 지나갔다. 그녀는 조그마한 재봉틀을 두 팔로 안고 있었는데, 그 재봉틀은 마치 병든 짐승처럼 가슴에 꼭 매달려 있었다.

쉐이드는 파이프에 손을 대고 가만히 있었다. 그는 가장자리가 치솟은 조그마한 소프트를 손가락으로 퉁겨서 뒤로 밀쳤을 뿐이다. 구리로 된 별이 붙은 푸른 작업복을 입은 한 장교가 지나가다가 로페스와 악수를 했다.

"시에라 지방은 어때요?" 하고 로페스가 물었다.

"반란군은 통과하지 못할 거요. 민병들이 줄곧 진격하고 있으니까요."

"잘됐군" 하고 로페스가 말했을 때는 장교는 이미 발걸음을 옮기고 있었다. "언젠가 저 스타일은 스페인 전체에 퍼질거야. 성당이 유럽에 퍼졌고 혁명적 벽화의 스타일이 온 멕시코에 퍼졌던 것처럼."

"맞습니다. 다만 당신이 저에게 성당 얘기를 꺼내지 않기로 약속만 하신다면요."

전쟁 때문이든 꿈 때문이든간에 징발되어 전속력으로 뛰고 있는 시중의 모든 자동차들은 우애를 외치면서 교차하고 있었다. 그날 아침부터, 국유화된 모든 파시스트 신문의 카메라맨이 라몬타냐 병영에서 찍은 사진들이 테라스에서 회람되고 있었는데, 그 사진에는 이곳의 민병들이 나와 있었다. 쉐이드는 오늘 밤 로페스의 계획에 대해, 또는 카페 그란하의 광경에 대해, 또는 거리에 충만해 있는 희망에 대해 기사를 써야 할지를 망설이고 있었다. 아마 이 모든 것에 대한 기사를 쓰게 될 것이다.(그의 뒤에서는 그와 동국인인 한 여자가 40센티 가량의 미국기를 가슴에 붙이고 손짓 몸짓을 하면서 입을 놀리고 있었다. 그러나 그가 방금 들은 바에 의하면 그녀는 귀머거리요 벙어리였다.) 산재하는 저 벽들로부터, 그 앞을 지나가는 사람들로부터, 이 자유의 축제에 충격을 받아 이 순간에 그의 앞을 지나가는 사람들로부터 과연 스타일이 생길 것인가? 그들은 확실히 그들의 화가와 비밀히 통하는 공통의 감정을 지니고 있었다. 그 공통의 감정이란 사실은 기독교교도국인데 현재는 혁명 정권이라는 것이었다. 그들은 동일한 삶의 방법과 동일한 죽음의 방법을 택했던 것이다. 그렇지만…….
"그건 탁상공론인가요? 아니면 당신이나 혁명 예술가협회나 관청이나 독수리나 하마 협회가 조직해야 할 성질의 것인가요?" 하고 쉐이드는 물었다.
내복 보따리와 얌전하게 접은 시트를 마치 변호사의 서류 가방인 양 두 팔에 꼭 안은 사람들이 지나가고 있었다. 한 프티 부르주아가 들고 나온 털이불은 카페의 불빛 때문에 아주 빨갛게 보였다. 그는 이 털이불을 마치 그보다 앞서 지나간 여자가 재봉틀을 가슴에 안았던 것처럼 가슴에 안고 있었다. 다른 프티 부르주아들은 안락의자를 거꾸로 머리에 이고 있었다.
"두고봅시다" 하고 로페스는 대답했다. "어떻든 지금은 내가 조직하는 게 아니오. 나의 민병이 시에라 지방으로 떠납니다. 그러나 자넨 불안해할 것은 없단 말이야!"
쉐이드는 파이프의 연기를 불어서 날렸다.
"로페스 대령, 난 인간들이 지긋지긋해요! 제발 그걸 알아주시오."
"그렇다면 시기가 나빠요."
"내가 그저께 부르고스에 갔던 것을 잊지 마시오. 슬프게도 마찬가지였어요! 마찬가지였어요. 불쌍한 바보들이 군대와 우애를 나누고 있더군요."
"아, 참, 거북이 형, 이곳에서도 군대가 불쌍한 바보들과 우애를 나누고 있어요."
"그리고 큰 호텔에선 바람둥이 백작 부인들이 베레모를 쓰고 모포를 어깨에 걸친 왕당파의 농부들과 술을 마시고 있고…….."
"농부들은 백작 부인들을 위해 목숨을 바치고 있어도 백작 부인들은 농부들을 위해 목숨을 바치지는 않았네. 하긴, 질서가 필요하거든."
"그리고 백작 부인들은 공화국이라든가 노동조합이라든가 하는 말만 들어도 침을 뱉었지. 불쌍한 바보들……. 난 총을 든 사제를 보았는데, 그는 자기의 신앙을 방위하고 있다고 믿고 있었지. 그리고 다른 구역에서는 맹인을 한 사람 보았어. 그는 눈 가리개를 새로 하고 있었는데, 그 눈 가리개 위에 자줏빛 잉크로 '그리스도 왕 만세'라고 씌어 있었네. 그자도 역시 자기가 민병이라고 믿고 있었던거야……."
"그는 정말로 맹인이었군 그래!"
또다시 확성기가 복화술사(腹話術師)의 목소리처럼 "여러분" 하고 외칠 때마다 언제나 그렇듯이, 그들 주위에 침묵이 퍼졌다.

　이곳은 바르셀로나 방송국입니다. 지금으로부터 고데드 장군의 말씀을 방송하겠습니다.

　고데드가 바르셀로나의 파시스트의 수령이자 반란의 군사 지휘관임은 모두 알고 있었다. 침묵은 마드리드의 끄트머리까지 확대되는 것 같았다.
"이 사람은" 하고 피곤에 지쳐 무관심한 듯한, 그러나 위엄 있는 목소리가 말했다.

　고데드 장군이오. 이 사람은 스페인의 국민에게 본인이 불운하여 포로의 신세가 되었음을 말씀드립니다. 이렇게 말씀드리는 것은, 싸움을 계속하고 싶지 않으신 분들이 이 사람에 대한 서약에서 풀려난 것으로 생각해주셨으면 하기 때문입니다.

　이것은 1934년에 패배한 콤파니스의 성명과 같다. 거대한 환호성이 밤의 도시 위를 뒤덮었다.
"이 말이 내가 하려던 말을 대신해주는군" 하며 로페스는 기쁨의 표시로 단숨에 술잔을 비웠다. "자네가 스키티아풍의 조각이라고 부르는 저부조각(底浮彫刻)을 내가 만들었을 때 내게는 돌이 없었네. 질이 좋은 돌은 값이 비싸거든. 묘지(墓地)에는 질이 좋은 돌이 가득 있었네. 오직 묘지에만 있었네. 그래서 나는 밤에 묘지를 털었지. 그 시기의 나의 조각은 모두가 끝없는 애도 속에서 새겨진 걸세. 내가 섬록암을 안 쓰기로 한 것은 이런 사연에서지. 이제부터는 규모를 훨씬 크게 해야지. 스페인은 돌로 가득 찬 묘지니까 말이야. 이걸로 조각을 만들어야지. 거북이 형, 내 말 알겠죠."
　남자들과 여자들이 검은 무명으로 싼 봇짐을 나르고 있었다. 한 노파는 벽시계를, 한 어린이는 옷가방을, 또 한 어린이는 한 켤레의 구두를 들고 있었다. 모두가 노래를 부르고 있었다. 몇 걸음 뒤의 한 남자는 한 고물 가게의 고물을 몽땅 실은 수레를 끌면서 뒤늦게나마 그들의 노래를 따라 부르고 있었다. 흥분한 한 젊은이가 두 팔을 풍차처럼 휘두르며 사진을 찍겠다고 그들을 세웠다. 그는 신문기자로 플래시가 달린 사진기를 가지고 있었다.

"이 모든 이사 소동은 무엇 때문이오?" 하고 쉐이드는 그가 쓰고 있는 조그마한 모자를 앞으로 당기며 물었다. "폭격을 무서워하고 있나요?"

로페스는 눈을 들었다. 그가 꾸미지도 않고 열을 올리지도 않는 쉐이드를 보는 것은 이번이 처음이었다.

"자네도 알다시피 스페인에는 전당포가 많아요. 오늘 오후에 정부는 전당포 문을 열어 모든 전당물을 무상으로 돌려주라는 명령을 내렸어. 그래서 마드리드의 모든 빈민이 들이닥쳤네. 몰려들지도 않고, 대수롭게 여기지도 않고 아주 천천히. (그들은 분명 곧이듣지 않았던 것이지.) 그들은 털이불이라든가, 시곗줄이라든가, 재봉틀 같은 것을 찾아가는 거요……. 이 밤은 가난한 자들의 밤이오."

쉐이드는 쉰 살이었다. 숱한 여행에서 돌아온 그는 (미국에서 그는 가난한 생활을 했었고 그가 사랑한 여자는 오랫동안 앓다가 죽었다) 그가 치매성(癡呆性) 내지 동물성이라고 부르는 것, 다시 말하면 근본적 생활 즉 고뇌, 사랑, 굴욕, 순진과 같은 것만을 중요시하고 있었다. 한 무리의 사람들이 의자 다리가 삐죽삐죽 나온 짐수레를 끌며 큰길을 내려가고 있었고, 그 뒤를 벽시계를 안은 패들이 따랐다. 마드리드의 모든 전당포 문이 밤에 열려 가난한 사람들이 구제를 받았다는 생각이, 전당물을 되찾아 뿔뿔이 빈민굴로 되돌아가는 이 군중의 모습이 쉐이드로 하여금 처음으로 혁명이라는 낱말의 뜻을 이해하게 했다.

경기관총을 장치하고 어두운 거리를 뛰어다니는 파시스트의 차에 징발된 차가 덤벼들고 있었다. 이 차 위에서 집요하게 되풀이되는, 버렸다가 다시 잡히는, 분명히 말했다가 희미하게 사라지는 살루드!라는 낱말은 밤과 인간을 휴전 시간의 우애 속에서 결합시키고 있었다——임박한 전투 때문에 더욱 공고히. 파시스트들이 시에라 지방에 당도하고 있었다.

제 2 장

1

8월 초순

　지퍼가 달린 기관사의 작업복——어느새 민병의 유니폼이 되어버린——을 입은 자들을 제외한다면 국제 공군의 의용병들은 스페인의 8월 더위에 셔츠를 열어젖히고는 있으나 매우 유쾌한 모양이었다. 그들은 남(南) 프랑스의 소별장이나 해수욕장에서 갓 돌아온 것같이 보였다. 현재 전투에 참가하고 있는 것은 오로지 정기 항공 노선의 조종사들이나 중국 및 모로코의 사격수들뿐이었다. 나머지 의용군들은 매일 도착하고 있었다. 도착한 날 바로 시험을 받기로 되어 있었다.
　마드리드의 구(舊) 민간 비행장 한복판에, 노획된 삼발 융커기(機) 한 대가 알루미늄의 기체를 번득이고 있었다. (이 융커기의 조종사는 마드리드가 점령당했다는 세빌랴 방송을 그대로 곧이듣고서 착륙했던 것이다.)
　적어도 스무 개비의 궐련에 성냥불이 켜졌다. 비행소대의 서기 카무치니가 방금 이렇게 말했다.
　"B기는 모두 두 시간 15분 분량의 휘발유밖에는……."
　이 말의 뜻은 곧 대형비행기 B기는 휘발유를 두 시간 분량만 실었다는 것이다. 그런데 모두가, 카운터 위에 원숭이처럼 앉아 있는 르클레르도, 기를 쓰고 기관총을 응급 수리하고 있는 준엄한 자들도 그들의 동지가 탄 비행기가 시에라 지방으로 떠난 지 두 시간 5분이 경과한 것을 알고 있었다.
　술집에서는 사람들이 담배를 길게 빨아들여 소용돌이 무늬의 연기를 내뿜지 않고 성급하게 뻐끔뻐끔 빨고 있었다. 모두들 유리창을 통하여 언덕의 능선 위로 눈길을 평행으로 고정시키고 있었다.
　지금이든 내일이든 이윽고 첫 비행기는 돌아오지 못하게 될 것이다. 기다리는 자들에게는 각자의 죽음이 바로 초조하게 불을 붙인 이 궐련 연기에 불과함을 그들은 알고 있었다. 연기 속에서 희망이 마치 질식하는 사람처럼 몸부

림치고 있었다.
 폴이라고 불리는 폴스키와 레이몽 가르데는 술집에서 나왔다. 그러나 언덕에서 시선을 떼지는 않았다.
 "대장이 B기에 탑승하고 있어."
 "확실한가?"
 "바보 같은 소리 하지 말게! 자네도 떠나는 것을 봤잖아."
 모두가 대장을 걱정하고 있었다. 대장은 비행기에 타고 있었다.
 "두 시간 10분."
 "잠깐만! 자네 시계는 늦네. 떠난 게 겨우 한시였으니까. 그럼 두 시간 5분이야."
 "천만에, 레이몽. 자네 또 그러지 말게. 10분이라고 하잖았느냐 말이야! 저 위에 있는 작은 스칼리를 보게. 전화에 매달려 있군."
 "스칼리란 누구야? 이탈리아 사람인가?"
 "그럴거야."
 "스페인 사람일지도 모르지. 잘 보게나."
 스칼리의 약간 혼혈아 같은 얼굴은 사실상 서지중해(西地中海) 지방에서 흔히 볼 수 있는 얼굴이었다.
 "잘 보게, 잘도 날뛰는군."
 "안됐군, 안됐어. 난 말이야······."
 마치 두 사람은 모두 죽음을 불신하는 것처럼 토론은 음험한 목소리로 계속되고 있었다.

 공군성에서는 스페인 공군의 전투기 두 대와 국제 공군의 대형기 두 대는 피아트기 일곱 대로 구성된 편대의 습격을 받고 전투력을 잃었다고 스칼리에게 방금 알렸던 것이다. 대형기 한 대는 공화파의 전선에 떨어졌으나 또 한 대는 총탄을 맞았는데 귀환을 시도하고 있었다. 고수머리를 산발한 스칼리가 뛰다시피하여 셈브라노에게로 내려왔다.
 대장 마니앵은 국제 공군을 지휘하고 셈브라노는 민간 비행장과 전투기로 개조된 민간 항공기를 지휘하고 있었다. 셈브라노는 젊고 착한 볼테르(프랑스 계몽기의 대표적인 문학자·사상가. 대표작으로는 《캉디드》, 논문집으로는 《철학사

전》 등이 있음. 1694~1778)를 닮았다. 마드리드 비행장의 구식 군용기의 원호가 있으면 정부에서 사들인 스페인 국내의 민간 항공인 신형 더글러스기는 이탈리아 전투기의 도전에 부득이한 경우에는 응전할 수도 있었다. 그것도 임시로……

아래에서는 펠리칸(펠리칸은 새의 이름으로 여기에서는 비행대원을 말함)들이 떠드는 소리가 뚝 그쳤다. 그런데도 엔진 소리가 전혀 나지 않았고, 비상소집 사이렌 소리도 나지 않았다. 그러나 펠리칸들은 팔을 내밀어 서로들 무엇을 가리키고 있었다. 언덕의 꼭대기와 같은 높이에, 엔진 두 개가 끊어진 대형기 한 대가 나타났다. 오후 두시라서 마치 모리타니의 사막처럼 황량한 모래빛 들판 위를 생사불명의 동지들을 가득 실은 기체가 소리 없이 활주하고 있었다.

"언덕을 보게!" 하고 셈브라노가 외쳤다.

"다라스는 민간 항공의 조종사야" 하고 스칼리는 집게손가락으로 자기 콧등을 누르며 대답했다.

"언덕을 보게!" 하고 셈브라노는 되풀이했다. "언덕을……"

비행기는 방금 마치 장애물을 뛰어넘듯이 언덕을 뛰어넘었다. 비행기는 비행장 주위를 선회하기 시작했다. 아래에서는 유리잔 속의 얼음도 소리를 내지 않았다. 모두는 어떤 외침소리를 노리고 있었다.

"곤두박질을 하겠는데" 하고 스칼리가 다시 말했다. "필시 타이어가 없어졌을거야……"

그는 비행기를 도와주고 싶은 듯이 짧은 팔을 흔들었다. 땅에 부딪혀 동체는 기울어지고 날개 한 쪽 끝은 땅에 긁혔으나 비행기는 곤두박질치지는 않았다. 펠리칸들은 문이 닫힌 기체의 주위로 아우성을 치면서 뛰어가고 있었다. 캐러멜이 목구멍에 걸린 폴은 비행기의 입구를 보고 있었으나 문은 열리지 않았다. 비행기 속에는 동지 여덟 명이 있었다. 앞머리가 텁수룩한 가르데는 전력을 다하여 손잡이를 비틀었으나 헛일이었다. 모든 시선은 틀림없이 꼼짝하지 않을 문에 악착같이 달라붙어 있는 그 고집센 손목에 쏠렸다. 드디어 문이 반쯤 열리자 우선 발이 나타나고 이어서 피 묻은 비행복의 아랫부분이 나타났다. 그의 동작이 느린 것으로 보아 그가 부상했음이 명백하다. 이 순간 누구의 것인지 모르는 피를 앞에 보면서, 동지들이 가득 들어 있는 기체 속에서 다만 조심스럽게 움직이는 다리들을 눈앞에 보면서, 캐러멜이 목구멍에 걸린 폴은 모두가 그들의 육체 속에서 연대감정이 뜻하는 것이 무엇인가를 이해하는 중이구나 하는 생각을 하고 있었다.
　조종사는 자기의 발을 기체 밖으로 조금씩 더 내밀고 있었다. 발에서 선혈이 눈부신 햇빛 속으로 뚝뚝 떨어졌다. 드디어 르와르 강의 포도 재배자처럼 코가 빨간 얼굴이 나타났다. 그는 마스코트인 정원사의 모자를 쓰고 있었다.
　"자넨 비행기를 귀환시켰네그려!" 하고 셈브라노는 조심스러운 목소리로 외쳤다.
　"마니앵은?" 하고 스칼리는 외쳤다.
　"아무 일도 없어요" 하며 다라스는 문 가장자리에 기대어 미끄러져 내리려고 애썼다.
　셈브라노는 그의 옆으로 뛰어가 그를 포옹했다. 그들의 모자가 흔들렸다. 다라스의 머리털은 하얗다. 펠리칸들은 초조한 듯이 노닥거리고 있었다.
　다라스가 운반되자 마니앵이 뛰어내렸다. 그는 비행복을 입고 있었다. 회색이 섞인 금발의 축 늘어진 코밑수염은 비행모를 쓴 그에게 비늘 모양의 안경을 쓰고 있기 때문인지 깜짝 놀란 바이킹족(族)과 같은 인상을 주고 있었다.
　"S기는 어떻게 됐나?" 하고 그는 스칼리에게 물었다.
　"우린 전선내에 내렸어요. 부상은 입었죠. 그러나 경상자밖에는 내지 않았습니다."
　"부상자를 돌봐주겠나? 난 전화통으로 뛰어가서 보고해야 돼."
　땅바닥으로 뛰어내린 무사한 자들은 동지들의 질문에 대답하며 움직이고 있었다. 그들은 기체 속으로 들어가서 부상자를 돕고 싶어했다. 가르데와 폴은 벌써 기체 속에 들어가 있었다.
　기체 속에는 아주 젊은 청년이 붉은 핏자국과 피 묻은 구두 자국이 어지러운 속에서 길게 누워 있었다. 그의 이름은 하우스, 즉 하우스 대위이며 아직 비행복을 받지 못했다. 그는 하부총좌(下部銃座)의 기관총 사수였으나 최초의 출격에서 다리에 다섯 발의 총탄을 맞았다. 그는 영어밖에 몰랐지만, 어쩌면 그리스어와 라틴어를 알고 있을지도 몰랐다. 그리스어로 된 조그마한 플라톤의 책자가 적색과 청색 줄무늬가 진 플란넬 저고리의 피 묻은 주머니에서 불거져 나왔기 때문이다. 이 책은 그날 아침 스칼리에게서 훔친 것인데 스칼리가 몹시 항의했던 것이다. 허벅지에 총알 두 발을 맞은 폭격수는 정찰수의 자리에 묶인 채 기다리고 있었다. 브르타뉴의 선원이었고 모로코에서는 폭격수였던 그는 평소에 인내심이 강한 것으로 자처하고 있었다. 그는 이를 악물고 있었다. 가르데가 그를 기체내에서 천천히 끌어내는 동안 눈에 띄게 불그스름한 그 얼굴의 명랑한 표정은 부상을 입었음에도 변하지 않았다.

"동지들, 기다려주게" 하고 눈이 동그란 폴이 분주하게 외쳤다.

"내가 들것을 가지고 오겠어. 들것이 없으니까 일이 잘 안 돼. 지치게 할 뿐이야."

언제나 얼떨떨해하기 때문에 '얼떨새'라는 별명을 가지고 있는 세뤼지에 동지의 어깨에 기대어 비행복을 입었으나 회색 두건 모자를 쓴 야윈 원숭이 같은 르클레르는 무훈시(武勳詩)를 읊기 시작했다.

"여보게, 자넨 남에게 속을 때까지 그저 가만히 있어야 한단 말이네. 자네 기분을 돋우기 위해서 우스갯소리를 하나 하지. 이건 내가 형사들을 귀찮게 한 마지막 일이 될거야. 그건 한 친구 때문이었네. 그는 하숙집 수위의 마음에 들 수가 없었지. 그자는 치사한 놈이었거든, 그 문지기 놈이 말이야! 언제나 돈 있는 하숙인 앞에서는 굽실거리면서도 거지 같은 가난뱅이에게는 심술 궂게 굴었지! 내 친구 녀석은 밤에 귀가했을 때 이름을 대지 않았다는 이유로 수위에게서 심한 책망을 들었지. '좋아, 좀 기다려' 하고 난 말했지 뭐. 한밤중인 두시에 혼자 있는 늙은 말을 수레에서 풀어 친구의 하숙집 현관 안으로 끌고 가서 가라앉은 목소리로 '말이오' 하고 아뢰었지. 그러고 나서 '실례했소이다' 하고 가만히 물러났네……."

폭격수는 르클레르와 세뤼지에를 어깨조차 으쓱하지 않고 쳐다보고, 또한 펠리칸들을 위풍당당한 시선으로 둘러보고 나서 다음과 같은 명령을 내렸다.

"《뤼마》지(紙)를 가져다주시오."

그러고 나서는 들것이 올 때까지 다시 말문을 닫았다.

2

조그마한 동그란 연기가 시에라 산악 지방의 꼭대기 위에 나타났다. 유리잔

이 튀어올랐고, 조그마한 수저들이 부딪치는 소리가 맹렬한 폭발이 있은 후 10분의 1초 정도까지 들렸다. 첫 포탄이 길의 맨 끝에 떨어졌던 것이다. 이어서 기와가 지붕 위에서 테이블 위로 굴러 떨어졌고, 유리잔들이 굴렀고, 짓밟는 듯이 뛰는 발자국소리가 정오의 햇빛 속에 솟아올랐다. 둘째 포탄은 길 가운데쯤에 떨어졌음에 틀림없다. 무장한 농부들이 카페로 몰려들었다. 황급히 지껄이고들 있었지만 눈은 무엇인가를 예기하고 있었다.

셋째 포탄이 (10미터 거리에) 떨어지자 새의 꼬리털처럼 가늘게 부서진 큰 유리가 탄약대를 메고 있는 사람들의 얼굴에까지 튀었다. 그들은 벽에 착 붙은 채 마비가 되어 있었다.

유리의 파편이 핏방울이 묻은 영화 광고 속에 박혀 있었다.

또 포탄이 터졌다. 그리고 또 포탄이. 이번에는 훨씬 먼 곳에, 왼쪽에서 터졌다. 마을은 이제 아우성으로 들끓고 있었다. 마누엘은 호두를 한 개 손에 쥐고 있었다. 그는 호두를 머리 위로 쳐들어 두 손가락 사이에 끼었다. 또 포탄이 아주 가까운 곳에서 터졌다.

"고마워" 하며 마누엘은 깨진 호두를 보이면서 말했다. (그는 두 손가락으로 호두를 깼던 것이다.)

"도대체 말이오" 하고 한 농부가 낮은 목소리로 물었다. "포탄을 못 오게 하자면 어떻게 하면 됩니까?"

아무도 대답하지 않았다. 라모스는 장갑차에 타고 있었다. 그들은 카페에 머물러 있었다. 벽에서 떨어졌다가 다시 벽으로 돌아왔다가 하면서 그들은 다음 포탄을 기다리고 있었다.

"이런 곳에서 이렇게 하고 있는 것은 현명한 짓이 못 돼요" 하고 바르카 노인이 황급한 목소리로 말했다. "이곳에 있다가는 다들 미쳐버리고 말 거요. 그놈들 속으로 뛰어들어야 해요."

마누엘은 바르카 노인의 얼굴을 뚫어지게 바라보았다. 그의 목소리에는 별로 자신이 없었다.

"광장에 화물 자동차가 있습니다" 하고 마누엘은 말했다.

"운전할 수 있나요?"

"그럼요."

"대형인가요?"

"그럼요."
"여, 동무들!" 하고 바르카는 외쳤다.
 포탄이 터지는 바람에 모두는 마룻바닥에 엎드렸다. 그들이 일어섰을 때 카페의 맞은편에 있는 집의 전면이 무너지고 없었다. 집의 대들보가 뒤늦게 공지로 굴러떨어졌다. 전화가 울리고 있었다.
"트럭이 있단 말이야!" 하고 바르카가 다시 외쳤다. "트럭을 타고 가서 놈들을 때려부수자!"
 곧 이어서, 모두들 한 마디씩 외쳤다.
"옳소."
"다들 뻗게 될거야."
"명령도 없으면서!"
"이 치사한 화냥년 새끼들같으니라고!"
"자, 명령을 내려주지. 트럭이 있는 곳으로 가라. 떠들어대지 말고!"
 마누엘과 바르카가 달려나갔다. 거의 모두가 그들의 뒤를 따랐다. 그곳에 머물러 있는 편보다는 나았기 때문이다. 또 포탄들이 날아와 터졌다. 조금 떨어져서 늦게 온 자들은 신중한 무리들이었다.
 30명 가량이 트럭에 기어올랐다. 포탄들이 마을의 가장자리에 떨어지고 있었다. 바르카는 파시스트 포병들이 이 마을을 보고 있는 것을 깨달았으나 그곳에서 무슨 일이 일어나고 있는지는 깨닫지 못했다. (지금은 공중에 비행기가 없었다.) 연이어 울리는 소음을 지우려는 듯이 소총을 흔들며 〈인터내셔널〉을 노래하는 시민들을 실은 트럭이 드디어 출발했다.
 농민들은 시에라 지방에서 라모스가 선전활동을 한 뒤부터는 마누엘의 얼굴도 알게 되었다. 그들이 그에 대해서 느끼는 신중한 친근감은 그가 면도를 하지 않음에 따라서, 또 새카만 눈썹 밑에 밝은 녹색의 눈을 가진 약간 묵직한 로마 사람의 얼굴이 차츰 지중해의 뱃사공의 얼굴로 닮아감에 따라서 강화되어갔다.
 트럭은 뙤약볕 속에서 거리를 달리고 있었다. 머리 위에서는 포탄들이 비둘기 날개치는 소리와 같은 소음을 내면서 마을 쪽으로 날고 있었다. 마누엘은 긴장한 채 운전을 하고 있었다. 그는 목청을 다하여 〈마뇽〉의 일절을 노래하였다.

잘 있거라, 우리의 그리운 식탁아……

　다른 패들도 역시 긴장한 채 잇따라 〈인터내셔널〉을 불렀다. 그들은 두 명의 민간인의 시체를 보고서도 그 시체 위로 전속력으로, 싸움터에 나가는 자들이 첫 시체에 대해서 느끼는 모호한 우정을 느끼면서 돌진했다. 바르카는 대포의 소재가 어딘가 하고 생각하고 있었다.
　"연기만으로는 확실치 않아."
　"한 녀석이 트럭에서 떨어졌군!"
　"정지!"
　"전진, 전진!" 하고 바르카는 외쳤다. "대포를 향하여 돌진!"
　정지를 외친 자는 말문을 닫았다. 지금은 바르카가 지휘하고 있었다. 속도를 바꿀 때 트럭은 파손된 기계의 소음으로 포탄의 폭음에 대꾸하는 것 같았다. 트럭은 이미 시체 옆을 지나갔다.
　"트럭 세 대가 뒤에 따라온다!"
　민병들은 모두, 운전하고 있던 마누엘까지도 돌아보면서 "만세!" 하고 외쳤다.
　그리고 모두가 발을 구르며 이번에는 일제히 함성을 지르면서 스페인어로 노래를 불렀다.

　잘 있거라, 우리의 그리운 식탁아!

　장갑 열차의 화통이 코끝처럼 튀어나와 있는 터널 입구에서 라모스는 우산같이 생긴 소나무로부터 400미터 가량이나 떨어진 곳을 달리는 트럭을 내려다보고 있었다.
　"여보게" 하고 라모스가 살라사르에게 말했다. "그들은 열에 아홉은 끝장을 보겠는데."
　라모스는 장갑 열차의 지휘관이 파시스트 쪽으로 도망을 쳤거나 아니면 마드리드의 싸구려 술집으로 행차했거나 했기 때문에 그를 대신하고 있었다.
　트럭들은 산악의 장대한 풍경 속에서는 작게 보였다. 태양이 엔진 커버 위에서 번득였다. 트럭이 파시스트들의 눈에 띄지 않는다는 것은 불가능한 일이었다.
"왜 그들을 엄호하지 않나요?" 하고 살라사르가 물었다. 그는 그의 아름다운 코밑수염을 거꾸로 배배 꼬고 있었다. 그는 모로코에서 중사였다.
"쏘지 말라는 명령이야. 다른 명령을 받는다는 것은 불가능해. 자네의 유선전화는 잘 통하지만 저쪽엔 전화를 받을 사람이 아무도 없단 말이야."
작업복을 입은 세 명의 민병들이 화통으로부터 몇 미터 떨어진 곳에서 두 벌의 제의(祭衣)와 한 개의 영대(領帶)를 철로 위에 늘어놓고 있었다. 그러나 그들은 2구의 시체로 가로막힌 담청색 아스팔트 거리를 달리는 트럭에서 눈을 떼지 않았다.
"기차를 움직여볼까요?" 하고 그들 중의 한 사람이 외쳤다.
"안 돼" 하고 라모스는 대답했다. "움직이지 말라는 명령이야."
트럭들은 여전히 전진하고 있었다. 대장간의 망치소리 같은 포성 사이로 트럭 소리가 들려오고 있었다. 한 민병이 탄수차(炭水車)에서 내려 제의를 주우러 가서는 그것을 집어들어 둘로 접었다.
그는 얼굴이 말라 길고 좁게 생긴 카스틸랴의 농부였다. 라모스는 그의 옆으로 갔다.
"리카르도, 자넨 무얼 하고 있나?"
"동무들과 얘기가 되어 있어요······."
그는 영대를 조금 펼쳐보았다. 난처한 얼굴이었다. 금란(錦襴)이 햇빛을 받아 반짝였다.
트럭들이 여전히 올라오고 있었다. 화통 밖으로 기웃하게 고개를 내민 기관사는 햇빛 속에서 터널의 검은 입구를 배경으로 삼고 노닥거리고 있었다. 트럭들은 포대(砲臺)로 접근하였다.
"신중을 기할 필요가 있거든요" 하고 리카르도는 말했다. "이런 치사한 짓은 탈선을 일으키거나 트럭의 동무들에게 화를 끼칠지도 모른단 말이야."
"그럼 그걸 자네 마누라에게 갖다 주지 그래" 하고 라모스는 말했다.
"무엇에든 이용할 수 있을거야."
마을에서 꽤 인기가 있는 이 고수머리의 명랑한 덩치 큰 사나이는 농부들에게 신뢰감을 불어넣어주고 있었다. 그러나 농부들은 그가 농담을 하는 것인지 진담을 하는 것인지 모를 때가 있었다.

"이걸 내 여편네에게요?"

농부는 힘껏 그 금색 꾸러미를 협곡 속으로 내던졌다. 적의 기관총이 정확한 소리를 내며 사격을 시작했다.

첫 트럭이 미끄러져 원의 4분의 1을 돌고 전복했다. 바구니에서 무엇이 쏟아지듯이 트럭에서 사람들이 쏟아져나왔다. 죽지도 않고 상처를 입지도 않은 자들은 트럭 뒤에 숨어서 사격을 하고 있었다. 열차에 탄 패들에게는 라모스의 굵은 쌍안경과 고수머리 외에는 아무것도 보이지 않았다. 그들의 라디오에서는 안달루시아 지방의 노래가 흘러나오고 있었다. 벗겨진 소나무의 송진은 기관총의 총격을 받은 것처럼 떨고 있는 대기를 관(棺)에서 풍기는 냄새로 충만시키고 있었다. 뒤집혀진 트럭의 양측으로 올리브 나무들이 서 있었다. 하나, 둘…… 다섯 명의 민병이 뒤집힌 트럭에서 나와 올리브 나무 쪽으로 달음질치다가 차례로 쓰러졌다. 전복된 트럭이 길을 막고 있었기 때문에 뒤따르던 트럭들이 멈춰섰다.

"엎드리기만 하면" 하고 살라사르는 말했다. "저 지형도 쓸 만한데."

"이렇게 되면 명령이고 나발이고 열차로 뛰어가서 사격을 시켜."

살라사르는 씩씩하게 달려갔으나 그가 신고 있는 희한한 장화가 방해를 놓았다.

이제는 민병들이 전진할 수가 없으므로 라모스가 그들을 쏠 위험은 없어졌다. 그러나 적의 기관총의 위치를 모르기 때문에 적의 기관총에게 총탄을 명중시킬 가망은 백의 하나밖에는 없었다.

대피선(待避線)에 들어 있는 화차의 옆구리에는 아직도 '파업 만세'라는 글자가 남아 있었다. 장갑 열차가 터널에서 나오고 있었다. 맹인 같기도 하고 위협하는 것 같기도 했다. 라모스는 장갑 열차란 대포 1문과 몇 대의 기관총에 불과하다는 것을 다시 한 번 깨달았다.

트럭 뒤에서는 민병들이 적의 총성에 응사하고 있었다. 그들은 전쟁에 있어서는 접근이 전투보다 더 중요하고 더 어렵다는 것을 이해하기 시작하였다. 문제는 탐색이 아니라 살육(殺戮)인 것이다. 오늘은 그들이 살육을 당하고 있었다.

"아무것도 보이지 않을 때는 쏘지 마!" 하고 바르카가 외쳤다.

"그렇지 않으면 적이 우릴 습격할 때 탄약이 떨어진단 말이야!"

모두가 파시스트들이 공격하는 것을 얼마나 보고 싶어하는가! 이렇게 환자들처럼 대기하느니보다 전투를 하고 싶었다. 민병이 포대 쪽을 향하여 뛰었다. 일곱 걸음도 못 가서 아까 올리브 나무들 사이로 뛰어들려고 했던 자들처럼 거꾸러졌다.

"만약에 놈들의 대포가 우리를 쏜다면……" 하고 마누엘이 바르카에게 말했다.

이유야 어찌됐든간에 그런 일은 있을 수 없었다. 만일에 그런 일이 있을 수 있다면 벌써 폭격을 받았을 것이다.

"전우 여러분!" 하고 한 여자의 목소리가 외쳤다.

거의 모두가 돌아보고 어리둥절했다. 여자 민병 하나가 방금 도착했던 것이다.

"이곳은 네가 올 장소가 아니야" 하고 바르카가 말했다.

그러나 모두는 그녀가 온 것을 고맙게 생각하고 있었으므로 바르카의 말에는 확신이 없었다.

그녀는 퉁퉁하고 작달막한 부대를 하나 끌고 왔는데, 그 부대에는 통조림이 들어 있어서 울퉁불퉁했다.

"아, 참" 하고 그는 물었다. "어떻게 왔지?"

그녀는 지형을 알고 있었다. 그녀의 양친은 이 마을의 농부였다. 바르카는 유심히 지형을 살펴보았다. 40미터 사이에는 아무런 차폐물(遮蔽物)도 없었다.

"그렇다면, 뭔가, 통과할 수 있나?" 하고 한 민병이 물었다.

"그럼요" 하고 소녀는 대답했다. 그녀는 열 일곱 살이었고 아름다웠다.

"아니야" 하고 바르카는 말했다. "보게나, 공지가 너무 넓잖아. 도중에서 모두 거꾸러질거야."

"이 아가씨도 무사히 왔는데 우리가 왜 못 가겠나?"

"조심하게. 놈들이 그녀를 일부러 통과시켰다고 볼 수도 있단 말이야. 난처하군. 한 번 더 가게 할 수도 없고."

"내 생각으론 마을까지 통과할 수 없을 것 같은데."

"저에게 다시 내려가 달라고 하는 것은 아니겠죠!" 하고 소녀는 실의에 빠져 소리쳤다. "국민의 군대는 모든 진지를 고수해야 해요. 한 시간 전만 해도 라디오에서 그렇게 말했어요."

그녀는 스페인의 여성들이 곧잘 내는 연극적인 목소리를 냈다. 그러나 자기도 모르게 합장을 하고 있었다.

"당신들에게 필요한 것을 갖다드리겠어요."

마치 그녀는 어린애들을 달래기 위해 장난감을 주겠다고 하는 것과도 같았다. 바르카는 곰곰이 생각했다.

"전우 여러분" 하고 바르카는 말했다. "문제는 거기에 있지 않아요. 저애가 말하는 것은……."

"저는 어린애가 아니예요."

"그래, 알았다. 저 여성 동지가 말하는 것은, 떠날 수는 있지만 남아 있어야만 한다는 거요. 내 의견은, 떠나기는 해야 하지만 떠날 수가 없다는 거요. 혼동하지 마시오."

"머리카락이 고운데" 하고 마누엘은 여자 민병에게 말했다. "머리카락을 한 개 갖고 싶은데."

"동지, 저는 시시한 수작을 하러 여기에 온 게 아닙니다."

"알았소. 머리카락을 소중히 간직하시오! 노랑이."

별로 자신도 없이 그녀에게 얘기를 걸면서도 그는 주위에 귀를 기울이는 것을 중지하지 않았다.

"가만히" 하고 그는 속삭였다. "가만히."

모두가 깊은 침묵에 귀를 기울인다. 새소리도 들리지 않는다. 적의 기관총 부대들이 차례로 쏘고 있다. 아니 한 기관총은 쏘지 않는다. 그것은 연발장치가 고장났기 때문이다. 다시 쏜다. 그러나 총알은 한 개도 트럭 주위에 떨어지지 않는다.

"엎드려, 바보같으니!"

그는 엎드렸다. 그가 가리킨 방향에서 푸른 점 같은 것들이 파시스트들의 포좌를 향하여 도로와 평행하여 올라가고 있었다. 그러나 지형은 이용하면서도 자신들을 보호하고 있었다. 돌격대였다.

"과연 그렇군" 하고 바르카는 말했다. "저처럼 했더라면……."

돌격대들은 올라갈수록 수효가 줄어들고 있었다.

"이건 보통 일이 아니로군" 하고 한 민병이 말했다. "그럼 얘들아, 올라

갈까?"

"조심하게!" 하고 마누엘이 외쳤다. "또 북새를 떨지 말게. 10인조를 만들게. 각 조의 선두가 지휘하게. 적어도 10미터 간격으로 전진하게. 네 그룹으로 떠나야 하네. 모두가 동시에 들이대야 하네. 첫 그룹은 앞서겠지만 다른 그룹보다 멀리 전개해야 되니까 괜찮아."

"그건 애매한데" 하고 바르카가 말했다.

그러나 모두는 부상자의 응급치료에 대한 설명을 듣기라도 하는 듯이 잔뜩 귀를 기울여 듣고 있었다.

"좋아요, 10인조를 만들게."

그들은 10인조를 만들었다. 선두의 지휘자들이 마누엘에게로 다가왔다. 위쪽에 있는 대포는 여전히 마을을 향해 쏘고 있었으나 기관총 부대는 자꾸 올라오고 있는 돌격대만을 쏘고 있었다. 마누엘은 같은 당원들을 지휘하는 데에는 익숙했다. 그러나 여기서는 같은 당원의 수효가 아주 적었다.

"자넨 첫 6명을 지휘하게. 우린 모두 가도 우측으로 흩어진다. 설사 저 녀석들이 장갑차를 타거나 무엇을 타고 내려올지라도 우린 둘로 나뉘어질 위험은 없단 말이야. 자, 돌격병들을 접근시키세. 동지 10명은 100미터 거리로. 자네부터 시작하게. 10명을 데리고 어서 나가게. 300미터를 나가면 30미터마다 한 명씩 배치하게. 왼쪽 그룹이 전진해 오거든 자네도 전진하게. 일이 잘 되지 않거든 옆에 있는 동지에게 지휘를 맡기고 돌아오게. 뒤에는……"

뒤에 누구를 둘 것인가? 마누엘은 다른 트럭의 동지들을 조직하기 위해 바르카를 파견하고 싶었다. 그럼 그 자신이 갈 것인가? 이러한 분위기에서는 그는 제일선에 남아 있어야 한다. 별수가 없다.

"바르카가 있을거야."

트럭의 동지를 조직하는 일에는 다른 사람이 파견될 것이다.

"내가 휘파람을 불거든 모두 바르카가 있는 데까지 돌아오게. 알겠나?"

"알았소."

"설명해보게."

"모두 잘 돼가요."

"지휘자는 조합원인가, 정당원인가?"

"얘들아, 장갑차가 사격을 개시했다!"

모두는 서로 포옹하고 싶었다. 장갑차는 포좌와 기관총이 있다고 가상되는 곳을 마구 쏘고 있었다. 그러나 그들은 자기 편의 대포가 파시스트의 대포에 반격하는 소리를 듣자 막다른 골목까지 왔다는 기분이 가셨다. 두번째 포성이 났을 때는 모두가 서로 크게 소리를 지르며 기뻐했다.

마누엘은 코뮤니스트 한 사람을 라모스에게 연락하러 보내고, U. G. T. 한 사람을 돌격대에게 보내고, 또 다른 트럭의 아나키스트들에게 방금 일어났던 일을 설명하기 위해 아나키스트 중에서 최연장자를 보냈다.

"식량을 휴대해요" 하고 여자 민병이 말했다. "혹시 모르니까요."

"자, 애들아, 서두르자!"

"제가 도시락을 들고 가죠" 하고 그녀는 말했다. 그녀의 표정에는 책임감이 넘치고 있었다.

그들의 출발과 동시에 바르카는 트럭으로 뛰어갔다. 적은 그들을 소총으로 쏘았다. 둘째, 셋째, 그리고 마누엘이 지휘하는 마지막 그룹도 출발했다.

줄지어 서 있는 올리브 나무들이 뚜렷하게 보였다. 움직이지 않는 이 큰길 중의 하나에서 한 민병이 이어 열 명이 되고 다시 장사진을 이루어 전진하는 것을 바르카는 보았다. 500미터 앞은 보이지 않았다. 장사진은 바르카의 시야를 메우고 눈에 보이는 숲 전체를 차지한 채 망치질하는 듯한 포성의 리듬에 맞추어 전진하고 있었다. 나무 밑으로 자리를 옮긴 뒤부터 바르카에게는 보이지 않는 이웃 경사면에서는 돌격대들이 사격하고 있었다. 아마 그들에게는 경기관총이 있음에 틀림없었다. 그럴 것이, 소총의 사격소리를 넘어, 파시스트의 요지부동한 기관총소리 쪽으로 기계적인 사격소리가 올라가고 있었으니 말이다. 민병의 전열이 전진하고 있었다. 파시스트의 소총은 그들에게 총알을 마구 퍼부었으나 별로 큰 효과는 없었다. 마누엘은 뛰었다. 전 대열이 그의 뒤를 쫓았다. 물 속의 케이블처럼 곡선을 그으며 바르카도 정신 없이 달렸다. 그는 그가 인민이라고 부르는 격심한 혼란——폭격을 맞은 마을, 한없는 무질서, 전복한 트럭, 장갑차포로 이루어진——속에 말려들었던 것이다. 그리고 이 격심한 혼란은 지금 한 덩어리가 되어 파시스트의 대포를 공격하러 올라가고 있었다.

그들은 절단된 나뭇가지들을 짓밟으면서 뛰었다. 돌격대가 닿기 전에 기관총이 올리브 나무 밭을 쏘았기 때문이다. 여름의 메마른 흙내가 송진 냄새로 바뀌었다. 총탄이 지나갔으나 아직은 매달려 있는 나뭇잎들이, 그리고 나뭇가지에서 그저 흔들리고 있는 나뭇잎들이 지금 가을의 고엽처럼 떨어지고 있었다. 달려가는 민병들은 여전히 포격과 박자를 맞추고 있는 것같이 보였고, 햇빛 속에서는 눈에 띄었으나 올리브 나무 그늘 속에서는 보이지 않았다. 바르카는 경기관총소리와 장갑차포 소리에 잔뜩 귀를 기울이고 있었다. 포도밭을 경작자로부터 빼앗는 일은 없어질 테니까.

그들은 약 20미터 가량의 공지를 가로질러야만 하게 되었다. 그들이 올리브 나무 밑에서 나오자마자 파시스트들이 기관총 한 대를 그들 쪽으로 돌렸다. 총알은 말벌처럼 요란한 소리를 내며 바르카 둘레의 공지 속에 박혔다. 그는 날카로운 소음에 둘러싸여 상처도 입지 않고 기관총 쪽으로 뛰고 있었다. 그는 두 다리에 총알을 맞고 굴렀다. 아픔을 참으며 그는 그의 앞을 계속 노려보고 있었다. 민병의 절반이 쓰러져서 일어나지 못하고 있었다. 나머지 절반은 무사히 돌파했던 것이다. 그의 옆에는 마을의 식료품상이 죽어 있었다. 나비의 그림자가 그의 얼굴 위에서 춤을 추고 있었다. 다른 트럭에 탄 민병들의 최전열이 올리브 나무밭 가장자리에서 망설이고 있었다. 바르카의 귀에 비행기의 엔진 소리가 들리기 시작했다. 아군일까? 적군일까? 경기관총이 사격하고 있는 장소에서 아주 가까운 곳에서 한 줄기 연기가 쾌청한 하늘을 향하여 올라가고 있었다. 장갑차들의 포격이 뚝 그쳤다.

"돌격대는 포좌에 당도했나요?" 하고 살라사르는 물었다. 그들은 장갑차에 전령을 보냈다. 그들이 포좌에 당도하면 봉화를 올리겠다고. 아마 그들은 퍽 접근하고 있음에 틀림이 없었다. 라모스는 그러기 때문에 포격을 중지했던 것이다.

"믿어야 하지" 하고 라모스는 대답했다.

"민병들은 어떻게 될까요?"

"그들은 보이지 않아. 그들은 돌파하지 못했어. 포격과 총격 때문에."

"내가 가볼까요?"

"마누엘은 바르카와 함께 어려운 고비를 잘 넘기고 있는 모양이야. 아까 마누엘이 전령을 보내왔어."

쌍안경 속에서는 바위와 소나무 그리고 올리브 나무들의 상처투성이뿐, 침묵이 라모스에게 다가왔다. 아무것도 알 수가 없었다. 라모스는 귀로 듣는 수 밖에 없었다.

"고약한 것은" 하고 그는 말했다. "맞은편에 있는 녀석들은 전쟁을 하고 있는데 우리는 못 하고 있다는거야."

파시스트들은 포격을 하고 소사(掃射)를 하고 다음에는 공격 준비가 된 곳에 군사를 파견하고 있었다. 그러나 국민들은 지휘자도 무기도 거의 없이 싸우고 있었다.

"그 아래에 있는 불쌍한 녀석들은 지금쯤 거의 피살되었음에 틀림없어."
"그러나 그들은 공격까지 했으니까 혹시 돌격대들이 포좌를 점령하게 될지도……."

라모스는 초조한 마음으로 이야기하고 있었다. 그의 육감적인 입술은 얇아졌고 미소는 빛을 잃었으며 생기 있는 머리털은 마치 가발과도 같았다.

"어쨌든 파시스트들은 돌파하지 못해요!"
"왼쪽 포좌는 포격을 중지했소."

두 사람은 모두 골치가 아플 정도로 주위에 귀를 기울이고 있었다.

빛나는 하늘 속에서 황금색으로 보이는 비행기 한 대가 가까이 왔다. 그것은 속도가 빠른 관광 비행기였다. 500미터 떨어진 곳에 폭탄이 한 개 투하되었다. 아마 조준기도 투탄장치도 없음에 틀림없는지 비행기는 창문으로 투탄하고 있었다. 라모스의 지시를 받은 장갑차의 기관사는 가까운 터널 밑으로 침착하게 걸어갔다. 비행기는 소나무 숲속에 폭탄을 다 투하하자 만족하여 되돌아갔다. 송진 냄새가 더욱 강해졌다.

장갑차에서는 이제 아무것도 보이지 않았다. 75밀리 포(砲)가 발사될 때마다 온 차체는 마치 모루처럼 진동했다. 그 진동 사이에서 아스투리아스 지방 출신의 페페가 상체를 벗은 채 땀을 흘리고 있는 동료들에게 경과를 설명하고 있었다.

"여기서는 장갑판(裝甲板)이 시멘트로 바뀌어 있군. 못마땅하기는 하지만 단단하고 튼튼하지. 열차는 마치 종이로 만든 것 같아. 그러나 자기 방어는 하고 있지. 34년 아스투리아스 지방에서는 객차를 훌륭한 장갑차로 만들었네. 그건 솜씨가 제법이었지. 단지 소홀한 점이 하나 있었어. 혁명이란 소홀한 거니까. 그래서 기관차를 장갑하는 것을 녀석들이 잊어버렸단 말이야. 이해하겠나, 보통 기관차로 보병 연대의 전열을 전속력으로 돌파하는 장갑차를 말이야! 50킬로미터도 못 가서 도대체 총알을 몇 방 맞았는지 몰라. 그 얘긴 그만합시다. 기관사도 마찬가지고. 우린 밤에 몰래 다른 열차와 기관차를 끌고 와서…… 그 기관차에 장갑을 했지. 보병 연대가 포병대를 끌고 오기 전에 동료들을 통과시켰단 말이야."

"페페?"

"뭔가?"

"놈들은 여전히 포좌를 쏘지 않는군!"

터널에서 다시 나온 라모스는 반란군 진지에서 무슨 일이 일어나고 있는지를 보기 위해 쌍안경을 돌리고 있었는데, 그 시늉은 마치 맹인이 손의 감촉으로 사물을 이해하려 하는 것과도 같았다.

"우리 편들이 마을로 뛰어내려오는군!" 하고 그는 말했다.

민병들은 총을 쏘면서 후퇴하고 있었다. 형편없다. 그들은 참호 속으로 자취를 감추었다. 파시스트들은 그들의 후방에 있는 약 300미터의 공지를 횡단해야만 한다.

라모스는 기관차에 뛰어올라 그가 공지를 내려다볼 수 있는 곳까지, 그러나 아직도 쏘고 있는 파시스트의 포좌로부터는 가려져 있는 곳까지 기차를 전진시켰다.

파시스트들은 혼란을 일으킨 민병들의 뒤를 쫓아 기계적으로 전진하고 있었다.

장갑차의 기관총에서 총알이 나갔다.

좌에서 우로 파시스트들은 쓰러지기 시작했다. 맥없이 두 팔을 공중으로 쳐들거나 두 주먹으로 아랫배를 움켜쥐고서.

맨 끝의 나무숲 가장자리에서 망설이고 있던 제2파가 결심을 하고서 달음질을 쳤다. 제2파의 병정들은 이번에는 우에서 좌로 쓰러졌다. 장갑차의 기관총 사수들은 품행이 나쁜 병정들이었으나 총 솜씨가 훌륭한 밀렵자들이었다. 이날 처음으로 라모스는 달아나다가 사살된 적의 기묘한 동작이 그의 눈앞에서 되풀이되는 것을 보고 있었다. 한 팔은 공중에 쳐들었는데 다리는 낫으로 벤 것 같았으니 마치 시체를 붙들려고 뛰어오르는 듯한 기묘한 동작이었다. 총알에 맞지 않은 패들은 숲속으로 다시 되돌아가려고 애를 쓰고 있었다. 이 숲에서는 장갑차의 기관총을 피했던 파시스트들이 사격을 하고 있었다.
　우측으로부터 소총의 사격소리가 났다. 다른 민병들이었다. 파시스트들은 숲 사이로 사격을 하면서 후퇴했다.
　"놈들에게는 지휘자도 있고 무기도 있다" 하고 머리카락 속에 한 손을 처넣고 라모스는 혼자 중얼거렸다. "그러나 놈들은 돌파하지 못한다. 이건 사실이다. 놈들은 돌파하지 못하고 있으니까."

3

　조종사들의 테스트는 계속되고 있었다.
　더위에도 불구하고 스웨터를 입고 있는 한 지원병이 여름의 조용한 열기 속에서 마니앵에게 접근했다.
　"슈라이너 대위입니다."
　그는 뾰족한 코와 냉혹한 눈을 가진, 체구가 작은 신경질적인 사나이였다. 리히트호펜 비행 중대의 부지휘관이었다. 마니앵은 코밑수염 너머로 그를 친밀하게 쳐다보고 있었다.
　"언제부터 조종을 그만두었나요?"
　"종전부터입니다."
　"저런! 원상회복하는 데 시간이 얼마나 필요한가요?"
　"몇 시간이면 되죠."
　마니앵은 말없이 그를 쳐다보았다.
　"몇 시간이면 됩니다" 하고 슈라이너는 거듭 말했다.
　"항공 회사에서 일했나요?"
　"아니오, 알레스의 광산에서 일했소."
　슈라이너는 마니앵을 쳐다보지도 않고 대답하였다. 그는 프로펠러가 돌고 있는 시험기(試驗機)를 보고 있었다. 그의 오른손이 부들부들 떨고 있었다.
　"영장이 너무 늦게 나왔어요" 하고 그는 말했다. "전 툴루즈까지 트럭을 타고 왔습니다."
　그는 가느다란 눈을 감고 발동기소리에 귀를 기울였다. 그의 손가락은 여전히 부들부들 떨면서 스웨터의 옆구리에 달라붙어 있었다. 항공기에 대한 마니앵의 열정은 강했기 때문에 그는 온통 경련을 일으키고 있는 그 스웨터를 통해서 이 사나이와 연결된 자기 자신을 충분히 느끼고 있었다. 슈라이너는 눈을 뜨지 않고 폭음에 떨고 있는 공기를 들이마셨다. 아마도 형무소에서 나왔을 때 저렇게 숨을 들이쉬었나보다 하고 마니앵은 생각했다. 이 사나이는 지휘관이 될 수 있겠다(마니앵은 보좌관을 찾고 있었던 것이다). 그의 목소리에는 코뮤니스트의 책임자들과 군인들에게 공통된 단호함이 있었다.

제1지도교관 시비르스키가 햇빛에 흔들리고 있는 들판을 가로질러 돌아오고 있었다. 제2지도교관이 슈라이너를 불렀다. 그는 천천히 시험기 쪽으로 향했다. 그러나 손가락은 여전히 떨리고 있었다.

술집과 활주로에서 모든 조종사들이 슈라이너를 쳐다보고 있었다. 그들 중에서 몇몇은 이미 전쟁을 경험하고 있었다. 그리고 마니앵은 불안감이 없지는 않으나 연합군의 비행기 22대를 격추한 이 사나이를 눈앞에 대할 때면, 매초마다 비행기의 뒤를 쫓고 있는 이 고용병들까지도 단 하나의 감정만을 느낄 뿐이었다. 즉 그것은 직업적 경쟁의식이었다.

술집 근처에서 스칼리, 마르첼리노, 하이메 알베아르가 쌍안경을 주고받고 있었다. 프랑스에 유학했던 하이메 알베아르는 종군통역으로서 국제 공군에 배속되었던 것이다. 머리카락이 뺨을 덮고 있는, 검고 울퉁불퉁한 인디언을 닮은 덩치 큰 이 사나이 옆에는 언제나 인디언 비슷한 덩치 작은 사나이 베가스, 일명 성 안토니오가 서 있었다. 그는 U. G. T.의 이름으로 친절하게 펠리칸들에게 궐련과 레코드를 배부하고 있었다. 두 사람 사이에는 하이메의 검정 사냥개 라플라티가 긴 코를 내밀고 있었다. 라플라티는 벌써 마스코트가 되어가고 있었다. 하이메의 아버지는 스칼리처럼 미술사가(美術史家)였다.

카르리치가 기관총 사수에게 시험을 보이고 있는 비행장의 맨 끝에서 일제사격 소리가 들려왔다. 비행기는 어렵게 이륙했다.

"지원병들을 다루는 데 골치가 아프실 거요" 하고 시비르스키가 마니앵에게 말했다.

게다가 마니앵은 만일 지원병의 기술이 고용병보다 떨어진다면 지원병에게 고용병의 감독을 맡기는 일은 어려울 것임을 알고 있었다.

"저를 믿으시고 지도교관으로 뽑아주셔서 감사합니다, 마니앵 씨."

그들은 서로 쳐다보지 않고 몇 걸음을 옮겼다. 두 사람은 모두 공중을 쳐다보고 있었다. 비행기가 상공을 날고 있었다.
"저라는 사람을 아십니까?"
"알고 있죠."
난 전혀 아무것도 모르는데, 하고 마니앵은 생각하면서 속으로 중얼거렸다. 그는 양끝이 축 처진 코밑수염을 우물우물 씹고 있었다. 그는 시비르스키에게 호감을 가지고 있었다. 시비르스키의 금발 고수머리와 짧은 코밑수염에도 불구하고 비애를 띤 그의 목소리는 그가 총명하다는 것을, 또는 적어도 그에게는 경험이 있다는 것을 믿도록 했다. 마니앵이 그에 대해서 실제로 아는 것은 그의 기술적 가치뿐이었다. 이것은 의심할 여지가 없었다.
"마니앵 씨, 전 당신에게 말씀드리고 싶습니다. 여기서는 저를 빨갱이라고들 합니다만, 결국 이것도 소용이 있을지는 모르지만…… 감사합니다. 저는 이젠 백색(白色)은 아니라는 것을 알아주십시오. 저 모든 비행사들은, 나이가 젊지 않은 분까지도 인생에 대해서는 별로 아는 것이 없어요."
거북해진 시비르스키는 발밑을 내려다보고 있었다. 그는 다시 비행기 쪽으로 눈을 들어 거의 1분 동안이나 비행기의 뒤를 눈으로 좇고 있었다.
"결국, 비행은 간신히 하고 있다고 말할 수 있을 뿐이오."
그의 어조에 야유는 없었다. 그러나 불안감은 있었다. 슈라이너는 가장 나이가 많은 비행사의 한 사람이었다. 마흔 여섯——그 중의 10년은 공장 근무——이라는 나이가 위대한 비행사를 어떻게 변화시키는가를 불안감 없이 기다릴 수 있는 비행사란 이 비행장에는 한 사람도 없었다.
"내일 시에라 지방에 적어도 다섯 대가 필요한데요" 하고 마니앵은 불안한 듯이 말했다.
"저는 시베리아의 숙부 댁에서 보내는 생활이 싫었어요. 제가 듣는 것은 언제나 전투 얘기뿐이지요. 저는 고등학교에 다녀야 했거든요. 그래서 백군(白軍)이 왔을 때 저는 그들과 함께 떠났지요. 이어서 파리로 왔어요. 처음엔 자동차 운전사, 다음은 기차 기관사, 그 다음은 또 비행사였지요. 저는 프랑스 군대의 중위입니다."
"알고 있소. 러시아로 돌아가고 싶은 게 아니오?"
예전에는 백군이었으면서 현재는 스페인에 종군하고 있는 숱한 러시아인들은 그들의 충성을 증명하기 위해 그렇게 하고 있었으며, 이어서 러시아에 돌아가기를 희망하고 있었다.

또다시 기관총의 일제사격 소리가 비행장 한끝으로부터 햇빛을 뚫고 들려왔다.

"예, 그러나 코뮤니스트로서가 아니라 무당파(無黨派)로서 귀국하고 싶습니다. 제가 여기 온 것은 계약 때문입니다. 그러나 배액을 준다고 해도 다른 데로 가진 않았을 거요. 전 당신네들이 말하는 자유주의자입니다. 카르리치는 질서를 사랑하는 사람이었어요. 그도 백군이었지요. 이제는 우리에게 질서와 무력이 있습니다. 그래서 그는 공산주의자가 된 거요. 내가 좋아하는 것은 민주주의요, 미국이요, 프랑스요, 영국입니다. 다만 러시아는 나의 고국이니까요."

그는 다시 비행기를 쳐다보았다. 이번에는 마니앵의 눈길을 피하기 위해서였다.

"한 가지 부탁드릴 일이 있는데요. 저는 어떠한 경우에라도 도시 내의 목표물을 폭격하는 것은 피하고 싶습니다. 전투기를 타기엔 저는 아마 나이가 좀 많을지도 모릅니다. 그러나 정찰이나 편대 폭격은……"

"도시 폭격은 스페인 정부가 금지하고 있지요."

"왜냐하면 옛날에 참모본부의 폭격 명령을 받았었는데 폭탄이 학교에 떨어진 일이 있었거든요."

마니앵은 참모본부와 학교가 독일의 것인지 볼셰비키의 것인지 감히 물어볼 엄두가 나지 않았다. 슈라이너의 비행기는 착륙 준비를 하고 있었다.

"거리가 너무 멀구나!" 하고 마니앵은 안경 다리에 두 손을 갖다대며 투덜거렸다.

"아마 엔진에 휘발유를 다시 보내고 있을지도 몰라요."

슈라이너는 정말로 엔진에 휘발유를 보내고 있었다. 마니앵과 시비르스키는 걸음을 멈추고 비행기에서 시선을 떼지 않았다. 비행장은 아주 넓었다. 첫 착륙이 이런 식으로 실패한다면…… 마니앵은 시험 비행에 익숙했다. 그는 일찍이 프랑스 항공 회사의 기장(機長)이었던 것이다.

비행기가 되돌아왔는데 이번에는 착륙 거리가 좀 짧았다. 조종사는 조종간을 잡아당겼다. 기체는 마치 물수제비 뜨는 돌멩이처럼 튀다가 자체의 무게로 떨어져 부서졌다.

  시험 비행기는 다행히도 전쟁에는 쓰지 못하는 것이었군, 하고 마니앵은 생각했다. 시비르스키는 비행기 쪽으로 뛰어갔다가 되돌아왔다. 그의 뒤에 슈라이너와 제2지도교관이 따라왔다.

  "죄송합니다" 하고 슈라이너는 말했다.

  그의 목소리의 어조가 너무나도 처량하게 들렸으므로 마니앵은 그의 얼굴을 쳐다볼 수가 없었다.

  "두 시간만 있으면 된다고 말씀드렸지만 두 시간이 아니라 이틀이 지나도 안 되겠습니다. 전 광산에서 일을 너무 많이 했나 봅니다. 반사 능력을 잃어버렸거든요."

  시비르스키와 제2지도교관은 자리를 떠났다.

  "조금 후에 얘기합시다" 하고 마니앵은 말했다.

  "감사합니다만 소용이 없을 걸요. 전 이젠 비행기조차 눈에 보이지 않아요. 민병으로 편입시켜주십시오. 부탁입니다."

  점점 더 가까워진 기관총의 일제사격의 소음 속에서 민병들은 두번째 시험기를 비행장으로 밀어내고 있었다. 세뇨리토(스페인의 청년 귀족)들의 관광기(觀光機)였다.

  슈라이너는 허공을 쳐다보면서 자리를 떠났다. 조종사들은 마치 임종(臨終)하는 어린이로부터 멀어지듯이, 마치 인간의 언어가 초라하게 느껴지는 모든 파국(破局)으로부터 멀어지듯이 그에게서 멀어졌다. 전쟁이 고용병과 지원병을 결합시키는 것은 로마네스크(소설적이고 공상적인 풍치를 말함) 속에서였다. 그러나 비행기는 그들을, 마치 여자들이 모성애 속에 결합되듯이 그들을 결합시키고 있었다. 르클레르와 세뤼지에는 벌써 잡담을 중단해버렸다. 저마다 언젠가는 자기 자신의 것이 될 운명을 방금 목격했음을 깨닫고 있었던 것이다. 그리고 그들은 저마다 독일인과는 감히 시선을 마주치지 못했다. 모두들 독일인을 피하고 있었다.

  그러나 한 시선이 마니앵에게 쏠리고 있었다. 슈라이너 다음에 테스트를 받은 조종사 마르첼리노의 시선이었다.

  "내일 시에라 지방에 다섯 대가 필요해" 하고 마니앵은 코밑수염 밑으로 거듭 중얼거렸다.

기관총이 총알을 일곱 발, 열 발을 쏜 다음에 그쳤다. 기관총 부대의 대장 카르리치는 마니앵이 오는 것을 보자 그에게로 다가가 경례를 하고는 그를 옆으로 끌고가 주머니 속에서 총알 세 개를 말없이 꺼냈다. 뇌관에는 격침(擊針)의 자국이 남아 있었으나 탄환은 불발이었다.

"톨레도제(製)입니다" 하며 카르리치는 손톱으로 그 특징을 가리켰다.

"태업인가?"

"아니오, 불량품입니다. 전투중에 이런 것을 공중에서 빼내야 하다니……."

카르리치로 말하자면, 그는 실의와 굴욕 끝에 영국에 당도했다. 그가 겪은 가난의 경험은 그가 그때까지 자신의 신념이라고 여기던 것을 파괴해버렸다. 몇 해 동안의 유랑생활 끝에 일찍이 브란겔 장군이 이끄는 군대의 기관총 명사수였던 그는 '조국으로의 복귀' 운동에 가담했다. 이것은 망명자들 사이에서 발전하고 있었던 U. R. S. S.에 대한 공감의 운동이었다. 아마도 그야말로 적을 적이라는 사실 때문에 증오하는 유일한 지원병이었을 것이다.

"지상용 기관총인가?" 하고 마니앵은 물었다. "가급적 빨리 시에라 지방에 기관총이 필요해."

민병들은 어떠한 기관총도 사용할 줄 몰랐고 기관총을 수리하는 것은 더군다나 하지 못했다. 마니앵은 그의 우수한 기관총 사수들을 지도교관으로 바꾸어 카르리치에게 지휘하게 했다. 지상 기관총 사수들은 공중 사격을 배움과 동시에 선발된 민병들은 지상 기관총의 사격과 연사장치(連射裝置)의 수리법을 배웠다. 마니앵은 오토바이 기관총 부대의 편성을 원하고 있었다.

"민병들은 잘들 하고 있어요" 하고 카르리치는 말했다. "그들을 선발한 것은 잘한 일이었어요. 그들은 규율이 있고 진지하고 신중해요. 만사가 잘되가고 있어요. 그러나 마니앵 동지, 우르스의 경우는 만사가 여의치 못합니다. 그는 언제나 당(黨)에만 찾아가고 일은 하지 않습니다. 저를 도와주는 것은 가르데뿐입니다. 우리 부하들도 지금은 지상 기관총을 쏠 줄 압니다. 그러나 그들의 경험에 대해선 전 아무 말도 못하겠습니다. 전 그들에게 공중 연습을 시킬 수가 없어요. 항공용 휘발유도 없고 탄흔 촬영기도 없고 견인 표적도 없고 탄환도 거의 떨어졌거든요. 탄환도 충분치 못해요. 표적쯤은 부득이한 경우에는 제가 만들 수도 있어요. 그러나 휘발유는 그럴 수 없죠. 그들은 총좌의 조종도 할 줄 알아요. 후부 총좌에는 비행대 출신만을 배치하겠어요. 후미를 쏘지 않도록 말예요. 훈련은 적을 상대로 해야만 하니까요."

그리고 카르리치는 약간 유치하면서도 날카로운 웃음을 터뜨렸다. 눈썹과 앞머리를 흔들고 콧구멍을 벌름거리며. 그에게 있어서 기관총은 슈라이너에 있어서의 비행기와도 같은 것이었다. 대화가 끝날 무렵에 끼여든 스칼리는 전쟁도 역시 생리학적인 것임을 발견하기 시작하고 있었다.

평화주의 때문에 군사 훈련을 포기한 혁명파의 모든 조종사들은 재훈련시키거나 그렇지 않으면 제거하는 수밖에 없었다. 그러나 프랑코를 내년에 체포한다는 것은 문제가 되지 않는다. 마니앵은 민간 항공의 조종사 출신이나 훈련 기간을 끝마친 자들밖에는 기대할 수가 없었다.

그는 방금 모로코 전쟁 출신의 조종사들을 몇 명 잘라버렸다. 낡은 비행기와 무방비의 적에게 익숙한 그들은 최초의 부상자가 귀환했을 때 무척 흥분했기 때문이다.

"이해하시겠죠, 저희들이 저놈들과 싸우러 가기는 하지만 요컨대 저놈들은 우리에게 아무 짓도 하지 않았단 말이오……."

그럼에도 불구하고 계약을 전적으로 포기하지도 않는다. 이런 자들은 모조리 프랑스로 돌려보내는 수밖에 없지 않은가!

뒤게의 차례였다. 그는 마니앵에게만 말하고 싶다고 신청한 최초의 지원병이었다. 그는 50세였다. 흰 코밑수염은 얼굴빛보다 밝았다.

"마니앵 동지, 나를 프랑스로 송환해서는 안 됩니다" 하고 그는 말했다. "내 말을 믿으시고 나를 송환하지 말아주시오. 나는 전쟁중에 지도교관이었습니다. 다시 조종사 노릇을 하기엔 내 나이가 너무 많습니다. 바로 그대롭니다. 청소를 해도 좋으니까, 정비사의 조수로 나를 이곳에 남도록 해주시오. 무엇이든 좋습니다. 아무튼 비행기와 함께 있게 해주시오."

셈브라노가 자전거를 전속력으로 몰며 이쪽으로 오고 있었다. 그는 오른손을 흔들고 있었다.

"저 말이야, 마니앵, 산 베니토에 당장 한 대가 필요해. 적군이 바다호스로 진격중이야."

"그래, 알았어. 전투기는 출격하고 없네. 전투기가 없어도 되나?"

"난 명령을 받았네. 세 대를 보내라는 명령이지만 내겐 더글러스기 두 대밖엔 없어."
"알았네, 알았네. 저쪽은 기계화 부대인가?"
"그렇다네."
"그럼 알았네."
그는 전화를 걸었다. 솀브라노는 아랫입술을 쑥 내밀며 돌아갔다.
"그럼, 마니앵 동지" 하고 뒤게가 물었다. "그럼 난 어떻게?"
"그래, 잘 알았소. 당신은 남아도 좋아요. 아, 그런데 내가 무얼 잊은 것이 없나?"
그는 사실 아무것도 잊지 않았다. 바빠서 정신을 못 차리는 듯한 태도는 마니앵에게 있어서는 바로 이 상투적인 말처럼 버릇과도 같은 것이었다. 그러나 그의 행동은 정확했다.
뒤게가 나가고 그 대신 불청객이 몇 사람 들어왔다. 관광 비행사의 면허를 가지고 있는 그들은 언제든지 '훈련을 받을 용의가 있다' 는 것이었다. 그들 다음에 나타난 것은 몇 명의 인색한 프티 부르주아였다. 그들은 고용병의 봉급이 탐나서 왔으나 계약을 지킬 생각은 없었다. 이자들은 모두 호통을 톡톡히 맞고 피레네 쪽으로 돌아갔다.
하이메가 들어왔다. 라플라티가 그의 두 다리 사이에서 까불고 있었다. 마니앵은 그를 기다리고 있지 않았다.
"마니앵 동지, 말씀드리고 싶은 게 있는데요. 저는 결코 통역관으로 온 게 아닙니다만…… 요는 마르첼리노의 테스트 건으로 왔습니다. 물론 마니앵 동지, 전 다만 당신께서 마르첼리노가 파시스트 치하에서 2년간 형무소살이를 한 사실을 혹시나 모르실까 해서."
몸에 꼭 끼는 비행복을 입고, 이마와 턱이 불거지고 코가 구부러진, 이 체구가 큰 사나이의 말에 귀를 기울이면서 마니앵은 우정을 느꼈다. 하이메의 우정은 울툭불툭하고 단단한 이목구비에 응결되어 있는 것이 아니라 오직 그의 시선 속에 깃들어 있는 것 같았다.
"그는 수상 비행기의 민간항공 조종사였어요. 그리고 라우로 드 보시스가 죽은 후에 그는 밀라노의 상공에 삐라를 뿌리러 갔어요. 그는 발보의 비행기에게 격추당했지요. 물론 그는 관광기를 타고 있었거든요. 그는 6년 형을 언도받았는데 리파리 섬에서 탈옥했어요. 그는 재판을 받은 후부터는 큰 비행기를 조종한 적도 없고 이탈리아 군에서 이탈한 후부터는 전투기를 조종한 적도 없어요. 그는 파탄 지경입니다. 그래서 제가 말씀드리고 싶은 것은, 마니앵 동지, 절대로 당신의 결정에 참견하려는 것은 아니고, 또 물론 그를 조종사로 시켜 달라는 것도 아닙니다만, 만일 그를 위해서 무슨 일을 해줄 수 있다면 이곳의 스페인 동지들이 기뻐할거라는 겁니다."

"나 역시 기뻐할거야" 하고 마니앵은 대꾸했다.

하이메가 나가고 메르스리 대위가 들어오고 있었다. 그도 거의 50세는 되어 보인다. 작대기를 옆으로 그은 것 같은 회색 코밑수염, 노해적(老海賊)과도 같은(이 점을 강조하여 흐뭇한 모양인) 햇빛에 탄 얼굴, 사무원복에 가죽장화.

"아, 마니앵 동지. 이건 기술의 문제가 아니겠어요? 그렇습죠. 기술이란……."

"프랑스로 돌아가십니까?"

메르스리는 두 팔을 쳐들었다.

"마니앵 씨, 내 아내가 16일에 여기 왔거든요. 우표 수집가 회의에요. 20일에 나에게 이렇게 편지했더군요. '사나이라면 여기서 일어나고 있는 비열한 행위를 묵시(默視)하지 못할 것'이라고. 마니앵 씨, 한 여자가 이러할진대! 그러나 난 이미 출발했거든요. 난 스페인에 봉사하러 왔어요! 어떠한 일을 해도 상관없어요. 오로지 스페인에 봉사하러 왔으니까요. 파시즘은 끝장을 보아야 해요. 내가 누아지르세크의 보수주의자들에게 뭐라고 한 줄 모르시죠? '신사 여러분, 이집트를 보존시킨 것은 미이라가 아닙니다. 미이라를 보존시킨 게 이집트입니다'라고 했습니다."

"알았소, 알았소. 당신은 대위죠. 육군성에 배치할까요?"

"예, 즉, 난 대위이지 않습니까. 난 훌륭한 예비역 대위가 될 수도 있습니다만, 그러나 내 소신 때문에 의무 기간을 거절했지요."

메르스리는 대전중 특무상사였고 또 그가 소방대장이었다는 말을 마니앵은 이미 듣고 있었다. 마니앵은 농담인 줄로 생각했던 것이다.

"그렇군요, 물론."

"제발 좀 기다려주시오! 난 참호라는 것을 알고 있죠. 전쟁을 했으니까요."

이 엉뚱한 언동 속에는 관대한 마음이 깃들어 있음이 명백했다. 뭐니 해도 착실한 특무상사가 이곳에서는 대위만큼 쓸모가 있지, 하고 마니앵은 생각했다.
 마르첼리노의 차례가 왔다. 그는 혁대가 없는 비행복을 입고 들어왔다. 그는 깨진 물동이와 같은 모습으로 발밑을 내려다보고 있었다. 그는 기분이 우울한 듯이 시선을 들었다.
 "형무소는, 당신도 아다시피, 반사 능력을 마비시키지요."
 기관총의 일제사격이 그의 말을 중단시켰다. 비행장 저쪽 끝에 카르리치가 있었다.
 "전 폭격은 잘했지요" 하고 마르첼리노는 다시 말문을 열었다. "폭격은 아직도 잘할 거요."
 이보다 2주일 전에, 마니앵이 지원병의 호소와 고용병의 모집 도중에 스페인 정부를 위해서 유럽의 시장에서 살 수 있는 것이면 무엇이든 사려고 하고 있을 때였는데, 그가 집에 돌아와 보니 바로 이 사나이 — 축 늘어진 코밑수염, 뒤로 젖힌 모자, 흐릿한 안경의 — 가 아파트의 두 문 사이에 서 있었다. 전화란 전화는 모두 울리고 있고, 열에 들뜬 듯한 낯선 방문객들이 모든 방에서 성큼성큼 거닐고 있었으므로 마니앵은 마르첼리노를 문이 열린 옷장을 등지게 하여 사내 아이의 침대에 앉혀 놓고서는 그의 존재를 까마득히 잊어버렸던 것이다. 오후 두시경에 돌아왔을 때 그는 마르첼리노를 다시 발견했다. 이 이탈리아 조종사는 옷장에서 자동인형들을 모조리 꺼내어 그들과 이야기를 주고받고 있었다.
 "만일 제가 폭격수로서 탑승하게 된다면 저는 아마 부조종사의 역할도 해낼 수 있을 겁니다. 저는 저의 옛모습을 곧 되찾을 자신이 있습니다."
 마니앵은 베네치아의 메달에서나 볼 수 있는 듯한 고수머리의 그 얼굴과 부대와 같은 비행복을 쳐다보고 있었다.
 "내일 시멘트 폭탄으로 폭격 시험을 해봅시다."
 셈브라노의 더글러스기 두 대와 마니앵의 대형기 하나가 비행장 한 끝에 끌려나와 있었다.
 알제리에 이탈리아의 무장한 군용기가 추락한 후부터는 수개국의 정부는 군용기의 매각을 승인하고 있었다. 무장하지 않은 구식 군용기였다. 그러나 지금 활주로의 맨 끝에 끌려나오고 있는 비행기는 이탈리아 조종사들이 싸우기로 결심을 한다면, 신형 사보이아기에 오랫동안 대항하지 못할 것이다.

마니앵은 마르첼리노 다음에 들어온 슈라이너에게로 돌아섰다. 그의 침묵은 젊은 이탈리아인의 수줍은 고집도, 뒤게의 당황도 아닌 바로 동물의 침묵이었다.

"마니앵 동지, 전 생각해보았습니다. 비행기를 다시는 안 보겠다고 말씀드렸습니다만 비행기를 다시 안 보기란 어렵습니다. 그러나 전 명사수입니다. 그건 사실입니다. 마을의 축제 때 권총을 쏘았기 때문이지요."

그의 얼굴에는 아무 표정이 없었다. 그러나 그의 들뜬 듯한 목소리에는 반발이 없지 않았다. 그는 먹이를 노리는 맹금류처럼 머리를 어깨 사이에 처박고는 마니앵을 가느다란 눈으로 쏘아보고 있었다. 마니앵은 격납고(格納庫) 앞을 지나는 아나키스트의 자동차를 쳐다보고 있었다. 그가 검은 깃발을 쳐다보는 것은 이번이 처음이었.

"비행기를 타는 게 안 된다면 좋습니다. 저를 방공반에 편입시켜 주십시오."

일제사격 소리가 다시 서너 번.

"부탁합니다" 하고 슈라이너는 말했다.

혁명에 스타일이라는 것이 있을까? 멕시코 혁명 때의 민병과 파리 코뮌 때의 민병을 동시에 닮은 민병들이 저녁때 비행장의 르 코르뷔지에가 설계한 건물 뒤를 통과한다. 모든 비행기는 격납고 속에 들어 있다. 마니앵, 셈브라노, 그의 친구 발랴도는 미지근한 맥주를 마시고 있다. 전쟁이 시작된 후부터 비행장에 얼음이 없기 때문이다.

"군용 비행장은 잘되어가지 못해요" 하고 셈브라노는 말한다. "혁명군이란 처음부터 끝까지 만들어야 해요. 그러지 않으면 프랑코가 혁명군을 깨끗이 차례차례 묘지로 보낼 겁니다. 러시아에서는 어떻게 한 줄 아시오?"

그의 얇은 아랫입술이 술집의 불빛을 등지고 옆모습에서 툭 튀어나오니 그는 더욱더 볼테르를 닮아간다. 즉 하얀 비행복을 입은 선량한 볼테르를.

"그들에겐 소총이 있었소. 4년간의 규율과 실전, 게다가 코뮤니스트들은 규율 바로 그것이었소."

"마니앵, 왜 혁명가가 되었나요?" 하고 발랴도가 묻는다.

"글쎄…… 그렇군. 난 숱한 공장을 감독했었지. 언제나 자기 일에만 흥미를 가지는 나와 같은 인간은 전 인생을 하루에 8시간의 노동으로 보낸다는 것을 이해하지 못한단 말이오. 인간들은 자기가 무엇 때문에 일을 하는가를 알아야 해요."

셈브라노는, 스페인의 소유자들은 모두 자신들의 기업을 경영할 능력이 없기 때문에 기업은 기술자의 수중에 들어가 있다고 생각한다. 그리고 또 기술자인 그 자신은 공장의 소유자를 위해서라기보다는 공장 전체를 위해서 일하는 것을 좋아한다(하이메 알베아르나 좌익 기술자들은 거의 모두가 그렇게 생각하고 있었다).

발랴도 그 자신은 스페인의 재생을 원하며 스페인의 우익으로부터는 아무것도 기대하지 않는다. 발랴도는 대부르주아이다. 라몬타냐의 병영에 뻬라를 뿌린 사람은 그였으며, 그의 얼굴은 세뇨리토의 얼굴, 바로 그것이다. 단지 반란 후부터 밀어버린 조그마한 코밑수염을 제외한다면.

인간의 지성이 그들의 열정을 정당화시키는 것을 보고 마니앵은 감탄한다.

"또 다른 이유를 말하란 말인가!" 하고 그는 말했다. "난 좌익이었기 때문에 좌익이었단 말일세. 그다음엔 좌익과 나 사이에는 온갖 충성의 연줄이 맺어졌었지. 난 그들이 원하는 바를 이행하고, 그들이 원하는 바를 실현하도록 도왔었지. 그리고 나는 그들이 방해를 받을 때마다 그들에게 점점 더 친근감을 느꼈다네."

"단지 어떤 정치와 결혼을 한다는 것은 별로 중요한 일이 아니야" 하고 셈브라노는 말했다. "그러나 정치와의 사이에 어린애가 있을 때는……."

"요컨대 당신은 무엇이었소? 코뮤니스트였소?"

"아니오, 좌파 소셜리스트요. 당신은 코뮤니스트요?"

"아니오" 하고 마니앵은 조금씩 코밑수염을 잡아당기면서 말했다. "나 역시 소셜리스트요. 그러나 혁명 좌파요."

"난" 하고 셈브라노는 어두워지는 밤에 어울리는 슬픈 미소를 띠며 말했다. "난 특히 평화주의자였소."

"사상은 변하는거야" 하고 발랴도는 말했다.

"내가 방위하는 사람들은 변하지 않았어. 그리고 거기엔 문제점이 있을 뿐이야."

모기들이 그들의 주위를 돌고 있다. 그들은 이야기를 계속한다. 밤은 비행장 위로 내려앉는다. 광막한 사막 위로 내려앉듯이 엄숙하게. 여느 여름밤과 마찬가지로 무더운 밤이다.

4

작업복을 입은 스무 명 가량의 민병들이 점심을 먹으러 시에라 지방에서 내려왔다. 장교는 없다. 아마 식사중 고개의 경비가 불안하여 그들 자신이 그곳을 지키고 있는 것임에 틀림없다. 다른 쪽도 사정이 비슷하니 다행이로군, 하고 마누엘은 생각했다.

내려온 민병 가운데에서 다섯 명은 1935년경에 유행했던 부인모를 쓰고 있었는데, 이 모자는 피스타치오 열매 빛의 담청색 접시와도 같았다. 사흘 동안이나 면도를 하지 못해 수염이 자라 있었다. 그들은 베레모 속에 시에라 지방의 마지막 들장미를 꽂고 있었다.

"지금부터는" 하고 마누엘은 라모스가 지휘할 때 내는 목소리를 흉내내어 말했다. "노동자 및 농민의 조합이 대표로 파견한 동지들만이 유행품의 소개를 담당하시오. 적어도 두 조합의 보증인(保證印)을 가진, 나이가 지긋한 동지들이. 이러한 짓은 들키기 마련이니까."

"그들을 공격했을 때에는 해가 있었어요. 그러나 그들은 보이지 않았어요. 부인 모자점이 있더군요. 문은 닫혀 있었지만 손을 썼지요. 그래서 모자를 얻게 된 겁니다."

그날 그들의 기지와 장갑차의 기지가 있었던 마을은 600미터 떨어진 곳에 있었다. 농장의 안마당과 같은 나무 발코니가 있는 광장, 에스쿠리알 왕궁풍의 지붕이 뾰족한 탑, 피서객들을 상대로 하는 오렌지빛 혹은 진홍빛 가게가 몇 개 있었다. 한 가게에는 커다란 거울이 걸려 있었다.

"이 모자도 쓸 만한데" 하고 민병들은 말을 이었다. "아주 근사해."

그들은 총을 등에 메고 부인모를 머리에 쓴 채 술집 테이블에 앉아 있었다. 그들이 등을 보이고 있는 약 20킬로미터의 사면(斜面)에는 두 달 전까지 시에라 지방의 바위를 덮고 있었던 히아신스의 마지막 얼룩점들이 보리밭 위에서 누런 빛깔로 퇴색하고 있었다. 전속력으로 달리는 자동차의 요란한 소리가 가까이 오고 있었다. 그리고 갑자기 포치에서 카키색 포드 차가 튀어나왔다. 차에서는 평행으로 뻗은 세 개의 팔이 파시스트식 경례를 붙이고 있었다. 대낮의 햇빛 속으로 들어올린 손 밑으로는 나폴레옹식 이각모와 녹색 제복의 황색 선(縇)이 보였다. 민위대였다. 그들은 입구 왼쪽에서 식사를 하고 있는 민병들을 보지 못했기 때문에 파시스트의 마을에 왔다고 생각하고 있었다. 두번째 술집에서는 무장한 농부들이 천천히 일어섰다.

"친구 여러분!" 하고 민위대는 갑자기 브레이크를 걸면서 외쳤다. "우린 당신네들 편이오."

농부들은 총을 겨누었다. 민병들은 벌써 발사하고 있었다. 숱한 민병들이 적의 전선을 돌파한 것은 사실이었다. 그러나 파시스트식 경례를 붙이지는 않았던 것이다. 적어도 총알 서른 방이 발사되었다. 마누엘은 그런 속에서 사격 소리보다 부드러운 타이어가 터지는 소리를 분간해낼 수 있었다. 거의 모든 농부가 자동차를 겨누었다. 그렇지만 민위대 한 명이 부상당했다. 바람은 광장을 불에 탄 꽃냄새로 뒤덮었다.

마누엘은 민위대를 무장해제시키고, 샅샅이 복장검사를 한 뒤 민병의 호위대를(농민들이 민위대를 미워하고 있었으므로) 딸려 면사무소의 홀로 압송시키고는 만가다 대령의 사령부에 전화를 걸었다.

"위협이나 긴급사태가 있소?" 하고 당번 장교가 물었다.

"없습니다."

"그렇다면, 무엇보다도 즉결처분은 하지 마시오. 법무관을 보내겠소. 한 시간 후면 재판이 끝날 거요."

"물론 그렇게 하겠습니다. 또 한 가지 말씀드리겠습니다. 그들이 왔다는 것은 파시스트의 마을에서 여기까지 올 수 있다는 것을 증명합니다. 저는 마을의 입구와 도로 위에 위병을 하나씩 세웠습니다. 그러나 그것만으로는 불충분합니다……."

군법회의는 면사무소에서 열렸다. 석회를 칠한 넓은 홀. 피고 뒤에 회색 및 흑색 작업복을 입은 농부들――모두가 선 채로 말이 없다. 첫줄에는 파시스트들에게 피살된 농부의 아내들. 회교도의 전사들처럼 엄숙하다.

민위대 중에서 두 사람이 발언했다. 그들은 물론 로마식으로 경례했다. 그들은 이 마을을 파시스트가 점령한 것으로 생각하고 이 마을을 통과하여 공화파의 전선에 합류할 생각이었다는 것이다.

거짓말이란, 다른 모든 뻔한 거짓말들처럼 하기도 괴롭지만 듣기도 괴로운 것이다. 민위대는 거짓말 속에서 허우적거리는 것 같았으며, 제복을 입은 채 칼을 쓴 죄수처럼 뻣뻣한 의복 밑에서 숨을 헐떡거리고들 있었다. 한 농부의 아내가 재판관석 가까이로 다가왔다. 그녀가 사는 마을은——여기서 아주 가까웠다——한 번 파시스트에게 점령당했다가 공화군이 다시 탈환한 마을이었다. 그녀는 민위대가 자동차로 왔을 때 그들을 본 적이 있었던 것이다.

"내 자식 때문에 내가 그들에게 불려갔을 때…… 내가 그들에게 불려갔을 때 나는 아들을 매장하기 위한 문제로 부른 것이라 생각했었지요……. 그러나 그게 아니었어요. 나를 부른 것은 신문하기 위해서였어요. 나쁜 놈들이……."

그녀는 한 걸음 뒤로 물러섰다. 더 잘 보려고 하는 것처럼.

"저놈이 있었어요, 저놈이……. 저놈의 자식이 피살된다면 저놈은 뭐라고 말할까요? 저놈이 뭐라고 말할까요? 응? 가련한 놈같으니, 너는 뭐라고 말할래?"

부상당한 사나이는 물 밖에 나온 물고기처럼 숨을 점점 더 헐떡이면서 자기 변호를 하고 있었다. 그는 혹시나 무죄가 되지 않을까 생각하고 있었다. 그녀의 아들은 그녀가 신문을 받기 이전에 총살당했는데, 그녀의 눈에는 도처에 아들의 살인범들만 보이는 것이었다. 그 민위대는 공화국에 대한 자기의 충성심에 대해서 이야기하고 있었다. 옆에 있는 사나이의 면도한 두 뺨에서는 땀이 조금씩 배어나왔다. 땀방울은 기름 칠한 코밑수염의 양옆에서 흘러나왔고, 부동자세인 채로 땀을 흘리고 있는 이 생명은 공포 속에서 안간힘을 쓰고 있는 것처럼 보였다.

"당신들은 우리 편에 합류하러 왔다는데" 하고 재판장은 말했다. "혹시 우리에게 전달할 정보라도 갖고 있소?"

재판장은 그때까지 한 마디도 하지 않고 있는 세번째 민위대 쪽으로 돌아섰다. 이자는 재판장을 집요하게 쳐다보고 있었다. 그의 눈초리에는, 자기는 재판관에게만 말을 하겠다는 의지가 뚜렷하게 나타나 있었다.

"내 말을 들어주시오. 당신은 비록 이런 사람들과 함께 있기는 하지만 한 사람의 장교입니다. 나는 실컷 들었습니다. 나는 세고비아의 팔랑헤당의 당번(黨番) 17호입니다. 당신은 나를 총살해야 합니다. 그리고 오늘 총살하겠지요. 그러나 죽기 전에 나는 내 앞에 있는 저 두 놈의 비열한 자들이 총살당하는 것을 볼 수 있었으면 좋겠습니다. 그들은 당번 6호와 11호입니다. 치사한 놈들입니다. 그놈들의 입을 다물게 하거나 그렇지 않으면 나를 끌어내시오."

"저놈은 어린애들을 죽인 자치고는 무척 용감하군!……" 하고 노파가 말했다.

"난 당신들 편이오!" 하고 부상당한 민위대가 재판장에게 외쳤다.

재판장은 방금 말한 장교를 쳐다보고 있었다. 아주 납작한 코, 두터운 입술, 짧은 코밑수염과 고수머리, 멕시코 영화에나 나올 듯한 얼굴. 재판장은 그가 부상한 민위대의 뺨을 갈기지나 않을까 하고 한 순간 생각했으나 잠자코 있었다. 그의 손은 헌병의 손이 아니었으므로. 파시스트는 라몬타냐 병영의 병정들처럼 민위대 속에 세포조직을 만들고 있었을까?

"당신은 언제 민위대에 들어갔소?"

사나이는 대답하지 않았다. 이제 군법회의 같은 것에는 신경쓰지 않겠다는 듯이.

"나는 당신들 편이오" 하고 부상당한 민위대는 또다시 외쳤다. 그의 목소리에는 비로소 진정이 어린 것같이 들렸다. "난 당신들 편이란 말이오!"

마누엘은 일제사격 소리를 듣고 난 뒤에야 광장에 도착했다. 세 사람은 옆거리에서 총살되었다. 시체는 앞으로 쓰러졌고 머리 위로는 뙤약볕이 내리쬐었으며 다리는 그늘 속에 축 처져 있었다. 털이 뽀얀 새끼 고양이가 다가와서 코가 납작한 사나이의 핏덩어리 위에 수염이 닿을 정도로 얼굴을 갖다댔다. 한 소년이 다가와 고양이를 쫓아버리고 나서는 집게손가락을 피에 묻혀 벽에다 무엇인가를 쓰기 시작했다. 목이 죄어드는 듯한 기분이었던 마누엘은 눈으로 그 손가락을 좇았다—'파시즘을 타도하라'.

그 어린 농부는 소매를 걷어올리고 두 손을 씻으러 샘으로 갔다.

마누엘은 피살된 시체를 바라보았다. 이각모는 몇 걸음 떨어져 뒹굴어 있었다. 그 어린 농부는 샘물 위에 몸을 기울이고 있었고 벽에 쐬어진 글씨는 아직도 물기 어린 진홍빛이었다.

'이 양쪽과 싸워서 새로운 스페인을 만들어야 한다' 하고 그는 생각했다.

'그리고 어느 하나도 다른 것보다 쉽지는 않을 것이다.'
　태양은 누런 벽 위로 강렬한 햇살을 쨍쨍 내리쬐고 있었다.

5

　라모스와 마누엘은 돋워올린 길가를 따라 거닌다. 이날 저녁은 포성이 없는 저녁과 비슷하다. 기마화상(騎馬畫像) 같은 데에서 볼 수 있는 그런 황혼 속에서, 소나무와 자갈풀 냄새로 가득 찬 시에라 지방은 마드리드의 평원에 이르기까지 장식과 같은 비스듬한 언덕을 이룬다. 마드리드의 평원 위로는 밤이 마치 바다 위로 내려앉듯이 서서히 내려앉는다. 터널 속에 웅크리고 있는 괴상한 장갑차는 흡사 태양과 더불어 멀리 사라지듯 전쟁으로부터 잊혀져버린 것 같았다.
　"난 방금 동지들에게 30분 동안이나 실컷 욕설을 퍼붓고 왔네" 하고 라모스는 말한다. "저녁을 먹으러 자기 집으로 가고 싶어하는 자가 열 명이 넘어. 그리고 세 명은 마드리드까지 가겠다는거야!"
　"지금이 사냥철이라 그들은 혼동을 하고 있는가 보군. 그래 당신이 야단친 결과는?"
　"다섯 명이 남고 일곱 명이 갔어. 그들이 코뮤니스트라면 모두가 남았을텐데."
　고립된 약간의 총격소리와 멀리서 들려오는 포격소리는 산악의 평화를 더욱 깊게 한다. 밤은 아름다워질 것이다.
　"무엇 때문에 당신은 코뮤니스트가 되셨나요, 라모스?"
　라모스는 생각에 잠겼다.
　"내가 늙었기 때문이야……. 마흔 둘이면 그렇게 늙지는 않았지. 그러나 내가 아나키스트였을 때 난 훨씬 더 인간을 사랑했었네. 아나키즘은 내게는 곧 조합이었다네. 그러나 그것은 특히 인간과 인간의 관계이지. 한 노동자의 정치적 형성이 개성적인 것이 되는 것은 훨씬 나중에 가서야. 처음엔 영향력의 문제이지만……. 아 참, 마누엘, 내게 설명 좀 해주게――자네로서 이해되는 것이 있다면. 우리들의 눈앞에 있는 것은 스페인의 군대야. 특히 장교들이라고 해두지. 필리핀에서는 건달짓을 하다가 피를 봤지. 쿠바에서도 마찬가지고. 미국인들 때문인가? 우수한 생산력과 제일 가는 공업력 때문이라고 해도 좋아. 모로코에서도 그들은 혼이 났어. 아브르 엘 크림은 미국인이 아니었네. 무엇 때문에 붓 같은 코밑수염을 단 우리 나라의 나리들은 크림 앞에서는 뺑소니를 쳤으면서도 지금은 안 치는가? 언제나 말했지, 오페레타의 군대라고. 왜 그들은 멜릴랴에서는 뺑소니를 쳤는데 지금은 안 치나."

마누엘과 라모스의 관계는 변하기 시작하고 있었다. 그때까지의 그들의 관계는 경험 있는 조합운동가와 농담을 좋아하지만 착실한 30대 사나이의 관계였다. 이 30대 사나이는 자신의 희망을 건 세계를 인식하려고 노력하며 그가 지배했던 것과 꿈꾸었던 것을 혼동하지 않으려고 노력하고 있었다──그러나 정치적 경험은 전혀 없었다. 그는 이 경험을 쌓기 시작했고 라모스도 마누엘의 지식이 자기의 지식보다 훨씬 넓다는 것을 알고 있었다. 마누엘은 중앙 전화국에서 삼각자를 휘젓던 때와 마찬가지로 오늘 저녁에도 소나무 가지를 깃털 비처럼 흔들어대고 있었다. 소나무 가지 끝에는 바늘과 같은 잎사귀들이 남아 있었다. 그는 오른손에 무엇이라도 쥐지 않고는 참지 못하는 성질이었다.

"오페레타의 군대란 존재하지 않아, 라모스 형. 군대를 무대로 한 오페레타가 있을 뿐이지. 오페레타의 군대란 내란(內亂)의 군대를 말하는거야. 우리 군대──스페인의 군대──는 결국 병정 열 명에 장교 하나에 불과해. 전쟁에 충당되는 군대 예산은 죄가 없다고 생각하나? 문제가 안 돼. 군대 예산은 장교들──지주이거나 지주의 고용인──의 봉급과 자동 무기의 구입에 충당되지만 뇌물 때문에 전비(戰費)로는 부족하니 경찰 비용으로나 충분하다고 할까. 예를 들면 1913년형(型)의 우리 기관총과 10년 이상이나 된 항공기가 그렇지. 한 국가와 싸울 때는 그건 있으나마나 하지만 반란군과 싸울 때는 결정적인 무기가 되네. 이것으로는 외국과의 전쟁도 불가능하고 식민지를 상대로 하는 전쟁 역시 마찬가지야. 스페인 군대가 화제가 되는 것은 패했을 때나 독직(瀆職)이 있을때, 그리고 탄압할 때뿐이지. 그러나 이건 오페레타가 아니야. 이건 바로 악질의 라이히스베어(독일어로 독일 국방군이란 뜻)야."

멀리서 터지는 서너 방의 포성이 골짜기에서 은은히 퍼져오른다. 부상을 당한 민병들이 네 귀퉁이를 잡은 담요에 실리어 운반되고 있다.

"국민이 매일 마드리드를 구원하고 있는 겁니다" 하며 마누엘은 세고비아의 파시스트들이 숨어 있는 산등성이를 쳐다본다.
"그래. 그러고 나서는 잠을 자러 가지."
"그러나 이튿날 또 시작하고……."
"자네도 틀이 잡혀가는군, 마누엘……. 잘된 일이야. 자네의 포진지 공격 지휘는 훌륭했어……."
"혹시 저의 내부에서 무엇이 변했을지도 모르지요. 나머지 저의 인생에 대해서도. 그러나 이것은 그저께의 포진공격에서 나온 게 아니에요. 이건 오늘 생겼지요. 그 어린 농부가 피살된 파시스트의 피로 벽에 무언가를 쓰는 것을 보았을 때 생긴 거예요. 올리브 나무 밭에서 지휘하고 있을 때는, 전 트럭을 운전할 때나 또는 왕년에 스키 차를 운전할 때 이상으로 스스로 책임을 느끼지는 못했어요……."
"왕년이라고" 하고 라모스는 되풀이했다.
그것은 한 달도 못 된 일이었다.
"과거란 시간적인 문제가 아니에요. 그러나 저기 벽 위에 무엇을 쓰고 있던 그 살기등등한 어린이 앞에서 저는 우리에게 책임이 있다고 느꼈어요. 라모스 형, 그건 처녀지휘였어요……."
멀리 정부 지배하에 있는 고장에서 목자(牧者)나 농부가 피우는 불이 연기를 올리지 않은 채 타고 있다.
내려앉은 밤안개의 커다란 너울이 그 불을 향하여 집중한다. 대지는 사라지고 불꽃만이 사면의 유일한 얼룩이다. 터널 속에서 웅크리고 있는 장갑 열차처럼 땅속에 웅크리고 있는 산에서 쫓겨난 평화는 신나게 타는 이 불길을 통해 분출하고 있는 듯했다. 훨씬 먼 곳의 오른쪽 끄트머리에 불이 또 하나 있었다.
"부상자는 누가 돌보고 있나요?" 하고 마누엘이 묻는다.
"요양소의 주임의사야. 매우 인내력이 강한 사나이지."
"공화 좌파(共和左派)인가요?"
"우파 사회당일거야. 여자 민병도 아주 열심히 돕고 있어."
마누엘은 트럭 뒤를 쫓아온 소녀 이야기를 한다. 라모스는 고수머리 속에 두 손을 집어넣고 미소를 짓는다.

"마누엘, 여자 민병에 대해서 어떻게 생각하나?"
"적극적인 전투에서는 제로예요. 요컨대 남자들의 신경을 약화시키는 데 좋을 뿐이지요. 그러나 소극적인 전투에서는 그만이죠. 용기란 유동적인 것이니까요——남자들의 경우에도 그렇긴 하지만——때로는 굉장해요."
"이봐, 내 마음에 썩 드는 얘기가 하나 있는데…… 프랑코가 점령한 마을은 모두 노예가 된단 말이야. 물론 우리 편만 그런 것은 아니지만. 그러나 어쨌든 사제관(司祭館)에 맡겨진 어린이들이나 부엌에 돌아온 주부들이나 모두 노예가 된단 말이야. 모든 피압박자들이 각인각색으로 우리와 함께 싸우러 왔어."
불의 이상한 힘. 대장간의 리듬에 맞춰 오르내리는 불은 그날의 모든 사자(死者) 위에서 타며 이슥해지는 밤을 인간의 광기 위에까지 확대시키는 것만 같았다.
그때 라모스는 자신의 미소가 사라지는 것을 느꼈다. 그는 다른 불을 관찰하고 있는 것이다. 그러고는 쌍안경을 다시 들었다.
그것은 목자의 모닥불이 아니었다. 분명한 신호(信號)였다.
그는 민병들처럼 도처에서 신호를 보게 되지 않을까? 그는 횃불 신호에 대해서는 익숙하다. 더군다나(그는 수를 센다) 이 바보 녀석들은 모르스 신호로 전달하고 있는데——그러나 언어가 뚜렷하지 않다.
다른 불도 역시 신호의 불이었다. 파시스트들은 그들의 작업을 만반으로 준비해놓았다. 얼마나 많은 비슷한 불들이 이 시간에 공화파 전선의 후방에서 타고 있는가. 이 온 사면(斜面)에서 라모스의 시선이 닿는 한의 먼 곳에, 매미가 울고 있는 먼 곳에 민병들이 누워 잠을 자고 있다. 그들의 고함소리도 이제 잠잠해졌다. 그날의 사자(死者)들은 거리의 아스팔트나 사면의 나무숲을 그들의 온 무게를 다하여 짓누르면서 대지에 착 달라붙은 채 사자로서의 첫날밤을 새우기 시작한다. 시에라 지방에 깃든 투명한 정적 속에 오직 소리 없는 배반의 언어만이 내려앉는 어둠 속에 가득 퍼진다.

제 3 장

1

전쟁이란 산 인간의 육체 속에 철환을 처박기 위하여 수단과 방법을 가리지 않는 짓이라는 의식이 마누엘에게 들기 시작했다.

숨을 헐떡이는 한 남자와 한 여자의 외마디 고함소리가 (고통이 극도에 이르면 음색의 구별이 없어진다) 산 카르로스 병원의 병실을 누비고 사라졌다.

병실은 천장이 높았고 위에 있는 환기창을 통해 광선이 들어오고 있었다. 그 창문은 거의 대부분 활엽수로 막혀 있었고 한여름의 광선은 그 창문을 통하여 스며들고 있었다. 녹색을 띤 이 광선, 머리를 쳐들지 않으면 구멍 하나 보이지 않는 이 거대한 벽들, 불안에 찬 병원의 고요 속을 파자마를 입은 채 쌍지팡이를 짚고 미끄러지듯이 거니는 관절이 굳은 사람들, 사순절(四旬節)에 입는 의상처럼 전신에 붕대를 감은 그림자들――이 모든 것이 시간과 세계 밖에 세워진 부상자의 영원한 왕국인 것 같았다.

어항과 같은 이 병실은 중상자의 병실과 통하고 있기 때문에 그 방으로부터 고함소리가 들려오고 있었다. 그 병실의 천장은 보통 높이이고 침대는 여덟 개이며 창문은 제대로 된 것이었다. 마누엘이 들어갔을 때 눈에 띈 것은 모슬린으로 만든 큰 입방체의 모기장들과 입구 옆에 앉아 있는 간호원 한 사람이었다. 그 방은 되찾은 밝은 광선 속에서 고독하게 느껴졌다. 그리고 이 방은 전신에 붕대를 감은 유령들이 미끄러지듯 거니는 종교재판소의 지하실과는 아주 딴판인 밝은 병실이었다. 그러나 그 방의 실제 생활은 소음에 의하여 표현되고 있었다.

병실 한가운데에 있는 어느 침대에서 신음소리가 끊임없이 흘러나오고 있었다. 이 신음소리에서는 고통이 모든 인간적인 표현보다도 더 강렬히 느껴지고, 소리는 이미 인간과 동물에게 있어서 동일한, 보편적인 고통의 부르짖음에 불과했다. 그 소리는 호흡의 리듬을 좇는 강아지의 우는 소리요, 그 우는 소리를 듣는 사람은 그 소리가 숨결과 함께 중지되리라는 것을 느끼게 된다. 그리고 그 우는 소리가 정말로 멈추자 곧 임산부의 고함소리와도 같은 끔찍하고도 아양떠는 듯한 이 가는 소리가 대신 흘러나왔다. 마누엘은 그 고함소리가 호흡을 되찾으면 다시 시작되리라고 느끼고 있었다.
"저 사람은 어떻게 된 거요?" 하고 마누엘은 낮은 목소리로 간호원에게 물었다.
"비행기 사고예요. 폭탄을 실은 채 격추되었어요. 폭탄이 떨어지면서 터졌어요. 기관총알이 다섯 방, 폭탄 파편이 스물 일곱 개나 박혔어요."
모기장이 움직였다. 누가 부상자를 침대 위에 일으켜 앉힌 모양인지 모기장이 안에서 밀려나왔다.
"어머니예요" 하고 간호원이 말했다. "아들은 스물 두 살이에요."
"당신들은 습관이 되어 있지요?" 하고 마누엘은 쓸쓸하게 말했다.
"여긴 간호원이 부족해요. 저는 외과 의사예요."
고함소리가 다시 터졌고 그 소리는 마치 부상자가 고통을 가중하여 기절을 시도하려는 듯이 아주 높아지더니 갑자기 뚝 그쳤다. 마누엘의 귀에는 이 가는 소리도 들리지 않았다. 그러나 그는 걸음을 내딛지 못했다.
무엇 때문에 그는 부상자가 손가락으로 시트를 쥐어뜯고 있다고 느꼈을까? 새로운 소리가 들리기 시작했는데, 처음엔 하도 낮아 마누엘은 무슨 소린가 하고 생각했으나──드디어 그 소리가 분명해지자 그것은 입술 부딪치는 소리라는 것을 알게 되었다. 갈가리 찢겨진 육체 앞에서 언어가 무슨 가치가 있는가? 아들의 고통을 침묵으로까지 끌고간 어머니는 할 수 있는 일이라면 다 했다. 어머니가 아들에게 키스를 하고 있는 것이었다.
마누엘에게는 점점 조급해지는 키스 소리가 똑똑히 들려왔다. 그것은 마치 고통이 한때 그치기는 했으나 언제 다시 찾아올지 모른다는 것을 느낀 어머니가 애무의 힘으로써 그 고통을 정지시켜보려고 하는 것과도 같았다. 한 손이 모기장을 거머쥐고 손목으로 그것을 비틀고 있었다. 마누엘은 허공에 걸려 있는 그 고통이 마치 자기 손에 옮겨지기라도 한 것처럼 느껴졌다. 손이 펴지고 고함소리가 다시 나기 시작했다.
"도대체…… 언제부터인가요?" 하고 마누엘이 물었다.
"그제부터예요."
그는 드디어 간호원을 쳐다보았다. 몸집이 작고 아주 젊었다. 그녀는 머리에 캡을 쓰고 있지 않았다. 그녀의 머리카락은 검고 윤기가 흘렀다.

그녀는 주저했다.
"저희들 역시……" 하고 그녀는 드디어 말을 했다. "부상자의 고함소리엔 익숙해져요. 그러나 부상자의 가족들이 울부짖는 고함소리에는 익숙해질 수가 없지요. 가족들을 바깥으로 내보내지 않으면 수술을 할 수가 없어요."
"바르카는 여전히 여기 있나요?" 하고 마누엘은 고함소리가 다시 시작되기 전에 물었다. 이 고함소리는 영원히 이 병실의 일부가 되어버린 것 같았다.
"아닙니다, 옆방에 있습니다."
마누엘은 마음이 홀가분했다. 고통에 대해서는 민감하나 동정을 표현하는 데에는 서투른 그는 자신의 서투름을 느끼고 그것을 감당해내지 못하고 있었다.
바르카가 있는 방은 그가 방금 나온 방과 아까 지나온 어항 같은 방과 서로 통하고 있었다. 마누엘은 문을 열고 마치 이 문을 다시 닫는 것이 부상자를 관(棺)에 넣고 뚜껑을 덮는 것이기나 한 것처럼 순간 주저했다. 끝내 그는 문틈을 조금 남겨두었다.
바르카는 침대 위에 앉아 있었다. 아니다, 그는 이제 아무것도 바라지 않을 것이다. 귤도 있고 삽화가 있는 신문도 있다. 그리고 우정도 있다. 견디기 어려운 것은 그에게 모르핀 주사를 놓아주려 하지 않는 것이다. 모르핀 중독을 우려하기 때문이라면, 그의 나이로 보아서 그의 뜻을 받아주는 것이 좋을지도 모른다. 그의 다리 끝에는 추(錘)가 달려 있었는데 다리는 두 군데가 부러졌으므로 그는 잠을 잘 수가 없었다. 그를 잠들게 할 수 있다면 좋을텐데.
"주무실 수 있소? 저렇게……."
마누엘은 문틈으로 둔하게 들려오는 부상자의 고함소리를 암시하고 있었다.
"내가 같은 방에 있을 필요는 없지. 그건 설명이 안 돼요. 난 다른 방에서 잘 수도 있는데. 그러나 조용한 병자들끼리 함께 있어야 해요. 문을 닫으시오. 이 방에는 고함치는 사람이 없어요……."
"그는 어떻게 된 거요?" 마누엘은 마치 부상자에 관하여 다시 말하는 것이 그에 대해서 닫혀진 문을 다시 여는 것 같은 기분으로 물었다.
"그는 기관사였소. 처음엔 민병대에 있다가 나중에 항공대로 옮겼지. 폭격수였다고 해요."
"왜 우리 편이 되었을까요?"

"기관사인 그가 어느 편에 서라는 거요? 파시스트 쪽에요?"
"어느 편에도 서지 않을 수도 있지요."
"오, 그건……."
바르카는 눈을 크게 뜨고 고개를 들었다. 고통이 또다시 그를 습격했다. 그는 머리를 베개 위에 올려놓았다. 늙은 그의 얼굴은 집요한 고통의 표정을 띠었다——두 눈은 전보다 더 쑥 들어갔고, 이목구비는 언제 변할지 몰랐다——그것은 고통이 저마다의 얼굴에서 감추어져 있는 고귀함을 끌어내는, 저 상처받기 쉬우면서 동시에 근엄한 유년시절의 표정이었다. 시에라 지방에서는 바르카의 눈이 마누엘의 주목을 끌었다. 피부색이 짙은 이 얼굴의 모든 표정은 평범한 이목구비나 머리카락이나 흰 코밑수염, 그리고 맑은 눈보다는 두텁고 짙은 눈썹, 쓰라린 경험을 겪었으면서도 체념하지 않는 듯한 눈썹, 금간 도자기처럼 잔주름이 많아 농민다운 익살을 풍기는 그 눈썹에서 오고 있었다. 눈을 감으면 그는 미소를 짓고 있는 것 같았다.
"장갑 열차는 제대로 있소?"
"제대로 있을 거요" 하고 마누엘은 대답했다. "그러나 전 모르죠, 이젠 거기 있지 않으니까요. 제5연대 중대장으로 임명되었거든요."
"기쁘오?"
"모르는 게 많아서……."
문은 닫혀 있었지만 다시 그 고함소리가 그들에게 들렸다.
"저 젊은이는 우리 편이었기 때문에 우리 편이 된 거요……."
"그럼 당신은요, 바르카?"
"이유야 많지……."
그는 얼굴을 찌푸리고 움직이려고 애를 쓰며 마누엘 쪽을 돌아보았다. 마치 마누엘이 그 설명을 기다리고 있기라도 한 듯이.
"부득이한 이유는 없었겠지요" 하고 마누엘은 대꾸했다.
"난 조합원이었소. 이래봬도 말이오!"
"그러시겠지요. 그러나 투사도 아니셨고 직접적인 위협도 없으셨겠지요."
"나 참, 이봐요! 포도나무뿌리 진디가 생겼단 말이오. 당신 같으면 만족하겠소, 당신이라면?"
일찍이 바르카는 카탈로니아에서 송로(松露)를 따는 농군이었다. 아버지도

할아버지도 마찬가지였다. 그런데 진디 때문에 그 역시 50년간 하던 일을 지주들에게 빼앗겼던 것이다.

"당신은 생활을 다시 했고, 또 살아갈 수도 있었겠죠……."

그 어조에서 바르카는 마누엘이 토론하고자 하는 것이 아니라 더 잘 이해하고자 하는 것임을 알았다.

"왜 내가 중립을 지키지 않았느냐고요?"

"그렇소."

바르카는 미소를 지었다. 고통으로부터 기묘한 경험을 얻은 것 같은 미소였다.

"중립을 지키지 않는 자는 늘 같은 사람이오. 어디에서 내가 중립을 지켰겠소?"

어항 같은 병실에서는 쌍지팡이를 짚은 자들이 열어놓은 문턱을 차례로 가로질러 미끄러져 나가고 있었다.

"이건 유쾌한 질문은 아니지만 중대한 질문이긴 하오. 아무리 지독한 파시즘도 죽는 것보다야 나쁘지 않거든……."

그는 두 눈을 감았다.

"파시즘보다 이놈의 다리에게 더 화가 나는데……. 글쎄, 난……."

고통보다 먼저 노쇠가 그의 동작을 멈추게 했다.

"글쎄, 아니, 역시, 아니오, 그래도 난 다시 시작할 거요. 그러면……."

부상자의 고함소리가 다시 그들의 귀에까지 들려왔다. 바르카는 다시 시작할 거라고? 바르카가 생각하고 있었던 것은 바로 그것이었다.

"당신의 질문은 별로 뜻밖의 질문은 아니오. 귀담아 들어보시오. 소나무 아래에서 어쩌면 이곳에 뼈를 남기게 될지도 모른다고 생각했을 때 난 곰곰 생각해보았소. 모든 사람들이 하듯이 말이오. 아마도 당신만큼은 아니겠지만 아무튼 난 곰곰 생각해보았소. 내가 모르는 것은 만일에 인내심만 있으면 이해할 수가 있소. 그러나 나 자신을 이해한다는 것은, 이건 참! ……말뿐이지. 내 말 알겠소?"

"알고말고요."

"당신은 현명하니까 털어놓고 말한다면 이거요. 난 멸시받고 싶지 않다는 것. 내 말을 잘 들어두시오."

그는 목소리를 높이지 않았다. 단지 좀더 천천히 말하고 있을 뿐이었다. 식탁에 앉아 집게손가락을 쳐들며 이야기할 때의 어조로.

"자, 이게 중요한 것이오. 나머진 흔한 얘기고. 돈에 대해선 당신의 말이 옳소. 난 그들과 손잡을 수도 있었을 거요. 그러나 그들은 존경받고 싶어하는데 난 그들을 존경하고 싶지가 않았어. 그들은 존경할 만한 사람이 못 되었기 때문이오. 나도 존경하고 싶지. 그러나 그들은 안 돼. 난 가르시아 씨를 존경해요. 그는 학자요. 그러나 그들만은 안 돼요."

가르시아는 스페인의 우수한 민족학자(民族學者)였다. 그는 여름을 산 라파엘에서 지내고 있었다. 마누엘은 시에라 지방의 이쪽 투사들이 얼마나 가르시아를 좋아하고 있는가를 이미 확인하고 있었다.

"그리고 또 중요한 게 있소. 추억을 하나 얘기하지요. 어쩌면 시시하게 생각될지도 모르지만 그렇지 않을지도 모르지요. 내가 아직 농부였을 때, 그러니까 페르피냥에 가기 전의 일이었는데 후작(候爵)께서 우리 집에 들르셨지요. 그분은 하인들과 얘기하고 계셨소. 그는 우리 가족에 관한 얘기를 하셨지요. 그리고 그분은 이런 말을 하셨답니다. 그대로 말하지요. '저 사람들을 보게나. 그들은 가족보다 인류를 더 좋아한단 말이야.' 그분은 멸시하고 계셨소. 당장에 난 토론을 벌일 수도 있었으나 그때도 난 곰곰이 생각해보았소. 그리고 내가 깨달은 것은 인류를 위하여 무슨 일을 하고 싶을 때 그건 역시 우리 가족을 위한 것이기도 하다는 것이지요. 그건 결국 똑같은 일이오. 그런데 그들은 말이오, 어느 한 쪽을 선택한다는 거요. 내 말 알겠소? 선택을 한단 말이오."

그는 한순간 말문을 닫았다.

"가르시아 씨가 나를 만나러 왔었지요. 오래전부터 아는 사이였소. 언제나 사물에 흥미를 갖는 분이거든요. 지금 군사 정보에 종사하고 있는데 마을에 일어나고 있는 일에 대해 알고 싶다고 하더군요. 그러나 그분은 내게 이렇게 묻는 것이었소. '평등이라고?' 하고 말이오. 잘 들으시오, 마누엘. 당신네들 두 사람 다 모르고 있는 좋은 얘기를 해드리지요. 당신들은 너무…… 결국은 너무…… 운이 좋았기 때문이라고 말해두지요. 가르시아 같은 사람은 모욕을 받는다는 것이 무엇인지 잘 몰라요. 내가 말하고 싶은 것은 이거요. 모욕을 받는 것, 즉 굴욕의 반대는 그의 말처럼 평등이 아니라는 것이오. 프랑스인들은 관청 벽에다 어리석은 글자를 쓰곤 했는데, 그들은 그래도 무얼 알고 있었던 거지요. 모욕을 당하는 것의 반대는 우애이니까요."

커다란 병실의 열어 놓은 문 너머에는 그랑드콩파니(본래는 고용병이었으나 약탈병을 말함)의 절름발이들과 프로필이 같은 부상자들이 팔에 깁스 붕대를 하고서 거닐고 있었다. 린네르 천으로 단단히 감은 팔은 신체와 거리가 떨어지도록 부목(副木)을 받쳤는데, 그 모습은 마치 바이올린을 턱에 댄 바이올리니스트와도 같았다. 그들은 모든 부상자들 중에서도 가장 난처한 자들이었다. 깁스한 팔은 어떤 몸짓을 하는 것같이 보였다. 움직이지 않도록 고정시킨 팔을 앞으로 내밀고 있는 유령 같은 바이올리니스트들은 파리들이 희미하게 윙윙거리는 소리가 한층 더한 어항 같은 병실의 침묵 속을 마치 누가 밀어주는 조상(彫像)처럼 앞으로 나아가고 있었다.

2

8월 14일

전쟁의 흥분과 무더위 속에서 여섯 대의 신형기가 이륙 태세를 취하고 있었다. 에스트레마두라 지방에서 공세를 취했던 모로족 부대가 메리다로부터 메델린을 향하여 전진하고 있었다. 이것은 강력한 기계화 부대이며 아마도 파시스트 부대의 정예(精銳)임에 틀림없었다. 작전 지도부에서 방금 셈브라노와 마니앵에게 전화가 걸려왔다.

지휘관도 무기도 없으면서 에스트레마두라 지방의 민병들은 저항을 시도하고 있었다. 메델린으로부터 마구상(馬具商), 술집 주인, 주막 주인, 농사꾼 그리고 스페인에서 가장 가난한 수천 명의 사나이들이 엽총을 들고 모로족 보병부대의 경기관총과 싸우기 위해 출발하고 있었다.

더글러스기 세 대와 1913년제 기관총을 실은 대형 전투기 세 대가 옆으로 줄을 서서 비행장의 절반을 차지하고 있었다. 전투기는 없었다. 모두 시에라 지방으로 출동한 것이다. 셈브라노, 그의 친구 발랴도, 스페인의 민간 항공 조종사들, 마니앵, 시비르스키, 다라스, 카르리치, 가르데, 하이메, 스칼리,

신입자들 ──격납고 가장자리에 뒤에 영감과 정비사, 다리가 짧은 사냥개 라 플라티──이 모든 비행대가 출동에 임했다.

하이메는 플라멩코 노래를 부르고 있었다.

두 삼각편대(三角編隊)가 서남향으로 떠났다.

비행기 안은 시원했으나 굴뚝 위에 뜨거운 공기가 떨고 있는 것이 눈에 보이듯이, 지표(地表) 위에는 열기가 떨고 있었다. 몇 명의 농부가 쓰고 있는 커다란 밀짚모자가 밀밭 속 여기저기에서 나타났다. 톨레도의 산에서 에스트레마두라의 산까지 수확기의 황금빛 대지가 지평선의 끝에서 끝까지 평화로 다시 감싸여 오후의 낮잠을 자고 있었다. 이글거리는 태양을 향해 오르는 먼지 속에서 축대와 언덕은 납작한 검은 그림자를 보여주고 있었다. 그 너머에 바다호스, 메리다 ──8일에 파시스트들이 점령했다──, 메델린은 아직 보이지 않으나 떨고 있는 광막한 평원 속에서는 극히 작은 점에 불과했다.

돌멩이들이 많아졌다. 마침내 바위투성이의 지면처럼 우툴두툴해졌다. 나무가 없는 지붕들. 햇빛 속에 잿빛으로 보이는 낡은 기왓장들은 아프리카의 대지 위에 흩어져 있는 베르베르족의 해골과도 같았다. 바다호스였다. 그리고 성곽과 텅 빈 원형 경기장. 조종사는 지도를, 폭격수는 조준기를, 기관총 사수는 기체 밖에서 전속력으로 도는 조준점의 조그마한 얼레들을 들여다보고 있었다. 아래에는 침식된 듯한 스페인의 옛 도시, 창가에는 검은 옷을 입은 여자들, 물통 속에 넣어서 식히는 올리브와 아니스, 어린이들이 한 손가락으로 치는 피아노, 열기 속에서 하나씩 차례로 사라지는 피아노의 음표들에 귀를 기울이고 있는 바싹 마른 고양이⋯⋯. 그리고 기왓장이나 돌멩이나 집들이나 거리들은 너무나도 건조한 인상을 주어 마치 첫 폭격에 금이 가고 가루가 되어 골토(骨土)와 자갈이 부딪치는 소리가 요란하게 날 것만 같았다. 광장 위에서 카르리치와 하이메가 손수건을 흔들었다. 스페인인 폭격수는 공화국 국기에 스카프를 던지고 있었다.

이제는 파시스트의 도시이다. 정찰수는 메리다의 고대 극장과 폐허를 정찰하고 있었다. 바다호스와 그리고 에스트레마두라 지방의 모든 도시와 비슷한 도시였다. 드디어 메델린이다.

부대는 어느 길로 해서 오고 있을까? 나무가 없는 길들은 태양 아래에서 대지보다 좀더 엷은 황색을 띠고 끝없이 비어 있었다.

비행중대는 사각의 광장 위를 날고——메델린이었다——적의 전선을 향하여, 그러나 역시 태양을 향하여 한 길을 오르기 시작했다. 이 오후 다섯시의 태양은 그들 모두의 눈을 부시게 하고 있었다. 그 길은 그들에게는 겨우 백열한 리본으로밖에는 보이지 않았다. 셈브라노의 탑승기 뒤에 있던 두 대의 더글러스기는 속도를 늦추기 시작하더니 종렬(縱列)을 지었다. 적의 부대가 나타나고 있었다.

제1조종사에게 조종간(操縱桿)을 다시 넘겨준 다라스는 기체내의 통로에서 반쯤 몸을 기울이고 온몸으로 내려다보고 있었다. 대전중 그는 독일의 부대만을 추적했었다. 이번에는 그는 몇 년 전부터 숱한 형태하에, 즉 관청의 감시하에 끈질기게 만들었다가는 해체되고 해체되었다가는 재건된 노동자 조직 속에서 그가 싸워온 싸움의 상대 즉 파시즘을 추적하고 있었다. 러시아, 이탈리아, 중국, 독일……. 이곳 스페인에서도 다라스가 세계에다 걸었던 희망이 실현될 가망이 보일 듯하자 파시즘이 또 대두하고 있는 것이었다——그의 비행기 밑으로 보이는 것이라고는 비행의 방향을 바꾸고 있는 동료 비행기뿐이었다.

종렬을 짓기 위해 그가 타고 있는 비행기(국제 항공대의 선두인 마니앵의 비행기)가 선회했다. 그들의 눈앞에 있는 길은 1킬로미터에 걸쳐 일직선으로 뻗어 있었는데 일정한 간격의 붉은 점으로 얼룩져 있었다. 비행기가 상공에 이르렀을 때 태양이 다시 나타났다. 그러나 다라스에게는 하얀 길 외에는 아무것도 보이지 않았다.

이어서 길은 경사져갔고 태양도 옆으로 미끄러져가고 있었다. 붉은 점이 다시 나타났다. 자동차라 하기에는 점이 너무 작고 사람이라 하기에는 그 움직임이 너무나 기계적이었다. 길은 움직이고 있었다.

갑자기 다라스는 알아차렸다. 그리고 마치 눈으로가 아니라 마음으로 보기 시작한 것처럼 그는 그 형태를 분간하게 되었다. 길은 먼지로 누렇게 된 방수포를 씌운 트럭들로 메워져 있었다. 붉은 점은 연단(鉛丹)을 칠한 위장하지 않은 엔진 덮개였다.

평화 속에 말없이 뻗은 전원의 끝없는 지평선까지 뻗치고 있는 세 도시를 둘러싼 길들은 거대한 새의 발자국처럼 이상한 모양을 하고 있었다. 그리고 이 움직이지 않는 세 길 가운데에 이 길이 있는 것이다. 다라스에게 있어 파시즘은 바로 이 떨고 있는 길이었다.
 길 양쪽에서 폭탄들이 터졌다. 10킬로그램의 폭탄들이었다. 창끝 모양의 붉은 작렬, 그리고 들에는 연기. 파시스트 부대가 더욱 빨리 가고 있음을 나타내고 있는 것은 아무것도 없었다. 그러나 길은 더한층 떨고 있었다.
 트럭과 비행기는 서로 반대 방향으로 가고 있었다. 태양 때문에 다라스에게는 폭탄이 내려가는 것밖에는 보이지 않았다. 그러나 이제는 폭탄들이 염주처럼 들에 떨어지는 것이 보였다. 붕대로 감은 그의 발이 다시 아파오기 시작했다. 더글러스기 한 대는 폭탄 투하 장치가 없어 W.C.의 구멍을 넓혀서 그 구멍을 통해 폭탄을 투하하고 있음을 그는 알고 있었다. 갑자기 길의 일부분이 멈칫했다. 부대가 정지한 것이었다. 폭탄 하나가 트럭에 맞아 트럭은 길을 가로질러 넘어졌다. 그러나 다라스는 그것을 보지 못했던 것이다.
 잘려진 벌레의 머리가 꿈틀거리듯이 3분의 1이 절단된 부대의 선두가 메델린 쪽으로 질주하고 있었다. 폭탄이 연달아 떨어졌다. 다라스의 비행기가 이 선두의 상공에 닿았다.
 제2조종사에게는 아래가 보이지 않는다.

 국제 비행대 제3기의 폭격수 스칼리는 폭탄이 길에 접근하는 것을 내려다보고 있었다. 그는 망명할 때까지 매년 이탈리아 군대의 예비역 소집 기간중 맹렬한 훈련을 받았기 때문에 시에라 지방에 3회 출격을 마치고 정확한 솜씨를 되찾았던 것이다. 따라서 오늘은 시비르스키가 조종하였으므로 15분 전부터 길의 수직상공(垂直上空)에서는 폭탄이 트럭과 더욱 가깝게 터지는 것을 볼 수 있었다. 선두를 겨누기에는 너무 늦었다. 다른 트럭들은 길을 가로질러 쓰러진 트럭의 좌우로 통과하려 하고 있었다(아마도 커다란 구멍이 뚫어져 있을 것임에 틀림없다). 비행기 위에서 내려다보면 트럭은 길에 고정되어 있는 것처럼 보였다. 마치 파리가 스카치 테이프에 붙어 있는 것처럼. 스칼리는 비행기 속에 있었으므로 그는 마치 그 트럭들이 날아가거나 아니면 들을 가로질러 출발하기를 기대하는 것 같았다. 그러나 길은 분명 가장자리가 흙으로 돋우어져 있음에 틀림없다. 조금 전까지 그렇게도 정연했던 부대는 시냇물이 바위의 양옆으로 갈라지듯이 쓰러진 트럭의 양옆으로 갈라지려 하고 있었다. 스칼리는 모로족이 쓴 터반의 하얀 점을 똑똑히 보고 있었다. 그는 메델린의 가난한 사람들의 엽총이 머리에 떠올랐는데, 그때 조준기 속으로 뒤범벅이 된 트럭들이 시야에 들어오자 그는 두 상자의 경폭탄을 단번에 투하했다. 이어서 그는 투하구(投下口) 위에 몸을 구부리고 폭탄이 터지는 소리를 기다렸다. 이 사람들과 스칼리 사이에는 9초 동안의 운명이 있었다.

2초, 3초……. 투하구로는 후부의 아주 먼 곳까지는 볼 수가 없었다. 옆문 구멍으로 보니 몇 명이 두 팔을 쳐들고 달음질치고 있었다──그들은 틀림없이 돋워올린 길을 뛰어내리고 있을 것이다. 5초, 6초……. 진을 친 기관총들이 비행기를 쏘아대고 있었다. 7초, 8초──아래에서는 잘도 뛰는군! 9초. 동시에 터지는 스무 개의 붉은 얼룩 밑에서 달음질이 멎었다. 비행대는 계속 날고 있다. 마치 이 모든 것과 아무런 관계도 없는 것처럼.

비행기들은 다시 길에 도달하기 위해 원을 긋고 선회했다. 스칼리가 투하한 폭탄이 터졌을 때 마니앵의 탑승기는 되돌아오고 있었다. 따라서 다라스는 연기가 깨끗이 걷히자 뒤집힌 트럭들의 너절한 무더기를 볼 수 있었다. 폭탄이 뻘겋게 터지는 순간을 제외하면 죽음은 이러한 사건 속에서 아무런 구실도 하지 못하는 것 같았다. 그에게는 터반의 하얀 점들 밑으로 길 위에 도망치는 카키색 얼룩밖에는 보이지 않았다. 그것들은 마치 알을 들고 우왕좌왕하는 개미떼와 같았다.

그 광경을 가장 잘 보고 있었던 사람은 셈브라노였다. 첫번째의 더글러스기가 국제 비행대의 마지막 비행기 뒤에서 원의 끝을 이루며 되돌아오고 있었다. 셈브라노는 스칼리와는 달리 에스트레마두라 지방의 민병들의 싸움이 어떠한 것인가를 알고 있었다. 그리고 또 그들은 아무것도 해줄 수 없고 오직 비행대만이 그들을 도울 수 있음을 알고 있었다. 그는 아직 경폭탄을 가지고 있는 폭격수들이 또다시 트럭들을 파괴할 수 있도록 다시 길로 돌아갔다. 기동력이 파시스트 군의 제1요소였으므로. 그러니 적의 공군이 도래하기 전에 메델린을 향해 질주하고 있는 부대의 선두를 다시 붙들어야 할 필요가 있었다.

트럭 몇 대가 들로 뛰어내려 바퀴가 뒤집혀졌다. 길에서 뛰어나와 태양과 등지게 되자 내리쬐는 햇빛은 트럭 뒤에 기다란 그늘을 늘어뜨렸다. 따라서 트럭들은 그것이 파괴되었을 때만 모습을 드러냈기 때문에 그것은 마치 다이너마이트로 고기를 잡을 때 다이너마이트에 충격을 받아 죽은 물고기가 수면으로 떠오르는 것과도 같았다.

조종사들은 길 위에서 그들의 위치를 확인할 시간적 여유를 가지고 있었다. 파괴된 트럭들은 부대의 선두와 후미에 목책처럼 그림자를 늘어뜨리고 있었다.

'프랑코가 와도 그것을 치우자면 5분은 걸릴거야' 하고 셈브라노는 아랫입술을 앞으로 내밀며 생각했다. 그의 차례가 되어 그는 메델린으로 비행했다.

마음속으로는 언제나 평화주의자이지만 그는 폭격에 있어서는 스페인의 어느 조종사보다도 뒤지지 않았다. 그는 혼자서 폭격할 때면 다만 자신의 불안을 가라앉히기 위해 저공(低空)에서 폭격했다. 그가 비행하는 위험이, 그가 애써 비행하려는 위험이 그의 윤리적인 문제를 해결해주고 있는 것이었다. 마르첼리노처럼 그리고 많은 소심한 사람들처럼 그는 본래 용기가 있었다. 어쩌면 트럭이 시내에 있을지도 모르겠다고 그는 생각하였다. 그렇다면 그것들을 모조리 날려버릴 필요가 있다. 또 어쩌면 트럭들이 시외에 있을지도 모르겠다. 그렇다면 또 민병들이 살해되지 않도록 트럭들을 날려버릴 필요가 있다. 그는 시속 280으로 메델린 쪽으로 기수를 돌렸다.

부대의 선두를 이루었던 트럭들이 광장의 그늘에 웅성대고 있었다. 마을 전체가 적이었으므로 그들은 감히 유쾌하게 떠들지 못했다. 셈브라노는 가장 낮게 내려갔다. 다른 다섯 대도 뒤를 따랐다.

태양은 지금 거리를 온통 그늘로 채우고 있었다. 하지만 300미터 떨어진 곳에 있는 집들의 색깔과──분홍색, 담청색, 초록색 트럭의 형태들은 분간할 수 있었다. 트럭들은 광장의 다음 거리에 숨겨져 있었다.

한 대의 더글러스기가 뒤를 따르지 않고 셈브라노를 향해 오고 있었다. 조종사가 아마도 대열에서 빗나갔음에 틀림없다.

비행기들은 메델린의 광장에 접근하는 첫 선회를 시작했다. 셈브라노는 그의 첫 폭격을 상기했다. 그는 지금의 작전 주임인 바르가스와 함께 폭격을 했던 것이다. 그때 파시스트에게 포위된 페나로야의 노동자들은 창문과 안마당에 커튼과 침대 커버──그들이 가지고 있는 제일 좋은 천──를 펼쳐 보이며 공화파의 비행사들을 환영했던 것이다.

투하된 폭탄들은 햇살 속에서 찬란히 빛났다가 사라지면서 수뢰(水雷)처럼 독자적인 길을 내려갔다. 오렌지색 대화염(大火焰)이 연기로 가득한 광장에서 지뢰처럼 터지기 시작했다. 커다란 소용돌이 속에서, 가장 높은 화염 위에서 흰 연기가 갈색 연기의 한복판에 퍼졌다. 한 대의 트럭의 조그마한 실루엣이 그 위에서 급회전했다가 대리석 무늬의 구름 속으로 낙하했다. 이 연기가 모두 걷히는 것을 기다리던 셈브라노가 자기 앞을 흘끗 보자 대열에서 벗어났던 더글러스기 한 대와 그리고 다른 두 대가 보였다. 그런데 자기의 비행기를 포함한 세 대의 더글러스기만이 폭격에 참가하고 있었다. 그의 눈앞에 더글러스기 세 대란 있을 수가 없었다.
그는 전투의 대열을 다시 짜라는 명령의 신호로서 날개를 흔들게 했다.
지상에서 일어난 일이 걱정이 되어 그는 눈치를 채지 못했다. 이건 더글러스기가 아니라 융커기였던 것이다.

그 순간 스칼리는 비행기가 불쾌한 무기라고 생각되었다. 모로족들이 도망치고 있을 때부터 그는 돌아가고 싶었다. 그러면서 역시 그는 광장이 조준기 속에 들어오기를 고양이처럼 기다리고 있었다(그에게는 50킬로그램 폭탄이 두 개나 남아 있었다). 지상의 기관총에는 무관심한 채 그는 자기가 심판자이며 동시에 살인자임을 느끼면서도 자기를 살인자로 생각하는 것보다 심판자라고 생각하는 것이 더욱더 싫었다. 정면의 세 대(셈브라노가 보았던 것)와 아래의 세 대, 모두 합쳐 여섯 대의 융커기는 내성(內省) 속에 잠긴 그를 깨우쳐주었다.

더글러스기는 도망을 시도하려고 했다. 볼썽사납게 기관총이 조종사 옆에 있으니 기관총 사수석이 셋이나 있고 게다가 현대의 기관총으로 무장된 독일 비행기에 대해서 공중전을 벌인다는 것은 더글러스기에게는 문제도 안 되는 것이었다. 셈브라노는 항상 폭격기의 최상의 방비는 속도라고 생각하고 있었다. 사실상 더글러스기는 전속력으로 비스듬히 뺑소니를 쳤고, 국제 공군의 대형기는 아래의 융커기 세 대를 공격했다. 3대 6. 여섯 대에 대항해도 전투기가 없으니 다행이다. 목적이 달성되었으므로 요는 싸우는 것이 아니라 빠져나가는 것이었다. 그리고 마니앵은 가장 밑에 있는 비행기를 아래에서 공격하기로 했다. 이 비행기들은 하늘에 부각되고 있는 데 반하여 위장한 그의 비행기는 이 시간에는 들판에서는 거의 보이지 않을 것이다. 다른 융커기 세 대는 아마도 전투태세를 갖출 시간적 여유가 없을 것이다. 그 역시 전속력을 냈다.

아래의 비행기들이 공격해오고 있었다. 그들은 잠수함처럼 밀폐되어 있었고, 벽시계와 같은 큐브형 총좌는 착륙 장치인 흙받이 사이에 보였다. 그 중의 하나가 또 선회하고 있었으므로 국제 공군기는 그 비행기의 무선전신용 안테나와 기체 위에 튀어나와 옆이 보이는 후부총좌의 옆모습을 보고 있었다. 전부의 총좌에서 가르데는 어린 아이의 장난감과 같은 소총을 등에 메고 대기하고 있었다. 너무 멀어서 그의 목소리가 들리지 않을까 보아 그는 융커기를 손가락으로 가리키며 왼팔을 흔들고 있었다. 다라스 옆에 있는 마니앵의 눈에는 융커기들이 마치 바람에 부풀어오르고 있는 것처럼 점점 크게 보였다.

모든 탑승자들에게는 어느 비행기가 추락할지도 모른다는 생각이 들었다.

가르데는 자기의 총좌를 회전시켰다. 모든 기관총이 이상할 정도로 빠른 소음을 내면서 기체에다 망치질을 하고 있는 것 같았다. 비행기들이 교차했다. 국제 공군기는 총알을 아주 적게 맞았다. 적의 큐브형 총좌의 기관총탄밖에는. 융커기들은 뒤에 남았는데 그 중의 하나가 내려가고 있었다. 하지만 추락하는 것은 아니었다. 거리가 점점 벌어지고 있는데도 갑자기 열 방 가량의 총탄이 마니앵의 비행기의 동체를 관통했다. 거리는 더욱 벌어졌다. 국제 공군기의 후부 총좌의 총격을 받으면서 다섯 대의 융커기는 그들의 전선 쪽으로 돌아서고 있었는데 제6번기는 들판 위를 헤엄치고 있었다.

비행장으로 돌아오자 마니앵은 전화로 보고를 마치고 가르데를 불러오라고 했다.

"그는 마드리드가 점령당한 줄로 알고 착륙한 융커기 속에 있습니다" 하고 카무치니가 말했다.

"그럼 더욱더 불러주게."

마니앵이 놀란 것은 검찰청의 한 위원이 그를 기다리고 있는 것이었다.

"마니앵 동지" 하고 그는 하얀 사무실의 구석구석을 꿰뚫는 듯한 눈초리로 훑어보고 난 후에 말했다. "검찰청장의 심부름으로 왔습니다만, 전달 사항은 귀하의 부하로 있는 독일인 지원병 셋이……."

그는 주머니에서 서류를 한 장 꺼냈다.

"크레…… 펠트, 우르스 그리고 슈라이……너, 그렇습니다, 슈라이너는 히틀러의 스파이라고 합니다."

틀렸네, 하고 마니앵은 대답하고 싶었다. 그러나 이러한 경우에 사람들은 틀린 것을 믿기 쉬운 법이다. 크레펠트가 끊임없이 사진만 찍고 있다고(스파이라면 사진만 마구 찍고 있겠는가) 카르리치가 그에게 주의시킨 적이 있었고, 그도 언젠가 크레펠트가 프랑스 제2국의 한 관리의 이름을 말하는 것을 듣고 깜짝 놀란 적이 있었다.

"알겠소. 크레펠트가…… 그래요? 결국, 당신네들이 알아서 하겠지요. 그렇지만, 슈라이너에 대해선 놀라운데요. 우르스와 슈라이너는 꽤 오래된 코뮤니스트라고 생각하고 있었는데, 그리고 그들이 소속된 당도 보증하고 있고."

"마니앵 동지, 정당은 인간과 같습니다. 그들은 친구를 믿습니다만 검찰청은 정보를 믿습니다."

"그럼 청장께서는 어떻게 하라는 건가요?"

"이 세 사람을 비행장에 발을 들여놓지 못하게 하라는 겁니다."

"그다음은?"

"그다음은 청장께서 책임을 지실 겁니다."

마니앵은 그의 코밑수염을 잡아당기면서 생각에 잠겨 있었다.

"슈라이너의 경우는 정말로 곤란한데. 그리고…… 어떻든 그것은 사실무근이오! 추가 조사는 할 수 있나요?"

"아니! 급히 서두르실 필요는 없어요. 청장으로부터 곧 전화가 걸려올 겁니다. 단지 제 신분을 확증하기 위해서지요."

소총을 부속물 창고에 도로 갖다놓고 나서 가르데가 나타났다. 앞에 늘어진 솔과 같은 머리카락, 쾌활한 눈. 경관은 물러갔.

그의 기다란 솔 같은 머리카락과 광대뼈는 어린이들의 애완용 고양이 같은 인상을 풍기고 있었다. 그러나 그가 미소를 짓자 사이가 벌어진 조그마한 이들이 그의 삼각형 얼굴에 예리하고 정열적인 인상을 주었다.

"무엇하러 그 안에 들어갔었나? 기관총좌에 앉아보려고?"

"제가 아주 약아서죠. 전 총좌에 가보았어요. 총좌에는 제가 모르는 무엇이 있다는 인상을 받고 있었거든요. 실은 모든 것을 잘 이해하고 있었지요. 전

제가 생각하고 있었던 것만큼 바보는 아니었죠. 그들이 우리를 쏜 이상 전 제가 할 일을 확신했지요. 비행기는 앞쪽은 거의 장님입니다. 첫 난사(亂射) 때 그들이 우리를 맞히지 못한 것은, 그리고 그 후에 우리가 뒤에 있을 때 우리를 맞힐 수 있었던 것은 그 때문이었지요."

"나도 그런 인상을 받았지."

마니앵도 기술 잡지에서 융커기들을 연구했다. 융커기의 세번째 엔진이 쌍발기의 앞쪽 총좌 자리에 있다. 마니앵은 비행기의 앞쪽을 바퀴 사이로 쏘는 퀴브형 기관총과 뒤쪽 총좌의 기관총으로써 막을 수 있다는 것을 의심했던 것이다. 그러기 때문에 마니앵은 1대 2였음에도 돌격했던 것이다.

"그들이 우리를 추격할 때 전속력을 내고 있었다고 생각하나?"

"물론이지요."

"그럼 독일 녀석들은 2년 전부터 우리를 속이고 있었군. 우리의 낡은 비행기보다 적어도 30킬로미터는 느리니까. 그게 유명한 괴링(나치스 독일의 정치가·군인. 나치스당의 증진으로 공군총사령관, 프로이센의 내상·수상을 역임. 1940년에 원수가 되어 히틀러의 후계자로 지명됨. 1893~1946)의 비행대인가?

"아 참, 잠깐만. 그들의 기관총은 우리들의 스페인제(製)와는 달라. 그들의 것은 한 번도 고장이 나지 않았네. 내가 듣고 있었지. 만일 러시아 사람들이나 프랑스의 바보 같은 동포들이 고장 안 나는 것으로 보급해준다고 결정만 내린다면……."

마니앵은 작전 지령부로 나갔다. 그는 몹시 당황하고 있었다.

그는 그 전에 병원에 들러보고 싶었던 것이다.

영국 출생의 폭격수는 무관심한 듯한 굳은 표정으로 그의 옆에 있는 스페인인 아나키스트와 토론을 벌이고 있었다. 그의 침대는 《위마 니테(프랑스 공산당 기관지. 일간지로 1904년 조레스에 의해 창간됨. 본디 사회당의 기관지였으나 1920년 사회당의 좌우 분열로 좌파인 공산당의 기관지가 됨)》지(紙)와 쿠르틀린(프랑스의 극작가. 풍자적인 1막짜리를 잘 지음. 작품으로는 소설 〈8시 47분 열차〉, 극 〈서장님은 호인〉, 〈우리 집의 평화〉 등이 있음. 1858~1929)의 작품들로 덮여 있었다. 하우스는 위층 방에 혼자 있었다. 이것은 길조(吉兆)는 아니었다.

마니앵이 문을 열었다. 영국인은 주먹을 들어올려 마니앵에게 경례를 붙였다. 그는 미소를 지었으나 그의 눈은 웃고 있지 않았다.
"어떤가?"
"전 모릅니다. 아무도 영어를 모르니까요······."
대위는 마니앵의 물음에 대답한 것이 아니었다. 그저 자신의 고정관념에 대해 대답했을 뿐이었다. 그가 절단 수술을 받게 되는지 또는 안 받게 되는지 그는 모르고 있었다.
뾰족한 코 밑에 멋진 황금색 수염을 기른 이 영국인은 기분 좋은 중학생 같았다. 들어올린 그 주먹은 어쩌면 그렇게도 하나의 우연처럼 하나의 사고처럼 보였던가! 진실은 시트 위에 얌전하게 놓여진 이 두 손이 아니었던가. 어느 작은 별장에 사는 하우스 여사가 아마도 이렇게 베개와 시트 사이에 누워 생각하고 있을 얼굴이 바로 이 얼굴이 아니겠는가? 그러나 이 하우스 여사가 모르는 또 하나의 진실이 시트 밑에 있었다. 그것은 총알 다섯 방을 맞은 두 다리였다. 이 청년은 나이가 스물 다섯도 안 되는데, 하고 마니앵은 생각하고 있었다. 무어라고 말하지? 절단해야 할 두 다리를 눈앞에 보고 있자니 할 말이 생각나지 않는군.
"글쎄······ 그럼, 그렇고말고" 하며 마니앵은 그의 수염을 잡아당기고 있었다. "내가 무얼 잊었나?······ 아래층에 오렌지가 있군······."
그는 나갔다. 불구(不具)라는 것이 죽음보다도 더 그의 마음을 어지럽게 하고 있었다. 그는 거짓말하는 것이 싫었으며 무어라고 대답해야 할지를 몰랐다. 무엇보다도 먼저 그는 알고 싶었다. 그래서 그는 주임의사가 있는 곳으로 올라갔다.
"아닙니다" 하고 주임의사는 그에게 말했다. "영국 비행사는 운이 좋았어요. 뼈는 다치지 않았으니까. 절단은 급박한 문제가 아니오."
마니앵은 뛰어내려갔다. 스푼들이 부딪치는 맑은 소리가 계단에 가득 차고 그 소리는 그의 마음속에까지 울리고 있었다.
"뼈는 다치지 않았네" 하고 그는 다시 들어가면서 말했다. 그는 오렌지에 대해서는 잊어버렸다.
하우스는 주먹을 들어 다시 그에게 경례했다. 병원에서는 아무도 그의 말을 알아듣지 못했다. 그래서 그는 우애를 표시하는 유일한 형태인 이 몸짓이 습관이 되어버린 것이다.

"절단…… 문제는…… 제기되지 않았네" 하고 마니앵은 떠듬떠듬 말했다. 그는 의사가 방금 그에게 스페인어로 말했던 것을 영어로 다시 옮기기가 어려웠던 것이다.

희망과 우애 어린 거짓말이 아닌가 하는 불안에 사로잡혀 하우스는 시선을 떨어뜨리고 호흡을 가다듬은 후에 물었다.

"전 언제쯤 걸을 수 있겠습니까?"

"가서 주임의사에게 물어보겠네."

그는 나를 바보로 생각할거야, 하고 마니앵은 하얀 층계를 올라가면서 생각했다.

"미안합니다만" 하고 그는 의사에게 물었다. "환자가 언제쯤 걸을 수 있겠느냐고 묻는데요. 거짓말하는 것도 가슴 아픈 일이고."

"두 달 후엔 걸을 수 있습니다."

마니앵은 다시 내려갔다. 그가 두 달이라고 말하자마자 석방된 죄수의 도취감과도 같은 것이 침대에서 올라왔다. 그것은 무어라고 표현할 수 없는 신비로운 것이었다. 하우스는 두 다리를 움직일 수가 없었다. 두 팔은 침대 위에 있었고 머리는 베개 위에 있었다. 그의 손가락만이 움직이지 않는 팔 끝에서 경련하고 있었고, 도드라져 보이는 목젖이 오르내리고 있을 뿐이었다. 이 끝없는 희열의 몸짓들은 동시에…… 공포의 몸짓이기도 했다.

마드리드의 교외에서는 자동차를 타고 소총을 쳐드는 민병들의 수도 적어졌고, 글씨로 뒤덮인 자동차의 수효도 적어졌다. 톨레도의 성문 쪽에서 젊은이들이 도보 행진 연습을 하고 있었다. 마니앵은 프랑스를 생각하고 있었다. 이 전쟁이 시작될 때까지는 융커기들이 독일폭격대의 주요 부분을 이루고 있었다. 이것은 상용기(商用機)를 개조한 것이었다. 그리고 독일의 기술에 대한 유럽의 신뢰는 상용기 속에서 군용기(軍用機)를 보았던 것이다. 그것들의 무장은 훌륭하기는 했으나 효과적인 것은 못 되었다. 융커기는 미국의 상업기인 더글러스기를 추격할 능력이 없었다. 확실히 융커기는 마니앵이 유럽의 시장에서 구입한 합승마차와 같은 비행기와 별차이가 없었다. 그러나 프랑스의 신형기나 러시아의 공군기에는 대항하지 못했다. 이 모든 것이 변화하려 하고 있었다. 세계의 무자비한 총연습은 이미 시작되고 있었다. 2년 동안 유럽은 히틀러가 기술적으로 착수할 만한 능력이 없는 한 전쟁의 끊임없는 위협 앞에서 뒷걸음질 쳐왔던 것이다.

3

마니앵이 육군성에 도착했을 때 작전 지도부장 바르가스는 가르시아가 읽고 있는 보고를 듣고 있었다.
"여, 마니앵이 아닌가!"
바르가스는 일어섰다. 그러나 긴 의자의 가장자리에 그대로 서 있었다. 그는 더위 때문에 작업복을 벗고 있었으나 다리를 빼내지 않아(게을러서인지 아니면 곧 주워입을 수 있게 하기 위해서인지) 마치 남아 있는 가죽이 다리에 아직 붙어 있는 토끼처럼 그는 걸을 수가 없었던 것이다. 그래서 그는 다시 주저앉아 그의 긴 두 다리를 작업복 속에서 쭉 폈는데, 그의 수염 없는 돈 키호테 같은 뼈대만 앙상한 좁다란 얼굴은 우정으로 가득 차 있었다. 바르가스는 마니앵과 함께 반란 이전에 스페인의 항공로를 준비했던 장교 중의 한 사람이었다. 마니앵이 세빌랴-코르도바 선(線)의 철도를 폭파했을 때도 바르가스와 셈브라노가 동행했던 것이다. 그는 가르시아와 마니앵을 인사시키고 마실 것과 궐련을 가져오게 했다.
"축하합니다" 하고 가르시아는 말문을 열었다. "당신은 전쟁의 최초의 승리를 가져왔소."
"그런가요? 그럼 잘됐군요. 축하의 말씀을 전달하지요. 셈브라노가 대장이었으니까요."
두 사나이는 다정하게 서로의 얼굴을 쳐다보고 있었다. 마니앵이 군사 정보부장과 직접 접촉하는 것은 이번이 처음이었다. 가르시아 쪽에서도 매일 마니앵의 이야기를 듣고 있었다.
가르시아의 모든 것이 마니앵을 놀라게 했다. 이 스페인인은 영국이나 노르망디의 대지주와 같은 얼굴과 체격 그리고 커다란 들창코를 가지고 있었고, 또한 이 인텔리겐치아는 귀가 쫑긋하여 다정하고 익살스러운 모습을 하고 있었다. 게다가 페루나 필리핀에서 오랫동안 살았는데도 이 민족학자는 얼굴이 구릿빛으로 그을리지 않았다. 더구나 마니앵은 가르시아가 안경을 쓰고 있을 것으로 상상하고 있었던 것이다.

"아시다시피 그건 조그마한 식민지 원정 같은 것이었습니다" 하고 마니앵은 다시 말했다. "여섯 대였어요……. 우린…… 노상에서 트럭 세 대를 폭파했지요."

"가장 효과적이었던 것은 노상에 떨어뜨린 폭탄이 아니라 메델린에 떨어뜨린 것이었소" 하고 가르시아는 말했다. "대형 폭탄 몇 개가 광장에 떨어졌소. 모로족들이 처음으로 본격적인 폭격을 당했다는 사실에 유의하시오. 부대는 출발점으로 되돌아갔으니까요. 그건 우리의 최초의 승리요.

"다만 바다호스가 점령당했을 뿐이오. 그러니까 프랑코의 군대는 지금 몰라의 군대와 합류하고 있지요."

마니앵은 납득이 안 가는 얼굴로 가르시아를 쳐다보고 있었다.

가르시아의 태도도 그를 놀라게 하고 있었다. 그가 그에게서 기대하고 있었던 것은 이렇듯 다정하게 털어놓는 태도라기보다는 어떤 비밀스런 태도였다.

"바다호스는 포르투갈 국경 옆에 있습니다" 하고 가르시아는 말했다.

"6일에" 하고 바르가스는 말했다. "몬테사르미엔토호(號)가 독일제 비행기 열 네 대와 전문가 150명을 리스본으로 운반해왔소. 8일에는 열 여덟 대의 폭격기가 이탈리아를 떠났어요. 그저껜 스무 대가 세빌랴에 도착했고."

"사보이아기(機)인가요?"

"모르겠습니다. 다른 스무 대의 이탈리아기도 떠났고요."

"그 중의 열 여덟이오?"

"아니오. 2주일 이내에 적은 약 100대의 현대식 비행기로 우리를 공격할 거요."

융커기가 성능이 좋지 않은 것이라면 사보이아기는 공화국이 마련하는 모든 것보다 훨씬 우수한 폭격기였다.

활짝 열린 창문으로 스무 대의 라디오에서 흘러나오는 공화국의 국가(國歌)가 나뭇잎들이 타는 냄새와 함께 들려오고 있었다.

"계속하겠습니다" 하며 가르시아는 보고서류를 다시 집어들었다. "오늘 아침은 바다호스요" 하고 그는 마니앵에게 말했다.

5시. 폭격되어 이미 파괴된 산크리스토발 요새에 모로족 부대가 방금 들어갔음.
7시. 산크리스토발 요새에 진을 친 적의 포병대는 시가지를 끊임없이 폭격함. 민병들이 버팀. 지방 병원의 병실이 공중폭격에 의해 파괴됨.
9시. 동쪽의 성벽이 붕괴됨. 남쪽 병영은 화염에 싸였음. 우리 쪽에는 기관총 두 대만이 남았음. 산크리스토발의 포병대가 포격함. 민병대는 버팀.
11시. 적군의 전차가…….

그는 타이프를 친 종이를 놓고 다른 종이를 집어들었다.
"둘째번 보고는 짧아요" 하고 그는 비통한 듯이 말했다.

12시. 전차가 성당까지 진출. 보병대가 후속. 보병대는 격퇴됨.

"무엇이 격퇴했을까" 하고 그는 말했다. "바다호스에 기관총 네 대가 있었군 그래!"

16시. 적군 입시(入市).
16시 10분. 집집마다 교전(交戰).

"네시엔?" 하고 마니앵이 물었다. "그런데 잠깐만, 다섯시에는 바다호스가 우리 수중에 있다는 보고였는데?"
"이 정보는 방금 들어왔습니다."
마니앵은 자갈 많은 이 조용한 도시의 거리를 내리쬐고 있는 오후 다섯시의 태양을 생각하고 있었다. 그는 1914년의 대전초에 포병으로 싸운 적이 있었다. 그것만으로는 전투에 대해서 전혀 모른다는 것을 그는 알고 있었다. 그는 전투를 전혀 상상할 수가 없었기 때문이다. 피가 흐르고 있는 이 시가지를 여전히 평온하고 정다운 시가지로 생각하고 있었다……. 너무 높은 곳에서 마치 하느님처럼.

전차가 성당까지 진출.

옆으로 커다란 그림자를 던지고 있던 성당, 좁은 길, 투우장……
"전투가 몇 시에 끝났습니까?"
"당신이 지나가기 한 시간 전에" 하고 바르가스는 말했다. "집안에서의 전투는 별도로 하고……."
"이것이 마지막 보고요" 하고 가르시아는 말했다. "약 여덟시경의 보고요. 어쩌면 더 이른지도 모르지요. 전선에서 전해온 거요――전선이라고 할 만한 것이 있다면……."

    파시스트 정치범은 무사히 석방됨. 체포된 민병 및 피의자는 총살당함. 약 1200명이 총살됨. 죄목은 무장저항임. 성당의 대제대(大祭臺) 층계에서 민병 둘이 총살됨. 모로족들은 스카풀라리오(수도사나 수녀가 어깨에 걸치는 옷)와 성심상(聖心像)을 가져감. 오후 내내 총살형. 지금도 계속.

마니앵은 총살당하는 사람들 건너편에서 다정하게 흔들던 카르리치와 하이메의 손수건을 생각했다.
마드리드의 밤의 생활, 모든 라디오에서 흘러나오는 공화국의 국가, 온갖 노래, 원근(遠近)에 따라서 피아노 소리처럼 뒤섞여 들려오는 높고 낮은 살루드 소리, 모든 희망에 찬 소문, 그리고 밤이 자아내는 흥분――이 모든 것들이 다시 침묵 속에 잠긴다. 바르가스가 머리를 위아래로 끄덕였다.
"노래란 좋은거야……." 그리고 보다 낮은 목소리로 말했다. "전쟁은 길어질거야……. 국민은 낙천적이야……. 정치의 지도자들도 낙천적이야……. 가르시아 소령이나 나도 기질적으로 낙천적일거야……."
그는 불안한 듯이 눈썹을 추켜세웠다.
바르가스는 언제나 눈썹을 추켜세울 때는 순진한 모습이 되며 갑자기 젊어지는 것 같았다. 마니앵은 돈 키호테도 젊었을 때가 있었다는 사실을 한 번도 생각해본 적이 없었음을 깨닫고 있었다.
"마니앵, 그날 일을 잘 생각해보시오. 당신은 여섯 대를 거느리고, 즉 당신이 말하는 그 조그마한 식민지 원정대를 거느리고 적의 부대를 막았소. 그러나 기관총을 가진 적의 부대는 민병을 습격하고 바다호스를 점령했소. 이 민병들이 겁쟁이들이 아니었음을 고려하시오. 이번 전쟁은 기술전쟁이 될텐데 전쟁을 수행하는 우리는 감정에 관해서만 얘기하고 있소."
 "그렇지만 시에라 지방을 지킨 것은 민병이 아니오!"
 가르시아는 마니앵을 유심히 바라보고 있었다. 바르가스처럼 그도 이번 전쟁은 기술전쟁이 되리라고 생각하고 있지만, 노동자의 지도자들이 아무리 견학을 많이 한다고 해도 전문가가 될 것 같지는 않아 보였다. 가르시아는 인민전선의 운명이 일부는 기술자들의 수중에 있다고 생각하고 있었고, 마니앵의 모든 면이 그의 관심을 끌고 있었다. 그의 무뚝뚝함이, 그의 외관상의 방심이, 그의 조마조마한 태도가, 그의 상급 감독과 같은 모습이, 그의 동그란 안경 밑에서 얼떨떨하게 움직이고 있는 뚜렷하고 질서정연한 정력이 그의 관심을 끌었다. 마니앵에게는——코밑수염 때문에——산 안토니오 변두리의 전통적인 고급가구 세공인과 같은 데가 있었다. 그리고 또한 나이를 알려주는 바다표범같이 축 처진 그의 입술 속에, 안경을 벗고 있을 때의 눈초리 속에, 몸짓 속에, 미소 속에 인텔리겐치아의 복잡한 특징이 있었다. 마니앵은 프랑스의 가장 큰 민간항공을 감독한 적이 있었으나 가르시아는 사람을 그의 직위의 위신으로 미화시키려 하지 않았으므로 마니앵에게서 그 인간 자체를 분간해내려 애를 쓰고 있었다.
 "국민은 훌륭합니다, 마니앵. 훌륭하고말고요!" 하고 바르가스는 말했다. "그러나 국민은 무력해요."
 "난 시에라 지방에 있었소" 하고 가르시아는 마니앵 쪽을 파이프 대로 가리키면서 말했다. "순서대로 얘기해나갑시다. 시에라 지방은 파시스트들을 기습했소. 지형들이 특히 게릴라전에 유리했지요. 국민은 충격력(衝擊力)이란 것을 가지고 있는데 이건 아주 크면서도 아주 짧아요. 마니앵 씨, 우리는 꽤 위험한 두세 가지의 신화(神話)에 의해 지탱되며 동시에 중독되어 있지요. 우선 프랑스 사람을 예로 듭시다. 국민은——대문자로 쓴——프랑스 혁명을 이룩했소. 그건 그렇고 100의 창(槍)이 성능 나쁜 화승총에 이길 수 있다고 하여 100개의 엽총이 성능 좋은 비행기를 이길 수 있다고 말할 수는 없지요. 러시아의 혁명이 또 사태를 복잡하게 했지요. 정치적으로 말해서 러시아의 혁명은 20세기의 최초의 혁명이었소. 그러나 군사적으로는 그것은 19세기의 마지막 전쟁입니다. 츠아리스트에게는 항공기도 전차도 없었으나 혁명측에서는 바리케이드가 있었소. 바리케이드는 왜 생겨났습니까? 황제의 기병대를 막기 위해서였지요. 국민들은 한 번도 기병대라는 것을 가지고 있지 않았으니까요. 스페인은 오늘날 바리케이드로 가득 차 있습니다──프랑코의 항공기를 막기 위하여. 우리의 수상(首相)께서는 실각 직후에 한 자루의 총을 들고 시에라 지방으로 떠났소……. 마니앵 씨, 아마 당신은 스페인을 잘 모르실 테죠? 우리 나라의 유일한 항공기 제작자인 힐은 전선에서 일개 보병으로 방금 피살되었소."

"잠깐만. 혁명이란……."

"우린 혁명이 아닙니다. 차라리 바르가스에게 물어보시오. 우린 국민이오, 그렇고말고요. 우린 혁명이 아닙니다. 설사 우리가 혁명 얘기만 하고 있을지라도 내가 혁명이라고 부르는 것은 투쟁 속에서 형성된 간부(幹部)들이 (정치적인 간부, 기술적인 간부, 어느 쪽이라도 좋아요), 다시 말하면 그들에게 파괴당하는 자들과 신속히 대치할 수 있는 가능성을 가진 간부들이 지휘하는 하나의 반란의 결과입니다."

"그리고 특히, 마니앵" 하고 바르가스는 작업복을 입으면서 말했다. "당신도 모르지는 않겠지만 이니시어티브를 쥔 것은 우리가 아니오. 우린 우리의 간부들을 양성해야 하오. 프랑코는 군인 이외에는 간부를 전혀 가지고 있지 않소. 그러나 프랑코에게는 당신도 알다시피 그를 돕는 나라가 둘 있소. 우랑겔의 군대가 패배한 것은 적군(赤軍)에 의해서요. 빨치산에 의해서가 아니오……."

가르시아는 파이프를 흔들며 자기 말에 장단을 맞췄다.

"금후로 전쟁 없이는 사회적 변혁은, 더구나 혁명은 없습니다. 그리고 기술 없이는 전쟁도 없습니다. 그런데……."

바르가스는 가르시아가 파이프를 기울이면 동시에 고개를 따라 기울이면서 열심히 듣고 있었다.

"인간은 기술이나 규율 때문에 죽지는 않습니다" 하고 마니앵은 말했다.

"이와 같은 상황하에서는 사람들이 죽는 이유에 대해서보다 사람들이 적을 죽이는 수단에 대해서 나는 더 관심이 있습니다. 또 한편으로는, 경청해주시오, 당신은 내가 규율이라고 말하는 것이 당신의 나라에서 말하는 그 턱밑 끈을 뜻하지 않는다는 것을 잘 생각해주시오. 내가 그렇게 부르는 것은 싸우는 집단에게 가장 큰 효력을 주는 수단의 총체입니다. (가르시아에게는 정의를

제1편 서정적 환상   117

내리는 취미가 있다.) 그것 또한 기술임에 틀림이 없습니다. 군대식 경례에 대해서 내가 무관심하다는 것을 당신에게 이야기한다 해도 그건 부질없는 일이지요."

"이 순간 창문으로 들려오는 것은 어떤 적극적인 것입니다. 그 적극적인 것이 훌륭하게 이용되고 있지 않음을 당신도 나와 마찬가지로 알고 계십니다. 우린 혁명이 아니라고 당신은 말하십니다. 그렇다면 혁명이 되어봅시다그려! 당신은 민주국가의 도움을 받게 되리라고는 설마 생각지 않으시겠지요?"

"마니앵, 그건 너무 긍정적인 생각이오" 하고 바르가스는 대꾸했다.

가르시아는 파이프 대를 마치 권총의 총신처럼 두 사람을 향해 겨누었다.

"내가 본 민주국가는 거의 모든 일에 간섭을 하더군. 다만 파시스트에 대해선 예외지만. 우리를 조만간에 도와줄 수 있는 유일한 나라는 멕시코 아니면 러시아야. 그런데 러시아는 우리를 돕지 않을거야. 너무 머니까. 마니앵 씨, 지금 창문으로 우리에게 들려오는 것은 바로 우애의 묵시록이오. 그건 당신을 감동시킵니다. 나도 잘 알아요. 그건 이 지상에 있는 가장 감동적인 것의 하나요, 여간해서 볼 수 없는 것입니다. 그러나 그건 변형되어야 해요. 그렇지 않으면 사형입니다."

"그럴지도 모르지요……. 잠깐만, 다만 할 말이 있다면 나로서는 혁명의 규율을 대표하는 자와 그 필연성을 이해하지 못하는 자와의 싸움을 용인하지 못하며, 용인하고 싶지도 않다는 것입니다. 완전한 자유의 꿈, 가장 고귀한 자에게 권력을 부여하는 것 등등은 모두가 나의 존재 이유의 일부분이 된다고 나는 생각합니다. 나는 각자가 모두 남에게 강요하는 것에 의해서 평가되지 않는 삶을 살기를 원합니다. 내가 하고자 하는 말을 아시겠습니까?"

"당신이 현재의 상황을 완전히 이해하지 못하고 계신 게 아닌가 생각되는군요. 마니앵씨, 우리는 두개의 겹쳐진 쿠데타를 상대로 하고 있습니다. 하나는 순수하고 단순한 가족의 '프로눈시아미엔토(스페인어로 반란이라는 뜻)' 입니다. 옛부터 잘 알려진 것이지요. 부르고스, 발랴돌리드, 팜플로나――시에라 지방의 반란입니다. 첫날에 파시스트들은 스페인의 모든 주둔 부대를 장악하고 있었지요. 지금은 3분의 1도 안 되지만 결국 이 반란은 실패였소. 또한 묵시록 때문에 실패했소. 그러나 바보가 아닌 파시스트 국가들은 반란의 실패를 완전히 규명했소. 그리고 거기서부터 남쪽의 문제가 시작됩니다. 그 점에 유의하시오. 그건 같은 성질의 것이 아닙니다. 우리의 화제를 이해하기 위해서 파시즘이라는 낱말은 제쳐놓지요. 첫째로 프랑코는 파시즘에 관심이 없습니다. 프랑코는 베네수엘라 독재자의 견습생이오. 둘째로 뭇솔리니는 본래부터 스페인에 파시즘을 수립하느냐 안 하느냐에는 관심이 없습니다. 도덕적 문제와 대외적 정책은 각각 별개의 문제요. 뭇솔리니가 여기서 원하고 있는 것은 자기가 움직일 수 있는 정부요. 이것 때문에 그는 모로코를 공격기지로 삼았지요. 거기서 근대적인 무기와 근대적인 군대가 출발합니다. 그들은 스페인 병사를 믿을 수가 없어서(그들은 마드리드와 바르셀로나에서 경험했다) 수효는 적어도 기술적 가치가 있는 군대에 의지하고 있지요. 즉 모로족들, 외인부대 등……."

"가르시아, 모로코에는 모로족이 2만 명밖에는 없어요" 하고 바르가스가 말했다.

"4만 명이라고 난 단언합니다. 이곳엔 이슬람의 정신적 지도자들과 뭇솔리니와의 현재 유대 관계를 조금이라도 연구한 사람은 한 사람도 없습니다. 조금 기다리시오. 프랑스와 영국은 깜짝 놀랄 거요. 그리고 모로족으로 부족하면 이탈리아인을 보낼 거요, 틀림없이."

"이탈리아인은 무얼 원하나요?" 하고 마니앵은 물었다.

"난 아무것도 몰라요. 내 생각으로는 지브롤터를 제압할 가능성, 다시 말하면 영이(英伊) 전쟁을 유럽 전쟁으로 자동적으로 바꿀 수 있는 가능성이 있지요. 영국은 이 전쟁에 유럽의 동맹국을 끌어넣지 않을 수가 없으니까 말이오. 뭇솔리니는 비교적 군비가 약한 영국을 혼자 상대하기를 좋아했는데 만일에 영국이 군비를 강화하면 이탈리아의 정책은 부득이 달라집니다. 그러나 이 모든 것은 가정(假定)이요, 카페 뒤 코메르스의 객담 같은 거요. 중대한 것은 이겁니다. 즉 그 어느 나라보다도 구체적으로 포르투갈에 발판을 디디고 파시스트 두 나라의 도움을 받고 있는 프랑코 군대는——기계화 부대며, 경기관총이며, 이독협정(伊獨協定)이며, 이독(伊獨) 공군이며——마드리드 입성(入城)을 꾀하고 있다는 사실이오. 배후를 다지기 위해서 프랑코 군대는 집단 테러라는 수단을 쓸 거요. 마치 바다호스에서 시작되고 있듯이. 시에라 지방의 전쟁과는 아무런 관계도 없는 이 두번째의 전쟁에 대해서 우리는 실제로 어떠한 응대를 할 것인가 이것이 문제요."

가르시아는 긴 소파에서 일어나 마니앵에게로 가까이 갔다. 그의 뾰족한 두 귀는 사무용 책상 위에 켜져 있는 전등을 등지고 있어 실루엣이 되어 보였다.
"마니앵 씨, 제 문제는 요컨대 이렇습니다. 이와 같은 국민적 행동은——또는 혁명은——혹은 반란일지라도——그의 승리를 유지하기 위해서는 그에게 승리를 부여했던 수단과는 상반되는 기술에 의해야 한다는 겁니다. 때로는 감정과도 상반되는 기술에 말입니다. 당신 자신의 경험에 비추어서 심사숙고 해보시오. 그도 그럴 것이 당신네들은 비행대의 기초를 우애 위에만 두고 있지 않은가 하고 생각되기 때문이오. 묵시록은 당장에 모든 것을 원합니다. 혁명은 얻는 것이 거의 없지만——있다 해도 서서히 그리고 어렵게 얻어집니다. 위험한 것은 모든 인간이 각자의 내부에 묵시록에의 욕망을 간직하고 있다는 것입니다. 그리고 투쟁 속에서 이 욕망은 얼마간의 짧은 시간이 지나면 아주 간단한 이유로 인해 확실한 패배가 되어버린다는 겁니다. 그 이유란, 그 자체의 본질 때문에 묵시록에는 미래가 없다는 것입니다. 묵시록이 미래를 지니고 있는 체할 때에도."
그는 파이프를 주머니 속에 집어넣고 슬픈 표정으로 말했다.
"마니앵 씨, 우리의 겸손한 직분은 묵시록을 조직하는 것입니다."

2. 묵시록의 실천

제 1 장

1

　가르시아는 코끝과 파이프를 앞으로 내밀고 그 전에 가게였던 건물로 들어가려는 참이었다. 이 건물은 지금은 사령부의 한 초소(哨所)가 되어 있었다.
　입구 오른편에는 삽화가 있는 신문에서 오려낸 커다란 사진이 한 장 붙어 있었다. 그것은 파시스트들이 알카사르 병영으로 끌고 간 인질들이었으며 만약 공화파의 부대가 지하실을 공격하면 그들은 파시스트들의 보호를 받게 될 것이다. "모씨의 부인…… 모씨의 딸…… 모씨의 아이…….'' 마치 전투중에 전투원들이 이 얼굴들을 기억할 수 있기나 할 것처럼. 가르시아가 들어왔다. 그가 벌거벗은 상반신과 멕시코 모자들로 가득 찬 뙤약볕을 벗어나 건물 속으로 들어오자 그에게는 실내가 완전한 어둠 속처럼 느껴졌다.
　"포병대가 우릴 쏘고 있어요" 하고 캄캄한 방안에서 누군가가 외쳤다.
　"어느 쪽 포병댄가, 네구스?"
　"우리 쪽 포병대야."
　"너무 가깝게 쏘지 말라고 전화했더니 장교가 이렇게 대답하더군. '우리 편을 쏘는 일에도 싫증이 났네! 이제부턴 목표물을 바꾸어야겠어' 라고 말이야."
　"이건 문명의 가장 신성한 원칙에 대한 도전이로군" 하고 프랑스의 악센트가 뚜렷한 어떤 목소리가 궤변을 토했다.

"배반자의 얼굴이 또 하나 늘었군" 하고 대위가 거친 목소리로 아주 낮게 말했다. 가르시아의 눈에 그의 얼굴이 식별되기 시작했다. 그리고 그는 중위에게 "스무 명의 병사와 기관총 한 자루를 가지고 뛰어가게" 하고 명령했고, 끝으로 비서에게는 "대령에게 보고하게" 하고 명령했다.

"포병대 놈이지" 하고 엘 네구스는 말했다. "그놈을 처단하도록 세 명의 동지를 보냈네."

"그러나 난 그놈을 파면시켰소. 어쩔 수 없지요. 그런데 만약 F. A. I.가 그를 그 자리에 다시 앉히지 않는다면……."

가르시아에게는 마지막 부분이 들리지 않았다. 하지만 실내는 실외보다 덜 소란했다. 때때로 포탄이 작렬하는 소리가 지축에서 올라와 광장의 라디오에서 울려나오는 〈왈키리(전사자의 극락에서 전사자를 모시는 12명의 시녀를 말함)의 기마여행(독일의 가극 작곡가인 바그너의 가극)〉에 망치로 두드리는 듯한 장단을 맞추고 있었다. 가르시아는 어둠에 익숙해지자 에르난데스 대위의 얼굴을 알아보았다. 그는 유명한 초상화에 나오는 청년시절의 샤를 5세와 비슷한 스페인의 왕들을 닮았다. 작업복에 붙은 금도금한 별들이 그늘 속에서 희미하게 빛나고 있었다. 그의 주위에는 그를 둘러싼 벽의 일정한 얼룩들이 조금씩 뚜렷해졌는데, 이것은 마치 스페인의 성자(聖者)들이 짧은 배광(背光)에 둘러싸여 있는 것처럼 보였으나 사실은 구둣방의 창과 골이었다. 사람들이 가게에서 꺼내지 못한 것들이다. 대위 옆에는 바르셀로나에서 온 아나키스트의 책임자인 실스가 있었다.

에르난데스의 시선은 드디어 가르시아와 부딪쳤다. 가르시아는 파이프를 입에 물고 미소를 짓고 있었다.

"가르시아 소령이신가요? 군사 정보부로부터 전화를 받았습니다."

에르난데스는 가르시아와 악수를 하고 그를 이끌고 거리로 나갔다.

"소령께서는 무엇을 원하십니까?"

"당신만 좋다면 몇 시간 동안 당신을 따라가고 싶소. 그런 다음에 우리 생각해봅시다……."

"저는 산타크루스에 갑니다. 군사정부의 건물을 폭파하러 가지요."

"갑시다."

그들을 따라온 엘 네구스는 가르시아를 다정하게 쳐다보고 있었다. 이번에는 마드리드로부터 파견된 사람이 호감 가는 얼굴이다. 귀가 우스꽝스럽고 튼튼하게 생겼으나 그다지 부르주아적인 모습은 아니다. 가르시아는 가죽 윗옷을 입고 있었다. 엘 네구스 옆에서 한 사나이가 손짓을 해가며 이야기를 하고 있었는데 그는 힘줄이 불거진 데다가 회색 머리카락은 비스듬히 물결치고 있었고, 알파카의 윗옷을 입고 승마용 바지에 가죽 장화를 신고 있었다. 메르스리 대위였다. 그는 마니앵에 의해서 육군성으로 파견되어 톨레도 군사 사령관의 부하로 있었다.

"에르난데스 동지" 하고 가게에서 어느 목소리가 들려왔다.

"포병대의 장교가 도망을 쳤다고 라레타 중위가 전화를 걸어왔습니다."

"그보고 대신하라고 전하게."

에르난데스는 불쾌한 듯이 두 어깨를 으쓱해 보이고 길에 나뒹굴어 있는 재봉틀을 뛰어넘었다. 호위대가 그들 뒤를 따르고 있었다.

"여기선 지휘관이 누구요?" 하고 가르시아가 물었다. 그의 어조에는 빈정거리는 듯한 투가 거의 없었다.

"누가 지휘관이어야 되겠습니까? 여기서는 모두가 지휘관이고…… 지휘관은 아무도 없습니다. 웃고 계시지만……"

"난 언제나 웃습니다. 이건 유쾌한 버릇이죠. 누가 명령합니까?"

"장교들과, 바보들과, 정치단체의 위원들과, 기타 다른 사람들이 지휘합니다……"

에르난데스의 어조에는 적의는 없었으나 실망한 듯 입을 삐죽거렸다. 그러는 바람에 얇은 입술 위의 검은 작대기 같은 코밑수염이 휘어졌다.

"직업장교들과 정치단체와의 관계는 어떤가요?" 하고 가르시아가 물었다.

에르난데스는 아무런 몸짓이나 말도 하지 않고 다만 그를 쳐다보았다. 마치 이 관계가 얼마나 파국적인가를 설명할 말이 없기나 한 것처럼. 뙤약볕 속에서 수탉들이 울고 있었다.

"왜 그런가?" 하고 가르시아는 물었다. "어떠한 바보라도 마치 자기가 지휘관으로서의 위임을 받기라도 한 체하기 때문인가? 하긴 혁명이란, 시초에는 언제나 권위의 대횡령이니까."

"처음에는 그렇습니다. 그다음엔 별수없죠. 우리들과 함께 기술적인 문제를 의논하러 오는 자들의 절대적인 무식입니다. 저 민병대는 직업군인 2000명이면 궤멸될 것입니다. 요컨대 진정한 정치 지도자들까지도 국민을 군사력처럼 믿고 있단 말입니다!"
 "난 그렇게 믿지 않네. 적어도 당장은 그렇게 믿지 않네. 그래서?"
 그늘로 인해 양쪽으로 갈라진 거리에서 삶은 여전히 계속되고 있었다. 토마토 사이에 엽총들이 보였다. 광장의 라디오에선 〈왈키리의 기마여행〉이 그쳤다. 그 대신 플라멩코의 노래가 흘러나왔다. 목구멍에서 나오는 강렬한 그 노래 속에는 장송가(葬送歌)와 약대 몰이꾼의 절규가 깃들어 있었다. 그리고 그 노래는 시가지(市街地)와 시취(屍臭) 위에서 경련하고 있었다. 마치 피살자의 손이 땅속에서 경련하듯이.
 "소령님, 우선 말이죠, 소셜리스트나 코뮤니스트 또는 우리들의 리베랄리스트 정당의 당원이 되기 위해서는 최소한도의 보증이 필요합니다. 그러나 C. N. T.에 들어가는 것은 마치 방앗간에 들어가듯이 하지요. 전 이 사실을 소령님께 알려드리려는 게 아닙니다. 그러나 어쩌겠습니까, 우리에게 이것은 다른 무엇보다도 중요합니다. 우리가 팔랑헤 당원을 체포할 때마다 그들은 C. N. T.의 회원증을 가지고 있단 말입니다! 훌륭한 아나키스트들이 있죠. 예를 들면 우리 뒤에 따라오는 이 동지가 그렇습니다. 그러나 문호개방이라는 원칙이 존속하는 한 모든 파국은 이 문호를 통해서 들어온단 말입니다! 당신은 방금 포병대의 중위에게 일어난 일을 보셨죠."
 "우리 편을 드는 당신네 직업장교들은 어떠한 이유로 우리 편을 들고 있나요?"
 "프랑코가 당장 성공하지 못했기 때문에 그가 패배할 거라고 생각하는 사람들이 있지요. 또는 프랑코라든가 퀘이포라든가 몰라라든가 혹은 그 누가 되었든간에 그들과 적대관계에 있는 고급장성들과 인연을 맺고 있는 자들이 있습니다. 또는 주저 때문이든 무기력 때문이든 간에 꼼짝 않고 있던 자들이 있습니다. 그래서 결국 그들은 우리 편에 있게 된 것이지요. 그들은 우리 편에 남게 된 거예요……. 그들은 정치위원회로부터 야단을 맞게 된 후로는 떠나지 않은 것을 후회하고 있어요……."
 시에라 지방에서 가르시아는 자칭 공화파라는 장교들이 민병들이 저지른 자못 어리석은 짓을 용인하면서도 그들이 자리를 떠났을 때에는 침을 뱉는 것을 본 적이 있었다. 그리고 가르시아는 군용비행장의 장교들이 잘 입지 못한 외국의 지원병들이 당도했을 때 그들의 식당에서 테이블과 의자를 끌어내는 것을 본 적이 있었다. 그리고 또 직업군인들이 민병들의 잘못을 지치지 않는 인내심으로 수정하고 가르치고 조직하는 것을 본 적이 있었다……. 그리고 그는 발렌시아 반란 연대의 하나인 제13창기병 연대의 지휘관에 임명된 공화파 장교의 운명도 알고 있었다. 그 장교는 지휘를 하려고 반란 병영 속에 들어갔었던 것이다. 그는 —— 자신이 위험할지도 모른다는 것을 명백히 알면서도 —— 들어갔던 것이다. 문은 다시 닫혔고 이어서 일제사격 소리가 들려왔다.

"당신네 장교 중에 아나키스트들과 손발이 맞는 사람은 하나도 없나요?"

"있지요, 질이 아주 나쁜 장교들과는 잘 맞죠……. 아나키스트들에게, 아니 정확히 말하면 아나키스트를 자칭하는 자들에게 어느 정도 복종하는 장교는 하나뿐인데 그 사람이 바로 이 프랑스인 대위이지요. 그들은 이 대위를 그다지 대수롭게 생각지는 않지만 그러나 그에게 호감은 갖고 있습니다."

가르시아는 질문이 있다는 듯이 파이프를 들어올렸다.

"그는 나에게 엉뚱한 기술 조언을 합니다만 사실 그건 훌륭한 실제적인 조언이지요……."

모든 길은 광장을 향해 모이고 있다. 광장은 포위군과 알카사르 병영을 갈라놓고 있었다. 따라서 광장을 횡단할 수가 없어 가르시아와 에르난데스는 우회했다. 샤를 5세의 도로 위에 가르시아의 구둣발소리는 한없이 높이 울렸고, 에르난데스의 구둣발소리는 질질 끌렸다. 매트리스로 가로막은 길을, 모래주머니로 너무나 낮게 바리케이드를 친 골목길을 내다볼 적마다 그 끝에는 광장이 보였다.

민병들은 엎드려 총을 쏘고 있었다. 엉성하게 모인 사람들이었으므로 기관총의 사격을 받으면 형편없이 다칠 것만 같았다.

"저런 바리케이드를 어떻게 생각하십니까?" 하고 가르시아가 곁눈질하면서 물었다.

"당신과 같은 생각입니다. 그러나 곧 알게 될 겁니다."

에르난데스는 바리케이드를 지휘하고 있는 듯한 자에게 가까이 갔다. 마부와 같은 착한 얼굴, 코밑수염, 아, 코밑수염! 일류 멕시코 모자, 문신(文身). 원팔에는 알루미늄으로 만든 해골 바가지가 고무줄로 매어져 있었다.

"바리케이드를 50센티미터 높이고 사격수들을 더 분산시켜 창문에 V자형으로 배치할 필요가 있을 거요."

"신…… 증…… 서는?" 하고 멕시코인은 꽤 가깝게 나는 요란한 소총소리 때문에 소리를 버럭 질렀다.

"뭐라고?"

"신분증명서요, 여봐요, 서류 말이오!"

"에르난데스 대위요. 소코도베르 지구의 지휘관이오."

"그럼 C. N. T. 회원이 아니군. 그렇다면, 내 바리케이드가 당신과 무슨 상관이 있소?"

가르시아는 그 훌륭한 모자를 자세히 훑어보았다. 모자 윗부분의 둘레에는 조화로 장미가 둘려져 있고, 아래에는 헝겊 띠가 감겨져 있다. 띠에는 잉크로 '판초 빌라의 공포' 라는 글씨가 씌어 있었다.

"판초 빌라의 공포란 대체 무슨 뜻이오?" 하고 그가 물었다.

"글자 그대로요" 하고 상대방이 대꾸했다.

"물론이겠지" 하고 가르시아는 대답했다.

에르난데스는 말없이 그를 쳐다보았다. 그들은 다시 떠났다. 라디오에서는 그 훌륭한 노래가 들리지 않는다. 어떤 거리에서는 우유 가게 앞에 우유 단지가 한 줄로 늘어서 있는데 그 단지 주인의 이름이 적힌 마분지가 단지 옆에 놓여져 있었다. 줄을 서는 것은 여자들에게는 지루한 일이었다. 여자들이 단지를 두고 가면 우유 장수가 단지에 우유를 채워둔다. 그러면 여자들이 단지를 다시 찾으러 온다——다만…….

총격이 멎었다. 한순간 호위병의 발소리만이 망치로 두드리듯 침묵을 깨뜨렸다. 가르시아의 귀에 다음과 같은 목소리가 들려왔다. "메르스리 씨 부인이 내게 편지했던데, 동지 여러분, 이분은 무척 교양 있는 분이오. 만약 그들이 아프리카에서 패배한 오점을 노동자의 피로 지울 수 있으리라 생각한다면 그것은 잘못 생각하는 것이오." 방어된 거리로부터 롤러 스케이트의 요란한 소리가 울려나와 이 말소리와 겹쳤다.

총격이 또 시작됐다. 여전히 그늘로 양단된 거리로부터, 알카사르 병영의 총격에서 방어되어 있는 거리로부터, 어두운 쪽의 문 앞에서 사람들이 얘기하는 소리가 들렸다. 엽총에 기대어 서 있는 사람도 있고 걸터앉아 있는 사람도 있었다. 골목길 모퉁이에서 혼자 이쪽에 등을 보이고 소프트 모자를 쓴 한 사나이가 더위에도 불구하고 윗옷을 입은 채 사격하고 있었다.
 이 골목길은 알카사르 병영에 소속된 아주 높은 벽이 있는 곳까지 뻗고 있었다. 총안(銃眼)도 없고, 창문도 없고, 적병도 없다. 그 사나이는 파리떼에 둘러싸여 침착하게 한 방씩 쏘고 있었다. 탄창(彈倉)이 비면 다시 총알을 채웠다. 그는 등뒤에 멈추어 서는 발소리를 듣고 돌아섰다. 그는 마흔 살쯤 되어 보였는데 고지식한 얼굴을 하고 있었다.
 "사격중이오."
 "벽을 목표로?"
 "맞는 게 목표요."
 그는 엄숙한 눈초리로 가르시아를 쳐다보았다.
 "저 속에 자제분은 없겠죠?"
 가르시아는 물음에는 대답하지 않고 그를 쳐다보았다.
 "당신은 이해할 수 없을 거요."
 그 사나이는 되돌아서서 거대한 석벽을 겨냥하여 쏘기 시작했다.
 그들은 다시 걸음을 옮기었다.
 "우리가 아직 알카사르 병영을 함락시키지 못하는 것은 무엇 때문인가?" 하고 가르시아는 파이프로 왼손 등을 가볍게 때리면서 에르난데스에게 물었다.
 "어떻게 함락시킬 수 있겠습니까?"
 그들은 걸었다.
 "창문 총격만으로 성채를 점령한 적은 없어요……. 포위만 있을 뿐 공격이 없어요. 그렇게 되면……?"
 그들은 탑을 쳐다보고 있었다.
 "소령님, 이 화약 냄새 속에서 놀라운 일을 하나 말씀드리죠. 알카사르 병영은 하나의 유희입니다. 이젠 적이라는 느낌이 들지 않아요. 처음에는 그런 감정을 느꼈지만 지금은 끝났어요. 별수없지요……. 그러므로 만일 우리가 결정적인 조처를 취한다면 우리는 우리 자신이 암살자라는 느낌이 들 거예요……. 당신은 사라고사 전선(戰線)에 나갔었나요?"
 "아직 못 갔소. 그러나 웨스카 전선은 잘 알고 있죠."
 "사라고사의 상공을 비행하다 보면 그 부근이 비행기의 폭탄에 맞아 구멍이 난 것이 보입니다. 병영 같은 전략 지점들은 공지보다 10분의 1이나 폭격을 덜 받지요. 그건 서툴어서도, 겁이 많아서도 아녜요. 그러나 내란(內亂)은 당장에 끊임없는 증오보다도 빨리 이루어 집니다. 필요한 것을 필요로 하는 것은 좋습니다. 그리고 난 사라고사 주위의 그 거품 뜨는 국자와도 같은 폭탄 구멍들을 좋아하지 않습니다. 난 그저 스페인 사람일 뿐이에요. 그래서 난 이해가 가는 거지요…….”

햇살 속으로 사라지는 요란한 박수갈채소리가 에르난데스 대위의 발걸음을 멈추게 했다. 그들은 포스터투성이인 초라한 뮤직 홀 앞을 지나가고 있었던 것이다. 에르난데스는 그전에도 늘 그렇게 했듯이 이번에도 지루한 듯 어깨를 으쓱해 보였고 좀더 낮은 목소리로 다시 말했다.

“알카사르 병영을 공격하고 있는 것은 톨레도의 민병뿐만이 아닙니다. 그러나 공격하고 있는 사람들의 대다수는 톨레도의 시민들이오. 그리고 파시스트들이 인질로 감금한 아이들은 모두가 톨레도 민병들의 아이들이랍니다. 어떡합니까…….”

“인질은 몇 명이나 되오?”

“알 수 없습니다……. 이곳에서는 모든 조사가 모래 속으로 사라지지요……. 상당한 수효입니다. 그 중에는 부인과 아이들이 꽤 되지요. 처음엔 그들을 마구 납치해 갔으니까요. 우리를 꼼짝달싹 못하게 하는 것은 인질이 아니라 인질에 관한 풍설입니다……. 어쩌면 우리가 걱정하는 것보다 그 수효가 적을지도 모르지만…….”

“어떻게 해야 할지 전혀 알 수가 없습니까?”

대위와 마찬가지로 가르시아도 파출소에 게시된 부인과 아이들(적어도 인질로서 확인된), 빈 방과 그들의 버려진 장난감들을 찍은 사진들을 보았던 것이다.

“네 번쯤 어떻게 해보았죠…….”

몽고족과 비슷한 일단의 농민 기마대들이 일으키는 먼지 속을 지나서 그들은 산타크루스에 도착했다. 저쪽 건너편에는 적이 된 군사정부의 창문이 있었고 그 위에는 알카사르의 병영이 있었다.

“다이너마이트로 폭파하려는 게 바로 이곳인가요?”

“그렇습니다.”

그들은 불에 타버린 무질서한 정원과 시원한 방과 층계들을 지나 미술관의 홀까지 갔다. 창문은 모래주머니와 조상(彫像)의 파편들로 막아져 있었다. 민병들은 보일러실 같은 분위기 속에서 사격하고 있었으며, 그 벌거벗은 상반신엔 표범의 흑점과도 같은 광선의 반점들이 얼룩져 있었다. 그도 그럴 것이 적의 총탄이 벽돌로 쌓은 벽 위쪽에다 여과기(濾過器)처럼 많은 구멍을 뚫어놓았기 때문이다. 가르시아 뒤에 있는 사도상(使徒像)의 길게 뻗은 팔 위에서는 기관총 탄대가 세탁물처럼 마르고 있었다. 그는 자기의 가죽 윗옷을 사도상이 앞으로 내민 집게손가락 끝에 걸었다.

메르스리가 처음으로 가르시아에게 다가왔다.

"소령님" 하고 그는 자세를 바로잡으면서 입을 열었다.

"아름다운 조상은 안전한 곳에 옮겨놓았습니다."

바라는 바야, 하고 가르시아는 사도상의 손을 잡으며 생각했다.

복도와 어두운 방을 지나, 그들은 지붕 위로 올라왔다. 햇빛 때문에 파리해진 기와지붕들 너머로는 수확물로 뒤덮인 카스틸랴 지방이 하얀 지평선까지 갈색이 된 꽃들로 타오르고 있었다. 이 모든 빛의 반사에 사로잡혀 현기(眩氣)와 열기(熱氣) 때문에 구토할 지경인 가르시아에게 묘지가 눈에 띄었다. 그리고 그는 마치 황갈색 들판의 이 새하얀 석묘(石廟)가 모든 전투를 우롱하고 있기나 한 것처럼 어떤 굴욕을 느꼈다. 총알들이 말벌과 같은 맥없는 소리를 내며 지나가는가 하면 똑같은 순간에 아주 억센 소리를 내며 기왓장을 깨고 있었다. 에르난데스는 손에 권총을 쥐고 가르시아와 메르스리, 그리고 다이너마이트를 휴대한 민병들을 뒤에 거느리고 허리를 구부린 채 전진하고 있었다. 그들은 모두 뙤약볕을 등에 받고 기왓장에서 뿜어내는 열기를 배에 받아 온통 불에 타는 듯한 느낌이었다. 파시스트들이 10미터 거리에서 사격하고 있었다. 한 민병이 던진 폭발물이 지붕 위에서 터졌다. 다이너마이트를 휴대한 민병과 에르난데스와 가르시아를 보호하고 있는 벽까지 기왓장이 튀었다. 그들 위에 경사진 탄환망(彈丸網)이 쳐졌다.

"서투른 짓이야" 하고 메르스리는 말했다.

기관총 한 자루가 가세했다. 이 다이너마이트에 수류탄이 하나만이라도 날라오는 날에는…… 하고 가르시아는 생각했다. 메르스리는 일어서서 벽 위로 상반신을 온통 드러냈다. 파시스트들에게는 그의 몸뚱이가 복부까지 보였으리라. 그리하여 그들은 알파카 상의를 입고 빨간 넥타이를 맨 이 믿을 수 없는 흉상(胸像)을 겨누고 총을 쏘고 있었다. 한편 이 흉상은 솜으로 귀를 막고 원반선수처럼 한 묶음의 다이너마이트를 던지고 있었다.

굉장한 폭음과 함께 지붕 전체가 튀었다. 높이 솟았던 기왓장들이 고함소리 사이로 다시 떨어지는 동안 메르스리는 벽 뒤로, 에르난데스 옆에 몸을 웅크렸다.

"이렇게 하는거야!" 하고 그는 다이너마이트 묶음을 들고 벽 뒤로 미끄러지듯이 다가오는 민병들에게 말했다.

그의 얼굴은 대위의 얼굴에서 20미터 떨어져 있었다.

"14년도의 대전 때는 어땠습니까?" 하고 대위는 물었다.

"사느냐…… 죽느냐…… 기다리느냐…… 어떤 목적을 위해 거기 있느냐…… 공포를 느끼며……."

메르스리는 사실 움직이지 못하는 상태였으므로 공포가 밀어닥치는 것을 느끼고 있었다. 그는 권총을 움켜쥐고, 겨냥하고, 온통 머리를 드러낸 채로 쏘았다. 다시 그는 움직이고 있었다. 공포가 사라졌다. 세번째의 다이너마이트 묶음이 폭발했다.

에르난데스의 약모(略帽)에 달린 술이 마침내 벽의 갈라진 틈 바로 앞에 있었다. 그래서 바람이 프로필의 다른 쪽에서 약모를 손가락으로 퉁기듯이 날렸다. 약모가 떨어졌다. 에르난데스는 대머리였다. 그가 약모를 다시 쓰자 한결 젊어 보였다.

총알들이 벽과 총안을 뚫고 가르시아의 코앞을 지나갔다. 가르시아는 드디어 파이프를 끄고 그것을 주머니 속에 넣었다. 파시스트들이 들어 있는 건물의 전면이 마치 지뢰를 밟은 듯이 작렬했다. 가르시아의 오른편에 쓰러진 민병의 머리에서 피가 솟아나오는 것 같았다. 다이너마이트를 내던진 손을 아직도 쳐든 채. 피가 뿜어나오는 그 목덜미가 시야를 가로막고 있는 공간에, 멀리 떨어진 곳에, 묘지 앞에, 온통 화염에 싸여 있는 알카사르 병영의 비탈에 겉이 멀쩡한 한 대의 자동차가 지독한 햇빛을 받으며 멈추어 있었다. 앞에는 두 사람이, 뒤에는 세 사람이 타고 있었는데 꼼짝도 하지 않는다. 그 아래쪽으로 10미터쯤 되는 곳에는 한 여자가 한 팔로는 굽슬굽슬한 머리를 안고 다른 한 팔은 내뻗고서(그러나 머리는 협곡의 바닥 쪽을 향하고 있었다) 잠들어 있는 것이 보였는데, 그 여자에게서는 냄새가 풍기고 있었다. 그 여자의 옷

속에는 아무것도 들어 있지 않은 것처럼, 어떤 산 사람보다도 납작했으며, 시체처럼 땅바닥에 달라붙어 있었다. 햇볕에 타는 듯한 이 유령들은 냄새가 나지 않았더라면 시체라고 생각지 못했을 것이다.

"마드리드에는 소령께서 아시는 폭발물 전문가가 없습니까?" 하고 에르난데스는 그에게 물었다.

"없는데."

가르시아는 여전히 묘지를 보고 있었다. 이 실편백 속에, 그리고 이 돌 속에 있는 불안과 영원이 그의 뱃속까지 배어들었으며, 지칠 줄 모르는 부패한 육체의 냄새가 그의 고동치는 심장 속까지 스며들었다. 그는 눈부신 햇살이 사자(死者)와 전사자(戰死者)를 똑같은 화염 속에서 뒤섞고 있는 것을 쳐다보고 있었다. 다이너마이트의 마지막 묶음이 파시스트들이 들어 있는 건물의 마지막 부분 속에서 작렬했다.

미술관 홀의 더위는 여전했고 소란도 여전히 비슷했다. 다이너마이트를 던진 자들과 지하실의 민병들과 미술관의 민병들은 서로 축복을 나누고 있었다.

가르시아는 성자의 집게손가락에 걸어두었던 윗옷을 다시 집어들었다. 그러나 안감이 걸려 마치 성자가 놓아주기를 거부하고 있는 것만 같았다. 지하실로 통하는 층계에서 상반신을 벗은 민병들이 사제복(司祭服)을 짊어지고 올라오고 있었다. 푸르스름한 금실과 연한 장밋빛 비단이 희미하게 번쩍이고 있었다. 한쪽 팔에 문신을 한 민병이 16세기의 기수모(騎手帽)를 뒤통수에 붙이고 사제복들을 대장에 올리고 있었다.

"방금 우리가 한 짓에는 무슨 뜻이 있습니까?" 하고 가르시아가 물었다.

"이 건물들의 파괴는 반란군의 모든 출격을 불가능하게 합니다. 그것뿐입니다. 어쩌겠소, 이건 가장 조리에 맞는 짓인데요……. 그리고 이제까지 우리가 사용한 폭탄은 황산과 휘발유를 안에 넣고 염소산 칼륨과 설탕에 적신 솜으로 겉을 쌌지요……. 그러니까 역시……."

"육군 사관학교 생도들도 여전히 튀어나오려고 합니까?"

그 옆에 있던 메르스리는 두 팔을 들었다.

"당신은 역사상 최대의 기만 행위를 눈앞에 보고 있습니다." 가르시아는 메르스리에게 질문을 하려는 듯이 그를 쳐다보고 있었다. "소령님, 보고에 쓰시려거든 무엇이든지 물어보십시오."
 그러나 에르난데스는 벌써 가르시아의 팔에 손을 얹었다. 그래서 계급을 존중하는 메르스리는 물러갔다. 에르난데스는 그가 장교들과 아나키스트 조직 사이에서 보고거리가 되었을 때와 똑같은, 무엇이든 꿰뚫어보는 듯한 표정으로——게다가 놀란 듯한 표정으로——가르시아를 쳐다보고 있었다. 비행기소리가 들려오고 있었다.
 "당신도요! 군사정보부도요!······"
 가르시아는 코를 내밀고 조심성 있는 커다란 다람쥐와 같은 눈을 하고서 기다리고 있었다. "알카사르 병영에 사관학교 생도들이 있다고 하는 것은 선전을 위한 말도 안 되는 조작입니다. 거기엔 스무 명도 없어요. 봉기한 날 사관학교 생도들은 모두가 휴가중이었으니까요. 알카사르 병영을 지키는 것은 민위대이며 모스카르도와 그 밖의 육군대학의 장교들이 지휘하고 있지요······."
 10명 가량의 민병들이 뛰어왔다. 선두는 엘 네구스였다.
 "화염방사기를 가지고 놈들이 또 왔어!"

 에르난데스, 가르시아, 엘 네구스, 메르스리, 그리고 민병들은 복도에서 계단을 통해 천장이 높은 어느 지하실로 들어갔다. 이 지하실은 연기와 총성으로 가득 차 있었고 그들의 정면에 크게 열린 폭넓은 지하 복도에는 연기가 붉어지고 있었다. 민병들이 물이 가득 든 양동이를 한 손에 들고 또는 두 팔로 안고서 달음질쳐 지나가고 있었다. 바깥쪽 전투의 소음이 어쩌다가 가끔씩 여기까지 들려올 뿐이고, 휘발유 냄새가 죽은 개의 냄새로 완전히 바뀌었다. 파시스트들이 복도까지 들어와 있었다.
 어둠 속에서 인(燐)처럼 빛나는 화염방사기의 분화(噴火)가 거기까지 미치어 천장과 정면 벽과 마루를 천천히 삼키고 있었다. 마치 화염방사기를 들고 있던 파시스트가 긴 휘발유 기둥을 들어올린 것처럼. 문틀이 가로막고 있었기 때문에 힘없는 불기둥은 그 방의 오른쪽으로도 왼쪽으로도 미칠 수가 없었다. 민병들이 물통에 든 물을 벽과 탁탁 튀는 휘발유에다 열심히 부어대고 있음에도 불구하고 에르난데스는 그들이 파시스트가 입구에 나타나는 순간을 기다리고 있다고 느꼈으며, 또 어떤 자는 벽에 달라붙어 있는 것을 보고서 그들이 당장에라도 도망갈 것처럼 느껴졌다. 전쟁은 이 인간과 화염과의 싸움에 아무런 관계가 없었다. 휘발유가 앞으로 나아가며 뿌려지고 있었다. 민병들은 모두 광분하였다. 물이 벽에 부딪히는 소리, 수증기가 지글지글 끓어오르는 소리, 석유의 고약한 냄새에 목이 막힌 사나이들의 심한 기침소리, 그리고 화염방사기가 부드럽게 휙휙거리는 소름끼치는 소리. 톡톡 튀는 듯한 휘발유 다발이 한 걸음 한 걸음 전진하고 있었고 민병들의 광란은 푸르스름하고 경련하는 듯한 불꽃으로 인해 증가되고 있었다. 이 불꽃은 벽 위에 미친 듯한 그림자의 무리들을 춤추게 하고 있었다. 이것은 그야말로 살아 있는 사람들의 미치광이 같은 짓 주위에 확대된 유령들의 광분이었다. 그리고 사람들의 수효는 이 미친 듯한 그림자보다도, 모든 것을 실루엣으로 바꾸는 숨막힐 듯한 이 안개보다도, 불꽃과 물이 사정 없이 튀는 이 소리보다도, 한 화상자(火傷者)의 젖는 듯한 작은 신음소리보다도 적었다.

"아무것도 안 보여" 하고 그는 땅바닥을 더듬으며 부르짖고 있었다. "아무것도 안 보여! 나를 끌어내 주게!"

에르난데스와 메르스리는 그의 어깨를 붙들고 끌어내고 있었다. 그러나 그는 계속하여 "나를 끌어내 주게!" 하고 외치고 있었다.

화염방사기가 방 입구에까지 다가왔다. 엘 네구스는 오른손에 권총을 들고 입구 쪽 벽에 몸을 착 붙이고 있었다. 화염방사기의 놋쇠 주둥이가 벽의 귀퉁이에 닿는 순간 엘 네구스는 왼손으로 그것을 잡았는데, 그의 흐릿한 머리카락은 휘발유 불빛에 후광을 두르고 있는 것 같았다. 그러나 그는 곧 방사기를 놓았다. 방사기에는 그의 피부가 들러붙어 있었다. 총알이 사방에서 갈겨댔다. 파시스트는 화염을 엘 네구스에게 쏘기 위해 옆으로 뛰었다. 화염은 거의 그의 가슴에 닿을 듯했다. 엘 네구스는 쏘았다. 불꽃을 뿜는 방사기는 타일바닥에 떨어져 소리를 냈다. 이 때문에 모든 그림자가 천장으로 튀어올랐다. 파시스트는 땅에 떨어진 방사기로부터 나오는 불빛 위에서 비틀거렸다. 휘발유의 인광이 아래로부터 그의 얼굴을 환히 비쳤다——그는 꽤 나이가 든 장교였다. 그는 마침내 엘 네구스를 따라 마치 슬로모션 영화처럼 미끄러져 화염 속에 머리를 처박았다. 화염은 거품이 일며 그의 머리를 마치 발로 차듯이 내던졌다. 엘 네구스는 방사기의 방향을 돌렸다. 방이 온통 완전한 암흑 속으로 사라지면서 한편으론 연기가 자욱한 지하실이 나타나며 연기 사이로 도망치는 그림자들이 보였다.

뒤죽박죽이 된 민병들이 네모진 복도를 달음질치고 있었다. 고함소리와 총소리의 일대 혼란 속에서 휘발유의 푸르스름한 분출의 방향이 이 복도로 향하고 있기 때문이었다. 갑자기 모든 불빛이 꺼졌다——안전등과 회중전등이 하나씩 켜져 있을 뿐이었다.

"화염방사기를 우리가 뺏은 줄로 알고 놈들은 휘발유를 중단했군" 하고 방 속에서 어떤 목소리가 말했다. 그리고 같은 목소리가 곧 이어 말했다. "난 알고 있지, 소방서장을 한 적이 있거든."

"멈추게!" 하고 에르난데스가 역시 복도에서 말했다. "복도 끝에 바리케이드가 쳐 있소."

엘 네구스는 복도에서 돌아왔다. 민병들이 안전등에 불을 켜기 시작했다.

"야만인이 되고 싶은 사람은 없지" 하고 그는 에르난데스에게 말했다. "1초의 4분의 1이 필요했었지. 내가 쏘기 전에 그는 자기의 방사기를 내게 돌릴 시간적 여유가 있었어. 난 그를 쳐다보고 있었지. 이상하단 말이야, 인생이란······. 자기를 쳐다보고 있는 사람을 산 채로 태워 죽인다는 것은 틀림없이 어려운 일일거야······."

출구 쪽 복도는 캄캄했다. 그 끄트머리에 있는 문의 네모진 미광(微光)을 제외하고는. 엘 네구스는 궐련에 불을 붙였다. 그리고 그의 뒤를 따르던 자들이 모두 동시에 궐련에 불을 붙였다. 인생에의 복귀였다. 사람 하나하나가 성냥이나 라이터의 짧은 불빛 속에 1초 동안 나타났다. 이어서 모든 것이 희미한 빛으로 되돌아갔다. 그들은 산타크루스의 미술관 홀을 향해 행진하고 있었다.

"구름 위에 비행기가 한 대 떠 있군" 하고 실내에서 목소리들이 외쳤다.

"어려운 것은 두말할 것도 없이" 하고 엘 네구스는 말을 이었다. "주저하지 않는거야. 몇 초 사이의 문제야. 이틀 전에 프랑스인이 이와 같이 화염방사기를 돌렸다더군. 어쩌면 같은 녀석이었을지도 모르지······. 자기도 타지 않았고 또한 상대자도 죽이지 않았대. 프랑스인은 그가 그러한 문제를 잘 알고 있을 뿐만 아니라 자기를 쳐다보고 있는 자에게 방사기를 도저히 사용할 수가 없었다고 말했어. 감히 못하는거야······. 그래도 감히 못하는 거지······."

2

 매일 국제 의용군의 한 장교가 작전사령부와 때로는 검찰국에 들렀다. 마니앵은 매일 스칼리를 보냈다. 그가 지닌 교양이 거의 전부가 구군대(舊軍隊)의 장교들로 구성된 공군 참모부들과의 관계를 원활하게 하고 있었다. (쎔브라노와 부하 조종사들은 특수한 조(組)를 편성하고 있었다.) 아직은 통통하지만 늙으면 뚱뚱해질 이 사나이의, 섬세한 교양으로 가득 찬 그의 친근감이 검찰국을 포함한 모든 사람들과의 관계를 원활하게 하고 있었다. 그는 비행대의 모든 이탈리아인과 어느 정도 사이가 좋았다. 그는 그들에게 뽑혀 책임자가 되긴 했지만 다른 대부분의 사람들과도 사이가 좋았다. 요컨대 그는 스페인 말을 유창하게 했던 것이다.
 그는 방금 경찰에 급히 호출을 받았다.
 검찰청의 입구는 기관총들이 지키고 있었다. 썩 훌륭하지만 비어 있는 금색 자개박이 안락의자의 주위에는 모든 전쟁에 따르는 불행을 지닌 겸손한 얼굴들이 있었다. 조그마한 식당에서(검찰국의 군사 담당실이 방금 설치된 이 호텔에서는 어떠한 가구도 반출되지 않았다) 두 감시병 사이에 끼어 세뤼지에가 떠들고 있었다. 그는 르클레르의 단짝이었고 오늘은 여느 때보다도 더 얼떨새였다.
 "아! 스칼리, 자네 아닌가, 스칼리! 저 말이야, 여보게나!……"
 스칼리는 그가 잠자코 있을 때까지 기다렸다.
 "나는 당하는 줄만 알았네! 여보게, 당하는 줄로만 말이야!"
 검찰국의 서기가 스칼리와 동행하고 있었으므로 세뤼지에를 둘러싸고 있던 민병들이 조금 물러났다. 그러나 세뤼지에는 부자유스러운 것 같았다.
 "여보게, 자넨 그런 창녀들을 이해하지 못해, 못하고말고!"
 비록 앉아는 있어도 어릿광대처럼 새까만 두 눈이 눈썹 없는 얼굴 위에서 왔다갔다 하고 있었으므로, 마치 문이 닫힌 방 속에서 질겁한 나비 같은 모습을 하고 있었다.
 "잠깐만" 하고 스칼리는 집게손가락을 올리며 말했다. "처음부터 시작해주게."
 "그래, 얘기는 이렇다네. 큰길에서 창녀에게 걸려들었지. 그녀가 무슨 말을 하는지 난 알 수 없었지만 그녀는 별의별 짓을 다 알고 있는 것 같더군. 그래서 내가 이탈리아식 사랑을 할 줄 아느냐고 물었더니 ──안다고 대답하는거야. 그래서 그 여자의 집으로 올라갔지. 그런데 난 위로 올라가고 싶었는데 그녀는 보통 때처럼 하려 드는거야. 아, 천만에! 이탈리아식 사랑에 합의했으니 이건 얘기가 틀리다고 그녀에게 말했네. 그런데 그녀에게 이 말이 통하지 않아 난 사기라고 말해줬지. 내가 옷을 입고 있는데 그녀는 스페인 말로 전화를 걸더군. 이번에는 뚱뚱한 창녀가 나타났는데 서로 통하지를 않는거야. 뚱뚱보 역시 벌거벗고 있었는데, 그리 나쁘지는 않은 자기를 내내 가리키며 어서 하라고 나를 재촉하는 것 같았어. 그러나 나는 그녀가 별다른 식으로 나오지 않으리라는 것을 잘 알고 있었지. 그래서 난 뚱뚱보에게 그게 아니라고 설명했는데 그녀는 내가 고의로 그런다고 생각했나 봐. 나도 이탈리아식을 그렇게 좋아하는 것은 아니야. 그렇게 생각 말게. 전혀 아닐세! 그러나 남의 웃음거리가 되고 싶지는 않아. 절대로……. 자네도 동의하는가?"

"그런데 당신은 여기서 무얼 하고 있는 거요? 설마 그런 외설행위로 체포된 것은 아니겠지요?"

"그러니까 뚱뚱보는 내가 말을 듣지 않는 것을 보고 역시 전화를 거는거야. 그래서 난……."

"……더 뚱뚱한 창녀가 나타나리라고……."

이제야 세뤼지에는 경위가 납득이 간 모양이었다. 스칼리는 놀려대고 있었고, 일은 호전되었다. 스칼리가 미소를 짓고 있을 때 그는 웃고 있는 것 같았으며 눈을 가늘게 뜨고 웃는 쾌활한 웃음은 그의 얼굴의 혼혈아적 특징을 강조하고 있었다.

"누가 나타났는 줄 아나? F. A. I.의 녀석들이 여섯 명이나 총을 들고 나타나지 않았겠나? 그자들은 또 뭐야? 난 다시 설명을 했지. 내가 그녀에게 그걸 요구한 게 아니라 그녀가 내게 그걸 제의한 거라고. 한편 난 그들이 매음제도를 공격하고 있고, 따라서 창녀들을 공격하고 있음을 알고 있었어. 한편 그들은 도덕군자 샌님들이어서 적어도 원칙적으로는 마땅히 이탈리아식을 공격한 거야, 이놈의 채식주의자들은 모두! 곤란한 것은 스페인 말을 모른다는거야. 만약에 안다면, 남자들 사이에선 그러한 경우에 서로 통하게 되기 때문이거든. 그러나 설명하면 할수록 녀석들은 상판을 찌푸린단 말이야! 그런데 한 놈이 권총을 꺼내지 않겠나. 난 이탈리아식으로 하지 않았노라고 그에게 외치면 외칠수록 하느님 맙소사, 사태는 악화되기만 하는거야. 그리고 두 년은 이탈리아노! 이탈리아노! 하고 외치고 있었네. 이젠 그 소리밖엔 들리지 않게 되었지. 나도 결국은 거북해졌어. 자네, 농담이 아닐세. 난 F. A. I.의 녀석에게 스페인 말로 씌어진 비행대의 신분증을 보여야겠다고 생각했어. 그래서 난 이곳에 끌려온거야. 알아듣겠나? 난 비행장에 전화를 했지."

"무슨 혐의인가?" 하고 스칼리는 비서에게 스페인 말로 물었다.

비서는 카드를 들여다보았다.

"대단치 않습니다. 창녀들이 고발했군요……. 잠깐, 여기 있습니다. 이탈리아를 위한 스파이 조직입니다."

5분 후에 세뤼지에는 석방되었으나 한참 동안 놀림거리가 되었다.

"보다 중요한 일이 있습니다" 하고 서기는 말했다. "두 명의 파시스트 비행사가 톨레도의 남쪽 우리 편 전선에 추락했습니다. 이탈리아 사람들인데 하나는 죽고 하나는 여기 와 있습니다. 군사 정보부는 당신에게 서류를 조사할 것을 요구하고 있습니다."

스칼리는 거북한 듯이 지갑에서 나온 편지, 명함, 사진, 영수증, 회원증들을──그리고 기체 속에서 발견된 지도들을──그의 작고 짤막한 손가락으로 넘기며 훑어보았다. 스칼리가 적이 된 이탈리아인을 친근한 느낌으로 대하는 것은 이번이 처음이었다. 게다가 그가 대하고 있는 자는 죽은 사람이었다.

그는 종이 한 장이 수상하게 생각되었다.

이 종이는 접은 항공지도처럼 길었다. 아마도 조종사의 지도에 붙어 있었던 것임에 틀림이 없다. 이 종이는 비행기록으로 사용된 것 같았다. 두 줄의 '……부터 ……까지'와 날짜들. 7월 15일(그러면 프랑코의 봉기 이전이다) 라 스페치아 그리고 멜릴랴, 18일, 19일, 20일, 그리고 세빌랴, 살라만카. 여백에는 목적 즉 폭격, 관측, 수행, 호위……. 끝으로, 전날 출발지인 '세고비아에서부터 ……까지'. 공백은 죽음 때문에 생긴 것이었다.

그러나 그 밑에 며칠 전에 다른 만년필로 두 줄에 걸쳐서, 큰 글자로 톨레도라고 적혀 있었고 날짜는 모레였다. 중요한 공중폭격이 톨레도에 바야흐로 급박하고 있는 것이었다.

전화에 대고 외치고 있는 어떤 사람의 목소리가 다른 방에서 들려오고 있었다.

"대통령 각하! 우리 조직의 취약함을 저도 모르고 있지는 않습니다. 그러나 저는 어떠한 경우에 있어서도, 아시겠습니까, 어떠한 정당도 보증하고 있지 않는 자를 돌격대 속에 가입시키지는 못합니다!"

"⋯⋯."

"그리고 우리가 파시스트의 반란을 세포화된 돌격대로 진압해야 하는 날에는요? 저의 책임하에서는 보증 없는 사람은 절대로 안 됩니다. 라몬타냐 병영에 팔랑헤 당원들이 남아돌고 있습니다. 검찰부엔 팔랑헤 당원만큼은 안 됩니다!"

처음부터 스칼리는 이 격앙된 목소리의 임자가 검찰청장임을 알고 있었다.

"그분의 어린 딸애가 카디스에 붙잡혀 있습니다" 하고 서기 한 사람이 말했다.

문이 쾅하고 닫혔고, 다음은 아무 소리도 들려오지 않았다. 그리고 식당 문이 열렸다. 서기가 돌아오고 있었다.

"정보부에도 서류가 있습니다. 가르시아 소령은 중요한 서류라고 말씀하십니다. 갖고 계시는 것들을 추려주십시오──죽은 조종사의 서류와 정찰사의 서류를 분리해주시오. 그리고 전부 돌려주시면 제가 곧 저기에 갖다드리겠습니다. 마니앵 대령에게는 당신이 보고해주십시오. 아시겠습니까?"

"인쇄물이나 명함들이 많은데, 그게 누구의 것인지 알 수가 없군."

"정찰사가 와 있으니까, 그에게 물어보시오."

"그럽시다" 하고 스칼리는 별로 내키지 않는 듯이 말했다.

포로에 대한 그의 감정은 서류 앞에서 그가 느낀 감정과 마찬가지로 모순된 것이었다. 그러나 호기심이 없는 것은 아니었다. 전전날 시에라 지방의 참모부 가까운 곳에 추락한 독일의 조종사는(참모부에는 두 장관이 시찰차 와 있었다) 신문을 받기 위해 참모부에 끌려와 있었다. 그는 '빨갱이들' 사이에는 장군이 없다고 생각하고 있었으므로 그가 장군을 보고 놀라자 통역이 그에게 거기 있는 장군들의 이름을 대주었다──"하느님 맙소사!" 하고 독일인은 글자 그대로 외쳤다. "다섯 번이나 이 집 위를 비행하면서도 한 번도 폭격을 안 하다니"라고.

"잠깐" 하고 스칼리는 서기에게 말했다. "내가 본 것 가운데에 중요할지도 모르는 서류가 있다고 소령에게 말해주시오.”

그는 프랑코의 봉기 이전의 이탈리아 출발 날짜 때문에 비행기록에 대해서 생각하고 있었다.

그는 정찰사가 감시를 받고 있는 방으로 들어갔다. 포로는 스칼리가 들어간 입구 쪽으로 등을 돌리고서 녹색의 보자기를 깐 테이블 위에 팔꿈치를 괴고 앉아 있었다. 처음에는 스칼리의 눈에는 실루엣밖에 보이지 않았다. 가죽 윗옷과 푸른 바지를 입고 있었기 때문에 민간인으로도 또한 군인으로도 보였다. 그러나 입구에서 소리가 나자 파시스트 비행사는 일어서서 입구 쪽으로 돌아섰다. 그런데 그의 다리와 길고 야윈 팔, 굽은 등의 움직임은 신경질적인 폐병 환자의 동작이었다.

“부상당했소?” 하고 스칼리는 중립적인 어조로 물었다.

“아닙니다, 타박상입니다.”

스칼리는 그의 권총과 서류를 테이블 위에 놓고 앉더니 감시병에게 나가라고 신호했다. 파시스트는 지금 그의 눈앞에 있다. 그의 얼굴은 참새와도 같다. 눈은 작고 코는 들창코였다. 비행사들 사이에는 들창코가 많았다. 두드러져 보이는 코뼈와 짧게 깎은 머리 때문에 그 인상은 더 강해 보였다. 그는 하우스와 닮지 않았다. 그러나 그는 하우스와 동류였다. 그는 왜 이토록 놀란 사람처럼 보이는가? 스칼리는 돌아섰다. 그의 뒤에는 아사냐(내란 당시의 스페인 공화국의 대통령)의 초상 밑에 1미터 높이로 은제 식기가 쌓여 있었다. 쟁반, 접시, 홍차 끓이는 그릇, 회교도의 물병과 큰 쟁반, 벽시계, 나이프와 포크, 꽃병들——징발중에 압류한 것들이다.

“이것들 때문에 놀랐나?”

상대자는 망설였다.

“이것들이라니…… 뭐 말이오?……”

그는 손가락으로 신드바드(《아라비안 나이트》에 등장하는 바그다드의 호상豪商의 보물들을 가리켰다.

“아! 아닙니다!……”

그는 궁지에 빠진 것같이 보였다.

그를 놀라게 한 것은 어쩌면 스칼리 그 자신이었을지도 모른다. 다소 두꺼운 입술에 대모테 안경을 썼음에도 불구하고 단정해 보이는 이목구비 때문이라기보다는, 상반신에 비해 너무나 짧은 다리 때문에 그의 걸음걸이가 마치 채플린과 같은 미국의 희극 배우를 연상케 하는 그러한 모습과, 빨갱이같이 보이지 않는 이 사슴 가죽의 윗옷과, 귀에 꽂힌 샤프펜슬이 그를 놀라게 했을 지도 모른다.

"잠깐만" 하고 스칼리는 이탈리아 말로 말했다. "난 경관이 아니야. 기술문 제 때문에 이곳에 초청받은 지원 비행사야. 당신의 서류와 당신의…… 죽은 동료의 서류를 가려달라는 부탁을 받고 있네. 그것뿐이야."

"오, 그건 아무래도 좋습니다!"

"당신의 서류는 오른쪽에, 그리고 나머지는 왼쪽에." 정찰사는 서류는 거의 보지도 않고 그것을 두 무더기로 나누기 시작했다. 그는 천장의 전등이 쌓여 있는 은제 그릇에 반사하여 반짝거리는 점들을 바라보고 있었다.

"추락한 것은 고장 때문인가, 전투 때문인가?" 하고 스칼리는 물었다.

"우린 정찰중이었소. 그러던중 러시아의 비행기에게 격추당했소."

스칼리는 어깨를 으쓱했다.

"러시아의 비행기가 없어서 안됐군 그래. 이건 아무 일도 아니야. 러시아의 비행기가 있기를 바라도록 하세."

비행사의 비행기록에 기입된 것은 정찰이 아니라 폭격이었다. 스칼리는 지금 거짓말을 하고 있는 인간에 대해서 그것을 아는 사람이라면 누구나 갖는 우월감을 강렬히 느끼고 있었다. 그러나 그는 이탈리아제 2인승 폭격기가 스페인의 전선에 출동하고 있는 줄은 모르고 있었다. 경관들이란 참 요령 있게 일을 처리하는군! 그러나 그는 쪽지를 하나 집어들었다. 오른쪽 무더기 위에 정찰사는 한 장의 영수증과 몇 장의 스페인 지폐 그리고 한 장의 조그마한 사진을 놓았다. 스칼리는 그것을 자세히 보려고 안경을 끌어당겼다(그는 근시가 아니라 원시였다). 그것은 피에로 델라 프란체스카(이탈리아의 화가. 초기 르네상스 회화의 대가로서 특히 선線 원근법 외에 공기空氣 원근법까지도 추구한 점에서 시대의 선구적 존재임. 1416?~1492)의 어떤 벽화의 세부도였다.

"이건 당신의 것인가요, 죽은 사람의 것인가요?"

"당신이 말했잖아요, 내것은 오른쪽에 두라고."

"맞았어. 그럼, 계속하게나."

피에로 델라 프란체스카. 스칼리는 여권을 들여다보았다. 학생, 피렌체. 파시즘이 아니었더라면 이 사나이는 어쩌면 그의 학생이 되었을지도 모른다. 스칼리는 한 순간 이 사진은 죽은 사람의 것이라고 생각하고 막연히나마 사진과의 연대감 같은 것을 느꼈다……. 스칼리는 피에로 델라 프란체스카의 벽화들을 분석한 중요한 저자였던 것이다.

(지난 주에 신문이 있었는데 그것은 검찰청에서 한 것이 아니라 스페인인 비행사가 한 것이었다. 이 신문은 기록에 관한 토론으로 끝나버렸다.)

"뛰어내렸나?"

"비행기는 불에 타지 않았습니다. 우린 들판에 착륙했습니다. 그뿐입니다."

"전복했나?"

"그렇습니다."

"그 뒤에는?"

정찰사는 대답을 주저했다. 스칼리는 보고서를 들여다보았다. 조종사가 먼저 나왔고 정찰사는 —— 스칼리의 상대자는 —— 파괴된 기체 속에서 다리를 빼낼 수가 없었다. 한 농부가 가까이 왔으므로 조종사는 권총을 발사했다. 그래도 농부는 다가왔다. 농민이 세 걸음 거리까지 왔을 때 조종사는 왼쪽 주머니로부터 한 움큼의 페세타(스페인의 화폐 단위. 1페세타는 100센티모임)지폐를 꺼냈다. 천 단위의 희고 큰 지폐였다. 조종사가 한 주먹의 달러 지폐를 더 보태고 있는 사이에 농부는 더욱 가까이 왔다 —— 달러는 만약의 경우에 대비해서였을 것이다 —— 조종사는 왼손에는 그 지폐를 모두 들고 오른손에는 여전히 권총을 들고 있었다. 농부가 더욱 가까이 와서 그에게 거의 닿게 되었을 때 농부는 엽총을 내려 조종사를 사살했다.

"당신의 동료는 먼저 쏘지 않았군. 왜인가?"

"모르겠습니다."

스칼리는 두 줄의 비행기록란 즉 왕복란을 생각하고 있었다. 돌아가는 길에 농부에게 당한 셈이었다.

"좋습니다. 그렇다면 당신은 어떻게 했소?"

"난 기다리고 있었습니다……. 농부들이 떼지어 와서는 나를 면사무소로 데려갔어요. 거기서 여기로 온 겁니다. 난 재판을 받도록 되어 있습니까?……"

"무엇 때문에 재판을 하지?"

"재판이 없단 말입니까?" 하고 정찰사는 외쳤다. "재판도 없이 총살을 한단 말이오?"
 총살을 당한다는 고통의 외침이라기보다는 명백한 사실에 경악하는 고함소리였다. 이 청년은 추락한 후 지금까지 기껏 재판 없이 총살당할 것만을 생각하고 있었던 것이다. 그는 일어서서 마치 자기를 끌고가지 못하도록 하려는 듯 의자 등을 꽉 붙들고 있었다.
 스칼리는 안경을 가볍게 밀어올리고 한없이 슬픈 감정으로 어깨를 으쓱했다. 파시스트의 적은 본래 열등하며 모멸을 받아 마땅한 족속들이라고 생각하는 것은 파시스트 사이에 공통적인 생각이었다. 걸핏하면 남을 멸시하려 드는 이 바보들의 성향, 이것이 그가 그의 나라를 떠나게 된 적지 않은 이유였던 것이다.
 "당신은 총살되지 않을 거요" 하고 그는 갑자기 학생을 타이르는 교수의 어조를 되찾으며 말했다.
 정찰사는 그의 말을 믿지 않았다. 그리고 그 때문에 받고 있는 고통이 신랄한 정의감처럼 그를 만족시켰다.
 "잠깐만" 하고 그는 말했다. 그는 문을 열었다. "발랴도 대위의 사진을 갖다주시오" 하고 그는 서기에게 일렀다.
 서기는 사진을 가져왔다. 스칼리는 사진을 정찰사에게 내밀었다.
 "당신은 비행사지? 비행기의 내부를 보면 당신네 비행기인지 우리 비행기인지 알겠군?"
 피아트기(機)를 두 대나 격추한 셈브라노의 친구인 발랴도 대위는 시에라 지방 근처에서 적의 대형기에게 격추되었다. 이튿날 그 마을을 탈환한 민병들은 그 비행기의 탑승원들이 기체내의 제자리에 있는 것을 보았다. 그러나 그들의 눈알은 도려내어져 있었다. 폭격수는 조준할 줄도 모르는 라몬타냐의 병영 앞에 포진을 친 돌격대장이었다.
 정찰사는 눈알을 도려낸 얼굴들을 쳐다보았다. 그는 이를 악물고 있었다. 그러나 그의 볼은 경련을 일으키고 있었다.
 "나도 보았죠…… 포로가 된 빨갱이 조종사들을……. 그들은 고문을 당한 적이 없었소……."
 "당신이나 나나 전쟁에 대해서는 별로 모른다는 것을 알아야 돼……. 우린 전쟁을 하고 있지. 그러나 이건 다른 문제야……."

정찰사의 시선은 홀린 듯이 사진으로 되돌아갔다. 그 시선 속에는 튀어나온 작은 귀와 어울리는 아주 어린 티가 엿보였다. 사진의 얼굴에는 시선이 없었던 것이다.

"누가…… 이 사진이……" 하고 그는 물었다. "위조된 후에…… 당신에게 보내오지 않았다는 것을…… 증명합니까!"

"좋아요. 그렇다면 사진이 위조라고 합시다. 우린 사진을 찍기 위해 공화파 조종사들의 눈알을 뽑아내지. 우리는 이런 일만을 도맡은 코뮤니스트 중국인 망나니를 고용하고 있지."

아나키스트들의 범죄라는 소문이 나돌고 있는 사진 앞에서 스칼리는 그 자신도 맨 처음에는 위조가 아닌가 하고 상상하였다. 함께 싸우던 전우의 비행(非行)을 믿어야만 한다는 것은 고통스러운 일인 것이다.

정찰사는 다시 서류를 분류하기 시작했다. 마치 그가 그 일로 피난이라도 하듯이.

"당신은 자신 있게 말할 수 있소?" 하고 스칼리는 물었다. "만일 이 순간 내가 당신의 입장이라면 당신네들은 나를 어떻게……."

그는 중지했다. 은제 식기 사이에서 마치 생쥐처럼, 한 번, 두 번, 세 번, 네 번 어떤 소리가 울렸다. 이것은 가벼운 은소리였는데, 그것은 이 비극적인 골동품 속에 파묻힌 벽시계로부터 나오는 소리가 아니라 마치 알라딘(《아라비안 나이트》에 나오는 마법의 램프를 가진 소년) 자신의 보물에서 나오는 소리와도 같았다. 이 벽시계들은 ── 한번 감으면 몇 시간이나 가는 것일까 ── 그것을 소유한 자들과 멀리 떨어진 이 대담의 한복판에서 몇 시든간에 시간을 알리고 있었다. 그 시계들은 스칼리에게 무관심과 영원성의 인상을 강렬히 주고 있었다. 그가 무엇을 말하고 있었든지간에, 그가 무엇을 말할 수 있었든지간에 그 모두가 그에게는 너무나 헛된 짓으로만 생각되어 그는 오직 입을 다물고 싶을 뿐이었다. 이 사나이도 그도 이미 선택한 몸이었다.

스칼리는 죽은 조종사의 지도를 정신 없이 들여다보면서 그가 귀에 꽂았던 샤프펜슬을 들고 지도의 어떤 선들을 따라가고 있었다. 옆에서는 정찰사가 발랴도의 사진을 뒤집어놓았다. 스칼리는 갑자기 그의 안경을 다시 한번 당기더니 정찰사를 쳐다본 후 다시 지도를 들여다보았다.

비행기록에 의하면 조종사는 톨레도의 동남 카세레스에서 떠났던 것이다.

그런데, 공화파의 비행기가 매일 정찰했던 카세레스의 비행장은 언제나 틀림 없이 비어 있었다. 지도는 정확한 스페인 항공지도인데 각 비행장은 보랏빛으로 뭉개진 조그마한 사각형으로 표시되어 있었다. 카세레스에서 40킬로미터 떨어진 지점에 또 하나의 사각이 있었는데 이것은 패어 있어 거의 보이지 않았다. 그것은 연필로 적어넣은 것인데, 연필의 검정빛이 지도 표면의 니스에 묻지 않으므로 연필 끝의 자국만이 패어져 남아 있었다. 살라만카 쪽에도 다른 사각이 있었고 에스트레마두라 지방의 남쪽에도, 시에라 지방에도 다른 사각들이 있었다……. 모두가 파시스트의 비밀 비행장들이었다. 그리고 타호 지방의 것들도 여기서 비행기들이 톨레도의 전선을 향하여 이륙했던 것이다.

스칼리는 자신의 얼굴이 긴장하는 것을 느꼈다. 그의 시선이 적의 시선과 마주쳤다. 각자는 서로 이해했음을 알고 있었다. 파시스트는 몸을 움직이지도 입을 열지도 않았다. 그는 머리를 어깨 사이로 처박고 있었으며 그의 볼은 발랴도 대위의 사진을 보았을 때처럼 부들부들 경련을 일으키고 있었다.

스칼리는 지도를 접었다.

스페인의 여름 오후의 하늘은 비행장을 내리누르고 있었다. 마치 다라스의 절반쯤 부서진 비행기가 저 아래에서 총알에 뚫려 바람이 나간 바퀴를 내리누르듯이. 올리브 나무 뒤에서 농부 하나가 안달루시아 지방의 애가(哀歌)를 부르고 있었다.

공군성에서 방금 돌아온 마니앵은 술집에 대원들을 집합시켰다.

"톨레도의 알카사르 병영 폭격에 지원하고자 하는 대원은 신청하시오."

상당히 긴 침묵이 흘렀다. 파리들의 날갯소리만이 침묵 속에서 붕붕거렸다. 이제는 매일같이 비행기들이 부상자와 함께 저녁때든 대낮이든 보조 기름 탱크에 불이 붙어 돌아왔다. 아니면 발동기가 끊겨 소리도 없이 비틀거리며 돌아오기도 했다──혹은 영영 돌아오지 않기도 했다. 바르가스가 예상한 대로 파시스트측에는 100대의 비행기가 도착해 있었다. 그리고 그 외에도 많은 비행기가 도착했다. 공화파측에는 신형 전투기는 단 한 대도 없었으며 적의 모든 전투기는 타호 지방에 출동하고 있었다.

"알카사르 병영 폭격에 지원하고자 하는 대원은 신청하시오" 하고 마니앵은 되풀이하여 말했다.

3

마르첼리노는 마니앵처럼 전투기가 없으면 구름으로 자신을 보호할 수밖에 없다고 생각하고 있었다. 종종 그는 타호의 남쪽 전선의 전투에서 거의 해질 무렵에 돌아오곤 했다. 톨레도는 수확물 한복판에서는 마치 커다란 장식물처럼 보였고, 알카사르 병영은 강(江)의 만곡부에 솟아 있었으며, 불타는 집들의 연기는 황색 암석 위에 비스듬히 뻗고 있었고, 연기의 마지막 소용돌이는 마치 그림자 속을 통과하는 일광처럼 미세한 광선으로 가득 차 있었다. 집들은 지면에 달라붙은 채 불에 타고 있었다. 마치 전쟁의 죽은 시간의 지배적인 고요 속에서 석양에 물든 마을의 연기처럼 조용히……. 조종술과 항공술을 잘 알고 있어서 그의 동승자의 행동을 예견할 수 있는 마르첼리노는 조종사가 다시 되진 못했어도 국제 비행대의 우수한 폭격수였고 뛰어난 기장(機長)이었다. 오늘 톨레도의 전투는 이 구름 밑 어딘가에서 행해졌다. 전투기들이 아주 가까이 옆에 있었다.

구름 위의 하늘은 이상할 정도로 맑다. 위에선 시가지 쪽으로 순찰하는 적기는 하나도 없었다. 우주의 평화가 하얀 시야를 지배하고 있었다. 계산상으로는 비행기는 톨레도의 상공을 비행하고 있었다. 그는 전속력을 냈다. 하이메는 노래를 부르고 있었다. 다른 탑승원들은 전력을 다해 내려다보고 있었다. 그들의 시선은 마치 방심한 사람의 시선처럼 움직이지 않았다. 멀리 눈벌판 위로 산들이 솟아 있었다. 때때로 구름들 틈새로 밀밭 한 뙈기가 나타나곤 하였다.

비행기는 시가지의 상공에 있어야 했다. 그러나 어느 비행기도 비행 방향과 직각으로 부는 바람이 강요하는 방향타를 가리키고 있지 않았다. 만일에 그가 구름 사이로 하강한다면 그는 거의 틀림없이 톨레도를 내려다볼 수 있을 것이다. 그러나 만약 그가 톨레도에서 너무 멀어진다면 폭격하기 전에 적의 전투기가 도착할 시간을 갖게 될 것이다.

비행기는 급강하했다. 대지와 알카사르 병영의 대포와 적의 전투기를 기대하면서 조종사와 마르첼리노는 어떤 인간의 얼굴을 쳐다볼 때보다도 더 깊은 열정으로 고도계(高度計)를 바라보고 있었다. 800-600-400……. 여전히 구름이다. 다시 상승하여 틈이 그들 밑에 나타날 때까지 기다려야 한다.

그들은 다시 하늘을 찾았다. 하늘은 대지의 움직임을 쫓고 있는 듯한 구름 위에서 움직이지 않고 있었다. 바람이 구름을 동(東)에서 서(西)로 몰아붙이고 있었다. 틈이 비교적 많아지고 있었다. 틈은 거대한 공간 속에서 홀로, 별처럼 정확히 회전하기 시작했다.

앞쪽의 기관총 사수 하이메는 마르첼리노에게 신호를 했다. 처음으로 그들은 그들의 육체 속에서 대지의 움직임을 의식하고 있었다. 아주 작은 유성처럼 우주의 무관심한 중력 속에서 방향을 잃고 회전하고 있는 비행기는 자기 아래에 톨레도가, 반역하는 알카사르 병영이, 포위군(包圍軍)이 지상의 부조리한 리듬 속에 이끌려 지나가기를 기다리고 있었다.

첫——너무나 작은——틈에서부터 벌써 맹금류의 본능이 모든 탑승원의 마음속으로 스쳐갔다. 새매처럼 선회하면서 비행기는 좀더 큰 틈을 기다리며 선회하고 있었다. 모든 탑승원의 시선은 아래로 향하여 대지를 지켜보고 있었다. 구름의 모든 풍경이 움직이지 않는 비행기의 주위에 위성처럼 완만히 선회하고 있는 듯했다.

구름 틈새로 갑자기 나타난 대지로부터, 비행기로부터 200미터 떨어진 곳에, 아주 작은 뭉게구름 하나가 솟아올랐다. 알카사르 병영에서 발사하고 있는 것이었다.

비행기는 다시 급강하했다.

공간이 압축되었다. 하늘은 없어졌고 비행기는 구름 밑으로 내려왔다. 거대한 공간은 없어지고 알카사르 병영이 있었다.

톨레도는 왼쪽에 있었다. 강하 각도 때문에 타호 강을 내려다보는 협곡이 시가지 전체보다도, 그리고 계속 사격하고 있는 알카사르 병영 자체보다도 더욱 뚜렷하게 보였다. 조준사들은 포병학교 출신의 장교들이었다. 그러나 탑승원의 진정한 적수는 적의 전투기였다.

비스듬히 기울어졌던 톨레도가 조금씩 수평으로 돌아오고 있었다. 톨레도는 언제나 장식물처럼 보였다. 그러나 이 순간에는 무척 기묘하게 보였다. 그리고 또 불에 타는 집들이 내뿜는 기다란 연기들이 톨레도의 시가지 위에 횡단선을 긋고 있었다. 비행기는 선회하기 시작했고 알카사르 병영은 거의 닿을 듯했다.

새매가 그리는 원이 정확한 폭격에는 필요했다——포위군은 아주 가까웠다

──그러나 원을 그릴 때마다 전투기에게 시간을 주고 있었다. 비행기는 300미터의 고도에 있었다. 아래쪽, 알카사르 병영 앞에는 새하얀 둥근 모자를 쓴 개미떼와 같은 군중이 있었다.

마르첼리노는 투하구를 열고 조준을 했으나 그냥 지나치고 폭탄을 투하하지 않은 채 조절했다. 계산상으로는 조준은 정확했다. 알카사르 병영은 작고 마르첼리노는 경폭탄의 분산을 두려워하고 있었으므로 그는 중폭탄만을 투하하고 싶었다. 그는 아무런 신호도 보내지 않았으며 탑승원은 모두 기다리고 있었다. 두번째로 지시판이 조종사에게 선회하도록 명령했다. 포탄의 조그마한 구름들이 가까이 오고 있었다.

"발사 준비!" 하고 마르첼리노가 외쳤다.

여전히 허리띠가 없는 비행복을 입고 기체내에 서 있는 그는 이상할 정도로 얼간이처럼 보였다. 그러나 그는 알카사르 병영에서 눈을 떼지 않았다. 그는 이번에는 투하구를 활짝 열고 웅크리고 있었다. 비행기 속으로 들어온 차가운 공기에 탑승자 전원은 전투가 시작되고 있음을 깨달았다.

이것은 스페인 전쟁이 시작된 이후로 처음 느끼는 차가운 공기였다.

알카사르 병영이 회전하고 돌아왔다. 지금 엎드려 있는 마르첼리노는 주먹을 쳐들고 초(秒)를 세고 있었다. 모자들이 비행기 밑으로 지나갔다. 마르첼리노의 팔은 커튼을 찢고 있는 것 같았다. 알카사르 병영이 지나가고(그 밑에서 터진 어떤 서툰 고사포탄은 위성과 같았다) 회전하다가 오른쪽으로 사라졌다. 그리고 병영의 중앙 안마당 한복판에서 희미한 연기 같은 것이 나타났다. 그것은 폭탄이었을까? 조종사는 선회를 계속하며 알카사르 병영에 다시 접근했다. 폭탄이 안마당 한복판에 떨어졌다. 알카사르의 고사포탄은 비행기의 뒤를 쫓고 있었다. 비행기는 다시 지나가고, 두번째의 큰 폭탄을 투하한 후 사라졌다가 다시 가까이 왔다. 마르첼리노는 다시 들어올린 손을 내리지 않았다. 방금 안마당에 하얀 천이 아주 급히 펼쳐졌기 때문이다. 알카사르 병영이 항복한 것이다.

하이메와 폴은 너무나 기뻐서 서로 치고 받고 하였다. 전탑승원이 기체 속에서 발을 구르고 있었다.

구름과 같은 높이에 적의 전투기가 나타났다.

4

　옛날에는 학교였는데 지금은 병영으로 개조된 헤파투라에서, 애교 있는 매부리코 로페스는 알카사르 병영의 도망자에 대한 신문을 끝내고 있었다. 인질로 잡혔던 한 여자는 병기계장(兵器係長)이 발행한 가짜 통행증 덕분으로 탈출했다. 병기계장 역시 탈출했다. 첫날에 포로가 된 열 명의 병사들이 협곡으로 뛰어내려 탈출할 수가 있었다.
　이 여자는 몸이 건장하고 살갗이 검은 마흔 살 가량의 여인으로서 코가 둥글고 눈에는 생기가 도나 눈에 띄게 쇠약해 있었다.
　"몇 사람이었소?" 하고 로페스가 물었다.
　"소령님, 전 모르겠어요. 저희들은 함께 있지 않았거든요. 포로들은 여기저기에 분산되어 있었어요. 저희들의 지하실 속에는 약 25명 가량이 있었어요. 그러나 이건 한 방에 들어 있던 사람들만이에요, 이를테면……."
　"먹을 것은 주던가요?"
　여자는 로페스를 쳐다보았다.
　"아직도 남을 정도로 많아요……."
　농민들이 촛대 모양의 거대한 나무 쇠스랑을 왼쪽 어깨에 얹고 오른팔 밑에는 소총을 끼고서 헤파투라 병영 앞을 지나갔다. 그리고 그들의 뒤로는 뿔에 금작화를 꽂은 황소들이 끄는 한 수레가 톨레도 안으로 들어왔다. 수레에는 수확물이 빽빽이 실려 있었다.
　"여기에는, 알카사르 병영에는 먹을 것이 없다고 말하는 사람이 있어요. 소령님, 그 말을 믿지 마세요. 말고기와 맛없는 빵이기는 하지만 그러나 먹을 것은 있어요. 제가 눈으로 본 것은 어디까지나 눈으로 본 것이니까요. 전 남자들보다도 요리를 잘 알아요. 전 여관 주인이거든요. 거기엔 먹을 것이 있어요."
　"그리고 비행기들이 햄과 정어리를 떨어뜨려줍니다!" 하고 한 탈출병이 외쳤다. "하긴 햄은 언제나 장교용이지만, 한 번도 우리에겐 주지 않았죠. 몇 주가 지나도 마찬가지였습니다! 불행한 일이 아닙니까! 그런데 민위대는 여전히 장교편이거든요!"
　"당신은 민위대가 뭘 해주길 바라는 거예요?" 하고 그 여자는 물었다.

"우리처럼 말이야!"

"그렇군요. 아, 참" 하고 그녀는 천천히 물었다. "당신은 분명 톨레도에서 사람을 죽이지 못했을 걸요……?"

이 말은 바로 로페스가 생각하고 있었던 것이다. 이 민위대는 우익 정당이 정권을 잡고 있을 때 톨레도 지방에서 탄압의 앞잡이였었다. 그래서 그들은 그들을 개인별로 식별할 수 있는 사람들에게는 항복의 조건이 존중되지나 않을까 두려워하고 있었다.

"그리고 파시스트의 아내들은?"

"그년들 말예요……!" 하고 그 여자는 외쳤다.

로페스에게 말할 때는 공손했던 그녀의 표정이 갑자기 변했다.

"도대체 당신네 남자들은 그년들에게 손대기를 너무도 두려워한단 말예요! 그년들 모두가 당신네들 어미는 아닐텐데 말예요! 그년들은 남자들보다 독하게 우릴 다룰 줄 알아요! 그년들이 무섭다면 우리에게, 우리에게 수류탄을 달란 말예요!"

"당신은 수류탄을 던질 줄 모릅니다" 하고 로페스는 미소를 띠면서 이해할 수 없다는 듯한 표정으로 대답했다.

그리고 그는 메모지를 손에 들고 방금 도착한 신문기자 두 사람에게 말했다.

"우리는 모든 비전투원의 철수를 제의했습니다. 그러나 반란군이 거절해요. 아내들이 함께 있고 싶어한다나요."

"아, 그래요?" 하고 그 여자는 되물었다. "저 안에서 방금 애를 난 여자도 남아 있고 싶어하나요? 권총으로 남편을 쏘아 죽이려고 했던 여자도 남아 있고 싶어하나요? 아마 다시 시작할 수 있었으면 해서일 거예요! 달을 바라보며 한 시간마다 울부짖고 있는 그 실성한 여자도 남아 있고 싶어하나요?"

"실성한 여자가 울부짖는 소리를 듣지 않으려고 해도 저절로 들린단 말이야!" 하고 병사 중의 한 사람이 말했다. 그는 주먹으로 귀를 막으면서 발작을 일으킨 듯이 계속했다. "또 들리는군! 또 들려!"

"로페스 동지" 하고 누가 밖에서 외쳤다. "마드리드로부터 전화요."

로페스는 불안한 듯이 내려갔다. 그는 그림같이 아름다운 것은 좋아했으나 고통은 싫어했다. 안마당에서는 총살형이 벌어지는가 하면 한편에서는 어린애가 태어나는 이 증오에 가득 찬 알카사르 병영이 우뚝 솟아 있는 것을 그는 언제나 보아왔는데 이제는 그것에 격렬한 분노를 느끼기 시작했다. 어느 날 아침 한 사람의 얼굴도 보이지 않는데 "항복하고 싶다! 항복하고……"라고 외치는 소리가 알카사르 병영에서 들렸다. 이어서 일제사격. 그러고는 더 이상 아무 일도 없었다.

전화로 그는 인질로부터 방금 들었던 것을 요약해서 말했다. 대단할 것은 없었다.

"결국" 하고 그는 말했다. "틀림이 없습니다. 우린 그 사람들을 구제해야 합니다!"

"스페인 전역에서 파시스트들은 인질을 잡고 있소."

로페스에게는 잘 들리지 않았다. 안마당에서 한 장교가 도로 위에 놓여 있는 피아노를 치고 있었다. 오래된 룸바 곡이 축음기 위에서 돌고 있었다. 가까운 확성기는 거짓 뉴스를 외치고 있었다.

마드리드의 목소리가 한층 높이 다시 들려왔다.

"그들을 위해서 최선을 다해야 한다는 것에 나는 찬성이오. 그렇지만 알카사르 병영을 처리하고 민병을 탈라베라로 보내야 합니다. 어차피 그곳의 빌어먹을 놈들에게 기회를 주어야 합니다. 가급적 빨리 조정(調停)을 준비하시오. 외교기관을 통해서 우리들 자신이 담당할 수도 있고."

"그들은 사제(司祭)를 청했습니다. 마드리드에 사제들이 있습니다."

"종교적 조정이라면, 좋아요. 우리가 그곳의 사령관을 직접 부르겠소. 고맙소."

로페스는 다시 올라갔다.

"여자들은" 하고 한 병사가 말하고 있었다. "여자들은 지하실 속에 있습니다. 비행기 때문이죠. 그럼, 우리들이 있는 곳은 아시겠지요, 마구간 근첩니다. 거기에 우린 갇혀 있었소. 그녀들이 있는 곳은 거기가 아니오. 거긴 끔찍스러운 곳이오, 냄새 때문에. 조마장(調馬場)에는 약 30구의 시체가 묻혀 있는데 간신히 흙만 덮어놓았소. 게다가 가죽도 제대로 벗기지 않은 죽은 말들도 있어요. 정말 끔찍스러워요. 사람의 시체는 항복하고 싶어했던 자들이지요. 그래서 우린 우리 발밑의 시체들과, 비행기가 왔을 때 마구간 앞의 안마당에 하얀 천을 깔았던 자들 사이에 있었는데…… 납득이 가겠지요, 비행기는 우리를 난처하게 만들지요. 왜냐하면 비행기는 무조건 위에서 우리를 겨누고 쏘니까요. 그런데 동시에 흐뭇하긴 했습니다……. 그래서 그때 그들이 하얀 천을 깔았지요."
 "누구였소? 민위대요?"
 "아니오. 군인들이었지요. 다른 군인들은 그걸 보고도 모른 체했고 비행기가 떠나자 기관총들도 돌아가기 시작했어요. 동료들이 천 위의 여기저기 어디라고 할 것 없이 마구 거꾸러졌지요. 나중에 민위대들이 천을 걷으러 왔습니다. 그것은 이제 흰 천이 아니었습니다! 그들은 한 귀퉁이를, 마치 손수건처럼 잡아당기면서 끌고갔어요. 거기서 우리는 어떻게 되나 하고 생각했지요. 그리고 모든 위험을 무릅쓰고 뛰어내렸죠……."
 "모라레스 하사(下士)라는 사람이 피살되었다는 것을 아십니까?" 하고 누군가가 물었다. "내 동생이오. 오히려 소셜리스트편이었는데……."
 병사는 대답하지 않았다.
 "아시다시피" 하고 그 여자는 체념한 듯이 말했다. "그들은 죽이지 못하는 게 없어요……."
 로페스가 헤파투라 병영에서 나왔을 때 어린이들이 학교에서 돌아오고 있었다. 겨드랑이에 손가방을 끼고서. 로페스는 풍차의 날개처럼 팔을 돌리면서 초점 없는 시선으로 걸어가다가 시커먼 웅덩이 속에 빠질 뻔했다. 한 아나키스트가 그를 붙들었다. 마치 로페스가 부상당한 어떤 동물을 짓밟을 뻔하기라도 한 것처럼.
 "노인장, 조심하시오" 하고 그는 말했다. 그리고 공손하게 덧붙였다. "좌익의 피요."

5

 펠리칸들의 절반이 술집의 벤치에서 졸고 있었다. 나머지 절반은…… 정비사들은 그들의 부서에서 일하고 있었고 조종사와 기관총 사수의 4분의 1은 어디에 있는지 아무도 몰랐다. 마니앵은 어떻게 하면 강제수단을 사용하지 않고 규율을 세울 수 있을까 하고 자문자답하고 있었다. 그들에게는 협잡과 착오, 불복, 눈가림이 있었다고 하지만 펠리칸들은 7대 1로 싸우고 있었다. 셈브라노의 스페인기(機)도, 쿠아트로 비엔토스나 헤타페의 브레게기도 마찬가지다. 모두가 그들 정원(定員)의 절반 이상을 잃어버렸다. 시비르스키를 포함하는 몇몇 고용병들은 두 달 중 한 달은 봉급 없이 싸우겠다고 요구해왔다. 돈이나 우애를 잃고 싶지 않아서이다. 매일 성 안토니오는 궐련과 쌍안경과 축음기판을 짊어지고 돌아왔는데 그의 얼굴은 점점 더 슬픈 표정이 되었다. 전투기의 보호 없이 출발한(설사 전투기가 따라간다 하더라도 그것들은 얼마나 빈약했던가) 비행기들은 새벽을 이용하거나 용의주도한 덕분이거나 혹은 다른 곳에 전투가 있었거나 해서 시에라 지방을 통과했지만 귀환할 때에는 둘 중의 하나는 그나마 벌집이 되어서 돌아왔다. 술집에서는 알콜의 소비량이 증가하고 있었다.

벤치에 누워 있던 자들과 라플라티를 거느린 스칼리는 술집의 테라스를 마치 죄수 같은 자세로 뚜벅뚜벅 거닐기 시작했다. 폭격기 계원이 시간을 알리러 오지 않았어도 마르첼리노의 비행기가 아직 돌아오지 않았음을 모두는 알고 있었다. 그에게는 휘발유가 기껏해야 15분의 분량밖에는 남아 있지 않았다.

제5연대* 위원의 한 사람이며 멕시코인이라고 자칭하는, 아마 멕시코인에 틀림이 없을 것 같은 엔리케는 마니앵과 함께 비행장을 거닐고 있었다. 석양이 그들의 등뒤로 지고 있었다. 마지막 햇살 속에서 윤곽이 희미한 마니앵의 코밑수염이 엔리케의 토템(미개인 사이에서 부족·씨족 또는 씨족적 집단의 성원과 특별한 혈연관계를 갖는다고 생각하는 어떤 종류의 동식물을 말함)과 같은 프로필보다 더 튀어나와 있는 것이 펠리칸들의 눈에 띄었다.

"구체적으로 비행기는 몇 대 남아 있소?" 하고 엔리케가 물었다.

"애기하지 않는 편이 좋을 걸요. 정규 공군으로서는 우린 존재하나마나입니다……. 그리고 우리들은 유효적절한 기관총의 도착을 목이 빠지도록 기다리고 있습니다. 러시아인들은 뭘 하고 있습니까?"

"프랑스인들은 뭘 하고 있습니까?"

"그 얘긴 그만둡시다. 흥미로운 것은 무엇인가를 할 수 있다는 바로 그것입니다. 요행이 없으면 난 야간폭격을 하거나 구름을 이용합니다. 다행히도 가을이 곧……."

그는 눈길을 들었다. 밤은 아름다웠다.

---

* 정규군의 재편성을 목적으로 하는 코뮤니스트 민병대.

"지금은 무엇보다도 기후가 걱정이오. 우린 게릴라 공군이니까요."
"비행기가 외국에서 와주든지 그렇지 않으면 가장 좋은 죽음을 택하는 길밖에는 없지요."
"아차, 그런데 뭐였더라? 아, 그렇군. 바르셀로나에 러시아제(製) 비행기가 도착했다는데 그게 무슨 얘긴가요?"
"난 그저께 바르셀로나에 갔었소. 문이 열린 격납고 속에 아름다운 비행기가 하나 있더군요. 도처에 붉은 별이 있고, 꼬리날개에는 낫과 망치가 그려져 있었으며 또 양옆구리에는 무엇이라고 잔뜩 적혀 있었는데 앞쪽에는 레닌이라는 낱말이 씌어 있었소. 그러나 러시아어의 L자는……(그는 손가락으로 그것을 그려보였다) 스페인어의 N자처럼 거꾸로 된 것이었소. 그래서 결국 가까이 가서 보니 당신네 나라의 엘 네구스가 타는 비행기였소……."
마니앵은 영국의 시장에서 하일레 셀라시에 황제의 전용기를 발견한 적이 있었다. 속도도 꽤 빠르고 휘발유 보조탱크의 크기도 상당한 비행기였다. 그러나 조종하기가 어려웠다. 어떤 조종사가 고장을 내는 바람에 이 비행기는 수리차 바르셀로나에 보내졌었다.
"딱한 일이군. 무엇 때문에 그렇게 위장했을까요?"
"유치한 장난일까? 아니면 러시아의 진짜 비행기를 유인하기 위한 경탄할 만한 작전일까? 따져보면 어쩌면 도발(挑發)일지도 모르죠……."
"낭패로군. 응…… 그럼, 그렇군요. 당신 쪽 형편은 어때요?"
"좋아요. 그러나 서서히."
엔리케는 걸음을 멈추고 주머니에서 조직 계획도를 꺼냈다. 그는 건전지로 그 도면을 비쳤다. 밤이 다가오고 있었다.
"지금부터는 구체적으로 이 모든 게 실현되어가고 있소."
그 도면은 거의 돌격대대의 도면과 같은 것이었다. 마니앵은 탄환도 없이 떠난 사라고사의 민병들을, 아라곤의 전전선에 전화시설이 없는 것을, 톨레도에서는 알콜이 구급차를 대신하고 있다든가 또는 여자 민병들이 옥도정기를 사용하고 있다든가 하는 것을 생각하고 있었다.
"규율은 회복되었소?"
"그럼요."
"강제적 수단으로요?"

"아니오."
"그럼 어떠한 방법으로요?"
"코뮤니스트들은 규율이 바릅니다. 그들은 세포책(細胞責)에 복종합니다. 그들은 군사위원에게 복종합니다. 종종 세포책과 군사위원은 동일합니다. 싸우고 싶어하는 자들은 착실한 조직체가 좋아서 우리에게 옵니다. 예전엔 우리의 부하들이 코뮤니스트였기 때문에 규율이 섰습니다. 지금은 규율이 확립되었기 때문에 많이들 코뮤니스트가 됩니다. 우리는 각 단위마다 상당한 수효의 코뮤니스트를 가지고 있습니다. 코뮤니스트들은 규율을 잘 지키고 남에게도 규율을 지키도록 하는 데 상당히 열심입니다. 그들은 단단한 핵을 형성합니다. 이 핵 주위에 신입 당원이 조직되고 이 신입 당원이 차례로 핵을 형성합니다. 결국 우리에게 오면 파시즘과 대항하여 유익한 일을 하게 된다는 것을 이해하는 사람의 수효는 현재의 수효보다 열 배나 많아질 것이라는 사실입니다. 우리는 아직도 그들을 조직하지 못하고 있습니다."
"그건 그렇고 난 독일인에 대해서 얘기하고 싶었소……."
이 화제는 마니앵을 귀찮게 했다. 마니앵은 이미 여러 차례 교섭을 받았기 때문이다.
엔리케는 마니앵의 팔을 자기 팔에 끼고 있었다. 이 건장한 사나이가 이러한 동작을 하는 데에 마니앵은 놀랐다. 마니앵은 코뮤니스트의 지도자들을 군인형(軍人型)과 사제형(司祭型)으로 분류하고 있었다. 마니앵은 가르시아처럼 건장하고 내란을 다섯 번이나 겪은 이 사나이를 사제형으로 분류해야 했는데, 이것이 그를 거북하게 하고 있었다. 그러나 마니앵은 멕시코의 조상(彫像) 같은 이 입술이 때때로 마치 융단 장수의 입처럼 앞으로 툭 튀어나오는 것을 발견하였다.
검찰부는 무엇을 요구하였던가? 세 사람의 독일인이 비행장에 발을 들여놓지 못하게 하는 것이었다. 마니앵의 의견으로는, 크레펠트는 수상하고 게다가 무능했다. 지도교관으로 자처하는 기관총 사수는 기관총을 사용할 줄 몰랐다. 그리고 그는 카르리치가 그를 필요로 할 때 늘 당의 회합에 나가고 없었다. 그래서 카르리치는 모든 일을 혼자서 하고 있었다. 슈라이너의 얘기는 비극적이었다. 그리고 슈라이너의 혐의는 틀림없이 사실무근이었다. 그러나 어떻든 그는 대공방위대로 떠나야 했다.

"엔리케, 아시겠지만 이런 일은 인간적인 면에서는 고통스러운 일입니다. 그러나 나는 검찰청이 요구하는 것들을 거절할 만한 유효하고 타당한 이유를 가지고 있지를 않습니다──검찰청은 그 이유의 제시를 요구할 수 있거든요. 나는 코뮤니스트가 아니오. 그러므로 나는 경우에 따라서는 내가 소속하는 정당의 규율에 복종한다고 주장할 수도 없습니다. 비행대와 검찰부와 정보부 사이의 원활한 관계는 우리가 도움을 받아야만 움직일 수 있는 이 순간에 있어서 우리에게 실제로 너무나 중요하기 때문에 나는 이 얘기로 그 관계를 위태롭게 할 수가 없습니다. 만일 내가 그런 짓을 한다면 나는 고집불통으로 보일 거요. 내 말의 뜻을 아시겠지요."

"그들을 붙들어놓아야 할 거요" 하고 엔리케는 말했다. "당이 그들을 책임질 겁니다……. 그들의 모든 동지들에게는 그들이 이렇게 쫓겨나가면 그들의 혐의를 인정하는 것이 된다는 것을 당신도 잘 알 겁니다. 요컨대, 다년간 훌륭한 투사였던 사람들에 대해 그러한 조처를 취해서는 안 되지요."

기관총 사수는 당원이었지만 마니앵은 당원이 아니었다.

"나 개인은 슈라이너의 혐의가 사실무근임을 확신하고 있습니다. 그러나 이것은 문제가 되지 않습니다. 당신은 파리에 있는 독일 당의 정보를 가지고 있습니다. 당신은 그 정보들을 믿습니다. 아주 잘된 일입니다. 그렇다면 스페인 정부에 대해 책임을 지시오. 난 어떠한 조사자료도 가지고 있지 않습니다. 그리고 나는 중대한 결과를 초래할지도 모르는 문제를 내 감정으로 경솔하게 처리하지는 않겠습니다. 더구나 당신도 아시다시피 그들은 비행사로는 전적으로 무능합니다."

"만찬회를 베풀 수 있지 않을까요. 거기에서 나는 당신에게 스페인 동지들의 인사를 전달하고, 당신은 독일인 동지들에게 인사하고……. 비행대에는 독일인에 대한 약간의 민족적인 적대 감정이 있다고 들은 바도 있으니……."

"나는 당신에게 이와 같이 정보를 제공하는 패들과 건배를 나눌 생각은 조금도 없습니다."

마니앵은 엔리케 개인에 대해서가 아니더라도(그는 엔리케와 거의 면식이 없었다) 적어도 그의 업적에 대해서 경의를 품고 있었는데, 이런 이유 때문에 그의 초조감은 더해갔다. 마니앵은 제5연대의 대대들이 형성되는 것을 보았던 것이다. 그들은 전체적으로 보아 가장 우수한 민병대대였다. 인민전선의 전군대는 같은 방법으로 형성될 수 있을지도 몰랐다. 그들은 혁명적 규율의 ── 결정적 ──문제를 해결했던 것이다. 그러므로 마니앵은 엔리케를 스페인 인민군의 가장 우수한 조직자의 한 사람으로 인정하고 있었다. 그러나 마니앵은 자기가 방금 부탁한 것을 이 착실하고 신중하고 근면한 사나이가 만일 마니앵의 입장에 있었다면 그는 그것을 들어주지 않았으리라고 확신하고 있었다.

"당은 이 문제를 숙고한 결과 그들을 붙들어두어야 한다고 생각하고 있습니다" 하고 엔리케는 말했다.

마니앵은 소셜리스트와 코뮤니스트 사이에 싸움이 있었을 때의 그들의 불만을 상기하고 있었다.

"실례지만 잠깐만. 혁명은 나에게는 공산당보다 선행합니다."

"나도 광신자는 아닙니다, 마니앵 동지. 그리고 나는 예전에는 트로츠키파였소. 오늘날 파시즘은 수출품목이 되었습니다. 파시즘은 완성품을 즉 군대라든가, 비행기 같은 것을 수출하고 있습니다. 이러한 조건에서는 우리가 방위하고자 하는 것의 구체적인 방위가 첫째로 세계의 프롤레타리아의 어깨 위에 있지 않고 소비에트연방과 공산당의 어깨 위에 있습니다. 우리에게는 100대의 러시아 비행기가 전쟁을 모르는 5만 명의 민병보다 소중합니다. 그런데 당과 행동을 함께 한다는 것은 무조건 그렇게 하는 겁니다. 당은 한 덩어리입니다."

"그렇습니다. 그러나 러시아의 비행기는 오지 않았습니다. 당신이 말씀하신 세…… 친구에 관해서는, 당이 그들의 책임을 진다면, 당 자체가 검찰청에 대해서 그들의 책임을 지도록, 당이 그들로 하여금 당의 일을 보도록 하시오. 난 그것에는 반대하지 않겠소."

"그렇다면 결국, 당신은 그들이 떠나주기를 바라는 겁니까?"

"그렇습니다."

엔리케는 마니앵의 팔을 뿌리쳤다.

그때 등불이 그들을 비추었다. 위원의 인디언 같은 얼굴이 ──그때까지 그는 건물의 그늘 속에 있었으므로── 불빛 속에 다시 나타났다. 팔을 뿌리쳤기 때문에 또한 그를 더 잘 볼 수가 있었다. 왜냐하면 좀더 떨어져 있어서인지 마니앵은, 누가 앞서 인용한 적이 있으나 그는 잊어버리고 있던 엔리케의 말, 즉 '나에게는 당원 한 사람이 세계의 모든 마니앵과 가르시아보다 더 중요합니다'라는 말을 상기했기 때문이다.
"저 말입니다" 하고 마니앵은 다시 말했다. "저도 당이라는 것을 압니다. 저는 힘이 약한 당에 소속하고 있습니다. 사회당 혁명 좌파입니다. 스위치를 누르면 모든 전구에 일제히 불이 켜져야만 합니다. 몇몇 전구가 완전하지 못하면 낭패지요. 그리고 게다가 큰 전구에는 불이 잘 켜지지도 않습니다. 그러므로 당이 먼저······."
"그들을 붙들어두시겠소?" 하고 엔리케는 중립을 지키는 듯한 목소리로 물었다. 무관심한 체하기 위해서라기보다는 그가 마니앵의 결정에 영향을 끼치기를 원하지 않는다는 것을 명백히 해두기 위해서였다.
"아니오."
정치위원은 심리적인 것보다 결정에 더 관심을 가지고 있었다.
"살루드!" 하고 그는 말했다.
어쩔 수가 없었다. 마니앵은 이 비행대를 조직했고, 부하를 발견했고, 끊임없이 죽음을 무릅썼고, 그가 지휘하는 중대의 책임을 아무런 권한도 없으면서 열 번이나 맡았었다. 요컨대 그는 그들편이 아니었다. 그는 당원이 아니었다. 그의 말은 기관총도 분해할 줄 모르는 기관총 사수의 말보다도 가치가 없었다. 그리고 업적과 가치 때문에 그가 존경하는 한 사나이가 자기 당 동지의 그다지 순수하지 못한 요구를 만족시키기 위해 그에게, 마니앵에게 어린애와 같은 태도를 서슴지 않고 요구하는 것이다. 그리고 이 모든 것들은 자기 변호를 할 수가 있었다. '각방에는 전구가 있어야 했다.' 그리고 어쨌든 엔리케는 스페인의 가장 훌륭한 부대를 조직한 사람이었다. 그리고 그 자신 즉 마니앵은 슈라이너의 축출에 찬성하고 있었다. 행동은 행동이지 정의(正義)가 아니었다.
어둠은 이제 거의 완전히 깔렸다.
그가 스페인에 온 목적은 불의(不義)를 위해서가 아니었다······.
멀리서 몇 번의 사격이 비행장 위를 지나갔다.
불타는 마을을 뒤로 하고 나귀를 끌며 도망치는 많은 농민들을 견주어볼 때 이 모든 것들은 얼마나 가소로운 일인가! 전쟁의 고독을 처음으로 뼛속까지 느끼면서, 비행장의 마른 풀 속으로 발을 끌며 마니앵은 격납고에 도착하기 위해 바삐 서둘렀다. 격납고에 부하들이 한데 얽혀 비행기를 수선하고 있었던 것이다.

 어두운 밤은 마르첼리노보다 더 빨리 왔다. 밤의 착륙은 부상당한 조종사들에게는 달갑지 않은 것이었다. 정비사들은 땅거미를 바라보고 있는 것 같았다. 그들이 황혼의 불안한 평화 속에서 긴장하여 쳐다보고 있는 것은 비행기와 밤 사이에 벌어진 눈에 보이지 않는 경주였다.
 아티니에스가 언덕의 등성이 쪽으로 시선을 보내며 오고 있었다.
 "여보게, 지크프리트, 난 코뮤니스트가 지겹군" 하고 마니앵은 말했다.
 스페인인들은, 그리고 아티니에스를 좋아하는 패들은 그들 사이에서 그를 지크프리트(독일 및 북유럽 전설 중의 영웅. 괴룡을 잡아 그 피를 쓴 까닭으로 피가 묻지 않은 등의 한가운데만 제하고는 불사신이 되었음)라고 부르고 있었다. 그는 금발에다 미남이었기 때문이다. 그가 이렇게 면전에서 불린 것은 처음이었다. 그는 별로 신경을 쓰지 않았다.
 "당신 같은 우리들의 대표와 당 사이에 마찰이 있을 때마다" 하고 그는 말했다. "저는 대단히 슬퍼집니다."
 비행대의 코뮤니스트 중에서도 아티니에스는 마니앵이 가장 높이 평가하는 사람이었다. 그가 크레펠트나 퀴르츠에게 반감을 품고 있는 것을 마니앵은 알고 있었다. 그는 말할 필요가 있었던 것이다. 그리고 그는 아티니에스가 좋아하는 마르첼리노를 기다리느라고 자기처럼 신경이 곤두서 있는 것도 알고 있었다.
 "이번 일에 있어서 당은 잘못이 큽니다" 하고 아티니에스는 말했다. "그런데 당신은 당신 자신에게 아무런 잘못이 없다는 것을 확신하십니까?"
 "충동적인 인간은 언제나 과오를 범하기 마련인거야. 이보게, 자네……."
 마니앵은 아티니에스에게 보호자 같은 어조가 아닌 아버지와 같은 어조로 말했다.
 "결산을 해봐야지……."
 마니앵은 비난을 드러내고 싶은 생각이 없었다. 그러나 그럼에도 불구하고 마니앵은 "얼마나 내가" 하고 입을 열었다. "퀴르츠가 당에서 더러운 스파이 노릇을 한 후로부터 코뮤니스트 사이에서 내가 얼마나 비난을 받고 있는지를 모르고 있는 줄 아나?"

"그는 스파이가 아닙니다. 그는 히틀러 통치하의 독일에서 싸웠습니다. 사실 히틀러의 나라에서 싸우는 당의 동지가 어쩌면 최고일지도 모릅니다. 이번 일은 전체적으로 어리석은 짓입니다. 그리고 어쩔 수 없었습니다. 그러나 당신은 혁명가이시고 경험이 많으신 분인데 무엇 때문에 초월하지 못하십니까?"

마니앵은 곰곰이 생각했다.

"함께 싸워야 하는 패들이, 함께 싸우고 싶은 패들이 만일에 나를 믿어주지 않는다면 무엇 때문에 싸운단 말인가? 차라리 죽어버리는 게……."

"만약 자제분께서 잘못을 저지른다면 당신은 그를 비난하시겠습니까?"

마니앵이 우수한 코뮤니스트를 당과 결합하는 이러한 깊은 생리적인 유대를 목격하게 되는 것은 이번이 처음이었다.

"하이메가 비행기에 타고 있지요?" 하고 아티니에스가 물었다.

"그럼. 앞쪽 기관총 사수야."

밤은 점점 더 빨리 저물고 있었다.

"저희들의 감수성이나" 하고 젊은이는 말했다. "혹은 저희들의 인생도 이 전쟁 속에서는 다 미미한 것입니다……."

"그렇지. 그러나 만일에 그대의 아버지께서 잘못을 저지르신다면……."

"전 아버지라고 말하지 않았습니다. 자제분이라고 했지요."

"어린애가 있나, 아티니에스?"

"아니오. 당신은 자제분이 있으십니까?"

"있지."

그들은 공중으로 시선을 보내어 마르첼리노의 비행기를 살피면서 몇 발자국을 걸었다. 마니앵은 아티니에스가 무슨 말을 하려는지를 알고 있었다.

"제 아버지가 누구신지 아시죠, 마니앵 동지?"

"알지. 그러기 때문에……."

아티니에스 (그것은 가명이었다)에 대한 비밀은 비행대에서는 이미 알려져 있는 사실이었다. 그의 아버지는 그의 나라 파시스트의 우두머리중 한 사람이었던 것이다.

"우정이라는 것은" 하고 그는 말했다. "친구가 옳을 때에만 그와 함께 있는 것이 아니라 친구가 잘못했을 때에도 그와 함께 있는 것이지요."

그들은 셈브라노가 있는 곳으로 올라갔다.

탐조등은 준비되어 있었다. 동원할 수 있는 자동차는 모두 활주로 주위에 배치되어 있었고 첫번째 신호를 하면 탐조등에 불을 켠다는 명령도 내려져 있었다.

"어서 당장에 불을 켭시다!" 하고 마니앵은 말했다.

"어쩌면 당신 말씀이 옳을지도 모르겠소" 하고 셈브라노는 말했다. "그러나 내 생각엔 기다리는 게 좋을 것 같소. 만일에 파시스트들이 온다면 일부러 그들의 착륙지를 비쳐줄 필요는 없으니까요. 그러니 기다리는 게 좋겠소."

셈브라노가 불을 켜지 않는 것이 좋다고 생각하는 것은 미신 때문임을 마니앵은 알고 있었다. 지금 거의 모든 비행사는 미신적이었다.

창문들이 열려 있었다. 전쟁 전의 공항장(空港長)은 이 시간에 위스키를 마시고 있었다. 늦여름의 밤이 대지 전체로부터 올라오고 있었다.

"불빛이야!" 하고 그들 셋은 일제히 소리를 질렀다.

비행기의 비상 사이렌 소리가 들려오고 있었다.

자동차의 헤드라이트의 짧은 선 사이로 항공용 서치라이트의 줄이 텅 빈 비행장을 가로질러 뻗고 있었다. 코밑수염을 앞으로 내밀고 마니앵은 층계를 뛰어내렸고 아티니에스는 그 뒤를 따랐다.

아래에는 나란히 줄을 선 머리들이 그에게 비행기의 방향을 가리키고 있었다. 아무도 비행기가 오는 것을 보지는 못했다. 그러나 지금, 소리를 듣고 나서 모든 사람들은 비행기가 착륙하기 위해 선회하고 있는 것을 보았다. 거무칙칙한 회색으로 차츰 짙어가는 하늘 위에서 비행기의 프로필이 미끄러지고 있었다. 프로필은 연푸른 빛무리 한가운데에서 그 윤곽이 도려낸 종이처럼 분명했고 수은등(水銀燈)을 등진 기념비처럼 뚜렷했다.

"바깥 발동기가 불타고 있다" 하고 누가 말했다.

비행기가 크게 보였다. 비행기는 선회를 중지하고 전면의 활주로로 향했다. 직선이 된 날개는 비행장의 어둠 속으로 사라졌다. 어둠이 지면 가까이에 쌓이고 있었다. 시선들은 희미한 얼룩과 같은 기체를 좇는 수밖에 없었다. 기체는 거대한 산수소취관(酸水素吹管)에서 나오는 푸르스름한 불꽃에 들볶이고 있었는데 그것은 마치 맹금류에게 들볶이고 있는 것같이 보였다. 그리고 기체는 결코 착륙하지 않을 것처럼 보였다. 시체를 실은 비행기는 천천히 착륙하기 때문이다.
　"어유, 저 폭탄을!" 하고 마니앵은 두 손으로 안경 다리를 붙잡고 신음소리를 냈다.
　비행기가 착륙하는 순간 기체와 화염은 격렬한 난투를 벌이려는 듯이 서로 접근했다. 기체는 화염 속에서 튀어올랐고 화염은 비틀거리며 찌그러졌다가는 다시 노래하듯 소리를 내며 솟아올랐다. 비행기는 곤두박질을 하고 있었다. 구급차는 주검처럼 신중히 덜거덕거리며 지나가고 있었다. 마니앵은 구급차에 뛰어올랐다. 비행기가 착륙하는 것을 보자마자 황급히 뛰어온 펠리칸들은(조종사들은 그들에게 호통을 쳤으나 또 한편으로는 그들의 뒤를 쫓고 있었다) 지금은 수직으로 솟아오르는 커다란 불꽃 주위를 뛰고 있었다. 그들의 주위에 비쳐진 그들의 그림자는 마치 바퀴의 살과도 같았다. 화염은 더 이상 기체에 근접하지 못하고 있었다. 화염은 창백하고 떨리는 불빛으로 기체를 비쳐주고 있었다. 선체처럼 둘로 부서진 기체에 시체들이 피로써 달라붙은 듯 펠리칸들은 상처에서 붕대를 풀 때처럼 기체에서 시체를 조심스럽게 떼내고 있었다. 그들은 참고 있긴 했지만 휘발유의 코를 찌르는 듯한 냄새에 몸을 부르르 떨었다. 소화기가 화염을 잡고 있는 동안 기체에서 사상자들이 끌려나왔다. 사상자들의 주위에 그들의 동지들이 모였고 그림자들은 분간할 수 없을 정도로 뒤죽박죽이었다. 시체를 비치는 이 불빛 밑에서 움직이지 않는 사자(死者)들은 흥분한 사자들에 의해 보호받고 있는 것 같았다.
　부상자가 셋, 전사자가 셋. 마르첼리노는 전사자 중의 한 사람이었다. 여섯이면 기관총 사수 하나가 부족했다. 맨 나중에 나온 것이 하이메였다. 앞으로 내민 그의 두 손은 부들부들 떨고 있었고 동지 한 명이 그를 인도하고 있었다. 총알이 눈 높이에서 터졌기 때문에 장님이 된 것이다.
　어깨로 또는 발로, 비행사들은 죽은 사람들을 술집으로 운반했다. 화물 운송차는 조금 후에 올 것이다. 마르첼리노는 목덜미에 총알이 박혀 피살되었으므로 거의 피를 흘리지 않았다. 아무도 감겨주지 않아 눈은 비참하게 응시하고 있었지만, 그리고 불빛은 음산하기 짝이 없었지만 그의 죽어 있는 얼굴은 아름다웠다.
　술집의 한 여급사가 그의 죽은 얼굴을 쳐다보고 있었다.
　"적어도 한 시간은 지나야 영혼이 보이기 시작한대요" 하고 그녀는 말했다.

마니앵은 사람이 죽는 것을 많이 보았기 때문에 죽음이 많은 얼굴 위에 가져오는 고요를 알고 있었다. 주름과 잔주름이 불안과 생각과 더불어 사라져 있었다. 그리고 생명이 씻겨간, 그러나 활짝 뜬 두 눈과 가죽 비행모에 아직도 의지력이 담겨 있는 이 얼굴 앞에서 마니앵은 그가 방금 들은, 또한 스페인에서 숱한 형태로 들었던 말을 생각하고 있었다. 죽은 인간의 얼굴에서 그의 진정한 얼굴이 떠오르기 시작하는 것은 다만 그가 죽은 지 한 시간 후의 일이라는 것을.

제 2 장

1

파시스트들이 농가(農家) 셋 ──누런 바위들, 같은 빛깔의 기왓장들──을 점령하고 있었는데, 그들을 그 분지 속에서 우선 몰아내야 했다.

작전은 평범했다. 타호 지방은 탈라베라와 톨레도 사이가 온통 자갈이므로 명령을 지키고 신중히 행동한다면 민병들이라도 완전히 농가에 접근할 수가 있었다. 히메네스는 밤에 수류탄의 보급을 신청해 놓았다. 무기의 분배를 담당한 장교는 독일 이민이었다. 그리고 새벽에 히메네스는 트럭들이 도착하는 것을 보고 그의 능란한 수완에 현혹되었다. 그 트럭에는 유탄이 만재되어 있었다.

드디어 정식으로 이의 신청을 한 결과, 진짜 수류탄이 도착한 것이다.

히메네스가 지휘하는 중대 중의 하나는 며칠 전에 도착한 민병들로 편성되어 있었다. 이 중대는 아직도 전투를 해본 적이 없었다. 히메네스는 그들 사이에 가장 우수한 하사관들을 배치했는데, 오늘은 그 자신이 직접 그들을 지휘하고 있었다.

그는 수류탄 투척 연습을 시작하도록 했다.

신입 민병들의 중대인 제3중대는 망설이고 있었다. 한 신입 민병은 수류탄이 점화되었는데도 던지지 않고 있었다. "던져!" 하고 중사(中士)는 소리쳤다. 수류탄이 그의 손안에서 터지게 되면 이 불쌍한 녀석은 순식간에 날아가 버릴 것이다. 히메네스는 재빨리 그의 팔굽 밑을 주먹으로 쳤다. 수류탄은 공중에서 터지고 민병은 넘어지고 히메네스의 얼굴에서는 피가 흘렀다.

민병은 어깨를 다쳤다. 그는 구사일생으로 위기를 면했다. 그가 응급치료를 받고 후송되자 히메네스가 붕대를 감아야 할 차례였다. "터반은 모로족에게나 감아주게" 하고 그는 말했다. "내겐 영국의 반창고나 붙여주게." 반창고를 붙이니 도저히 용사처럼 보이지 않았다. 마치 그는 우표로 땜질을 한 것 같은 모습이었다.

그는 다음의 수류탄 투척자 옆에 가서 섰다. 다른 사고는 없었다. 약 20명의 병정이 제외되었다.

히메네스는 마누엘을 지형 정찰에 내보냈다. 마누엘이 속해 있는 당(黨)이 그를 가장 많이 배울 수 있는 한 장교 옆에 파견한 것은 현명한 처사였다. 히메네스는 마누엘에 대해서 호감을 보이고 있었다. 마누엘이 규율이 바른 것은 복종이나 명령을 좋아해서가 아니라 천성과 능률 감각 때문이었다. 또한 그에게는 교양이 있었다. 대령은 이 점에 민감했다. 훌륭한 음악가인 이 음향 기사(技師)가 타고난 장교감이라는 사실에 대령은 놀랐다. 대령은 터무니없는 전설로만 코뮤니스트라는 것을 알고 있었을 뿐이지 어느 정도의 무게를 가진 코뮤니스트 투사는 직책상 엄격한 규율과 필수불가결한 설득에 묶여 있었으며, 동시에 행정관과 준엄한 집행관, 선전원을 겸하고 있었기 때문에 훌륭한 장교가 될 가능성이 많다는 사실을 미처 깨닫지 못하였다.

첫 농장의 공격이 시작되었다. 고요한 아침이었다. 나뭇잎들은 돌멩이처럼 움직이지 않았다. 때때로 일어난 미풍(微風)은 마치 가을을 알리는 것처럼 거의 차가웠다. 민병들이 돌무더기와 저격병의 수호를 받고 차례로 수류탄 공세를 취하기 때문에 파시스트의 진지는 지탱하기 어렵게 되었다. 갑자기 약 30명 가량의 민병이 바위 위로 뛰어올라 흑인이 공격할 때처럼 고함을 지르면서 엄호물도 없이 공격했다.

"드디어 일을 냈군!" 하고 히메네스는 주먹으로 자동차의 문짝을 치면서 신음하는 듯한 소리를 질렀다.

민병 20명이 이미 바위에 쓰러져 있었다. 어떤 자는 굴러떨어졌고 어떤 자는 두 팔로 십자(十字)를 긋고 있었으며, 또 어떤 자는 마치 자기를 보호하고 있는 것처럼 두 주먹으로 얼굴을 가리고 있었다. 한 시체에서 흘러나온 피가 햇빛에 반짝거리며 순수한 설탕과도 같은 하얗고 평평한 돌을 조금씩 덮고 있었다.

다행히도 그 농가의 양측에서 다른 민병들이 마지막 바위까지 진출했다. 그들은 그들의 동지들이 쓰러지는 것을 보지 못했다. 수류탄들이 떨어지자 기왓장들은 마치 간헐온천(間歇溫泉)처럼 분출하기 시작했다. 15분 후에 그 농가는 점령되었다.

둘째번 농가를 공격하는 것도 신입 민병들이 맡았다. 그들은 공격의 자초지종을 이미 보았던 것이다.

"여러분" 하고 히메네스는 포드 차의 덮개 위에 올라서서 그들에게 말했다. "명령을 어기고 바위에서 튀어나간 자들은 농가에 첫번째로 돌입했든 안 했든 간에 대열에서 제외한다. 우리를 지켜보는 자는 우리를 심판하며 앞으로도 심판할 자라는 것을, 말하자면 역사는 승리하는 용기가 필요한 것이지 위안하는 용기가 필요한 것이 아니라는 것을 명심하기 바란다. 지시한 길을 따라 적으로부터 200미터 떨어진 곳까지는 위험이 없다. 그 증거로 나는 이 자동차를 타고 너희들과 함께 간다. 그 전에 한 사람이라도 부상자를 내서는 안 된다. 그러고 나서 우리는 그 농가를 쟁취한다. 하느님의 섭리와 행운이 우리를 도와주시기를! 모든 것을 보고 있는 자, 말하자면 스페인의 국민이 우리편이 되어주기를! 우리가 옳다고 생각하는 것을 위해 싸우는 우리의 편이……."

수류탄을 들고 있는 신입 민병들 뒤에 히메네스는 저격병으로 우수한 병사들을 뽑아놓았던 것이다.

그들이 농가에 도착하기도 전에 파시스트들은 이미 농가를 포기하고 있었다.

지난 주에 파시스트 병사들이 전선(前線)을 넘어왔다. 약 열 다섯 명이 마누엘의 중대에 배속되었다. 그들의 두목은 아직 뽑히지는 않았지만 알바임이 분명했다. 알바는 민병으로서는 대단히 용감했으나 거의 언제나 적의에 찬 표정을 짓고 있었다. 그래서 많은 사람들은 그를 스파이로 의심하고 있었다.

마누엘은 그를 불러오게 했다.

그들은 돌밭을 가로질러 걸어가기 시작했다. 마누엘은 파시스트의 전선 쪽을 향하여 가고 있었다. 거기는 최전선은 아니었다. 그러나 이 방향에는 농가를 포기했다고는 하나 적군이 3킬로미터 이내에 있었다.

"권총을 가지고 있나?" 하고 마누엘이 물었다.

"아니오."

알바는 거짓말을 하고 있었다. 마누엘로서는 그의 바지가 묵직한 허리띠 밑에 눌려 있는 것을 보는 것만으로도 충분했다.

"이것을 휴대하게."

그는 주머니 속에 들어 있던 것을 알바에게 주었다. 그는 총집에 넣은 긴 자동권총을 허리띠에 차고 있었다.

"왜 F. A. I.에 들지 않나?"

"내키지 않습니다."

마누엘은 그를 관찰하고 있었다. 그의 이목구비는 사내답다기보다는 굵직굵직한 편이었다. 동그란 코, 두꺼운 입술, 거의 물결치는 듯하나 낮은 이마에 거칠게 심어진 듯한 머리카락⋯⋯. 마누엘은 그의 어머니가 그를 얼마나 귀여워하셨을까 하고 상상하고 있었다.

"자넨 불평이 많더군" 하고 마누엘이 말했다.

"불평할 만한 게 많아서지요."

"무엇보다도 일거리가 많지. 만약 자네가 히메네스의 자리에 있다면, 혹은 만약에 나 자신이 히메네스의 자리에 있다면 일이 이보다 더 잘되지는 않을거야. 오히려 더 나빠지겠지. 그러니까 히메네스를 도와서 그가 하는 일을 하도록 해야 해. 나중 일은 두고보기로 하고."

"좀더 나빠질 겁니다. 그러나 지휘자가 계급의 적은 아니지요. 제게는 그게 낫습니다."

"난 인간의 지위엔 흥미가 없네. 내가 흥미를 갖는 것은 인간의 행위야. 결국 레닌도 노동자는 아니었어. 내가 자네에게 꼭 말해둘 것은 이걸세, 자네에게 가치가 있다면 그 가치는 쓰여져야 한다는 것. 가급적 빨리 불평 아닌 다른 것을 곰곰이 생각해봐. 그러고 나서 자네가 누구를 찬성하는가를 말하는거야. F. A. I.라든가, C. N. T.라든가, P. O. U. M.이라든가, 좋을 대로 말이야. 자네 조직의 동지들이 모이게 되면 자네가 책임자가 되게나. 부관들이 필요하지. 자넨 부상당한 적이 있나?"

"없습니다."

"난 있지. 바보같이 다이너마이트로 소란을 피웠을 때야. 이걸 들게. 이것 때문에 허리가 아파." 그는 그의 혁대를 풀었다. "사람마다 자기 재미라는 것이 있지. 나의 재미는 나뭇가지로 바보 같은 짓을 하는거야."

그는 도로변으로 가서 나뭇가지를 하나 꺾어 가지고 알바 옆으로 돌아왔다. 그는 무장을 해제했다. 어쩌면 파시스트들이 1킬로미터 떨어진 곳에 있을지도 몰랐다. 그리고 어쨌든 알바는 그의 옆에 있었다.

"내 생각으로는, 여기선 자네 일이 잘되지 않을걸세. 어쩌면 언제까지나 잘되지 않을지도 모르지. 그러나 각자에게 기회는 주어야 하는거야."

"당에서 제명된 자에게도 마찬가지로 말입니까?"

마누엘은 어리둥절하여 걸음을 멈추었다. 그는 이 사실은 생각지 못했던 것이다.

"그 점에 관해 당의 공식적인 지시가 있을 때는 그 지시가 어떠한 것이든 나는 따를걸세. 지시가 없는 한은 '당에서 제명된 자에게도'라고 나는 말하겠네. 모든 유능한 인재는 이 시기에 공화국의 승리를 도와야 한다고 말이네."

"당신도 당에 끝까지 남지는 못할 겁니다."

"난 남네."

마누엘은 그를 쳐다보고 미소를 지었다. 그가 웃을 때는 어린애와 같았다. 그러나 그의 미소는 입가로 흘러내리어 무거운 턱에 슬픈 멋을 주는 그런 미소였다.

"남들이 자네를 뭐라고 하는 줄 아나?" 하고 그는 걸음을 멈추지 않고 물었다. 마치 그가 묻는 질문이 시시하다는 것을 미리 명시하기라도 하는 것처럼.

"어쩌면 알고 있을지도……." 알바는 마누엘의 혁대를 손에 들고 있었다. 혁대의 권총집이 그의 장딴지를 치고 있었다. 돌밭의 고독은 완전무결했다. "그래서" 하고 그는 물었다. "당신은 남들이 저에 대해서 하는 말을 어떻게 생각하십니까?"

"사람을 믿지 않고서는 지휘할 수가 없지."

마누엘은 거닐면서 길가의 작은 돌멩이를 나뭇가지로 치고 있었다.

"아마 파시스트들은 할 수 있을거야. 우리는 안 되지. 또 수고할 만한 것도 못 되고. 적극적이면서 동시에 비관적인 사나이는 현재 파시스트이거나 아니면 장차 파시스트가 될거야. 그의 배후에 충성심이 있다면 별문제이지만."
"코뮤니스트들은 그들의 적에 대해서 그들이 파시스트라고 말합니다."
"난 코뮤니스트야."
"그래서요?"
"난 나의 권총을 파시스트에게 맡기진 않아."
"정말입니까?"
알바는 마누엘을 꽤 불안한 표정으로 쳐다보았다.
"그럼."
아무런 위험도 없다는 마누엘의 확신은 상대자의 거북함이 뚜렷해짐에 따라 사라져가고 있었다. '암살자가 암살의 대상자와 얘기한다는 것은 틀림없이 거북한 일일거야' 하고 마누엘은 아이러니컬하게 생각하고 있었다. 그러나 그는 그때 그의 죽음이 어쩌면 그의 옆에 어린애와도 같은 커다란 얼굴을 한 이 완강한 청년의 형태로 있을지도 모른다는 것을 느끼고 있었다.
"전 지휘하고 싶어하는 자들을 믿지 않습니다" 하고 알바는 말했다.
"그래, 그러나 지휘하고 싶어하지 않는 사람들 이상으로는 아니겠지."
그들은 마을로 돌아가고 있었다. 비록 그의 근육은 경계하고 있었을지라도 마누엘은 이 사나이와 자기 사이에 존재하는 어떤 희미한 신뢰감을 느끼고 있었다. 마치 그가 이따금 정부(情婦)와 자기 사이에 관능의 숨결을 느끼는 것처럼. '여자 스파이와 동침할 때 바로 이런 느낌일거야' 하고 그는 생각했다.
"알바, 권위 자체에 대한 증오는 하나의 병이야. 유아시(幼兒時)의 추억이지. 그것을 초월해야 해."
"그렇다면 우리와 파시스트 사이에는 어떤 차이가 있다고 생각하십니까?"
"우선 스페인 파시스트의 4분의 3이 꿈꾸고 있는 것은 권위가 아니라 쾌락이야. 다음으로 파시스트들은 결국 명령족(命令族)이라는 것을 항상 믿고 있어. 독일인이 파시스트인 것은 그들이 민족주의자이기 때문이야. 모든 파시스트는 신권(神權)으로 명령하는 것이거든. 이 때문에 그들에게는 우리처럼 신뢰의 문제가 생겨나질 않는 것이지."
알바는 혁대를 허리에 감고 있었다.
"아, 참" 하고 그는 마누엘을 쳐다보지도 않고 물었다. "만일 당신이 파시스트들에 대한 의견을 고쳐야 하게 된다면요?"

"요즘 스페인은 죽을 기회가 많은 나라야……."

알바는 손을 권총집 위에 놓고 권총집을 열어 천천히 그러나 숨기지 않고 권총을 절반쯤 꺼냈다. 3분 후에는 마을이 다시 나타날 것이다. '난 어리석은 처지에 빠졌구나' 하고 마누엘은 생각하고 있었다. 그리고 동시에 그는 이렇게 죽어도 무방하다고 생각하고 있었다. 알바는 무기를 도로 밀어넣었다.

"죽을 기회가 많은 나라라니, 당신 말씀이 옳아요."

마누엘은 알바가 권총을 꺼낸 것은 자살하기 위한 것이 아니었나 하고 생각했다. 그리고 어쩌면 이 모든 짓이 하나의 희극이었을지도 몰랐다.

"곰곰이 생각해보게" 하고 그는 다시 말했다. "앞으로 사흘의 여유를 주겠네. 자네 마음에 드는 조직에 들어가게. 그렇지 않으면 지지자 없이 지휘하여 무소속들을 붙잡게. 재미가 있고말고. 그러나 그건 자네가 할 일이야."

"왜요?"

"왜냐하면 전혀 다른 자들을 지휘하기 위해서는 어떠한 기반 위에 서야 하는가를 알아야 하기 때문이야. 난 별로 아는 게 없지만 알기 시작하는 것 같아. 결국은 자네 일이야. 내가 할 일은 자네가 여기서 일종의 도덕적 책임을 지도록 만드는거야. 자네는 구체적인 책임을 져야만 하네. 당연히 내가 조종하지만."

만일에 알바가 싫다고 대답했으면 마누엘은 그를 당장에 제외시켰을 것이다. 그러나 알바는 싫다고 하지 않았다. 그는 만족하고 있었을까? 그렇지만 그는 적의에 찬 얼굴을 하고 있는 것 같았다.

마을에서 마누엘은 그의 혁대를 돌려받았다. 그는 혁대를 다시 매고 그의 손을 알바의 팔 위에 얹고서 그의 얼굴을 정면으로 쳐다보았다.

"내 말 알아들었나?"

"대강은요" 하고 알바는 대답했다.

그리고 그는 부루퉁해서 물러갔다.

해가 지고 있었다.

점령된 세 농가의 방비를 가능껏 강화하고 첫 농가를 엄호물 없이 공격했던 민병들을 톨레도로 송환한 다음 장교들에게 지시를 내리고는 히메네스는 짧게 깎은 정수리의 왼편에 십자형의 반창고를 보기 좋게 붙이고 마누엘과 함께 산 이시드로를 향해 걸어가고 있었다. 산 이시드로에서는 부대의 병영들이 만들어지고 있었다. 길은 포석(鋪石)과 같은 빛깔이었는데 군데군데 작은 돌이 먹어들어와 있었다. 지평선까지 돌멩이 아닌 것은 없었고, 여기저기 고개를 내민 가시 돋힌 관목들은 누런 바윗돌의 갈고리에다 끝이 뾰족한 가지들을 교차시키고 있는 것 같았다.

마누엘은 히메네스가 부대의 장교들에게 방금 했던 말을 생각하고 있었다. "일반적으로 말해서 지휘관의 개인적인 용기라는 것은 그가 지휘관으로서 거북하다는 의식을 가지고 있을수록 더욱 큰 거요. 우리에게는 모범보다는 결과가 더 필요하다는 것을 잊지 마시오." 마누엘은 한쪽 다리를 끄는 대령보다 앞서가지 않으려고 천천히 걷고 있었다. 히메네스는 '오리'라는 별명을 가지고 있는데, 다리를 저는 것도 그 이유의 일부분이었다.

"신병들도 잘 싸우지 않았나요?" 하고 마누엘은 물었다.
"그만하면 꽤 잘 싸웠지."
"파시스트들은 싸우지도 않고 도망을 쳤군요."
"반격할거야."

반귀머거리인 히메네스는 거닐면서 얘기하거나 혼자 지껄이기를 좋아하였다.

"탈라베라에서는 괴멸당했다네. 그들은 이탈리아제 탱크로 공격해오고 있어. 용기란 저절로 살고 죽고 하는, 소총처럼 가지고 놀아야 하는 유기체와도 같은거야……. 개인의 용기는 부대의 용기의 좋은 원료 이상의 것이 아니야……. 참다운 겁쟁이는 스무 명 중에서 한 사람도 없단 말이야. 스무 명 중 두 사람은 유기적으로 용감해. 소대를 편성할 때에는, 이 겁쟁이 하나는 제거하고 용감한 둘은 발탁해 쓰고, 나머지 열 일곱은 조직해야 한단 말이야……."

마누엘은 부대의 전설이 되어 있는 하나의 모험담을 상기하고 있었다─포드 차의 덮개 위에 올라간 히메네스는 차 주위에 사각으로 둘러싼 그의 연대의 민병들에게 공폭(空爆)이 있을 경우에 대한 지시를 되풀이하고 있었다. 이탈리아에서 갓 도착한 적군의 비행대가 이날 아침 탈라베라를 떠나서 톨레도를 향하여 날고 있었다. "폭탄은 물뿌리개의 꼭지에서 물이 나오듯이 작렬한단 말이야." 부하들은 어리둥절해하고 있었다. 전투기의 호위를 받은 적의 폭격기 일곱 대가 광장의 상공을 통과하기 위한 대열을 짜고 있는 중이었다. 그런데 대령은 귀가 전혀 들리지 않았다. 그러나 헌병반(憲兵班)에는 발동기 소리가 들리고 있었다. "이러한 경우에 있어서는 공포도 용감성도 다 쓸모가 없다는 것을 명심하라. 1미터 높이 이하에 있는 것은 아무것도 맞지 않는다. 소대가 엎드려 있으면, 비행기의 폭탄에는 폭탄이 바로 떨어지는 곳에 있는 자만이 다친다." 그야 항상 그렇지, 하고 귀를 기울이고 있던 자들은 생각하고 있었다. 그들은 하늘을 슬쩍 올려다보고 발동기의 우렁찬 진동이 매초마다 커지는 것을 듣고 있었다. 히메네스의 권위가 아니었더라면 민병들은 진작 땅바닥에 배를 깔고 엎드렸을 것이다. 어떻게 해서 히메네스가 콜론 호텔을 점령했는가를 모두들 알고 있었다. 코들이 보아란듯이 위로 들리져 있었다. 마누엘이 몸은 움직이지 않은 채 엄지손가락으로 하늘을 가리켰던 것이다. "전원 엎드려!" 하고 히메네스가 외쳤다. 이미 훈련이 되어 있었으므로 방진(方陣)은 몇 초 사이에 자취를 감추었다. 적의 첫 폭격기는 군중이 조준기에서 사라졌으므로 폭탄을 마을 위로 함부로 투하했고 다른 폭격기는 톨레도를 위해 폭탄을 아꼈다. 부상자가 한 사람밖에 나지 않았다. 이제 히메네스 민병들의 비행기에 대한 공포감은 사라졌다.

"전쟁이란 이상한 것이야. 가장 잔인한 지휘자에게도 살육(殺戮)은 경제 문제이거든. 아주 적은 수의 살아 있는 인간을 없애기 위하여 매우 많은 양의 철(鐵)과 화약을 소비하고 있잖아. 우리에겐 철이 부족해……."

마누엘은 스페인 보병대의 규칙에 관해서는 그가 클라우제비츠나 프랑스의 전문 잡지에서 (해결하지 못한) 교본을 통해 끊임없이 전쟁을 배우고 있음을 알고 있었다. 히메네스는 살아 있는 언어였다. 마을 뒤에서 민병들의 첫 화톳불들이 환히 타오르고 있었다. 히메네스는 화톳불을 서글픈 감정으로 바라보고 있었다.

"그들의 약점을 운운하는 것은 전혀 부질없는 짓이야. 병사들이 싸우고 싶어하는 순간부터 군대의 전위기는 사령부의 위기이지. 난 모로코에서 군에 복무했었네. 모로족들은 뭐 입대했을 때부터 훌륭했는 줄 아나? 군율로써 군대를 만든다는 것은 확실히 쉬운 일이 아닌가! 진정 우리가 모든 우리 군대에서 공화국의 규율을 확립하지 못한다면 우린 생명을 포기할 수밖에 없지. 그러나 지금까지도 오해하지 말아주게. 우리의 심각한 위기는 바로 사령부의 위기야. 우리의 임무는 적의 임무보다 더 어렵네. 그것뿐이야……. 자네의 친구들인 코뮤니스트 제씨들이 조직하고 있는 것은──1년 전만 하더라도 이 내가 볼셰비키 한 사람과 다정하게 산책하게 되리라고 누가 상상이나 했겠나!── 자네의 친구인 이 제5연대가 조직하고 있는 것은 국방군이라고까지는 말할 수 없겠지만, 하지만 역시 굉장한거야. 그러나 제5연대가 군단(軍團)이 될 때 코뮤니스트의 무장은 어떻게 할 텐가?”

“멕시코에서 배가 바르셀로나에 도착했답니다.”

“소총 2만 자루…… 비행기는 거의 없고…… 대포도 거의 없고…… 기관총은…… 자네도 아까 오른편에서 보았지. 3개 중대에 겨우 한 자루뿐이야. 공격 때는 교대로 빌려다가 쓰지. 싸움은 이제 프랑코의 모로족과 이제는 존재하지 않는 우리 군대와의 문제가 아니야. 프랑코와 새 군대의 조직과의 싸움이지. 슬픈 일이지만 민병들은 오직 시간을 벌기 위하여 피살되고 있을 뿐이야. 그러나 이 군대는 어디서 소총을, 대포를, 그리고 비행기를 찾겠는가? 우리는 어느 공업보다도 빨리 즉석에서 군대를 만들어낼거야.”

“조만간” 하고 마누엘은 확고하게 말했다. “소련의 원조가 있을 겁니다.”

히메네스는 고개를 설레설레 흔들고 말없이 몇 걸음을 옮겼다. 볼셰비키와 산책하는 것만이 중요한 것은 아니었다. 그는 모든 것을 기대했던 프랑스로부터 더 이상 아무것도 기대하지 않았다. 그의 나라는 러시아로 인해 구제될 것인가, 아니면 파멸될 것인가?

불빛의 마지막 흔적이 커다란 십자형의 비단 반창고에 방해를 받고 있는 짧게 깎은 그의 머리카락 주위에서 일렁거리고 있었다. 마누엘은 민병들의 화톳불이 퍼지는 것을 바라보고 있었다. 저물어가는 저녁은 대지의 그림자와 무관심에 조금씩 감싸이고 있는 인간들의 영원한 노력에 무한한 허망감을 주고 있었다.

“러시아는 멀어요……” 하고 대령은 말했다.

길 주변은 파시스트의 비행기에 의해 무척 많은 폭격을 당한 모양이다. 좌우에 불발탄들이 뒹굴고 있었다. 마누엘은 두 손으로 그 중의 하나를 집어들고 격철을 뽑아내었는데 타이프를 친 종이를 한 장 발견하고는 그것을 히메네스에게 건네주었다. 거기에는 포르투갈어로 다음과 같이 씌어 있었다.

동지 여러분, 이 폭탄은 불발일 거요. 이만 총총.

이런 일은 이번이 처음이 아니었다.
"그래도 혹시!" 하고 마누엘은 말했다.
히메네스는 자신의 감정을 드러내 보이는 것을 좋아하지 않았다.
"알바를 어떻게 했소?" 하고 그가 물었다.
마누엘은 그에게 회담의 경위를 얘기해주었다. 돌멩이들은 불빛이 끌어내주고 있음에도 불구하고 마치 어두운 생활로 되돌아가고 있는 것 같았다. 바윗돌의 여러 형태가 대령을 유년시절로 끌고 갈 때마다 그는 그 자신의 청년시절을 생각하고 있었다.
"이윽고 자네 자신이 젊은 장교를 양성해야만 할거야. 그들은 사랑을 받고 싶어하네. 그것은 인간의 본성이야. 그리고 그 이상 좋은 것도 없지. 그들에게 다음의 사항을 이해시킨다는 조건에서 말이야. 장교가 사랑을 받는 것은 그의 ─ 더 정당한, 더 유능한, 더 우수한 ─ 지휘의 성질에 의해서라야지 그 개인의 특수성에 의해서여서는 안 된다는거야. 장교는 결코 자기의 개인적인 특수성으로 '유혹해서는' 안 된다고 내가 말한다면, 자네는 이해하겠나?"
마누엘은 그의 말을 들으면서 혁명의 지도자들을 생각하고 있었다. 그리고 그는 유혹하지 않고서도 사랑받는다는 것은 인간의 아름다운 운명 중의 하나라고 생각하고 있었다.
그들은 마을에 접근하고 있었다. 마을의 희끄무레한 납작한 집들이 마치 나무 빈대가 나무의 구멍에 붙어 있듯이 바위의 구멍난 곳에 붙어 있었다.
"사랑을 받고 싶어하는 것은 항상 위험한 일이지요" 하고 히메네스는 반은 진담으로, 반은 농담으로 말했다. 그의 부상당한 다리의 발뒤꿈치는 돌멩이에 부딪칠 때마다 또박또박 소리를 울렸다. 그들은 잠깐 동안 말없이 거닐었다. 이젠 벌레소리도 전혀 들려오지 않았다.
"한 개인으로서 행동하는 것보다 한 지휘자로서 행동하는 것이 더 고귀한거야" 하고 대령은 말을 이었다. "그게 더 어려운 일이니까……."
그들은 마을에 도착했다.
"잘 있었나, 내 자식들아!" 하고 히메네스는 만세소리에 답하여 외쳤다. 민병들은 마을의 동쪽에 있었다. 마을은 아직 민병들에 의해 점령당하지는 않았으나 거의 포기 상태에 있었다. 두 장교가 마을을 횡단했다. 교회의 맞은편에 총안(銃眼)이 있는 성곽이 하나 있었다.
"대령님, 어째서 내 자식들이라고 부르셨나요?"
"동지라고 부르란 말인가? 난 못해. 난 예순 살이오. 그렇게 하면 일을 잘할 수가 없어. 연극이라도 하는 것 같거든. 그래서 난 그들을 애들이라고 또는 내 자식들이라고 부르지. 그뿐이야."
그들은 교회 앞을 지나가고 있었다. 교회는 불이 났었다. 활짝 열린 현관으로 지하실 냄새와 식은 열기가 올라오고 있었다. 대령은 그 안으로 들어갔다. 마누엘은 건물의 정면을 바라보고 있었다.
그것은 스페인의 바로크식으로 지어지긴 했어도 서민적인 교회들 중의 하나였다. 이탈리아의 화장 회반죽 대신에 사용한 석재(石材)가 이 교회에 고딕식 특색을 부여하고 있었다. 화염이 교회의 내부에서 뿜어나왔다. 경련을 일으킨 거대한 검은 혀 같은 것들이 각 창문 위에 자취를 남기고 있었고, 그것은 공지 위에서 검게 탄 가장 높은 조상(彫像)들의 발밑으로 분산되고 있었다.
마누엘도 안으로 들어갔다. 교회의 온 내부가 새카맸다. 휘어진 철책의 파편 밑으로 파헤쳐진 땅바닥은 검댕의 시커먼 더미에 불과했다. 불길이 핥아 백묵같이 하얘진 교회 내부의 석고상은 숯기둥의 발밑에 파리한 얼룩을 내고 있었고 성자(聖者)들의 착란이라도 일으킨 듯한 몸짓들은 부서진 현관으로 들어오는 타호 지방 저녁의 푸르스름한 평화를 반영하고 있었다. 마누엘은 탄성을 연발하며 자신이 다시 예술가로 되돌아간 듯한 느낌을 받고 있었다. 이 뒤틀린 조상(彫像)들은 잿더미 속에서 위대한 야만성을 발견하고 있었다. 마치 그들의 무용(舞踊)이 이곳의 화염에서 탄생한 것이거나 한 것처럼, 마치 이 양식(樣式)이 갑자기 화재 자체의 양식이 되기라도 한 것처럼.
대령이 보이지 않았다. 마누엘은 대령을 너무 높은 곳에서 찾고 있었던 것이다. 파편의 한복판에 무릎을 꿇고 대령은 기도를 올리고 있었다.
마누엘은 히메네스가 열렬한 가톨릭임을 알고는 있었지만 그러나 그는 적잖이 당황했다. 그는 바깥으로 나가 그가 나오기를 기다렸다. 그들은 한동안 말없이 걸었다.
"대령님, 질문을 하나 드려도 괜찮겠습니까? 당신은 왜 우리편에 가담하셨습니까?"

"자네도 알다시피 나는 바르셀로나에 있었지. 나는 반란에 참가하라고 호소하는 고데드 장군의 편지를 받았네. 약 5분 동안 곰곰이 생각할 시간을 가졌어. 나는 정부에 충성을 맹세한 적은 없었네. 그러나 나는 내 자신이 정부에 봉사하기로 작정하고 있음을 잘 알고 있었네. 확실히 결심하고는 있었지만 나는 나중에 가서 내가 나이가 어려 경솔하게 행동했구나 하고 후회하고 싶지가 않았던 것이지……. 5분 후에 나는 콤파니스를 만나러 갔네. 그리고 나는 그 분에게 말씀드렸어. '대통령 각하, 제3연대와 연대장은 각하의 명령에 따르겠습니다' 라고."

그는 다시 교회를 쳐다보고 있었다. 교회는 갈라진 정면과 검게 탄 조상들이 하늘을 배경삼아 두드러지게 드러나 보여 건초 냄새로 가득 찬 저녁의 평화 속에서 환상적으로 보였다.

"무엇 때문에" 하고 그는 낮은 목소리로 말했다. "인간은 늘 이 순간에 당신을 보는 분의 거룩한 대의(大義)와 그분의 비열한 집행자(執行者)의 대의를 혼돈해야 하는가."

"그러나 대령님, 인간이 그분에 대해서 듣게 되는 것이 이 집행자에 의해서가 아니라면 누구에 의해서이겠습니까?"

히메네스는 천천히 전원의 평화를 가리킬 뿐 아무 말도 하지 않았다.

"대령님, 예를 하나 들지요. 저는 여태까지 꼭 한 번 사랑을 했습니다. 심각했지요. 심각한 사랑이라고 할 수 있겠지요. 저는 벙어리가 된 것 같았으니까요. 전 그 여자의 애인이 될 수 있었을지도 몰라요. 그러나 그럴 수 있었다 하더라도 그것은 아무 변화도 일으키지 않았을 거예요. 그녀와 저 사이에는 하나의 장벽이 있었어요. 즉 스페인의 교회가 있었지요. 저는 그녀를 사랑하고 있었어요. 그런데 지금 곰곰이 생각해보면 저는 광녀(狂女)를, 상냥하고 어린애 같은 광녀를 사랑하고 있었던 것처럼 느껴져요. 그런데 말이죠, 대령님, 결국 이 나라를 보세요! 교회는 이 나라를 말하자면 지독한 유아국(幼兒國)으로 만드는 것 외에 무슨 일을 했단 말입니까? 교회는 우리 나라의 여자들을 어떻게 만들었나요? 그리고 또 우리 국민을 어떻게 만들었나요? 교회는 그들에게 두 가지를 가르쳤습니다. 복종하는 것과 잠자는 것을……."

히메네스는 부상당한 다리 위에 온몸을 의지하고 멈춰서더니, 그의 팔을 잡고 한쪽 눈을 감아 보였다.

"여보게, 자네가 만일 그 여자의 애인이 되었더라면, 그 여자는 아마도 귀먹은 광녀는 되지 않았을거야. 그 밖에 해줄 말은, 어떤 대의명분이 위대하면 위대할수록 그것은 위선과 허위의 대피난처가 된다는거야."

마누엘은 한 무리의 농민들에게 가까이 갔다. 그들은 아직 하얀 색이 남은 벽을 등지고 어둠 속에서 시커멓게 똑바로 서 있었다.

"이봐, 동지들, 학교가 형편없군" 하고 그는 친밀하게 말했다. "왜들 교회를 태우지 말고 무르시아 지방에서 한 것처럼 학교로 개조하지 않았나?"

농민들은 대답하지 않았다. 어둠이 거의 완전히 깔려서 교회의 조상들은 자취를 감추기 시작했다. 두 장교에게는 벽에 등을 붙인 움직이지 않는 실루엣이, 검은 작업복이, 챙이 큰 모자들이 보였다. 그러나 얼굴들은 보이지 않았다.

"대령께서는 무엇 때문에 교회를 불태웠는가 그 이유를 아시고 싶어하셔. 이곳의 사제들은 어떤 비난을 받고 있나요? 구체적으로 말이오."

"왜 사제들이 우리를 미워하고 있느냐고요?"

"아니야. 그 반대되는 것을 묻고 있는거야."

마누엘이 어둠 속에서 알아챈 것이 있다면 그것은 농민들이 무엇보다도 난처해하고 있다는 것이었다. 이 장교들은 안심할 수 있는 사람들인가? 이 모두가 어쩌면 미술품의 보호와 관계가 있을지도 몰랐다.

"이곳에는 사제에게 시달리지 않고 국민을 위해 일한 동지는 단 한 사람도 없습니다. 그러니 어쩌란 말인가요?"

농민들이 교회를 비난하는 것은 교회가 언제나 귀족들을 지지하고, 아스투리아스 지방 사람들의 반란 후의 탄압을 시인하고, 카탈로니아 사람들을 약탈하는 것을 시인하고, 빈자에게 부정(不正) 앞에서의 굴복을 줄곧 가르쳐왔는데, 지금은 교회가 그들에게 거룩한 전쟁을 설교하고 있기 때문이다. 한 농민은 사제들이 인간의 목소리가 아닌 다른 목소리를 내고 있다고 비난했다. 많은 농민들이 자기들이 마을에서 의지하고 있던 사제들의 크고 작은 위선과 냉혹함을 비난했다. 모든 농민들이, 정복당한 마을에서 파시스트들에게 '사상이 나쁜' 자들의 이름을 대면 그들이 총살된다는 것을 뻔히 알면서도 사제들이 그들의 이름을 일러바친 점에 대해 비난하고 있었다. 또 모두가 사제들이 부자임을 비난했다.

"말씀드리자면 이것이 전부입니다" 하고 그들 중의 한 사람이 말했다. "아까 왜 교회를 학교로 개조하지 않았는가 하고 물으셨는데요, 제 자식은 어디까지나 제 자식이란 말입니다. 이곳 겨울은 언제나 춥습니다. 제 아이들이 학교에서 생활하는 것을 보느니 차라리, 제 말을 알아들으시겠습니까? 그애들이 얼어죽는 게 낫단 말입니다."

마누엘은 궐련 한 개비를 내밀고 라이터에 불을 켰다. 방금 얘기한 자는 약 마흔 살 가량의 면도를 한 평범한 농민이었다. 그의 오른쪽에 있던 농민의 제비콩같이 생긴 얼굴이 잠깐 불이 켜진 사이에 비쳤다. 그러나 앞으로 내민 이마와 턱 사이의 코와 입은 희미하게 보였다. 그들의 의견을 묻자, 그들은 대답해주었던 것이다. 그러나 그들 마음의 소리는 마지막으로 한 말 속에 있었다. 밤이 이슥했다.

"그자들은 사기꾼들이야" 하고 한 농민의 목소리가 다시 어두워진 어둠 속에서 말했다.

"그들은 돈을 탐내나?" 하고 히메네스가 물었다.

"모두들 제각기 제 욕심만 좇고 있지요. 이렇게 말하면 그들은 분명 아니라고 말하겠지만…… 그러나 그렇지 않아요. 전 핵심을 말하고 있는 겁니다. 설명할 수는 없지만 하여튼 사기꾼들이오."

"도시 사람들이 사제들을 이해하지 못하는 게 문제야."

개들이 멀리서 짖고 있었다. 어느 농민이 말하고 있는가?

"구스타비토는 파시스트들에게 사형 선고를 받았지" 하고 다른 목소리가 '다시는 그렇게 못한다'는 듯한 어조로, 그리고 또한 마치 모든 사람들이 자기가 어떤 의견을 말하기를 바라고 있기라도 하는 것처럼 말했다.

"혼동하면 안 됩니다" 하고 또 다른 목소리가 말했다. 아마 구스타보의 목소리임에 틀림이 없다. "콜랴도와 나는 신자(信者)야. 사제가 적이라면 적이지. 그러나 난 다만 신자일 뿐이야."

"그 녀석은 지주(支柱) 성모님을 자크 드 콤포스텔 성인에게 시집보내고 싶어하는 놈이야."

"자크 드 콤포스텔 성인에게라고? 난 지주 성모를 먼저 창녀로 만들테야, 정말이야!"

그리고 보다 낮게, 꽤 느린 목소리로 농민은 자기 의견을 말한다.

"파시스트들이 문을 엽니다, 실제로. 그들은 한 사람을 데리고 나갑니다. 이 사나이는, 무슨 일이오? 하고 묻습니다. 조금 후에는 이 짓이 다시 시작됩니다. 총살반의 일제사격 소리는 들어본 적이 없지만, 사제의 종소리가 들려옵니다. 그놈이 종을 울리기 시작하면 우리들 중의 하나가 저승에 가는 겁니다. 우리에게 고해(告解)를 시키려고 하는 거지요. 때로는 그 창녀의 아들놈이 오기도 합니다. 우리를 용서하러 왔다고 하지요. 우리를 용사하러……. 장군에게 반항한 것을 용서하러 말이오! 열 닷새 동안 나는 종소리를 들었습니다. 그래서 난 그들을 용서의 도둑이라고 하는 겁니다. 난 내가 한 말을 이해하고 있습니다. 돈 문제만이 아니라…… 내 말을 잘 들으시오. 고해를 받는 사제가 무어라고 하겠습니까? 뉘우치라는 거요. 우리들 중의 한 사람이라도 반항한 것을 뉘우치게 한 사제가 있다면 그 사제는 결코 그것으로 만족하지 않을 겁니다. 왜냐하면 인간에 있어서 뉘우치는 것 이상으로 좋은 일이 없기 때문이오. 이상이 내 생각입니다."

히메네스는 푸이그를 상기했다.

"콜랴도는 뭘 생각하고 있군 그래! 어서 말하게!" 하고 구스타보가 말했다.

농민은 아무 말도 하지 않았다.

"그럼, 말하지 않기로 결심했나?"

"그와 같이 말할 수는 없소" 하고 지금까지 말하지 않고 있던 자가 말했다.

"어제의 그 꾸민 얘기나 좀 하게. 설교를 하란 말이야."

"…… 꾸민 얘기가 아니야."

민병들이 도착하고 있었다. 한밤중에 개머리판 부딪치는 소리. 이제는 완전히 어두워졌다.

"그 모든 것은" 하고 그는 드디어 빈정거리는 듯이 입을 열었다. "내가 그들에게 옛날에 왕이 우르테스가(家)에 들렀던 얘기를 했기 때문이야. 사냥 때였어. 이자들은 거의 모두가 바보, 천치, 병자들이었어……. 이들은 하도 가난해서 어떻게 이렇게 가난할 수가 있을까 하고 왕이 믿지 못할 정도였어. 그들은 난쟁이들이었어. 그래서 왕은 저들에게 무엇을 해줘야겠다 하고 말했어. 신하들은 폐하, 어명을 받들겠나이다 하고 아뢰었지——여느 때처럼. 그리고 신하들은 아무 일도 하지 않았어, 여느 때처럼. 그런 다음에는 하도 비참해서 땅을 이용했어. 어느 장소를 감옥으로 만들었어. 여느 때처럼. 그래서……."
　얘기하고 있는 자는 누구일까? 발음이 또박또박한 말씨는 분명 연설에 익숙한 사람의 말씨였다. 그 소리는 크지는 않았지만 히메네스에게는 똑똑히 들려왔다.
　"예수 그리스도는 이건 옳지 않은 일이라고 여겼어. 당신이 직접 가야겠다고 생각했어. 천사는 그 지방에서 제일 훌륭한 여자를 찾아가 그의 모습을 나타내기 시작했어. 그녀는 대답하기를, 오! 그러실 필요가 없어요. 어린애를 낳더라도 달이 차기 전일 거예요. 저에게는 양식이 없으니까요. 제가 사는 거리에서 단 한 명의 농민만이 그것도 넉 달만에 겨우 고기를 먹어보았어요. 그는 자기 집 고양이를 잡아먹었거든요."
　이미 야유는 비통과 자리를 바꾸었다. 히메네스는 어떤 지방에서는 밤샘 때 얘기꾼들이 즉흥적으로 이야기한다는 것을 알고 있었다. 그러나 그는 아직 그 이야기를 들어본 적은 한 번도 없었다.
　"그리스도는 다른 여자의 집엘 찾아갔지. 요람 옆에는 쥐들밖에 없었어. 어린애를 따뜻하게 해주기엔 너무나 약했고, 우정으로 생각하기엔 슬펐어. 그래서 예수는 스페인은 늘 좋지 않은 나라라고 생각하게 되었다네."
　트럭과 브레이크 소리가 마을의 중심부에서 올라오고 있었다. 개 짖는 소리와 멀리서 나는 총소리도 함께. 그리고 바람은 검게 탄 교회로부터 돌멩이와 연기 냄새를 나르고 있었다. 트럭 소리가 한동안 하도 요란하여 두 장교에게는 이야깃소리가 들리지 않았다.
　"…… 지주들은 농민들에게 소작을 주지 않으면 안 되었지. 암소를 가진 자들은 쥐를 가진 자들에 의해 착취를 당하고 있다며 마구 고함을 쳤어. 그리고 그들은 로마 병정을 불렀어. 그때 주(主)는 마드리드에 갔는데, 그의 입을 틀어막기 위해 세계의 왕들은 마드리드의 어린애들을 죽이기 시작했지. 그때 그리스도는 인간을 상대로 할 수 있는 일이 별로 없다고 생각했어. 인간들은 너무도 죄가 많아 주야로 영원히 그들을 위해 피를 흘린다 해도 그들의 죄를 결코 씻을 수 없다고 생각하게 되었지."
　여전히 트럭의 소리들. 경리부에서는 히메네스를 기다리고 있었다. 마누엘은 감동과 초조를 동시에 느끼고 있었다.
　"동방 박사의 후손들은 방랑자가 되었거나 혹은 관리가 되어 있었기 때문에 그의 탄생 때 오지 않았어. 그래서, 개벽 이래 처음으로 모든 나라에서, 아주 가까이 있던 자들과 멀리 있던 자들이, 더운 나라에 있는 자들과 추운 나라에 있는 자들이 그리고 용감하고 가난한 자들이 모두 함께 총을 메고 전진하기 시작했어.”

이 목소리에는 너무도 고독한 확신이 깃들어 있었으므로 밤인데도 불구하고 히메네스는 얘기꾼이 눈을 감고 있다고 느낄 정도였다.

“그리고 그들은 마음속으로, 그리스도는 우리 나라의 가난한 자와 학대받는 자의 공동체 속에 살아 있다는 것을 이해했어. 그리고 모든 나라에서, 가난을 속속들이 알고 있기 때문에 가난과 싸우다가 목숨을 잃을 각오까지 되어 있는 자들이 총이 있을 때는 총을 메고 총이 없을 때는 총을 들 손을 가지고 스페인의 대지 위에 차례 차례로 드러누우러 길게 줄을 서 오고 있었어. 그들은 온갖 언어를 지껄이고 있었고, 그들 가운데에는 중국의 구두끈 장수도 있었어.”

소리는 아까처럼 똑똑히 울리지 않았다. 그 사나이는 방금 복부에 상처를 입은 사람처럼 어둠 속에 몸을 웅크리고 입속말로 중얼중얼하고 있었다. 그의 머리는 히메네스의 십자가형의 반창고에 동그랗게 둘러싸여 있었다.

“그리고 너무나 많은 사람들이 죽었을 때── 그리고 가난한 사람들의 마지막 행렬이 걷기 시작했을 때⋯⋯.”

그는 낮은 목소리로 단어 하나하나를 스타카토식으로 발음하고 있었다. 거기에는 마술사의 속삭임과 같은 긴장이 들어 있었다.

“⋯⋯그때까지 본 적이 없었던 별 하나가 그들의 머리 위에 나타났어.”

마누엘은 자기 라이터에 불을 붙이려고 하지 않았다. 한밤중에 트럭에서 나는 듯한 클랙슨 소리가 울리고 있었다. 앞이 막혀 화가 난 듯한 소리였다.

“어제 얘기와 다른데” 하고 어느 아주 낮은 목소리가 말했다.

그리고 구스타보의 목소리는 더욱 높아졌다.

“난 그따위 얘기엔 속지 않아요. 우린 무엇을 해야 할지 아무도 모르고 있습니다. 원하는 것을 알아야 해요. 이상이야.”

“그럴 필요 없네” 하고 세번째의 목소리가 천천히 그리고 지친 듯이 말했다. “사제에 관한 문제는 도시 사람들로서는 이해할 수가 없어요⋯⋯.”

“그들은 그것이 종교라고 믿고 있소.”

"도시 사람은 이해할 수가 없어요."
"반란 전에 그는 뭘 했지?" 하고 히메네스는 물었다.
"그 사람 말인가요?"
한동안 침묵이 흘렀다.
"…… 수사(修士)였어요" 하고 한 목소리가 말했다.
마누엘은 대령을 클랙슨 소리가 요란한 쪽으로 이끌어가고 있었다.
"라이터에 불을 붙였을 때 자넨 구스타보의 배지를 보았나?" 하고 히메네스는 다시 걷기 시작하면서 물었다. "F. A. I. 아니야?"
"다른 배지라도 마찬가지일 거요. 대령님, 전 아나키스트가 아닙니다. 그러나 저도 다른 사람들과 마찬가지로 사제들에게서 교육을 받았지요. 그래서 아실는지 모르겠지만, 저에게는 무엇인가가 있어서(그렇지만 저는 코뮤니스트로서 모든 파괴에 반대합니다), 제 안에는 무언가가 있어서 그것이 그 사람을 이해하게 합니다."
"다른 사람보다 더 말이오?"
"예."
"자네도 바르셀로나를 알고 있겠지만" 하고 히메네스는 말했다.
"어떤 교회에는 게시판에 늘 있어야 할 '국민 관리'라는 게시가 없고 '국민의 복수(復讐) 재산'이라는 것이 게시되어 있어. 오로지…… 카탈로니아 광장에는 첫날에 시체가 꽤 오랫동안 방치되었었네. 총격전이 끝난 지 두 시간 후에 광장의 비둘기는──보도와 시체 위로──돌아왔어……. 인간의 증오심도 역시 오래 가면 지치지……."
그리고 더욱 천천히 마치 그가 불안했던 세월을 요약하기라도 하는 것처럼 이렇게 말했다.
"하느님은 언제까지나 기다려줄 시간적 여유를 가지셨는데……."
그들의 가죽 장화는 건조하고 견고한 지면 위에서 소리를 내고 있었다. 히메네스의 부상당한 다리는 마누엘의 다리보다 천천히.
"그러나 무엇 때문에" 하고 대령은 또 말했다. "무엇 때문에 우린 하느님을 이곳에서 기다려야 한단 말인가?"

2

 새로운 조정(調停)을 시도하는 일이 절박했다. 사제(司祭) 한 사람이 밤중에 도착하여 틀림없이 이튿날에는 알카사르 병영에 들어가기로 되어 있었다.
 소광장의 개스등은 꺼져 있었다. 유일한 불빛은 술집 '고양이' 앞의 꽤 낮게 걸려 있는 안전등이었다. 고양이의 그림이 쉐이드의 마음을 끌었다. 쉐이드는 입구에서 가까운 테이블에 앉아 톨레도 성당의 벽에 그의 파이프로 갖가지 그림자를 비치는 데 열중하고 있었다.
 아침 두시까지 쉐이드는 신문사에서 전보를 쳐주면 된다. 그때까지는 로페스가 마드리드에서 돌아올 것이다. 사제를 데리고 올 사람은 바로 그였다. 고대하고 있던 좋은 기사였다. 아직도 열시가 못 되었다. 완전한 고독은 적갈색 나뭇잎 밑에 계단과 소궁전이 있는 이 광장을 마치 무대 장치처럼 보이게 하고 있었다. 알카사르 병영은 이 무대 장치에 신비적인 비현실성을 부여하고 있었다. 매혹된 쉐이드는 야자수가 우거진 인디아의 석류 색 궁전 속에 놓고 잊어버렸던 대형 라디오 수신기 생각에 잠겨 있었다. 이 라디오 수신기는 전쟁의 모든 소음을 공작새나 원숭이 무리들에게 전달했던 것이다. 톨레도의 시취(屍臭)는 아시아의 늪 냄새였다. '달 속에도 라디오가 있을까?…… 전파가 이 전쟁의 하찮은 소음을 생명 없는 천체 속으로 전달해준다면 좋을텐데…….' 피해를 입지 않은 채 이 시각에는 민병들로 가득 차 있을, 현재는 용도가 달라진 성당은 가톨릭 교회에 대한 그의 적의(敵意)와 예술에 대한 그의 사랑을 만족시켜주고 있었다. 술집 안에서 이렇게 말하는 소리가 들렸다.
 "우리 비행기는 폭격을 잡쳤단 말이야. 바다호스에서는 파시스트들의 기관총이 투우장에 있는데, 투우장 가운데가 아니라 지붕 밑에 있지."
 "병영에 대해서는 주의해야 돼. 파시스트들은 포로들을 병영 속에 가두고 있으니까."
 또 한 목소리는 보다 젊고 야유적이며, 강한 앵글로색슨족의 악센트가 섞여 있었다.
 "전투가 있은 후에도 광장은 여전히 흥분에 들떠 있었네. 난 보고 있었어. 난 500미터 상공에 있었지. 더 높진 않았지만. 여자들은 모두 젊고 미인이었어. 제각기 지껄이더군. '저 위에 있는 귀여운 스코틀랜드 미남은 누구일까요?' 하고."

　로페스가 드디어 위풍당당한 모습으로 두 팔을 쳐들고 의기양양하게 도착했을 때 쉐이드는 기사를 쓰고 있었다. 로페스는 털썩 주저앉더니 다시 두 팔을 들었다가 내렸다. 그의 손이 허벅지를 철썩 쳐서 광장의 침묵을 깨뜨리자 몇 방의 총성이 메아리를 쳤다. 쉐이드는 그의 조그만 모자를 머리 뒤로 젖히고 대기하고 있었다.

　"그들이 사제를 요구하고 있소. 좋아. 그들에게 사제를 보내고말고! 그렇지만 원 제기랄!"

　"그들이 사제를 요구하는 겁니까, 아니면 당신들이 당신들의 인질을 요구하는 겁니까?"

　로페스는 그날 하루 사이에 너무나 많은 것을 본 듯한 태도를 취했다.

　"그러나 그건 마찬가지요, 거북이 형! 그들이 사제들을 요구했단 말이오. 그건 내가 관여할 바 아니지. 그런데 저놈의 새끼들은 부인과 아이들을 돌려보내려고 들지 않는단 말이야. 우리쪽 사람들도 그쪽 사람들도. 그들은 이렇게 하는 것이 그들에게는 가장 유리한 일이라는 것을 잘 알고 있었소. 결국, 좋아요, 난 사제를 두 분 알고 있소. 내가 마드리드에 전화를 걸었지. '두 분을 동원해주시오. 난 세시경에 당도하겠소' 하고. 뺑소니를 치지 않은 사제들이 구석구석에 있으리라고 생각한다면 큰코 다쳐요. 난 마드리드에 도착하자마자 우선 게르니코를 붙들려고 했지만 속수무책이었소. 그는 위생대 야전 병원을 조직하러 나가고 없었소. 결국 말이오, 난 첫 사제의 주소를 가지고 있었지. 착실한 분이었소. 우리가 34년에 감옥에 있을 때 종종 왔었지요. 네 명의 민병을 데리고 그의 집에 갔지(우린 작업복을 입고 있었소). 집도 가톨릭, 문지기도 가톨릭, 하숙인도 가톨릭, 창문도 가톨릭, 벽도 가톨릭인데다가 층계 구석구석에는 형편없는 석고 성모상들이 놓여 있었소. 자동차가 문 앞에 멈춰서기가 무섭게 각층에서 하숙인들이 외치기 시작하더군. 이 얼간이들은 자기들을 총살하러 온 줄로 생각했나봐. 문지기에게 설명을 해도 별효과가 없더군. 떠들썩한 대학살이 될 뻔했지 뭔가! 자동차가 들이닥치는 것을 보고 사제는 정원으로 도망을 쳐버렸소. 이자가 그 중 하나요."

　만월(滿月)과 같았던 광장은 기울어졌다. 다른 모든 장소와 마찬가지로 이 광장도 로페스가 벌이는 일로 충만되어 있었다.

"또 하나는 민병의 총사령부와 관계가 있다는 것을 난 알고 있었소. 사령부에 가보니 모든 장교들이 식사중이었소. 한 사람을 불러 용건을 설명했지. '알겠습니다. 네시에 만나게 해드리죠.' 난 할 일이 산더미 같았소. 탄약을 구하러 갔다가 모두를 성가시게 한 뒤 난 네시에 돌아왔지요. '실은 아까 당신이 왔을 때' 하고 그 장교가 말하지 않겠소? '사제는 우리와 식사를 하고 있었소. 그러나 난 사제에게 미리 알리고 싶었지요. 사제님을 끌어내는 것은 어려운 일일 것 같소. 사제님은 겁이 나시는 모양이니' 하고. 뭐야, 겁이 나다니? 개새끼들같으니라고. 식사조차 할 수 없었다니! 결국 설명을 듣고 보니 그는 성당의 참사원(參事員)이었소! 교회에서의 그의 계급의 정도를 알 수 있을 것이오! 그가 시골 사제였어야 법석을 덜 떨었을텐데……. 요컨대, 난 시골 사제와는 면식이 한 번도 없어요. 왜냐하면 그들은 조각(彫刻)에 관심이 없거든. '좋아, 하지만 난 사제와 얘기하고 싶소. 이 지독한 전쟁에서 어린애들을 건져낼 가망이 있다면, 반드시 건져내야만 해요' 하고 나는 말했지요. 나는 목이 말라 죽을 것 같았소. 냉장고 속에 맥주가 있더군. 난 부엌으로 달려가 자물쇠를 만지작거리고 있는데 칼라도 안 붙이고 더러운 속옷에 풀어젖힌 조끼와 줄무늬 바지를 입은 한 남자가 옆에 있었소. 그날따라 날씨는 무척 더웠지. 하여튼 그분은 예하(猊下)였소."

"젊은이였소, 노인이었소?"

"수염은 제대로 안 깎았지만 돋아난 수염은 하얬소. 꽤 동그란 얼굴이던데. 한마디로 말해 아주 보기 싫은 얼굴이었지만, 손은 그림처럼 예뻤소. 나는 그에게 경위를 얘기했지요. (이 내가 얘기를 했단 말이오.) 그는 내게 대답하는 데 15분이나 걸렸소. 대답하는 데 30초면 되는 것을 15분이나 걸리는 자를 가리켜 여기선 돌팔이 의사라고 부르는데, 이자는 바로 돌팔이 의사였소. 내가 그에게 무슨 말을 했는지 모르겠지만 그가 대답하기를 '당신의 말투는 영락없는 병사 같소' 하지 않겠소. 내가 책임자라는 것을 그에게 미리 말해두었어야 했는데. 난 작업복에 배지도 달고 있지 않았지요. '당신과 같은 일개 장교가 말입니다!' 하고 그는 초라한 조각가인 이 나에게 말하더군. 결국 난 그에게 대답해주었소. '장교이든 장교가 아니든간에 누군가 내게 이러이러한 장소에 가서 싸우라고 한다면 난 그곳에 갈 겁니다. 당신은 성직자요. 거기에는 당신을 부르는 사람들이 있고 나도 어린애들을 구하고 싶소. 당신은 오겠소, 오지 않겠소?' 했더니, 그는 곰곰이 생각한 후에 엄숙히 나에게 이렇게 묻는 것이었소. '당신이 생명의 안전을 보장하겠소?' 하고 말이오. 이 말은 내 신경을 곤두서게 했소. 난 '방금 내가 여기 왔을 때 당신은 민병과 함께 식사중이었소. 당신은 어떻게 생각하시오, 톨레도의 민병들이 당신을 식사중에 잡아먹을 것 같소?' 하고 내질렀지요. 우리는 둘 다 테이블 위에 앉아 있었소. 그는 일어서서 손을 조끼 위에 걸치고 위엄 있게 말했소. '내가 단 한 사람의 목숨이라도 건질 수 있다면 난 가보겠소' 하고 ── '좋습니다. 당신은 친절한 분인 것 같소. 사람의 목숨을 살리려면 당장에 살려야 합니다. 차가 아래에 있소' ── '칼라와 윗옷을 걸치고 가는 게 좋지 않을까요?' ── '나야 상관없지만 다른 사람들은 아마 당신이 수단을 입으면 더 기뻐할 겁니다' ── '여기엔 수단이 없는데요' ── 하고 우린 말을 주고받았소. 그의 말이 정말이었는지, 아니면 그가 신중한 것이었는지 난 알 수가 없었소. 그의 말은 정말이었을 거요. 그는 사라졌지. 난 내려가서 몇 분 후에 자동차 앞에서 다시 그와 만났소. 그는 칼라를 붙이고 검은 넥타이에 알파카의 윗옷을 입고 있었소. '자, 갑시다!' 했지."

　부드러워진 긴 바람이 광장 위로 코를 찌르는 듯한 탄내를 내리몰았다. 알카사르 병영의 연기가 그곳까지 풍겨오고 있었다. 썩은 냄새에서 벗어나자, 도시가 단번에 달라진 것 같았다.

　"검문 때문에 도중에 내내 정지를 당했소. '마드리드를 빠져나가기가 결정적으로 어려울지도 모르겠소' 하고 그는 마치 이 문제를 심사숙고한 사람 같은 얼굴로 말하더군요. 도중에 그는 '적군(赤軍)도 역시 백군(白軍)과 마찬가지로 명분이 있을지도 모르겠다, 어쩌면 더 많을지도 모르겠다'고 나에게 설명하는 것이었고, 또 그의 관심은 인터뷰가 어떻게 진행될까 하는 것이었소. '아주 간단합니다' ── 하고 난 15분마다 이 말을 되풀이했지요 ── '로호 대위의 경우와 꼭 마찬가지일 것입니다. 우린 그들에게 당신이 왔다는 것을 미리 알리고 당신을 그들의 파견원에게 안내하면 파견원이 당신 눈에 가리개를 씌우고 알카사르 병영의 사령관 모스카르도 대령의 사령관실로 데려갑니다. 거기선 당신이 알아서 처리하시오' ── '모스카르도의 사령관실에서요?' ── '예, 모스카르도의 사령관실에서요' 하고 나는 대답했지요. 이것으로 얘기가 끝났소. 난 그에게, 그의 의무는 만일에 모스카르도가 부인과 아이들을 석방하지 못하겠다고 한다면, 그곳에 있는 모든 사람들에게 사죄선언(赦罪宣言)과 세례 등의 모든 것을 거부하는 것이라는 것을 알아두라고 설명해주었지요."

"그래, 그분이 약속했소?" 하고 쉐이드가 물었다.

"난 상관없었소. 그가 하고 싶으면 할 거라고. 약속을 했다고 해서 무슨 변화가 생기는 것이 아닐 바에야. 하여튼 난 최선을 다하여 그에게 그의 임무를 설명했소. 신통치는 않을 것 같았지만. 톨레도에 도착하여 나는 포병대에서 하차했소. 대위에게 얘기하고 싶었기 때문이었소. '이놈의 자식아' 하고 대위는 발판으로 뛰어오르더니 내겐 말 한 마디도 시키지 않고 마구 치는 것이었소. '탄약은 어디에 있나? 난 탄약을 가져오기로 약속했다! 우린 내일 저녁에 탄약이 떨어진단 말이야' 하고, 나는 그의 주둥이를 막기 위해 풍차와 같은 신중한 손짓을 하고 있었소. 사제란 아무리 조금 알고 있다 하더라도 사실 그는 늘 너무나 많은 것을 알고 있었소. 당신이 가서 보시오. 드디어 그 바보도 이해하게 되었소. 난 소개를 했지요. '사제 동지'라고. 대위는 소멸해가는 알카사르 병영의 탑(塔)을 가리켰소. 그는 자기의 넓적다리를 치고 있었소. '모스카르도 사령관실의 꼬락서니를 보게' 하고 그는 삼각형의 틈을 가리키며 말했소. '그러나 소령님(우리는 이 정도로 친해져 있었소)' 하고 사제는 수업을 빼먹기로 결심한 아이의 고집 세고 반항하는 듯한 얼굴로 말했소. '당신은 내가 모스카르도 대령과 회담하게 될 장소를 이 무너진 곳으로 생각하고 있소? 거기로 가려면 어떻게 해야 하오?' ─ '알아서 하시오' 하고 대위는 단호하게 소리쳤소. '그러나 그곳은 도저히 들어가기가 어려울 것 같군요.' 사정은 갈수록 명백히 더 좋아졌지요. 결국 나는 그에게 모스카르도와 교섭할 것임을 설명해주었고 그에게 세 명의 호위병을 붙여주었소. 그래서 그는 지금 졸고 있는 중이오."

"결국 그는 가는 거요, 안 가는 거요?"

"내일 아홉시에 가지요. 오전까지 휴전이오."

"어린애들에 관해서 알고 있소?"

"아무것도 몰라요. 책임자들이 사제에게 사정을 얘기해야만 하오. 그리고 책임자라고 생각하는 자들도 마찬가지요. 그들이 사제에게 너무 겁을 주지 않기를 바라오. 아나키스트 중에는 특별히 문신을 잘 한 사나이가 한 명 있지요."

그들은 소코도베르 광장을 향해 말없이 올라갔다. 그들은 도중에 '판초 빌라의 공포'를 감탄하며 쳐다보았는데 그자의 모자는 밤에 더욱 예쁘게 보였다. 올라갈수록 거리는 사람들로 가득 차 있었다. 집들의 맨 꼭대기층에서는 소총 몇 자루와 기관총 한 대가 때때로 사격하고 있었다. 석 달 전에 쉐이드는 같은 시간에 이곳에서 보이지 않는 나귀의 발굽소리와, 세레나데를 연주하고 돌아오는 길에 밤거리에서 〈인터내셔널(사회주의 노동자들의 혁명가)〉을 가볍게 연주하는 기타 소리를 들었다. 알카사르 병영은 탐조등이 병영을 비치고 있는 두 지붕 사이에 모습을 나타냈다.

"광장까지 갑시다" 하고 그는 말했다.

"난 탱크 속에서 기사를 쓰겠소."

신문기자들에게는 대체로 사용되지 않는 탱크 속으로 촛불을 가지고 들어가 자리잡고 글을 쓰는 습관이 있었다.

그들은 드디어 바리케이드 앞에 도착했다. 왼편에는 민병들이 사격하고 있었다. 오른편에는 다른 패들이 매트 위에 누워 카드놀이를 하고 있었다. 또 다른 패들은 등나무 안락의자에 편안하게 파묻혀 있었다. 한가운데에 있는 라디오가 안달루시아 지방의 민요를 연주하고 있었다. 왼쪽 2층에서는 기관총이 사격하고 있었다. 쉐이드는 바리케이드의 틈으로 가까이 갔다.

강렬한 아크등(燈)에 비친 광장은 텅 비어 있었다. 옛날에 카스틸랴의 왕들이 말을 타고 황소와 싸웠던 이 광장은 지금은 성당 앞의 광장보다도 훨씬 비현실적으로 보였다 —— 탄내와 밤의 냉기가 뒤섞인 이 불안 속에서 세상의 다른 모든 광장보다도 사멸한 천체의 광장과 더욱 비슷했다. 영화 촬영소 같은 조명 밑에서 아시아의 잔해(殘骸) 즉 하나의 아치문, 총알 자국이 난, 지금은 문이 닫혀지고 버려진 가게들, 그리고 한쪽에 흩어지고 뒤섞여서 홀로 떨어진 술집의 철제 의자들. 집들 위에는 베르무트주(酒)의 거대한 광고판에 Z자가 곤두서 있다. 불빛이 약한 어두운 쪽에는 관측사(觀測士)의 방들이 있다. 정면에는 탐조등들이 극장의 조명과 같은 광선을 비탈진 골목길 안까지 비치고 있었다. 그리고 골목길 끝에는 또한 광선을 흠뻑 받고, 관광객을 위해서라기보다는 차라리 사자(死者)를 위해서 비쳐진 것 같은 이상하게도 밤하늘을 등지고 납작해 보이는 알카사르 병영이 연기를 내뿜고 있었다.

때때로 한 파시스트가 총을 쏘고 있었다. 쉐이드는 반격하는 민병들과 카드놀이를 즐기는 패들을 쳐다보면서 그들 중 어느 패가 알카사르 병영에 처자가 인질로 잡혀 있는가 하고 생각하고 있었다.

밤에 쓰기 위해 꺼낸 촌스러운 모포들은 바리케이드의 매트처럼 줄무늬였기 때문에 시가지 전체를 이상하게도 줄무늬 일색으로 만들고 있었다. 한 마리의 노새가 대로에 나타났다. "한밤중에 줄무늬 일색으로 통일하기 위해서는 노새를 얼룩말로 대치하게 될 거요" 하고 쉐이드가 말했다. 좁고 어두운 큰길에서는 선사시대의 유물과 같은 탱크 앞에 장갑차들이 늘어서 있었는데 불이 환하게 켜진 장갑차의 소탑(小塔)들은 조그마한 광선의 반점을 만들고 있었다. 광장에 아주 가깝게, 모자점 진열창은 불빛에 거의 환했다. 깃털모자를 쓴 한 노파가 아크등 불빛이 반사하여 똑똑히 보이는 시골 모자들을 꼼짝하지 않고 황홀하게 쳐다보고 있었다. 아크등들이 연기를 내뿜는 알카사르 병영을 비추고 있었다.

때때로 적의 총알이 경기관총좌의 장갑판에 부딪혀 소리를 내고 있었다. 로페스는 참모본부를 향해 올라갔다. 쉐이드는 탱크 속으로 들어갔다. 기관총 사수가 그에게 자리를 내주었다. 그가 수첩을 꺼내자마자 기관총 사수는 쏘기 시작했다. 그리고 장갑차와 민병들도, 소탑의 내부에서는 기관총소리가 상당히 시끄럽다. 밖에서도 거리 전체가 흥분하고 있었다. 쉐이드는 탱크에서 뛰어내렸다. 알카사르 병영의 반격 때문일까? 파시스트들은 조명탄을 방금 발사했고, 시가지 전체는 그 조명탄을 겨누어 쏘고 있었다.

3

사제가 들어간 지 반시간이 지났다. 신문기자들이, 온갖 종류의 책임자들이 바리케이드 뒤에서 종종걸음으로 거닐면서 최초의 적들이 휴전 감시를 하기 위해 광장으로 내려오는 것을 기다리고 있었다. 모자를 뒤로 젖혀 쓰고 웃저고리를 벗은 쉐이드는 공산당의 서기국원 프라다스, 러시아의 신문기자 골로브킨, 그리고 일본의 신문기자 한 사람과 거닐며 바리케이드의 틈 쪽을 세 걸음마다 곁눈으로 보고 있었다. 그러나 광장에 나와 있는 것은 다리를 쳐들고 있는 카페의 의자들뿐이었다. 송장 냄새와 불 냄새가 바람의 방향에 따라 교대로 풍겨오고 있었다.

　한 파시스트 장교가 광장과 알카사르 병영으로 통하는 뒷골목길의 한 모퉁이에 모습을 나타냈다. 그런데 그는 도로 모습을 감추었다. 광장은 다시 텅 비었다. 밤마다 탐조등이 비칠 때처럼 황량했던 광장이 아닌 버림받은 광장이었다. 햇빛이 광장에 생기를 돌게 했다. 파시스트나 민병들처럼 길 모퉁이에 숨어서 돌아갈 준비를 하고 있는 그런 생기를.

　휴전 상태에 들어가 있었다. 그러나 광장은 너무나 오랫동안 어떠한 전투원도 적의 기관총탄을 맞지 않고서는 통과할 수 없었던 곳이었기에 불행을 안고 있는 것 같았다.

　세 명의 민병이 드디어 바리케이드 곁을 떠나기로 결심했다. 소문에 의하면 알카사르 병영의 점령된 부분에는 정자(亭子) 밑에 매트가 있고 카드놀이가 있다고 하던데——그것은 바리케이드 곁에 있는 민병들의 매트나 카드놀이와 같은 것이었다. 알카사르 병영은 적이었기 때문에, 그리고 몇 부분은 점령되었다 하더라도 여전히 신비적인 존재로 남아 있었다. 민병들은 휴전중이라 그곳에 들어가지 못한다는 것은 알고 있었으나 그들은 그곳에 접근하고 싶었다. 그러나 그들은 바리케이드에서 떨어지지 않고 무리를 지어 바리케이드 가장자리를 따라가고 있었다.

　'그들은 돌격할 결심을 전보다 굳히고 있군' 하고 쉐이드는 생각하고 있었다. 모래 주머니 사이의 총구멍에 한 눈을 갖다붙이고, 이마는 벌써 뜨거워진 모래 주머니의 천에다 대고, 모자는 여느 때보다도 더 뒤로 젖히고. '마치 고양이들 같군 그래.'

　광장의 반대쪽 즉 아까 첫 파시스트 장교가 자취를 나타냈다가 도로 감추었던 곳에 한 무리의 파시스트 장교들이 방금 나타났다. 그들은 텅 빈 광장 앞에서 망설였다. 민병과 파시스트들은 정지한 채 서로 바라보고 있었다. 또 다른 몇 명의 민병들이 바리케이드 밖으로 나갔다. 쉐이드는 쌍안경을 꺼냈다.

　파시스트들의 얼굴은 분간하기 어려웠으나 그들의 얼굴에서 쉐이드는 증오를 기대하고 있었다. 그러나 그의 눈에 띈 것은 어떤 부자유스러움이었다. 이 부자유스러움은 행진과 특히 두 팔의 움직임이 서툴러 강조되긴 했으나 깨끗한 장교복을 입은 모습은 아주 인상적이었다. 민병들이 접근하고 있었다.

　"당신은 어떻게 생각하오?"

그는 옆 총구멍으로 내다보고 있는 사람에게 물었다.
"우리 민병들은 거북해서 말을 못 하는군."
두 달 전부터 서로 죽이려고 하던 사람들이 대화의 첫 머리를 꺼낸다는 것은 쉬운 일이 아니다. 이 사람들을 격리하고 있고 그들로 하여금 한쪽은 주랑(柱廊)을 따라 다른 쪽은 바리케이드를 따라 어슬렁거리게 만들었던 것은 광장의 터부 때문이라기보다는 그들이 접근하게 되면 서로 얘기하지 않을 수 없다는 생각 때문이었다.
다른 파시스트들은 알카사르 병영에서 내려오고 있었고 다른 민병들은 바리케이드를 떠나고 있었다.
"수비대의 5분의 4는 민위대원이죠?" 하고 골로브킨이 물었다.
"그래요" 하고 쉐이드가 대답했다.
"복장을 보시오. 장교들만 내보내는군."
그러나 그것도 이제는 사실이 아니었다. 민위대원도 나타나고 있었으니 말이다. 그들은 삶은 가죽 빛 이각모를 쓰고 누런 선(線)두름이 있는 제복을 입고 있었으며 흰 운동화를 신고 있었다.
"구두를 신은 자들은 민병들이 죽여버렸군" 하고 쉐이드는 말했다.
그러나 그들 사이에는 대화가 시작되고 있었다 — 하긴 두 무리는 적어도 10미터 가량은 떨어져 있었지만 쉐이드는 두 모래 주머니 사이에서 파이프에 불을 붙이고 회담 장소 쪽으로 걸어갔다. 그의 뒤를 골로브킨과 프라다스가 따랐다.
두 무리는 서로 욕지거리를 하고 있는 중이었다.
마치 성역(聖域)이기나 한 것처럼 10미터의 간격을 두고서, 앞으로 나아가려 하지 않는 바람에 그만큼 한층 이상해 보이는 몸짓을 하면서, 그들은 두 팔로 서로 논쟁을 내던지다시피 하고 있었다.
"…… 왜냐하면 적어도 우린 이상(理想)을 위해서 싸우고 있으니 말이다, 이 화냥년의 서방놈아!" 하고 쉐이드가 도착했을 때 파시스트들이 외쳤다.
"그럼 우리는? 우린 아마 금고(金庫)를 위해서 싸우고 있는 모양이로군, 이 창녀의 새끼놈들아! 우리의 이상이 제일 크다는 증거는, 그것이 전세계를 위한 이상이라는 데 있어!"
"전세계의 이상이라니, 웃기지 마! 이상에서 중요한 것은 가장 좋은 이상이야, 무식한 놈아!"
 그들은 두 달 동안 서로 겨누고 있었다. 그들의 전쟁 관계는 역시 지속되고 있었다. 그들은 다른 관계를 찾지 못했기 때문이다. 그렇지만…….
 "아, 그러면 아비시니아에서 가스를 썼는데, 그것도 이상인가? 강제수용소에 수용된 독일의 노동자도 이상인가? 바다호스의 학살도 이상인가? 살인마의 하인놈들아."
 "러시아가 이상이냐?"
 "그게 어쨌단 말이야?"
 "러시아에 가본 적이 없는 사람들을 위한 이상이란 말이냐! 노동자의 공화국이란 말이냐! 거기선 노동자 같은 것은 아랑곳 없단 말이냐!"
 "그것 때문에 네 주인들이 러시아를 싫어하냐? 네가 성실한 놈이라면 한마디 일러주지. 이 세상에서 미운 놈은 모조리 너희들 편이야. 정의(正義)가 필요한 자는 죄다 우리 편이고, 여자들까지도. 너희 여자 민병들은 어디 있냐? 너는 민위대원이지 왕자가 아니란 말이다! 왜 여자들이 우리 편이지?"
 "우선 여자들은 입을 닥치고 있어야지, 화냥년의 서방놈아! 교회 방화자의 이상 같은 것은 잘 간직해둬."
 "교회가 적었으면 태울 필요도 없었지."
 "돈이 많은 교회와 빵이 없는 마을이 너무 많단 말이로군!"
 쉐이드는 민병 옆까지 와서는 파리의 운전사나 이탈리아의 마부가 지껄이는 허무맹랑한 욕지거리에서 받는 듯한 똑같은 감정을 그곳에서도 발견하고 마음이 불안했다.
 "저놈은 뭐야?" 하고 한 민병이 골로브킨을 가리키며 물었다. 쉐이드는 그 전날에 로페스와 함께 있었다. 그래서 그는 그 패거리였다.
 "소비에트 신문 특파원이야."
 골로브킨은 광대뼈가 두드러져 보였고 얼굴 전체가 고딕식 조각에 나오는 농부처럼 울툭불툭했다. 쉐이드는 특파원으로 모스크바에 체류했을 때, 러시아인들 가운데 농민 계급에 아주 가까운 출신의 사람들은 중세기 서구인의 얼굴과 대체로 닮았다는 사실에 유의한 바 있었다. '난 인도인을 닮았고, 이 러시아인은 노동자를 닮았으며, 스페인인들은 망아지를 닮았군…….'
 맨 처음에 바리케이드에서 나갔던 세 명의 민병들은 옆에 머문 채 광장으로

나가지 않았다.
 이상의 비교가 계속되고 있었다.
 "역시" 하고 한 파시스트 장교가 외쳤다. "너희들이 너희 집에서 졸면서 이상을 위해 싸우는 것과 우리들이 지하실에서 살면서 이상을 위해 싸우는 것과는 별개의 문제야! 너희들 쌍판이나 쳐다봐라, 숫염소 떼들아. 우린 궐련을 피워야만 하나?"
 "무슨 떼들이라고?"
 한 민병이 터부의 땅을 가로질렀다. 그는 C. N. T.에 속하는 사나이였다. 그는 셔츠의 소매를 걷어붙이고 있었다. 그의 한쪽 팔은 문신 때문에 청색으로 보였다. 거의 수직으로 떠 있는 태양은 그의 발밑에 멕시코 모자의 그림자를 늘어뜨리고 있었다. 그리고 그는 그렇게 검은 받침돌 위로 나아가고 있었다. 그는 손에 한 갑의 궐련을 들고 마치 드잡이라도 하려는 것처럼 파시스트들 쪽을 향해 가고 있었다. 쉐이드는 스페인에서는 궐련을 갑째 내놓지 않는다는 것을 알고 있었다. 그리고 그는 그 아나키스트의 몸짓을 기다리고 있었다. 그 아나키스트는 궐련을 한 개비씩 뽑아서는 여전히 얼굴에는 분노의 표정을 띠운 채 궐련을 분배했다. 그는 마치 그것이 증거이기라도 한 것처럼 궐련을 파시스트들에게 내밀었다. 그는 마치 '이 궐련으로 우리를 비난한 것이 용서되나! 너희들에게 담배가 없는 것은 전쟁의 분규 때문이야, 치사한 놈들 같으니. 그러나 궐련을 욕할 건 없단 말이야, 이 치사한 놈들아!' 하고 말하는 것 같았다. 그가 계속 담배를 분배하는 것을 창문으로 내다보는 사람들은 증인이었다. 그의 담뱃갑이 비자 그를 뒤따라 온 다른 민병들이 계속하여 담배 배급을 했다.
 "이 바보 같은 담배 배급을 어떻게 해석합니까?" 하고 프라다스가 물었다.
 그는 레닌과 비슷해 보이기 위해 염소수염을 뾰족하게 했던 마사린과 닮아 보였다.
 "벨기에 국회의 가장 격렬했던 회의에서 난 모든 당파의 위원들이 우호적 단결로써 전서구(傳書鳩)에 대한 세금에 반대하는 것을 본 적이 있습니다. 국회의원의 80프로가 애구가(愛鳩家)들이었거든요. 이곳에서도 애연가(愛煙家)의 비밀결사가 있나 보죠······."
 "이건 좀더 심각한 문제요, 두고보란 말이오!"

한 파시스트가 "당신 역시 수염을 깎았구려" 하고 막 외쳤다. 민병들은 거의 면도를 하지 않았으므로 이 말은 그만큼 이상하게 들렸다. 그러나 그들 중의 하나가, 역시 아나키스트가, 코메르스가(街) 쪽으로 뛰어가고 있었다. 두 사람의 신문기자가 그의 뒤를 눈으로 쫓고 있었다. 왜냐하면 아나키스트는 방금 멈추어서 바리케이드 옆에 있던 한 민병에게 얘기를 건네었기 때문이다. 민병은 파시스트 쪽으로 권총을 빼들고 마치 분노를 터뜨리고 있는 듯이 마구 흔들었다. 아나키스트는 다시 뛰어갔다.
"당신의 나라에서도 이러했소?" 하고 쉐이드는 골로브킨에게 물었다.
"나중에 말씀드리죠. 이건 설명하기 어려운데."
그 민병이 질렛트 면도날 갑을 손에 들고 돌아왔다. 그는 뛰면서 갑을 뜯고 있었다. 적어도 열 두 명의 파시스트 장교들이 있었다. 그는 뛰는 것을 멈추었다. 그가 면도날을 어떻게 분배해야 할지 모르고 있는 것이 역력히 보였다. 면도날은 열 두 개가 못되었기 때문이다. 그는 어린애에게 과자를 던져주듯이 면도날을 던져줄 듯한 몸짓을 하다가 주저하고 결국은 가장 가까이 있는 파시스트에게 갑째 주었다. 여전히 적의(敵意)에 찬 표정을 지으면서 다른 장교들은 방금 면도날 갑을 받은 장교에게 몰려들었으나 민병들이 웃음을 터뜨리는 바람에 그들 중의 한 사람이 명령을 내렸다. 그들이 흩어진 순간에 또 한 파시스트가 알카사르 병영으로부터 나타났다. 그리고 광장의 반대쪽에서는, 면도날을 분배하려던 자가 지나칠 때 권총을 빼었던 민병이 나오더니 그 무리로 접근하고 있었다.
"가관이로군……" 하고 그는 파시스트들을 차례로 바라보면서 말했다. 그의 목소리가 중단된 채였으므로 각자는 다음 말을 기다리고 있었다.
"……그리고 인질은 어떻게? 내 누이가 저기 있단 말이야!"
이번에는 증오의 목소리였다. 이젠 더 이상 비교 같은 것은 문제가 되지 않았다.
"스페인의 장교는 상관의 결정에 왈가왈부해서는 안 됩니다" 하고 한 파시스트가 말했다.
민병들에게는 그 말이 거의 들리지 않았다. 그도 그럴 것이 이 소리와 동시에 맨 나중에 나타난 파시스트가 말을 했기 때문이다.
"모스카르도 대령의 심부름으로 왔는데, 사령관을 만나고 싶습니다."

"따라오시오" 하고 한 민병이 말했다.
　장교는 민병 뒤를 따랐다. 쉐이드와 골로브킨과 프라다스는 그들의 뒤를 따라 점점 사람이 늘어가는 군중 한복판을 지나갔다. 키가 큰 골로브킨 옆에 있으니 쉐이드와 프라다스는 작아 보였다. 광장을 향해 올라가고 있는 사람들의 눈이 모두 알카사르 병영에 집요하게 쏠리지만 않았더라면 그들의 걸어가는 모습은 마치 일요일의 산책쯤으로 보였을 것이다.
　에르난데스가 엘 네구스와 메르스리와 그리고 두 명의 중위를 거느리고 노점에서 나왔을 때 파시스트 장교는 노점으로 들어가려 하고 있었다. 파시스트 장교는 경례를 하고 편지를 내놓았다.
　"모스카르도 대령이 부인에게 보내는 편지입니다."
　이때 쉐이드는 갑자기 다음과 같이 느꼈다. 전날부터 톨레도에서, 그리고 며칠 전부터는 마드리드에서 목격한 모든 것이 누더기가 다 된 깃발의 자락처럼 시가지 위로 바람 휘몰아치는 알카사르 병영의 연기와 탄내 속에서 낡은 증오심으로 서로 바라보고 있는 이 두 사람 속에 집약되어 있다고. 분배된 궐련이며, 면도날이며, 끝판에 가서는 이 편지 들이었다. 인질이며, 우스꽝스러운 바리케이드며, 돌격이며, 도망이며 그리고 불 냄새가 한순간 사라졌을 때 대지 자체의 냄새가 된 이 죽은 말 냄새도 마찬가지였다. 에르난데스는 습관적으로 오른쪽 어깨를 으쓱하고 나서는 그 편지를 어느 중위에게 건네주고 긴 턱으로 어떤 방향을 가리켰다.
　"가련한 바보같으니" 하고 엘 네구스는 말했다. 그러나 여전히 다정한 목소리로.
　에르난데스는 이번에는 지루할 때면 늘 그러듯이 두 어깨를 으쓱하고 중위에게 물러가라고 신호했다.
　"모스카르도의 부인은 톨레도에 있나?" 하고 프라다스는 코안경을 고쳐쓰면서 물었다.
　"마드리드에 있어" 하고 에르난데스는 대답했다.
　"자유의 몸으로?" 하고 쉐이드는 깜짝 놀란 듯이 물었다.
　"입원중이야."
　엘 네구스는 이번에는 두 어깨를 으쓱했다. 그러나 거기에는 분노가 담겨 있었다.

에르난데스는 노점의 대장실로 다시 올라갔다. 대장실로부터 타자기소리가 휴전 후의 고요한 거리를 통해 쉐이드의 귀에까지 들려오고 있었다. 직각으로 교차하는 골목길을 가로질러 개들이 아마 총격소리가 그친 것에 놀랐음인지 돌아다니기 시작했다. 발자국소리와 말소리는 사람들이 사격을 중지한 뒤부터 알아듣게 되었는데 그 소리는 마치 시가지를 평화시처럼 다시 차지하고 있었다. 프라다스는 대위를 붙들고 그와 나란히 염소수염을 만지며 몇 발자국 떼었다.

"이런 편지를 보내다니, 무엇 때문인가요? 예의 때문인가요?" 찌푸린 눈썹, 비꼰다기보다는 난처한 듯한 표정. 그는 장교와 나란히 거닐고 있었다. 장교는 멕시코 모자의 그림자가 거대한 종이 테이프를 던지고 있는 듯한 포도를 바라보고 있었다.

"관용 때문이야" 하고 드디어 에르난데스가 등을 돌리며 대답했다.

"이 대위를 잘 아시오?" 하고 프라다스가 물었다. 찌푸린 눈썹은 아직도 펴지지 않고 있었다.

"에르난데스 말입니까?" 하고 쉐이드가 반문했다. "잘 모릅니다."

"무엇 때문에 그는 그렇게 해줘야 하오?"

"무엇 때문에 그는 그렇게 안 해줘야 합니까?"

"저것 때문이야" 하고 골로브킨은 지나가는 자동차를 가리키며 말했다. 이 자동차는 명색만은 장갑자동차였다. 그 지붕에는 민병의 시체가 한 구. 이 시체는 그것을 붙들어 맨 모양으로 보아서 그것을 운반하고 있는 자의 친구임을 알아볼 수 있었다. 신문기자는 그의 나비 넥타이의 양끝을 잡아당겼다. 이러한 행동은 그의 나라에서는 의문을 나타내는 표시였다.

"이런 일은 종종 일어납니까?" 하고 골로브킨은 물었다.

"꽤 일어날 겁니다. 광장의 대장은 벌써 그러한 편지를 전달케 한 적이 있지요."

"직업군인인가요?"

"그럼요. 에르난데스도 직업군인이죠."

"그 여자는 어떤 여자요?" 하고 프라다스는 물었다.

"문제삼을 것 없잖소, 고약한 사람같으니라고. 난 그 여자를 알지 못하오.

그러나 젊은 여자는 아니오."
"그럼 뭐요?" 하고 골로브킨은 물었다. "스페인 기질 때문인가요?"
"그런 단어를 써야 당신은 만족하나요? 에르난데스는 산타크루스에서 점심을 먹어요. 그곳에 가보시오. 당신은 쉽게 초대받을 거요. 그곳엔 코뮤니스트들이 있어요."
온갖 종류의 민병들 사이로 '판초 빌라의 공포'가 지나가고 있었다. 쉐이드는 톨레도가 전시에도 평화시나 마찬가지로 조그마한 도시임을, 그리고 그는 그가 전에 매일같이 같은 안내인들과 같은 은퇴인들을 만났던 것처럼 지금은 또한 매일같이 괴짜들과 만나게 되리라는 것을 깨달았다.
"파시스트는" 하고 그는 말했다. "두시에서 네시까지는 공격하지 않아요. 낮잠을 자기 때문이지요. 여기서 일어나는 일에 대해 너무 빨리 판단하지 마시오."
알카사르 병영 쪽에서 보면 바리케이드의 모래 주머니와 줄무늬가 진 매트는 벌레가 파먹은 나무처럼 구멍이 뚫려 있지만 시가지 쪽에서 보면 거의 말짱해 보였다. 연기가 모든 것을 그늘로 덮었다. 화재(火災)는 무관심한 듯이 계속 일어나고 있었다. 휴전이 빚은 이 이상한 고요 속에 알카사르 병영 쪽에서 또 집 한 채가 방금 불에 타기 시작했다.

4

두 개의 직각 식탁이 산타크루스 미술관의 홀 한 귀퉁이를 차지하고 있었다. 몇몇 흥겨운 패들이 어둠 속에서 떠들고 있었다. 벽돌 구멍 사이로 들어오는 광선이 등을 교차시킨 소총에 비치고 있었다. 야생 올리브유의 스페인적인 냄새 속에서, 과일과 잎사귀를 쌓아놓은 한복판에 땀내 나는 얼굴의 얼룩들이 희미하게 번득거리고 있었다. '판초 빌라의 공포'가 땅바닥에 앉아서 총을 수리하고 있었다.
에르난데스의 구부정한 허리는 군인다운 자세에 별로 도움이 되지 않았으므로 그만큼 더욱 자연스러웠다. 그의 호위대는 다른 테이블에서 감시하고 있었다. 어느 부상자도 붕대를 갈지 못했다. "피를 흘려서 너무나 행복한거야"

하고 프라다스는 낮은 목소리로 말했다. 골로브킨과 프라다스는 또 한 장교와 얘기하고 있는 에르난데스의 맞은 편에 앉았다. 이마에도, 코르테스의 패거리들이 신었던 나막신같이 생긴 턱에도 광선의 반점들이 있어서 대위는 러시아의 신문기자와 시대는 다를망정 같은 족속으로 보였다. 민병들은 모두 태양광선을 점점이 받고 있었다.

"당 기술위원회의 프라다스 동지요" 하고 마누엘이 말했다.

에르난데스는 고개를 들었다.

"알고 있습니다" 하고 그는 대답했다.

"그런데 정확히 무슨 까닭으로 당신은 편지를 전하게 했지요?" 하고 마누엘은 다시 시작한 대화를 계속했다.

"그럼 무슨 까닭으로 민병들은 궐련을 분배했지요?"

"그건 바로 내가 흥미를 느끼는 바요" 하고 프라다스는 신음하듯이 말했다. 당황한 표정이었다. 한 손은 귀 뒤에 가 있었고, 한 줄기 광선은 염소수염 위를 비치고 있었다.

그는 잘 들리지 않아서 귀에다 손을 대고 있는 것일까? 아니 손을 귀에다 댄 것이 아니라 귀 뒤로 뻗고 있었다. 마치 고양이가 세수할 때처럼. 에르난데스는 무관심한 듯이 긴 손가락을 움직이며 마누엘에게 대답했다. 바깥의 눈부신 광선 밑바닥까지 사라지는 라디오의 소음은 총알 구멍으로 새어들어와 지금 소총들 가운데에서 이상한 모자로 얼굴을 가린 채 잠들어 있는 '판초 빌라의 공포'의 주위에 감기는 것 같았다.

"소비에트 동지는(프라다스가 한 손을 머리에 얹고 통역을 하고 있었다) 자기네 나라 같으면 모스카르도의 부인은 당장에 체포될 것이라고 말합니다. 무엇 때문에 당신은 의견을 달리하는지 나는 이해하고 싶습니다."

골로브킨은 프랑스어는 알고 있었으나 스페인어는 조금밖에 몰랐다.

"당신은 투옥된 적이 있습니까?" 하고 엘 네구스는 그에게 물었다.

에르난데스는 침묵을 지키고 있었다.

"제정시대(帝政時代) 때는 난 어렸지요."

"내전(內戰)에는 참가했나요?"

"기사(技師)로서 참가했지요."

"어린애들이 있습니까?"

"없어요."
"내겐…… 어린애가 있었는데."
쉐이드는 무리하게 물어보지는 않았다.
"관용은 대혁명의 명예요" 하고 메르스리는 위엄 있게 말했다.
"그러나 우리 아이들은 알카사르 병영 속에 있소" 하고 프라다스는 말을 이었다.
한 민병이 굉장한 햄을 하나 가지고 왔는데 그것은 올리브유로 튀긴 다음 토마토 케첩을 친 것이었다. 쉐이드는 그것을 몹시 싫어했다. 엘 네구스도 먹지 않았다.
"당신은 스페인 사람이면서도 올리브유가 싫은가요?" 하고 쉐이드는 물었다. 그는 모든 요리에 흥미를 가지고 있었다.
"난 고기를 먹지 않습니다. 채식주의자거든요."
쉐이드는 포크를 들었다. 포크에는 대주교직(大主敎職)의 문장(紋章)이 새겨져 있었다.
모두가 식사를 하고 있었다. 미술관의 현대식 진열장 속에는 유리, 강철, 알루미늄 등이 모두 질서정연했다. 다만 총알에 맞아 그 당장에 가루가 된 조그마한 물건들을 제외하고는 그들 앞의 유리창에는 깨끗한 구멍이 하나 뚫려 있는데, 그 주위에는 수레바퀴의 살과 같은 금이 가 있었다.
"잘 듣게" 하고 엘 네구스는 프라다스에게 말했다. "출옥했을 때 열의 아홉은 시선이 바로잡히지 않아요. 남들처럼 보지 못합니다. 프롤레타리아 가운데에도 역시 시선이 바로잡히지 않는 자들이 있지요. 우선 그것을 고쳐야 할 겁니다. 제 말 아시겠습니까?"
그는 프라다스와 마찬가지로 골로브킨에 대해서도 얘기하고 있었다. 그러나 프라다스에게 통역을 시켜야 하는 것이 그는 불쾌했다.
"그자는 그다지 대가리가 크지 않은 것 같군" 하고 쉐이드는 만족한 듯이 낮은 소리로 말했다.
한 민병이 그에게 다가왔다. 그는 추기경(樞機卿)의 모자를 거추장스럽게 끌고 다니고 있었다.
"방금 이런 물건을 발견했습니다. 그런데 이건 우리 집단에는 소용이 없으니 당신에게 드리기로 결정했습니다."

"감사합니다" 하고 쉐이드는 차분히 말했다. "난 대체로 순수한 사람과 털이 긴 강아지와 어린애들에겐 인기가 있습니다. 그러나 유감스럽게도 고양이에게는 인기가 없어요. 감사합니다."

그는 그 모자를 머리에 쓰고 모자의 술을 만지작거리며 햄을 계속 먹고 있었다.

"아이오와 시티에 사는 내 조모님 댁에도 이런 술이 있어요. 안락의자 아래에. 감사합니다."

엘 네구스는 짧은 집게손가락으로 보나르의 그리스도 수난도를 가리키고 있었다. 역청(瀝青) 바탕 위의 창백한 이 그림은 며칠 전부터 정면에 있는 사나이들로부터 충격을 받았던 것이다. 한 곳에 집중되어 있는 총알 구멍은 오른팔을 거의 끊어놓았다. 벽의 돌에 의해 보호되었을 것이 분명한 왼팔은 여기저기가 관통되었을 뿐이다. 어깨에서 허리까지의 창백한 육체는 기관총의 일제사격을 마치 재봉틀의 바늘 자국처럼 규칙적으로 깨끗이 스쳐가고 있었다. 탄흔은 마치 탄띠와 같았다.

"만일 우리가 이곳과 마드리드에서 으스러진다 하더라도 인간들은 하루나마 마음껏 살게 될 거요. 내 말을 이해하시오. 증오심을 가지고 살아왔겠지만 말이오. 그들은 자유입니다. 그들은 자유로웠던 적이 없었지요. 난 정치적인 자유를 말하는 것이 아니오, 이건 다른 얘기란 말이오! 내 말을 이해하시겠습니까?"

"잘 이해하고말고요" 하고 메르스리는 말했다. "메르스리 씨 부인의 말씀대로 마음이야말로 본질적인 것이지요."

"마드리드의 사태는 더욱 심각해요" 하고 쉐이드는 빨간 모자를 쓰고 침착하게 말했다. "그러나 찬성이오. 혁명이라는 것은 인생의 휴가요……. 오늘 나의 기사 제목은 〈휴가〉요."

프라다스는 조심스럽게 그의 한 손을 마치 먹는 배처럼 생긴 머리 쪽으로 가져갔다. 그는 의자 다리가 바닥에 스치는 소리 때문에 쉐이드의 말끝을 듣지 못했던 것이다. 파이프를 물고 입가에 미소를 띠며 방금 들어온 가르시아에게 의자를 양보하고 있었기 때문이다.

"인간들이 함께 산다는 것은 쉬운 일이 아녜요" 하고 엘 네구스는 말을 이었다. "그러나 세상에는 그만한 용기가 없어요. 용기가 있으면 무슨 일이라도 하는데 말이오! 여러 말 할 것 없지. 죽기로 결심한 인간들은 마침내 지나가기만 해도 그것을 느끼게 되지요. 그러나 변증법은 필요 없어요. 위원 자리에 관료(官僚)가 앉을 필요도 없어요. 군대와 손을 끊기 위한 군대도 필요 없어요. 불평등과 손을 끊기 위한 불평등도 필요 없어요. 부르주아와의 책략도 필요 없고요. 지금부터 인생을 제대로 사느냐 아니면 죽느냐입니다. 실패하면 빨리빨리 꺼지고 왕복할 것 없지요."

마치 엿보는 다람쥐 같은 가르시아의 눈초리가 번득였다.

"여보게, 네구스" 하고 그는 다정하게 말했다. "혁명 그 자체가 하나의 사는 방법이기를 원한다면 혁명은 거의 언제나 죽는 방법이 되는거야. 그 경우에 말이야, 결국에 가서는 승리에 대해서와 마찬가지로 순교(殉敎)에 대해서도 만족하게 되는거야."

엘 네구스는 제자를 가르치는 그리스도와 같은 몸짓으로 오른손을 들어올렸다.

"죽음을 두려워하는 자에게는 평온한 양심이 없지요."

"그동안에" 하고 마누엘은 포크를 들어올린 채 말했다. "파시스트들은 탈라베라에 와 있어요. 그리고 이 상태가 계속되면 톨레도를 잃게 됩니다."

"결론적으로 당신네들은 기독교도들이오" 하고 프라다스는 대학 교수답게 말했다. "그리고 또……."

침묵할 수도 없게 되었군, 하고 가르시아는 생각했다.

"성직자들을 타도하라!" 하고 엘 네구스는 발작을 일으킨 듯이 말했다. "그러나 접신론(接神論)은 근사해요."

"천만에" 하고 쉐이드는 모자 술을 매만지면서 말했다. "계속하게."

"우린 결코 기독교도가 아니오! 당신네들이 사제(司祭)가 되었지, 코뮤니즘이 종교가 되었다고 하는 게 아니오. 그러나 코뮤니스트들은 사제(司祭)가 되어가는 중이라고 하는 거요. 당신네들에게 있어서 혁명가가 되는 것은 간사한 자가 되는 거요. 바쿠닌에게는, 크로포트킨에게는 그런 일이 없었소. 전혀 그러지 않았소. 당신네들은 당에 먹히고 있소. 규율에 먹히고 있소. 공모(共謀)에 먹히고 있소. 당신네들은 당신네 편이 아닌 자에게는 정직도 의무도 없어요. 당신네들은 이젠 충실하지도 않아요. 우린 1934년 이후 연대의식(連帶意識)만으로 일곱 번이나 파업을 했소. 단 하나의 물질적인 목표도 없이 말입니다."

 분노 때문에 엘 네구스의 말은 아주 빨랐다. 몸짓을 하며, 두 손을 헝클어진 머리카락 주위로 휘두르며. 골로브킨은 알아들을 수가 없었다. 그러나 군데군데 알아듣는 낱말들은 그를 불안케 했다. 가르시아는 그에게 러시아어로 몇 마디 말했다.

 "구체적으로 말하자면, 무능한 것보다는 불충실한 게 나아요" 하고 프라다스는 말했다.

 엘 네구스는 자신의 권총을 뽑아 테이블 위에 놓았다. 바닥과 목이 마치 증류기같이 생긴 물병이 반딧불처럼 구멍 뚫린 벽돌의 수없는 광선들을 반사하여 거대한 정물(靜物)을 가로지르게 하고 있었다. 가지에는 과일이, 그리고 권총의 총신에는 푸르스름한 짧은 선들이 번쩍이고 있었다.

 "모두 무기를 전선으로 보냅시다" 하고 마누엘이 외쳤다.

 "우리가 군인이 되어야 했을 땐" 하고 프라다스는 말했다. "우린 군인이 되었지요. 그런 다음 우리가 건설자가 되어야 했을 땐, 우린 건설자가 되었어요. 우린 앞으로도 행정가가, 기사가, 또 무언가가 되어야 하나요? 그리고 만일 요컨대 우리가 사제가 되어야 한다면 우린 사제가 될 거요. 그러나 우린 혁명 국가를 만들었고 이곳에서는 군대를 만들 거요, 구체적으로 우리에겐 장점과 결점이 있긴 하지만. 그리고 군대가 공화국과 프롤레타리아를 구제할 겁니다."

 "난 말이오" 하고 쉐이드는 두 손으로 모자의 술을 만지며 상냥하게 말했다. "난 상관없어요. 당신네들의 행동은 당신네들의 말보다 더 단순하고 더 좋아요. 당신네들은 모두 머리가 너무 커졌어요. 더욱이 당신네 나라에는, 골로브킨, 모든 사람의 머리가 커지기 시작하고 있어요. 내가 코뮤니스트가 아닌 것은 그 때문이오. 네구스는 좀 바보이지만 그러나 그는 내 마음에 들어요."

 분위기가 누그러지고 있었다.

 에르난데스는 다시 그의 시계를 들여다보고 나서 미소를 지었다. 그의 치아는 손이나 얼굴만큼이나 길었다.

 "혁명마다 매한가지야" 하고 프라다스는 염소수염을 한 손에 쥐면서 말을 이었다. "19년에 법무위원이었던 혁명적 사회주의자 스타인버그는 피에르 에 폴 요새의 결정적 폐쇄를 요구했었네. 이에 대해 레닌은 백군 포로를 그곳에 수용한다는 다수표를 얻었지. 우린 이와 같이 우리의 배후에 상당한 적을 가지고 있네. 요컨대 고귀한 정신이란 어느 사회가 나중에야만 값이 치러질 수 있는 사치품이야."

"하지만 빠른 게 제일 좋아요" 하고 메르스리는 결정적으로 말했다.

"내일의 파괴는 헛수고야" 하고 엘 네구스는 말을 이었다. "여러 말 할 것 없어요. 당이 인간을 위해서 만들어졌지 인간이 당을 위해서 만들어진 것이 아니오. 우린 국가도 교회도 군대도 만들고 싶지 않소. 우린 인간을 만들고 싶소."

"그들이 기회가 있을 때 고귀한 행동부터 시작했으면 해요" 하고 에르난데스는 말했다. 그의 긴 손가락은 반지를 끼고 있었다. "우리를 내세우는 치사한 놈과 암살자가 벌써 상당히 있어요."

"동지 여러분, 잠깐만" 하고 메르스리는 손은 테이블 위에 그리고 마음은 손 위에 놓고 말했다. "둘 중의 하나입니다. 만일에 우리가 정복자가 된다면 맞은편의 적들은 인질과 함께 그리고 우리는 모스카르도 씨 부인과 함께 역사의 심판을 받게 될 거요. 에르난데스, 무슨 일이 일어나든 당신은 고귀하고 위대한 모범만 보이고 있습니다. 내가 소속하고 있는 '평화와 정의' 운동의 이름으로 나는 당신에게 나의…… 나의 군모를 벗고 경의를 표합니다." 그들이 처음으로 만났던 화염방사기의 날로부터 메르스리는 가르시아의 마음을 불안하게 하고 있었다. 소령은, 희극은 이상주의와 불가분의 것인가 하고 의아스럽게 생각하고 있었기 때문이다. 그리고 동시에 그는 안티파시즘(파시즘 반대주의)에 결여되어서는 안 될 진정한 그 무엇이 메르스리에게 있음을 느끼고 있었다.

"그리고 아나키스트들은 정신이 돌았다고 간주하는 척하는 데 시간을 보내지 말도록!" 하고 엘 네구스는 말했다. "스페인의 조합운동은 몇 해 전부터 착실한 일을 해왔소. 아무하고도 타협하지 않고서. 우린 당신네들처럼 1억 7천만 명은 안 됩니다. 그러나 만약 한 이념의 가치가 인간의 수효에 따르는 것이라면 이 세상에서 채식주의자의 수효가 모든 러시아인들까지도 합친 코뮤니스트보다 더 많아요. 총파업이란, 존재하는지 안 하는지? 당신네들은 총파업을 다년간 공격해왔습니다. 엥겔스(독일의 사회주의자. 마르크스와 함께 마르크스주의 창시자의 하나. 저서로는 《자본론》, 《변증법과 자연》 등이 있음.

1820~1895)를 다시 읽으시오. 그럼 당신들은 알게 될 것이오. 총파업, 그건 바로 바쿠닌이오. 난 아나키스트들이 등장하는 코뮤니스트들의 연극을 본 적이 있어요. 그들은 무엇과 비슷합니까? 부르주아의 눈으로 본 코뮤니스트와 비슷해요."

그늘 속에서 성자들의 조상은 흥분된 동작으로 그를 고무하고 있는 것 같았다.

"일반화(一般化)는 조금 경계합시다" 하고 마누엘은 말했다. "엘 네구스는 결국…… 불행한 경험을 했는지도 몰라요. 모든 코뮤니스트가 완전무결하지는 않으니까요. 러시아의 동지와 —— 이름을 잊어서 미안합니다 —— 프라다스를 제외하면 이 테이블에서는 내가 유일한 당원이오. 에르난데스, 내가 사제와 같다고 생각합니까? 그리고 당신, 네구스도?"

"아니오. 당신은 충실해요. 당신은 싸웁니다. 당신네는 충실한 사람들이 많아요. 그러나 그것만 있는 게 아니오."

"이건 전혀 다른 일이오. 당신은 마치 당신이 정직(正直)을 독점하고 있는 것처럼 말하고 당신들과 의견이 맞지 않는 자들을 관료 취급하는군. 그렇지만 당신은 디미트로프(불가리아의 혁명 운동가. 불가리아 노동사회민주당·불가리아 공산당의 지도적 인물. 1882~1949)가 관료가 아니었음은 이해하고 있을텐데! 결국 디미트로프 대(對) 두루티, 이건 모랄과 모랄의 대립이지 모랄과 책략의 대립이 아닙니다! 우린 동지요, 정직하게 행동하기로 합시다."

"그런데 '우린 승리를 제외하는 모든 것을 거부할 것이다'라고 쓴 사람은 당신네 두루티요" 하고 프라다스는 엘 네구스에게 말했다.

"그렇고말고" 하고 엘 네구스는 내민 이 사이로 투덜거렸다. "그러나 그가 당신과 인사하게 되면 아마 그는 장화 발로 당신의 엉덩이를 찰 걸요!"

"당신네는 유감스러운 일이지만 구체적으로 당신네의 모랄을 가지고선 정치를 할 수 없다는 것을 깨닫는 데 늦지는 않겠지요" 하고 프라다스는 말을 이었다. "그러므로……."

"다른 모랄도 안 돼요" 하고 어느 목소리가 말했다.

"혁명의 복잡한" 하고 가르시아는 말했다. "그리고 아마도 극적인 문제는 모랄 없이는 혁명을 할 수 없다는 데 있는 거요."

에르난데스는 고개를 다시 들었다.

광점(光點)이 하나 마누엘의 나이프에서 번득였다. 마누엘의 입 속으로 햇빛이 들어가고 있었다.
"자본주의자에게도 좋은 점이 하나 있지요" 하고 엘 네구스는 말했다. "중요한 점이오. 그들이 그걸 발견하다니 난 역시 놀라지 않을 수가 없소. 전쟁이 끝나면 이곳 각 조합은 그러한 것을 만들어야 할 거요. 그들에게서 내가 존경하는 유일한 점이오. 그건 무명 인사입니다. 그들에겐 무명 '전사(戰士)'이지요. 아라곤 전선에서 나는 이름 없는 숱한 무덤들을 보았소. 오직 돌 위에나 나무 끄트머리에 F. A. I.나 C. N. T.라는 글자만이 씌어 있었을 뿐이오. 그건 나에게는…… 하여튼 좋았소. 바르셀로나에서는 부대들이 전선으로 나갈 때 아스카소(저명한 무정부주의자)의 무덤 앞을 행진하면서는 모두가 입을 다뭅니다. 그것 역시 좋아요. 거짓말보다는 그것이 나아요."
한 민병이 에르난데스를 찾으러 왔다.
"그리스도 교도들이……" 하고 프라다스는 염소수염 사이로 중얼거렸다.
"사제가 나왔나?" 하고 마누엘은 벌써 일어나서 물었다.
"아직 안 나왔습니다. 사령관께서 모시고 오라고 하셨습니다."
에르난데스는 메르스리와 엘 네구스와 함께 나갔다. 엘 네구스는 모자를 썼다. 전날의 멕시코 모자가 아니라 아나키스트 연맹의 적색과 흑색의 군모였다. 한동안 침묵이 흘렀다. 군대의 식사가 끝났을 때에는 어수선한 소음으로 가득 찼다.
"무엇 때문에 그는 편지를 하게 했나요?" 하고 골로브킨은 가르시아에게 물었다.
그는 가르시아만이 모두에게서, 엘 네구스에게서마저도 존경을 받고 있음을 느꼈다. 그리고 가르시아는 러시아어를 할 수 있었다.
"차례차례 얘기합시다. 이유의 하나는, 거절하고 싶지 않아서 그는 아버지의 결정에 따라 장교가 되었소. 그는 자유주의 때문에 몇 해 전부터 공화파로 있었소. 그리고 그는 어지간한 인텔리겐치아는 됩니다. 둘째로는 그가 직업 군인 장교라는 사실에 유의하시오(이곳에는 그분만 있는 것은 아닙니다). 그가 맞은편에 있는 적에 대해서 정치적으로 어떻게 생각할지라도 그건 그것대로의 구실을 할 거요. 셋째로 우린 톨레도에 있습니다. 모든 혁명의 시초에는 연극적인 과장이 상당히 많다는 것을 잘 알고 계시죠. 이 순간 이곳에 있어서는 스페인은 멕시코의 식민지입니다."
"그리고 저쪽에서는?"
"우리의 사령부와 알카사르 병영 사이의 전화선은 끊어지지 않았소. 포위가 시작된 뒤로 양쪽에서 전화선이 사용되고 있습니다. 마지막 담판 때 로호 소령이 우리의 대표가 되기로 합의가 됐지요. 로호는 이곳 생도이기도 했어요. 어떤 문 앞에서 그들은 그의 눈을 가렸던 띠를 풀었어요. 그곳은 모스카르도의 사무실이었소. 당신은 바깥에서 왼쪽의 벽을 보셨습니까? 구멍이 하나 있지요. 사무실은 천장이 뚫렸어요. 모스카르도는 정장을 하고 안락의자에 앉아 있었고 로호는 예전의 의자에 앉았지요. 다른 곳에는, 부서지지 않은 안쪽 벽에는, 모스카르도의 머리 위로 아사냐의 초상이 걸려 있었소. 그들은 이 초상을 제거하는 것을 잊어버렸던 겁니다."
"그리고 용기에 관해서는요?" 하고 골로브킨은 좀더 낮은 소리로 물었다.
"용기에 관해서는 나보다 더 가까이에서 그것을 관찰할 기회를 가졌던 분에게 물으셔야지요. 지금 우리의 최상의 군대는 돌격대입니다. 마누엘?"
그는 골로브킨의 질문을 스페인어로 옮겼다.
마누엘은 그의 아랫입술을 두 손가락으로 집었다.
"아무리 집단적인 용기가 있다 하더라도 항공기가 기관총에 항거할 수는 없습니다. 요컨대 조직과 무장이 잘된 민병들은 용감하지만 그 외는 도망을 치지요. 민병대도 종렬부대도, 즉 군대는 충분해요. 용기는 조직의 문제입니다. 어떠한 자들이 조직되기를 원하는가를 아는 일만이 남아 있을 뿐이지요……."
"이 대위가 직업장교로서 사관학교 생도들에 대한 호의를 간직할 수 있다고 생각합니까?" 하고 프라다스는 가르시아에게 물었다.
"우린 이 얘기에 관해 함께 나누었지요. 알카사르 병영에는 사관학교 생도가 채 50명도 안 된다고 그는 말하더군. 그건 사실이오. 알카사르는 민위대와 장교들이 방위하고 있습니다. 격노한 하층민에 대해서 그들의 이상을 방위하는 우수한 족속인 이 젊은 영웅들은 스페인의 헌병들입니다. 아멘."
"요컨대 가르시아, 당신은 광장의 사건을 어떻게 설명하시겠습니까?" 하고 마누엘은 물었다.
"궐련을 준 자들이나, 면도날을 갖다준 익살꾼들이나, 그들 뒤를 따라간 자들이나, 편지 전달을 맡은 에르난데스나 별로 의식하지 못한 채 똑같은 감정에 복종했다고 나는 생각합니다. 저 위에 있는 자들이 그들을 멸시할 권리는 없다는 것을 증명하고 싶은 생각입니다. 지금 이 말은 농담 같지만 대단히 심각한 문제요. 스페인의 우익과 좌익은 굴욕에 대한 취미나 혐오에 따라 갈라집니다. 인민전선은 다른 요소도 많지만 바로 굴욕을 싫어하는 자들의 집결체입니다. 반란 전 어느 마을에서 하나는 우리편이 되고 또 하나는 우리의 적이 되었다고 합시다. 우리편이 된 자는 온정(溫情)을 원하고 있었고, 우리의 적이 된 자는 시체공시장(屍體公示場)을 원하고 있었소. '계급제도에 대한 열렬한 지지' 대 '우애의 욕구', 이거야말로 이 나라에 있어서는 아주 심각한 대립입니다. 그리고 어쩌면 다른 몇몇 나라에서도……."

이 분야에 있어서 마누엘은 심리의 개입을 경계하고 있었다. 그러나 그는 바르카 노인의 말을 상기하고 있었다. '굴욕의 반대는, 잘 들어요, 평등이 아니라 우애라는거야.'

"구체적으로 말입니다" 하고 프라다스는 대답했다. "공화국이 봉급을 세 곱이나 올렸고 따라서 농민들은 드디어 내복을 살 수 있게 되었는데, 파시스트 정부가 봉급을 환원시키는 바람에 수천의 내복 장수들이 문을 닫아야 했다는 것을 들으면 무엇 때문에 스페인의 프티 부르주아지(소시민 계급)가 프롤레타리아와 연결이 되었는지 이해가 갑니다. 굴욕은 200명도 무장시키지 못할 겁니다."

가르시아는 정당들의 상투어를 복습하기 시작하고 있었다. 코뮤니스트의 경우는 '구체적으로'라는 낱말이었다. 그는 게다가 프라다스가 그리고 마누엘까지도 '심리'라는 것을 경계하고 있음을 알고 있었다. 그러나 만일에 그가 안티 파시스트 투쟁의 전망이 경제 위에 수립되어야 한다고 생각한다면 그는 또한 경제적으로는 아나키스트(그들의 친구들)와 소셜리스트 대중과 코뮤니스트 그룹 사이에 아무런 차이가 없다고 생각하고 있었을 것이다.

"찬성이야. 그렇지만 우리의 가장 좋은 군대는, 수효는 그리 많지는 않아도, 도토리를 먹고 사는 에스트레마두라 지방에서 나옵니다. 그러나 제발 굴욕 혁명론을 전개하지는 말아주시오. 난 오늘 아침에 일어난 일을 이해하려고 애쓰는 것이지 스페인의 전반 정세를 이해하려는 것은 아니니까. 결론적으로 —— 당신이 그렇게 말할지도 모르지만 —— 에르난데스는 내복 장수가 아니오.

상징적인 의미로서도 아니란 말이오. 대위는 대단히 정직한 인간이오. 그에게 있어 혁명은 윤리적 실현의 방식이오. 그에게는, 우리가 살고 있는 드라마는 개인적인 묵시록(默示錄)이오. 이러한 반(半) 기독교도 속에 있는 위험은 자기 희생의 취미요. 그들은 목숨을 거는 일이라면 아주 나쁜 과오도 기꺼이 범합니다."

가르시아는 그의 청중의 일부에게는 총명한 사람으로 여겨졌다. 그들은 그가 하는 말을 이해한다기보다는 차라리 짐작하고 있었으므로.

"물론" 하고 그는 말을 이었다. "엘 네구스는 에르난데스가 아니오. 그러나 자유주의자와 자유방임주의자 사이에는 어휘와 기질의 차이밖에는 없습니다. 엘 네구스가 언젠가 그의 부하들은 언제나 죽을 준비가 되어 있다고 말한 적이 있습니다. 가장 우수한 자들의 경우에는 그건 정말입니다. '가장 우수한 자들'의 경우라고 내가 말한 데에 유의하시오. 그들은 그들이 도취하고 있는 우애라는 것이 이와 같이 언제까지나 지속될 수 없다는 것을 알고 있습니다. 그리고 그들은 며칠 동안 흥분한 —— 경우에 따라서는 복수한 —— 후에는 언제라도 죽어도 좋다고 각오합니다. 그들은 며칠 동안 그들의 꿈을 좇아 살았기 때문입니다. 그가 우리에게 한 말 즉 마음껏이라는 말에 유의하시오……. 오직, 그들의 경우에 있어서는 이러한 죽음만이 모든 것을 정당화합니다."

"권총을 들이댄 사진을 찍는 자들을 난 좋아하지 않습니다" 하고 프라다스는 말했다.

"때로는 그들은 7월 18일에 그들의 주먹을 주머니 속에 집어넣고 권총처럼 보이게 하면서 부자들로부터 무기를 빼앗았던 패들과 같은 자들입니다."

"아나키스트들은……."

"아나키스트들이란" 하고 마누엘은 말했다. "이 낱말을 쓰면 유난히 정신에 혼란을 일으킵니다. 엘 네구스는 F. A. I.의 맹원이오. 그건 좋습니다. 그러나 중요한 것은 요컨대, 그의 동지들이 생각하고 있는 것이 아니라 수백만의 인간들이, 아나키스트가 아닌 수백만의 인간들이 그들과 함께 생각하고 있다는 것입니다."

"그들이 코뮤니스트에 대해 갖는 생각은?" 하고 프라다스가 불평하듯이 물었다.

"천만에요" 하고 가르시아는 말했다. "투쟁과 인생에 대한 그들의 생각이 중요합니다. 그들이 ──프랑스인의 대위와── 공통적으로 생각하고 있는 것이 중요합니다. 그러한 태도는 러시아에서는 1917년에, 프랑스에서는 여섯 달 전에 내가 보았다는 점에 유의하시오. 이건 혁명의 청년기요. 그럼에도 불구하고 대중과 당은 별개의 것임을 인식할 때입니다. 바로 7월 18일부터 우리가 보아오지 않았습니까!"

그는 그의 파이프를 올렸다.

"그들이 하려고 하는 것에 대해 그들로 하여금 생각케 하는 것처럼 어려운 일은 없을 거요."

"그렇지만 그것만이 중대한 겁니다" 하고 프라다스는 말했다.

"변혁하느냐 죽느냐 둘 중의 하나지요" 하고 골로브킨은 슬픈 듯이 말했다.

이제 가르시아는 말문을 닫고 생각에 잠겨 있었다. 그에게 있어서는 무정부주의자 조합주의 속에는 무정부주의자가 있고 조합주의자가 있었다. 아나키스트의 조합운동 경험은 그들의 적극적 요소이며 이론은 그들의 소극적 요소였다. 스페인의 무정부 상태의 한계는(그림같이 아름다운 것을 초월했을 때) 조합주의 자체의 한계이며 아나키스트 중에서 가장 총명한 자는 접신론(接神論)을 원용하지 않고 소렐을 원용한다. 그렇지만 지금의 이 모든 대화는 마치 아나키스트가 특별한 족속인 것처럼, 마치 그들이 무엇보다도 그들의 성격에 의해서 정의된 것처럼, 마치 가르시아가 그들을 정치학적으로가 아니라 인종학적으로 연구해야만 하는 것처럼 진행되고 있었다.

스페인 전국에서 이 점심 시간에 모두가 분명 이렇게들 얘기하고 있겠지, 하고 그는 생각했다. 정부가 결정한 것을 C. N. T. 또는 F. A. I. 또는 공산당, 또는 U. G. T.라고 불리우는 조직체들의 공동 행동에 의해서 집행하도록 할 때 그 근거를 어디에 두느냐 그것을 아는 것이 훨씬 중대할텐데. 인생이 그들의 행동에 달려 있는 바로 이 순간에 인간들이 자기들의 행동의 조건과는 전혀 다른 문제를 토론하는 데 열중하다니 이상한 일이다. 이 사람들의 하나하나와 별도로 무엇을 할 수 있는가를 따질 필요가 있겠다.

마누엘에게 방금 질문을 던졌던 한 민병이 다가왔다.

"가르시아 동지신가요? 헤파투라 병영에서 오시랍니다. 마드리드에서 전화가 왔습니다."

가르시아는 마드리드를 불렀다.

"조정(調停)은 어떻게 됐습니까?" 하고 마드리드는 문의해왔다.
"사제는 아직 나오지 않았습니다. 10분 후에 약정된 시간이 끝납니다."
"무슨 일이 있거든 곧 불러주시오. 정세를 어떻게 생각하고 있습니까?"
"나빠요."
"몹시 나쁜가요?"
"나빠요."

5

 가르시아가 전화를 받으러 나갔다는 것을 알고 있는 에르난데스는 그와 함께 미술관으로 돌아가려고 그를 기다리고 있었다.
"당신은 놀라운 얘기를 한마디 했어요. 그건 다름이 아니라 정치는 모랄을 가지고 하는 것이 아니며 모랄 없이는 더구나 정치를 할 수 없다는 말씀입니다. 당신이라면 편지를 전달하게 했을까요?"
"안 했지요."
 휴식 때에 무기가 부딪치는 소음, 정오의 태양이 내리쬐는 군대용 냄비들, 송장 냄새——모두가 전날의 소란을 환기시키고 있었으므로 전쟁이 끝난다는 것은 있을 수 없는 일인 것 같았다. 휴전이 끝나기까지는 15분도 남아 있지 않았다. 평화는 이미 아름다운 과거였다. 에르난데스의 조용하고 긴 발걸음은 가르시아의 확고한 발걸음 옆에서 미끄러지듯이 가고 있었다.
"왜요?"
"첫째, 그들은 인질을 돌려주지 않았습니다. 둘째, 당신이 책임을 맡은 순간부터 당신은 승리자가 되어야 합니다. 이상입니다."
"잠깐만. 난 책임을 택하지 않았습니다. 난 장교였습니다. 난 장교로서 근무하고 있습니다."
"당신은 책임을 맡았습니다."
"어떻게 책임을 거부할 수 있었겠습니까. 우리에게 장교가 없다는 것을 잘 아실텐데……"
 처음으로 총격 없는 낮잠 시간이 시가지 위에 내려앉아 불안한 수면 속에서 길게 끌고 있었다.
 "혁명이 인간을 좀더 낫게 만들지 않는다면 혁명이 무슨 소용이 있나요? 저는 무산자(無産者)가 아닙니다, 소령님. 프롤레타리아를 위한 프롤레타리아는 부르주아지를 위한 부르주아지나 마찬가지로 저에게는 흥미가 없습니다. 그러나 저는 그래도 전력을 다하고 있습니다."
 "혁명은 프롤레타리아에 의해 이루어지는 건가요? 아니면…… 금욕주의자에 의해 이루어지는 건가요?"
 "왜 혁명은 가장 인간적인 인간에 의해 이루어질 수 없는 건가요?"
 "왜냐하면 가장 인간적인 인간은 혁명을 하지 않기 때문입니다. 그들은 도서관을 짓거나 묘지를 만들지요. 불행한 일이야……"
 "묘지란 하나의 모범이 또 하나의 모범이 됨을 방해하지 않습니다. 정반대입니다."
 "우선은 프랑코가 모범이군요."
 에르난데스는 거의 여자와 같은 동작으로 가르시아의 팔을 잡았다.
 "가르시아, 들어주시오. 누가 옳은가 하는 숨바꼭질은 하지 맙시다. 난 당신에게만 말할 수 있습니다. 마누엘은 성실한 인간입니다. 그러나 그는 자신의 당을 통해서만 사물을 봅니다. 다른 사람들도 1주일 이내에 이곳에 올 겁니다. 그건 당신이 저보다 더 잘 아실 겁니다. 그러니까 말입니다, 옳다는 것은……"
 "오지 않습니다."
 "올 겁니다……"
 에르난데스는 알카사르 병영을 바라보았다. 여전했다.
 "다만, 만일에 제가 이곳에서 죽어야 한다면 이렇게는 죽고 싶지 않을 뿐입니다……"
 "지난 주에 나의…… 어떻든…… 막연한 동지 중에 아나키스트이거나 아니면 자칭 아나키스트라고 하는 한 사람이 공금횡령으로 고발당했어요. 그는 죄가 없었습니다. 그는 저에게 증인이 되어달라고 호소하더군요. 당연히 저는 그를 변호했습니다. 그는 이미 마을의 책임자로서 공유화(共有化)를 마을의 의무로 실시하고 있더군요. 그리고 부하들은 공유화를 이웃 마을까지 확대하기 시작하고 있었습니다. 저는 이러한 조치들이 나쁘다는 것에, 낫 한 자루를 갖기 위해 서류를 열 장이나 제출해야만 하는 농민의 분격을 인정합니다. 저는 반대로 이 문제에 대한 코뮤니스트들의 프로그램은 훌륭하다는 것도 인정합니다. 저는 증인으로 나선 후부터 코뮤니스트와 사이가 나빠졌습니다. 어쩔 수가 없었습니다. 저는 그가 무죄라는 것을 아는 제게 증인이 되어달라고 간청하는 그 사람을 도둑으로 몰리도록 내버려 두진 못합니다."

"코뮤니스트들은(그리고 현재 무엇을 조직하려고 하는 자들은) 만일에 당신의 친구가 농민에게 반란을 일으키게 한다면 그분의 뜻이 아무리 순수하다 할지라도 객관적으로 보아서는 프랑코에게 원조하는 것이 된다고 생각하고 있습니다……."

"코뮤니스트들은 무엇인가를 하고 싶어합니다. 당신과 아나키스트들은 이유는 다르겠지만 무엇인가가 되고 싶어합니다. 이것이야말로 지금과 같은 모든 혁명의 드라마입니다. 우리가 삶의 바탕으로 삼고 있는 신화(神話)들은 모순투성이입니다. 평화주의와 그것에 필연적으로 따르는 방비 조직체와 기독교적 신화들, 능률과 정의(正義), 그리고 그와 같은 등속들. 우리는 이 신화들을 정리하고 우리의 묵시록을 군대로 변형하거나 아니면 죽어버리거나 해야 합니다. 이 길밖에는 없습니다."'

"그럼 틀림없이 그와 같은 모순을 자기 내부에 지니고 있는 사람들 역시 죽어야만 하겠군요. 당신 말씀대로 이 길밖에는 없겠군요."

가르시아는 골로브킨이 한 말을 생각하고 있었다 ─ '그들은 변하거나 아니면 죽거나 둘 중의 하나요…….'

"숱한 사람들이" 하고 가르시아는 말했다. "묵시록에서 그들 자신에 관한 문제의 해결을 기대하고 있습니다. 그러나 혁명은 혁명을 미끼로 발행된 수천의 어음을 무시하고 계속됩니다……."

"당신은 제가 사형받은 인간이라고 생각하시죠?" 하고 말하며 에르난데스는 미소를 지었다.

그의 미소는 야유가 내포된 것이 아니었다.

"자살 속에는 휴식이 있습니다." 에르난데스는 손가락으로 그들이 걸어가는 아래에 있는 베르무트주와 영화의 낡은 포스터를 가리켰다. 그리고 슬픈 말〔馬〕을 연상시키는 긴 이를 드러내며 한층 더 미소를 지어 보였다. "과거란……." 그리고 얼마 후에. "그러나 모스카르도에 관해서이지만 제게도 아내가 있었지요."
 "그랬군……. 그러나 우린 인질이 되지 않았네……. 모스카르도의 편지라든가, 당신의 증언이라든가……, 당신이 제출하는 문제의 하나하나가 모랄의 문제요" 하고 가르시아는 말했다. "모랄에 의거하여 산다는 것은 언제나 하나의 드라마야. 혁명 속에서나 다른 데서나 다 마찬가지야."
 "그런데 혁명이 일어나지 않는 한 반대로 생각하지요……."
 엉망이 된 정원 속에서 장미나무와 회양목도 휴전에 참가하고 있는 것 같았다.
 "당신은 당신의…… 숙명과 부딪치고 있는 것인지도 몰라요. 사랑한 것을, 삶의 목적이었던 것을 단념한다는 것은 결코 쉬운 일이 아니오……. 에르난데스, 난 당신을 도와드리고 싶소. 당신이 하고 있는 내기는 처음부터 진 거요. 왜냐하면 당신은 정치적으로 —— 정치적 행동 속에서 ——, 순간 순간 정치와 결부되는 군사적 지휘 속에서 살고 있기 때문이오. 또 당신의 내기는 정치적인 것이 아니기 때문이오. 그 내기는 당신의 눈에 보이는 것과 당신의 꿈속에 나타났던 것과의 비교요. 행동은 행동의 조건에서만 생각될 수 있어요. 한 구체적 사물과 다른 구체적 사물의 비교, 한 가능성과 다른 가능성과의 비교 속에서만 정치적 사상은 존재하는 겁니다. 내기는 우리편이냐 프랑코편이냐이지 —— 한 조직이냐 다른 조직이냐이지 —— 한 조직 대 한 욕망이 아니며, 한 꿈이냐 한 '묵시록'이냐가 아닌 것입니다."
 "인간은 존재하지 않는 것을 위해서만 죽습니다."
 "에르난데스, 아무리 나쁜 것이라 해도 할 수 있는 것을 생각지 않고 해야 할 것만 생각한다는 것은 하나의 독약과 같은 겁니다. 고야의 말을 빌리자면, 거기에는 치료약이 없어요. 그 내기는 누가 하더라도 이미 진 거요. 그건 절망적인 내기입니다. 도덕적 완성이라든가 고귀성(高貴性) 같은 것은 개인 문제에 속하는 겁니다. 혁명은 이것과는 직접적인 관련이 없습니다. 당신에게는 유감천만이지만, 두 가지 사이의 유일한 교량은 —— 자기희생이라는 관념뿐일 겁니다."
 "비르길리우스의 시구를 아시겠지요? '그대와 함께도 아니고, 그대 없이도 아니고…….' 지금 나는 빠져나갈 겁니다……."
 155포(砲)의 포효(咆哮)와 포탄이 윙윙거리며 나는 날카로운 소리, 작렬 그리고 우수수 떨어지는 석고 부스러기.
"사제님은 실패했군" 하고 가르시아는 말했다.

6

야꿰 장군이 지휘하는 군대가 탈라베라를 떠나 톨레도로 전진하고 있었다.
시민 르클레르는 몹시 더러워진 흰 비행복을 입고, 머리에는 회색 운동모를 쓰고, 겨드랑이에는 보온병을 끼고 그의 탑승기 가까이로 다가가고 있었다. 입구가 열려 있었다.
"저런, 누가 내 오리온호(號)에 손을 댔군!" 하고 그는 후두염을 앓은 적이 있는 쉰 목소리로 말했다. 그 목소리는 마치 그가 막 누군가와 서로 욕지거리를 하며 싸우고 난 뒤 같았다.
"괜찮아요, 괜찮아요" 하고 스웨터를 걸쳐입고 있던 아티니에스가 조용히 대꾸했다. "조준기를 붙여놓았습니다."
"아 그래, 좋고말고" 하고 르클레르는 상대자의 비위를 맞춰주는 듯이 대답했다.
르클레르는 아티니에스를 좋아하지 않았다. 그가 젊고 착실한 것도 싫었고 그의 점잖음도 싫었다. 르클레르는 아티니에스가 다정하게 대해주는데도 불구하고 그에게서 대부르주아를 느끼고 있었다. 그의 지식도(아티니에스는 사관학교 출신이었다) 싫었고, 그의 준엄한 코뮤니즘도, 설사 그가 준엄을 가장하지 않고 정반대로 굴었을지라도 싫어했을 것이다. 기술자에 대해서는 지원병을 고맙게 생각하고 있었으나 르클레르와 같은 고용병은 질투를 느끼고 있었다. 그리고 르클레르의 머리에서는 여자에 대한 생각이 떠나지 않고 있었다.
그는 발동기를 걸었다.
펠리칸들과 부상자들은 비행기의 주위를 돌고 있었다. 스칼리는 라플라티를 데리고 있었다. 하이메는 맹인이 된 후에도 이전처럼 비행장에 나타나고 있었다. 붕대가 그의 얼굴을 위와 아래로 갈라놓고 있었다. 의사들은 그가 시력을 회복할 것이라고 말하고 있었다. 그러나 그는 자기 옆에 개가 있다는 것이 견딜 수가 없었다. 하우스도 역시 쌍지팡이를 짚고 비행장에서 살고 있었다. 그는 거만했고 설교조나 명령조로 말했으며 그의 부상이 그에게 권위를 부여한 뒤로는 몹시 비위에 거슬리는 존재였다. 시비르스키는 벌써 스페인을 떠났다.

펠리칸들이 전쟁을 계속하기 위하여 야간 비행으로 전환한 후부터는 비행장의 분위기는 달라져버렸다. 적군의 전투기는 그로 인해 말살된 것이나 다름없었다. 들에 야간 착륙한다는 것은 즐거운 노릇이 아니었다. 그러나 적의 전선 안에 주간 착륙한다는 것은 더구나 유쾌한 노릇이 아니었다. 운명이 전투와 자리를 바꾸었던 것이다. 설사 전쟁에서 기병(騎兵)들은 그들의 기마(騎馬)에 묶여 있을지라도 적어도 그들의 기마는 장님도 아니며 날마다 마비(痲痺)의 위협을 받고 있지도 않았다. 그리고 이제부터 적(敵)은 파시스트의 군대라기보다는 낡은 바지처럼 꿰맨 자국투성이인 이 비행기들의 발동기였다.

또한 이제부터 전쟁은 수리를 무한히 거듭한 비행기들의 야간 출동이었다.

비행기는 이륙하여 구름을 통과했다.

"여보게?"

"예?"

"나를 바라보게. 난 줄곧 바보짓을 하고 있었네만 나도 한 사람의 인간이란 말이야!"

그는 아티니에스를 싫어하고 있었으나 모든 전투 비행사는 용기를 존경하고 있었고, 아티니에스의 용기는 확실했다.

그들은 구름 밑으로 돌아왔다.

1차대전중처럼, 중국에서처럼 보호를 해주는, 그렇지만 대단히 고장나기 쉬운 이 폭음에 감싸인 르클레르는 머리에 회색 운동모를 쓰고 수면(睡眠)과 전쟁을 초월한, 고뇌와 정열을 초월한 하느님 같은 자유를 자유롭게 느끼고 있었다.

잠시 시간이 흘렀다. 그런 후에 르클레르는 깊은 생각 끝에 결단을 내리는 어조로 말했다.

"당신도 역시 하나의 인간이오."

아티니에스는 조종사의 감정을 상하게 해주고 싶지는 않았으나 이러한 종류의 대화는 그의 신경을 건드리고 있었다. 그는 아래의 가로등이 켜진 은하수와 같은 길에서 눈을 떼지 않고 신음소리와 같은 소리로 대답했다. 길은 그들 앞에, 밤의 밑바닥까지 튀어나와 틀림없이 지면에 불어닥치는 바람에 부들부들 떨고 있었다. 그리고 아티니에스는 적의 어둠 속에서, 위협하는 듯한 고독 속에서 고통으로써 이 유일한 인간의 흔적과 자기 자신을 연결해줌을 느끼고 있었다. 불빛이 하나도 없었다. 추락은 바로 죽음이었다. 그리고 그의 의식보다 더 민감한 그의 본능이 더 빨리 들은 것처럼, 아티니에스는 갑자기 그의 고통의 원인을 깨달았다. 발동기는 뒤뚱거리고 있었다.

"날름쇠가 고장이야!" 하고 그는 르클레르에게 말했다.

"내가 알 게 뭐야" 하고 르클레르는 외쳤다. "한탕 해보자."

아티니에스는 그의 비행모의 죔쇠를 죄었다. 그는 언제나 시도해보고자 하는 각오가 되어 있었다.

탈라베라는 고독과 암흑 속에서 커져가는 수평선 가까이에 나타나고 있었다. 언덕 높이에서는 탈라베라의 불빛은 별빛 속에 자취를 감추었다가 비행기 쪽으로 오는 것 같았다. 발동기가 마치 의족(義足)처럼 다리를 저는 듯한 소리를 내었으므로 시가지는 생기가 나고 위협하는 것 같았다. 시골의 불빛과 전쟁의 열띠고 생기 있는 섬광 속에서 불을 끈 가스 공장은 시커먼 얼룩으로 보였고 이 시커먼 얼룩은 잠든 들짐승처럼 불안한 고요를 지니고 있었다. 비행기는 지금 아스팔트 도로 위를 날고 있다. 갓 내린 비에 젖은 도로는 가로등을 반사하고 있었다. 불빛 덩어리는 비행기가 탈라베라에 접근함에 따라 확대되고 있었다. 그리고 갑자기 아티니에스의 눈에는 그 불빛 덩어리가 급강하(急降下)하는 낡은 비행기의 날개 양옆에서 보였는데 그것은 마치 상승하는 비행기 주위의 별들과도 같았다.

그는 임시로 만든 뚜껑문을 열었다. 밤의 차가운 공기가 기체 속으로 휩쓸려 들어왔다. 무릎을 꿇고 시가지를 내려다보면서 그는 말의 한 눈이 눈가리개로 가려지듯이 시선의 한쪽이 조준기로 가려진 채 기다리고 있었다. 르클레르는 공장의 시커먼 네모꼴 위로 기수(機首)를 돌린 후 귀를 기울이고 탈라베라의 빛나는 해골 위를 전진하고 있었다.

그는 시커먼 얼룩을 지나치자 격노하여 아티니에스 쪽을 돌아보았다. 그의 눈에는 기내(機內)의 어둠 속에서 빛나는 아티니에스의 금발밖에는 보이지 않았다.

"저런, 뭘 하고 있나!"
"입 닥쳐요!"
르클레르는 비행기를 기울게 했다. 그들이 발사한 폭탄은 속도의 힘을 받은 채 조금 낮게 그리고 조금 늦게, 마치 달빛에 반사하는 물고기처럼 찬란하게 번득이며 그들을 따라오고 있었다. 방향을 전환하는 비둘기떼가 날씬한 프로필을 남기며 사라지듯이 폭탄은 갑자기 사라졌다. 폭탄은 수직으로 추락하고 있었던 것이다. 공장의 가장자리에 꽃술과 같은 붉은 폭발들이 용솟음치는 것이 보였다.
실패였다.
르클레르는 하강하면서 급선회하여 공장 위로 돌아왔다. "고도(高度)!" 하고 아티니에스가 외쳤다. 고도를 맞추는 동작 때문에 조준의 시간이 바뀌었다. 그는 고도계(高度計)를 쳐다보고 뚜껑문으로 돌아왔다. 지금 반대 방향에 보이는 탈라베라는 마치 돌아선 인간처럼 방금 변했다. 군관계 사무소에서 차도 위에 투사된 희미한 불빛 대신 도처에 보이는 것은 창문의 네모꼴 불빛이었다. 공장의 얼룩은 윤곽이 분명하게 보이지 않았다. 아래에서는 기관총을 쏘고 있었다. 그러나 기관총 사수들의 눈에 비행기가 똑똑히 보일 리가 없었다. 전 시가지의 불빛이 꺼졌다. 그리고 별이 가득한 밤에 남아 있는 것은 불빛을 받은 날개 가장자리의 금속판과 고도계의 문자판 위에 던져진 르클레르의 운동 모자의 그림자뿐이었다.
시가지에 불빛이 퍼졌을 때에는 생기(生氣)가 희미했는데 비행기의 선회로 불빛이 벗겨지자 생기가 뚜렷해지는 것 같았다. 불이 꺼지니 이제 시가는 더욱 활기를 띠는 것 같았다. 부싯돌의 불꽃처럼 기관총의 짧은 불꽃이 명멸(明滅)하고 있었다. 적의에 찬 시가지는 망을 보고 있었고, 비행기가 시가지로 향할 때마다 시가지가 움직이는 것 같았다. 르클레르는 시선을 고정한 채 둘로 가른 머리 뒤에 회색 운동모를 붙이고 있었고, 아티니에스는 배를 깔고 엎드려 조준기에다가 코를 붙이고 있었다. 조준기 속으로 달빛에 반사되는 푸르스름한 제일 작은 강의 물굽이가 들어왔다. 공장이 그곳에 있었다. 아티니에스는 두번째의 폭탄을 투하했다.
이번에는 그들이 폭탄 위에 있었기 때문에 폭탄은 비행기에 가려 보이지 않았다. 그리고 비행기는 화약빛 구체(球體) 위에서 소음 속에 코를 박듯이 급강하했다. 그들을 삼킬 듯한 이 푸른 불을 피하여 르클레르는 조종간을 사정없이 잡아당겼다. 비행기는 별들의 무관심한 정적의 세계에까지 튀어올랐다. 아래에서는 벌써 경사진 붉은 화염이 타고 있을 뿐이었다. 공장은 날아가버렸다.

　총알이 기체를 뚫었다. 아마 폭발 때에 비행기가 보였을지도 모른다. 기관총이 방금 달무리 속으로 들어간 비행기 실루엣의 뒤를 쫓고 있었다. 르클레르는 우회하기 시작했다. 아티니에스는 돌아서서 붉은 그물을 치는 것 같은 화염을 내려다보고 있었다. 염주처럼 투하된 폭탄들은 병영에도 맞았다. 병영은 바로 공장 옆에 있었다.

　구름떼가 그들을 대지와 갈라놓았다.

　르클레르는 자기 옆에 보온병을 끌어당기고 컵을 든 채 어리둥절한 듯이 멈춰 서 있다가 아티니에스에게 신호를 했다. 비행기는 푸르스름한 광선에 비쳐서 유황빛이었기 때문이다. 아티니에스는 하늘을 가리켰다. 그때까지 그들은 전투에 정신이 팔려 대지만 내려다보았을 뿐 비행기 자체는 한 번도 쳐다보지 못했다. 그들의 뒤쪽 위에서는 그들에게는 보이지 않는 달이 알미늄의 날개를 비치고 있었다. 르클레르는 보온병을 내려놓았다. 인간의 어떤 동작도 이제는 사물과 균형이 맞지 않았다. 몇 마일 사방까지 비치는 것이라고는 단 하나 이 싸우는 문명의 이기(利器)뿐이었다. 모든 전투에 따르는 행복감은 정적 속으로 마치 달과 돌이 수천 년 동안 사멸한 천체 위에서 반짝이듯이 빛나는, 이 파리한 금속과 화합(和合) 속으로 사라지고 있었다. 그들 아래에 있는 구름 위에 비행기의 그림자가 끈질기게 전진하고 있었다. 르클레르는 손가락을 펴들고 감탄하고 있음을 보여주는 듯이 입을 삐죽 내밀고 무겁게 "잊지 말아요!" 하고 외치며 다시 보온병을 집어들었다. 그는 발동기가 여전히 뒤뚱거리고 있음을 깨달았다.

　그들은 드디어 구름을 앞질렀다. 다시 나타난 대지의 몇몇 도로들이 움직이고 있었다. 지금 아티니에스는 밤의 도로에 떠돌고 있는 것이 무엇인가를 알고 있었다. 파시스트의 트럭들이 톨레도를 향하여 전진하고 있었다.

7

　밤까지 마누엘은 통역 노릇을 했다. 마드리드에서 편성되고 있던 국제의용군 중의 한 장군인 하인리히가 타호 강(江)의 전선을(그렇게 말할 수 있다면) 시찰하고 있었기 때문이다. 탈라베라로부터 톨레도까지 히메네스와 다른 두세 사람의 경우를 제외한다면, 경계선도 없고 청음초(聽音哨)도 없었다. 있다면 조직도 방비도 엉망인 예비군뿐이었다. 기관총도 성능이 나쁠 뿐더러 위치도 적당하지 못했다.

　제복을 입고, 군모를 손에 들고, 정수리——백발을 보이지 않으려고 짧게 깎은——에 땀을 흘리며 늦여름의 금이 간 대지 위에 가죽 장화소리를 내고 있는 하인리히는 코뮤니스트의 단호한 낙천주의로 타호 강의 전선을 재정비하고 있었던 것이다.

　마누엘은 히메네스에게서 지휘법을 배웠는데 지금은 지도법을 배우고 있었다. 그는 전쟁을 배우고 있다고 생각했는데 두 달 전부터 그가 배우고 있는 것은 신중, 조직, 고집, 엄격이었다. 그는 특히 이 모두를 머리로 이해하는 대신에 몸으로 배우고 있었다. 그리고 유동하는 불덩어리가 열광하는 해파리처럼 물결치는 알카사르 병영을 향하여 밤중에 올라가면서 마누엘은 하인리히 장군이 열 한 시간 동안이나 전선을 정비한 후에 전투 여단이란 어떤 것인가를 그의 육체 속에서 깨닫고 있었다. 피곤 때문에 정신을 차릴 수가 없는지 군 지휘관의 명령은 총성과 뒤범벅이 되어 그의 머릿속에서 윙윙거리고 있었다. '용기는 위선을 용인하지 않는다'——'귀를 기울이는 것을 듣고 눈으로 보는 것을 흉내낸다'——전자는 나폴레옹의 말이고, 후자는 키로가(스페인의 장군 1784~1841)의 말이다. 히메네스는 그에게 클라우제비츠를 발견하게 해주었고 그의 기억은 군사 도서관으로 돌아가고 있었다. 그러나 군사 도서관은 나쁘지 않았다. 알카사르 병영의 맹화(猛火)는 마치 타오르는 시냇물이 바닷속에 반영되듯 구름 속에 반영되고 있었다. 2분마다 중포(重砲)가 그 벌겋게 단 숯불을 겨누어 쏘고 있었다.

　하인리히는 스페인 참모본부의 가장 활동적인 부분을 원하고 있었다. 그것은 돌격대를 특공대로서 보존하고 국제의용군의 행동 개시를 기다리다가 제5연대를 가능한 한 확대하고, 이어서 제5연대의 단위들의 수효가 늘어날 때 그것들을 정규군 속에 편입하는 것이었다. 그러면 그것들이 정규군의 핵심이 될 것이고 최초의 코뮤니즘 요소들이 제5연대를 만드는 것을 허용했듯이 혁명적 규율을 소개하는 것을 허용할 것이다. 엔리케의 대대는 군단이 되어 있었다. 마누엘은 기계화 중대로 시작하여 히메네스 휘하에서는 1개 대대를 지휘했다. 그는 마드리드에서는 1개 연대를 지휘하려 하고 있었다. 그러나 '승진'한 것은 마누엘이 아니라 스페인의 군대였다.

  알카사르 병영의 분노한 듯한 짧은 불길이 마누엘의 얼굴을 오렌지빛으로 비치고 있었다. 그는 한 줄기의 회향풀을 손에 들고 지뢰의 부설 상황을 시찰하기 위해 산타크루스로 바람을 무릅쓰고 올라가고 있었다. 하인리히는 시가지에서 독일인 장교같이 짧게 깎은 그의 목덜미에 이마처럼 주름살을 만들며 마드리드의 전화를 기다리고 있었다.

  포성과 총성이 바람을 타고 다시 들려오고 있을 때 또 다른 소리가 계속 들려왔다. 약하고 폐부를 찌르는 듯한 소리였다. 알카사르 병영의 지붕이 탁탁 튀는 무딘 소리였다. 이 소리는 대포를, 멀리서 나는 아우성을, 인간의 소란에서 파생하는 모든 것을 가소롭게 하는 저 냄새와 호응하고 있었다. 불 냄새와 송장 냄새가 뒤섞이어 코를 찌르기 때문에 이 냄새는 알카사르 병영만으로는 부족한 것 같았다. 이 냄새는 바람과 밤과 똑같은 냄새에 불과한지도 모른다.

  타호 강의 전투에 톨레도의 민병을 투입하지 않을 수 없게 되었다. 지하실을 제외하고 알카사르 병영은 밤중에 폭파하기로 되어 있어서 시가지에서는 모두들 피란하고 있었다. 농부들은 돼지와 암염소를 데리고 붉게 물든 어둠 속으로 말없이 긴 행렬을 지으며 지나가고 있었다. 그들을 비치고 있는 것은 알카사르 병영이 아니라 불붙는 듯한 구름이었다.

  마누엘이 산타크루스의 홀에 나타났을 때 톨레도의 한 지휘자가 거기에 와 있었다. 마흔 살쯤 되어 보이고 군모를 머리 뒤로 젖히고 있었다.

  "여, 여! 무슨 일인가? 무슨 일인가?"

  그는 손을 주머니 속에 집어넣은 채 마누엘 쪽을 향하여 오고 있었다. 호의적이고 보호적이면서도 무뚝뚝한 얼굴이었다.

  "지뢰 준비는 언제 됩니까?" 하고 마누엘이 물었다.

  지휘관은 그를 바라보았다.

"그들이 일을 끝냈을 때겠지……. 내일이나……."
 그리고 '이 바보들에게 맡겨놓았으니 언제 끝날지 알 게 뭐야' 하고 말하는 것 같았다. 그리고 또 익살맞은 눈초리며, 아주 이상하게 생각하는 듯한 태도며, 마누엘은 에르난데스의 슬픔에 공감을 느끼지 않을 수가 없었다. 그러나 무관심하면서도 우월감을 갖고 있는 이 야유적인 태도는 그를 움찔하게 했다. 그리고 라모스와 함께 그가 저지른 실패가 있은 후로 다이너마이트는 그에게는 소설 속에나 나오는 무기로, 따라서 믿을 수 없는 무기로만 보였다.
 한순간 전쟁의 소음이 뚝 그쳤다. 침묵 속에서 무엇인가를 때리는, 금속성인 듯한 둔중한 소리가 규칙적으로 들려왔다. 이 소리는 마룻바닥과 벽에서 나오는 것 같았다.
 "지뢴가요?" 하고 마누엘은 물었다.
 민병들이 그렇다는 표시를 했다. 마누엘은 같은 시각에 알카사르 병영의 파시스트들도 마찬가지로 이 소리를 듣고 있을 것이라고 생각하고 있었다.
 지뢰반장이 나타났다.
 "몇 시에 끝날 작정이오? 아무리 늦어도 말이오."
 "빠르면 세시이고 늦으면 네시요."
 "틀림없나요?"
 지뢰반장은 생각에 잠겼다.
 "틀림없지."
 "무엇이 폭발하나요?"
 "글쎄, 단언할 수가 없네요……."
 "당신 의견으론."
 "앞으로 나와 있는 부분은 전부 폭파합니다."
 "그뿐인가?"
 지뢰반장은 다시 생각에 잠겼다.
 "그들은 그 이상이라고 말합니다. 그러나 전 그렇게 생각지 않습니다. 갱도(坑道)는 차례로 겹쳐져 있지 않고 계단처럼 층계가 되어 있으며 암석(岩石)의 형태를 따르고 있습니다."
 "고맙네."
 지뢰반장은 나갔다. 마누엘은 왼손에 회향풀을 들고 지휘관의 팔을 잡았다.

"내일 전투가 있다면 주의하시오, 동지. 당신네 기관총 진지가 너무 낮아요. 진지는 전혀 은폐되어 있지 않소. 총화의 섬광에 노출되어 있어요."

그는 다갈색으로 물든 밤 속으로 나갔다. 시체들의 냄새와 뜨겁게 단 돌 냄새가 그를 에워쌌다가 바람이 불자 한순간 사라졌다. 그러다가 다시 떠오르고 또다시 매발톱꽃이 가득 찬 정원을 휩쓸었다.

그는 한심스럽기 짝이 없는 진지들을 차례로 시찰하고 공화군이 점령한 알카사르 병영의 일부분까지도 진출했다. 거기는 모두가 변해 있었다. 돌격대원, 민위대원 그리고 조직된 민병들. 그러나 그는 여전히 불안했다. 폭발 후에 잇따라야 할 공격 준비에 군사전문가는 한 사람도 참가하지 않았던 것이다.

절굿공이 찧는 듯한 포성 사이로 지뢰 부설 작업의 소리가 그의 귀에 들려오고 있었다. 그리고 이 소리는 지금은 땅에서 그의 다리로 전해져 올라오고 있었다. 지하실에 있는 적군의 귀에는 틀림없이 이 소리가 더 똑똑히 들릴 것이다…….

하인리히는 전화로 마드리드의 방위에 관한 회답을 기다리고 있었다. 그는 마드리드를 방위하고 싶었다. 그러나 톨레도가 저항하든 함락하든간에 그가 요구하고 있는 것은 소단위제의 포기와 제5연대가 지지하는 강력한 예비군 편성이었다. 입성(入城) 때 쓸 백마를 구하기 시작한 프랑코는 마드리드 파시스트들의 큰 반란을 기대하고 있었다. 그리고 그의 군대는 너무 빨리 전진하고 있었다.

에르난데스는 하루의 근무가 끝나자 그의 친구 모레노와 함께 민병대의 본부에서 한 테이블에 앉아 있었다. 이곳은 톨레도에서 아직도 미지근한 맥주를 마실 수 있는 유일한 장소였다. 모레노 중위는 반란 당일에 파시스트들에 의해서 투옥되고 사형선고를 받았으나 감옥을 옮길 때 어떤 요행으로 석방되어 하루 전에 마드리드로 돌아올 수가 있었다. 그는 정보 제공 때문에 호출되었던 것이다. 그는 에르난데스와 마찬가지로 톨레도의 육군 사관학교 출신이었다. 활짝 열린 창문 앞을 민병들은 마치 거대한 화재의 밑바닥에 있는 화염의 푸른 심지처럼 움직이고 있었다.

"모두 돌았네" 하고 모레노는 흘러내린 머리카락 사이로 말했다. 가운데가 갈라진 검고 무거운 머리털이 흘러내려 그의 얼굴을 가리고 있었다. 그들은

15년 전부터 감정을 털어놓거나 추억으로 이루어진 담담한 우정 속에 결합되어 있었다.

"난 전에 믿었던 것을 이젠 조금도 믿지 않아" 하고 모레노는 말했다. "조금도 믿지 않아. 그렇지만 난 내일 저녁에 일선으로 떠날거야."

그는 머리카락을 쓸어올렸다. 그의 아름다운 얼굴은 톨레도에서 유명했다. 매부리코, 매우 큰 눈, 라틴 사람의 전형적인 아름다운 얼굴 모양새——석방은 되었으나 투옥되었던 사실을 증명이라도 하는 듯이 사흘 동안 길게 자란 머리털이 오늘 밤 그를 기묘하게 보이게 했다. 면도도 하지 못했고 수염도 희끗희끗하게 보였다.

집들이 알카사르 병영을 가리고 있었으나 알카사르 병영의 그림자는 가리지 못하고 있었다. 흑포도(黑葡萄)와 같은 모든 색조를 차례로 띠고 또 그늘에서 나와 포장도로 위에 그림자를 던지고 있는 이 불빛 밑으로 민병들이 지나가고 있었다. 포성이 규칙적으로 들려오고 있었다.

"투옥되어 있는 동안 무엇이 제일 힘들었나?"

"감정을 누그러뜨리는 법을 배우는 일이라고나 할까……."

오래전부터 에르난데스는 모레노가 비극적인 것에 대해서 이상한 자기만족을 가지고 있지 않나 하고 생각하고 있었다. 그러나 그의 고민은 설사 대위가 그 본질을 분간하지 못한다 하더라도 그것은 명백한 것이었다.

그들은 한동안 말문을 닫고 포성을 기다리고 있었다. 보이지는 않으나 피란민 때문에 짐수레의 바퀴소리가 밤을 가득 채우고 있었다.

"투옥은 사형선고에 비하면 별로 대단한 것이 아니었네. 변한 것은…… 난 인간에 대해서 뭔가를 생각하고 있다고 믿었네. 난 마르크시스트였네. 최초의 마르크시스트 장교였다고 생각하네. 그 반대라고는 생각지 않네. 난 이젠 아무것도 생각지 않네."

에르난데스는 마르크시즘에 대해서 토론하고 싶은 생각은 전혀 없었다. 민병들은 소총 부딪치는 소리를 내면서 달음질을 치고 있었다.

"들어보게" 하고 모레노는 말을 이었다. "내가 사형선고를 받았을 때 나는 안뜰에 내려가도 좋다는 허가를 받았네. 그곳에 있던 패들은 그들의 정치사상 때문에 사형을 받고 있었네. 그래서 아무도 정치 얘기는 하려고 들지 않았네. 절대로 하지 않았지. 만일에 누군가가 그런 얘길 시작하기라도 한다면 그의 주위에는 순식간에 사람 그림자 하나 얼씬거리지 않을거야."
 곱사등이인 한 여자 민병이 에르난데스에게 봉투 하나를 가져왔다. 모레노는 신경질적으로 웃음을 터뜨렸다.
 "혁명의 입장에서 본다면" 하고 그는 말했다. "자네는 이 희극을 어떻게 하겠나?"
 "이건 단지 희극만은 아니야."
 에르난데스는 멀어져가는 그 곱사등이 여자를 눈으로 좇고 있었다. 그러나 모레노와는 반대로 그는 그녀에게서 오직 정열만을 보고 있었으므로 그녀를 우정어린 마음으로 바라보았다. 가지빛 밤의 어둠을 통하여 그가 판단할 수 있는 한에서는 민병들도 마찬가지였다. 그녀는 목숨을 걸고 있었다. 그때까지 아마도 그녀는 고독한 생활을 했음에 틀림이 없다. 대위는 근시안으로 모레노를 바라보았다. 그는 불신감을 품기 시작한 것이다.
 "내일 밤 전선으로 떠나는가?"
 모레노는 주저하다가 잔을 떨어뜨렸으나 그것에 주의하지 않고 계속해서 에르난데스로부터 시선을 떼지 않았다.
 "난 오늘 밤 프랑스로 떠나네" 하고 그는 드디어 말했다.
 대위는 말문을 닫았다. 외국인 민병은 돈을 내지 않아도 되는 줄 모르고 그의 잔을 화폐로 때렸다. 모레노는 주머니에서 동전 한 닢을 꺼내어 마치 동전으로 결정을 짓는 것처럼 동전을 던졌다가 동전이 어느 쪽으로 떨어졌는가 보지도 않고 한 손으로 덮어버리더니 매우 난처한 듯한 미소를 띠었다. 잘 균형 잡힌 이 얼굴에서는 모든 심각한 감정이 유년시절의 표정을 되찾고 있었다.
 "처음엔 말이야, 우린 감옥에 들어가지 않았네. 우린 낡은 수도원에 갇혀 있었네. 물론 아주 지정이 된 곳이지. 먼저 있던 감옥에서는 아무것도 보이지 않고 아무것도 들리지 않았네(언제나 그랬어). 수도원에서는 운이 좋았네. 모든 게 들렸으니까 말이야. 밤에는 일제 사격이 있었어."
 그는 에르난데스를 불안한 눈초리로 바라보았다. 그의 유년시절의 표정 속에는 일종의 순진성이 들어 있었으나 살벌한 면도 어느 정도 있었다.
 "말로 총살을 한다고 믿나?"
 그리고 대답을 기다리지 않고서 "탐조등으로 비치는 동안 총살된다는 것은……. 일제사격이 있었네. 그리고 또한 다른 소리도 났네. 우리들의 돈은 압수되었으나 잔돈은 그대로 두어두더군. 그래서 거의 모든 패들이 동전을 던져 앞이냐 뒤냐를 결정했네. 우리는 다음날 안뜰로 갈 것인가, 예를 들면 말일세, 아니면 총살집행반으로 갈 것인가 하는 그러한 것들이었네. 그들은 한 번으로 앞이냐 뒤냐를 결정하지 않지. 열 번도, 스무 번도 더 하지. 일제사격 소리들은 벽 때문에, 공기 매트 때문에 억눌린 듯 멀리서 나는 것 같았네. 밤이면 일제사격 소리와 나 사이에, 오른쪽 왼쪽 온통 주위에 이 조그마한 동전 소리가 났네. 난 멀리서 들려오는 동전소리로 감옥의 크기를 느끼고 있었네."

"그런데 간수들은?"

"한번은 한 간수가 동전소리를 들었네. 그는 나의 독방 문을 열고 '넌 틀렸어!' 하고 외치고는 문을 닫더군. 야비한 수위들이었지. 정말로 야비한 수위들이었어. 그러나 문제는 거기에 있지 않았어. 자네 귀엔 포크 소리가 들리나? 그 정도의 소리였네. 앞으로 존재하지 않는 소리가 들리게 될지도 모르네. 이 소릴 들으면 신경이 곤두서네. 이따금 나는 눈(雪) 속에 있듯이 동전소리 속에 있었네. 그리고 그들은 나처럼 첫날에 붙잡히지는 않았네. 그들은 전투원들이었네. 폐부를 찌르는 바보 같은 짓이었네. 요컨대 그들은 죽음 속에 동전들을 던졌네. 아, 대체 그 속에서의 영웅적 행동이란 무엇을 의미하는 것인가?"

그는 손에서 동전을 꺼내며 그것을 던졌다.

"앞이 나왔군" 하고 그는 놀란 듯이 말했다.

그는 주머니 속에 동전을 다시 집어넣었다. 에르난데스는 모레노가 예전에 압 델 크림의 군대와 싸우는 것을 본 적이 있었으므로 그가 용감하다는 것을 알고 있었다. 대포는 여전히 알카사르 병영을 쏘고 있었다.

"들어보게, 청중 없는 영웅이란 없네. 정말로 혼자 있게 되면서부터 그것을 이해하게 되지. 맹인이 된다는 것은 하나의 우주요, 혼자 있다는 것도 역시 하나의 우주이지. 그 속에서는 자아(自我)에 대해 생각한다는 것은 바로 다른 세계를 생각하는 것임을 깨닫게 되네. 떠나온 세계를 생각하는 것임을. 바보들이 우글거리는 부둣가를 생각하는 것임을. 이런 세계 속에서 자네는 자신에 대해 무엇인가를 생각할 수 있네. 그러나 자네는 단지 돌았다는 생각이 들 뿐이야. 자네 바쿠닌의 고백이 생각나나? 바로 그거야. 두 개의 세계는 의사 소통이 되지 않네. 인간들이 노래하면서, 이를 악물면서, 또는 그들이 원하는 대로 함께 죽는 세계가 있고, 그 뒤에는 수도원이 있네…….”
 그는 주머니에서 동전을 다시 꺼내어 그것을 짤랑짤랑 울리더니 몸을 떨었다. 그러고서 그는 동전이 어느 쪽으로 나왔는가 보지도 않고 동전을 집어올렸다. 그의 시선은 거리에 못박혀 있었다.
 “저들을 보게나, 하여튼 저들을 보게나! 차례차례로. 그리고 난 자네를 포옹하고, 자네를 칭찬하고, 역사적 인물이 되고, 난 생각하는거야! 이 모두가 감방 속에서 동전을 던지면서……. 내가 살아 있는 동안 이 땅 어딘가에 파시스트가 없는 나라가 있을거야. 내가 석방되었을 때, 나는 귀환(歸還)에 도취되었었네. 난 다시 군무에 종사하려고 출두했네. 그러나 지금 내겐 명확히 보이네. 인간은 저마다 자기의 진실로부터 협박을 받고 있다는 것을 기억하게. 그의 진실이란 죽음도 아니며 고통도 아니야. 그건 한 닢의 동전이야…….”
 “자네 같은 무신론자로서 인생을 대상으로 하는 판단에 있어서는 죽음의 순간이 다른 모든 순간보다 더 가치가 있고, 자네가 원할 경우 더 중요하게 여겨지는 까닭은 무엇인가?”
 “사람은 모든 것을 참을 수 있기 때문이야. 인생의 몇 시간을 잃게 된다는 것을, 또 내일 총살당한다는 것을 알면서도 잠을 잘 수 있기 때문이야. 애인의 사진을 찢어버릴 수도 있지. 그건 사진을 보고 마음이 약해지는 게 싫기 때문이야. 쓸데없는 일이지만 총안(銃眼)으로 바깥을 한 번 내다보기 위해 개처럼 아직도 뛰고 있는 것을 깨닫고도 불쾌하지 않기 때문이야——그리고 나머지는…… 모든 것을 참을 수 있다는거야. 참을 수 없는 것은 뺨을 얻어맞거나 몽둥이로 얻어맞을 때에 나중에 틀림없이 살해되리라는 생각이 드는 경우야. 그리고 그 외에는 아무것도 없다는 것이 확실한 경우야.”
 흥분으로 긴장된 그의 영화배우 같은 얼굴은 보이지는 않으나 번갈아 황갈색과 보랏빛으로 변하는 맹화(猛火)의 조명을 받아 방금 완전한 아름다움을 되찾았다.
 “천만에, 이해해주게! 팔마 섬에서는 독방에 2주 동안 갇혀 있었네. 2주간일세. 한 마리의 생쥐가 매일 같은 시간에 찾아오더군. 시계와 같이. 인간은 누구나 알다시피 사랑을 분비하는 동물이므로 나는 이 생쥐를 사랑하기 시작했네. 열나흘째 되던 날 난 안뜰에 나갈 수가 있었네. 난 다른 죄수와 얘기할 수가 있게 된거야. 그러자 같은 날 밤 독방에 돌아왔을 때 난 생쥐가 귀찮아졌네."

"방금 자네가 겪은 것과 같은 시련에서 빠져나오면 반드시 무엇인가가 몸에 붙게 마련이야. 자네는 우선 먹고 마시고 자야 할거야——그리고 가능한 한 생각하지 말아야지……."

"말하긴 쉽지. 인간이란 죽는 습관을 가지고 있지는 않네. 이걸 명심해두게. 죽는 습관은 전혀 가지고 있지 않단 말이야. 그러니까 그 습관을 일단 몸에 익히면 잊지 못하게 되는 것이거든."

"설사 사형선고를 받지 않았더라도 이곳에서는 인간이 아마 배우도록 되어 있지 않은 숱한 것들을 배우게 되지……. 난 단순한 것을 배웠네. 즉 당장 자유에서 모든 것을 기대하지만 인간을 1센티미터 전진시키기 위해서는 숱한 사자(死者)가 필요하네……. 이 거리도 샤를 5세 치하의 어느 날 밤과 거의 같았음에 틀림이 없을거야……. 그리고 어쨌든 세계는 샤를 5세 이후로 변했네. 동전 문제가 있음에도 불구하고 인간들은 세계가 변하는 것을 원했기 때문이야. 어쩌면 동전이 어디에 존재하고 있다는 것을 알고서 그랬는지도 모르지……. 여기서 싸우는 것보다 더 실망을 안겨주는 것은 없을지도 몰라. 이 세상에서 자네의 추억만큼…… 무게 있는 유일한 것은 역시 우리 앞을 아무 말 없이 지나가고 있는 자들에게 우리가 갖다줄 수 있는 원조 그것이야."

"나도 아침에 독방에서 이와 같은 생각을 했네. 해질 무렵엔 진리가 다가오곤 했네. 밤이 제일 고약하네. 3미터 사방을 실컷 거닐고 사면의 벽이 다가오기 시작할 때 총명해지는거야! 혁명의 묘지도 다른 묘지와 같네……."

"모든 낟알은 우선 썩네. 그러나 싹이 트는 낟알이 있거든. 희망 없는 세계에서는 숨을 쉬지 못하네. 그렇지 않다면 물리적(物理的)이야. 이 때문에 숱한 장교들이 잘해나가고 있는거야. 인생이란 언제나 거의 모든 사람에게 물리적이었네. 그러나 우리에겐 아니야. 자넨 2주일 동안 휴가를 맡아야 할거야. 그리고 만일에 자네가 그다음에 침착하게 민병에게서 그들의 희극만을 본다면, 만일에 자네의 아무것도 그들의 희망과 연결되지 않는다면, 그때는 프랑스로 가게나. 여기서 자넨 무얼 하고 싶나……?"

말없는 무리의 뒤를 바구니와 자루로 울퉁불퉁하게 된 짐수레가 지나가고 있었다. 짐수레에서 언뜻 진홍빛 병 하나가 번쩍였다. 이어서 나귀 등에 농부(農婦)들이 타고 있었는데, 얼굴은 보이지 않았지만 시선은 고정되어 있음을 짐작할 수 있었다. 그녀들에게서는 이집트를 탈출한 후 몇백 년 된 비탄이 풍기고 있었다. 피란민의 행렬이 흘러가고 있었다. 이 불 냄새 속을 모포를 뒤집어쓰고 운율적으로 깊이 울리는 포격에 박자를 맞추며.

고요한 별들, 모든 언덕들이 적군의 탱크가 올 경사면 쪽으로 내려가고 있다. 간격을 두고서 한 농가에는 조그마한 나무숲이 있고 바위 뒤에는 한 떼의 다이너마이트 폭파수가 기다리고 있다.
톨레도의 공화군 전선은 후방 2킬로미터 지점에 있다.
몇 그루의 올리브 나무 밑에 약 열 명 가량의 다이너마이트 폭파수들이 누워 있다. 배를 깔고 엎드려 턱을 두 손으로 괸 한 사람은 감시병이 있는 꼭대기에서 시선을 떼지 않는다. 다른 사람들은 거의 전부 입에 궐련을 물고 있다. 그러나 아직 불은 붙이지 않았다.
시에라 지방도, 아라곤의 전선도, 코르도바의 전선도, 말라가도, 아스투리아스 지방도 버티고 있다. 그러나 프랑코의 트럭은 타호 강변을 전속력으로 전진하고 있다. 그리고 톨레도의 정세는 좋지 않다. 여느 때처럼 정세가 좋지 않을 때 다이너마이트 폭파수들은 아스투리아스 지방에서의 1934년에 대해서 얘기한다. 페페는 방금 카탈로니아 지방에서 도착한 원병(援兵)에게 오비에도의 정세 얘기를 한다. 이 패배 후에 인민전선이 생겼던 것이다.
"병기창을 점령했었네. 이젠 살아났고 궁지에서 벗어났다고 생각하고 있었는데, 그 속에 있었던 것은 모두가 사용불능이었네. 탄피는 있는데 뇌관이 없다든가…… 포탄은 있는데 신관이 없다든가……. 포탄은 철환(鐵丸)으로 이용했지. 포탄은 이렇게 사용되었던거야. 소리가 났네. 하여튼 자신을 주고 있었네. 무용지물은 아니었네."
페페는 몸을 뒤집는다. 달빛은 노동자들 위에서 은빛 나뭇잎의 미세한 먼지처럼 번쩍인다.
"이것이 자신감을 주었네. 자신감이 우리를 밀어주었네. 자신감이 우리를 영창(營倉)에까지 밀어주었네."
달빛이 그의 호감 가는 말과 같은 머리를 비친다.
"그들이 톨레도에 들어올까요?"
"자네 누이는?"

"들뜨지 말게나, 페페! 난, 톨레도는…… 여긴 뒤죽박죽이야……. 내가 기대하는 것은 마드리드야."
"우린 뒤죽박죽이 아니었나?"
"다이너마이트가 없었으면" 하고 또 한 소리가 말했다.
"사흘 안에 소탕되었지. 병기창에서 어려운 고비를 넘겨보려고 했었네. 총알을 잴 줄 아는 패거리와 함께 말이야. 그런데 정말은 그렇지가 않았어! 결국 동지들은 각자 다섯 방의 총알을 가지고 전선으로 떠났네. 납득이 가나, 다섯 방이라니까! 아 참, 페페, 기억하나? 샐러드 바구니와 자루를 든 여자들을 말이야. 난 전에 그녀들이 이삭을 줍는 것은 봤지만 탄피를 줍는 것은 보지 못했네. 그게 처음이었네! 그녀들은 자기들의 탄피밖에는 생각지 않았네. 그녀들은 빨리 쏘지 않는 것만 생각하는거야! 벼락 맞을 것들!"
한 사람도 고개를 돌리지 않았다. 이 목소리의 주인공은 곤살레스이다. 뚱뚱한 사나이에게만 속하는 쾌활한 어조가 따로 있는 것일까? 모두 귀를 기울인다. 그와 동시에 망을 보고 있다. 그들은 기갑부대의 멀리서 나는 소리를 기다리고 있다.
"다이너마이트를 가지고" 하고 페페는 다시 말한다. "소란도 피우고 일도 많이 했네. 자네, 메르카데르의 투석기(投石器)를 기억하나?"
그러나 그는 카탈로니아 지방 사람들 쪽으로 몸을 돌린다. 그들은 메르카데르가 누구인지 몰랐다.
"대량의 다이너마이트를 던지는 기계를 만든 현명한 사나이였어. 요컨대 폭탄을 던지는 기계야. 옛날의 전쟁에서처럼 줄을 잡아당기는 것이었어. 세 사람이 필요했네. 처음엔 모로족들이 200미터 거리에서 공격을 받았는데 그들은 오히려 감탄하고 얼떨떨했지. 방패도 만들었는데 그건 별로 좋지 않았네. 표적이 되었거든."
멀리서 기관총의 연속 사격이 시작되다가 중지하더니 다시 시작한다. 거대한 밤 속에서 들리는 재봉틀소리처럼 사라진다. 그러나 여전히 탱크 소리는 나지 않는다.
"그들은 비행기를 만들었다네" 하고 한 목소리가 씁쓸하게 말했다.
탱크를 노리는 이 계곡의 서사시적이면서도 동시에 터무니없는 이야기들. 아마 다이너마이트 폭파수들은 인간이 기계와 대항하는 마지막 집단임에 틀림이 없다. 카탈로니아 지방 사람들은 거기 있으나 다른 곳에 있으나 마찬가지이지만 아스투리아스 지방 사람들은 그들의 과거에 집착한다. 그들은 스페인의 가장 오래된 반란군들이다. 결국 조직은 되었지만 혁명의 황금 전설이 전쟁의 체험에 의해 분쇄되지 않고 전쟁의 체험과 더불어 커지는 유일한 패들일 것이다.
"지금 모로족의 기병대는 경기관총을 가지고 있는데."
"못난 녀석들같으니!"
"세빌랴는 독일인들로 꽉 찼다는군. 모두가 전문가라고 하던데."
"그럼 감옥의 소장들도 와 있겠군."
"이탈리아인의 2개 사단이 떠났다는데……."
"동지들은 탱크에 대해선 좀처럼 버티지 못하나?"
"그들은 습관이 안 돼서……."
다시 그들은 과거의 추억으로 현재의 위협과 싸운다.
"우리 지방에서" 하고 페페는 말을 잇는다. "가장 엉망진창이었던 것은 마지막 판이었어. 농민 중앙위원회 패들은 잘들 하고 있었네. 다만 원조도 없는 데다가 일이 바빠서 정신을 못 차리긴 했지만 모로족들이 진격해오고 있었네. 그들의 포위망이 죄어들기까지는 사흘밖에 남지 않았네. 아직 다이너마이트와 사람들은 있었지만 다이너마이트를 터뜨릴 방법이 없었네. 신문지와 나사못으로 폭죽 같은 것을 만들고 있었네. 무기에 대해선 얘기하지 않는 게 나았지. 무기는 모두 처치되어 그림자도 보이지 않았네. 전날 병기창에 파견된 동지가 신문지 한 조각을 들고 돌아왔었네. 거기에는 병기창 책임자가 '만일 탄약이 목적이라면, 그걸 구하러 사람을 보낸다 해도 헛수고입니다. 왜냐하면 여기에도 탄약통 하나 없으니까요'라고 연필로 써놓았더군. 탄약은 전투에 참가하고 있던 패들이 나누어 가졌네. 각자 다섯 방씩. 그리고 그들은 소총을 들고 전선으로 떠났네. 한 점을 딴 셈이야. 이해하게나, 그건 잘되어 갔네. 농민 중앙위원회의 패들은 테이블을 둘러싸고 고함치기에 바빴네. 그들에게는 이 짓밖에는 할 일이 없었으니까. 숱한 패들이 주위를 둘러싸고 있었네. 아무 말도 하지 않고 말문을 닫고 있었네. 모로족의 기관총들이 지금처럼 다가오기 시작했네. 이어서 소동 같은 것이…… 뭐라고 말하면 좋을까? 마치 억누르고 있는 것처럼 소동을 피워도 소리가 나지 않고 테이블 위의 금속 잔과

나이프와 벽의 초상화가 떨기 시작했네. 그건 무얼까? 알고 보니 방울소리였네. 가축떼가 밀려오고 있었네. 그들은 아무렇게나 마구 쏘아대는 모로족들을 무서워했네. 그들은 거리로 밀려들었네. 드디어 머리가 비상하고 판단이 정확한 위원회의 한 녀석이 외쳤지. '바리케이드를 만들어라, 소에서 방울을 떼라' 라고(방울은 납작한 것이 아니라 산에서 쓰는 두꺼운 방울이었어). 모든 소에서 방울을 떼어 그것으로 수류탄을 만들었네. 이렇게 해서 세 시간만에 돌려보내거나 철수시켜야 할 것들을 모조리 돌려보내고 철수시킬 수가 있었네. 그러자 결국 탱크들이 나타났네, 귀찮은 놈들같으니라고. 지금은 하여튼 자기를 방위할 것은 있지만."

페페 또한 장갑 열차의 일을 기억하고 있다. 여전히 맨손으로 싸우는 전쟁이다. 그러나 그들이 조직된 뒤로는 대전차총(對戰車銃)이 없어도 그들은 기갑부대의 전진을 막는다.

멀리서 개 한 마리가 짖는다.

"그럼 나귀는? 나귀 얘기가 아니었나, 곤살레스!"

"전쟁은 회고해보면 언제나 웃기는 장면들이야…… 지독하지!"

많은 다이너마이트 폭파수들은 침묵을 지키고 있거나 아니면 얘기할 줄 모르거나 했다. 페페와 곤살레스 이외의 다른 몇 사람들은 이야기와 활기의 명수들이다. 아마 기갑부대는 밤에는 공격을 감행하지 않을 것이다. 그들은 지형을 잘 모르고 도랑을 두려워하고 있을 것이다. 그러나 해가 곧 떠오른다. 당나귀를 믿어보라.

"당나귀를 보낸다는 생각은 훌륭한 생각이었네. 다이너마이트를 나귀에 싣고 심지에 불을 붙이고 '어서 가라, 뛰어라! 모로족들이 있는 곳으로.' 당나귀는 귀를 세우고 방향 따위는 별로 의심하지도 않고 뛰어갔네. 거기까진 좋았는데 나귀를 쏘기 시작한거야. 첫 탄알들이 날아왔을 때 나귀는 마치 그것이 파리떼인 듯이 귀를 흔들고 멈춰서더니 수상한 생각이 든 모양이야. 아마 토라졌던 모양이지. 나귀가 돌아오더군. 아! 이럴 수가! 우리도 쏘기 시작했네. 거기까진 좋았네. 그러나 나귀는 우릴 알고 있단 말이야. 그러니까 요컨대 심사숙고 끝에 어차피 양쪽에서 탄알이 날아오니 나귀는 우리에게 돌아오는 게 상책이라고 생각한 것이지……."

이때 대지의 어느 곳에서 밑바닥에 균열이 생기는 것 같은 폭발이 나무의 마른 잎과 가지를 우수수 떨어지게 했다.
 톨레도에서 솟아오른 거대한 붉은 벼락 속에서 밤이라 얼굴이 보랏빛이 된 모두가 입을 딱 벌리고 공허한 눈으로 그들이 죽을 때의 자신의 얼굴을 보았던 것이다.
 궐련이 모두 땅에 떨어졌다.
 그들은 폭발음을 알고 있다. 이것은 지뢰가 아니다. 다이너마이트도 아니다. 화약고도 아니다.
 "공뢰(空雷)?"
 게다가 그들 중에는 공뢰라는 말을 들어본 적이 있거나 공뢰라는 것을 본 적이 있는 사람이 한 사람도 없었다. 그들은 귀를 기울인다. 하늘에서 비행기소리가 들려오는 것 같다. 그러나 어쩌면 모로족들의 트럭 소리일지도 모른다.
 "톨레도에 가스 공장이 있던가?" 하고 곤살레스는 묻는다.
 아무도 모른다. 그러나 모두가 알카사르 병영을 생각한다.
 분명한 것은 파시스트에게 불리한 일이 일어났다는 것이다. 경련을 일으킨 듯한 꽃불 다발이 꺼졌는데도 그 언저리의 하늘은 여전히 붉다. 화재인가 아니면 새벽이 밝아오는 것인가?
 아니다, 새벽은 다른 쪽에서 솟는다. 새벽은 지금 시작하고 있으며, 잎사귀들의 냉기가 올리브 나무에서 떨어지는 것 같다.
 이제는 추억의 여지가 없다. 지금 다이너마이트 폭파수들이 배치되어 있는 곳 어디에서나 그들은 기다리고 있다. 적군과 새벽을.
 그들은 궐련을 다시 집어들었다. 불이 붙어 있지 않다. 스페인의 시골에 내려앉은 침묵은 첫 모로족이 나타났을 때와 같은 침묵이요, 숱한 평화의 나날, 숱한 비참의 나날과 꼭 같은 침묵이다. 이른 새벽의 하얀 횡선(橫線)이 지평선에 아련히 나타나기 시작한다. 누워 있는 인간들의 머리 위에서 밤은 조금씩 해체된다. 조금 있으면 낮의 심각한 호소가 시작될 것이다. 그러나 지금은 오직 새벽의 비참한 슬픔에 불과하며 창백한 시각에 불과하다. 농가에서는 수탉들의 슬픈 외침이 들려오기 시작한다.
 "리카르도가 오는군!" 하고 페페가 외친다.
 망을 보던 리카르도가 뛰어 돌아온다. 적의 첫 기갑부대가 똑같은 황폐 속에서 나타나 마치 대지가 아니라 창백한 하늘을 위협하듯 뽐내며 산꼭대기를 통과한다.

곤살레스가, 다음에는 페페가, 그다음에는 모두 저마다 궐련에 불을 붙인다. 탱크를 만나자 도처에서 인간의 검은 점들이 미끄러지듯 움직이기 시작한다.

어쩌면 탱크 대원은 그들이 거기 있음을 알고 있을지도 모른다. 그러나 그들에게는 그들이 보이지 않는다. 다이너마이트 폭파수들은 계곡의 지면에 몸을 구부리고 있거나 아니면 누워 있는 반면 기갑부대는 하늘을 등지고 뒷발로 선 말처럼 서 있기 때문이다.

곤살레스의 오른쪽에는 카탈로니아 지방의 젊은이가 하나 있었는데 그는 아까부터 거의 말을 하지 않고 있었다. 그의 왼쪽에는 페페가 있다. 곤살레스에게는 그들이 간신히 보인다. 그들의 걸음걸이가 새벽 속에서 날쌔고 사나이답게 느껴진다. 전투가 시작될 때마다 한동안 그에게는 그의 친구들이 마치 껍질을 벗긴 연체동물(軟體動物)처럼, 즉 물렁물렁하고 유연하고 방어가 없는 연체동물로 느껴진다. 그는 몸집이 제일 크기 때문에 자기 친구들이 너무 허약하다고 생각한다. 장갑(裝甲)이 없는 기갑부대들이 전진한다. 그 소리는 시끄러운 소리로 변한다. 정면에서는 다이너마이트 폭파수들의 부들부들 떠는 듯한 대열이 이상한 침묵 속에서 미끄러지듯이 움직인다.

탱크들은 두 줄로 전진하고 있으나 서로들 너무 떨어져 있어서 다이너마이트 폭파수들은 전체에 대해서는 신경을 쓸 필요가 없을 것이다. 각 조(組)마다 자기가 맡은 탱크만 유의하면 된다. 마치 탱크들이 한 줄로 전진하고 있는 것처럼. 어떤 카탈로니아 지방 사람들은 궐련을 가리지 않고 있었다. 바보같으니라고! 하고 곤살레스는 생각하게 될 것이다. 그는 보이지 않는 이 검은 점들을 바라본다. 그는 약간 뒤에 있다. 어쩌면 그는 앞에서는 덜 보일지도 모른다. 그는 그들과 함께 전진한다. 같은 조류(潮流)와 견고한 우애감정에 떠밀려서. 그는 마음속으로 자기 쪽을 향하여 다가오는 탱크에서 시선을 떼지 않으며 아스투리아스 지방의 심각한 노래를 불러본다. 절대로 그는 인간이라는 것을 더 이상 알지 못할 것이다.

그는 차폐물이 없는 곳으로 간다. 해가 솟는다. 페페는 곧 숨는다. 곤살레스는 몸을 높인다. 탱크는 400미터 거리에 있다. 그는 그의 눈앞에서 실루엣이 된 풀밭 위에 있기 때문에 남에게 보이지 않는다. 화본과(禾本科)의 식물들, 어렸을 때 그가 친구들 소매 속에 기어들게 했던 풀 이삭들, 줄기가 위로 뻗은 일종의 야생 귀리와 데이지들. 벌써 개미들은 그곳에서 산책하고 있다. 또한 미세한 거미. 생물들이 이와 같이 지면에서, 이 풀밭 속에서, 삶과 전쟁과 멀리 떨어져서 살고 있다. 무척 바쁜 두 마리의 개미 뒤편에 전속력으로 기울어진 탱크의 으르렁거리고 흔들리는 검은 그림자가 나타난다. 탱크는 평지에 있지 않다. 다이너마이트를 잘 던지면 탱크는 전복할 것이다. 곤살레스는 자기의 몸을 옆으로 옮긴다.

그 탱크가 오른쪽으로 통과하도록 해야 한다. 얄팍한 흙 두둑이 곤살레스를 포탑(砲塔)으로부터 보호하고 있다. 탱크가 그가 있는 고지에 도달할 때까지는 탱크와 곤살레스 둘 중에서 빠른 것이 상대를 죽일 것이다. 탱크의 사수(射手)는 떠오르는 태양에 눈이 부실 것이다. 곤살레스는 그의 오른팔을 방해할 것이 없는가를 확인한다.

그 카탈로니아 지방 사람은 무슨 짓을 했을까? 오른쪽 탱크가 쏜다. 곤살레스가 맡은 탱크는 여전히 기우뚱거리며 그의 눈에서 10센티미터 떨어진 거대한 개미들 위로 전속력으로 나타난다. 곤살레스는 뛰어나와 다이너마이트를 기계와 기관총이 내는 시끄러운 소리를 향하여 던지고, 그는 마치 폭발 속에 뛰어들기라도 하는 것처럼 같은 동작으로 땅바닥에 자신을 내동댕이쳤다.

그는 떨어지는 돌멩이소리 속에서 고개를 쳐든다. 탱크는 배를 공중으로 드러내고 발딱 뒤집혔다. 포탑의 뚜껑이 출입구이다. 계속 회전하고 있는 한쪽 무한궤도(無限軌道) 위에 해가 떠오른다.

곤살레스는 지면에 누워 있다. 그러나 아무런 보호도 받고 있지 않다. 포탑의 포신은 뒤집힌 채 움직이지 않는다. 폭탄을 손에 쥐고 곤살레스는 망을 본다.

기운 햇살 속에서 무한궤도는 점점 느리게 돈다. 마치 복권(福券)의 톱니바퀴처럼.

곤살레스는 궐련을 마지막 폭탄 옆에 놓는다. 기관총은 움직이지 않는다. 탱크 속의 두 사람은 죽었거나 부상당했을 것이다. 그렇지 않다면 이 뒤집힌 탱크 속에서 고개를 밑으로 하고 서 있을 것이다. 그들은 포탑이 탱크의 전중량에 눌리어 있기 때문에 탱크에서 빠져나올 수가 없다. 만일에 휘발유통이 뒤집힌다면 그들은 5분도 못 가서 타버릴 것이다. 이것이 내란(內亂)이라는 것이다.

여전히 아무 일도 없다. 무한궤도는 정지했다.

곤살레스는 돌아본다. 공화군의 포병대는 쏘지 않는다. 도대체 공화군의 포병대라는 것이 있기나 한 것인가? 그는 무릎을 꿇고 일어선다.

마치 배가 바다에 물이랑을 일으키듯이 무한궤도가 흙이랑을 일으킨 계곡 속에 그가 격파한 탱크 외에도 격파된 탱크가 둘, 셋, 넷, 다섯이 있었다. 이들의 모양은 망가지거나 뒤집혀진 기갑부대의 선사시대의 유물과도 같았다 (그가 뒤집힌 것을 처음 보았을 때 그는 신형 탱크 앞에 서 있는 것 같은 생각이 들었다). 두 대가 불에 타고 있다. 꽤 저쪽에 지금은 모든 것을 비추고 있는 일광 속에서 흙 두둑에 조금씩 가려진 마지막 탱크들은 공화군의 전선 —— 톨레도 앞의 마지막 전선 —— 을 향하여 돌진하고 있다.

탱크들은 지나갔다.

"카탈로니아 사나이는?" 하고 곤살레스는 묻는다.

"죽었어" 하고 페페는 대답했다.

지금은 햇빛이 환한데도 풀밭 속에 시체들이 보이지 않는다. 총알이 두 다이너마이트 폭파수의 주위로 날아온다. 페페는 가벼운 휘파람소리와 같은 미련한 총알소리를 흉내내고 다시 숨는다.

산꼭대기 위에 모로족의 터반인 흰 얼룩들이 나타난다.

폭발 후에 입을 딱 벌리고 있는 알카사르 병영을 아직도 감싸고 있는 연기는 새벽의 냉기 속에서 그 냄새가 축축하고 무거웠다. 이 냄새 속에는 송장 냄새도 섞여 있었다. 바람 때문에 지면에 뭉쳐 있는 연기는 아직도 서 있는 벽을 덮고 있었다. 마치 바다가 암반을 덮고 있듯이. 좀더 센 바람이 연기의 악취 풍기는 표면을 안쪽으로 몰아갔다. 뾰죽뾰죽 나온 돌덩어리들이 떠올랐다. 오른쪽 낮은 곳으로 연기는 떠밀린 덩어리로서가 아니라 마치 흐르는 물처럼 전진하여 구멍 속에 그리고 틈 속에 괴었다. 알카사르 병영이 마치 저수지처럼 새는구나 하고 마누엘은 생각했다.

연기는 마치 그 자체가 직접 전쟁을 하는 것처럼 잔해(殘骸)로 가득 찬 골목길을 일일이 점령한 후에 공화군의 진지에 1미터씩 침입하고 있었다. 공격

자들은 지금 서로들 멀어져갔다. 지뢰는 파시스트의 진지 중에서 가장 앞으로 나온 것을 폭파했으나 지하실은 폭파하지 못했던 것이다.

한순간 모든 소리가 뚝 그쳤다. 그리고 마누엘은 그의 뒤에서 누가 발로 돌을 차는 소리를 들었다. 하인리히였다. 이마처럼 주름 잡힌 두터운 목덜미에 여명(黎明)이 반사되고 있었다.

"마드리드는요?" 하고 마누엘은 회향풀을 손에 들고서 물었다.

"아니야" 하고 장군은 그를 쳐다보지도 않고 대답했다.

그의 시선은 가장 높은 암산(岩山) 위에 쏠려 있었다. 이 암산은 조수(潮水)에서 조금씩 나오듯이 연기 속에서 흘러나오고 있었다.

"왭니까?" 하고 마누엘은 물었다.

"아니야. 우리 편은 정면에 있지 않았나?"

"폭발 전에 후퇴시켰지요."

"방금 폭파한 부분에 접근하는 길은 알카사르 병영 이외에는 없나……?"

폴란드의 농민과 같은 반들반들한 늙은 얼굴에 쌍안경을 대고서 여전히 그는 갑(岬)처럼 튀어나온 가닥난 암산을 쳐다보고 있었다. 그 밑에서 연기는 점점 낮아지고 있었다. 그는 마누엘에게 쌍안경을 건넸다.

"우린 양쪽에 기관총이 배치되어 있나?" 하고 그는 물었다.

"안 되어 있습니다."

"되어 있었으면 그들을 막지는 못해도 늦출 수는 있을텐데."

점(點)들이 그 암산의 측면 위를 마치 파리떼처럼 달라붙어 스쳐가고 있었다. 점 하나가 능각(稜角) 위를 통과할 때마다 자취를 감추었다가 조금 낮은 곳에서 다시 자취를 드러내고 있었다. 연기는 지금 공화군의 돌격대가 폭파 때문에 포기했던 옛날의 전초(前哨) 진지들보다 훨씬 멀리까지 지나가고 있었다. 파시스트들은 연기 뒤를 전진하고 있었다.

열흘 전부터 점령하고 있었던 모든 진지(陣地)는 도로 탈환되고 있었다.

"시가지를 방위체제로 바꿀 필요가 있군" 하고 하인리히는 말했다.

헤파투라 병영의 전화는 이제는 나오지 않았다. 산타크루스에서는 모로족들이 10킬로미터 지점까지 다가와 있다는 소문이다.

그들은 에르난데스가 있는 가게를 향해 갔다.

여름방학 때의 정거장처럼 혼잡을 이룬 거리에서 한 민병이 마누엘에게 그의 모제르총을 내밀었다.

"소령님, 총이 필요하시나요?"

"자네에게도 머지 않아 필요할거야" 하고 하인리히는 독일어로 대답했다.

"전 총을 버리렵니다. 그러니까 소령님께서 가지시는 편이……"

하인리히의 흰 눈썹이 그의 푸른 눈에 놀라움의 표정을 주고 있었다. 정수리까지 배코를 친 얼굴 속에 고정된 그의 시선은 눈썹이 안 보였으므로 지극히 잔인한 인상을 주었다. 그러나 스무 명의 사람들이 벌써 그와 그 민병 사이를 갈라놓았다. 덧문을 닫은 집들이 문 밑에 버려진 소총으로 민병들을 쏘기 시작하고 있었다.

마누엘은 밀폐된 장소에 들어갔을 때 느꼈던 불쾌감을 처음으로 이 거리에서 느끼고 있었다. 그는 이제는 엄지발가락으로 더듬지 않고서는 발을 내디딜 수가 없게 되었기 때문이다. 이때까지의 톨레도의 군중도, 예전의 코르푸스〔聖體〕행렬 때의 군중도, 마드리드의 역사적 기념일의 군중도 이 군중과는 비교도 되지 않았다. 민병들은 멕시코 모자를 팔 끝에 수직으로 마치 곡마단의 테 바퀴처럼 들고 있었다. 2만 명이 광란 속에서 허덕이고 있었다. 문 모퉁이마다 총이 버려져 있었다.

에르난데스가 있는 가게는 활짝 열려 있었다. 적색과 흑색 군모를 쓴 한 사나이가 말하고 있었다.

"이곳 책임자는 누굽니까?"

"나요, 에르난데스 대위요."

"아 참, 대위님, 우린 코메르스가 25번지에 있었는데요, 폭격을 당했어요. 이동을 했죠. 45번지로. 또 폭격을 당했어요. 이동할 때 당신이 저쪽 '대위들'에게 그들이 우릴 정확히 맞히도록 미리 알리지 않았소?"

에르난데스는 그 사나이를 바라보면서 혐오감에 떨었다.

"계속하시오" 하고 그는 말했다.

"지긋지긋하기 때문입니다. 우리의 비행대는 어디 있나요?"

"어디 있기를 바라시오? 공중에 있습니다."

이탈리아와 독일 비행기에 비해서 정부에는 비행 가능한 신형기가 열 대도 남아 있지 않았다.

"우리 비행대가 30분 이내에 오지 않으면 우린 도망쳐야 하기 때문입니다! 여기 있는 것은 부르주아나 코뮤니스트를 위해 육탄 노릇을 하기 위해서가 아닙니다. 도망치는 겁니다. 알아들으셨습니까?"

그는 대위 뒤에 있는 마누엘의 커다란 붉은 별을 바라보고 있었다. 하인리히의 두 눈은 다시 움직이지 않았다.

에르난데스는 두 손으로 그의 멱살을 잡았으나 언성은 높이지 않고 "당장 도망가" 하고 말하고서 그를 바깥으로 끌어냈다. 상대방은 그 이상 한 마디도 못했다. 에르난데스는 돌아서서 하인리히에게 경례를 하고 마누엘과 악수를 나누었다.

"이자는 바보거나 아니면 악당이오. 어쩌면 둘 다 겸했겠지요. 그들은 배반 의식에 사로잡혀 있소. 이유가 없다고는 못하지만……. 이렇게 되면 속수무책이란 말이오……."

"늘 속수무책이라는 법은 없습니다."

마누엘은 통역하고 있었다. 그의 손은 신경질적으로 떨리고 있었다. 회향풀은 군중 속에 두고 왔다. 에르난데스는 어깨를 으쓱했다.

"명령에 따르겠습니다."

"만일 이자가 자기의 부서를 버린다면 이자를 총살해야 합니다."

"누가요?"

"필요하다면 당신이 해야 합니다. 그렇지 않으면 기대할 만한 사람이 아직 있나요?"

"아무도 없습니다. 광장에서는 속수무책이오. 그건 그렇지만!…… 결국은!…… 훌륭한 군대를 이곳에 데려오지 마시오. 한 시간이면 썩어버립니다. 도망병의 소굴입니다. 가능하면 다른 군대와 함께 바깥에서 싸웁시다. 몇 사람을 동원할 수 있나요?"

"이 몇천 명의 사람들과 이 총들 중에서 쓸 수 있는 것은 써야지" 하고 하인리히는 말했다. "그리고 진지를 이용해야 해요."

"병정은 하나도 없습니다. 죽을 각오가 되어 있는 것은 민병 300명 뿐이오. 그리고 아스투리아스 지방 사람들 중에서도 약간 명은 쓸 수 있겠죠. 나머지는 모든 것을 비판함으로써 그들의 도주를 정당화시키려는 도망병들이오. 그들은 총을 문 밑에 버리지요. 그리고 파시스트들은 그 총으로 우리를 쏘기 시작하죠. 여자들도 이제는 창문 너머로 우리에게 욕지거리 하는 것을 두려워하지 않아요."

"대여섯시까지 시간을 벌어야지."

"비사그라 문(門)은 방위할 만합니다. 그러나 못할 겁니다."

"우리가 방위해야지" 하고 하인리히는 말했다. "가봅시다."

골목길을 가로질러 꽤 길게 우회한 후에 그들은 그 문에 도착했다. 소총 시장 같았다.

약 10명의 민병들이 길바닥에서 카드놀이를 하고 있었다. 하인리히는 지나면서 허리를 굽혀 카드놀이꾼들의 얼굴을 들여다보며 카드를 휩쓸어 자기 주머니 속에 집어넣었다. 그는 다시 걷기 시작하고 비사그라 문을 지나 바깥에서 진지를 조사했다. 마누엘은 거의 반듯한 나뭇가지를 발견했는데 이것으로 회향풀을 대신했다. 자신의 신경과민을 진정시키고 싶었기 때문이다. 그런데 버려진 소총들은 그를 격앙케 했다.

"완전히 미친 짓이야" 하고 하인리히는 말했다. "지붕과 테라스를 이용하면 적어도 포병대가 오기까지는 여기서 버틸 수가 있단 말이야!"

그들은 시내로 돌아왔다. 장군은 여전히 지붕을 쳐다보고 있었다.

"내가 스페인어를 모르다니 유감이야, 빌어먹을!"

"제가 아는데요" 하고 마누엘은 대답했다.

에르난데스와 그는 한 사람 한 사람 골라 그들을 배치하고, 탄약을 수령(受領)하러 보내고 이미 배치된 사격수들에게 버려진 무기 중 가장 좋은 것들을 보내기 시작했다. 경기관총 세 자루를 다시 찾았다. 한 시간 후 비사그라 문은 방위태세를 갖추게 되었다.

"자네는 나를 바보로 생각하겠지만" 하고 하인리히는 마누엘에게 말했다. "그러나 지금부터는 그들에게 〈인터내셔널〉을 노래시킬 필요가 있을거야. 그들은 모두가 차폐물의 보호를 받고 있어서 서로의 얼굴들을 못 보고 있단 말이야. 그들은 서로의 존재를 느낄 필요가 있네."

하인리히는 마누엘에게 코뮤니스트답게 말을 놓았지만 그의 권위는 전혀 손상되지 않았다.

"동지 여러분!" 하고 마누엘이 고함쳤다.

모든 구석에서, 모든 모퉁이에서, 모든 창문에서 얼굴들이 내밀어졌다. 마누엘은 〈인터내셔널〉을 부르기 시작했다. 그가 버리고 싶어 하지 않는 흰 나뭇가지가 거북스럽게 보였다. 그는 이 나뭇가지로 박자를 맞추고 싶었던 것이다. 그의 목소리는 매우 힘찼고 알카사르 병영의 포격은 거의 중단되어 있었으므로 그의 목소리는 또렷했다. 그러나 민병들은 〈인터내셔널〉의 가사를 모르고 있었다.

하인리히는 아연실색했다. 마누엘은 후렴만으로 만족했다.

"언제나 그런거야" 하고 하인리히는 슬픈 듯이 말했다. "네 시간 이내에 우린 마드리드에 가 있을거야. 그때까진 지탱하겠지."

에르난데스는 슬픈 미소를 띠었다.

마누엘이 지휘자를 지명하자 셋은 태양문(太陽門)을 향해 떠났다.

45분 만에 그 문의 방위태세는 갖추어졌다.

"비사그라 문으로 돌아가 보자" 하고 하인리히는 말했다. 반쯤 열린 창문으로 총질하는 파시스트의 수효가 더욱더 늘어가고 있었다. 그러나 혼잡은 없었다. 한 시간만에 1만 명 이상이 떠났다. 시가지는 마치 피가 온몸에서 빠져나가듯이 텅 비어가고 있었다.

그들은 자동차를 차고에 넣어두고 있었다.

"당장에 차를 탑시다" 하고 에르난데스가 말했다. "조금 있으면……."

문 앞에서 조그마한 콧수염을 기른 장교 하나가 기다리고 있었다.

"각하께서 마드리드에 가신다는 말을 들었습니다. 저는 긴급히 마드리드에 가야 합니다. 저를 데려다주실 수 있으십니까?"

그는 파견명령서를 내보였다. 셋이 모두 떠났다. 우선 비사그라를 향하여. 마누엘이 운전하였다. 집집마다 문턱에 소총이 버려져 있었다. 자동차가 모퉁이를 돌려고 속도를 늦추었을 때 어떤 집의 문이 반쯤 열리고 한 손이 안에서 총을 향해 내밀어졌다. 하인리히는 권총을 쏘았다. 손이 들어갔다.

"스페인 국민은 자신의 임무를 수행할 능력이 없었군" 하고 장교는 말했다.

세번째로 장군의 시선에 확고한 잔인성이 나타나는 것을 마누엘은 간파했다.

"이러한 경우에" 하고 하인리히는 대답했다. "위기는 언제나 지휘관의 위기로부터 오는거야."

마누엘은 히메네스가 한 말을 상기했다. 그리고 또한 마드리드의 어느 거리에서나 보았던 모든 민병들을 상기했다. 그들은 글자를 배우듯 도보행진을 배우느라고 열심이었다.

 비사그라 문으로 들어가자 마누엘은 큰 소리로 불렀다. 아무런 대답이 없었다. 그는 다시 불렀다. 역시 아무런 대답이 없었다. 그는 첫번째 집의 맨 꼭대기 층으로 올라갔다. 거기에서는 지붕들을 내려다볼 수가 있었다. 그가 한 사람씩 배치했던 모퉁이 뒤마다 소총이 한 자루씩 버려져 있었다. 경기관총 세 자루도 마찬가지였다. 비사그라는 아직 방위태세를 갖추고 있었다. 즉 임자 없는 무기들이 방위하고 있었던 것이다.

 말라가의 전선에는, 코르도바의 전선에는, 아라곤의 전선에는 총이 모자란다. 마드리드에도 총이 모자란다.

 별로 멀지 않은 타작 마당에서 밀을 타작하고 있었다.

 마누엘은 드디어 그가 들고 있던 나뭇가지를 내던지고 아래층으로 내려왔다. 다리에 맥이 빠졌다. 모든 문들이 열려 있었다. 창문 옆에서 커튼이 받치고 있는 마지막 총들이 톨레도를 감시하고 있었다.

 그리고 열린 창문으로 지붕 위마다 굴뚝 뒤마다 한 자루의 소총과 그 옆에는 탄약 꾸러미가 있는 것이 보였다.

 마누엘은 하인리히에게 보고했다. 에르난데스는 이미 예측하고 있었다.

 "여기에는 젊은이들을 투입해야 해" 하고 하인리히는 말했다. "마드리드로 질주하게. 현시점에서는 톨레도에서 후퇴시키는 것은 어려운 일이 아닐거야!"

 "시간이 없습니다" 하고 에르난데스는 말했다.

 "해보자."

 "그럼 자네는" 하고 마누엘은 물었다. "무얼 하려나?"

 "무얼 하면 좋겠습니까?" 하고 에르난데스는 한쪽 어깨를 올리고는 누렇고 긴 이를 드러내어 씁쓸한 미소를 지으며 되물었다. "제대로 기관총을 사용할 줄 아는 자가 약 스무 명 있습니다."

 그는 무관심하게 묘지를 가리켰다.

 "묘지가 아니면 이곳에서……"

 "아니야, 우린 늦지 않게 돌아올거야."

 에르난데스는 다시 한쪽 어깨를 올렸다.

 "우린 늦지 않게 돌아올거야" 하고 마누엘은 그의 나뭇가지로 구두를 때리면서 단호한 어조로 되풀이했다.

에르난데스는 어리둥절하여 그를 바라보았다.
마누엘은 갑자기 그가 에르난데스에게 이러한 어조로 말한 적이 없었다는 생각이 들었다. 명령을 통역할 때 중립적인 목소리로 할 수는 없다. 그래서 그는 몇 시간 전부터 하인리히와 같은 어조로 통역하고 있었던 것이다. 그리고 그는 그것을 반복하면서 언어를 배우듯이 권위를 배웠던 것이다.
"만일에 스무 명의 부하가 있다면" 하고 마누엘은 말을 이었다. "어떻든 이 문을 방위하도록 애써보게."
"출발 전에 다른 인원을 배치하게" 하고 하인리히는 말했다.
"명령대로 하겠습니다" 하고 에르난데스는 아까와 같은 절망적인 무관심을 나타내며 대답했다.
인원이 배치되자 그들은 가게 쪽으로 돌아왔다. 거리와 창문에서는 욕지거리와 파시스트의 총소리가 늘어가고 있었다.
"저놈들은" 하고 마누엘은 말했다. "필립 2세(스페인의 왕. 1527~1598)의 복위를 원하고 있을거야. 우선 말이야, 에르난데스, 문에 있는 총들은 제외하고 모든 무기를 모으게. 트럭에 돌격대를 태워서 보내겠네."
"무기를 모으게 하는 것보다 무기를 사용하게 하는 것이 더 어려운 일이지요……."
이 도시의 최후가 점점 빨라지고 있었다.
"하루는 버티도록 해요" 하고 하인리히는 말했다. "밤은 다이너마이트 폭파수들이 버틸거야. 여기에 젊은이들을 투입하고 제5연대의 병력이 도착하면 여드레는 버틸거야. 그리고 여드레만 버티면 그 안에……."

8

거의 모든 마지막 전투원들이 그러듯이 ─작업복을 벗고 평복을 입은─ 에르난데스는 한순간 주저했다. 총성으로 판단하면 공화군은 오른쪽에 있었다. 그는 무엇을 원하고 있었을까? 구제받기를? 두 시간 전이었으면 기차라도 타고 떠날 수 있었을지도 모른다. 마지막 순간까지 싸운다? 무엇보다도 혼자여서는 안 된다. 모로족 연대의 첫 공격 때 그는 부하들과 헤어졌던 것이다.

무엇보다도 먼저 부하를 찾아야 한다.

골목길의 담을 끼고 뛰어서(왼쪽에서 모로족 연대의 총소리가 가까이 오고 있었다) 그는 어느 거리로 나왔다. 공화군의 총알은 어슴푸레한 높은 건물 정면에 파고들어 석고에서 가느다란 짙은 연기가 떠오르게 했다. 적군의 기관총 소리는 더욱더 가까워졌다. 외인부대는 에르난데스가 잠시 전에 통과했던 길 모퉁이까지 방금 진출했음에 틀림이 없다. 지금 총알은 정면에서도 후면에서도 날아오고 있었다.

10미터 앞에 있는 한 가로등에 불이 켜져 있었다. 에르난데스는 그 밑에 이르자 자기 자신을 알리기 위해 머리 위에서 권총을 흔들었다. 총알 하나가 모제르총의 총신에 맞았다. 총이 땅에 떨어졌다. 에르난데스는 문의 벽 구멍 속으로 뛰어들었다. 거리의 모퉁이는 그를 모로족의 연대로부터, 두터운 벽은 그를 공화군으로부터 보호하고 있었다. 양쪽에서 기관총이 신경질적으로 쏘아대고 있었다. 이윽고 일제사격이 가로등을 부수자 유리 깨지는 소리가 멋지게 났다. 그러자 기관총들은 완전히 맹목적으로 쏘아댔다. 다만 거리의 양쪽 끝에서 푸르스름한 짧은 불꽃이 톡톡 튈 뿐이었다.

에르난데스는 엎드려 총탄의 수평망(水平網) 밑으로 권총이 떨어진 곳까지 기어갔다가 다시 벽 구멍으로 돌아왔다.

약 10분이 지났을까, 그는 누군가에 의해 팔을 잡히는 바람에 소스라치게 놀랐다.

"에르난데스, 에르난데스……"

"아…… 그렇소."

그와 합류한(그 역시 평복 차림새였다) 민병이 1초의 간격을 두고 세 방을 쏘고 둘은 함께 뛰어나갔다. 공화군은 기관총을 쏘지 않았다.

그들이 공화군의 기관총이 있는 데까지 이르자 또 한 명의 민병이 뒤따라 도착했다.

"모로족들이야!"

"투우장으로 가게!" 하고 기관총에 탄약을 공급하고 있던 사나이가 외쳤다. 그는 그 조의 두목인 것 같았다.

모두가 골목길로 급히 내려갔다. 기관총 사수는 부속품이 삐죽삐죽 나온 호치키스 기관총을 짊어지고 있었다.

에르난데스는 혼자 죽고 싶지는 않았다.

기관총 사수는 돌아서서 기관총을 내려놓고 50발의 연속 사격을 퍼붓고 다시 뛰었다. 그의 사격은 서툴렀다. 모로족들은 멈춰 서 있었는데 이번에는 그들이 뛰기 시작했다.

먼 곳으로부터 가냘픈 총성이 몇 군데서 들려왔다. 그리고 갑자기 공화군의 진로와는 반대 방향에서 바람을 타고 금관 악기와 큰북의 음악이, 곡마단과 공진회와 군악대의 음악이 들려왔다. 아직도 목마가 회전하고 있나? 하고 에르난데스는 생각해보았다. 그는 마침내 그것이 파시스트의 군가임을 알았다. 모로족 연대의 군악대가 소코도베르 광장에서 연주하고 있었다.

기관총 사수는 다시 되돌아서서 사격하기 시작했다. 10초, 15초. "뛰어라, 바보같으니!" 하고 탄약수가 외쳤다. 그는 기관총 사수의 엉덩이를 재빨리 걷어차기 시작했다. "뛰란 말이야!" 발길질이 총알이나 모로족의 전진보다 더욱 효과가 있었다. 사격수는 기관총을 다시 들고 전속력으로 뛰었다.

그들은 투우장에 도착했다.

투우장에는 약 30명 가량의 민병이 있었다. 내부에서 보면 투우장은 요새(要塞)와도 같았다. 마분지로 만든 요새로군, 하고 에르난데스는 생각했다. 그는 바깥을 내다보았다. 모로족들은 투우장의 문들을 감시하기 시작했다. "포격을 받으면 첫 방에 꼴 좋겠군!" 하고 역시 평복을 입은 한 포병이 말했다.

"파시스트 시민들이 벌써 흰 완장을 찼군" 하고 한 민병이 입을 열었다.

"그들은 성당에서 '테 데움('오, 하느님이시여, 당신을 찬미하나이다'라는 뜻으로 감사미사에서 많이 불리는 찬가)'을 올리고 있어요. 사제도 돌아왔고. 사제는 줄곧 성당에 숨어 있었나 봐요."

집단 총살형이겠군, 하고 에르난데스는 생각했다.

그는 여전히 바깥을 내다보고 있었다. 왼쪽은 시가지가 아직 포위되지 않았다.

"모로족의 기병(騎兵)이야!" 하고 한 사나이가 외쳤다.

"너 돌았구나!"

그렇게 말했다고 나아질 것은 없었다.

"여기 남는다는 것은 바보 같은 짓이야" 하고 에르난데스는 말했다. "그들의 수는 더욱 늘어날거야. 당신네들은 개죽음을 당할거야. 왼쪽에 있는 들은 아직 막히지 않았군. 문 쪽은 버려두게. 감시하고 있으니까. 내가 기관총으로 길 한쪽 끝을 엄호할 테니까 일층에서 뛰어내려. 다치지 않도록 하게. 총에 안 맞고 길을 막는 모로족이 있거든 해치우게. 그런 자는 많지 않을거야. 왼쪽으로 도망치게. 총살당하는 것보다는 나은 일을 하도록 하게. 만일에 그들 쪽에 원군(援軍)이 도착한다면 당신네들도 준비가 될 때까지 내가 막겠어."
 그는 기관총을 내려놓고 두 번이나 길게 연속 사격을 했다. 낫으로 베듯이 왕복해서. 모로족들은 쓰러지거나 도망치거나 했다. 투우장의 민병들은 뛰어나와 마지막까지 남은 모로족들을 힘들이지 않고 격퇴했다. 파시스트들이 오른쪽에 나타났다. 기관총으로 그들을 겨누어 쏘아 그들을 문 속에 가두어놓았다. 마지막까지 남았던 공화군 민병들은 발을 삔 전우들을 등에 업고 덜거덕거리며 자취를 감추었다. 에르난데스는 아무것도 생각지 않고 기관총을 어깨에 끌어당겼다. 그는 충족감으로 행복했다.
 투우장에는 아무도 없었다. 드디어 그는 뛰어나왔다. 그때 갑자기 그는 눈 위에 채찍을 한 대 맞고, 흘러나오는 피에 눈이 보이지 않는 것을 느꼈다. 목덜미에 또 한 대, 이번에는 굵고 넓적한 일격이었다. 아마 개머리판으로 갈겼는지도 모른다. 그는 팔을 앞으로 뻗고는 벌렁 뒤로 나자빠졌다.

9

 톨레도의 감옥 안마당에서 한 사나이가 고함을 치고 있었다. 이런 일은 매우 드물었다. 혁명가들은 그들이 혁명가이기 때문에 침묵을 지키고 있었다. 다른 사람들은——혁명가들 옆에 있기 때문에 혁명가라고 자인하고 있는 자들, 죽음 앞에서는 그것이 어떠한 삶이든간에 삶에 집착하게 됨을 깨달은 자들은——침묵이야말로 죄수의 유일한 지혜라고 생각하고 있었다. 생명의 위협을 받은 벌레들은 자신을 나뭇가지와 분간하지 못하도록 하기 위해 애를 쓴다.
 그리고 외치고 싶은 생각조차 하지 않는 자들이 있었다.
 "화냥년의 서방놈들이 많구나, 바보 같은 놈들!" 하고 그는 고함을 지르고 있었다. "나는 전차(電車) 차장이다."

그리고 그는 그 이상 더 지를 수 없을 정도의 소리를 질렀다.
"차장이야! 차장이란 말이다! 멍청이들아!"
 감방의 철책 너머에서 그는 기다리고 있었다. 에르난데스는 그를 볼 수가 없었다. 그 사나이가 그의 시야 속으로 들어왔다. 그는 왼손에 붙들고 있던 비단 윗옷을 오른손으로 온 힘을 다하여 때리고 있었다. 마치 먼지를 털고 있는 것 같았다. 여러 마을에서 파시스트들은 저고리의 어깨가 번득거리는 노동자들을 모두 잡아다가 사형에 처했는데, 그것은 총을 맨 자국으로 간주되었기 때문이다. 그러나 연장 부대를 짊어지고 다니는 자의 어깨에도 그와 똑같은 가죽끈 자국은 있었다.
"난 창녀의 애새끼들 같은 너희들의 정치는 알 바 아니야!" 그리고 또다시. "그러나 적어도 어깨를 보란 말이야! 푸른 자국을 만든다고, 총이, 빌어먹을 놈들같으니라고! 내게 푸른 자국이 있단 말이냐? 너희들에게 내가 난 전차 차장이라고 말하지 않았느냐 말이다!"
 두 명의 간수가 그를 데리러 왔다. 석방하려는 것이 아니라 독방행이로구나 하고 에르난데스는 생각했다. 질서가 필요하니까.
 죄수들은 저마다 지긋지긋한 운명을 짊어진 채 안마당을 빙빙 돌고 있었다. 신문팔이의 외치는 소리가 시가지로부터 들려오고 있었다.
 신입자들도 있었다. 매일같이 에르난데스는 신입자들을 바라보고 있었다. 그리고 매일같이 그들은 그의 시선을 피하려고 고개를 돌렸다. 에르난데스는 사형수가 전염병 환자와 같다는 것을 깨닫기 시작했다.
 그의 감방의 빗장소리 ─지금은 가장 중대한 소리이다.
 에르난데스는 처형을 기다리고 있었다. 그는 싫증이 났다. 이제는 신물이 날 지경이었다. 그가 함께 살고 싶었던 사람들은 죽는 데밖에는 쓸모가 없었고 다른 사람들과는 이젠 함께 살고 싶지가 않았다. 형무소 관리 자체는 잔인할 것은 없었다. 행정적이었다. 간수는 세빌랴에서 데려온 전문가들이었기 때문이다. 형무소 생활은 얘기가 좀 다르다. 이따금 한 번에 2, 30명의 죄수가 끌려나가곤 했다. 이윽고 일제사격, 그리고 나중에는 소리가 훨씬 약하지만 최후의 일격소리가 들렸다. 이따금 밤에 빗장소리, 사람의 목소리 ─그리고 '뭐요?' 라는 똑같은 낱말, 이어서 사제(司祭)의 요령소리, 그 이외에는 아무 일도 없다. 그러나 지루하면 생각을 하게 된다. 사형수는 오직 죽음만을 생각한다.

 한 간수가 에르난데스를 특별경찰의 사무실로 데려가 그의 옆에 머물러 있었다. 장교는 거기에 없었다. 또 한 창문이 안마당 쪽으로 열려 있는데 같은 죄수들의 똑같은 원무(圓舞)가 내려다보였다.

 아직도 '판결'이 내리지 않은 자들은 안뜰에 갇혀 있었고 사형수들은 독방에 들어 있었다. 에르난데스는 안마당을 통해서 쇠창살문이 창문과 마주보고 있는 독방들을 내려다보려고 애썼다. 너무 멀었다. 그는 쇠창살 위로 경련을 일으키는 손들의 일부분밖에는 분간할 수가 없었다. 거기에 광선이 비치고 있었다.

 쇠창살 뒤에는 아무것도 없다. 그림자가 있을 뿐이다. 하긴 그는 그다지 보고 싶지도 않았다. 그는 삶과 시선을 주고받고 싶은 것이지 죽음과는 아니었다.

 쉰 살 가량의 경관인 실장이 에르난데스의 지갑을 손에 들고 들어왔다. 그는 목이 무척 길고 머리는 조그마 했으며 케이포 데라노(프랑코 측의 장군)와 같은 콧수염을 기르고 있었다.

 "이건 당신의 지갑이오?"

 "그렇소."

 경찰관은 한 다발의 지폐를 그의 수첩에서 꺼냈다.

 "이건 당신의 지폐요?"

 "모르겠소. 내 지갑에 지폐가 있었던 것은 사실이지만……."

 "얼마나?"

 "모르겠소."

 경찰관은 거기서 빨갱이들의 난맥상을 엿본 듯이 하늘을 쳐다보았으나 말문은 열지 않았다.

 "700 아니면 800페세타일 거요" 하고 에르난데스는 오른쪽 어깨를 올리면서 대답했다.

 "이 지폐를 알겠소?"

 머리가 송곳처럼 뾰족한 경찰관은 에르난데스를 관찰하면서 틀림없이 단서가 될 만한 몸짓이 있으리라고 생각하고 있었다. 에르난데스는 지쳐서 거의 무관심한 지경이었으나 그 지폐를 들여다보고 쓰디쓴 미소를 지었다.

특수부(特殊部)가 수상하게 여긴 것은 한 장의 지폐였다. 이 지폐에는 애매하고 틀림없이 아무 의미도 없을 연필 자국들이 있었는데 이 가운데에서도 연필로 한쪽은 올라가게, 다른 쪽은 내려가게 그린 파선(破線) 하나가 ─ A자에서 횡선을 제외한 것 같은 ─ 무슨 기호처럼 보였던 것이다.

그것은 모레노가 그린 것이었다. 그는 어쨌든 프랑스로 떠나지 않고 타호 강의 전선으로 떠났던 것이다. 그때 모레노는 "녀석들은 형무소의 안마당에서 못하는 얘기가 없었네. 그러나 정치 얘긴 절대로 안 하네. 누가 와서 '난 옳다고 생각한 바를 방위했지만 실패했네. 보상을 해야지' 하고 말한다면 안 마당은 텅 빌거야. 사람은 혼자 죽는거야, 에르난데스. 이 말을 기억해두게" 하고 말했던 것이다.

이 창문 저쪽에서 거닐고 있는 자들은 정치를 생각하고 있는 것일까 아니면 자기 쪽을 향한 총신(銃身)을 생각하고 있는 것일까? 아니면 그들은 아무것도 생각하고 있지 않는 것일까?

에르난데스가 "난 죽음이란 것을 그다지 중요하게 생각지 않네. 그러나 고문(拷問)은 달라……" 하고 말하자 모레노는 "난 나와 같은 형무소에 있던 죄수들에게 고문을 당하는 동안 무엇을 생각하고 있었는가를 물었네. 그들은 거의 모두가 '난 뒷일을 생각하고 있었네' 하고 대답하더군. 고문까지도 확실한 죽음 앞에서는 아무것도 아니야. 죽음의 제일 중요한 점은 그전에 있었던 것을 돌이킬 수 없는, 영원히 돌이킬 수 없는 것으로 만드는거야. 고문, 강간을 당하고 이어서 사형을 당하는 것은 참으로 끔찍스러운 노릇이야, 알겠나……" 하고 말하며 지폐의 흰 부분에 선을 그리기 시작했던 것이다. "모든 감각은 이 선과 같은거야, 지극히 끔찍스러운 것이지. 그러나 그다음엔……."

"이 지폐를 알아보겠소?" 하고 경찰관은 다시 물었다.
에르난데스가 미소를 짓는 바람에 경찰관은 어리둥절해했다.
"물론이오."
에르난데스는 실수로 그 지폐를 테이블 위에 놓았던 것이다. 민병대의 식당에서는 지불을 하지 않는데도.

"이 표적은 무슨 뜻인가요?"

에르난데스는 대답하지 않았다.

"무슨 뜻이냐고 묻고 있소."

특경(特警)들은 긴장하고 있었다. 에르난데스는 그 조그마한 머리를, 그 목을 바라보고 있었다. 이 사나이가 죽을 때 그의 목은 더 길어지겠군. 그리고 그는 남들처럼 죽어갈 테지. 어쩌면 총살반에게 처형당하는 것보다 더 고통스럽게 죽을지도 모르겠다. 불쌍한 바보같으니!

창 앞을 죄수들이 눈길을 돌리며 지나가고 있었다.

"우리편 중의 하나가" 하고 드디어 에르난데스는 여전히 쓰디쓴 미소를 지으며 입을 열었다. "한 달보다 더 오래전에 사형선고를 받았었는데 당신네들 형무소에서 탈주했지요. 그가 내게 인생에 있어서는 모든 것이 보상될 수 있다는 것을 설명해주더군요. 그가 이야기를 하면서 이 두 개의 선을 그었지요. 하나는 불행의 선이고 또 하나는 불행의 보상(補償)을 나타내는 것이라고 봐도 좋겠지요. 그러나…… 죽음의 비극은 말하자면 죽음이 인생을 숙명으로 바꾸어버린다는 점에, 즉 죽음을 떠나서는 아무것도 보상받을 수 없다는 점에 있다고. 그리고 —— 무신론자에게조차 —— 죽는 순간의 극도의 심각성이 거기에 있다고."

에르난데스는 "게다가 그의 생각은 잘못이었소" 하고 더욱 낮게 덧붙였다. 그는 마치 강연을 하고 있는 것 같았다.

이번에는 경찰관이 얼른 대답하지 않았다. 그는 이해한 것일까? 만일에 이해한 것이라면 그는 행운아였다. 바보들은 언제나 무엇인가를 이해한다. 그런 자들은 어쩌면 그렇게도 어리석은 일에 자기들의 시간을 낭비하고 있는 것일까! 만일 그가 보충설명을 듣고 싶어했다면 차라리 무척 잘된 일이었을텐데. 왜냐하면 에르난데스의 용기에도 불구하고 그가 입 밖에 내지 못한 낱말이 하나 있었기 때문이다. 그것은 고문이라는 낱말이었다.

경찰관은 여전히 생각하고 있었다.

"개인적인 질문인데" 하고 그는 드디어 말했다. 죄수들이 다시 지나갔다. "한 장교의 생각치고는 이상한데요." 경찰관은 말을 이었다.

"차라리 교리문답 교실로 가게 하는 것이 더 나았을 뻔했군요."

"그는 현역이 아니었소."

에르난데스는 미소를 띠고 있지 않았다.
"그럼 그 작은 선들은?"
"그건 아무런 뜻도 없습니다. 화제가 내 얘기 상대자를 신경질나게 했을 뿐입니다."
에르난데스는 공격조가 아니라 방심상태에서 말하고 있었다.
초인종소리. 간수가 한 명 들어왔다.
"물러가도 좋습니다" 하고 경찰관은 말했다.
에르난데스는 언제나 모레노를 생각하고 있었다. 톨레도에서 같은 테이블에 앉아 있을때, 그건 지난 봄의 일이었는데(엘시드(스페인의 국민적 영웅. 천성이 사납고 잔학무도하였으나 혁혁한 무훈으로써 중세 기사도의 권화權化로 일컬어짐. 고래로 시가詩歌나 전설의 주인공이 됨. 1040?~1099)의 시대보다 더 먼 시대처럼 느껴졌다), 그는 라몬 고메스 데 라 세르나가 "인간이 땅콩의 껍질을 까서 먹는 것을 보면 역시 원숭이의 후손이란 것을 알게 돼요……" 하고 말하는 것을 들었다. 해학(諧謔)의 시대는 어디로 사라졌을까? 에르난데스는 경례를 하고 문 쪽으로 한 발을 떼었다.
"기다려!" 하고 경찰관은 증오심에 사로잡혀 외쳤다. "관대한 특별명령이 당신에게 나와 있었지만……."
에르난데스는 추억 속에 빠져 있다가 '물러가도 좋습니다' 라는 군대식 어조에 접하고는 그가 두 달 전부터 톨레도에서 자주 했듯이 주먹을 쥐고 경례를 했던 것이다. 지금 그것을 가지고 트집을 잡으려고 하는 것일까?
"관대한 처분이" 하고 그는 말했다. "사형수의 독방에……. 무엇 때문에 더구나 특별 명령까지 떨어졌을까요?"
경찰관은 그를 바라보았다. 아연했거나 분개한 표정으로.
"무엇 때문이라고 생각하고 싶소? 당신의 아름다운 눈 때문에?"
이어서 갑자기 무슨 생각이 들었는지 그는 집게손가락으로 부정적인 표시를 했다. 마치 '아냐, 나를 경계해도 소용없는 짓이야' 하고 말하려는 듯이 그는 미소를 짓고 말했다.
"난 알고 있단 말이야……."
"무엇을 말이오?" 하고 에르난데스는 침착하게 물었다.
파시스트는 그의 머리가 좀 돌았다고 생각하기 시작했다. 그가 빨갱이라고.

"알카사르 병영의 지휘관들에 대한 당신의 태도 때문에 말이야."

혐오로 인해 실성하는 일은 절대로 없는 법이다. 에르난데스는 갑자기 나흘 동안이나 자란 수염이 불결하게 느껴졌다. 수염이 그를 따스하게 해주었다. 그는 이제 미소를 띄지 않았고 그의 얼굴도 덜 길어 보였다. 테이블을 짚은 그의 손이 주먹을 쥐었다.

"이런 일이 다시 시작되지 않기를 축원하시오" 하고 그는 경찰관을 노려보면서, 그리고 주먹으로 테이블을 치면서 말했다. 그의 어깨가 부들부들 떨리고 있었다.

"이런 기회가 또다시 당신에게 오리라고는 생각지 않네."

에르난데스는 다만 이렇게 대꾸했을 뿐이다. "그것 잘됐군요……."

"개인적인 질문이지만…… 무엇 때문에 당신은 이 지폐를 간직하고 있었소?"

"그것을 쓸 때까진 보통 간직하는 겁니다……."

다른 장교가 들어왔다. 경찰관은 그의 지폐를 돌려주었다. 그리고 간수는 에르난데스를 독방으로 데려갔다.

10

에르난데스는 또다시 톨레도의 거리를 걸어가고 있다. 죄수들은 둘씩 묶여 있다.

자동차가 한 대 지나간다. 두 소녀가 함께 지나간다. 물동이를 머리에 이고 가는 노파가 하나. 파시스트의 장교를 실은 자동차가 또 한 대. 결국은 반란군이라는 죄목으로 나는 사형을 받는구나, 하고 에르난데스는 생각한다. 식료품 바구니를 들고 가는 여자가 또 하나, 양동이를 들고 가는 여자가 또 하나, 맨손으로 가는 남자가 하나.

그들은 살아 있는 사람들이다.

모두는 죽게 될 것이다. 에르난데스는 그의 여자 친구 중의 하나가 전신에 암(癌)이 번져 죽는 것을 본 적이 있다. 그녀의 몸뚱이의 빛깔은 그의 머리털처럼 밤색이었다. 그런데 그녀는 여자 의사였다. 톨레도에서는 한 민병이 탱크에 깔려 죽었다. 그리고 요독증(尿毒症)의 단말마의 고통이……. 모두는 죽게 될 것이다. 그러나 사형수들을 끌고가는 이 모로족들은 다르다. 살인자들은 삶과 죽음의 권외(圈外)에 있다.

죄수의 무리가 다리 위를 통과할 때 에르난데스의 짝이 낮은 소리로 말했다.
"질렛트의 면도날이 있네. 바짝 다가서게."

에르난데스는 바짝 다가섰다. 한 가족이 지나간다. (이것 보게, 그렇군, 가족들이 있군 그래.) 한 작은 사내아이가 그들을 쳐다보고 있다. "저분들은 노인들이야!" 하고 그애는 말했다. '과장하는군. 죽음에 임박하면 익살꾼이 되는 걸까?' 하고 에르난데스는 생각한다. 검정옷을 입은 여자가 나귀를 타고 지나간다. 만일에 그녀가 그들에게 동정하고 있음을 보이고 싶어하지 않는다면 그녀는 이렇게 그들을 내려다보지는 않을텐데. 에르난데스가 자신의 장신(長身)으로부터 느끼는 것은 그의 손목을 죄는 밧줄뿐이다. 면도날이 밧줄을 끊는다.

"이제 됐어……."

에르난데스는 가만히 당긴다. 정말이다. 그는 그의 짝을 바라본다. 그의 조그마한 수염은 아주 뻣뻣하다.

"우리편은 아직 산등성이 뒤에 있네" 하고 그는 말했다. "첫번째 네거리에서 뛰게."

그들은 다리를 통과한다. 첫번째 흙 둔덕에서 그 사나이는 도망친다.

에르난데스는 도망치지 않는다.

그는 지쳤다. 삶에 있어서도. 또 달음질치는 것은, 또 달음질치는 것은……. 흙 둔덕 다른 쪽의 나무숲에는 무엇이 있을까? 보이지 않는다. 그는 모스카르도의 편지를 상기한다. 모로족들도 뛰어나와 발포한다. 그러나 그들은 죄수 부대를 방치하기에는 너무나 수가 적다. 에르난데스는 그의 짝이 도주에 성공했는가에 대해서는 결코 알 수 없을 것이다. 어쩌면 그는 살아 있을지도 모른다. 모로족들은 흙 둔덕에서 웃음기 없는 얼굴로 돌아온다.

죄수의 무리가 전진한다.

지면이 약간 높아진다. 에르난데스로서는 그 깊이를 들여다볼 수 없는 길쭉한 굴 앞에 총을 발밑에 내려놓은 열 명의 팔랑헤 당원과 한 명의 장교가 서 있다. 오른쪽에는 죄수들. 지금 도착하는 죄수와 합치면 50명이 될 것이다.

모로족의 카키색 제복이 톨레도의 시가지를 물들이고 있는 빛나는 아침에 죄수들의 민간인 복장은 다만 침울한 얼룩처럼 보인다.

드디어 그렇게도 종종 그의 마음을 사로잡았던 것이, 한 인간이 자기 방어도 못한 채 죽어간다는 것을 알게 되는 순간이 왔다.

표면상으로는 죄수들이 죽어가는 것을 거북하게 생각하는 것보다 모로족이나 팔랑헤 당원들이 죄수들을 죽이는 것을 더 거북하게 생각하고 있었다. 전차의 차장도 다른 패들과 함께 거기에 와 있고 지금은 다른 패들과 비슷하다. 모두가 약간 어리벙벙해 있고 심한 피로 때문에 더하지도 덜하지도 않은 것 같다. 총살반은 분주하다. 비록 그들은 총에 장전하고 사격을 기다리는 것밖에는 할 일이 없었지만.

"차렷!"

그 소리는 보통 때보다 두 배나 컸다. 명령이 내려지자 열 명의 부하들은 복종이라는 명예의 희극 속에서 긴장했다. 에르난데스의 주위에는 50명의 죄수들이 이미 모든 희극을 초월하여 허공을 쳐다보고 있다.

세 명의 파시스트가 죄수 셋을 붙들고 온다. 그들은 그들을 구덩이까지 연행한 뒤에 물러난다.

"겨냥!"

왼쪽 죄수는 머리를 동그랗게 깎았다. 보통 때보다 긴 세 사람의 육체는 그들을 바라보고 있는 자들 위로 불쑥 나오고 타호 지방 산악의 유명한 지평선 위에 실루엣을 던진다. 어쩌면 역사란 살아 있는, 아직도 살아 있는—육체 앞에서는 참으로 미미한 존재일까······.

그들은 뒤로 위험하게 나가떨어진다. 총살반은 발포한다. 그러나 그들은 이미 구덩이 속에 빠졌다. 어떻게 그들이 구덩이에서 빠져나가기를 바랄 수 있겠는가? 죄수들은 신경질적으로 웃는다.

그들은 구덩이에서 빠져나갈 필요가 없다. 죄수들은 나가떨어지는 것을 먼저 보았지만 총살반은 그 전에 발포했던 것이다. 신경 때문이었다.

다른 세 명이 보급된다. 이 구덩이 속에 50명을 차례로 나가떨어지게 한다는 것은 불가능하다. 무슨 일이 일어나야 한다.

구덩이 앞으로 끌려간 한 죄수가 돌아서서 구덩이를 내려다본다. 본능적으로 그는 거기에서 비켜나려고 한 걸음 내디뎠다. 눈길을 들지도 않고 돌아섰을 때 그는 자기가 그를 향해 뻗은 총살반의 발 쪽으로 나아간 것을 깨닫고 정지한다. 그리고 왼쪽의 죄수가 뭐라고 외치려는 그 순간 세 사람은 모두 두 손을 배에 대고 넘어지고 고꾸라진다. 이번에는 총살반이 훨씬 낮게 쏘았기 때문이다.

그 무리의 죄수들은 꼼짝도 하지 않고 있다. 반항도 고함도 없다. 시가지 쪽에서 들리는 슬픈 나귀의 울음소리와 물 식히는 질그릇을 파는 여자 상인의 목소리가 햇빛 속으로 사라진다.

총살반 앞으로 죄수를 연행하는 자들 중의 한 사람이 권총을 앞으로 하고 구덩이 위에서 내려다보고 있다. 그는 낚시질을 하고 있는 것이다. 하늘은 햇빛에 떨고 있다. 에르난데스는 정결한 수의(壽衣)를 생각하고 있다. 유럽은 이젠 별로 사랑을 하지 않지만 아직도 죽은 사람들만은 사랑하고 있다. 구덩이가에 웅크리고 있는 사나이는 움직이는 것을 총신으로 뒤적이다가 쏜다. 무감각한 머리에 가하는 치명적인 타격을 상상한다는 것은 빈사상태의 머리에 가하는 치명적인 타격을 상상하는 것보다 별로 나을 것이 없다. 이 시간에 스페인 땅의 절반 위에서 똑같은 흉악한 희극 속에 사로잡힌 청년들이, 똑같은 눈부신 아침에 총을 맞고, 똑같은 머리를 앞으로 내민 똑같은 농부들이 구덩이 속으로 떨어지거나 뛰어든다. 서커스에서 말고는 에르난데스는 사람이 뒤로 나가떨어지는 것을 본 적이 없다.

다른 세 명이 같은 장소에 서 있다. 그들은 곧 뛰어들 것이다.

만일 내가 모스카르도의 편지를 전달하게 하지 않았더라면 ── 만일 내가 고귀하게 행동하려고 하지 않았더라면 ──이 세 사나이는 이곳에 서 있게 되었을까? 그들 중에서 둘은 자세가 나쁘다. 너무 앞으로 나와 있고, 정면을 보고 있지 않다. 하나는 앞을 향해야 하는지 또는 뒤를 향해야 하는지조차 모르고 있다. 기차가 떠날 때 어떠한 자세를 취해야 할지 모르는거야…… 하고 에르난데스는 발작이 일어난 듯이 생각한다. 뭐라고, 내가 달리 행동했으면 무엇이 달라졌을 거라고? 달리 행동하는 자는 얼마든지 있고말고!

장례식의 지휘자들이 세 사람의 서투른 친구들 쪽으로 되돌아와 그들의 어깨를 별로 난폭하지 않게 붙들어 바로 세운다. 그리고 죄수들도 그들을 돕는 것 같다 ── 그들은 남이 원하는 것을 이해하고 그것에 따르려고 애쓰는 것 같다. '그들은 매장식에 가고 있는 것 같았다.' 그들은 그들의 매장식에 가고 있는 것이다.

"열일곱, 열여덟, 열아홉, 스물……." 죄수들은 석 줄로 서 있다. 자기보다 먼저 총살되기로 되어 있는 자들을 세는 사람도 있다. "아니야, 열일곱, 열여덟, 열아홉."

그는 그들을 세지 못할 것이다. 에르난데스는 그에게 정확한 숫자를 일러주기 위해 돌아서려고 한다. 그러나 이것은 열아홉도 아니고 스물도 아니다. 이것은 열일곱이다. 에르난데스는 입을 다물고 있다. 다른 놈이 무어라고 말했다. 아마 죽는다고 말했을 것이다. "아! 됐어" 하고 다른 목소리가 대답한다. "가만히 있게. 더 지독한 일이 있어."

이것이 꿈이 아니라면, 그가 다시 시작할 필요가 없다면…….

수평의 총구멍 앞에, 마치 결혼 사진을 찍을 때처럼 이 죄수들을 세워놓는 이 짓은 곧 끝날 것인가?

톨레도는 타호 지방의 산들과 같은 높이로 부들부들 떨고 있는 빛나는 대기 속에서 찬란히 빛나고 있다. 에르난데스는 역사가 무엇으로 만들어지는가를 생각하는 중이다. 또 한 번 이 상복(喪服)을 입은 여자들의 나라에서 몇 천년 계속된 과부들의 민족이 일어선다.

이것은 무엇을 뜻하는 것인가? 그와 같은 행동에 있어서의 고귀함인가? 관용인가?

누가 보상하는가?

에르난데스는 진흙을 열정적으로 바라본다. 오, 생기 없는 착한 대지여! 살아 있는 자들의 나라에만 혐오와 고통이 있구나.

죄수들에게서 가장 무서운 것은 그들의 용기이다. 그들은 복종하고 있다. 그들은 수동적이 아니다. 도살장의 이미지는 참으로 어리석구나! 인간은 도살되지 않는다──인간을 살해하는 수고가 있어야 한다. 에르난데스는 프라다스를, 관용을 생각한다. 세 죄수가 드디어 정면에 섰다. 사진을 찍을 준비가 결정적으로 된 셈이다. 관용, 그것은 승자(勝者)가 되는 것이다.

일제사격. 두 명은 구덩이 속으로 떨어지고 한 명은 앞으로 고꾸라졌다. 죽음의 조직자 한 명이 다가온다. 그는 시체를 발로 밀어뜨릴 것인가? 아니다, 그는 몸을 굽히고 시체의 팔과 다리를 끈다. 시체는 무겁다(지면이 경사져 있다). 그 시체는 끝까지 귀찮게 굴었을 것이다. 구덩이 속으로 이 짓은 아직도 계속되려는가?

  사람들은 익숙해진다. 오른쪽에서는 살해(殺害)에, 왼쪽에서는 피살(被殺)에. 세 개의 새 실루엣들이 다른 모든 실루엣들이 먼저 섰던 곳에 서 있다. 그리고 폐쇄된 공장과 폐허가 된 성곽이 있는 이 황색 풍경은 묘지와 같은 영원성을 풍긴다. 이곳에서는 시간의 끝까지 끊임없이 교대되는 세 사람이 서서 피살을 기다릴 것이다.

  "너희들은 땅을 욕심냈겠다!" 한 파시스트가 외친다. "자, 어서 가져라!"

  셋 중의 한 명은 전차 차장이다. 그의 오른쪽 어깨의 번들거리는 천 위에, 그를 사형선고받게 한 양복 저고리 위에 태양이 비친다. 그는 이젠 항의하지 않는다. 그는 기다린다. 다른 패들과 마찬가지로 그도 아무 말없이 자기 자리에 서 있다. "너희들 창녀의 자식놈들이 하는 정치 따위야 될 대로 되라지." 총을 올리는 동작에 맞추어 그는 주먹을 올려 인민전선의 경례를 한다. 그는 몸이 약한 작은 사나이다. 그는 검은 올리브 나무와 비슷하다.

  에르난데스는 1분 후에는 땅속에서 경련을 일으키게 될 이 사나이의 손가락을 바라본다.

  총살반은 주저한다. 무엇에 마음이 움직여서가 아니라 이 죄수가 질서를 ──사자(死者)의 질서를 기다리면서 패자(敗者)의 질서를──지켜줄 것을 기다리기 때문이다. 세 명의 지휘자가 접근한다. 차장은 그들을 바라본다. 그는 땅속에 박힌 말뚝처럼 자기의 무죄 속에 잠겨 있다. 그는 그들을 이미 저승의 것인, 무겁고 절대적인 증오감을 가지고 바라본다.

  만일에 이 사나이가 살아난다면…… 하고 에르난데스는 생각한다. 그는 살아나지 못하리라. 장교가 방금 발포 명령을 내렸으니까.

  다음의 세 명은 스스로 구덩이 앞에 가서 선다.

  주먹이 올라간다.

  "손을 몸에 붙여라!" 하고 장교가 외친다.

  세 명의 죄수는 주먹을 올린 채 어깨를 으쓱해 보인다. 장교는 몸을 굽히고 구두끈을 다시 맨다. 세 사람은 기다린다. 장교는 다시 몸을 일으켜 이번에는 자기 어깨를 으쓱해 보이고 발포를 명령한다.

  다른 세 명이 뜨거운 강철과 파헤쳐진 흙 냄새 속에서 올라간다. 그 중의 하나가 에르난데스이다.

제 2 편

만사나레스 江

1. 존재와 행위

제 1 장

1

 톨레도를 도망친 광란의 군중이, 소총도 없는 타호 강의 민병들이, 에스트레마두라 지방의 농민 부대 패잔병들이 아란후에스 역(驛)에 몰려들고 있었다. 회오리바람에 휩쓸려 이리저리 떠도는 숱한 나뭇잎처럼 떼몰려 나타난 그들은 빨간 장미가 아직도 가득히 피어 있는 너도밤나무 공원 속에서 뿔뿔이 흩어져 갔다. 그들은 광인들이 그들의 정원을 왔다갔다 하듯이 플라타너스의 가로숫길을 뚜벅뚜벅 거닐고 있었다.
 '무적 부대(無敵部隊)'라든가, '붉은 독수리'라든가, '자유의 독수리'라는 역사적 이름으로 알려진 민병대의 패잔병들이 떨어진 꽃잎을 밟으면서 떠들고 있었다. 이 꽃잎 융단은 다른 곳의 나뭇잎 융단과 마찬가지로 두꺼웠다. 그들은 두 팔을 늘어뜨려 총신을 붙잡고 있었고, 마치 강아지를 끌고가듯이 총을 질질 끌며 떠들고 있었다. 그러다가 이따금 입을 다물고 강 건너 쪽에서 포성이 가까워지는 것을 엿듣곤 하는 것이었다. 포성은 썩은 너도밤나무 꽃잎들의 두꺼운 융단에 막혀 둔하게 울려왔다. 그러나 그 포성 속에 옛날의 종소리가 들려오는 것 같기도 했다.
 "지금, 교회의 종소리가 들리나요?" 하고 마누엘은 물었다.
 "오히려 정원사의 종소리 같은데" 하고 로페스는 대답했다.

"역 쪽에서 들려오는군."

종소리, 자전거의 방울소리, 자동차의 경적소리, 게다가 냄비들이 부딪치는 소리까지도 지금 그 종소리와 함께 울리고 있었다. 혁명의 꿈의 잔해(殘骸)와, 군도(軍刀)와, 줄무늬의 모포와, 커튼용 천으로 만든옷과, 엽총과 ── 그리고, 마지막으로 멕시코 모자까지도 ── 공원 안에서 나와 부족을 불러모으는 이 탐탐(동양에서 시작된 타악기로 징의 한 가지. 인도·아프리카 등지에서 많이 쓰임) 같은 소리 쪽으로 되돌아오고 있었다.

"적어도 절반은 용감한데 말이야……" 하고 마누엘은 말했다.

"그래도" 하고 로페스는 대꾸했다. "믿어지지 않는 일이지만, 거북이 형, 그들은 흉상(胸像)을 단 한 개도 부수지 않았단 말이야!"

오랫동안 낡은 벽돌의 반사로 인해 장밋빛으로 물든 저 유명한 석고 흉상들이 공원을 따라 플라타너스 나무 밑에 그대로 서 있었다. 마누엘은 그 석고 흉상들을 보고 있지 않았다. 왕자들이 그들의 아란후에스의 정원을 꾸미기 위해 미국에서 가져왔던 새장처럼 빙빙 돌고 있던 이상한 복장을 한 사람들이 장밋빛으로 빛나는 장대한 경관 속에서 벽돌 홍예문 밑을 지나 역을 향해 뛰어가고 있었다.

마누엘과 로페스 역시 종소리 쪽으로 걸어갈수록 '기관차'라는 낱말이 귀에 똑똑히 들려오고 있었다. 그들이 마드리드에 가는 것을 어떠한 대가를 치르더라도 기어이 막아야겠다고 마누엘은 생각했다. 톨레도가 함락되기 무섭게 언제라도 터무니없는 유언비어에 귀를 기울이기 쉬운, 사기가 땅에 떨어진 1만 명의 군대가 ── 마드리드의 조직화가 필사적으로 진행되고 있을 때 ── 도착하리라는 것은 상상할 필요조차 없는 일이었다.

그들은 지금 역 가까이에 있다. '드리드─마드리드─드리드─드리드'라는 소리가 성난 매미들이 소란스럽게 울 때와 같이 여기저기서 들려오고 있었다.

"어차피 도망친 몸이니까 그들은 모로족들에게는 도저히 당할 수 없다고 말할거야" 하고 로페스는 말했다. "모로족들은 단단히 무장을 하고 있거든, 마치 자기들에게는 당연히 도망칠 권리가 있다는 듯이 말이야!"

"지휘자가 없었기 때문에 그들은 도망쳤지. 이전에는 그들도 우리와 마찬가지로 잘 싸웠거든."

마누엘은 바르카를, 라모스를, 장갑차의 동지들을, 타호 강의 동지들을 생각하고 있었다. 그리고 몇 년 전에 시위운동의 기수(旗手)였던 한 늙은 노동조합 운동자를 생각하고 있었다. 데모대가 거대한 경찰력의 저지를 받았을 때에는 기(旗)를 말아서 행군한다는 조건으로 데모를 계속할 수 있었다.── 그러기 때문에 '깃발을 말아라!' 하고 지휘자들은 외쳤다. 마누엘의 목소리는 매우 힘찼다. 그가 되풀이하여 외치고 있을 때 그 노인은 말없이 그를 쳐다보고 있었다. 노인은 "어차피 해야 하니까, 늑장부리는 게 제일 수야……. 젊은 이는 아직 배울 게 있군……" 하고 중얼거리고 있었으므로 그는 노인의 얼굴을 결코 잊을 수가 없었다. 반드시 그 사람의 잘못만은 아니다. 마누엘과 프롤레타리아를 맺고 있는 끈은 많은 추억과 충성으로 이루어져 있기 때문에 어떠한 광기(狂氣)도 그 끈을 끊을 수는 없었다── 그 광기가 비록 현재의 광기처럼 중대한 것일지라도…….

"친구들이 옳을 때 그들의 편이 되어주는 것은 어렵지 않아요. 그러나 친구가 잘못했을 때에는……."

"할 때까지 해봐야지!"

길쭉한 거울에 비친 엘 네구스와 비슷한 텁석부리가 역 문 앞에 있는 리무진 차의 지붕 위에 올라가 있었다. 내부도, 복도도, 대합실도 만원이었다. 플랫폼에는 어린애 하나도 들어갈 틈이 없었다.

"누가 기관차를 운전할 줄 아는가?" 하고 텁석부리는 외치고 있었다. "기차가 있다. 기관차가 있다. 모든 게 다 있다!"

갑자기 침묵이 무겁게 흘렀다. 모두가 구세주를 기다리고 있었다.

"…… 기관사가…… 기관사가…….''

"뭐라고?"

"기관사가…….''

목소리만 들릴 뿐 모습은 보이지 않는 그 사나이가 열광적인 갈채를 받으면서 떠밀려 자동차 지붕 위에 나타났다.

"…… 운전할 줄…… 난 운전할 줄 압니다…….''

바싹 마른 체구에 상냥하게 보이는, 안경을 쓴 약간 대머리인 사나이였다.

"미리 말씀드리지만, 신중하기만 하면 난 기차를 운전할 수 있습니다."

열광이 식었다. 마누엘과 로페스는 천천히 자동차에 접근해가고 있었다.

"속도를 늦출 줄 아나?" 하고 한 목소리가 외쳤다.

"어…… 알고말고."
"모두들 뛰어오르면 될거야!"
 마누엘은 자동차 지붕 위로 올라가고 있었다.
"그럼 부상자도" 하고 그는 외쳤다. "뛰어오른단 말인가?"
 수많은 사람들이 친구의 어깨 위로 기어오르고 있었다. 무슨 짓들일까? 마드리드로 행진하는 것일까? 그때 또 한 사람의 장교가 외쳤다.
"동지 여러분, 내 말을 들어주시오! 나는 기……."
 장교의 목소리는 더 이상 들리지 않았다. 사방에서 튀어나온 목소리들이 장교의 말을 토막내고 있었다. 장교는 두 팔을 올리고, 잠깐 침묵이 흐르는 틈을 타서 외칠 수 있었다.
"난 기사(技師)요. 당신들은 이 차를 다루지 못합니다."
"기계화 부대의 옛날 지휘관이다" 하고 군중 속에서 누가 중얼거리고 있었다.
"당신이 운전하쇼!"
"난 운전할 줄 모르오. 그러나 난 다루지 못하는 기계가 어떠한 것이라는 것쯤은 알고 있소. 출발하는 자들은 2000명의 동지의 죽음을 책임져야 합니다. 그리고 부상자는……." 다행히도 자청한 기관사는 신뢰를 받지 못하고 있었다.
"그럼 어쩌란 말인가?" 하고 군중 속에서 누가 외치고 있었다.
"제의를 하시오!"
"털어놓고 말하시오!"
"걸어갑니까?"
"그러다가 만약 차단되면?"
"나발카르네로가 점령되었다는 게 정말이오?"
"도대체……."
"여길 떠나지 맙시다!" 하고 마누엘도 고함을 쳤다.
 군중은 기진맥진하여 슬픈 분노로 몸부림쳤다. 약 100개의 손이 군중 속에서 나와 바람에 휘몰리는 나뭇잎처럼 흔들렸다가 물결치는 육체들 속으로 사라졌다.
"이틀 전부터……."

"모로족들이 내습한단 말이야!"

마누엘은 경리부(經理部)가 없다는 것을 알고 있었다.

"누가 우릴 먹여주지?"

"내가 먹여주겠다."

"누가 우릴 재워주지?"

"내가 재워주겠다."

이 말은 방파제의 구실을 했다. 그러나 그는 파도가 그렇게 센 것이 아니라는 자신감을 가질 수가 없었다.

"고장난 기차로 마드리드까지 가느니 모로족과 싸우는 게 낫단 말이야" 하고 그는 외쳤다.

다시 주먹을 쥔 손들이 군중 속에서 불쑥불쑥 나왔다. 그것은 주먹이었다. 경례를 위한 것이 아니었다.

"15분 후엔 우린 총살당한다" 하고 로페스는 작은 소리로 말했다. 이번에는 로페스가 자동차 지붕 위로 올라간 것이다.

"난 상관없는 일이야. 제발 그들이 마드리드에 발을 디디지 않기를."

그는 하인리히가 한 말을 상기하고 있었다. "모든 상황에서는 적어도 하나의 적극적 요소가 나타나는 법이오. 그것을 발견하여 추진해야 하오." 그는 소리를 지르기 시작했다.

"공산당은 군사 당국에 절대적인 규율 명령을 내렸소. 코뮤니스트는 손을 드시오!"

그들은 얼른 손을 들지 않았다. 마누엘은 그의 옆에 있는 몸집이 작은 대머리 기관사가 당의 별 표지를 달고 있는 것을 보았다.

"당신 총은?" 하고 그는 물었다. "코뮤니스트는 총을 버리지 않을 텐데."

상대자는 마누엘을 바라보며 대답했다. 그의 대답에 빈정거리는 말투는 없었다.

"버릴 수도 있지, 보다시피……."

"그럼, 그런 자는 스스로 탈당한거야. 당신의 휘장은?"

"물론이야. 여보게, 그렇게 소리치지 말게. 자, 여기 있네. 어쩌자는 건가……?" 군중 속에서 던져진 예닐곱 개의 별 표지들이 자동차의 지붕 위에 비참한 소리를 내며 힘없이 떨어졌다.

"5분 후에 우린 총살당해요" 하고 로페스는 말했다.

"사기가 너무 떨어졌는데."

마누엘은 큰 소리로 그러나 천천히 외치기 시작했다. 청중에게 틀림없이 들리도록.

"우린 파시즘과 싸우기 위하여 무기를 들었다. 우리는 모두 우리가 죽을 수 있다는 것을 알고 있다. 만일 우리가 소모시에라에서 죽었다면 우린 그것을 당연하게 여겼을 것이다. 왜 이렇게 변했나? 대혼란이 있었기 때문이다. 당과 정부는 군기(軍紀) 제일이라고 말했다. 우리들은 여기서 지휘한다. 우리가 책임을 진다. 대혼란은 끝났다. 당신네들은 저녁 식사를 하게 될 것이다. 당신네들은 바깥에서 자지 않을 것이다. 당신네들은 무기와 탄약을 가지고 있다. 우리는 소모시에라에서는 승리자였다. 우린 여기서도 승리할 것이다. 같은 식으로 싸우자. 그것뿐이다. 강은 방어하기 쉽고 탱크들은 통과하지 못한다."

"……기는 ……기는 ……비행기는요?" 하고 약 10여 개의 목소리가 외쳤다.

"내일 아침, 참호를 판다. 그 속에 방공호를 만든다. 그리고 언덕을 이용한다. 마드리드로, 바르셀로나로 또는 북극(北極)으로 싸우러 갈 것까진 없다. 프랑코의 승리를 감수할 것은 없다. 프랑코가 이기면 20년간 겁에 떨며 창녀의, 그리고 이웃 사람의, 또는 사제의 고발에 목숨이 좌우된다. 아스투리아스 지방 사람들을 상기하라! 우리의 새 비행기는 며칠 후에 준비될 것이다. 나라 전체가 우리편이다. 나라는 우리다. 우리는 버텨야 한다. 바로 여기서. 다른 데가 아니다. 마드리드에 뜨내기와 같은 군대를 끌고가지 말라. 그리고 우리의 부상자 옆에 있으라!"

"그만하면 됐네."

"당신들은 아직도 기만당하고 있다" 하고 한 목소리가 말했다. 그 목소리는 썩은 나뭇잎에서 나오는 것 같았다.

"누가 우릴 기만하나? 먼저 너의 신원부터 밝혀라."

외친 자는 움직이지 않았다. 마누엘은 스페인 사람들에게는 개인적 약속이 중요하다는 것을 알고 있었다.

"우릴 기만하는 자는 없소. 우리 두 사람이, 첫날부터 싸웠고 지휘자 노릇을 해온 우리 두 사람이 여기 있소. 내 말을 들으시오. 당신네들은 잠을 잘 것이며 식사를 할 것이오. 당신네들에게 말하고 있는 이 사람이 동지라는 걸

당신네들은 알고 있소? 우리는 7월 18일에 함께 있었소. 당신네들은 군비가 불량하여 사기가 저하되고 식사도 못했소. 그러나 당신네들 중에는 자동차로 대포를 공격하고 파성추(破城槌)로 몬타냐 병영을 공격하고 트리아나의 파시스트들을 단도로 공격하고 코르도바의 파시스트들을 투석기로 공격한 사람들이 있었소. 아니 그래 그게 지금 당신네들을 욕하기 위해서 그랬던 건가요? 인간 대 인간으로 나는 말하오. 당신네들은 지금 고함치고 있지만 난 당신네들을 신뢰하고 있소. 만일 내일 당신네들이 내가 약속한 것을 얻지 못한다면 나를 사살하시오. 그때까진 내 말을 따르시오."
"당신 주소는?"
"아란후에스는 크지 않소. 그리고 내게는 호위병도 없소."
"주소를 말해주게……."
"그만 하시오! 난 당신네들을 조직하는 일을 맡겠소. 당신네들은 공화국을 방위하는 일을 맡아야 하오. 찬성자는?"
마른 나뭇잎의 소용돌이 밑에서부터 플라타너스의 꼭대기까지 군중은 마치 길을 찾고 있는 것처럼 물결치고 있었다. 숙인 고개들은 좌우로 흔들리고 있었다. 어깨는 마치 토인의 무용에서 보듯이 오므린 채 손가락을 좍 펴고 손을 내밀고 있었다. 로페스는, 웅변가의 권위는 그 밑받침에 의해서만 가치가 있다는 것을 발견하고 있었다. 마누엘이 '난 당신네들을 신뢰하오' 하고 말했을 때 모두가 이 말이 진실임을 느꼈다. 그리고 그들은 그들 자신 중에서 가장 좋은 부분을 골라내기 시작했다. 모든 사람들은 그가 그들을 돕기로 결심한 것을 느끼고 있었고 많은 사람들이 그가 훌륭한 조직자임을 알고 있었다.
"코뮤니스트들은 오른쪽에 있는 트럭으로 가까이 오시오. 당신네들은 다른 사람들보다 더 많은 권리는 가지고 있지 않으나, 다른 사람들보다 더 많은 의무는 가지고 있습니다. 됐습니다. 의용군은 왼쪽으로 나오시오."
"당장에 참호를 팝시다" 하고 한 목소리가 함성 가운데에서 외쳤다.
"지휘관의 명령이 있으면 참호를 파러 가시오."
이제는 그들 모두가 무슨 일을 하고 싶어하고 있었다. 그들은 방금 전에 그들이 기차 속으로 몰려가려고 했던 것처럼 질서 속에 뛰어들려고 서두르고 있었다.
"민병이나 당의 지휘관들은 대합실에 있는 사람들을 물러가게 하고 그 방을 차지하도록 하라. 침대와 식량을 징발하기 위하여 지시를 내린다. 다른 동지들은 그자리에 있으라. 각자는 자기의 침대 매트와 침대를 받게 된다."
 그는 자동차에서 뛰어내렸다. 이어서 로페스도.
 "5분 후에 다시 시작하는 게 아닐까?" 하고 로페스는 물었다.
 "아냐, 그들에겐 자기 전에 할 일이 있어야 하오. 잘될 거요. 당신은 이곳에 남아주시오."
 "난 무얼 해야 하오?"
 로페스는 자신의 우두머리로서의 자격에 대해서는 거의 아무런 환상도 갖고 있지 않았다.
 "인원을 파악하시오. 그들을 재워줘야 하니까. 각 지휘관은 자기의 민병 또는 자기의 조직에 속하는 인원을 규합하도록, 그리고 그들의 수효를 각자가 파악하도록. 그들은 재편성될 거요. 그렇게 하는 데에 한 시간은 걸릴 거요. 적어도 1500명은 있을 테니까."
 "알았소, 갑시다."
 로페스는 무능했다. 그러나 그에게는 용기와 굳은 의지가 있었다…….

 마누엘은 수도원장의 독방에 들어가 성좌(聖座)에 쓰러지듯 앉더니, 페르시아식 정원의 밤 속에서 희미하게 빛나는 공원의 석고 흉상을 쳐다보고 있었다. 그는 얼빠진 사람 같았다. 로페스는 그 흉상을 마드리드로 운반하여 승리 후에 '의미 있는' 동물들과 바꾸자고 제의했다. 그러나 마누엘은 듣고 있지 않았다. 그는 로페스와 헤어진 후 인민전선 위원회로 급히 달려갔다. 거기서 그는 시가지를 잘 알고 있는 몇몇 약삭빠른 사람을 발견했다. 그들은 그에게 이 수도원을 안내해 주었고, 600개의 밀짚 매트, 침대 또는 매트를 모아주었다. 고아원의 어린 계집애들이 둘씩 자고 있었는데, 그 침구의 절반을 제공받았다. 수도원에, 병영에, 또는 위병소에 쓸 만한 것이 남아 있으면 운반해왔다. 다른 사람들로부터 밀짚과 모포를 제공받았다.
 그가 일하고 있는 동안에 대표단이 나타났다. 그들과 사령부 사이의 관계 때문에 병정들이 뽑은 자들이었다. 지금은 모두가 자고 있었다. 열시였다. 공산당과, 제5연대와, 그리고 육군성으로부터, 마누엘은 전화에 한 시간 15분 동안이나 매달린 끝에 사흘간의 식량을 보급해주겠다는 약속을 받아냈다. 그

동안에 그는 경리부를 조직할 것이다. 그러나 트럭들은 새벽이 되어야만 나타날 것이다. 그렇지만 몇 대는 이미 출발했다. 그러면 200명분의 식량이다. 마누엘은 열한 시에 식사하게 될 것이라고 이미 발표해놓았던 것이다.

그는 또한 제5연대에서 교육을 받은 병정들이 와서 이번에는 그들이 교육반이 되어 새 연대의 기초를 이루어주기를 기다리고 있었다.

누가 문을 두드렸다. 대표단이 돌아왔다.

"어떻게 됐소?" 하고 마누엘은 성모상과 성심상의 후광에 둘러싸여 물었다. "아직도 무슨 일이 잘 안 되나요?"

"그게 아니오. 오히려 반대일 겁니다. 당신과 당신의 친구분은 지휘관이기는 하지만 군인은 아닙니다. 그건 자연히 나타납니다. 우린 한편으로는 그게 더 낫습니다. 당신은 옳은 말을 하셨소. 지금까지 한 일이 이와 같은 결과로 끝나기 위해서 한 것은 아니라고. 당신이 약속한 것을 당신은 지금까지 지켰습니다. 그게 쉽지 않다는 것은 잘들 알고 있습니다. 그러므로 우리는 즉 대표단은, 그리고 동지들은 우리 쪽에서도 심사숙고를 했습니다. 이해하시겠습니까? 예를 들면, 기차 문제만 하더라도 당신은 잘못이 없다고 여겼습니다."

대변자는 회색 코밑수염이 축 처진 소목장이었다. 공원 안쪽에서 유명한 나이팅게일이 낮은 소리로 노래하고 있었다.

"그래서 이렇습니다. 역을 보호하기 위해 검문을 한다면 오늘과 같은 일은 다시 일어날 위험성이 없을 겁니다. 사람은 있습니다. 그래서 당신에게 검문을 제의하러 온 겁니다."

대변자 뒤에는 작업복을 입은 세 명의 동지가 수도자 독방의 흰 벽을 등지고 똑바로 서 있었다. 하나는 앞에, 셋은 뒤였다. 예전의 노동자 대표단은 이와 같이 형성되었었다. 생명과 약점과 그리고 책임을 대표하고 있다는, 그들의 동지를 그들의 한 사람 앞에서 대표하고 있다는 이 사람들의 의식은 하도 뚜렷한 것이었기 때문에 혁명의 가장 단순하고 가장 무거운 면이 그들과 함께 들어왔던 것이다. 즉 혁명이란 이 대변자에게는 이와 같이 얘기할 수 있다는 권리였다. 마누엘은 스페인식으로 그를 껴안았으나 아무 말도 하지 않았다.

처음으로 그는 행동의 형태를 취한 우애를 눈앞에 보고 있었다.

"이젠 식사합시다!" 하고 그는 말했다.

모두가 함께 내려왔다. 마누엘이 희망한 것처럼, 침실과 둥근 천장의 홀에서 그곳에 남은 성자들의 담청과 황금빛 조상 아래에서(싸우는 성자의 창에 붉은 깃발이 걸려 있었다) 기진맥진한 인간들이 전쟁의 꿈을 꾸며 잠자고 있었다. "식사하고 싶은 분은?" 하고 마누엘은 물었다── 별로 크지 않은 소리로. 대답은 초췌한 무리들의 신음소리였다. 식사를 해야 할 사람은 100명도 안 되었다. 마드리드의 트럭만으로도 족했다. 장화의 뒤축이 포석(鋪石) 위에서, 마치 교회 안에서 울리듯이 잘 울렸으므로 그는 부끄러움을 느꼈고 우스갯소리를 하고 싶었다.

식사가 끝나자 그는 인민전선 위원회로 다시 갔다. 그는 오늘 밤 무기고를 조직하고, 비누를 찾아내고, 새벽부터는 새로운 간부를 지명해야 했다. "기묘한 일이야, 비누와 전쟁을 해야 하다니." 그에게는 밤이라 나무들이 보이지 않았다. 그러나 그는, 그의 머리 위 아주 높은 곳에서 지금 바람에 떨어지는 우거진 나뭇잎을 느끼고 있었다. 아련한 향내가 장미밭에서 풍겨나와 회양목과 플라타너스의 매운 냄새 밑에 파묻혔다. 마치 무딘 바람소리와 같은 대포가 강 건너로부터 날아오기라도 한 것처럼. 트럭은 아직 도착하지 않고 있었다.

위원회의 사람들도 밤을 새우고 있었다.

마누엘이 돌아왔을 때 수도원 문에서 누가 그를 정지시켰다.

"무얼 하고 있나?" 마누엘은 자기 신분을 밝힌 후에 물었다.

"보초요."

보초가 없었기 때문에 얼마나 많은 파시스트의 습격이 성공했었던가. 수도원에서 새어나오는 아련한 불빛 속에서 마누엘은 희미한 망토 위의 총신을 바라보고 있었다. 스페인 전쟁 발발 이후의 첫번째 자발적인 보초였다.

2

11월 6일 밤

세 대의 대형기가 수리된다. 이번에는 조레스(프랑스의 정치가·사회주의자. 1904년 사회주의 일간지 《위마니테》를 창간하였고 통일사회당 결성에 진력하여 반전

운동을 전개하였으나 제1차세계대전 직전 암살당했음. 1859~1914)기(機)라고 명명된 마니앵의 탑승기가 밤의 발레아레스 제도(諸島) 상공에 다다르고 있다. 한 시간 전부터 비행기는 바다 위를 홀로 날고 있다. 아티니에스가 조종하고 있다. 완전히 등화관제가 되어 있지 않은 팔마의 불빛 주위에서, 보이지 않는 비행기를 향하여 고사포가 모든 각도에서 쏘고 있다. 아래에서는 시가지가 울부짖는 맹인처럼 자신을 방어하고 있다. 마니앵은 항구 안에서 내셔널리스트편의 순양함과 무기 수송선을 찾는다. 비행기의 앞뒤에서 탐조등의 강렬한 불빛이 어둠을 가르며 교차한다. '젓가락으로 파리를 잡고 있는 것 같군' 하고 그는 긴장 속에서 생각한다. 조종석을 제외하고 기체(機體) 안은 완전한 어둠으로 싸여 있다.

적과 싸우고 있는 것일까, 추위와 싸우고 있는 것일까? 기온은 영하 10도 이하로 내려가 있다. 기관총 사수들은 장갑을 끼고 사격하기를 싫어한다. 그러나 기관총의 강철이 추위로 변질되어 있다. 포탄들이 밤의 간헐온천처럼 오렌지색으로 작렬한다. 육군성에 문의하지 않고서는 폭탄이 선박에 명중되었는지 어떤지 알 수가 없다.

모두가 자신의 주위에서 고사포의 포탄이 터지고 있는 것을 바라본다. 몸은 모피로 안을 댄 따뜻한 비행복 속에 있으나 얼굴은 얼음처럼 얼어붙는다. 바다의 어둠 속 밑바닥까지 적막에 싸여 있다.

갑자기 비행기가 밝아진다. "불을 꺼!" 하고 마니앵이 소리친다. 그러나 곧 그는 아티니에스의 얼굴과 비행모 위에서 비행기 창의 그림자를 본다. 불빛은 바깥으로부터 들어오고 있었다.

고사포 진지의 탐조등이 다시 쫓아와 비행기를 잡는다. 마니앵은 튼튼하게 생긴 폴의 머리와 조그마한 소총을 메고 있는 가르데의 등을 바라본다. 그들은 포탄의 푸른 불꽃들이 지나가고 있는 폭풍 같은 어둠 속에서 대공포화를 피하고 어둠 속의 선박들을 폭격했다. 이 위협하는 듯한 불빛을 받고 있는 기체 속은 전투에서 우러나오는 우애(友愛)로 가득 차 있다. 이륙한 후에 처음으로 그들의 눈길이 마주친다.

그들에게 꼭 달라붙어 있는 빛줄기와 그들을 조준하고 있는 눈부신 탐조등 때문에 모두가 신경을 곤두세우고 있다. 광원(光源)의 배후에는 대포가 있다는 것쯤은 모두가 알고 있었다.

밑에서는 불빛들이 꺼져가고 있고, 전투기들이 이륙하고 있음에 틀림없다. 밤은 지평선 끝까지 뻗쳐 있다. 그리고 이 모든 어둠의 한복판에서 선회강하 (旋回降下)를 하고 있는 비행기는 광분(鑛粉)처럼 흩날린다. 탐조등에서 빠져 나오지 못한 비행기 속의 7명은 마그네슘의 섬광을 받고 있다.

이 격렬한 섬광을 빠져나가기 위해 눈을 감고 조종간을 당기고 있는 아티니에스 곁으로 마니앵이 뛰어올라갔다. 3초 이내로 고사포 사수들은 쏘아댈 것이다.

기체 안에서는 모두가 자기 낙하산의 버클에 왼손을 올려놓고 있었다.

이를 악물고 경련하는 발가락을 조종 장치 위에 얹은 아티니에스는 전투기를 조종하고 있음을 생각하고 나서, 온몸과 양쪽 엄지발가락까지 사용하여 기체의 진로를 바꾼다. 대형기가 마치 트럭처럼 선회한다. 그러나 불빛은 여전히 그곳에 있다.

첫번째 포탄이 30미터쯤에서 터진다. 비행기가 튀어오른다. 고사포는 조준을 고칠 것이다. 마니앵은 아티니에스의 비행모에서 귀덮개를 떼어버린다.

"뇌우(雷雨)야!"하고 조종사는 소리친다. 그의 손 동작이 눈에 띈다.

그것은 조종 장치가 말을 듣지 않을 때, 돌풍으로부터 빠져나오기 위해 사용하는 조종 방법이다. 기체의 전무게를 사용하여 급강하하는 것이다.

엔진의 폭음과 하얀 불빛 속에서 마니앵은 코밑수염을 떨며 열렬히 반대한다. 탐조등이 그러한 급강하를 놓치진 않을 것이다. 그는 역시 손으로 횡전(橫轉)에 이어서 급선회할 것을 지시한다.

마치 추락하고 있는 것처럼, 아티니에스는 자신이 쇳조각과 클립이 기체 속을 구르는 소음과 함께 미끄러지고 있는 것만 같다. 그는 어둠의 끝까지 하강하고 선회하여 S자형으로 질주한다. 위에서 아래에서, 마치 사벨을 든 맹인이 어둠 속을 더듬는 것처럼 탐조등은 끊고 또 끊는다.

이제야 비행기는 탐조등의 추적망에서 벗어나 다시 밤의 보호 속으로 숨는다. 흡사 졸음 속에 빠져드는 것처럼 다시 제 위치로 돌아온 탑승원들은 탐조등의 추적이 없는 얼어붙은 바다 위의 어둠 속에서, 모든 전투 뒤에 찾아오는 허탈감에 빠져든다. 그러나 모두의 마음은 순간 우애 있는 얼굴들로 가득 찬다.

오렌지 나무의 숲속에 있는 발렌시아의 비행장에서 잠깐 쉰 다음, 마니앵은 알바세토에서 조레스기를 떠났다. 비행기는 알칼라 데 에나레스를 향해 비행을 계속했다. 알바세토의 비행장은 공화군이 마드리드 근처에 배치하고자 했던, 마드리드에서 가장 가까운 비행장이었다. 비행 중대의 일부는 수리된 비행기의 시험 비행을 위해서 알바세토에 남아 있었고 나머지는 알칼라에서 싸우고 있었다.

국제의용군이 알바세토에서 편성되고 있었다. 장미색과 크림색으로 장식된 조그만 도시, 겨울을 알리는 추운 아침 속에서 수천 명의 병사들이 칼, 작은 통, 팬츠, 멜빵, 구두, 빗, 휘장 들을 파는 시장에 축제와 같은 활기를 불어넣어 주고 있었다. 모든 구둣방과 양품점은 병사들로 활기를 띠고 있었다. 중국인 행상이 그에게 등을 돌리고 있는 한 보초병에게 가짜 물건을 내밀고 있었다. 보초병이 돌아섰다. 그러자 행상은 달아나버렸다. 두 사람 다 중국인이었던 것이다.

마니앵이 의용군단 본부에 도착했을 때 그가 찾고 있던 대표자는 연병장에 나가고 없었다. 한 시간 안으로는 돌아오지 않을 것이라고 했다. 마니앵은 점심을 먹지 않았다. 그는 맨 처음에 보이는 술집으로 들어갔다.

혼잡 속에서 한 주정뱅이가 고함을 지르고 있었다. 선택에 신중을 기했음에도 불구하고 갖가지 타입의 인간들이 의용군에 끼여들어 있었다. 실격당해서 정오의 기차로 송환될 무리들이 제각기 오전 내내 소란을 피우고 있었다. 어느 날은 리옹의 부랑자들이 모두 의용군에 파견되어 오다가 국경에서 저지당하여 그들이 출발했던 역으로 되돌아간 일도 있었다. 의용군을 구성하는 것은 전사(戰士)들이지 영화의 엑스트라들은 아니었다.

"지긋지긋하단 말이야!" 하고 주정뱅이가 고함을 쳤다. "지긋지긋해! 난 말이야, 모나코 왕을 태우고 대서양을 횡단한 적도 있어! 난 옛날에 외인부대에 있었다고! 치사한 놈들아! 머저리들아! 비렁뱅이 혁명가들아!"

그는 술잔을 바닥에 던지고는 그 깨진 조각들을 짓밟았다.

한 명의 소셜리스트가 일어섰다. 그러나 다시 괴상한 녀석 하나가 손으로 그를 제지했다.

"관둬. 내 친구니까. 한번 보여줄까? 녀석은 몹시 취했어. 구경해, 간단하다고."

놈은 술잔을 깬 녀석의 뒤로 돌아가더니 호령을 내렸다.
"정렬! 주목! 차렷!"
주정뱅이는 곧 호령에 맞추어 움직였다.
"우향 우! 앞으로 갓!"
그러자 주정뱅이는 문 쪽을 향해 가더니 나가버렸다.
"식은죽 먹기라고." 친구라는 녀석은 이렇게 말한 다음 다시 그의 코냑 잔으로 돌아왔다.

마니앵은 아는 얼굴을 찾아보았으나 아무도 발견할 수가 없었다. 그는 2층으로 올라갔다. 술집 주인의 초상화 밑에서, 세 사람의 외국인 공군 고용병이 바닥에 앉아 주사위놀이를 하고 있었다.

수많은 외국인 고용병들이 프랑스로 돌아갔다. 마니앵에게 등을 돌리고 있는 그들은 차가운 아침 공기 속에서 주사위놀이에 열중하고 있었다. 유리창은 열려 있었다. 스페인풍의 커다란 주사위가 굴러가는 소리에 맞춰서, 말굽쇠 소리처럼 또렷하나 빨랫방망이나 대장간의 소리처럼 질서정연한 망치소리가 들려왔다. 그것은 군대가 행진하는 둔한 발소리였다. 방금 주사위를 던진 외국인 고용병의 손이 그대로 공중에 멈춰져 있었다. 주사위들이 아직 흔들리고 있었다. 지금 유리창 밑으로 지나가고 있는 가죽 장화의 소리들은 흙으로 만든 집들을 떨리게 하였다. 주사위놀이까지도 전쟁의 리듬에 맞춰서 흔들리고 있었다.

마니앵은 유리창가로 갔다. 아직 평복 차림이나 구두는 군화를 신고 코뮤니스트다운 엄격한 얼굴을 하고 있거나 인텔리겐치아처럼 머리칼을 흩뜨린 지원병들이 지나가고 있었다. 니체처럼 코밑수염을 기른 나이가 든 폴란드인, 소비에트 영화에나 나올 듯한 얼굴의 청년들, 머리를 짧게 깎은 독일인, 알제리아인, 국제의용군 속에 잘못 끼여든 스페인 사람 같은 표정을 하고 있는 이탈리아인, 어느 누구보다도 팔팔한 영국인, 모리스 토레스나 모리스 슈발리에와 비슷한 프랑스인 지원병 병사들이 마드리드의 청년들 같은 열의에서가 아닌 군대의 추억이나 각국이 서로 싸우던 전쟁의 추억 때문에 모두가 긴장한 모습으로 복도처럼 잘 울리는 좁은 가로를 발소리도 드높게 행진하고 있었다. 그들은 병사(兵舍)에 가까이 오고 있었고 노래를 부르기 시작했다. 지구 위에선 처음으로 전투 대열로 혼합된 모든 나라의 병사들이 〈인터내셔널〉을 부르고 있었다.

마니앵은 돌아보았다. 아까의 외국인 고용병들은 노래는 하지 않고 다시 노름을 시작하였다. 그들은 그 노래에 쉽게 넘어가지 않았다.

지금 그는 외국인 비행대를 재편성하고자 하는 희망을 가지고 있었다. 그는 수리 공장의 건립을 위해서는 바르셀로나에서 2주간 이상이나 체류하지 않으면 안 되었으니, 그의 부재(不在)는 펠리칸들의 혼란을 일으키고 있었다. 그러나 일주일 이내로 수리된 여섯 대의 대형기가 출격할 수 있게 될 것이다.

그가 볼일이 있는 대표자가 아까 유리창 밑을 행진하던 병사들과 함께 돌아오고 있었다. 마니앵은 다시 의용군 참모 본부로 향했다. 눈썹을 '악상 시르콩플렉스(기러기 모양으로(∧)눈썹을 찡그린 것을 말함)'처럼 찡그리고 머릿속으로는 자기의 생각을 심사숙고하면서.

3

"아무튼, 미안한 말이지만, 언제까지 저러고 있을 작정인가?"

비행복을 입고 비행모에서 로마인의 위엄을 풍기고 있는 르클레르는 알칼라의 비행장에서 그의 탑승원들에게 둘러싸여 큰 소리로 지껄이며 풍차가 도는 것 같은 몸짓을 해 보이고 있었다. 30미터쯤 되는 곳, 목소리가 들리지 않는 거리에서 셈브라노의 친구인 편대장 카르네로가 마드리드의 하늘을 망원경으로 관측하고 있었다. 고약한 날씨였다.

"서두르지를 못하는군 그래! 난 말이야, 프리돌리니들이 제아무리 천사장(天使長)으로 변장하는 망상을 하고 있더라도 말이지……."

르클레르에게는 독일인이거나 이탈리아인이거나 구별 없이 '프리돌리니'였다.

카르네로는 조종석에 올랐고 그의 비행기는 이륙선(離陸線)을 통과하고 있었다. 그의 비행기의 카뷰레터가 고장나 있었으나, 그는 스페인인 승무원을 거느리고 조레스기를 지휘하고 있었다. 르클레르의 비행기 다음에 스페인 군(軍) 대형기가 뒤를 따랐다. 벌써 공화군 전투기는 가련한 모습으로 알칼라의 상공을 선회하고 있었다. 미국으로부터 몇 대의 비행기가 도착했지만 항상 신형 기관총은 갖추고 있지 않았다. 정부군은 여전히 1913년형 스페인제 루이스 기관총으로 싸우고 있었다.

오리온기(機)가 부서지는 바람에 다른 두 대의 부분품으로 조립된 펠리칸 1호기를 조종한 후로는 르클레르는 회색 모자를 벗고 가죽 비행모를 썼으므로 마치 집정관 같은 인상을 풍겼다.

"그런데 보온병은 어떻게 됐습니까?" 하고 르클레르의 좌석 옆에 보온병이 보이지 않자 펠리칸 1호기의 앞쪽 기관총 사수가 물었다.

"미안하지만 오늘은 제왕절개 수술을 할거야. 그건 너무 중대한 일이야."

몇 분 후에 세 대의 비행기와 그들의 전투기는 마드리드의 상공을 날고 있었다. 바라하스를 제외한, 펠리칸들이 생활하던 비행장들이 적에게 점령되어 있었다. 도로들은 모두 빠져나올 수 없는 흥분에 차 있었다. 헤타페의 전방에 한 작은 목장이 트럭 주차장으로 바뀌어 있었다. 그러나 그곳의 모든 것이 거의 무방비 상태였으므로 적이라고는 생각되지 않을 정도였다. 편대의 오른쪽 끝을 날고 있는 르클레르는 몹시 낮은 구름 속으로 자꾸만 감춰지고 있는 다른 두 대의 비행기를 주의 깊게 관찰하고 있었다. 위에서는 전투기가 호위하고 있었다. 한순간 구름이 어떤 지점에 몹시 가까워져서 구름 위를 비행하지 않으면 안 되었다. 회색 구름의 두 층 사이에서, 전투태세를 갖춘 비행기들의 실루엣이 침침한 대공간을 전쟁의 기세로 채우고 있었다. 트럭의 주차장 상공에서 편대는 구름을 빠져나왔다. 도로의 양쪽에는 서로 붙어 있는 프랑코의 자동차들뿐이었다. 타호 강에 있는 기동 부대가 마드리드의 관문에 거의 다다르고 있었다.

파시스트 전투기들이 보다 높은 구름 속에서 내려왔다. W자형으로 날개를 연결시키며 편대를 짓고 있는 것으로 명확하게 분별할 수 있는 일곱 대의 피아트 전투기가 정면으로 육박해오고 있었다. 가장 높은 상공을 날고 있던 정부군 전투기의 무리는 전속력을 내어 그들을 요격하러 나갔다.

적의 탄막이 펼쳐지기 시작했다.

독일제의 고사포가 대량으로 마드리드에 도착해 있었다. 속사 기관포의 총탄이 50미터 간격으로 작렬하고 있었다. 르클레르는 자신의 비행기의 폭이 26미터라는 것을 생각하고 있었다. 1918년까지만 해도 그는 그러한 탄막을 보지 못했었다. 독일 군의 조준사(照準士)들은 대형기를 직접 조준하지 않았고, 수백 미터 전방에 정확한 고도(高度)로 포격하고 있었다. 포격이 너무나 정확했기 때문에 대형기들이 스스로 탄막 속으로 뛰어들고 있는 것만 같았다. 그보다도 훨씬 더 멀리 떨어져서 두 대의 전투기가 공중전을 시작하고 있었다. 르클레르는 급강하했다. 탄막도 내려왔다.

"놈들은 거리 측정계를 가지고 있군!" 하고 폭격수는 말했다.

르클레르에게는 전투기의 공중전이 거의 보이지 않았다. 전투기들의 얼크러진 항적(航跡)은 추락하고 있는 것처럼 보이기도 하고 동시에 곡예를 하고 있는 것 같기도 했다.

기관총 사수들은 공중전을, 폭격수는 땅 위를 살피고 있었다. 상승하고, 하강하고, 사행(斜行)하면서도 갑자기 접근해오는 탄막과 줄곧 마주치는 카르네로의 비행기에서 르클레르는 잠시도 눈을 떼지 않았다. 르클레르는 마치 맹인이 자기 안내인에게 붙어가듯 그의 편대장의 비행기에 바짝 붙어서, 이제는 그와 한몸이라는 감정에 사로잡혀 탄막 속으로 탱크의 숙명처럼 뛰어들었다.

탄막이 100미터로 다가왔다.

갑자기 폭탄과 비행기가 접근했다. 르클레르의 비행기가 10미터쯤 튀어올랐다. 기체의 중간이 끊어진 조레스기가 그 속에 있던 8명의 탑승원들을 곡식의 낟알처럼 잿빛 하늘에 내던졌다. 르클레르는 자기가 의지하고 있던 팔 하나가 방금 전에 잘려나간 것 같은 기분이 들었다. 단 하나밖에 펴지지 않은 낙하산의 주위로 떨어지고 있는 인간들의 까만 점들 앞에서 그는 폭격수와 앞쪽 기관총 사수의 겁에 질린 얼굴을 보았다. 그는 급히 진로를 바꾸어 알칼라를 향해 전속력으로 달렸다.

"대전중에도 그런 것은 한 번도 본 적이 없었지" 하고 착륙하기 위해 공기 조절판을 닫은 후에도 르클레르는 계속 되풀이하여 말하고 있었다. 비행장에 내린 후 그의 주위에 모여든 탑승원은 아무런 대답이 없었다. 비참한 입과 지옥에서 돌아온 사람의 눈을 하고 있는 르클레르는 외인부대 병사의 발걸음으로 사령부 쪽을 향했다.

바르가스가 안락의자에 앉아 그를 기다리고 있었다. 기다란 다리를 쭉 뻗고, 좁은 얼굴은 유리창을 가득 채우고 있는 낮은 하늘을 바라보고 있었다. 바르가스는 제복을 입고 있었다.

르클레르는 영웅적으로 그의 임무에 관한 보고를 하기 시작했다. 그가 카르네로의 비행기가 추락한 데까지 이르자,
"당신이 맡은 명령은 무엇이었습니까?" 하고 바르가스는 물었다.
"헤타페에 있는 기동 부대의 폭격입니다."
"트럭들은 벌써 주차장에서 나와 전진하고 있었고, 그들은 전열(戰列)을 갖추고 있었나요?"
"그렇습니다. 그러나 탄막 때문에 도저히 그곳을 통과할 수가 없었습니다. 카르네로가 그 증거입니다."
르클레르는 자신의 독특한 말투를 사용할 수가 없을 때는 자연스럽지가 못하고 관료적이 된다.
"탄막이 주차장 위에 쳐져 있었나요?" 하고 바르가스가 되풀이했다.
"예……."
"그러나 트럭들은 귀관을 향해 전진하고 있지 않았나요?"
"……예."
"대답하시오, 왜 귀관은 폭탄을 그대로 가지고 돌아왔나요?"
르클레르는 자기가 도망쳤다는 것을 막 깨닫고 있었다.
"적의 전투기 때문이었습니다……."
전투기들은 그곳에서 2킬로미터 떨어진 곳에서 싸우고 있었다는 것은 두 사람이 다 알고 있는 사실이었다. 그리고 전투기로부터 공격을 받았다 하더라도, 르클레르는 탄막과 평행하게 폭격을 감행했어야 했다. 공중전은 전투기에게 맡기고. 마니앵은 여러 차례에 걸쳐 격렬한 공중전을 벌이면서도 적의 방어선에 폭격을 지휘했던 것이다.
"폭탄을 싣고 용케 돌아오셨군 그래?" 하고 바르가스는 따졌다.
"그건 그렇습니다. 무턱대고 폭탄을 투하할 수는 없었습니다. 아군의 진지에 떨어질지도 모르고…… 게다가 발동기는 털털거리고 있었습니다."
바르가스는 르클레르가 대체로 겁쟁이였던 적이 한 번도 없었다는 것을 생각하고 있었던 만큼, 마치 벽을 뛰어넘은 어린 아이처럼 그가 대답하는 것을 듣고 있으려니 더욱 괴로웠다.
그는 기다리고 있는 기관총 사수장과 폭격수와 기관사 들을 들어오라고 명령했다.

"발동기는?" 하고 그는 물었다.
기관총 사수와 르클레르는 정비사를 돌아보았다.
"그건 완전하지 못합니다……" 하고 그는 대답했다.
"뭐라고?"
"모두가 좀……."
바르가스는 일어섰다.
"좋소, 수고하셨소."
"우리는 폭격할 수가 없었습니다" 하고 르클레르는 말했다.
"수고하셨소" 하고 바르가스는 되뇌었다.

4

 마니앵은 알바세토에 가 있었으므로 처음으로 제복을 입은 스칼리는 육군성의 지시에 따라 비행장을 지휘하고 있었다. 비행장을 지휘해야 할 사람들 중의 하나는 병원에 가 있었고, 또 하나인 카르리치는 기관총 사수반을 긴급히 조직하기 위해 마드리드에 가 있었다. 스페인 군대의 절반이 그렇듯이 국제 항공 부대에서도 모든 강제수단의 결핍이 지휘권을 지휘자의 개인적 권위에 국한시키고 있었다. 이 비행장에서는 두 사람의 말이라면 누구나 복종하고 있었다. 마니앵과 조종사장이었다. 조종사장은 아주 젊은이였는데 모두의 친구였고, 파시스트의 비행기를 네 대나 격추했었다. 그러나 그는 전날 밤부터 자기의 신열(身熱)과 절단된 팔을 지휘하기에 바빴던 것이다.
 스칼리는 한 펠리칸이 라플라티를 잃어버리지 않으려고 그 개의 불그스름한 배에다가 항공대의 스탬프를 찍은 것에 대해 우스갯소리를 하고 있는데 그에게 전화가 걸려왔다.
"당신네 조종사 한 명을 송환시킵니다."
 셈브라노의 목소리였다.
 아마도 그 조종사는 꽤 오래전에 출발했음에 틀림이 없다. 몇 분 후에 르클레르가 트럭에 실려서 도착했다. 그는 소시지처럼 꼭꼭 묶여 있었다. 총 끝에 칼을 꽂은 네 명의 민병이 그를 호송해왔기 때문이다. 펠리칸 1호의 기관총 사수장과 기관사도 르클레르와 함께 돌아왔는데, 이들은 덜 취해 있었다. 민병들은 돌아갔다.

바르가스의 방에서 나왔을 때 죽도록 취하기로 결심한 르클레르는 친구 둘을 데리고 갔다. 그는 비행장의 자동차를 독단으로 한 마디 말도 없이 사용하여 바라하스까지 질주했다. 그곳에 가면 술집이 있는 것을 그는 알고 있었다. 끝까지 침묵을 지키며 페르노 여섯 잔을 들이켰다.

그리고 나서 그는 말문을 열기 시작했던 것이다.

결과는 트럭으로 호송된 것이다.

그는 서서히 술이 깨고 있었다. 겨드랑이에 개를 끼고 있는 스칼리는 르클레르가 노발대발할 경우에 어떻게 할 것인가를 생각하고 있었다. 어릿광대 같은 머리털에 손이 지나치게 긴 이 큰 원숭이같이 생긴 남자는 완력이 막강함에 틀림이 없었다. 스칼리는 아주 못된 짓을 하기 전까지는 민병을 부르지 않기로 결심했다. 그자리에 있던 펠리칸들은 반은 적대감을 갖고 반은 장난스러운 빛으로 조금 떨어진 곳에서 르클레르를 바라보고 있었다. 아티니에스는 처음에는 모습을 감추었다가 다시 나타나 침묵을 지키고 있었다. 스칼리는 필요할 경우에 아티니에스가 나서서 그를 도와주기 위해 그러고 있다는 것을 알고 있었다. 그는 드디어 개를 내려놓았다.

르클레르를 풀어주고 있는 사이에 그는 벌써 일장 연설을 시작했다.

"아무렴! 난 불평가인데다가 완고한 놈이야. 그건 혁명을 몇 차례 치르고 난 프랑스 민족의 탁월한 점이지. 내 말 알아들었소? 그리고 말해두지만, 너 따위 견습 선원 같은 것들은, 은퇴한 시청의 반고관(半高官) 같은 것들은 난 지긋지긋하단 말이야! 단순한 놈들이야. 난 이래봬도 늙은 코뮤니스트야. 계급줄을 주렁주렁 늘어뜨린 놈도 아니요 끈으로 꼭꼭 묶인 소시지도 아니야. 그러니 자네가 그걸 내게 설명 좀 해주게. 자네를 움직이는 것은 내분비선인가? 프랑코편에 붙은 자들이 어떤 놈들인가를 난 알고 있단 말이야. 우랑겔의 군대와 모든 몰락자들이 우리 나라에 와서 택시 속에서 경합한 때부터 말이야. 프랑코 이전의 일을 난 알고 있단 말이야! 전전(戰前)의 코뮤니스트라고, 난."

"분열(제1차세계대전 후 프랑스 사회당이 분열하여 좌파는 공산당이 되었음) 이전의 코뮤니스트였겠지" 하고 다라스는 상냥하게 말했다. "자, 여보게, 잘됐어.

자네가 당과는 아무런 관계가 없다는 것은 다들 알고 있네. 그렇다고 해서 용감하지 않다는 것은 아니야. 그러나 자넨 당과는 아무런 관계가 없지."
 다라스의 다리 상처는 아물었다. 그래서 전날 그는 르클레르가 실패했던 임무와 비슷한 임무를 스칼리와 함께 수행했던 것이다.
 르클레르는 그들 두 사람을 모두 바라보고 있었다. 스칼리는 동그란 안경을 쓰고 있었고, 바지는 너무 길어서 마치 미국 항공 영화에 나오는 희극 배우와 같았다. 다라스는 얼굴이 납작하고 붉었으며, 머리털은 하얗고, 미소는 침착하며, 가슴의 근육은 권투 선수와 같았다. 르클레르의 기관총 사수와 정비사는 입을 다물고 있었다.
 "그럼 지금은 당이 문젠가? 자넨 탈라베라의 가스 공장을 폭격시키려고 할 때 내게 당원증을 보자고 했었나? 난 고독한 자야. 고독한 코뮤니스트야. 그것뿐이야. 난 다만 나를 혼자 있게 해주기만을 바라네. 난 내 옆구리를 물어 뜯고 싶어하는 악어들의 적이야. 자네 내 말을 알아들었나? 탈라베라는 자네였나, 탈라베라는, 말해보게, 자네였나?"
 "그건 내가 아니라 자네였다는 것을 세상 사람들은 잘 알고 있지" 하고 스칼리는 그의 팔을 자기 팔로 끌어안으며 말했다. "걱정 말게. 그만 자러 가세."
 마니앵과 마찬가지로 스칼리에게도 르클레르의 도망은 비겁이라기보다는 사고(事故)에 속하는 행위로 생각되었다. 그래서 그가 지금 이와 같이 탈라베라의 추억에 매달리는 것은 스칼리의 마음에 충격을 주고 있었다. 그러나 분노 속에는 언제나 흉측스러운 것이 있게 마련인데, 주정꾼의 경우에는 더욱 그렇다. 르클레르는 노하고 있었으므로 그의 희극적인 얼굴은 콧구멍이 벌름거리고 입술이 부풀어올라 마치 짐승처럼 보였다.
 "자러 가세" 하고 스칼리는 다시 말했다.
 르클레르는 눈가에 주름을 잡고 스칼리를 곁눈으로 바라보았다. 주정꾼의 얼굴 밑에 조상으로부터 물려받은 농민의 간사한 표정이 다시 나타났다.
 "내가 취했다고 생각하나?"
 그는 여전히 그를 곁눈으로 바라보고 있었다.
 "하긴 당신 말이 옳소. 자러 갑시다."
 스칼리는 그에게 팔을 내밀었다. 계단의 중간에서 르클레르는 돌아보았다.

"모두가 못난 녀석들이야! 하찮은 것들이야!"
2층에 오르자 그는 스칼리를 껴안았다.
"난 겁쟁이가 아니야. 내 말 듣게나! 난 겁쟁이가 아니야……."
그는 울고 있었다.
"끝나지 않았네. 이 모든 게 끝나지 않았어……."

나달은 스페인의 주불 대사(駐佛大使)의 보증으로, 부르주아 주간지를 위해 펠리칸들을 보도하러 와 있었다. 어떤 자들은 우월한 태도로, 그러나 내심에는 탐욕을 감추고 특파원의 인터뷰에 응하고 있었다. 마라호의 탑승원 다라스, 아티니에스, 가르데 등은 성명서를 기초하고 있었다. 안대(眼帶) 대신에 검은 안경을 쓰고 스칼리와 함께 호텔의 식당 안쪽에 앉아 있던 하이메 알베아르는 모든 인터뷰를 헛수고라 생각하고 있었다. 알칼라의 밤을 향하여 닫혀진 창문 옆에 앉아 그는 라디오를 듣고 있었다. 하우스는 3단(段) 분의 기사를 이미 구술했다.

나달은 키가 작달막한 사나이였는데, 고수머리인데다가 눈은 붉은 보랏빛이었다. 만일에 그의 모든 것이 그렇게 둥글둥글하지 않았더라면 아마도 그는 '놈팡이'가 되었을지도 모른다. 얼굴도, 코도, 너무나 굽은 그의 몸짓까지도 너무나 꼬불꼬불한 그의 머리털에 어울렸다. 누가 그에게 펠리칸들 중에서 르클레르가 가장 이색적인 인물이라고 얘기했나 보다. 그러나 르클레르에게는 신문기자란 파리들이나 즐겁게 해주는 녀석들일 뿐이었다. 만일 기자 중의 한 명이 그에게 '실례합니다' 하고 말이라도 건다면, 그는 그의 주둥이를 까부술지도 모른다. 그는 다른 곳에서 자고 있었다.

아티니에스는 마라호 탑승원의 성명서를 가지고 돌아왔다.

우리는 모험하러 여기에 온 것이 아니다. 당파에 속하지 않는 혁명가이며, 스페인을 수호하기로 결심한 소셜리스트 또는 코뮤니스트인 우리들은 가장 효과적인 조건 밑에서 싸운다. 그 조건이 어떠한 것일지라도. 스페인 국민의 자유 만세!

이것은 나달의 기사가 되지 못했다. 그의 신문은, 다른 독자들도 있었지만, 100만 이상의 무산계급이 읽고 있었다. 때문에 고용주를 위해서 그에게 필요한 것은 자유주의며, 이 공감을 자아내는(특히 프랑스인의) 비행사들의 찬사이며, 고용병에 관한 화려한 얘기들이며, 다른 사람들에 관한 센티멘털한 얘기며, 사자(死者)와 중상자(重傷者)에 관한(유감스럽게도 하이메는…… 결국 그는 스페인인에 불과했다) 감동적인 눈물이었다——코뮤니즘은 필요 없고 정치적 신념도 가급적 적어야 했다.

그리고 자기의 개인적 이익을 위해서는 성적 매력이 있는 얘기를 몰래 주워 모아야 했다. 소설적 보도 중에서 가장 흥미 있는 것은 귀환(歸還)이다.

그는 현재 거짓말쟁이들에게 열중하고 있었다. 그는 속지 않았으나 복사 같은 얘기가 자꾸 되풀이되고 있었다. 바보들 속에 소설가가 들어앉아 있다고 그는 생각하고 있었다. 선택하는 것만이 중요한 일이었다. '내 부하들' 하고 (역시 소리는 과히 높지 않게) 말하는 사람부터 시작했던 것이다. 필기를 하고서 나달은 다음과 같은 키플링(영국의 작가. 소년소설로 발표된 《정글 북》으로 인기를 끌었으며, 시집 《다섯 국가》 등 제국주의적인 작품을 발표, 1907년 노벨 문학상을 받음. 1865~1936)의 말을 상기했다. '자, 이번엔 반대쪽에서 거짓말을 듣기로 하자.' 나달은 이 말에 따랐다.

그때 스페인에 오기 위해 프랑스 군대나 영국 군대를 탈출한 자들이 왔다. 많은 사람들이 스페인에서 결혼했다. 그리고 그는 그들에게 그들 아내의 사진을 내놓게 했다. '저희 신문은 많은 여성 독자를 가지고 있지요.' 다음은 에이스급 외국인 용병들, 즉 파시스트기를 공적으로 3기 이상 격추한 자들. 그들은 지원병을 가리켜 '정치가' 또는 '전사(戰士)'라고 말하고 있었다. 그러니 그들이 속임수를 쓰고 있는 것은 아니었다. 그들은 그에게 자기들의 비행 수첩을 신중히 내놓았다.

다음은 불량 청년을 가장한 자들과 남아 있는 농땡이 병사들이다. 그는 지원병을 포기해버렸다. 그들은 얘기가 재미없었고, 거짓말이 모자랐기 때문이다.

그는 비행 수첩에다 필기를 하고 있는 중이었다. 그가 부주의하게 보여주었던 은단의 절반은 이미 폴의 주머니 속으로 옮겨갔다. 비교적 긴 침묵이 흐르는 가운데 주위의 강한 시선을 느끼고 그는 고개를 들었다.

입은 쑥 내밀고, 허리는 구부리고, 검은 머리 다발은 회색 모자의 가장자리에 비쭉 나와 있고, 코밑에는 꽤 불안한 미소를 띠고, 팔은 여느 때보다 길게 늘어뜨린 채 르클레르가 계단을 내려오고 있었다.
 펠리칸 1호의 기관소총 사수가 그의 이름을 불렀다.
 "작가 동지 한 분이 오셨어" 하고 그는 나달을 가리키며 말했다.
 "당신의 동료와 한 잔 마시러 오게나." 르클레르는 와서 앉았다.
 "그럼, 당신도 무당벌레의 조그마한 대가리와 같은 작가요? 무엇을 쓰시오?"
 "단편 소설을 씁니다. 당신은요?"
 "대하 장편 소설을 씁니다. 난 또한 시인이오. 난 조종간을 쥐고 자기의 팜플렛을 죄다 팔아먹은 유일한 시인이오. 야도(夜盜)들은 낮공기를 풍기거나 술에 취한 관광객이 있을 때, 그들에게서 돈을 훔치지. 난 그러지 않네. 그러나 난 그들에게 팜플렛을 주지. 왜냐하면, 팜플렛은 노동의 결실이니까. 단지 15프랑이야. 난 절판을 시켰네. 팜플렛의 제목은 《조종간을 쥔 이카로스》였네. 시와 비행 때문에 이카로스(그리스 신화 중의 인물. 다이달로스의 아들. 아버지와 함께 백랍으로 만든 날개로 날아 미궁을 탈출, 태양에 접근했다가 날개가 녹아 이카리아 바다에 떨어져 죽었다 함.)이지, 알아듣겠나?"
 "지금도 쓰시나요?"
 "난 포기했네. 미안하지만 난 기관총으로 쓰고 있네."
 "기관총으로 무엇을 쓰시나요?"
 선언서에 서명을 마치고 아티니에스와 다라스는 하이메의 라디오를 들으려고 스칼리 옆으로 돌아왔다. 눈이 보이지 않게 된 후부터 하이메는 하루의 절반을 라디오로 보내고 있었다. 다라스는 라디오 옆에서 일어났다. 그는 나달의 마지막 질문이 전혀 마음에 들지 않았다.
 "천만에, 희극은 계속되고 있었네, 그뿐이야."
 르클레르는 전투기의 조종사가 아니었고, 여기에 온 후부터는 기관총을 사용할 일이 없었다. 파이프를 깨물며 늙은 전문가의 태도로 대화를 계속하고 있는 나달로 말하자면, 그는 스페인 비행기의 루이스 기관총이 삽탄식(揷彈式)인 줄은 모르고 탄대식(彈帶式)이라고만 생각하고 있었으므로 상대자가 하는 이야기를 전혀 이해하지 못하고 있었다.
 "이곳은 잘 되어갑니까?" 하고 그는 물었다.
 "진정한 생활이 있소……. 당신은 파리에서 무얼 하고 싶었소? 민간항공의 조종사요? 다시 말하면 외발 스케이트의 운전사요? 아직도 아니란 말이야! 당신이 좌익이라면 당신에겐 찬스가 없어요……. 거지 짓을 하느냐고? 천만에. 여기선 인간은 인간이야. 그러니까, 난, 미안하지만, 탈라베라에 갔었네. 아무라도 괜찮으니 자네가 물어보게. 가스 공장이 마치 불에 탄 오믈렛 같았네! 프랑코에 대해서도 마찬가지야. 나, 르클레르는 미안하지만 프랑코를 제지했네. 당신 내 말을 알아들었소? 주위의 녀석들을 쳐다보게. 그래도 그들은 볼장 다 본 사람의 훈장을 배달할 쌍판들이 아닌가?"

혁명의 광고가 걸려 있는 홀 안쪽에 가설된 거대한 난로 주위에서는 요리사의 가족들이 여느 때처럼 분주히 움직이고 있었고, 펠리칸들은 약간의 추가분을 교섭하고 있었다.

아티니에스도 역시 르클레르의 이야기에 귀를 기울이고 있었다. 그는 한편 라디오에도 계속 주의를 기울였다. 그리고 그는 두 사람의 관계를 호기심을 가지고 관찰하고 있었다. 몇 분 전부터 르클레르는 손가락으로 조그마한 빵조각을 짓이겨 그것을 나달의 얼굴을 향해 던지고 있었다. 그리고 그의 목소리는 그의 이야기처럼 친절과는 거리가 멀었다.

"탈라베라는 오리온호를 타고 해치웠네. 납득이 가시오? 이곳은 투우의 나라요. 우린 송아지를 많이 소유하고 있소. 오로지 이 송아지들을 가지고 버티었소. 내 말을 알아들었소?"

그때, 나달의 코에 빵 조각이 날아왔다. 아티니에스는 그 게임을 더욱더 어리둥절해하면서 지켜보고 있었다. 나달은 인터뷰에서 복수하기로 결심하고 당장은 웃어넘기려는 것같이 보였다.

"탈라베라에서는 무기로 무얼 사용하셨나요?" 하고 그는 물었다.

"어쩔 수 없었네. 창가에 기관총이 한 대. 변소 구멍을 크게 해서 폭탄 투하구로 사용했네."

"그리고 비행기용 삼각 호치키스 기관총을 사용했지" 하고 가르데는 기술자다운 눈초리로 말했다.

"우린 빌라쿠블레에서 호치키스 기관총을 썼지요" 하고 나달은 고통스러운 멸시의 몸짓으로 대답했다. 인간을 그러한 무기로 싸우게 하는 것이 수치임은 명백했다. 그러한 기관총은 존재하지 않으므로 펠리칸들은 조용히 우스갯소리를 하고 있었다.

"조용히!" 하고 아티니에스는 외쳤다.
아티니에스가 듣고 있던 반란군측 라디오의 아나운서가(세빌랴 방송국의 중계일까?) 방금 "항공 뉴스입니다" 하고 외쳤고 하이메는 라디오의 볼륨을 높였다.

우리 항공대는 적군의 전선을 폭격하여 대성과를 올렸습니다. 카라반첼의 민병들은 마드리드 시내로 후퇴했습니다.
시가지는 세 시와 다섯 시에 폭격을 받았으나 적군의 항공기는 한 대도 나타나지 않았습니다.
정부측의 항공기 다섯 대는 오늘 우리 전선내에서 격추되었습니다. 저는 이 마이크를 통해서 유명한 탈주병이자 스탈린의 스파이인 소련인 마니앵의 비행기는 가까운 시일내에 격추되리라고 말씀드렸습니다. 이 비행기는 우리 전선내에서 격추되었습니다. 탑승원 전원이 추락시에 사망했습니다. 가공할 마니앵의 시체는 헤타페에서 확인되었습니다. 추종자들에게의 경고가 아니고 무엇이겠습니까! 안녕히 주무십시오.

펠리칸들은 서로 바라보고 있었다.
"걱정 마시오" 하고 스칼리는 외쳤다. "그들은 혼동하고 있어요."
나달은 질문을 하기 시작했으나 그는 즉시 이 문제에 관해서는 우겨서는 안 된다는 것을 깨달았다. 미신적인 펠리칸들은 ──불평분자들까지도── 적의를 보이고 있었다. 거의 모두가 조레스호와 카르네로의 탑승원이 문제라고 느끼고 있었다. 그러나 마니앵은 알바세토에 착륙했었고, 오늘 오후에 그가 마드리드의 전선에서 싸우지 않았다는 증거는 전혀 없었다.
"당신이 무얼 안다고 그러시오? 이 바보같으니" 하고 르클레르는 신음하듯이 말했다.
스칼리는 그 사실을 정확하게 알고 있었다. 오후부터 그는 사태가 나빠질 것을 느꼈기 때문에 마니앵을 전화로 불러내어 바로 오늘 밤에 알카라로 돌아오도록 그에게 요구했던 것이다.
그러나 마니앵은 벌써 그보다 더 잘 알고 있었다. 셈브라노가 마니앵에게 전화를 걸어서 스칼리에 대해서보다 더 자상하게 얘기했던 것이다. 곤드레만드레가 된 르클레르가 스페인인 조종사들에 대한 욕설을 퍼뜨렸지만, 한편 마니앵은 더구나 설사 발렌시아에 후방 부대 근무병들이 있기는 해도 스페인인 조종사들은 형편없는 비행기를 타고 르클레르가 탈라베라에서 꼭 한 번 해보고는 자랑으로 삼고 있는 일을 매일같이 하고 있음을 알고 있었다. 또한 르클레르가 그를 둘러싼 정비사에게 전쟁은 졌다고, 수리한 비행기는 추락한다고 —— 치욕의 집념이 생각할 수 있는 모든 것을 —— 지껄였다는 것도 그는 알고 있었다. 또 다른 한편으로는 스칼리도 르클레르가 돌아온 후부터 그는 다시 외출하고, 펠리칸들을 차례로 데리고 나가 그들에게 같은 말을 했다는 것을 알고 있었다. 르클레르의 화려한 언행과 진정한(또한 사랑을 받고 싶다는 커다란 욕망에서 생긴) 관용이 펠리칸들의 동정을 사게 되었던 것이다. 그리고 그와 함께 탑승하는 펠리칸들도 같이 말려들어가 있다는 사실도 스칼리는 알고 있었다.

스칼리는 우선 그들이 화목한 데에 놀라지 않을 수 없었다. 그가 천성을 알고 있는 사람들을 —— 인텔리겐치아들을 —— 판단할 때에는 아주 예리하면서도 이 인물만은 이해할 수가 없었다. 가르데는, 탑승원들은 부상자가 입원할 때마다 바뀌게 되므로 지금은 친한 자들끼리만 구성되어 있다는 것을 스칼리에게 지적한 적이 있었다. 그리고 또 르클레르의 친구들은 그가 선회했을 때 구름이 짙었기 때문에 사태를 별로 이해할 수가 없었다는 것과, 그렇기 때문에 지금은 그들이 그들에게 벅찬 비극 속에서 허우적거리고 있다는 것도. 르클레르는 자신이 도망친 사실을 용서할 수가 없었다. 그래서 그는 페르노 술 속에서 찾아낸 것과 같은, 그가 전체적인 혐오 속에서 찾아냈던 음울한 해방 속으로 닥치는 대로 아무라도 끌어들이려 하고 있었다.

"마니앵이 일곱시에 여기로 전화를 했어" 하고 스칼리는 외쳤다.

그러나 모두는 스칼리가 진실을 말하고 있는지 아니면 안심시키려고 그러는 것인지 종잡을 수가 없었다.

꽤 긴 침묵이 흘렀다. 이윽고 나달이 이 침묵을 깨뜨렸다.

"당신은 무엇 때문에 여기에 왔나요?" 하고 그는 연필을 손에 든 채 르클레르에게 물었다. "혁명 때문인가요?"

르클레르는 그를 곁눈으로 바라보았다. 이번에는 물어뜯을 것 같은 표정이었다.

"그게 당신과 무슨 관계가 있소? 난 좌익의 고용병이오. 모두들 알고 있는 사실이오. 그러나 만일 내가 여기 있다면 그 까닭은 내가 억세기 때문이오. 난 조종간의 중독자야. 나머진 나긋나긋하고 기가 죽은, 신문기자와 같은 바보들에게나 맡겨요. 각인각색이거든, 미안하네. 당신 내 말을 알아들었소?"
 여느 때보다 더 여위고 콧구멍은 더 벌어져 있으며 머리털은 흐트러진 채, 원숭이 같은 손으로 붉은 포도주 병을 거머쥐고 상체를 뒤로 젖힌, 이마에는 주름이 패인 르클레르는 테이블을 독차지하고 있었다. 테이블에서는 불쾌감이 족제비처럼 달리고 있었다. 하이메의 옆으로 갔던 가르데는 그의 코밑수염을 뒤에서 앞으로 문지르며 미소를 짓고 있었다.
 "심약해서이든 비겁해서이든간에" 하고 아티니에스는 가르데에게 말했다. "만일에 마니앵이 그들을 해고하지 않는다면 이자들은 항공대를 부패시킬거야. 무슨 일이야? 포도주가 머리에 올라오는가?"
 "어떻든간에, 잠깐만! 그가 내 신경을 거스리기 시작하는군. 난 변덕쟁이들과 싸우고 싶지는 않소. 그럼에도 불구하고 그는 잘난 체하며 영웅놀이를 하고 있소. 웃기는 일이오."
 "그는 자기가 희극 배우 노릇을 하면서 상대자를 나무란단 말이야. 그를 좀 보게. 지금 그는 상대자를 미워하고 있네."
 "그는 또한 상대자가 고맙기도 하겠지."
 "미운 것보다는 덜하겠지. 그의 상판을 보게."
 나달은 이러다가는 사태가 심상치 않게 돌아갈 것 같음을 깨닫고 식탁에 있는 모든 사람들에게 술 한 잔씩을 사고는 노트를 들고 뺑소니를 쳤다. 당당해 보이는 파이프를 간사하게 미소 띤 입 속에 물고 뺑소니를 친 자는 체구가 작고 교활한 사람이었다.
 "난 취하지 않았소" 하고 르클레르는 말을 이었다. "혁명이란……."
 '내가 알게 뭐야' 하고 그가 말하고 싶은 것은 명백했다. 그러나 그는 그 말을 입 밖에 내지 않았다. 그는 언제라도 기꺼이 도전할지도 몰랐다. 그의 전우들의 체면 때문에서가 아니라 빗장 없는 그 두 창문 뒤에 마드리드가 있었기 때문이다.
 방송국은 한쪽 창문 옆에 있었다. 아티니에스는 돌아섰다. 알칼라 데 에나레스의 광장은, 기념비들과 달팽이를 파는 조그마한 술집들과 더불어, 주랑

(柱廊) 때문에 거의 가려져 있었다. (펠리칸들은 그 근방에서 아마도 페르노주를 찔끔찔끔 마시고 있을 것임에 틀림없다.) 그리고 조그마한 시가지 전체가, 주랑이 많은 원경(遠景)이며, 사제(司祭)의 정원이며, 뾰족한 종루(鐘樓)가 있는 교회며, 대장식품이 있는 궁전이며, 성벽과 기타 소리가 나는 발코니와 더불어 폭격 때문에 뿔이 부러진 이 옛날 카스티리아 지방은 자면서도 한 눈을 뜨고 위협하고 있는 전쟁의 소음에 귀를 기울이고 있었다.

"마니앵이 오면" 하고 스칼리는 가르데에게 말했다. "마라기(機)와 당신과 그 외의 상당수가 합치면 언제든지 특공대를 만들 수 있다고 말해주게······."

"당신은 오늘 밤 마드리드에 가시오?" 하고 하이메는 동시에 그에게 물었다.

"갑니다. 가르시아의 특별 소집이오."

"가친(家親)을 찾아가 주십시오. 이곳으로 모시고 와주십시오."

스칼리는 하이메의 아버지가 노인임을 알고 있었다. 하이메는 이유를 대지 않았다. 그는 자신의 부상을 무슨 특권처럼 휘두른 적이 없었기 때문이다.

"그렇게 하지, 찾아가 보겠네."

"아 참, 스칼리" 하고 르클레르는 퉁명스럽게 말했다. "곧 좋은 식사를 하게 되는가?"

"겁을 먹더니 식도락가가 됐나?" 하고 가르데는 테이블의 다른 쪽에서 물었다.

르클레르는 가르데를 바라보았다. 그의 적의에 찬 미소는 고양이와 같은 조그마한 이를 드러내고 있었다. 그는 아무 말도 하지 않았.

"그럼 계약은?" 하고 펠리칸 1호의 폭격수는 물었다.

"헤파투라 병영에서 반송되지 않았는데" 하고 스칼리는 대답했다.

"난 변사가 아닙니다······. 그러나 역시······ 난 오늘 죽었을지도 모르는데, 그렇게 가정한다고 하면 내 계약은 어떻게 되나요?"

폭격수는 항의자인 동시에 피해자였다. 그는 조그마한 눈을 크게 뜨고 있었다. 그의 두 손은 그가 바르셀로나에서 결혼한 다음날 연푸른 가죽 저고리에 꿰맨 중위의 별 모양 휘장 양옆에서 비장하게 보였다. '전등 불빛으로 보니까 낮에 보는 것보다 훨씬 만화가 그려진 찻주전자와 비슷하구나' 하고 가르데는 혼자 인정했다.

스칼리는 이자들을 너무 심각하게 생각할 필요는 없다고 말하고 보통 때처럼 언짢게 생각지 않았다. 그러나 오늘은…….
"당신의 계약금은 부인에게 지불됐을 거요. 그러니까 조용히 있어줘요."
"그 이전에 프랑코가 마드리드에 들어오지 않을 거라고 누가 내게 말해주지?"
"이 경우에는 난 당신이 총살되기를 빌겠네" 하고 가르데는 자기의 코밑수염을 매만졌다. "그리고 돈도 계약도 없이 말이야."
대체로 공동으로 무릅쓰는 위험은 계약이 갈라놓은 지원병과 고용병의 사이를 접근시키고 있었다. 그러나 오늘 저녁, 지원병들은 고용병이 싫증나기 시작했다.
"무엇 때문에 우리에게 충분한 전투기를 보내주지 않는 걸까?" 하고 펠리칸 1호의 기관사는 물었다.
"부상자에 대해서도 해야 할 일을 하지 않아요" 하고 하우스도 말했다.
"영국의 왕이 그를 찾아 마드리드에 온다고 해도 하여튼 불충분할 거야."
"이런 상태로는 일이 안 돼요" 하고 르클레르의 기관총 사수장은 말했다. "전투기도 모자라고, 비행기도 모자라고, 재료도 지저분하고, 기관총도 쓸모가 없단 말이야!"
스페인인들은 원시적인 브레게 기관총으로 고사포와 싸우고 있었다.
아티니에스는 르클레르의 테이블 쪽으로 돌아오다가 도중에 귀를 기울였다.
"역시 오늘 아침부터 마니앵이 안 보였어."
"…… 그자들은 쾅! 하고 산산조각이 나서 공중에 뿌려졌나봐."
"대전중에도 이러한 일은 본 적이 없는데."
"…… 가장 나쁜 것은 둘로 쪼개진 조레스의 경우야."
"저놈들은 기관총을 들고 카르네로를 따라다니고 있었나 봐요."
"낙하산은 카르네로였나?"
"……마니앵의 낙하산이야. 카르네로는 아랫것이야."
"…… 예전에는, 낙하 지점에 갈 수도 있었지만 거리 측정기를 가지고 있는 탄막에 대해서는 어떻게 대항할 수 있나요? 이건 전투가 아니야!"
"…… 특히 부족한 것은 조직이오. 모든 사람이 내일 할 일을 오늘 저녁에 토론할 필요가 있지요."
"…… 한줌으로 말이야, 비행기가 그들을 한줌으로 뿌려놓았네. 그리고 난……."

"마니앵이 담대한 것은 좋아요. 그러나 그가 자살을 원한다면 그건 곧이들을 만한 이유가 못 돼요……."

'치욕이 부패하는군' 하고 아티니에스는 생각했다. 사고(思考)와의 관계가 유기적인 그에게는 이 모든 것이 가소로웠고 또 대단한 슬픔이었다. 이자들 앞에서, 공화국의 100명의 불쌍한 고용병들을 생각할 때 그의 머릿속에서는 수천 명의 이탈리아인과 독일인들의 모습이, 성심(聖心)의 부적을 몸에 붙인 모로족들의 긴 행렬이 떠나지 않고 있었다. 약간의 일당을 받는 4만 명의 모로족들 ── 그들 뒤에는 군법회의가 있었다. 그렇다면 인간을 어디까지 신뢰할 수 있을까? 그러나 그들 자신의 죽음에 이르기까지 인간을 신뢰하기 위해 이미 죽은 것이나 다름없는 이 썩어빠진 '전문가들'을 선택할 필요가 있었을까? 알바세토나 마드리드의 어느 곳에, 최초의 국제의용군이 형성되고 있었다…….

가르데의 목소리는 둔하게 웅성거리는 소리를 덮어누르고 있었다.

"잠깐만!" 하고 그는 테이블 위에 걸터앉아 코밑수염과 턱을 앞으로 내밀고 말했다. "당신들은 모두 여기 와서 늘 입가에 파이프를 물고 있던, 전선에는 한 번도 나가본 일이 없는 약삭빠른 놈들에게 마니앵의 임무를 ── 우리의 임무도 물론 ── 그 어려움조차 알려고도 하지 않고 헐뜯기 위해 파리로 돌아간 약삭빠른 놈들에게 욕지거리를 내뱉었소. 그런데 오늘 저녁, 당신들은 모두 그 얼간이들과 의견이 같단 말이오? 모든 게 나쁜가요? 아 참, 만일에 당신들이 프랑코편에 있었으면 주둥아리를 닫을 사이도 없이 아마 ── 죽게 됐으리라고 생각하는가요?"

"그러기 때문에 난 여기 온 거요, 프랑코편으로 가지 않고" 하고 기관사는 말했다.

폴은 펄쩍 뛰어 일어났다. 거구에다 고수머리인 그는, 얼굴이 주홍빛이 되어 집게손가락을 부들부들 떨고 있었다.

"아니야, 레비 씨! 난 찬성할 수 없어. 당신은 우리의 커미션을 속여먹으려고 하고 있단 말이야! 우선, 베르트랑, 자네의 의견으로 마니앵의 노고를 판단하도록 하게. 자넨 좋은 친구야, 그러나 이러면 화가 난단 말이야……."

"그럼, 비판의 권리가 없단 말인가? 자격이 없단 말인가?"

"자네는 이해하지 못해서 철없는 소리를 하고 있는거야. 자네가 겁을 먹었기 때문이지. 그것에 대해선 난 말 안 하네. 난 사고(事故)를 냈다고 해서 전우에게 돌을 던지는 사람은 절대로 아니야! 사고는 있을 수 있는 일이야. 전체적으로 보면, 모두가 당신들이 임무를 마쳤다는 것을 알고 있어요. 그러나 지금 내가 말하는 것은, 당신네들은 자기들에게 만족스럽지 못하다고 해서 모두가 부패하기를 원하고 있다는 사실이오. 난 불찬성이오. 천만의 말씀이지, 난 불찬성이야! 당신들은 불평이오? 마니앵을 대신할 만한 사람의 이름을 대봐요. 하나라도 있으면 대봐요. 가령 방송국에서 어떤 새끼가 마니앵은 돌아오지 않는다고 외치고 있는 것이 사실이라고 조금이라도 상상해봐요. 그럼, 좋습니다──커미션의 10프로는 내 몫이오. 교훈인즉──당신은 바보같이 행동하고 있다는 점이오."

르클레르는 두 주먹을 가까운 의자의 등에 얹고 전체적인 침묵 속에서 증오에 가득 찬 눈으로 스칼리에게 다가가고 있었다.

"혁명이란, 내가 아까 말했잖아, 각자가 자기 임무를 수행하는 것이라고. 그러나 실례를 무릅쓰고 말씀드리자면 조직이란 너절한거야! 우린 싸우러 여기 왔는데, 이틀 전부터 오도가도 못하고 있잖아. 면도를 못한 지 무려 48시간이나 됐단 말이야! 참을 만큼 참았다고! 당신은 내 말을 이해하겠소?"

스칼리는 그의 안경 속에서 혐오의 빛을 보이며 대답을 하지 않았다.

"진정이야?" 하고 홀 맨 끝에서 어떤 목소리가 물었다. 두 사람은 이 목소리를 듣고 돌아섰다.

하이메는 마지막 번으로 비행기에서 돌아온 후부터 그는 한구석에, 한 테이블의 주위에 외롭게 앉아 있는 전우에 대해서만 얘기를 했었다. 그는 자기의 옛노래의 목소리를, 목소리 속의 무엇이 맹인이 되기라도 한 듯이 약해진 목소리를 방금 되찾은 것 같았다. 그들이 비행기에 오를 때마다 그들은 하이메와 같은 부상을 입을지도 모른다는 것을 알고 있었다. 하이메는 그들의 전우였다. 그리고 그들 운명의 가장 위협적인 영상이기도 했다. 그의 큼직한 코는 검은 안경 밑에 불룩 튀어나와 있었다. 그의 손은 남들이 알아차리지 못하게 살금살금 테이블 밑을 더듬고 있었다. 그는 빈 접시로부터 빈 접시로 나아가고 있었다. 모든 펠리칸들은 그의 손에 닿는 것이 마치 끔찍스러운 것에 닿기라도 하는 것처럼 옆으로 비켜 서는 것이었다.

"참호 속에 있는 자들은" 하고 하이메는 아까보다 낮은 소리로 물었다. "면도를 하는가요?"

"자네는" 하고 르클레르는 중얼거렸다. "국제군단 인터내셔널의 기사(騎士)야. 제발 우릴 얕보지 말래도!"

왼쪽에 4,5미터 떨어져서, 벽 옆에 서 있던 스칼리는 아무리 보아도 너무 긴 제복 바지를 걷어올리며 르클레르에게서 시선을 떼지 않았다. 르클레르는 테이블에 의지하여 계속 앞으로 나아가는 하이메를 그냥 두고 스칼리를 향해 달려갔다.

"시골 사격장의 총 같은 기관총은 웃긴단 말이야" 하고 르클레르는 말했다. "지긋지긋해. 내겐 불알이 있으니 투우를 하고 싶지 비둘기놀이를 하고 싶지는 않단 말이야. 내 말을 알아들었나요?"

실망에 젖어 있던 스칼리는 양쪽 어깨를 으쓱했다.

르클레르도 스칼리를 흉내내어 양쪽 어깨를 으쓱했다. 그는 분노를 참지 못하여 이를 악물고 있었다.

"돼져, 임마. 내 말이 들리나?"

그는 드디어 스칼리를 정면으로 쏘아보았다. 그는 험상궂은 얼굴을 하고 있었다.

"너도 돼져라" 하고 스칼리는 어설프게 대꾸했다. 호통도 지휘도 그는 서투렀다. 훌륭한 인텔리겐치아인 그는 설명하고 싶었을 뿐만 아니라 설득도 하고 싶었다. 그는 주먹다짐 같은 것은 체질적으로 하기 싫었다. 이러한 혐오를 동물적으로 느낀 르클레르는 그것을 공포로 간주하고 있었다.

"아냐, 돼지라고 한 것은 나야. 네가 아니야. 내 말 알아들었나?"

폴은 모두 함께 부상자를 실은 첫 비행기를 기다리던 그날을 생각하고 있었다.

"살루드!" 하고 마니앵은 주먹을 마치 손수건처럼 공중에 휘두르며 말했다. 문턱에 서 있는 그의 코밑수염이 바람을 받아 옆으로 쏠려 있었다.

그는 적의에 찬, 이젠 살았다는 듯한 방심을 가장한 얼굴들 사이를 지나서 르클레르가 있는 데까지 나아갔다.

"그때 보온병을 가지고 있었나?"

"거짓말이오! 아무것도 가지고 있지 않았소!"

르클레르는 약탈을 당한 듯 분개하여 고함을 질렀다. 그로서는 도망에 대한 부당한 비난 역시 부당하다는 것이 무척이나 필요한 이 때, 취기의 부당한 비난에 대비하게 된 것이 기뻤다.

"아무것도 안 가졌다고? 그건 잘못이었군" 하고 마니앵은 말했다.

그는 기가 죽은 조종사보다도 술에 취한 조종사를 더 좋아했다.

르클레르는 얼떨떨하여 길을 잃은 사람처럼 주저했다.

"펠리칸의 탑승원은 당장 알바세토로 돌아가시오!" 하고 마니앵은 외쳤다.

"트럭이 문 앞에서 대기하고 있습니다."

"트럭? 무슨 트럭이오? 왜 자동차가 오지 않았소? 난 자동차를 타고 싶은데" 하며 르클레르는 얼굴에 증오심을 다시 나타냈다.

"짐을 쌀 시간도 없군 그래!"

폭격수는 항의하고 있었다. 무슨 짐인가? 탑승원은 칫솔도 안 가지고 비행기를 탔다는 것을 모두가 알고 있었다. 마니앵은 어깨를 으쓱했다.

그는 르클레르와 지금은 흩어진 그의 동지들을 바라보고 있었다. '만일 그들이 오늘 아침에 죽었더라면 우리는 그들의 가장 좋은 면만을 보았을텐데' 하고 그는 생각하고 있었다. 그리고 그들이 내일 죽는다 하더라도 역시…….
마르첼리노의 추억은 르클레르의 현존보다 훨씬 강했다. 그리고 그는 그들을, 즉 지원병과 고용병들을 바라보고 있었다. 마치 그들이 말하는 것, 행동하는 것, 자신에 대해 생각하는 것은 다만 일시적인 열광에 불과하고, 그들이 조만간에 비행모를 쓰고 비행복을 입은 채 굳어져서 죽음의 현실 속에서 깨어나야만 하는 꿈에 불과한 것처럼.

르클레르는 방금 전에 스칼리에게 다가갔듯이 마니앵에게 다가갔다. 비록 그의 얼굴에는 거의 아무런 변화가 없었을지라도 표정에는 증오심이 넘치고 있었다. 주름 잡힌 이마는 전보다 더 낮아졌을 뿐이었다.

"마니앵, 뒈져, 임마!"

털투성이의 두 손이 원숭이와 같은 팔 끝에서 부들부들 떨고 있었다. 마니앵의 눈썹과 코밑수염은 앞으로 툭 튀어나와 있었고, 그의 눈동자는 이상하게도 움직이지 않았다.

"당신은 내일 프랑스로 떠납니다, 계약을 청산하고. 그리고 다시는 스페인에 발을 못 붙이게 됩니다. 할 말은 이것뿐입니다."

"내가 원하면 다시 돌아오겠어! 계약을 맺지 않고라도……. 실이 달린 순대 같으니, 암소의 낯바닥같으니……. 난 외인부대에도 있었어. 나를, 뭐라고! 나를 부엌 빗자루쯤으로 여겨서는 안될거야……."

마니앵 옆에는 지금 스칼리, 아티니에스, 그리고 가르데가 있었다. 검은 안경을 쓴 하이메가 테이블 앞에 있었다.

"난 자동차를 타고 싶은데" 하고 르클레르는 더욱더 손을 떨면서 말을 이었다. "당신은 내 말을 알아들었소?"

마니앵은 문 쪽으로 신속하고도, 무관심하게, 그리고 허리를 구부정하게 하고서 걸어갔다. 식당 안에서는 오직 부엌의 포크 소리만이 찰그랑거리고 있었다. 모두가 마니앵의 뒤를 바라보고 있었다. 그는 문을 열고, 마치 그가 알칼라의 대광장을 격렬히 휩쓸고 있는 바람을 향해 말을 거는 듯이 무어라고 말했다. 여섯 명의 돌격대원이 무장을 하고 들어왔다.

"탑승원 여러분!" 하고 마니앵은 불렀다.

끝까지 대단한 인물로 행세하기로 결심한 르클레르가 앞장을 서서 나갔다.

트럭의 연동기(連動機) 소리와 발동기의 소음에 가득 차 침묵이 중지되어 있었다. 발동기소리는 점차 줄어져, 드디어는 바람소리와 분간하지 못하게 되었다. 마니앵은 문턱에 끝까지 남아 있었다. 그가 돌아섰을 때 유리컵이 깨지는 소리며 감탄사며 재채기며 접시 따위들이 내는 소음이 마치 극장에서 1막이 끝났을 때 실내의 정숙이 갑자기 풀리는 것처럼 와글거리기 시작했다. 테이블로 돌아온 마니앵은 이 이완상태를 절단이라도 하려는 듯이 나이프로 유리컵을 때려 주의를 모았다.

"동지 여러분!" 하고 그는 대화하는 어조로 말했다. "여러분은 방금 이 홀의 문을 보고 계셨습니다. 여기서 15킬로미터 지점에 모로족들이 있습니다. 마드리드에서 2킬로미터 지점이오. 바로 2킬로미터일 뿐이오. 파시스트가 카라반첼에 있을 때 방금 떠나간 자들이 여기서 한 것과 같은 짓을 하는 자들이 있다면 그들은 반혁명 분자로 간주될 것이오. 그런 자는 모두 내일 프랑스로 보냅니다. 오늘부터 우리는 모두 스페인 항공대에 소속됩니다. 각자는 월요일까지 제복을 마련하시오. 모든 계약은 폐기됩니다. 다라스는 정비반장, 가르데는 기관총사수장, 아티니에스는 정치위원입니다. 찬성할 수 없는 자는 내일 아침 프랑스로 떠나시오. 펠리칸호의 문제는 해결되었습니다. 그러므로 우리는 그들 하나하나가 전에 잘했던 일만을 상기하면 됩니다……. 펠리칸호의 탑승원들에게 건배합시다."

그 어조는 결별을 의미했고 도로 돌아간다는 일체의 환상을 배제하고 있었다.

"책임자들은 내 방에 모일 것" 하고 그는 말했다. 유리컵들이 내려졌다.

마니앵은 어떻게 자기가 항공대를 재조직하는 일을 알아채게 되었는가를 그들에게 설명했다.

"어떻게 하면 우리가 인원을 충분히 가질 수 있죠?" 하고 다라스가 물었다.

"국제의용군입니다. 내가 알바세토에 간 것은 그 때문이었소. 우린 찬성이오. 그들은 공군에 종군한 몇몇 인원과 비행기 공장에서 일했던 상당수의 노동자들을 가지고 있습니다. 비행기와 어느 정도 접촉한 경험이 있는 자는 내일부터 모조리 우리에게 오게 됩니다. 여러분은 그자들을 각각 전문별로 시험해보시오. 필요 이상의 수효가 있으니까요. 규율에 관해서는, 우리가 받아들이게 될 자들 중의 적어도 30프로는 코뮤니스트입니다. 책임자 여러분 중에는 두 분의 코뮤니스트가 있습니다. 여러분에게 맡깁니다. 좋도록 하십시오."

마니앵은 엔리케를 상기하고 있었다.

"그럼, 전투기에 대해서는요?" 하고 아티니에스가 물었다.

"전투기가 장차 올 겁니다."

"충분히요?"

"충분히."

그가 기대할 수 있는 것은 오직 러시아의 비행기뿐이었다.

"입당할 생각이 있으신가요?" 하고 다라스는 물었다.

"아니오. 난 공산당은 찬성하지 않소."

"당원 모집은 5분 후로 미루게, 다라스!" 하고 가르데는 말했다.

가르데는 우선 그를 설득시켜야 했다.

"기관총 사수가 요령 있게 처리하지 못하면 나는 그들에게 손을 빌려줍니다. 그렇게 하면 일이 잘될 뿐만 아니라 그들은 나를 신뢰하게 됩니다. 그러나 지휘하는 건 난 싫습니다" 하고 가르데는 말했다.

"규율을 확립할 분이 동지들의 신뢰를 받지 못한다면 누가 일을 맡을 수 있겠습니까?" 하고 다라스는 가르데에게 물었다. 가르데는 결국 손을 들었다.

"당신은 마드리드를 경유하여 오셨나요?" 하고 아티니에스가 물었다.

"아니오. 그러나 방금 전에 마드리드에 전화를 걸었지요. 성문에서 교전(交戰)하고 있답니다."

5

육군성은 텅 비어 있었다. 정부는 마드리드를 포기하고 발렌시아로 옮겨갔던 것이다. 그 정부에 협력을 제공하러 온 한 프랑스인 소령이 황금빛 안락의자에 홀로 앉아 있었다. 그는 기다려달라는 부탁을 듣고 기다리고 있는 중이었다. 계단 위에 놓인 촛불들만이 커다란 꽃무늬 양탄자가 깔려 있는 하얀 대리석 층계를 비추고 있었다. 가만히 서서 움직이지 않는 촛불에서는 스테아린산(酸)이 흐르고 있었다. 촛불들이 그것의 작은 늪 가운데서 꺼지면 그 기념비적인 층계는 어둠 속에 싸일 것이다.

천장 밑 방들 가운데 미아하 장군의 부하 장교들과 군사 정보국의 방들에만 불빛이 보이고 있었다.

스칼리가 앉자 가르시아는 표제가 붙어 있지 않은 서류철을 열었다. 카라반첼은 파시스트들이 아직도 통과하지 못하고 있었다.

"자넨 마드리드를 잘 알지, 스칼리?"

"잘 압니다."

"프로그레소 광장을 알고 있나?"

"알고 있습니다."

"루나가(街)와 톨레도 문(門) 광장, 푸엔카랄가와 칼랴오 광장도 물론 알겠지?"

"전 칼랴오 광장에서 살았습니다."

"델 눈시오가, 보르다도레스가, 세고비아가는?"

"두번째 것은 모릅니다."

"좋아. 잘 생각한 후에 대답해주길 바라네. 특출하게 노련한 비행사라면,

처음에 이야기한 그 다섯 개의 지점을(그는 그 이름들을 되풀이했다) 명중시킬 수 있을까?"
 "무엇을 명중시킨다는 말입니까? 가까운 집들을 말입니까?"
 "광장에서도 건물들과 가까운 쪽에다 명중시키는 거지. 그러나 한 번도 지붕은 다치지 말고. 거리는 언제나 차도 위이고. 그리고 항상 시민들이 줄을 서 있는 곳이고. 칼랴오 광장에선 전차(戰車) 한 대를."
 "전차를 맞춘다는 것은 분명히 우연이겠군요."
 "그렇겠지. 그러나 다른 곳은 어떻게 생각하나?"
 "폭탄은 몇 개지요?"
 "열두 개."
 "그건 기적적인 우연일 겁니다. 다른 폭탄은요?"
 "그밖엔 없지. 열두 개의 폭탄이 정확히 목표에 명중해야 하는거야. 식료품점 앞에 줄지어 서 있는 여자들과 톨레도 문의 공원에서 놀고 있는 어린이들에게."
 "원하신다면 대답은 해보겠습니다만, 저의 첫 반응은 그것들을 하나도 믿을 수 없다는 겁니다. 어떠한 저공비행으로도."
 "사실인즉 비행기는 분명히 높이 떠 있었어. 폭음이 들리지 않았으니까."
 질문이 점점 불가사의하게 되어갈수록 스칼리는 더욱 불안을 느꼈다. 그는 가르시아의 치밀함을 알고 있었다.
 "조롱을 당하고 있는 기분인데요……."
 "자넨 특출하게 노련한 폭격수라는 가정을 고려하고 있는 건가? 가령 우수한 군대에 속하는 직업군인 장교 사이에서 행해진 폭격 테스트에서 에이스로 뽑힌 명수들이라면?"
 "어느 곳에서 에이스를 받았든 그건 문제가 되지 않습니다. 비행기를 본 사람이 있습니까?"
 "지금은 보았다고 주장하고 있어. 하지만 첫날에는 없었고. 그러나 폭음은 듣지 못했다는군."
 "그건 비행기가 아닙니다. 파시스트들은 우리가 알고 있는 것보다 사정거리가 훨씬 긴 대포를 가지고 있습니다. 그리고 베르타포(砲)에 관해서도 다시 문제가 되고 있고."

"만일에 그것이 비행기가 아니라면 그들의 정확한 명중도를 어떻게 설명하겠나?"

"어떤 경우라도 설명은 불가능합니다. 납득이 안 가시면 명령을 내리셔서 내일 저와 함께 비행기를 타시지요. 원하시는 고도로 루나가 상공을 비행해보겠습니다. 그러면 그런 일이 이치에 맞지 않다는 것을 아시게 될 겁니다. 자동차에 치인 사람이 그 자동차를 보듯이, 우리가 탄 비행기가 모든 사람들의 눈에 띈다는 것도 아시게 될 거고요. 지금은 바람이 불고 있습니다. 조종사는 방향을 바꾸지 않고는 도로를 따라가는 것조차도 어려울 겁니다."

"조종사가 라몬 프랑코(프랑코 장군의 아들로서 유명한 조종사)라 해도 그렇단 말인가?"

"린드버그라도 그렇습니다."

"좋아. 다른 문제를 생각하세. 여기 마드리드의 지도가 있어. 폭파 지점을 보게. 붉은 동그라미가 쳐진 곳을 말이야. 이 선(線)들의 모양은 자네에겐 별로 어려운 점이 아니라고 생각해. 그런데 자넨 이 지도를 보고 어떤 생각이 떠오르지 않는가?"

"이 지도는 제가 말씀드린 것을 더 정확히 확증시킬 뿐입니다. 도로는 모두가 같은 쪽을 향하고 있지 않습니다. 그러니까 폭격수는 어느 순간에 기체의 진행 방향과 수직으로 바람을 받았을 겁니다. 따라서 이러한 조건 속에서, 확실한 고도를 가지고 첫 포탄으로 거리를 명중시킨다는 것은……."

스칼리는 머리가 돌 것 같다는 것을 나타내기라도 하는 듯 자기 이마에 손을 갖다 댔다.

친애하는 스칼리, 하고 가르시아는 생각했다. 사정거리가 긴 대포의 탄환이라면 더욱 예각을 이루며 떨어질텐데, 어떻게 벽 하나 다치지 않고 서로 다른 방향을 향해 있는 도로를 명중시킬 수 있단 말인가?

"마지막 문제점은" 하고 그는 말했다. "그들이 아주 우수한 조종사를 썼다고 여전히 가정한다면, 그들은 일정한 시간에 마드리드 상공을 고도 20미터 이하로 비행할 수 있었을까? 더구나 날씨는 대단히 나쁘고."

"불가능합니다!"

"스페인인 조종사들도 전적으로 자네와 의견이 같네."

라몬 프랑코라는 이름이 10월 30일의 폭격에 관계되어 있지 않나 하고 스칼리는 생각하고 있었다.

 가르시아는 혼자 남았다. 그는 포병 장교에게도 이미 질문한 뒤였다. 입사각(入射角)으로 볼 때, 대포로 이러한 종류의 포격을 한다는 것은 불가능하다는 대답이었다. 게다가 발견된 폭발물의 파편은 포탄의 파편이 아니라 폭탄의 그것이었다. 가르시아는 육군성의 각 부처에서 주석을 붙여놓은 폭파 지점의 사진들을 근심스럽게 바라보고 있었다. 정확하게 귀퉁이가 떨어져나간 보도(步道)들……. 그리고 주석에는(왜냐하면, 가르시아는 전문가들에게 이유를 묻지 말고 자기의 질문에 응답해달라고 지시했기 때문에) 이렇게 적혀 있었다. '이 포탄은 20미터를 넘지 않는 높이에서 발사되었음.'
 가르시아에게 있어 문제는 해결된 셈이었다. 그것은 비행기도 대포도 아니었다. 제5열(第五列)이 이 일에 개입하고 있었다. 같은 시간에 12개의 폭탄이……. 그는, 기관총으로 무장하고 밤중에 마드리드를 질주해 다니는 파시스트들의 유령 자동차들, 새벽에 덧문 틈으로 민병을 저격하는 자들과, 그 밖에 시민 전쟁에서 야기되는 모든 것들과 대항하여 언제나 실패 없이 싸워야만 했다. 그러나 모든 것은 아직 전쟁이었고, 모르는 사람을 향해 마치 맹인같이 총을 쏘고 있는 것이다. 이번에는 적들이 모두 폭탄을 던지기 전에, 식료품점 앞에 줄을 서 있는 여자들과 공원에 있는 노인들과 어린이들을 직접 보았던 것이다. 그러나 여자들의 학살에도 그들의 마음은 흔들리지 않는다. 폭탄을 던지는 일은 다른 여자들이 하면 되었을 것이다. 여자에 대한 연민은 남자의 감정이니까. 그러나 어린애들에 대한……. 가르시아는, 누구나 그러하듯이, 사진들을 들여다보았다.
 러시아에서 갓 돌아온 그의 동료 중의 한 사람이 그에게 사보타주에 관해 얘기하고 있었다. "기계에 대한 증오는 새로운 감정이야. 그러나 그들이 한 나라의 모든 열정과 희망을 작업 속에 쏟아넣을 때, 기계에 대한 증오는 그들의 정신적인 적 속에 작업에 대한 육체적인 증오를 불러일으키게 하거든……." 지금 마드리드에서 파시스트들은 국민을 증오하고 있다. 일년 전만 하더라도, 아마 그들은 국민의 존재까지도 믿지 않았을 것이다. 그래서 공원에서 뛰어놀고 있는 어린아이들의 몸짓까지도 국민의 모습으로밖에는 보이지 않는 것이다.

지금 이 순간 열 두 명의 살인자들은 그들의 승리를 기다리고 있을 것이다. 오늘 오후에 모범 형무소에서 죄수들은 파시스트 군가(軍歌)를 부르고 있었다.

그러나 그는 잠자코 있어야만 했다. 그는 인간 속에 있는 야수성을 충동해서는 안 된다는 것을 알고 있었다. 그리고 만일에 고문(拷問)이 전쟁중에 자주 일어난다면 그것은 또한 고문이 그들의 반역과 잔학에 대한 유일한 대답과 다를 바 없기 때문임을 그는 알고 있었다. 이야기를 한다는 것은 멀리서 바람의 소용돌이를 타고 아우성치며 그에게 다가오고 있는 이 서사시적인 군중들에게 잔학행위로의 첫걸음을 내딛게 하는 것이었다. 바리케이드에 취한 마드리드는 언제까지나 라몬 프랑코의 솜씨만 믿고 있을 것인지. 잔학행위에 대한 복수는 군중들을 병사들과 다를 바 없는 미치광이로 만들어버린다.

군사 정보부와 치안국만이 여느 때처럼 움직이고 있을 것이다……. 가르시아는 옛날의 그란 비아를 생각했다. 4월의 맑은 아침 속엔 진열창과 카페가 늘어서 있고, 그때는 아직 피살당하지 않은 여자들이 걸어가고, 계피가 든 초콜릿 옆에서는 물을 담은 컵들 속으로 떨어지는 설탕 줄기가 서리처럼 녹고 있었다. 그러나 지금 그는 이 버려진 궁전 속에서, 숨도 쉴 수 없는 그의 세계와 정면으로 얼굴을 맞대고 있었다.

어떤 방법으로 이 전쟁을 끝낼 수 있을까 하고 그는 생각했다. 그러나 이와 같은 증오의 절정에서, 과연 어떤 평화가 가능하단 말인가? 그리고 이 전쟁은 나를 어떻게 만들어놓을 것인가?

그는 도덕적인 문제를 제기하던 사람들을 생각하고 머리를 내저었다. 그는 파이프를 집어들고 무겁게 일어나 치안국 별관을 향해 걸어갔다.

6

구부정하고 여윈 한 그림자가 거대한 계단의 한복판에 혼자 올라오고 있었다. 게르니코는 그가 개편하려고 애를 쓰던 구급차대(救急車隊)의 원조를 구하려고 와 있었다. 그가 톨레도에서 일찍이 조직했던 것은 전쟁이 마드리드에 접근하고 난 뒤로 시시한 것이 되었다. 벌써 거의 어두워진 육군성 일층에는 갑옷들이 진열되어 있었다. 벨라스케스(스페인의 화가. 이탈리아 사실주의 화풍의 영향을 받고, 24세에 궁정 화가가 되어 국왕의 초상화 등 많은 작품을 남겼음. 1599~1660)의 초상화에 나오는 인물들처럼 키가 크고 머리카락이 연한 금빛인 이 가톨릭 작가가 하얀 대계단 한복판에 혼자 있으니, 마치 유서 깊은 갑옷으로부터 나오긴 했으나 새벽에는 꼭 돌아가야 하는 것으로 예정되어 있는 것 같았다. 가르시아는 게르니코를 못 본 지 3주가 되었다. 그는 그에 대해서, 그의 친구들 중에서도 게르니코야말로 지성(知性)을 자선의 형태로 지니고 있는 유일한 친구라고 말하고 있었다. 그들의 차이점은 많았지만 아마 게르니코야말로 가르시아가 진정으로 사랑하는 유일한 사람일는지도 모른다.

두 사람은 함께 마요르 광장을 향해 떠났다. 벽과 내려놓은 덧문 위에 그림자들이 마치 배를 끄는 사람들처럼 앞으로 몸을 숙이고 나란히 나아가고 있었다. 그 위에, 교외에서 불어온 적갈색의 연기들이 무겁게 소용돌이를 치고 있었다. 피란이로군, 하고 가르시아는 생각했다.

아니다. 이 통행인들은 한 사람도 짐을 들지 않았다. 모두 같은 방향으로 아주 빨리 걷고 있었다.

"시가지에도 시가지의 신경이 있군" 하고 그는 말했다.

한 맹인이 쪽박을 앞에 놓고 〈인터내셔널〉을 손풍금으로 타고 있었다. 전등이 꺼진 집 속에 숨어서 파시스트들은 10만의 병사를 지키며 내일을 기다리고 있었다.

"아무 소리도 안 들리는군" 하고 게르니코는 말했다.

발소리뿐, 거리는 혈관처럼 떨고 있었다. 모로족들은 남문(南門)과 동문(東門)에 와 있었으나 바람은 시가지 쪽에서 불고 있었다. 총소리도 대포소리도 들리지 않는다. 지면을 긁는 듯한 군중소리가 침묵 가운데 들리고 있었다. 마치 두더지의 흙 파는 소리가 땅 밑에서 들리듯이. 그리고 손풍금소리.

그들은 푸에르타 델 솔 광장 쪽으로, 하늘에 떠도는 적갈색 연기의 방향으로, 마치 카라반첼의 바리케이드가 그곳에 쳐진 것처럼 사람들을 쓸데없이 광장 쪽으로 향하게 하는, 보이지 않는 강(江)의 방향으로 걷고 있었다.

"만일에 우리가 여기서 그들을 저지한다면……."

한 여자가 게르니코의 팔을 붙들고 프랑스어로 물었다.

"떠나야 합니까?"

"독일인 여동지(女同志)요" 하고 게르니코는 여자에게는 대답하지 않고 가르시아에게 말했다.
"그분은 제가 떠나야 한다고 말해요" 하고 그녀는 말을 이었다. "제가 이곳에 있으면 잘 싸울 수가 없다고 그분은 말씀하시는군요."
"그분의 말이 틀림없이 옳아요" 하고 가르시아는 대꾸했다.
"그러나 그분이 여기서 싸우고 있다는 것을 알고 있는 한 전 살아갈 수가 없어요……. 제가 여기서 무슨 일이 생기는 것조차 모른다면……."
두번째로 손풍금으로 켜는 〈인터내셔널〉 노래가 소곤거리듯이 들리고 있었다. 또 하나의 맹인이 쪽박을 앞에 놓고 음악을 계속하고 있었다. 첫번째 맹인이 음악을 중단한 곳에서부터.
모든 것은 마찬가지야, 하고 가르시아는 생각했다. 만일에 그녀가 떠난다면 그녀는 많은 동요를 느끼면서도 그것을 견디어낼거야. 하여튼 그것을 견디어낼거야. 그리고 만일에 그녀가 남아 있다면 그는 피살될거야.
그는 그녀의 얼굴을 보고 있지 않았다. 그녀는 통행자의 그늘 속에 파묻혀 있어 그보다 훨씬 키가 작았다.
"당신은 왜 남고 싶은 거요?" 하고 게르니코는 다정하게 물었다.
"제게 있어 죽는다는 것은 다 마찬가지예요……. 불행한 점은, 저는 영양을 섭취해야 하는데, 여기서는 그럴 수가 없다는 거예요. 전 임신중이거든요……."
가르시아에게는 게르니코의 대답이 들리지 않았다. 그 여자의 심중에는 또 하나의 그늘이 엄습했다.
"무엇을 할 수 있단 말인가……?" 하고 게르니코는 말했다.
작업복을 입은 민병들이 그들을 앞질렀다. 파헤쳐진 거리를 통과하여 그들이 바리케이드를 치고 있었다.
"몇 시에 떠나지?" 하고 가르시아가 물었다.
"난 떠나지 않소."
게르니코는 파시스트들이 마드리드에 들어오면 첫번째로 총살당할 사람 중의 하나일 것이다. 가르시아는 비록 친구의 얼굴을 바라보고 있지는 않았지만 그가 자기 옆에서 걸어가고 있음은 알고 있었다. 황금색의 조그마한 코밑수염, 헝클어진 머리카락, 길고 가느다란 팔, 그리고 이 무방비 상태의 육체는 어린 아이들이 그의 마음을 흔들듯이 그의 마음을 흔들고 있었다. 왜냐하면 그는 전투에 대한 생각을 모두 버리고 있었기 때문이다. 게르니코는 싸우지 않을 것이다. 그는 피살될 것이다.

두 사람 모두 마드리드의 구급차에 대해서는 말하지 않았다. 그들은 서로가 그런 것이 존재하지 않으리라는 것을 확신하고 있었기 때문이다.

"도울 수 있는 한 혁명을 도와야 해요. 그러나 피살당하는 것은 아무 소용이 없단 말이오. 공화국은 지리학적인 문제가 아니오. 한 시가지를 점령했다고 해서 해결되지는 않아요."

"난 몬타냐를 습격하던 날 푸에르타 델 솔 광장에 있었네. 그때 모든 창문으로부터 군중을 향해 쏘았네. 거리에 있던 자들은 엎드렸지. 광장 전체는 쥐구멍을 찾는 사람들로 가득 찼고, 다른 사람들은 그들을 향하여 총을 쏘고 있었네. 그 다음다음 날에 나는 육군성에 갔었네. 문 앞에는 긴 줄이 늘어서 있었네. 수혈 때문에 피를 제공하러 온 여자들이었지. 두번째로 난 스페인의 국민을 보았네. 어떠한 일이 일어나더라도 이 전쟁은 스페인 국민의 전쟁이야. 그러니 나는 그들과 함께 그들이 있는 곳에 남겠네……. 여기에는 발렌시아로 갈 자동차를 갖고 있지 않은 노동자가 20만 명이나 있지……."

가르시아가 무슨 말을 입 밖에 내더라도 게르니코의 결정 속에서의 그의 아내와 아이들의 목숨은 그것과는 다른 무게를 지니고 있음에 틀림없을 것이다. 그리고 가르시아는 만일에 그들이 다시는 만날 수 없게 된다면 그들의 최후의 대화가 논쟁으로 끝났다는 것을 고통 없이는 상상할 수가 없게 될 것이다.

게르니코는 그의 길고 섬세한 손을 앞으로 내미는 듯한 시늉을 했다.

"어쩌면 난 마지막 순간에 떠날지도 몰라요" 하고 그는 말했다.

그러나 가르시아는 그가 거짓말을 하고 있다고 확신하고 있었다.

어지러운 발소리가 마치 불빛을 가로지르는 한 군대보다 앞선 것처럼 거리에서 올라오고 있었다. "토목 인부들이야" 하고 가르시아는 말했다. 그들은 카라반첼 앞의 마지막 지점을 향해 올라가고 있었다. 참호를 파기 위해서가 아니면 지뢰를 묻기 위해서. 가르시아와 게르니코 앞에서 안개 때문에 희미해진 다른 그림자들이 또 하나의 바리케이드를 가설하고 있었다.

"그들은 용케 남아 있군" 하고 게르니코는 말했다.

"그들은 구아달라하라 가도로 퇴각할지도 몰라. 그러나 자네의 아파트나 협회의 자리는 함정이야."
 게르니코는 애매한 숙명이라는 듯한 몸짓을 되풀이했다. 맹인은 여전히 〈인터내셔널〉을 켜고 있었다. 지금은 맹인들이 다른 것은 연주하지 않는다. 거리마다, 다른 그림자들이 똑같은 바리케이드를 쌓아올리고 있었다.
 "우리들 기독교 작가들은 아마도 다른 작가들보다 더욱 많은 의무를 가지고 있는지도 몰라요" 하고 게르니코는 말을 이었다.
 그들은 알칼라가의 교회 앞을 통과하고 있었다. 게르니코는 교회를 막연하게 손으로 가리켰다. 가르시아는 그의 목소리에서 그가 씁쓸하게 미소짓고 있음을 알아차렸다.
 "프랑스령(領) 카탈로니아에서 파시스트 사제의 설교가 끝난 후에(주제는 '주여, 우리를 불신(不信)의 도배들과 같은 멍에에 매지 말아주소서'였다) 나는 사라솔라 신부가 설교자 옆으로 가까이 가는 것을 보았지요. 사라솔라는 내게 '언제나 그리스도를 경험한 것 같은 기분이 남아 있어요. 내가 여기서 보았던 사람들 가운데 바로 이 사람이 수치스러움을 느낀 최초의 사나이요……' 하고 말했네."
 트럭 한 대가 웅크리고 앉은 민병들을 뒤죽박죽으로 싣고 지나갔다. 낡은 기관총의 총신이 트럭 밖으로 나와 있었다. 게르니코는 더욱 낮은 어조로 말을 이었다.
 "단지, 저 말이야, 그들이 하는 짓을 눈앞에서 보면 내가 수치스러움을 느끼네……."
 머리가 족제비 같고 키가 작은 한 민병이 대답하려는 가르시아를 가로막았다.
 "그놈들은 내일 여기 올 거요!"
 "저 자는 누구요?" 하고 게르니코가 낮은 소리로 물었다.
 "마니앵 비행중대의 전서기요."
 "이런 정부가 상대라면 어찌할 도리가 없네" 하고 족제비 같은 민병이 말했다. "벌써 열흘이나 더 전에 난 그들에게 말타 열균(熱菌)의 대량 생산법을 가르쳐주었네. 15년 동안이나 연구한 결과였네. 그런데 난 한푼도 요구하지 않았네. 파시즘 타도를 위해서지! 그들은 아무 일도 하지 않았네. 내가 만든 폭탄 건에 대해서도 이미 마찬가지였네. 그놈들은 내일 여기 올거야."

"정말 지겨운데!" 하고 가르시아는 말했다.

카무치니는 벌써 밤의 군중 속으로 마치 함정 속에 빠져들듯이 들어가버렸다. 그리고 손풍금은 그의 출현과 퇴장을 〈인터내셔널〉로 반주하고 있었다.

"마니앵 비행중대엔 이런 녀석들이 많나요?" 하고 게르니코는 물었다.

"처음엔…… 첫 지원병은 모두가 약간 돌았거나 약간 영웅적이었어요. 때로는 두 가지를 겸하기도……."

역사적인 저녁의 대기는 마치 좁은 거리에 가득 차 있듯이 알칼라가에 가득 차 있었다. 여전히 대포는 없고, 손풍금 이외에는 아무것도 없다. 갑자기 한 거리의 안쪽에 나타난 기관총대의 한 민병이 환영(幻影)에 대해 사격을 했나 보다.

그리고 여전히 바리케이드의 구축. 가르시아는 바리케이드의 효력에 대해 적당히 믿고 있었다. 그러나 이 바리케이드들은 마치 성채(城砦)와도 같았다. 여전히 안개 속에서는 그림자들이 움직이고 있었다. 그리고 여전히 그림자는 한순간 움직였다가는 곧 다시 움직이지 않았다가 하면서 지휘하고 있었다. 시시각각 짙어지는 이 비현실적인 안개 속에서 남자도 여자도 건축 재료를 운반하고 있었다. 모든 건축 조합의 노동자들은 제5병단의 전문가에 의해 이틀 사이에 편성된 기술 주임들이 지휘하는 노동을 맡고 있었다. 늙은 마드리드가 죽어가고 있는 이 말없는 환상적인 광경 속에서, 개개인의 비극과 우행과 몽상 속에서, 그들의 고뇌나 희망을 가지고 거리를 가로지르는 이 달리는 그림자들 속에서 처음으로 전시가지(全市街地) 규모의 한 의지가 거의 포위된 마드리드의 안개 속에서 솟아오르고 있었다.

큰길의 전등불은 성운(星雲) 모양으로 녹아서 주위에 둘러싸인 마천루의 선사시대의 그림자 밑에서 희미하고 비참하게 보였다. 가르시아는 그의 친구가 한 말, 즉 '우리들 기독교 작가는 아마도 다른 작가들보다 더욱 많은 의무를 가지고 있을지도 몰라요……'라고 한 그 말을 생각하고 있었다.

"이제 그자들로부터 당신은 도대체 무엇을 기대할 수 있나요?" 하고 그는 두번째의 교회를 파이프를 살짝 휘돌려 가리키면서 물었다.

그들은 전등 밑을 지나가고 있었다. 게르니코는 미소를 지었다. 이 우울한 미소는 종종 그에게 병든 아이와 같은 인상을 주었다.

"내가 영원을 믿고 있다는 것을 잊지 마시오……."

그는 가르시아의 팔을 잡았다.
"난 나의 교회를 위하여 과거 몇백 년의 가톨릭교의 스페인보다 지금 여기서 일어나고 있는 것을, 그리고 카탈로니아의 불에 탄 성단(聖壇)을 더욱 기다리고 있어요. 20년 전에는 성직자들이 여기에서나 안달루시아에서 그들의 예배를 올리는 것을 보았어요. 그런데 20년 사이에 난 가톨릭교의 스페인을 본 적이 없었어요. 나는 제식(祭式)과 시골에서처럼 영혼 속에서 사막을 보았어요……."
모든 성(省)의 문들이 푸에르타 델 솔 광장에서 활짝 열려 있었다. 반란 전에 홀에 조각의 진열품들을 피란시켰었다. 온갖 종류의 조상들, 군상(群像), 나체상(裸體像), 동물 등이 텅 빈 큰 홀에서 모로족들을 기다리고 있었다. 홀에서는 멀리서 나는 타이프라이터 소리가 사라져가고 있었다. 이 성도 완전히 포기된 것은 아니었다…….
그러나 광장 주위로 방사상으로 퍼진 모든 거리에서는 안개처럼 충실히 같은 그림자들이 같은 바리케이드에서 일하고 있었다.
"카발레로가 당신에게 교회의 재개(再開)에 관해 상의한 것이 사실인가요?"
"사실입니다."
"무어라고 대답하셨나요?"
"안 된다고 했지요, 물론."
"재개할 필요가 없는가요?"
"물론이죠. 당신은 놀라시는군. 그러나 가톨릭 교도들은 놀라지 않아요. 만일 내가 내일 총살된다면, 나 자신도 무척 공포에 떨 거요, 모든 사람들처럼. 그러나 이 문제에 대해선 조금도 겁내지 않아요. 난 프로테스탄트도 아니고 이단자도 아니오. 나는 스페인의 가톨릭교도요. 만일 당신이 신학자라면, 나는 교회의 육체에 반대하여 교회의 영혼에 호소한다고 말하겠지요. 그러나 그건 그만둡시다. 신앙이란 사랑의 부재가 아니오. 희망이란 부자들의 그리스도라고 불리어진 이 세빌랴의 십자가를 물신(物神)처럼 다시 숭배하는 데에서 존재 이유를 발견하는 세계는 아니오. (우리의 교회는 이단이 아니라 성물매매聖物賣買의 죄를 짓고 있어요.) 그것은 세계의 의미를 스페인 제국帝國 속에, 고뇌하는 인간이 숨어서 울기 때문에 아무것도 들리지 않는 질서 속에 두지는 않습니다! 감옥에도 질서는 있으니까요……. 파시스트 중에서도 가장 우수한 자의 희망은 오직 자존심을 바탕으로 한 거요. 그건 그렇다 치더라도, 그러나 그리스도는 이것과 대체 무슨 관계를 가져야 하나요?"

가르시아는 커다란 개와 부딪혀서 넘어질 뻔했다. 마드리드는 주인이 버리고 도망을 쳤기 때문에 버림받은 훌륭한 개들로 가득 차 있었다. 개들은 맹인들과 함께 공화군과 모로군 사이에서 시가지를 점령하고 있었다.

"그러나 자비란 성모의 명예를 위하여 총살을 묵인하는 나바라 지방의 사제들이 아니라, 이룬의 지하실에서 파시스트들에게 피살될 때까지 자기들의 교회를 태운 아나키스트들을 축복하는 바스크 지방의 사제들이오. 난 불안하지 않아요, 가르시아. 스페인의 교회에 대해 나는 나의 신앙을 걸고 반대하고 있어요……. 나는 신학 삼덕(三德)의 이름으로, 즉 신앙과 희망과 자비의 삼덕을 걸고 스페인의 교회에 반대하고 있어요."

"당신은 어디서 당신의 신앙에 맞는 교회를 찾게 될까요?"

게르니코는 이마에 흘러내리는 머리카락 속에 한 손을 넣었다. 거의 말이 없는 군중은 회랑과 울타리 사이를 미끄러지듯 움직이고 있었다. 이 울타리는 마요르 광장을 거의 전부 가로막고 있었다. 토목 공사가 중지되었기 때문에 여기저기에 포석과 돌덩어리가 버려져 있었다. 그림자의 무리가 에스쿠리알 궁정의 것과 비슷한 작은 종루 밑에서 비극적인 밤의 발레를 추는 듯이 뛰어오르는 것 같았다. ──마치 마드리드가 단 한군데도 손을 대지 않은 곳을 찾아볼 수 없을 정도로 많은 바리케이드로 덮여 있는 것처럼.

"보시오, 이 비참한 집들을, 이 병원들을. 바로 이 순간에도" 하고 게르니코는 말했다. "파리의 카페 급사들이 입는 조끼 차림으로 칼라도 달지 않은 사제들은 고해(告解)를 듣고, 종부성사(終傅聖事)를 베풀고, 아마도 세례를 행하고 있을 겁니다. 아까 말씀드린 바와 같이 나는 20년 전부터 스페인에서 그리스도의 말씀을 들은 적이 없습니다. 금방 말한 그런 사제들의 목소리는 들려요. 그들의 목소리는 들리지요. 그러나 내일이면 프랑코를 축복하기 위해 다시 찾아낸 신부복을 입고 나오는 사제들의 목소리는 절대로 들리지 않을 겁니다. 몇 명의 사제들이 이 순간에 그들의 임무를 수행하고 있을까요? 50명, 어쩌면 100명일지도……. 나폴레옹이 이 홍예문 밑에 온 적이 있어요. 스페인의 교회가 그의 양떼를 보호했던 시기 이후로부터 요사이의 밤에 이르기까지 그리스도의 말씀이 여기서 되살아나게 된 밤이라고는 하룻밤도 없었지요. 그러나 이 시간에도 그리스도의 말씀은 살아 있어요."

그는 파헤쳐진 광장의 포석에 부딪혔다. 머리카락이 앞으로 흘러 내렸다.

"그리스도의 말씀은 살아 있어요" 하고 그는 말을 이었다. "이 세상에는 이 말씀이 살아 있다고 말할 수 있는 곳이 많지 않아요. 그러나 이윽고 이곳 마드리드에서, 요사이의 밤에 이 말씀이 들렸다는 것을 알게 될 거요. 이 나라에서는 무엇인가가 시작되고 있습니다. 나의 교회를 위하여, 어쩌면 교회의 재생(再生)일지도 모르는 그 무엇이. 어제 산카르로스에서 벨기에인인 한 민병에게 고해와 영성체를 베푸는 것을 보았소. 당신은 그분을 아시죠?"

"난 산카르로스에서는 장갑 열차의 부상자들을 보았지요······."

가르시아는 곰팡이가 핀 커다란 방을, 식물들이 차지하고 있는 낮은 창문들을 생각하고 있었다. 이 모두가 얼마나 멀리 있는가······.

"그 방은 팔에 부상당한 자들의 입원실이었어요. 사제가 '레키엠 애테르남 도나 에이 도미네("주여 그에게 영원의 안식을 주옵소서"라는 뜻의 라틴어)'라고 말할 때 여러 사람들이 '에트 룩스 페르페투아 루세아("끊임없는 빛을 그에게 비추소서"라는 뜻의 라틴어)'라고 응답했어요······. 네댓 목소리는 내 뒤에서 나고 있었고······."

"당신은 마누엘의 〈탄툼 에르고('오로지 그 때문에'라는 뜻의 찬미가)〉를 기억하십니까?"

가르시아의 몇몇 친구들은, 그 중에는 마누엘과 게르니코도 끼여 있었는데, 다섯 달 전에 출발 전날 밤을 그와 함께 보내고 이튿날 새벽에 마드리드가 내려다보이는 산으로 그를 데리고 갔다. 붉은 보랏빛 백묵색의 기념건축물이 에스쿠리알 궁전의 검은 덩어리와 같은 밤과 숲에서 떠오르고 있는 사이에 마누엘이 아스투리아스 지방의 노래를 부르자, 그들도 따라 불렀고 이어서 마누엘은 '게르니코를 위해서 〈탄툼 에르고〉를 부르겠네' 하고 말했다.

그리고 사제들로부터 교육을 받은 모두는 라틴어로 합창하여 그 노래의 끝을 맺었다. 그의 친구들이 이 라틴어를 우애 있는 야유의 언어로서 재발견했듯이, 깁스를 한 굽은 팔에 마치 바이올린을 얹고 연주 준비를 하고 있는 것같이 보이는 부상당한 혁명가들은 죽음의 언어로서의 라틴어를 재발견했다······.

"사제는" 하고 게르니코는 말을 이었다. "'내가 도착했을 때 그들은 모두 내가 임종의 위로를 가지고 갔으므로 모자를 벗었습니다……' 하고 내게 말하더군. 천만의 말씀이야! 그들은 그때 들어온 그 사제가 적일지도 모른다는 생각에 모자를 벗었던 거예요."

그는 또 돌에 부딪혔다. 광장은 폭격이라도 받은 듯 포석투성이었다. 그의 목소리가 달라졌다.

"우리 진지한 가톨릭 교도들은 이 모든 것을 명백히 해두어야 한다는 것을 난 잘 알지요! 하느님의 아들은 지상에 내려와 말씀하시려고 했지만 아무 말씀도 하지 못하셨어요. 고통 때문에 하느님의 아들은 이성을 약간 잃었지요. 십자가에 못박힌 뒤부터가 아닌지……. 하느님만이 사제직(司祭職)에 과해진 시련을 아십니다. 그러나 사제직은 좀더 어려워질 필요가 있다고 나는 생각합니다……."

그리고 잠깐 후, 이렇게 덧붙였다.

"아마 기독교도 하나하나의 생명이……."

가르시아는 상점들의 철문 위로 나아가고 있는 곤돌라와 같은 그들의 그림자를 쳐다보면서 10월 30일의 열 두 개의 폭탄을 생각하고 있었다.

"가장 어려운 것은" 하고 게르니코는 나직한 목소리로 말을 이었다. "처자식의 문제지요……."

그리고 더욱 낮은 소리로,

"난 그래도 운이 좋아요. 처자식이 여기 없으니까요……."

가르시아는 친구의 얼굴을 바라보았다. 그러나 얼굴을 똑똑히 분간할 수는 없었다. 여전히 전투의 소리는 없다. 그렇지만 파시스트 군대의 초승달 모양의 진지는 창문을 닫은 방을 둘러싸고 있는 어둠처럼 시가지를 둘러싸고 있었다. 가르시아는 카발레로와 나누었던 마지막 대화를 상기했다. '장남(長男)'이라는 낱말이 대화 속에 나왔던 것이다. 가르시아는 카발레로의 장남이 세고비아에서 파시스트의 포로가 되어 있고 곧 총살될 것이라는 사실을 모르고 있지 않았다. 지금은 9월이었다. 그들은 각각 테이블의 한 모퉁이에 앉아 있었다. 카발레로는 작업복을, 가르시아는 군 작업복을 입고 있었다. 메뚜기 한 마리가 늦여름의 활짝 열린 창문으로 들어와 있었다. 그들이 앉아 있는 허름한 테이블 위로 떨어진 메뚜기는 꼼짝도 하지 않았다. 가르시아는 메뚜기의 발이 떨리는 것을 보고 있었다. 그러는 동안 두 사람은 모두 침묵을 지키고 있었다.

7

 진열창 앞, 안개 속에서 끈기 있게 그림자들이 포석에 발자국소리를 내면서 움직이고 있었다. 그란 비아에서는 급사들이 굉장히 넓은 방안에 덜렁 앉아 있는 세 사람의 손님에게 어리둥절해하면서도 실쭉한 표정으로 시중을 들고 있었다. 그들은 이 손님들을 공화국 최후의 손님이라고 생각하고 있었다. 그러나 호텔의 홀에서는 제5군단의 병사들이 한 사람씩 커다란 배낭에서 그들의 총알을 한 움큼씩 꺼내면서 보도 위에서 중대별로 대오(隊伍)를 짓고 있었다. 그들은 중무장을 하고 있었다. 테투안과 쿠아트로 카미노스에서는 여자들이 휘발유를 모을 수 있는 대로 모아 모조리 집의 맨 위층으로 나르고 있었다. 이 노동자의 구역에서 항복한다는 것은 또는 도망친다는 것은 문제가 되지 않았다. 트럭으로, 혹은 맨발로, 제5군단의 병사들은 카라반첼로, 서공원(西公園)으로, 대학도시(大學都市)로 내려가고 있었다. 스칼리는 처음으로 50만 병사의 질서정연한 에너지와 직면하고 있다고 느꼈다. 하이메의 아버지는 트렁크를 하나밖에 가져가지 못할 것이다. 자동차 속에는 거의 자리가 없기 때문이다.

 문이 열리자 체구가 육중하고 키가 무척 큰 노인 한 분이 나타났다. 창끝 같은 수염을 기른 얼굴은 넓고 굽은 어깨 사이에 파묻혀 있었다. 그러나 스칼리는 복도의 전등불 밑에서 바로크의 어떤 화가가 복사한 그레코(스페인의 화가. 대담한 구도와 광택 있는 색조에 의한 독자적 종교화를 그려 르네상스와 바로크의 가교적 역할을 함. 1548?~1614?)의 초상화와도 같은 이 사나이의 얼굴이 수염 때문에 달라져 있음을 깨달았다. 매섭고 무척 큰, 그러나 눈꺼풀이 두껍고 주름이 있어 조금 흐릿한 눈 위에는, 대머리 뒤의 머리털이 동그랗게 흐트러져 있었고, 꿈틀꿈틀하는 날카로운 눈썹은 수염처럼 끄트머리가 쉼표형(型)으로 되어 있었다.

 "조반니 스칼리 씨죠?" 하고 그는 미소를 띠며 물었다.
 "아드님이 제 얘기를 했나요?" 하고 스칼리는 자기의 이름을 듣자 놀라며 되물었다.
 "그렇소이다. 그러나 난 당신의 저서를 읽었지요, 당신의 저서를요······."
 스칼리는 하이메의 아버지가 미술사(美術史) 교수를 지낸 사실을 알고 있었다. 그들은 긴 의자의 양쪽 두 개의 높은 벽감(壁龕)을 제외한 사방이 온통 책으로 둘러싸인 방안으로 들어갔다. 벽감 한쪽에는 바로크식의 거친 스페인계 멕시코의 조상(彫像)이 있었고 다른 쪽에는 대단히 아름다운 모라레스의 그림이 하나 있었다.
 손에 든 코안경으로 알베아르는 이상한 물건을 바라볼 때와 같은 집요한 주의를 기울여 스칼리를 바라보고 있었다. 그는 스칼리보다 머리 하나는 더 컸다.
 "놀라셨습니까?" 하고 스칼리는 물었다.
 "이런······ 옷을 입고서 생각하는 사람을 보면 난 언제나 놀라지요."
 스칼리는 제복을 입고 있었다. 긴 바지를 입고 안경을 쓰고 있었다. 가죽 안락의자 옆에 있는 낮은 테이블 위에는 브랜디 병 하나와 술이 가득 따라진 잔이 하나, 그리고 펼쳐진 책들이 있었다. 알베아르는 마치 그의 두 어깨가 너무도 무거워 두 다리로 지탱하기 어려운 듯 매우 무거운 발걸음으로 방을 나가더니 잔을 하나 가지고 돌아왔다.
 "전 술을 못합니다" 하고 스칼리는 말했다.
 덧문을 닫았음에도 불구하고 달음질치는 소리와 멀리서 손풍금소리가 들려오고 있었다.
 "당신이 잘못이오. 왜냐하면 헤레스산(産) 브랜디는 아주 뛰어나니까요. 이건 샤랑트산 브랜디와 맞먹지요. 다른 걸로 드릴까요?"
 "제 차를 아래에 대령시켜놓았습니다. 곧 마드리드를 떠나실 수 있습니다."
 방금 가까운 안락의자에 털썩 앉았던 알베아르는 힘이 세고, 아들과 같이 코가 귀엽게 구부러진, 그러나 깃이 빠진 늙은 맹금류처럼 스칼리를 바라보았다.
 "왜 떠나죠?"
 "하이메가 제게 육군성에서 돌아오는 길에 당신을 모시고 오라고 부탁했어요. 전 알칼라 데 에나레스로 돌아갑니다."
 알베아르의 미소는 그의 육체보다 더 늙어 보였다.

"내 나이로는 이젠 서재를 떠나 여행을 하기란 어려운 일이죠."
"모로족들이 어쩌면 내일 여기에 올지도 모릅니다. 알고 계시나요?"
"알고말고요. 그러나 도대체 어떻게 하라는 거죠? 우린 무척 놀라운 상황 속에서 알게 되었군요……. 나를 도와주시겠다고 하니 참 고맙습니다. 그렇게 부탁한 하이메에게도 고맙다고 전해주시오. 그러나 어째서 마드리드를 떠나야만 하는 거죠?"
"파시스트들은 아드님이 싸우고 있다는 것을 알고 있습니다……. 당신은 총살될 위험이 있습니다. 아시겠어요?"
 알베아르는 두꺼운 눈꺼풀과 축 처진 볼을 움직여 미소를 짓고는 손에 든 코안경으로 술병을 가리켰다.
"난 브랜디를 샀어요."
 그의 코는 하이메의 코처럼 구부러지고 가늘었으며 얼굴 역시 하이메의 얼굴처럼 울퉁불퉁했다. 그의 이마 밑으로 지는 그늘이 마치 커다란 검은 안경을 쓴 것같이 보이는 이 순간에는 눈마저도 하이메와 닮았다.
"사태가 위험하니까" 하고 그는 말을 이었다. "날…… 멀리 있게 만들겠다는 말이로군요."
 그는 책으로 가득 찬 벽들을 가리켰다.
"그럼 왜요? 왜요? 이상하군요. 난 과거 40년 동안 예술 속에서 예술을 위하여 살아왔습니다. 그런데 예술가인 당신은 내가 이 생활을 계속하는 것을…… 스칼리 씨, 잘 들어주시오. 난 다년간 화랑(畵廊)을 경영해왔습니다. 나는 이 나라에 멕시코의 바로크, 조르주 드 라투르, 현대 프랑스 화가, 로페스의 조각, 프리미티프파(派) (14~15세기 또는 중세적 요소를 지니고 있는 화가. 또 그 작품.)들을 소개했습니다……. 여자 고객이 와서 그레코의 그림, 피카소의 그림, 아라곤의 프리미티프파의 그림을 쳐다보고는 '얼마죠?' 하고 묻습니다. 그녀들은 대체로 귀족들이었는데 이스파노 차를 타고 다이아몬드 장신구를 한 욕심꾸러기들이었죠. '실례지만, 부인, 무엇 때문에 이 그림을 사시려고 합니까?' 하고 내가 물으면 거의 언제나 그녀는 '모르겠어요' 하고 대답해요. 그럼 난 이렇게 대꾸하죠. '그러시다면, 부인, 댁으로 돌아가셔서 생각해주십시오. 이유를 아셨을 때 다시 오십시오' 하고 말입니다."
 스칼리가 만났거나 그가 전쟁 이후 함께 지내온 모든 사람들 중에서 유독 가르시아만이 정신의 규율에 익숙해 있었다. 그리고 스칼리는, 자기의 하루 생활이 난폭하면 할수록 또 자기가 약한 지휘자라고 느끼고 있는 만큼 자기의 가치가 인정받는 세계에 그가 끌리면 끌릴수록, 이 노인과 자기와의 사이에 자리잡고 있는 지적(知的)인 관계를 더욱 기꺼이 받아들이는 것이었다.

"그 부인들은 다시 왔나요?" 하고 스칼리는 물었다.

"그녀들은 곧 이유를 알기 시작했지요. '제가 이 그림을 사고 싶은 이유는, 그림이 마음에 들기 때문이에요, 좋은 그림이라고 생각하기 때문이에요, 제 친구도 한 폭 가지고 있기 때문이에요' 라고 말하지요. 가장 아름다운 그레코의 그림이 내 집에 있다는 것을 알고들 있었으니까요."

"어떤 경우에 당신은 승낙하시나요?"

알베아르는 곱슬곱슬하게 털이 난, 매듭이 굵은 손가락을 하나 쳐들었다.

"그녀들이 '저에게 그 그림이 필요해요' 하고 대답할 때죠. 그때, 그녀들이 부자라면 팔지요 —— 아주 비싸게. 살 사람이 남자든 여자든 가난한 사람일 때에는 에이! 하고 이익을 보지 않고 양도할 때도 있었지요."

아주 가까운 곳에서 두 방의 총소리가 났다. 곧 이어서 요란한 발걸음소리가 부채꼴 모양으로 퍼졌다.

"이 안쪽 덧문을 닫으면" 하고 알베아르는 무관심한 듯이 말했다. "바깥에서 우리의 불빛이 절대로 보이지 않지요. 스칼리 씨, 나는 나의 진실에 따라서 팔았습니다. 한 인간이 그 이상으로 그의 진실을 이끌어갈 수 있나요? 오늘 밤 나는 진실과 함께 살고 있어요. 모로족들 말이오? 아니오, 난 아무래도 마찬가지요……."

"당신은 무관심 때문에 피살되려는 겁니까?"

"무관심 때문이 아니오……."

알베아르는 안락의자의 팔걸이에서 손을 떼며 반쯤 일어나 스칼리를 약간 연극적으로 과장해서 바라보았다. 마치 그가 하려는 말을 강조라도 하려는 듯이.

"멸시 때문이오……. 그렇지만, 그렇지만 이 책을 보시오. 이건 《돈 키호테》입니다. 난 방금 이 소설을 읽고 싶었어요. 일이 잘되지 않기에……."

"사람들이 싸우고 난 남부의 교회에서 저는 피로 커다랗게 얼룩진 그림들을 앞에 놓고 보았는데요, 그림에서…… 힘이 빠져나가고 있더군요……."

"다른 그림들이 필요하겠군, 그뿐이야" 하고 알베아르는 수염 끝을 집게손가락에 감으면서 아파트의 그림들을 바꾸고자 하는 화상(畫商)의 어조로 말했다.

"옳지" 하고 스칼리는 말했다. "예술 작품들을 비싸게 넣으려 하는 거로군요."

"작품들이 아니라 예술이지요. 우리가 가지고 있는 가장 순수한 것── 그것에 도달할 수 있게 하는 것은 반드시 동일한 작품들이 아니라 언제나 다른 작품들이지요……."

스칼리는 대화의 시작부터 자기를 불안하게 만든 요소를 드디어 이해했다. 노인의 강렬한 인상은 그의 눈 속에 집중되어 있었다. 끔찍하게도 어리석은 본능 때문에, 부자(父子)가 닮았다는 점에 이끌려 스칼리는 상대방이 코안경을 벗을 때마다 맹인의 눈이 나타나지나 않을까 하고 기대하곤 하는 것이다.

"소설가도 모랄리스트도 오늘 밤은 소리가 없어요" 하고 노인은 말을 이었다. "생자(生者)는 죽음에 대하여 아무런 가치가 없지요. 지혜는 아름다움보다 더 다치기 쉬워요. 그럴 것이, 지혜란 불순한 예술이니까. 그러나 시(詩)와 음악은 죽음과 삶에 대해서 가치가 있지요……. 《누망스(스페인의 소설가 세르반테스의 희곡명)》를 읽을 필요가 있겠군. 당신은 기억하십니까? 전쟁은 포위된 시가지를 가로지르고 전진하지요. 아마도 달음질치는 발걸음의 억눌린 소리와 함께……."

그는 일어나 세르반테스의 전집판을 찾았으나 찾지 못했다.

"이놈의 전쟁 때문에 모두가 뒤죽박죽이야……."

그는 서재에서 다른 책을 꺼내더니 케베도(스페인의 시인. 1580~1645)의 소네트 3행을 소리 높여 읽었다.

까닭 없는 공포는 무엇을 바라느냐?
비참 속에 얽매인 정신을
자애심으로
보상하러 온 자에게서

시구(詩句)를 더듬고 있는 집게손가락은 교수의 모습을 다시 엿보이게 하였다. 앉아서 한 어깨를 다시 파묻고, 이 문이 닫힌 방안에서와 동시에 이 안락의자와 시 속으로 피난한 늙은 새와 같은 알베아르는 천천히 낭송하고 있었다. 그의 미소와 똑같이 늙은 목소리가 울리지 않으면 않을수록 그만큼 더욱 감동적인 리듬 감각으로. 거리에서 들리는 도망치는 발걸음의 무딘 소리, 멀리서 나는 포성, 스칼리에게는 아직도 그에게 달라붙어 있는 것같이 느껴지는 낮과 밤의 모든 소음이 이미 죽음 속에 발을 디딘 이 목소리의 주위를 마치 불안한 짐승처럼 맴돌고 있는 것 같았다.

"물론, 나는 아라비아인들에게 피살될지도 모르지요. 그리고 나는 훨씬 뒤에 또한 당신네들에게 피살될지도 모릅니다. 그건 아무래도 좋아요. 스칼리씨, 조용히 술을 마시며 또 훌륭한 시구를 읽으며 (혹시 오지 않을지도 모르는) 죽음을 기다리는 것이 그렇게도 어려운 일인가요? 죽음에 관해서는, 르네상스 이후 아무도 표현하지 않았던 매우 심각한 감정이 있지요……. 그렇지만 나는 젊었을 때 죽음이 두려웠어요" 하고 그는 마치 삽입구처럼 조금 더 낮은 목소리로 말했다.

"어떠한 감정인데요?"

"호기심……."

그는 케베도의 시집을 선반 위에 올려놓았다. 스칼리는 자리를 떠나고 싶지 않았다.

"당신은 죽음에 관해서 호기심을 갖고 있지 않나요?" 하고 노인은 물었다.

"죽음에 대한 모든 결정적인 의견은 하도 어리석어서……."

"저는 죽음에 대해서 무척 생각했습니다" 하고 스칼리는 그의 곱슬곱슬한 머리카락 속에 손을 집어넣으며 말했다. "제가 싸운 뒤로는 저는 죽음을 생각지 않습니다. 죽음은 저에게는 모든…… 형이상학적인 현실성이라는 것을 잃었습니다. 제가 탄 비행기가 한 번 추락했습니다. 기수(機首)가 지면에 닿은 순간과 제가 아주 가볍게 부상당한 순간 사이에, 즉 폭파중에 저는 아무것도 생각지 않았습니다. 저는 숨어서 미친 듯이 지켜보고 있었습니다. 말하자면 생자(生者)의 잠복이었습니다. 어떻게 뛰어내리나, 어디로 뛰어내려야 하나? 제가 지금 생각하는 것은 언제나 그렇다는 겁니다. 결투와 같은 것이지요. 죽음은 이기느냐 지느냐의 문제입니다. 그래요. 나머지는 사상들 사이의 관계입니다. 죽음은 그렇게 중대한 것이 아닙니다. 고통은 중대한 것입니다. 예술은 고통 앞에서는 아무것도 아닙니다. 그리고 불행하게도 어떠한 그림도 피의 얼룩 앞에서는 버티지 못합니다."

"너무 믿지 마시오, 믿지 마시오! 프랑스가 사라고사를 포위했을 때, 척탄병들이 수녀원의 대가(大家)의 그림으로 천막을 만들었어요. 출격이 있은 후, 폴란드의 창기병들은 무릎을 꿇고 부상자들 사이에 끼어서 삼각형 천막을 막고 있던 무릴료(스페인의 화가. 세빌랴파의 대표적 인물로 많은 성모상을 그렸음. 대표작으로는 《무염시태》, 《젊은 처녀와 시녀》 등이 있음. 1617~1682)의 성모상 앞에서 기도를 올렸지요. 그건 종교였어요. 그러나 역시 예술이었습니다. 왜냐하면, 그들은 민중의 성모상 앞에서는 기도를 올리지 않았기 때문이오. 아! 스칼리 씨, 당신은 예술에는 무척 익숙하지만 고통에는 아직 그다지 익숙지 못해요……. 그리고 당신은 나중에 알게 될 거요. 그럴 것이 당신은 아직 젊으니까요. 고통은 그걸 바꿀 수 없다는 것이 확실해졌을 때에는 덜 감상적인 것이 되지요……."

한 대의 기관총이 짧은 일제사격을 되풀이하기 시작했다. 무엇을 긁는 것 같은 소리로 가득 찬 침묵 속에서 기관총은 홀로 격노하고 있었다.

"들립니까?" 하고 알베아르는 멀거니 물었다. "그러나 이 순간에 총을 쏘고 있는 인간이 거는 자기 자신의 일부분은 중요한 부분이 아니오……. 경제적인 해방이 당신들에게 가져다줄 이익은 새로운 사회가 가져다주는 손실보다 더욱 크리라는 것을 누가 내게 말해주었나요? 새 사회라고는 하지만 모든 부분으로부터 위협받고 있고 더구나 그 사회의 불안 때문에 구속(拘束)과 폭력과 어쩌면 밀고(密告)도 불사해야 할텐데요. 경제적인 질곡(桎梏)은 무겁지요. 그러나 그것을 타파하기 위해서는 그 정치적, 군사적, 종교적 또는 경찰적 질곡을 강화하지 않을 수 없지요. 그렇다면 그게 내게 무슨 상관인가요?" 알베아르의 말은 스칼리의 내면에서 그가 모르는 어떤 경험의 질서에 감명을 주고 있었는데, 이 경험의 질서는 고수머리의 키 작은 이탈리아인에게는 비극적인 것이 되고 있었다. 스칼리에게 있어서 혁명을 위협하고 있는 것은 미래가 아니라 바로 현재였다. 카르리치가 그를 놀라게 했던 그날 이후부터 그는 전쟁의 심리적 요소가 그의 숱한 우수한 동지들 마음속에서 강해져가는 것을 보고 있었다. 그리고 그는 그 사실에 깜짝 놀라고 있었다. 그리고 그가 끝내려고 하는 이 회담도 그를 안심시키지는 못하고 있었다. 그는 그의 처지를 너무나 모르고 있었다.
 "난 내가 생각하는 것을 알고 싶어요, 스칼리 씨" 하고 노인은 말을 이었다.
 "그럼요. 그건 인생을 제한합니다."
 "맞습니다" 하고 알베아르는 꿈꾸듯이 말했다. "그러나 가장 제한을 덜 받는 인생이란 역시 광인(狂人)의 인생이오……. 내가 아는 인간과 교제하고 싶은 것은 그 인간의 본질 때문이지 그 인간의 사상 때문이 아니오. 난 우정 속에 있는 성실을 원하는 것이지 정치적인 태도에 매달려 있는 우정을 원하는 게 아니오. 스칼리 씨, 난 한 인간이 그 자신 앞에서 책임을 질 수 있기를 바라지요──당신은 남이 뭐라 하든 그게 가장 어렵다는 것을 잘 알고 계십니다만──대의명분 앞에서가 아닙니다. 설사 그 대의명분이 피압박자의 대의명분일지라도 말예요."
 그는 여송연에 불을 붙였다.
 "스칼리 씨, 남 아메리카에서는 ── (한 모금 빨고서) ── 아침에 ── (또 한 모금) ── 원숭이들이 숲에서 대소란을 피워요. 전설에 의하면 하느님이 그들을 새벽에 인간으로 만들어주겠다고 약속했다는 겁니다. 그들은 새벽마다 하느님의 약속을 기다리지만 그들은 또 속은 것을 알고 온 숲을 뛰어다니며 운답니다. 인간에게는 끔찍스럽고 뿌리 깊은 희망이 있어요. 부당하게 저주받았던 자, 어리석은 짓이나 배은망덕 혹은 비열한 행동과 너무 많이 부딪혔던 자는 희망의 실현을 연기해야만 해요. 혁명은 다른 역할들 가운데에서도, 예전에 영원한 생활이 맡았던 역할을 맡고 있지요. 이건 혁명의 숱한 특징들을 설명해주는 겁니다. 만일 지금 각자가 오늘날 정부의 형태를 위하여 그가 바치고 있는 노력의 3분의 1을 그 자신에게 적용한다면 스페인은 살 만한 곳이 될텐데요."
 "그러나 그 일은 혼자서 해야 할 겁니다. 그것이 문제의 전부이지요."
 "인간은 행동에 있어서 그 자신의 한정된 일부분만을 걸지요. 그리고 그 행동이 자신의 전체성을 주장하면 할수록 그 걸었던 부분은 더욱 왜소해지지요. 스칼리 씨, 하나의 인간이 되는 것이 어려운 일이라는 것은 당신도 잘 알고 계시지요──정치인이 생각하는 것보다 더 어려워요……."
 알베아르는 일어섰다.
 "그러나 요는 당신이, 마샛치오(이탈리아의 화가. '이탈리아 근대 미술의 아버지'로 불림. 《낙원 추방》 등의 명작을 남김. 1401~1429)와 피에로 델라 프란체스카의 해설자인 당신이, 이 세계를 어떻게 견디어내는가이지요."

스칼리는 그가 알베아르의 사상 혹은 그의 고통과 직면하고 있는가를 생각해보고 있었다.

"그럼요" 하고 스칼리는 드디어 말했다. "당신은 여러 무식한 사람들과 함께 생활해본 적이 있으십니까?"

이번에는 알베아르가 생각에 잠겼다.

"없는 것 같습니다. 그러나 매우 잘 상상할 수는 있어요."

"당신은 중세기의 어떤 위대한 설교를 알고 계십니다……."

알베아르는 고개를 끄덕였다.

"그 설교를 들은 사람들은 지금 저와 함께 싸우고 있는 자들보다 더 무식한 사람들이었습니다. 그 설교를 그들이 알아들었다고 생각하십니까?"

알베아르는 쉼표 같은 수염 꼬리를 손가락으로 말면서 마치 '난 당신의 속셈을 빤히 알고 있소' 하고 말하는 듯 스칼리를 바라보고 있었다.

"아마 알아들었겠지요" 하고 그는 말할 뿐이었다.

"당신은 아까 희망에 대해서 말씀하셨습니다. 희망과 동시에 행동에 의해 뭉쳐진 인간들은 마치 사랑에 의해 뭉쳐진 인간들처럼 혼자서는 도저히 접근하지 못하는 영역에 접근합니다. 이 비행대 전체는 비행대의 모든 구성 분자들보다 더욱 고귀합니다."

앉은 채 그는 안경을 손가락 사이에 들고 있었다. 알베아르는 그의 얼굴만 바라보고 있었다. 그의 얼굴은 그것이 표현해야만 하는 것 즉 사상을 표현하고 있었으므로 아름답게 보였다. 어떤 신비로운 조화가 지금 두꺼운 입술과 가볍게 감겨진 눈을 서로 비끄러매고 있었다.

"전 제가 있는 곳에서 숱한 사물에 지쳤습니다. 그러나 인간의 본질은, 제가 보기에는, 인간들이 혼자 접근하지 못하는 영역에 있다고나 할까요. '이마에 땀을 흘리고 빵을 벌어라'라고 합니다. 우리에게 있어서도 역시 땀이 흐를 때 바로 그리고 특히……."

"참! 당신들은 모두 인간의 근원적인 것에 매혹되어 있지요……. 근원적인 것의 시대가 다시 시작되고 있습니다, 스칼리 씨" 하고 알베아르는 갑자기 엄숙한 어조로 말했다. "이성(理性)은 그 기초를 새로 쌓아올려야 합니다……."

"당신은 하이메가 전쟁에 참여한 것을 잘못이라고 생각하시나요?" 알베아르는 그의 구부정한 어깨를 으쓱했다. 그의 볼은 조금 더 처졌다.

"참! 이 땅이 파시스트의 땅이 되더라도 내 아들이 맹인만 되지 않았더라면……."

바깥에서 자동차가 기어를 바꾸면서 삐걱거리는 소리를 냈다.

"하이메가 다시 볼 수 있게 될까요?"

"의사는 가능하다고 확언했습니다."

"당신에게도 역시 그런 말을! 당신에게도 역시! 그러나 의사들은 당신이 하이메의 친구라는 것을 알고 있지요……. 그리고 이 제복이……. 의사들은 제복을 입은 장교라면 아무에게나 거짓말을 하지요! 그들은 진실을 말하면 파시스트라고 여길까봐 두려워하고 있어요, 바보놈들같으니!"

"그들이 하는 말이 어째서 반드시 거짓이 되나요?"

"마치 진리가 어느 한 사람에게만 달려 있고, 또 그것이 우리의 행복의 형태를 취할 때 그 진리를 믿기란 쉬운 일이듯이……."

그는 입을 다물었다. 이어서 아마도 그의 고통을 물리치기 위해서인지 그는 더 높은 어조로 무관심한 듯이 말을 이었다.

"새로운 스페인이 자기 안에 보호하려는 유일한 희망, 또 당신과 하이메와 다른 여러분들이 그것을 위해 싸우는 유일한 희망은 우리가 다년간 최선을 다하여 가르쳤던 것이 유지되는 것입니다……."

그는 바깥에서 나는 무슨 소리에 귀를 기울이고 있었다. 그는 창문 가로 갔다.

"다시 말하자면요?" 하고 스칼리는 물었다.

노인은 돌아서서 '유감이로군!' 하고 말하고 싶은 듯한 어조로 말했다.

"인간의 자질은……."

그는 다시 귀를 기울이고 전등불을 끄러 가서는 창문을 반쯤 열었다. 발걸음소리 위로 〈인터내셔널〉이 들려왔다. 어둠 속에서 그의 목소리는 더 낮아졌다. 마치 그의 목소리가 더욱 작고, 더욱 슬프고, 더욱 늙은 체구에서 나온 것처럼.

"모로족들이 당장에 들어온다면 내가 마지막으로 듣게 되는 것은 맹인이 켜는 이 희망의 노래가 되겠군……."

그는 과장 없이, 어쩌면 희미한 미소를 띠며 이야기하고 있을지도 모른다. 스칼리는 다시 닫히는 덧문소리를 들었다. 한순간 방안은 완전한 칠흑이 되었다. 드디어 알베아르는 스위치를 찾아내어 불을 켰다.

"왜냐하면 그들은 패배를 위하여 우리의 세계가 필요하니까요" 하고 노인은 말했다. "그리고 그들은 희열을 위해서도 우리의 세계가 필요하겠지요……."

그는 방금 긴 의자에 걸터앉은 스칼리를 바라보고 있었다.

"스칼리 씨, 음악을 만든 것은 신(神)이 아니예요. 신을 만든 것이 음악이지요……."

"그러나 어쩌면 바깥에서 일어나고 있는 것이 음악을 만들었을지도……."

"근원적인 것의 시대가 다시 시작되고 있어요……" 하고 알베아르는 다시 말했다.

그는 자기 잔에 브랜디를 따르고 얼굴에 아무런 표정도 띠우지 않은 채 단숨에 들이켰다. 전기 스탠드 불빛의 범위는 간신히 스칼리의 이마와 안경과 고수머리까지만 뻗치고 있었다.

"당신은, 하이메가 돌아오면 앉을 자리에 방금 앉았군요. 그리고 당신은 안경을 쓰고 있고…… 역시. 하이메가 안경을 벗으면 난 그를 바라볼 수가 없을 거요……."

처음으로, 고통스러운 어조가 거의 억양이 없는 목소리 속에 지나갔다. 그는 프랑스어로 자기 자신에게 말하듯이 말했다.

……오, 프리아모스(그리스 신화에 나오는 트로이 전쟁 당시의 늙은 트로야 왕을 말함. 신앙심이 깊고, 따뜻하고 성실한 인품은 신은 물론 적으로부터도 사랑을 받음. 트로야가 함락될 때 네오프톨레모스에게 살해됨.)여, 보람없이 오래도 살았구나!…….

그의 흩어진 머리카락 밑에 주름잡힌 이마. 그는 스칼리에게 어린애와 같은, 그리고 동시에 무엇에 쫓기는 듯한 눈길을 들었다.

"사랑하는 자의 육체의 훼손보다 더 끔찍스러운 것은 없을 거요, 절대로……."

"저는 그의 친구입니다" 하고 스칼리는 나지막한 목소리로 말했.

"그리고 저는 부상자에게는 익숙합니다."

"마치 일부러 그렇게 한 것이기라도 한 것처럼" 하고 알베아르는 천천히 말했다. "저기, 바로 그의 눈 정면에, 이 서재의 선반 위에 그림에 관한 모든 책이, 그가 보던 몇천 장의 사진들이 있군요……. 그렇지만 만일 내가 축음기를 틀면, 만일 음악이 여기에 들어온다면 난 이따금 그를 바라볼 수 있을거야. 설사 그가 안경을 벗더라도……."

8

마누엘이 찾아갔을 때에도 육군성은 꺼져가는 촛불에 내맡겨져 있었다. 샤를 5세의 화려한 영화를 스페인의 마지막 왕들이 가련하게 되풀이했던 이 커다랗고 음울한 홀들을 마누엘은 잘 알고 있었다. 홀 안은 권총을 턱밑에 놓고 소파 위에 누워 있는 민병들로 가득 차 있었다. 국무총리가 한쪽 구석에서 소형 라디오를 듣고 있었다. 마누엘은 카발레로 총리의 엄격하고 약간 시무룩한 얼굴에서 홀의 분위기를 다시 느꼈다. 유리창들은 잔뜩 흥분해 있는 도시를 향해 활짝 열려 있었고 그가 전기 스위치를 켰을 때에는 안락의자들이 흠칫 놀라는 것 같았다. 육군성의 사무실 안만은 모든 전구에 불이 켜져 있었고, 프랑스인 소령이 여전히 혼자서 기다리고 있었다. 계단에 켜져 있는 촛불은 가르시아와 게르니코가 보았던 극장의 불빛이 아니라 어둠이 다가오기 직전의 불그스름한 교회의 불빛이었다. 홍예문이 있는 내부의 복도 중앙에 군데군데 켜져 있는 조그마한 램프들이 그림자 속으로 사라지고 있는 거대한 계단을 비추고 있었다. 그날 밤 차단된 도로와 손수레를 비추고 있던 것도 그러한 작은 등불들이었다.

마누엘은 지붕 밑 위층에 있는 미아하 장군 방으로 올라가고 있었다. 복도도 역시 어두웠다. 그러나 장군의 방이 있는 층에 이르자 출입문 밑으로 불빛이 새어나오고 있었다. 그는 들어갔다. 장군은 그곳에 없었다. 그러나 방위위원회 참모부의 인원 반수가 앉아 있거나 혹은 변변찮은 호텔 같은 방안을 이리저리 거닐고 있었다. 다이너마이트 반장, 지뢰 반장, 미아하 참모부의 장교들, 제5병단의 장교들……. 후자들 중에는 6개월 전부터 군인이던 사람은 한 사람도 없었다. 그들은 의상 디자이너, 청부업자, 조종사, 공장주, 두 명의 당 중앙위원, 정련공, 작곡가, 기술자, 자동차 수리공, 그리고 마누엘 자신과 엔리케와 라모스였다. 마누엘은 아사냐 대통령을 만나러 온, 부상으로 두 다리가 마비된 한 눈먼 민병을 생각했다. '내게 무엇을 바라나?' 하고 대통령이 묻자 '아무것도 바라지 않습니다. 단지 안녕과 용기라는 말을 드리러 온 것뿐입니다' 하고 그는 대답하고 쌍지팡이를 짚고 돌아갔던 것이다.

그것은 방위 회의는 아니었다. 그러나 그날 밤은 어떠한 모임도 회의였다. 전투에서 뭉쳐진 그들의 운명은 마누엘의 운명과도, 스페인의 운명과도 비슷했다.

"소총은 현재 몇 사람에 한 자루씩인가요?" 하고 엔리케는 물었다.

"네 사람에 한 자루씩입니다" 하고 한 장교가 대답했다. 그는 마누엘의 친구였고 의상 디자이너였다. 그는 시민 동원을 맡고 있었다. 그 전날, 공산당은 조합의 총동원을 요구했었다.

"소총을 주워모을 조직을 편성해야 되겠소" 하고 엔리케는 말했다. "앞에서 가던 동료들이 쓰러지면 곧 그 소총들을 다시 주워모아야만 합니다. 담가병들의 조직을 모델삼아 오늘 밤에 그 조직을 편성해주시오."

디자이너는 나갔다.

"아직도 마드리드에선 무기 회수가 전혀 불가능한가요?"

이번에는 다른 사람이 대답했다.

"치안국을 제외하고는 근위병들도, 보초들도, 경비병들도 권총밖에는 가지고 있질 않습니다. 오늘 밤은 아무도 안전하지 않습니다."

"만일 우리가 마드리드를 함락당한다면 우리는 또한 내각을, 책임자들과 장관들을 잃게 될 것이오. 만일 그들이 남아 있다면 말이오."

"방위 작업은 어디까지 진전되고 있나요?" 하고 미아하 장군의 참모부장이 물었다.

"2만 명의 사람들이" 하고 라모스는 말했다. "진지하게 일하고 있습니다. 건축조합이 총동원되었고 그 주위는 선의(善意)로 가득 차 있습니다. 각 작업장과 바리케이드에는 제5병단에서 한 사람씩 나가 지휘하고 있고요. 현재 모로족들은 1킬로미터에 걸친 참호 진지를 구축하고 있습니다. 내일 모레면 마드리드 전체가 바리케이드로 싸이게 될 것입니다. 그 밖의 것은 말할 것도 없습니다."

"여자들이 만든 바리케이드는 불완전합니다" 하고 한 장교가 말했다. "너무 작습니다."

"여자들이 만든 바리케이드는 이젠 더 없습니다" 하고 라모스는 말했다. "제가 방금 얘기한 조건하에서 축조된 바리케이드만으로 유지하고 있습니다. 그렇지 않으면 제5병단에서 나온 병사들에 의해 감독되었고 또 우수하다고 확인된 것들입니다. 그러나 여자들이 만든 바리케이드가 너무 작았던 것은 아닙니다. 오히려 너무 컸습니다. 여자들은 더욱더 열심히 일하고 있었습니다."

"지금 여자들이 저마다 집에 휘발유를 저장하고 있는 것은 무의미한 일입니다" 하고 다른 목소리가 말했다.

"그러나 정신적인 효과는 굉장합니다."

"왜 좀더 일찍 이런 일들을 할 순 없었죠?"

"우리편들은 반수가, 아니 거의 열의 아홉은 마드리드를 마드리드 안에서 방어한다는 것밖엔 모르고 있습니다. 오늘 아침 한 남자가 길에서 내게 이렇게 말하더군요. '언제든 놈들이 오면 마드리드 안에서 본때를 보여줄거야!' 그래서 내가 물었지요. '그렇다면 말해보게. 카라반첼이 어디쯤에 있는지 알고 있나?' 대답은 이랬습니다. '마드리드는 마드리드죠. 그러나 카라반첼은 마드리드가 아니죠'라고요."

"적들은 지금 카라반첼로 진격해오고 있나요?" 하고 마누엘은 물었다.

"그곳에서 적들은 제5병단과 충돌했습니다. 놈들은 남부에서도 진격해오고 있고 당신의 부대 역시 공격을 받게 될 겁니다."

마누엘은 밤중에 구아다라마로 떠나기로 했다. 그는 이제 중령이었다. 그는 머리를 짧게 깎았고, 그의 푸른 눈은 더 어두워진 그의 얼굴 속에서 더욱 맑아져 있었다.

"두루티의 부하들이 도착한다는 소식은?"

"철도가 끊겼습니다. 타란콘에 트럭을 보냈으니까 지금쯤 오고 있을 겁니다."

"소련에서 사들인 비행기들은 모레까지는 기대를 할 수 있을까?"

아무도 대답하지 않았다. 모두가 비행기의 조립이 끝난 것을 알고 있었다. 그러나 앞으로도 또 얼마만한 시간이……

"남부에서 지금 적의 공격을 받고 있는 부대는?" 하고 마누엘이 물었다.

"시간마다 다릅니다. 현재로는 국제병단이 발레카스에서 돌아오고 있습니다."

한 사람씩 장교들이 도착했다.

마지막 촛불들이 꺼졌고, 프랑스인 소령은 떠났다. 옛날에는 쇠창살문에 걸려 있던 몇 개의 호화로운 램프들만이 멀고 넓은 시야 속에 사자(死者)의 야등(夜燈) 같은 어렴풋한 빛을 던져주고 있었다. 마드리드의 마지막 카페처럼 인적이 끊긴 궁전은 버림받은 도시처럼 지하 저항의 준비를 서두르고 있었다.

9

서공원(西公園)

티티새의 울음 같은 소리가 들리더니 웬일인지 허공에 매달려 있다—또 다른 소리가 응한다. 첫번째 소리가 다시 나고 그것은 더욱 불안한 의문을 제기한다. 두번째 소리가 격렬히 항의하고, 폭소가 안개 사이로 지나간다. "당신이 옳소" 하고 한 목소리가 말한다. "지나가지 못합니다, 못이 있어요!" 두 마리의 티티새는 제1국제의용군에 속하는 시리와 코간이다. 코간은 불가리아인이며 프랑스어를 모른다. 그들은 휘파람을 분다.

"조용히!"

약 열 다섯 발의 포탄이 대답한다.

독일인들, 폴란드인들, 프랑스인들 몇 명이 폭발음이 가까이 오기를 기다리며 귀를 기울인다. 갑자기 모두 돌아본다. 그들의 뒤에서 누가 총을 쏜다.

"유산탄인데" 하고 장교들이 외친다. "별것 아니야."

탄환소리는 안개 사이를 꿰뚫을 때 참으로 똑똑하게 들린다. 탄도(彈道)가 짐작될 정도이다…… 훈련이 시작될 때부터 이 대대(大隊)는 '에드가르 앙드레' 대대라고 불리었다. 독일인들은 오늘 밤 히틀러의 포로 에드가르 앙드레가 참수형을 당했다는 소식을 들었다.

거의 모든 독일인들이 여러 달 전부터 비참한 이민생활을 해왔으며 그들 자신을 잃어가고 있었다. 그들은 기다리고 있다. 그들은 3년 전부터 기다리고 있다. 오늘 드디어 그들은 자기들이 혁명의 불청객이 아님을 보여주려고 하는 것이다.

폴란드인들은 명령을 기다리고 있다. 모든 얼굴들이 긴장되어 있다.

프랑스인들은 이야기를 하고 있다.

대포가 가까이 온다. 많은 병정들이 자기도 모르게 옆 사람의 어깨며 다리에 자기 몸을 갖다 댄다. ── 마치 죽음에 대한 인간의 방어가 인간들의 존재를 의미하기라도 하는 것처럼.

시리와 코간은 서로 붙어 있다. 전쟁을 경험하기에는 너무 어리며 병력을 치르기에는 충분한 나이이다. 그러므로 2주간의 훈련을 마치고 전선(戰線)에 나온 것이다. 시리는 얼굴이 크고 삼각형인데 아주 검었으며, 키는 땅딸막하고 몸짓은 마치 희극 배우와도 같은 어린 소년이다. 코간은 깃털 비 같은 고수머리에 그 꼿꼿한 머리 다발이 곤두서 있었다.

그들은 같은 이불 속에서 밤을 보냈다. 11월의 추위로 인해 이렇게 짧은 시간내에 이토록 깊은 우정을 느껴본 적이 없다고 코간은 생각한다. 포탄이 그들에게 아주 가깝게 떨어질 적마다, 시리는 티티새와 같은 언어로 동의하고 판단하고 항의한다. 155밀리 포탄이 떨어졌으나 불발(不發). 진흙 땅속으로 깊이 박힌다. 시리는 두 날개를 흔들며 미친 듯이 항의한다.

"모로족들이다!"

아니다. 너무나 신경질적인 한 전투원의 착각. 안개가 끼기 시작하니 사람이 보이지 않는다. 폭발하는 소리, 인적 없는 숲.

"엎드려!"

이끼 냄새와 유년시절의 추억의 냄새 속에 엎드린다. 얼굴에 상처를 입은 최초의 부상자들이 도로 내려오는데 얼굴을 가리고 있는 손가락들은 벌써 피로 물들어 있다. 병사들은 적탄이 날아오는데도 불구하고 일어서서 주먹을 들어 인사를 보낸다. 부상자들에게는 한 사람을 제외하고는 어느 누구도 보이지 않는다. 그 한 사람은 피가 흐르는 주먹으로 답례를 하려고 얼굴을 드러낸다. 이 얼굴이야말로 전쟁의 얼굴이다. 여기저기에서 나뭇가지가 떨어진다. 마치 인간들처럼. "이놈의 땅속에 들어갈 수만 있다면!" 하고 시리는 말한다.

"일어섯!"

그들은 몸을 낮추면서 숲속을 전진하기 시작한다. 그들은 모로족들이 또한 전진해오는 소리를 듣는다. 그러나 그들에겐 외롭게 서 있는 나무들 이외에는 아무것도 보이지 않는다. 안개에 싸인 숲은 마치 포탄이 대지에서 간헐적으로 분출하는 온천과도 비슷하다. 이제는 티티새의 흉내도 내지 않는다. 그들이 걷기 시작하면서부터, 그들이 발걸음을 맞추며 싸움터로 나가면서부터 그들이 생각하는 것은 오로지 모로족이 나타나는 그 순간에 관해서일 뿐이다. 그럼에도 불구하고 그들 중에서 가장 무식한 자들까지도 역시 그들이야말로 이 안개 낀 아침에 역사를 창조하고 있다고 생각한다. 시리의 오른쪽에서 오르고 있던 플랑드르 출신의 병정은(왼쪽에는 코간이 있다) 다리에 총탄을 맞자 몸을 굽혀 장딴지를 만지다가 총탄 두 방을 가슴에 맞고 쓰러진다. 모로족들은 지금 십자포화(十字砲火)를 퍼붓고 있다. '세상에 나를 노리는 총알이 이렇게 많을 줄은 미처 몰랐군!' 하고 시리는 생각한다. 그러나 그는 일이 제대로 잘 되어가는 것이 무척 기쁘다. 물론 같은 공포가 따르기는 한다. 그러나 공포 때문에 겁이 나서 걷지 못하거나 몸을 움직이지 못하거나 하는 일은 없다. 일이 잘돼간다. "프랑스인이 어떻다는 것을 보여주자!" 왜냐하면 이 순간 국제의용군의 각 병사들은 자기 국가의 군사적인 자질을 보여주고 싶어하기 때문이다. 한 장교가 입에 총알을 맞고 두어 마디 소리를 지르더니 쓰러진다. 시리는 격해지기 시작한다. 그는 그의 동지들이 살해당하고 있다고 생각한다. 포탄의 폭발음 밑에 인간의 돌연한 침묵이 깔린다—— 침묵 속에서 여러 사람들의 입으로부터 나온 한 마디가 여전히 헤매고 있다.

"드디어 맞았구나······."

국제의용군은 안개 속을 전진한다. 드디어 모로족들을 보게 되는 것일까, 아닐까?

하인리히는 사령부의 전화소리와 혼란의 한복판에서 분주하다. 한 민간인이 온다. 짧게 깎은 회색 머리카락, 코밑수염.

"무슨 일이오?" 하고 장군의 부관인 알베르가 물었다. 부관은 헝가리계 유태인인데 전에는 학생이었으며 접시닦이였다. 뼈대가 굵고 고수머리를 하고 있다.

"나는 프랑스 군대의 육군 소령이오. 나는 안티파시스트 세계위원회의 창립위원입니다. 나는 육군성 의자에 종일 앉아 있었습니다. 난 유익한 일을 하고 싶었습니다. 결국 이곳으로 가보라고 하더군요. 명령에 따르겠습니다."
  그는 알베르에게 서류를 내민다. 군대수첩, 위원회의 회원증.
  "틀림없습니다, 장군님" 하고 알베르는 장군에게 말한다.
  "폴란드 중대의 제2대장이 방금 죽었군" 하고 장군은 말했다.
  "좋습니다."
  소령은 알베르 쪽으로 돌아선다.
  "제복은 어디 있습니까?"
  "그럴 시간이 없네" 하고 하인리히는 말했다.
  "좋습니다. 부하는 어디 있습니까?"
  "안내해주지. 미리 얘기하지만 그 진지는…… 고약한 곳이야."
  "저도 전쟁의 경험은 있습니다, 장군님."
  "그럼 잘됐네."
  "전 운수를 타고난 사람입니다. 전 탄환을 싫어하죠."
  "잘됐네."

  도저히 싸움터가 되리라고는 상상조차 할 수 없는 서공원의 나무 등걸 사이에 쓰러져서 이제는 아무 일도 하지 못하는 자들 —— 전사자(戰死者)들 —— 너머로, 시리는 드디어 최초의 터반들이 마치 도망치는 커다란 비둘기들처럼 지나가는 것을 본다.
  "총검을 땅속에 박아라!"
  그는 모로족들을 본 적이 없다. 그러나 며칠 전에 연락장교로 나갔을 때 밤중에 한 시간 동안 그들의 참호에서 100미터 떨어진 제1선에 있어본 적은 있었다. 11월의 밤은 짙은 안개에 싸여 있었다. 그에게는 아무것도 보이지 않았다. 그러나 그는 그의 임무가 계속되는 동안 그들의 탐탐 소리가 총격소리와 함께 오르내리는 것을 똑똑히 들은 적이 있었다. 그래서 그는 지금 아프리카를 기다리듯이 그들을 기다리고 있다. 모로족들은 공격할 때 언제나 술에 취해 있다고 한다. 그의 주위에는 도처에 그의 편들이 서 있거나, 엎드려 있거나, 죽어 있거나, 총을 겨누고 있거나, 총을 쏘고 있다. 이브리의 동지들, 그르넬의 노동자들, 라쿠르네브 지구의 노동자들과 빌랑쿠르의 노동자들, 폴란드의 이민들, 플랑드르인들, 독일의 추방자들, 부다페스트 혁명정부의 투사들, 앙베르의 부두 노동자들 —— 이들의 피는 유럽 프롤레타리아의 절반을 대표하고 있다. 터반이 나무 등걸 뒤에 숨어서 접근하고 있다. 마치 그들이 미친 듯이 달음질치며 구슬차기 놀이를 하고 있는 것처럼.

그들은 멜릴랴로부터 다가오고 있다……

총검인지 단도인지 알 수 없는 기다란 무쇠 조각이 안개 속에서 반짝거리지도 않고 지나간다. 길고 날카롭다.

백병전(白兵戰)에서는 모로족들의 부대가 세계에서 막강하기로 손꼽힐 정도이다.

"착검!"

국제의용군의 최초의 전투다.

국제의용군이 총검을 뽑는다. 시리는 한 번도 싸워본 적이 없다. 그는 피살되리라고도, 승자가 되리라고도 생각지 않는다. '아무것도 모르는군, 아랍 녀석들은!' 하고 그는 생각한다. 연대의 총검술인가? 아니면 돌입인가? 그것도 당장?

두 방의 포성 중간에 나무 뒤 멀리서 목소리가 들린다.

"공화국, 제2……."

그다음은 들리지 않는다. 모든 시선이 다가오는 모로족들에게로 쏠린다. 아주 가까운 곳에서 목소리가 들린다. 누구나 그 목소리가 말하고자 하는 것을 알고 있다. 그 말의 내용은 문제가 되지 않으나 그 목소리는 흥분에 떨고 있다. 그리고 곧 허리를 굽힌 모든 병정들을 다시 일어서게 하며 안개 속에서 처음으로 프랑스어로 외친다.

"혁명과 자유를 위하여, 제3중대는……."

배코를 친 뒷덜미에 이마 같은 주름살을 지으며 하인리히는 두 귀에 이어폰을 대고 있다. 중대별로, 의용군은 총검으로 반격한다.

알베르는 그의 이어폰을 내려놓는다.

"장군님, 전 전혀 이해가 안 갑니다. 메르스리 대위 얘기로는 전리품이 상당하다는군요. 진지는 우리 것이 되었고 우리는 적어도 두 톤의 비누를 노획했답니다!"

메르스리는 스페인인의 중대를 국제의용군의 오른쪽에서 지휘하고 있다.

"웬 비누야? 이 바보는 도대체 어떤 놈이야?"
알베르는 다시 이어폰을 든다.
"뭐요? 공장이라고요? 공장이라고요? 저런! 그자는 비누의 효용에 대해 설명하고 있어요" 하고 그는 하인리히에게 말했다.
장군은 지도를 들여다본다.
"어느 고지야?"
하인리히는 이어폰을 바꿨다.
"그렇다" 하고 하인리히는 말했다. "그는 고지를 잘못 알고 우리 편의 비누 공장을 점령했군. 스페인 군 장군에게 이 바보를 당장 교대시키도록 요구하게."
총검은 막상 쓰려고 하면 생각보다 길다.
최후의 15분 동안에 시리가 상기할 수 있는 것은 오로지 뒤얽혀 우거진 풀숲과 큰 나무들의 폭파와, 터지는 총알 위에서 윙윙거리는 포탄의 소란과, 입을 벌리고 나타나는, 그러나 소리는 지르지 않는 모로족들이었다.
독일 중대가 시리의 중대와 교대하러 왔기 때문에 시리의 중대는 재편성하기 위하여 후방으로 물러간다. 숲속에는 모로족들이 마치 축제 끝에 흩어져 있는 종이 조각들처럼 깔려 있었다. 대대(大隊)가 돌격했을 때 모로족들은 보이지 않았다. 폴란드인의 중대는 만사나레스 강(江)을 건넜다고 한다.
"폴란드인의 중대로 파견된 그 소령은?" 하고 하인리히는 물었다.
"그는 자기가 처해 있는 상황을 보고는 '진지는 지탱할 수 없으니 제군은 진지를 버려야 합니다. 우리 전선에 도착한 자들은 내 명령으로 떠났다고 말하시오. 뒷창문으로 나가면 포탄은 여전해도 총탄은 덜할 거요. 가시오! 그리고 내가 해야만 할 일을 했다고 말하시오' 하고 말했다는군요. 그는 폴란드인 부지휘관의 윗옷을 입고 내려가서 최후까지 기관총을 쏘고 머리에 총알을 맞았습니다. 그래서 문에 가로 쓰러졌습니다."
"구출된 자는 몇 명인가?"
"셋입니다."

시리는 코간을 잃었다. 그의 양옆에 있는 두 사람은 프랑스어를 모른다(지휘관들은 제외하고). 또 그들은 휘파람을 불 줄도 모른다. 그들 대대의 배후에는 무장한 이발사밖에 없다는 것을 시리는 알고 있다. 그들의 예비군은 '피가로의 대대 (프랑스의 작가 보마르셰의 희곡 〈세빌랴의 이발사〉·〈피가로의 결혼〉의 주인공 이름을 딴 것임)'라고 불린다. 지옥의 소음이 일단 멈췄을 때 그는 두루티 부대가 충격하는 소리를 듣는다──그 부대는 전진한다, '강철 연대'도 전진한다. 소셜리스트들도 전진한다. 그들이 전진하면 할수록 그들의 전선은 확대된다. 공원의 피어린 야단법석 뒤에, 도시처럼 긴 공격전선이 전개된다. 집들 사이에서는, 스페인인은 아침에 적의 3차 공격을 저지했는데 방금 출격하라는 명령을 받는다. 모로족들이 점령한 집들은 수류탄으로 탈환되고 탱크들은 다이너마이트로 저지되며, 국제의용군의 총검에 밀려난 모로족들은 그들 앞에서, 도로에서 공화군의 대포들을 최전열로 밀어내는 아나키스트들을 본다. 그들 뒤에서는 동원된 노동조합원들이 최초의 전사자들의 무기를 기다린다.

파시스트들은 모로코로부터 전진해왔으나 서공원에서부터는 후퇴하기 시작한다.

모로족들이 패주했으므로 국제의용군의 열의 하나 꼴로 전사자를 낸 중대들은 후방으로 돌아가서 새로운 중대를 편성하여 다시 전선으로 떠난다. 모로족들의 퇴각은 빠르다. 두루티의 아나키스트들이, 카탈로니아의 모든 정당으로 구성된 부대가, 소셜리스트들이, '강철 연대'의 부르주아들이 공격한다.

"여보시오!"

수화기를 들고 있는 것은 알베르다.

"적이 다시 반격해옵니다, 장군님."

"탱크와 함께?"

알베르는 되풀이한다.

"아닙니다. 새로 온 탱크는 없습니다."

"비행기 쪽은?"

알베르는 되풀이한다.

"보통입니다."

그는 수화기를 걸지 않는다. 그는 그의 다리를 바라본다. 다리가 움직인다. 수화기가 떨린다.

"장군님! 생각했던 대로입니다! 그들은 만사나레스 강까지 후퇴했습니다.

그들은 만사나레스 강을 다시 건너려고 합니다, 장군님!"

　각 중대가 차례로 달음질치면서 시리의 중대를 추월하고 돌격한다. 그리고 시리와 그의 친구들은 피로에 지친 얼굴을 한 병사들로 깔려 있는 한 지대를 점령하고 있다. 국가별로 중대들은 폭발물의 연기로 이루어진 듯한 안개 속을 몸을 굽히고 총을 앞으로 내밀며 지나간다. 영화(映畫)와 같다. 그렇지만 얼마나 다른가! 그 병사들의 하나하나는 자기 가족의 하나이다. 그리고 그들은 돌아온다. 두 주먹으로 얼굴을 가리거나 두 손으로 배를 움켜쥐고 —— 혹은 그들은 돌아오지 않는다 —— 그리고 그들은 그것을 승낙했었다. 그도 역시. 그들 뒤에는 마드리드와 그의 모든 소총의 음침한 중얼거림이 있다.
　다시 공격의 파도, 그리고 협소한 강이…….
　"만사나레스 강이야" 하고 목소리들이 외친다.
　현혹된 한 마리의 티티새가 운다. 안개 속 어느 곳에서, 습한 잎사귀 위에서 넓적다리를 총검으로 찔리어 피를 흘리는 코간이 사상자(死傷者)들을 위하여 대답하고 있다.

2. 좌익의 피

제 1 장

1

　그러지 않아도 깊은 침묵이 더욱 깊어졌다. 게르니코에게는 이번에는 하늘이 꽉 찼다는 느낌이 들었다. 한 비행기의 위치를 알게 되는 것은 경주용 자동차와 같은 소음에 의해서가 아니다. 그것은 저음(低音)으로 지속되는, 더욱 더 깊어지는 매우 넓은 진동음에 의해서이다. 그때까지 그가 들었던 비행기의 소음은 번갈아 올라갔다가 내려오는 것이었다. 이번에는 발동기의 수효가 많으니만큼 모두가 뒤섞여서 집요하게 그리고 기계적으로 전진하고 있었다.
　도시에는 탐조등이 없다. 거의 정부 소속의 전투기들이 또는 그 나머지 것들이 어떻게 이 어둠 속에서 파시스트들을 발견할 수 있었을까? 밤이 하늘과 도시를 가득 채우듯이 하늘과 도시를 가득 채우고 있는 이 깊고 낮은 진동음은, 게르니코의 호기심을 자극하고 또 머리털을 쭈뼛거리게 하면서도 폭탄은 떨어지지 않고 있었으므로 그것이 오히려 더 견디기가 어려웠다.
　드디어 억눌린 듯한 폭발이 먼 곳에서 터지는 지뢰소리처럼 지축에서 솟아올랐다. 그리고 계속하여 격렬한 폭발이 셋. 그리고 또 하나의 낮은 폭발음. 이제는 없다. 또 하나. 게르니코 위에서도 커다란 아파트의 창문들이 모두 일제히 열렸다.
　그는 손전등을 켜지 않았다. 민병들이 전등 신호로 생각하기 쉽기 때문이다. 발동기의 소음은 여전하나 폭탄은 떨어지지 않았다. 이 완전한 어둠 속에 잠긴 도시에는 파시스트들이 보이지 않았다. 파시스트들에게도 도시가 간신히 보일 뿐이었다.

게르니코는 달려가려고 했다. 쌓여 있던 포석(鋪石)들이 그를 자꾸만 비틀거리게 했다. 매우 짙은 어둠이 인도를 따라 걸어가는 것을 불가능하게 하고 있었다. 자동차 한 대가 전속력으로 지나갔다. 헤드라이트의 빛은 푸르스름했다. 다섯 개의 새로운 폭발, 약간의 소총소리, 희미한 기관총소리. 폭발은 언제나 지축에서 솟아오르는 것 같았고, 지상 10미터의 공중에서 불꽃을 터뜨렸다. 하지만 섬광은 전혀 없다. 창문들은 맞은쪽의 압력으로 열리고 있었다. 좀더 가까운 폭발로 인해 유리가 깨어지고 그 유리 조각들이 아스팔트 위로 떨어졌다. 그 소리를 들은 게르니코는 이층까지밖에 보이지 않는다고 생각했다. 유리가 깨진 쪽에서 클랙슨이 울렸다. 그 소리는 가까이 다가오더니 그의 앞을 지나 다시 어둠 속으로 사라졌다. 그가 조직한 구급차의 첫번째 차였다. 그는 드디어 위생 본부에 도착했다. 거리는 어둠 속인데도 사람들이 웅성거리고 있었다.

의사, 간호원, 조직자, 외과의사들이 그와 동시에 도착하여 이미 와서 근무하고 있던 동료들과 합류했다. 그는 드디어 구급차대를 조직한 것이다. 한 의사가 위생 부문의 책임을 지고 게르니코는 구급 조직의 책임을 졌다.

"이걸로 잘될 거요" 하고 의사는 말했다. "그러나 만일 그들이 이와 같이 폭격을 계속한다면 일은 잘되지 않을 거요. 우린 구급차를 계속해서 보내지 않을 수가 없을 거요. 산헤로니모 양로원에도 폭탄이 떨어지고 산카르로스 병원에도 폭탄이 떨어지고…… 이와 같이 계속되면……"

양로원과 병원. 게르니코는 산카르로스의 불꺼진 홀을 뛰어다니는 부상자들을 상상하고 있었다.

"구급차는 제각기 손전등을 가지고 있겠지요?" 하고 그는 침착하게 물었다.

"불타고 있군요. 아마도 파시스트들은 소이탄(燒夷彈)을 사용하고 있음에 틀림없습니다."

의사는 안쪽의 덧문을 열었다.

"보십시오."

희미한 붉은 빛이 집들 사이에서 뻗쳐나오더니 제각기 다른 방향으로 퍼져나갔다. '마드리드가 타기 시작하는군' 하고 게르니코는 생각했다.
 "손전등은 구급차 속에 있나요?" 하고 마누엘은 끈덕지게 또다시 물었다.
 "아마 없을 걸요. 그런데 한마디 말씀드리겠는데, 손전등은 필요치 않습니다."
 게르니코의 침착한 조직력에 외과의사들은 깜짝 놀라고 있었다. 그에게는 희극도 비극도 없었다. 그는 조수 한 사람에게 명령하여 각 구급차에 손전등을 전달해주었다. 이 완전한 어둠 속에서는 불빛이야말로 구급의 첫 조건이었다. 또 폭탄이 터졌다. 유리창들이 달가닥거렸다. 간호원이 덧문을 닫고 있는데 어둠 속을 내닫는 두 대의 구급차의 클랙슨 소리가 들려왔다.
 또 폭탄이 터졌다. 틀림없이 소형 폭탄들은 폭격기에서 투하되는 것이 아니라 마치 수류탄처럼 성급하게 내던져지고 있는 듯했다. 게르니코는 앉아 있었다. 그는 종이에 적힌 전화 연락을 받고 있었다.
 "궁전도 맹렬한 공격을 받고 있군!" 하고 그는 말했다.
 "부상자는 1000명이고 연달아……" 하고 의사는 말했다.
 병원과 소련 대사관은 서로 이웃이었다.
 "산아우구스틴가(街)" 하고 게르니코는 말했다. "레온가. 코르테스 광장."
 "지금 그들은 부상자는 제쳐놓고 생존자를 치고 있군" 하고 의사는 말했다.
 의사가 덧문을 닫아놓은 창문을 조수가 열었다. 명령과 전화소리, 너무나 단호한 발자국소리, 또한 구급차의 끊임없는 클랙슨 소리보다 더 큰 파시스트 비행대의 규칙적인 진동소리가 방안으로 울려왔다.
 바람에 서류 몇 장이 날렸다. 구급차를 타고 양로원에 갔던 간호원이 돌아왔기 때문이다.
 "아! 꼴이 말이 아녜요! 게르니코, 양로원에는 적어도 두 대 이상의 구급차가 필요해요!"
 "메르세데스! 문을 닫아요!" 하고 의사는 바람에 날리는 서류를 나비 잡듯 쫓아가며 외쳤다.
 "참 못된 사람들이에요!" 하고 그녀는 마치 비행기의 소음에 대해 말하는 것처럼 말했다. 소음을 막기 위해서 창문을 닫아놓았던 것이다. "저 아래는 몸서리쳐지는 혼란이에요. 불쌍한 노인들이 계단에서 어쩔 줄을 몰라 발만 구르고 있어요. 노인들은 자연히 미치다시피 되었어요!"

"부상자는 얼마나 되오?" 하고 게르니코는 물었다.
"부상자를 실어갈 구급차는 충분할 거예요. 하지만 그건 후송용이에요."
"구급차는 부상자를 위한 거요. 부상자는 줄지 않을 거예요……. 노인들은 우선 지하실에 대피하고 있나요?"
"물론!"
"지하실은 튼튼한가요?"
"마치 지하 묘지 같아요."
"됐소."
그는 조수 한 사람을 시켜 위원회에 알리게 했다.
"게르니코" 하고 메르세데스는 갑자기 낮은 소리로 말했다. "머리가 돌아버린 사람들도 있어요……."
"소이탄이 떨어졌나요?" 하고 의사는 물었다.
"폭탄에 대해 좀 아는 듯한 사람들은 칼슘탄이라고 하던데요. 녹색이에요. 압생트 빛과 똑같아요. 끔찍스러워요. 아무리 끄려고 해도 꺼지지 않아요. 그리고 노인들은 그 사이로 달음질치는데, 맹인처럼 두 손을 앞으로 내밀거나 목발을 짚고서……."
"폭탄은 어디에 떨어졌나요?"
"공동 침실 사이의 복도였어요."
어느 창문이 잘못 닫혀져 있는 것일까? 비행기의 끈질긴 소음이 실내를 배회하고 있다가 공화군의 기총 소사로 중단되곤 했다. 아마도 이 기총 소사는 사기를 앙양시키기 위한 것임에 틀림없다. 그러나 그 밑으로, 마치 땅과 벽에서 솟아난 것처럼, 노호소리가 둥둥 하고 무디게 울리는 북소리와 함께 오르내리고 있었다. 이것은 만사나레스 강가의 모로족들에 대한 국제의용군의 새 공격이었다.
"어디서 싸우고 있나요?" 하고 게르니코는 물었다.
"사방에서요" 하고 메르세데스는 대답했다.
"대학 도시인 카사 델 캄포에서" 하고 의사는 말했다.
아주 가까운 곳에서 일어난 폭발로 테이블 위의 펜대가 튀어올랐다. 기와가 멀리 있는 지붕 위로 다시 떨어졌다. 도망치는 사람들의 쏜살같은 발걸음에도 한순간의 침묵이 흘렀다. 이어서 이상하게 삐걱거리는 듯한 고함소리가 밤을 흔들었고 이내 다시 침묵이 흘렀다.
"프랑스 대사관 위에 소이탄이 떨어졌소" 하고 게르니코는 다시 전화에 대고 말했다. "불간섭 정책의 폭탄이오. 오토바이 반(班)은 부서를 지키고 있나요? 카르테스 광장 근처에 폭탄이 두 개 떨어졌소. 구아트로 카미노스에 자전거 연락원을 여섯 명 파견해야 합니다."
한 조수가 그의 귀에다 대고 무어라 수군거렸다.
"산카르로스에 구급차를 한 대 더 보내주게" 하고 게르니코는 계속해서 말했다. "부상자들이 있어요……. 그리고 라모스에게 조사해보라고 일러주게."
마드리드의 포위가 시작된 후부터 라모스의 임무는 가장 위협을 받고 있는 지점에 공산당의 원조를 보내는 것이었다. 만일 그가 마취제와 뢴트겐 사진용의 건판(乾板)이 부족한 위생부에서 아주 쓸모가 있다면 구급반에서는 그다지 쓸모가 없었다. 그러나 이제부터 마드리드에서 부상자를 구호하는 일은 위원회의 주요한 임무의 하나가 될 것이다.

2

라모스는 푸르스름한 헤드라이트의 불빛이 내뻗치는 한 힘껏 차를 몰았다.
첫번째 큰 화재 현장에서 자동차는 멈췄다. 귀가 터져버릴 것 같은 울부짖는 소리와 질주하는 소음, 폭발음과 비명소리, 그리고 쉴새없이 으르렁거리고 있는 전투의 굉음을 뚫고 들려오는 숨막힐 듯한 붕괴음으로 가득 찬 어둠 속에서 한 수도원이 무너져 폐허가 되었다. 석류석빛 연기가 피어오르는 그 속에서는 섬광이 야수처럼 돌아다니고 있었다. 그곳에는 사람의 그림자 하나 없었다. 민병들로 이루어진 소화반(消火班)과 돌격대원, 구호반은 격렬한 불꽃의 혼란으로 멍청해진 채 불의 끝없는 생명을 바라보고 있었다. 웅크리고 앉아 있던 고양이 한 마리가 고개를 쳐들었다.
공습은 끝난 것일까?
왼쪽에서 가느다란 빛이 새어나왔다. 장화소리가 멀리서 지르는 부르짖음으로 가득 찬 정적 속에서 울렸다. 유성(流星)의 꽃불 같은 불꽃들이 그 빛의 뒤를 따라가다가 이내 꺼졌다. 그리고 하늘과 집들 위로 던져진 커다란 섬광이 자리를 잡았다. 비행기들이 떠났음에도 불구하고(비행장은 가까웠고 11월의 밤은 길다) 불은 지붕 밑으로, 층계에서 층계로, 계속해서 활활 타오르고 있었다. 왼쪽에서는 네 군데나 새로운 불덩어리가 타고 있었다. 칼슘이 타는 녹색과 청색의 조명탄이 아니라 적갈색의 불꽃이 튀고 있었다. 라모스가 지나갈 때 화염 대신에 수많은 짤막한 불티가 벌레들처럼 민가에 쏟아져내렸다. 그 앞을 피란민의 행렬이 묵묵히 지나가고 있었다. 매트리스와 의자 다리가 손수레에서 삐져나와 있었고 노파들은 그 뒤를 따라가고 있었다. 구호반원들이 도착하여 금세 구호 활동을 벌이고 있었다. 라모스는 그 중 열 반(班)을 지휘했다.
 산카르로스에는 집들이 스크린과 같은 모습을 하고 있었고, 광장과 인접해 있는 거의 모든 거리는 완전한 어둠 속에 잠겨 있었다. 라모스는 어둠 속에서 들것에 부딪혔다. 그러자 운반인들이 크게 소리를 질렀다. 한줌의 백열된 색종이처럼, 소용돌이치는 불꽃들이 땅 위에 나란히 누워 있는 부상자들의 위로 지나갔다. 그들의 다리가 아주 희미하게 비쳤다. 세 걸음도 못 가서 라모스는 두번째의 들것과 부딪혔다. 이번에는 부상자가 소리를 질렀다. 불이 붙고 있는 한쪽 모퉁이 위에서 그림자처럼 보이는 소방수들이 그들의 작고 빈약한 호스 주둥이로 활활 타오르는 불꽃을 겨냥하고 있었다. 라모스는 간신히 광장에 도착했다.
 소용돌이치는 연기가 휘몰아쳐오고 섬광이 치솟았다. 모든 것이 뚜렷해졌다. 누워 있는 부상자들의 솜 모자와 고양이들도. 그러자 마치 치솟는 불길과 때를 같이해서 또다시 발동기의 깊은 진동소리가 검은 하늘에 가득 찼다.
 라모스는 구호반에 의해 차례로 후송되고 있는 그 부상자들을 위해 너무도 간절히 평화를 기원했으므로, 그것을 자동차의 도착 소리로 믿고 싶은 심정이었다. 그러나 들보가 무너지는 소음 뒤에 잠시 화재가 숙어지고 불똥이 가득 찬 정적이 감돌고 있더니 차츰 그 속에 가혹한 발동기의 소음이 가까워지며 공중에 넓게 퍼졌다. 네 개씩 포장된 폭탄 두 꾸러미가 떨어졌다. 여덟 군데에서 폭발이 일어나고 매우 둔탁한 아우성소리가 뒤를 이었다. 마치 도시 전체가 공포 속에서 깨어난 것 같았다.
 라모스의 곁에서 한 농민 민병이 붕대가 풀려 살이 드러난 자신의 팔뚝에서 흘러내리는 피가 아스팔트 위로 방울방울 떨어지고 있는 것을 바라보고 있었다. 그 희미한 불빛 속에 보이는 그 피부는 붉은 빛이었고, 검은 아스팔트 역시 붉게 변했다. 피는 마디라산(産) 포도주처럼 맑은 갈색이었으나, 라모스의 여송연처럼 떨어지면서 노랗게 빛났다. 라모스는 급히 그 민병을 후송했다. 팔에 깁스를 한 다른 부상자들은 음울한 발레 춤처럼 발을 질질 끌며 지나가고 있었다. 그들은 처음에는 그림자처럼 검었으나, 화재의 음침한 불빛을 받으며 광장을 지나가는 동안 그들의 연한 빛깔의 잠옷은 점점 붉게 변해가고 있었다. 부상자는 모두가 군인이었다. 그들에게서는 당황하는 모습을 찾아볼 수가 없었다. 그러나 피로와 무기력과 분노와 결의에서 생기는 강인한 질서가 잡혀가고 있었다. 다시 두 개의 폭탄이 떨어졌다. 나란히 누워 있는 부상자들의 줄이 파도처럼 기울어졌다.

전화기는 100미터쯤 떨어진, 화재의 불빛으로부터 면한 거리에 있었다. 라모스는 그의 손전등을 켰다. 남자는 입을 커다랗게 벌리고 소리치고 있었다. 한 간호병이 그의 손을 만졌다.

"죽었어요."

"아냐, 소리를 질렀어" 하고 라모스는 말했다.

폭탄과 비행기, 멀리서 들려오는 대포의 포성과 꺼져가는 사이렌의 소음 때문에, 그들 두 사람은 거의 서로의 말을 알아들을 수가 없었다. 과연 그 남자는 죽어 있었다. 마치 외치는 것처럼 입을 커다랗게 벌리고서. 하지만 정말 외쳤는지도 모른다. 라모스는 또다시 들것과 외침소리에 부딪혔다. 섬광이 어둠 속에서 등을 구부린 군중들을 번쩍 비치고 지나갔다.

그는 전화로 구급차와 트럭을 부탁했다. 트럭이라면 보다 많은 부상자를 후송할 수 있을 테니까. (그러나 어디로? 하고 그는 자문했다. 병원은 차례차례 불타버리고 말았다.) 게르니코는 그를 구아트로 카미노스에 보냈다. 그곳은 마드리드 공략 당초부터 특별히 폭격의 목표가 된 곳으로, 극빈자들이 사는 구역 중의 하나였다. (소문에 의하면, 프랑코는 살라만카와 같은 상류층 주택가는 폭격하지 않는다고 확언한 바 있었다.) 라모스는 다시 자동차를 몰았다.

화재의 희미한 빛과 푸르스름한 전구(電球)와 헤드라이트의 송장 같은 불빛, 칠흑 같은 어둠 속에서 세기의 대이동(大移動)이 소리 없이 진행되고 있었다. 타호 강의 많은 농부들이 가족은 물론 나귀까지 데리고 친척들의 집으로 피란하고 있었다. 모포와 자명종과 카나리아 새장, 팔에 안은 고양이, 그

밖에 모든 것을 싣고 그들은 이유도 모르는 채 부유한 구역을 향하여 움직이고 있었다. 겪어온 고난에서 얻은 오랜 습관 덕에 당황하는 기색도 없었다. 폭탄이 연달아서 떨어지고 있었다. 마치 가난한 사람들에게는 가난한 것이 알맞다는 것을 가르쳐주고 있는 것 같았다.

 푸르스름한 헤드라이트는 조명이 나빴다. 구멍 뚫린 집들 앞에서 라모스는 20여 개의 시체를 넘어갔다. 시체들은 폭격의 잔해 앞에 서로 같은 모습을 하고서 나란히 혹은 아무렇게나 쓰러져 있었다. 그는 자동차를 멈추고 구호반을 부르기 위하여 호루라기를 불었다. 그칠 줄 모르는 비행기의 소음은 여태껏 서로 반대자로 생각하고 있었던 아나키스트, 코뮤니스트, 소셜리스트, 공화주의자들의 피를 죽음의 우애 있는 밑바닥에서 얼마나 훌륭히 뒤섞고 있었는지……. 사이렌은 어둠 속을 질주하고, 서로 접근하다가는 교차하고, 출범하는 뱃고동처럼 습기찬 밤 속으로 꺼져갔다. 구급차 한 대가 멈췄다. 그리고 이 엇갈린 울부짖음 속에서 오랫동안 움직이지 않는 구급차의 날카로운 소리는 절망한 개의 울음소리처럼 꼬리가 올라갔다. 달궈진 벽돌과 불타고 있는 나무 냄새 사이로 미친 순찰대처럼 거리를 휩쓸고 있는 불똥의 소용돌이 속에서 폭탄의 격렬한 폭발음이 구호반의 클랙슨을 뒤쫓다가 성난 붕괴음으로 뒤덮고 있었다. 지칠 줄 모르는 클랙슨 소리는 터널에서처럼 다시 그 붕괴음에서 빠져나와 미쳐버린 듯한 사이렌 속으로 뛰어들고 있었다. 폭격이 시작된 이래로 닭들은 계속해서 울고 있었다. 공뢰(空雷) 하나가 야수처럼 폭발하자 닭들은 미쳐버렸다. 광란과 격분 상태에 빠져든 이 비참한 구역에는 시골처럼 닭들도 많았다. 그 닭들이 모두 한꺼번에 거친 빈곤의 노래를 죽도록 부르기 시작했다.

 곤충의 촉각처럼 안타깝게 움직이고 있는 라모스의 손전등의 가느다란 불빛은 벽을 따라 누워 있는 시체들의 앞을 지나, 현관 앞 층계 위에 쓰러져 있는 한 사나이를 비추었다. 그는 옆구리에 부상을 입어 신음하고 있었다. 별로 멀지 않은 곳에서 구호반이 종을 울리고 있었다. 라모스는 다시 호루라기를 불었다. "구호반이 옵니다" 하고 그는 말했다. 사나이는 아무 대답도 없이 신음을 계속했다. 손전등이 위에서 그를 비추자 현관 계단의 돌 틈에서 자라고 있는 화본과(禾本科) 식물의 그림자가 그의 얼굴에 어른거렸다. 라모스는 지칠 줄 모르는 닭들의 광란을 느끼며, 떨고 있는 사나이의 볼에서 일본화(日本

畫)처럼 세밀하게 그려진 그 섬세하고도 무관심한 그림자를 측은하게 바라보고 있었다.
 사나이의 입 가장자리에 첫번째 빗방울이 떨어졌다.

3

 국제의용군의 독일인 병사들의 참호 뒤에서, 마드리드의 첫 거대한 화재의 섬광이 치솟고 있다. 의용병들에게는 비행기가 보이지 않는다. 그러나 밤의 침묵은 이젠 전원(田園)의 침묵이 아니라 전쟁의 기묘한 침묵이며 마치 궤도를 바꾸고 있는 기차처럼 떨고 있다. 독일인 병사들은 모두가 마르크시스트라는 이유로 추방당한 사람들이거나, 황당무계한 혁명가임을 자인한 이유로 추방당한 사람들이거나, 또는 유태인이라는 이유로 쫓겨난 사람들이다. 그들은 혁명가는 아니었지만 현재는 혁명가가 되어 그곳에 섞여 있는 것이다. 서공원의 습격이 있던 이래로 그들은 하루에 두 번씩 적의 공격을 격퇴하고 있다. 파시스트들은 대학 도시에 쳐진 전선을 돌파하려고 무의미한 노력을 하고 있다. 의용병들은 비를 가득 담은 구름 속으로 치솟고 있는 거대한 붉은 섬광을 바라보고 있다. 화재 속의 섬광은 전기 간판의 그것처럼 안개 낀 밤 속에서 거대하게 번쩍이고 있다. 도시가 온통 불타고 있는 것만 같다. 아직도 마드리드를 바라보는 의용병들은 한 사람도 없다.
 한 시간도 더 전부터 부상당한 한 동지가 소리쳐 부르고 있다.
 모로족들은 1킬로미터 지점에 있다. 부상당한 동지가 쓰러져 있는 곳을 짐작한다는 것은 어렵지 않다. 틀림없이 모로족들은 부상한 적을 그들의 동지가 찾으러 오라는 것을 기대하고 있을 것이다. 이미 참호에서 뛰어나간 한 의용병이 죽었다. 의용병들은 적들이 미끼로 하고 있는 동지를 찾으러 갈 준비가 되어 있다. 화재가 하늘만을 비추고 있는 그 깊숙한 밤 속에서 단지 그들이 걱정하고 있는 것은 그들의 참호가 발견될까 하는 것뿐이다.
 마침내 세 명의 독일인 병사가 검은 안개 속에서 소리치고 있는 동지를 찾으러 갈 임무를 맡았다. 한 사람씩 그들은 흉벽(胸壁)을 빠져나가 안개 속으로 휩쓸려 들어간다. 폭음소리에도 불구하고 참호의 정적은 또렷이 느껴진다.

부상자는 적어도 400미터쯤 떨어진 곳에서 소리치고 있다. 너무 멀다. 한 사람은 빨리 기어갈 수 없음을 모두가 알고 있다. 그리고 그를 운반해야만 한다. 포복 전진 도중에 아무도 몸을 일으키지만 않는다면, 그리고 새벽이 빨리 오지만 않는다면.

정적과 전투. 공화군들은 파시스트 전선 뒤에서 합세하려 하고 있다. 모로족들은 대학 도시의 돌파를 시도하고 있다. 밤 속 어딘가에 있는 병원에서 적의 기관총 사수들이 저격하고 있다. 마드리드는 불타고 있다. 세 사람의 독일인 병사들이 포복 전진을 하고 있다.

그 부상자는 2분 내지 3분의 간격을 두고 소리를 지른다. 적들이 조명탄을 쏜다면 의용병들은 돌아오지 못할 것이다. 그들은 이제 아마도 참호에서 50미터 정도 와 있을 것이다. 다른 의용병들은 진흙의 무미한 냄새를, 마치 그들과 함께 있는 것처럼, 참호의 진흙과 똑같은 진흙의 냄새를 맡는다. 부상자가 다시 한 번 오래 소리쳐 불러주었으면! 그들이 옳은 방향으로, 다만 부상자가 누워 있는 곳을 향하여 똑바로만 가고 있다면……

세 사람은 섬광이 가로지르는 안개 속에서, 땅에다 배를 깔고 엎드려 그들을 부르는 소리를 기다리고 기다린다. 목소리는 사라졌다. 부상자는 더 이상 부르지 않을 것이다.

그들은 살기등등하여 팔꿈치로 몸을 일으킨다. 마드리드는 여전히 불타고 있고, 독일인 병사들의 참호는 아직 그대로 남아 있다. 대포의 음향은 북소리처럼 우울하게 울리고 있다. 밤의 안개 속에서 모로족들은 여전히 대학 도시의 돌파를 시도하고 있다.

4

쉐이드는 큰 구멍이 난 첫번째 민가에서 멈췄다. 비는 멎어 있었다. 그러나 곧 다시 올 것같이 느껴졌다. 까만 목도리를 두른 여자들이 구호반의 민병들 뒤에서 줄을 서 있었다. 민병들은 폐허에서 축음기의 나팔이며 꾸러미며 작은 금고를 꺼내고 있었다.

무대 장치처럼 절단된 그 민가의 4층에서는 한 침대가 구멍이 뚫린 천장에

다리가 걸린 채 매달려 있었다. 이 방은 도랑 속으로, 거의 쉐이드의 발밑에, 그방의 초상화며 장난감이며 냄비 등을 떨어뜨렸던 것이다. 크게 구멍이 나긴 했어도 일층은 다치지 않았으며, 사람이 살고 있는 것처럼 고요하긴 했으나 빈사상태에 빠진 거주자들은 구급차로 운반되어 나갔다. 이층에서는 피로 범벅이 된 침대 위에서 자명종이 울렸다. 그 소리는 날씨가 흐린 황량한 아침 속으로 사라졌다.

구호반의 민병들은 물건들을 손에서 손으로 옮기고 있었다. 맨 마지막 민병이 맨 첫번째 여자에게 꾸러미를 하나 건넸다. 그 여자는 그 꾸러미를 자기에게 건네준 사람이 그랬듯이 손으로 가운데를 잡지 않고 그것을 두 팔로 받았다. 왜냐하면 거기에는 어린애가 죽은 채 머리를 뒤로 젖히고 있었기 때문이다. 여자는 사람들이 줄지어 서 있는 쪽을 바라보며 무엇인가를 찾다가 울기 시작했다. 어쩌면 그녀는 어머니를 보았는지도 모른다. 쉐이드는 그곳을 떠났다. 아침의 축축한 안개에 섞여서 불의 냄새가, 가을의 숲속에서 탄 나무들의 행복한 냄새가 도시에 충만해 있었다.

다음 집에는 피해자가 없었다. 거주자는 하찮은 봉급 생활자로, 자기들이 살던 집이 구멍이 뚫리어 불에 타고 있는 것을 말없이 바라보고 있었다. 쉐이드는 그림같이 아름다운 것이나 비극적인 것을 찾으려고 거기에 와 있었으나 그는 자신의 직업이 싫어졌다. 그림같이 아름다운 것은 값어치가 없었다. 평범한 것보다 더 비극적인 것은 없었다. 남들과 다름없는 이 수천의 인간들보다, 마치 모두가 불면증 환자인 것처럼 고통에 가득한 이 얼굴들보다 더 비극적인 것은 없었다.

"당신은 외국인인가요?" 하고 그의 옆에서 화재를 바라보고 있던 자가 그에게 물었다.

질문한 사람의 얼굴은 섬세했고 나이가 지긋해 보였다. 인텔리겐치아 특유의 수직으로 잡힌 주름살. 그는 아무 말없이 집을 가리켰다.

"난 전쟁이 싫습니다" 하고 쉐이드는 조그마한 넥타이를 잡아당기면서 말했다.

"당신은 전쟁을 실컷 겪으셨군요." 그리고 좀더 낮은 목소리로 말했다. "이렇게 말할 수 있다면, 전쟁이란……. 알칼라 가도(街道) 쪽의 전구 공장이 타고 있습니다. 산카르로스와 산헤로니모도 타고 있습니다. 프랑스 대사관 주위의 집들도 모두……. 코르테스 광장 주위의, 왕궁 주위의 숱한 집들도……도서관도 타고 있습니다!" 그는 쉐이드를 바라보지도 않고 말하고 있었다. 그는 하늘을 쳐다보고 있었다. "나도 전쟁이 싫습니다…… 암살은 더 싫지만……."

"전쟁보다 못한 것은 없습니다" 하고 쉐이드는 완강히 말했다.

"그들 멋대로 할 수 있는 자를 이렇게 부려먹는 자들에게 권력을 주는 것도 전쟁보다 낫다는 겁니까?" 그는 여전히 하늘을 쳐다보고 있었다. "나도 더 이상 전쟁을 받아들일 수 없습니다. 어떻게 이것을 받아들일 수 있겠습니까? 그럼, 무엇을 해야 합니까?"

"제가 도와드릴 수 있습니까?" 하고 쉐이드는 물었다.

쉐이드의 상대자는 미소를 짓고 그에게 집을 가리켜 보였다. 집은 흐린 날 아침에 음울한 연기 밑에서 창백한 불꽃을 올리며 타고 있었다.

"내 서류가 모두 타고 있습니다. 난 생물학자요……."

그들의 100미터 앞의 광장에서 커다란 포탄이 터졌다. 마지막 유리창들이 굴러떨어졌고 고삐가 묶인 나귀 한 마리가 도망치려고도 하지 않고 유리 조각을 뒤집어쓴 채 다시 내리기 시작한 비 속에서 절망적으로 울부짖기 시작했다.

쉐이드가 양로원에 도착했을 때는 많은 수용자들이 이미 지하실에서 올라와 있었다. 불은 꺼졌으나 남아 있는 폭탄의 흔적은, 불구(不具)인데다가 운신조차 하기 어려운, 남에게 해를 끼치지는 않으나 남에게서 해를 받기는 쉬운 이 노인들의 주위에서는 비인간적이며 어리석게만 보였다.

"어떻게 된 거죠?" 하고 그는 한 노인에게 물었다.

"아, 선생님! 우리 나이론 달음질치지 못해요……. 이렇게 달음질치다니! 특히 목발을 짚고 있는 사람들은……."

그는 쉐이드의 소매를 잡았다.

"선생님, 우린 어디로 갑니까? 하여튼 난 이발사였어요. 특별한 손님만 받았지요. 그분들은 장례 때 화장이나 면도나 이발이나 그 밖의 모든 것을 내게 맡겼지요……."

쉐이드에게는 잘 들리지 않았다. 트럭들이 줄줄이 지나가면서 벽과 잔해를 뒤흔들어 놓았기 때문이다.

"인민전선 내각이 우릴 이곳에 수용했어요. 선생님, 이곳은 괜찮았어요. 수용될 만한 곳이었어요……. 왜냐하면 다시 시작할 테니까요. 자…… 끝나겠지요. 아마, 끝나겠지요…… 다만, 나도……."

2층에서는 튼튼한 노인들이 일을 거들고 있었는데 쉐이드는 그것이 어떠한 일인지 분간할 수가 없었다. 2층에는 무게 있어 보이는 열 두 명의 엄숙한 스페인 노인들이 있었다. 그들은 마치 침묵의 체형이라도 받은 것처럼 묵묵히 귀를 세우고, 하늘을 지켜보면서 일하고 있었다.

3층에서는, 시가지를 달리는 구급차의 클랙슨 소리와 끊임없는 트럭 소리가 들리는 가운데에서 민병들이 폭격을 피하려고 침대 밑으로 들어간 노인들을 힘으로 끌어내려고 애쓰고 있었다. 그런데 그들은 침대의 쇠다리를 붙들고 놓으려 들지 않았다. 갑자기 구급차의 위협하는 듯한 반향과 공습 경보가 거리를 전속력으로 주파했다. 노인들은 침대 다리를 놓고 이불을 등에 지고는 지하실로 통하는 계단의 문 쪽으로 달음질쳤다. 다만 한 노인만이 여전히 그의 침대를 마치 거북이의 등딱지처럼 등에 지고 있었다.

10초도 안 되어 최초의 폭발이 테이블 위와 창문 아래로 밤에 깨진 유리 조각들을 뿌리고 있었다. 그리고 마치 전마드리드가 무관심한 경종으로 대학 도시의 포성을 누르고 답하기라도 하는 것처럼 시내의 큰 시계들이 하나씩 차례로 아홉시를 알리기 시작했다.

"비행기가 보인다!" 하고 한 민병이 외쳤다.

쉐이드는 병원의 문 밑으로 내려가 긴 파이프와 코를 밖으로 내밀었다. 그가 유럽에서 자주 탔던 독일제 수송기와도 비슷한 폭넓은 융커기들이 전투기를 거느리고 오려낸 지붕에서 그들의 길쭉한 기수를 앞으로 내밀고, 먹구름 밑으로 아주 낮게, 그리고 새카맣게 나타났다가는 반대쪽 지붕 뒤로 사라졌다. 운명(運命)이 소이탄을 안내하고 있었다. 소이탄은 여기저기에서 염주처럼 마구 작렬했다. 비둘기들이 날아갔다. 부드럽게 날아가는 비둘기들 위로 강직하게 되돌아오는 비행기들이 마치 숙명(宿命)처럼 지나갔다. 아무렇게나 떨어지는 이 죽음은 쉐이드에게 공포를 주고 있었다. 정부군은 전선에서 단 한 대의 비행기를 다른 곳으로 돌릴 만한 전투기를 충분히 가지고 있지 않던가? 문 앞으로는 트럭들이 여전히 지나가고 있었다. 비막이 덮개에서는 빗물이 흘러내리고 있었다. 비는 아주 가까운 데에서 내리고 있었다.

"지하실이 있어요" 하고 쉐이드의 뒤에서 어느 목소리가 말했다.

쉐이드는 문이 그를 거의 보호하지 못한다는 것을 알면서도 그 밑에 계속 서 있었다. 그림자들이 벽을 끼고 걸어가고 있었다. 그리고 그것은 문마다 몇 분씩 멈추었다가는 다시 걸어가곤 했다. 그는 종종 전선을 방문했으나 여기서와 같은 감정은 느껴본 적이 없다. 전쟁은 전쟁이었다. 그러나 여기에서 일어나고 있는 것은 전쟁이 아니었다. 그가 지금 끝나주기만을 바라고 있는 것은 공뢰라기보다는 도살장이었다. 폭탄은 계속 떨어지고 있었다. 예측할 수가 없었다. 쉐이드는 그가 엿보고 적어둔 것들을 생각하고 있었다. 즉 절단된 집들 속에 차려져 있던 테이블 보와 식기들을, 별 모양으로 유리가 금이 간 초상화에 뿌려진 작은 핏자국을, 트렁크 위에 걸려 있던 여행복 —— 저승으로 가는 여행 준비 —— 을, 발굽만 남기고 사라진 나귀를, 왕궁의 부상자들이 보도와 벽에 남겨놓은, 마치 추격받는 동물처럼 흘려놓은 기다란 핏자국들을, 상처난 곳에 닿아 얼룩이 진, 지금은 비어 있는 들것들을. 대체 이 비는 얼마나 많은 피를 씻어내려 하는 것일까! 지금 포탄이 폭탄과 엇갈렸다. 쉐이드는 폭발이 있고 난 뒤에는 언제나 지붕에서 떨어지는 기왓장 소리를 기다렸다. 비가 오는데도 불구하고 불의 냄새가 거리에 가득 차기 시작했다. 트럭은 여전히 지나가고 있었다.

"저건 대체 무언가?" 하고 쉐이드는 그의 조그마한 넥타이의 양끝을 잡아당기면서 물었다.

"구아다라마를 위한 응원 부대요. 놈들이 그곳을 돌파하려고 한다는군......."

5

비스듬하게 내리는 커다란 너울 같은 비를 맞으며 마누엘 여단은 시에라 데 구아다라마로부터 전진하고 있었다. 파괴된 종루가 있는 주위의 풍경은 1917년을 연상케 했다. 그림자들은 진흙에서 무겁게 떠올라 조금씩 내려가고 있었다. 환히 밝은 아침인데도 저녁때와 같은 지평선, 뭉크러진 하늘까지 올라간 낮은 골짜기를 향해 뻗어 있는 오래된 경작지의 기다란 선(線)들. 골짜기 뒤로는 세고비아의 평야가 아마도 끝없이 내려가고 있음에 틀림없다. 해안의 절벽 뒤에 있는 바다처럼. 대지는 이 지평선에서 멈추는 것 같았다. 그 너머는, 수면(睡眠)과 강우(降雨)로 보이지 않는 한 세계가 모든 포문(砲門)을 터뜨리며 노호하고 있었다. 뒤에는 마드리드. 병사들은 여전히 더욱더 무거워지는 진흙 속에서 더욱더 몸을 좌우로 흔들며 전진하고 있었다. 때때로 폭발 사이사이에 불발탄이 진흙 속에 부지지…… 하는 소리를 내며 박히고 있었다.

마누엘의 사령부는 전선 가까운 곳에 있었다. 다른 연대들이 그의 연대와 합류하여 이제는 마누엘이 1개 여단을 지휘하고 있었다. 오른쪽은 잘 하고 있었다. 중앙도 마찬가지. 왼쪽은 약간 주저하고 있었다. 최근의 전투에서 그의 여단의 장교와 정치위원의 60프로가 부상을 당했다. "제발 자기 부서를 지켜주시오. 부대의 선두에서 〈인터내셔널〉을 부르지 않도록 하시오" 하고 그는 한 시간 전에 말했던 것이다. 반격은 경과가 좋았으나 왼쪽은 여전히 주저하고 있었다.

왼쪽은 아란후에스의 병사들도 아니고 그들을 지원하러 갔던 제5병단의 병사들도 아니었다. 또 그들 주위에 집결한 새로운 의용병들도 아니었다. 그들은 오른쪽과 중앙에서 싸우고 있었다. 그들은 발렌시아 지역에서 온 중대의 병사들이었고 반란 전에 생디칼리스트(19세기말부터 20세기 초에 걸쳐서 프랑스와 이탈리아의 양국에서 일어났던 노동조합주의 신봉자들)에 속한 적이 없었는데도 아나키스트라고 불리었다. 전전날부터 여단의 왼쪽에는 더 이상 고참중사가 없었다. 모두가 전사했거나 입원중이었다.

그 왼쪽 앞을 마누엘의 전차대가 전진하고 있었다. 기계적으로, 침착하게, 실전(實戰)인데도 대연습을 하고 있는 듯이 보이며 전차는 포병대의 탄막 사격을 무릅쓰고 전진하고 있었다. 그 탄막의 밀도는 전차대 뒤에서 전진해 오는 보병대를 저지하려는 탄막의 그것과 같았다. 전차는 포격을 무릅쓰고 전진하는 것이 아니라 매몰된 지뢰가 폭발한 뒤의 지대를 전진하고 있는 것 같았다. 그 중의 한 대는 마치 빗속에서 녹아버린 것처럼 자취를 감추었다. 대전차호(對戰車壕)였다. 또 한 대는 진흙과 자갈의 간헐온천 옆에 벌렁 나자빠져 있었다. 포탄에 깎인 흙이 솟아올랐다가 끊임없이 옆으로 내리치는 빗발처럼 음울하고 쓸쓸하게, 부드러운 곡선을 그으며 내려오고 있었는데 그 사이로 다른 전차들은 전진을 계속하고 있었다.

몇 달 동안 마누엘은 전차대가 이와 같이 전진하는 것을 보아왔었다. 오직, 몇 달 동안 그가 본 것은 적의 전차대였다. 어느 날, 아란후에스 여단은 나무로 전차를 만들었다. 그것은 진짜 전차를 오게 하기 위한 속임수 작전이었다……. 오늘, 그의 전차대는 온통 늘어서서, 오른쪽에서는 앞으로 나아가고 왼쪽에서는 뒤로 처졌지만, 양쪽 다 그 배후에는 보병 부대가 따라가고 있었다. 공화국 포병대는 적의 전선에 계속적으로 포격을 가했고, 적 역시 응사해 왔으나 반격을 저지하기에 이르지는 못했다. 회일색(灰一色) 속에서 좀더 진한 회색의 인간 얼룩들은 전차의 뒤를 따르고 있었다. 이것은 다이너마이트반(班)이었다. 그리고 기관총 소대들은 그들의 진지를── 비에 잠긴 비참한 그들의 진지를── 점령하고 있었다. 한 걸음씩 진흙 속에서 발을 들어올리며.

맨 왼쪽에 응원의 전차대를 보낸 것은 무슨 까닭인가? 왼쪽이 제자리걸음을 하고 있기 때문인가? 맨 오른쪽에서 가장 뒤떨어진 전차에 이르기까지 전차의 전열(前列)은 지금 초승달 모양을 하고 있었다. 마누엘의 왼쪽 전차대는 후퇴한 지점에서 싸우고 있는가? 그가 바라보고 있는 전차들은 파시스트 쪽이 아닌 마누엘 쪽을 향하고 있지 않은가!

그것은 응원 부대가 아니라 적의 전차대였다.

만일 왼쪽이 주춤하면 여단 전체가 흔들릴 것이며, 이 뚫린 구멍은 마드리드를 향한 돌파구가 될지도 모른다. 만일 왼쪽이 버티면 적의 전차는 하나도 파시스트 전선으로 돌아가지 못할 것이다.

그의 예비군은 트럭 옆에서 대기하고 있었다. 그는 예비군을 전투 속에 전부 투입할 수 있었다. 왜냐하면 다른 예비군이 트럭으로 마드리드에서 도착했기 때문이다.

왼쪽의 연락차가 그의 앞에서 정거했다. 마누엘이 생모직의 작업복을 입고 있었기 때문에 멀리서 그를 알아보았던 것이다. 소령은 뒷좌석에 앉아 머리를 발동기의 덮개 위에 얹은 구부린 팔 속에 처박고 있었다. 그는 코를 골고 있는 것 같았다.

"무슨 일인가?" 하고 마누엘은 손에 든 소나무 가지로 장화를 두들기며 물었다.

소령은 그를 사령부로 데려가라고 명령을 내렸는데, 그는 지금 코를 골고 있는 것이 아니라 신음하고 있었다.

"무슨 일이 있었나?" 하고 마누엘은 운전사에게 물었다. 그에게는 상처가 보이지 않았다.

"목덜미에" 하고 운전사는 대답했다.

장교가 공격중에 목덜미에 상처를 입는다는 것은 드문 일이었다. 아마도 그는 뒤를 돌아보았음에 틀림없다.

"그를 여기에 내려놓게" 하고 드디어 마누엘은 말했다. "그리고 저쪽으로 뛰어가서 가르트너를 데려오게."

마누엘은 이미 전화로 정치위원과 연락하여 그를 그에게 보내달라고 부탁했던 것이다.

갑자기 차체를 좌우로 흔들며, 자동차는 빗속으로 사라졌다. 마누엘은 쌍안경을 다시 들었다. 맨 왼쪽의 병사 몇 명이 파시스트의 전차 쪽을 향하여 달음질치고 있었다. 파시스트의 전차는 쏘는 것 같지 않았다. 왜냐하면 병사들이 한 명도 쓰러지지 않았기 때문이다. 그러나—— 마누엘은 쌍안경의 조절기를 돌리어 그 풍경을 지워버리고 다시 비 뒤의 풍경에 초점을 맞추었다——그들은 허공에 손을 쳐들고 있었다. 그들은 적에게 투항하고 있는 것이었다.

그들 뒤를 따르고 있는 중대에게는, 그들과는 지층(地層)의 습곡(褶曲) 때문에 갈라져서 그들이 보이지 않았다.

촉각을 흔드는 곤충처럼 팔을 흔들며 달음질치는 이 조그마한 얼룩들 뒤로 지층이 하강하고 있었다. 지층은 마드리드까지 하강하고 있었다. 마누엘은 신병이 도착한 이후로 진영에 팔랑헤당의 게시문이 발견되었던 것을 상기했다.

뒤에서는 다른 중대들이 쏘고 있었다. 그들은 첫 중대가 전진하고 있다고 생각하고 돌진하였다. 중대장은 이탈리아의 전차를 모른단 말인가?

그 중대장은 모포에(후송반은 마누엘의 사령부 뒤에 있었다) 싸여 후송되었다. 역시 죽었다. 허리에 한 방을 맞고서.

그 중대장은 아란후에스의 전파견대장이었고, 여단에서는 가장 우수한 장교 중의 한 사람이었다. 그는 모포에 싸여 새우처럼 몸을 오그린 채 잠들어 있었다. 그의 잿빛 코밑수염은 빗방울투성이었다.

신병 가운데에는 팔랑헤 당원이 끼여 있어, 장교들은 배후에서 총격을 받고 있었다.

오른쪽은 여전히 전진하고 있었다.

"정치위원이 방금 한 놈을 처치했습니다" 하고 운전사가 말했다.

마누엘은 대리를 임명하고 왼쪽을 향하여 전예비군을 거느리고 질주했다.

"부대의 선두에서 〈인터내셔널〉을 부르지 말라"는 명령을 준수하여 여단의 정치위원 가르트너는 그의 사령부를 첫 골짜기 입구에 있는 소나무 숲속에 설치했다. 이 골짜기의 입구를 향하여 적의 전차대가 전진하고 있었다.

한 병사가 그를 만나러 달려왔다. 고참병 라몬이었다. 왼쪽의 신병들 속에 마누엘은 아란후에스의 병사 약 50명을 넣어두었던 것이다.

"위원님, 신병 중에 대령님을 쏘아 죽이려는 못된 놈들이 여섯 명이나 있어요. 여섯 명이나요. 그놈들은 다른 쪽으로 넘어가고 싶어해요. 놈들은 제가 찬성한 줄로 알았나봐요. 놈들이 '다른 사람들을 기다리자' 하고 말했어요. 그리고 나서는 대위도 잘됐고, 소령도 잘됐으니 이젠 '하얀 작업복을 입은 사나이'에게 전념해야 한다고 말하더군요. 대장님은 이 사실을 알고 계시죠, 바보 같은 놈들!"

"알고 있지……."

"놈들은 다른 쪽으로 넘어가고 싶어해요. 대령을 죽이기로 되어 있는 자는 어쩌면 다른 놈들일지도 몰라요. 그들이 그렇게 말하기에 전 이렇게 대답했죠. '기다려, 기다려, 내게도 넘어가고 싶어하는 친구들이 있어.' 그랬더니 그들은, '좋소!' 하고 말하더군요. 그래서 전 이쪽으로 부리나케 온 거예요."

"어떻게 하면 그들을 붙잡을 수 있나? 모든 전선이 전진하고 있는데……."

"아뇨, 놈들은 움직이지 않아요. 놈들은 전차가 오기만을 기다리고 있어요. 틀림없이 무슨 계략이 있을 겁니다. 게다가 도망쳐야 한다고, 전차에 덤빌 수는 없다고 고함치는 녀석들이 있어요. 녀석들이 고함치는 게 이상해요. 자연스럽지가 못해요. 그래서 친구들이 저를 보냈죠."

"자네 연대의 정치위원은?"

"피살되었어요."

가르트너는 아란후에스의 병사 열 명을 수병(手兵)으로 남겨두고 있었다.

"여러분!" 하고 그는 말했다. "전선에 반역자들이 있소. 놈들은 중대장을 죽였소. 놈들은 대령을 죽이고 파시스트 쪽으로 넘어가려고 하고 있소."

그는 거기에 남게 되는 한 병사와 옷을 바꿔 입었다. 그의 면도한 마름모꼴 얼굴은 표정이 없을 때는 거의 멍청하게 보였다. 가르트너가 의식적으로 무표정한 얼굴을 하고 있을수록 더욱 그렇게 보였고 그가 제모(制帽)를 벗고 잠깐 동안 빗물이 흐르는 머리에 황금색 군모를 썼을 때에는 아주 우둔하게 보였다. 연대의 정치위원을 대리로 임명하고 그는 부하들과 떠났다.

기복이 심한 이 지대의 모든 길이 마누엘의 사령부와 후송반 쪽이나 라몬이 가르트너를 안내하고 가는 이 길 쪽으로 집중되고 있었다.

비에 흥건히 젖은 작은 소나무 숲 뒤로 정말로 두 명의 보병이 내려오고 있었다.

"여, 도망치자, 전차가 온다!"

"한패들이오" 하고 라몬은 정치위원에게 나직이 말했다.

"여섯 명이 말인가?"

"아니, 도망치자고 한 자들 말이오. 놈들은 이곳을 통과하지 않을 수 없거든요."

"어딜 가는 건가?" 하고 가르트너가 느닷없이 그들에게 소리를 쳤다. "너희들 머리가 돌아버렸나?"

여섯 명의 신병은 어쩌면 그들 연대의 정치위원의 얼굴만 알고 가르트너의 얼굴은 모를지도 모른다. 그 두 놈은 아마 종종 가르트너와 만났을 테지만 그들의 생각 속에는 그의 존재가 없었던 것이다. 그들은 아무것도 생각하지 않았다.

"전차들이 있다니까요! 거기서 버틸 수는 없어요. 전차들이라고요. 30분 후에는 차단되어 모두 죽을 거요."

"마드리드가 뒤에 있다."

"내가 알 게 뭐야" 하고 다른 놈이 말했다. 잘생긴 얼굴이었다. 그는 당황하고 있었다. "지휘관들이 잘했으면 도망치지 않아도 되었을거야. 자! 다 같이 여기서 넘어가자!"

"중앙의 병사들은 버티고 있다!"

대화라기보다는 빗속에서의 개짖는 소리같았다. 가르트너는 한 병사 앞에서 멈춰 섰다. 넓적한 얼굴에 비해 그의 입은 너무나도 작았다. 그 병사는 총신을 내렸다.

"이봐, 주둥이가 아주 납작한 가오리 같은 자네, 견장이 탐나나? 전차에 깔려 죽고 싶지 않다면 가보게. 그러나 동지들을 깔려 죽게 한다면 내가 너를……."
 그 병사는 갈비뼈에 라몬의 주먹을 한 대 맞더니 한 번 빙 돌아 진흙 속에 나가떨어졌다. 그의 짝패와 마찬가지로 무기를 빼앗긴 후에 그는 가르트너의 부하 네 명에게 둘러싸여 후방으로 끌려갔다. 가르트너는 앞쪽으로 나갔는데 지금은 달리고 있었다. 그의 부하들이 입은 누런 외투는 비를 맞아 잿빛으로 변해 있었다.
 라몬이 말했던 여섯 명의 부하들은 4,5미터의 구멍 속에 피신하여 진흙투성이가 된 채 기다리고 있었다. 그러나 싸움을 거는 것은 어리석은 짓이다.
 "저놈들이오" 하고 라몬은 마치 그들에게 가르트너와 그의 부하들을 소개하는 것처럼 말했다.
 "갈까?" 하고 정치위원이 물었다.
 "잠깐만" 하고 여섯 명 중에서 두목으로 보이는 자가 말했다. "다른 패들이 위에 있어."
 "누군데?" 하고 가르트너는 어리둥절하여 물었다.
 "호기심이 너무 많으시군."
 "내가 알 게 뭐야. 내가 알고 싶은 것은 그들이 믿을 수 있는 자들인가 하는 것이야. 왜냐하면 내겐 무기가 있거든. 그러나 아무에게나 무기를 줄 수는 없네. 몇 자루를 받겠나?"
 "우리들 여섯 명 분."
 "동지들과 나와 합치면 당장에 경기관총 열 자루를 가질 수 있어."
 "아니야, 우리들 여섯 명 이상은 안 돼."
 "굉장한 거야. 대형 장전기가 달린 구경 7.65밀리 짜리야."
 상대는 어깨를 으쓱하면서 그의 소총을 두들겼다.
 "우리에게 필요해서가 아니야" 하고 여섯 명 중의 하나가 말했다. "그러나 내 생각으로는 아주 쓸모가 있는 것 같군. 열 명이라도."
 첫번째 사나이가 마치 복종이라도 하듯 동의했다. 방금 말한 녀석의 손이 섬세했다. 이자는 팔랑헤 당원이로군, 하고 정치위원은 생각했다.
 "알겠나, 아무튼" 하고 가르트너는 맨 처음에 말했던 자에게 말을 걸었다. "이건 자네가 가지고 있는 구식총과는 달라. 구경 7.65이면 벌써 여자용 권총은 아니야. 그리고 이걸 보게나, 대형 장전기. 이렇게 장전하는거야. 총알은

50방, 너희는 모두 여섯이니까 각자에게 여덟 방씩 할당이 가겠군. 손들엇!"
 맨 처음에 대답한 녀석이 그의 총에 손을 2센티미터도 채 내밀기 전에 그는 머리에 한 방을 맞고 물웅덩이 속으로 굴러떨어졌다. 낮은 하늘 아래의 물 속으로 피가 검게 퍼졌다. 적의 전차는 여전히 전진하고 있었다.
 가르트너의 부하들은 다른 놈들에게도 총을 겨누고 그들을 연행했다. 농장 앞에서 그들은 마누엘과 그의 트럭 부대를 만났다. 가르트너는 마누엘의 차에 뛰어올라 그에게 자초지종을 얘기했다. 마누엘은 이미 왼쪽 방면에 예비군 중에서 대전차 소대를 파견하고 있었다.
 파시스트의 전차는 몇 분 후에 이 소대와 부딪치게 될 것이다. 중앙부가 계속 버티면 예비군은 왼쪽 방면을 대신하여 맡게 될 것이고, 오른쪽이 계속 전진하고 있으면 모든 일이 순조롭게 진행될 것이다. 만일에 그렇지 못하면……
 중앙은 아란후에스의 부대와 그 부대에 합류한 패들이었다. 마드리드와 톨레도, 타호 강 지방의 구민병대, 게다가 시에라 지방의 민병들까지도 합류하고 있었다. 도시의 노동자들, 소몰이꾼, 농민, 소지주(小地主)들 —— 야금공(冶金工)과 이발사도, 섬유공과 빵장수도 합류하고 있었다. 그들은 지금 참모본부의 지도에 그려진 곡선처럼 작은 돌담들이 평행하게 뾰족뾰족 서 있는 풍경 속에서 싸우고 있었다. 그곳에서 바라보면, 적의 전차대가 앞으로 2킬로미터 전진한다면(즉 5분이나 10분 후에는) 그들 중에서 살아 돌아갈 수 있는 자는 하나도 없을 것 같았다. 마누엘은 단호하게 저항하라고 명령했고, 그들은 돌멩이에 매달리거나, 지면의 습곡에 몸을 붙이거나 혹은 자기 몸보다 좁은 나무의 그늘에 숨어서 저항을 계속했는데, 앞뒤에는 적의 구포(臼砲)가 있었고, 기관총은 십자포화(十字砲火)를 퍼부었으며 포병대의 포탄은 빗속까지 그들을 쫓아왔다. 마누엘은 맨 처음에 중앙 방면을 시찰했는데, 부하들이 연달아 쓰러지고 새 포탄이 낙하할 때마다 치솟는 흙으로 차례차례 매장되어가는 것을 그는 보았다. 몇 킬로미터에 걸쳐서 작렬하는 대지가 격앙한 듯이 구름을 향하여 쇄도하고 치솟는 흙덩어리와 자갈과 상처의 소나기를 겨울의 비에다 내던지는 듯했으나 마누엘은 그토록 격앙된 분노 속에서 적이 총검을 휘두르며 파도처럼 밀려오는 것을 보았다. 대지가 던지는 모든 것을 비가 녹이고 있는 이 풍경 속에서는 총검이 별로 번득거리지 않았음에도 불구하고 마누엘은 마치 자기 자신이 직접 공격을 받기라도 한 것처럼 그 총검을 피부에 느끼고 있었다. 비는 계속 내리는데 수많은 부조리한 작은 벽들 주위에서, 무엇인가 분명치 않은 일이 일어났다. 그리고 적의 파도가 (이번에는 모로족들이 아니었다) 쇄도했다. 마치 그 파도가 구민병(舊民兵)들에 의해서가 아니라 영원한 비에 의해서 패배당한 것처럼. 영원한 비는 이미 숱한 그들의 사자(死者)를 대지에 섞었고, 실밥이 풀어지고 빗속에 용해된 적군의 파상(波狀) 공격을 보이지 않는 참호 쪽으로 보내고 있었다. 빗방울만큼 수없이 많은 포성의 우막(雨幕)을 통해서.

파시스트의 포병대는 네 번이나 백병전을 거듭했으나 번번이 커다란 수막(水幕) 속에서 녹아버렸다.

전선은 버티고 있었다. 그러나 파시스트의 오른쪽 전차대는 마누엘의 왼쪽을 돌파하여 대전차 소대에 육박하고 있었다.

이 소대의 지휘자는 페페였다. 설사 그의 지휘 능력이 보잘것없는 것이라 할지라도 8월에 다이너마이트 폭파반에서 활약했던 패들 중에서 생존자가 지금은 지휘를 하고 있는 것이다. 페페는 투덜거렸다. "그의 친구 곤살레스가 여기에 없는 것이 유감천만이야. 그와 함께 있으면 이것도 그에겐 약간의 경험이 될텐데." 그러나 곤살레스는 대학 도시에서 싸우고 있었다. 동시에 페페는 기뻐하고 있었다. "놈들도 이번에는 쓴 맛을 좀 보게 될거야!" 꽤 후방에 보병 부대를 거느린 파시스트 군 전차대는 최초의 골짜기를 향하여 전속력으로 전진하고 있었는데, 이 골짜기에 들어가면 공화군 포병대의 공격을 피할 수가 있었다. 시에라 지방의 골짜기에는 골짜기마다 도로가 있지 않으면 그냥 길이 있다. 트럭은 페페와 그의 부하를 적시에 데려왔던 것이다.

도로의 양쪽은 차폐물이 거의 없는 지대이다. 여기저기 검은 소나무 숲이 비를 맞고 있다. 페페의 부하는 진지를 구축했다. 비에 흥건히 젖은 솔잎 위에 눕거나 땅에 엎드려 버섯 냄새를 맡으면서.

선두의 전차는 도로의 오른쪽에서 골짜기 속으로 들어왔다. 그것은 매우 빠르고 무척 기동성이 있는 독일제 전차였다. 끝없이 내리는 빗속에서 다이너마이트 반은 모두 이 전차가 녹슬 것 같은 인상을 받고 있었다. 시에라 지방으로 도망을 쳐 들개가 된 개떼가 전차 앞에서 전속력으로 달리고 있었다.

다른 전차들도 모습을 뚜렷이 드러내고 있었다. 엎드려 있는 페페에게는 덤불 사이의 지대가 보이지 않았다. 그리고 전차대는 껑충껑충 뛰면서 전진하는 것 같았다. 포탑은 말의 머리처럼 숙였다 쳐들었다 했다. 전차는 이미 발포하고 있었고, 무한궤도(無限軌道)가 내는 음향은 비 사이로 들리는 희미한 기계소리가 아니라 모든 기관총의 일제사격 소리와도 같았다. 페페는 기관총과 전차에 익숙했다.

그는 기다리고 있었다.

냉정한 미소로 이를 드러내며 페페는 사격을 하기 시작했다.

기계도 깜짝 놀란 표정을 지을 수가 있다. 기관총소리를 듣고 전차가 뛰어들었다. 그 중에서 네 대는—세 대는 제1열, 한 대는 제2열—다 같이 우뚝 솟았다. 전차는 무슨 일이 일어났는지를 알 수 없었으므로, 악몽 같은 비 한가운데에서 어떤 신비로운 위협을 받고 있는 듯이 뒷발로 일어섰다. 두 대는 전복하고 한 대는 옆으로 눕고 나머지 한 대는 키가 큰 소나무 아래 허공에 떠 있었다.

처음으로 그들은 대전차 기관총과 부딪쳤던 것이다.

제2진의 전차대에는 방금 일어난 일이 전혀 보이지 않았다—전차는 거의 맹인이나 다름없었다. 제2진은 전속력으로 나타났다. 엎드려 있는 제1열의 기관총 사수 너머로 제2열이 쏘기 시작하고 전차대는 비틀거리기 시작했다—그 중에서 네 대가 페페가 지키고 있는 선을 넘어 그의 제2선에 덤벼들었다.

이 경우를 미리 예견하고 마누엘은 부하에게 연습을 시켰다. 제2선의 기관총 사수는 기관총 두 대의 방향을 돌렸다. 그동안 제2선의 다른 기관총 사수들과 제1선의 기관총 사수들은 검은 소나무를 가로질러 억수로 퍼붓는 빗속에서 지그재그로 도망치는 전차의 집단에 총격을 퍼붓기 시작하고 있었다. 페페 역시 돌아섰다. 저 네 대는 다른 전차보다 더 위험했을 것이다. 만일 그들의 운전병이 결심이라도 했다면. 전차대와 부딪치게 된 여단은 전차대 뒤에 후속부대가 따라오리라고 상상할 테니까.

세 대는 이미 저마다 소나무와 충돌했다. 전차는 제각기 혼자서 독주한 셈이다. 왜냐하면 운전병이 죽었기 때문이다.

마지막 한 대는 두 대의 기관총 총격을 받으면서 전진을 계속하고 있었다. 그 전차는 텅 빈 도로 위로 뛰어올라 대전차 기관총의 총성을 들으며, 시속

70킬로미터로 무한궤도를 덜커덕거리며 달리고 있었다. 전차는 쏘지도 않고 더욱더 높아지는 경사면 사이에 무의미하고 왜소하게 보이고 이상할 정도로 고적한 아스팔트 위에서 길을 잃고 있었다. 어슴푸레한 하늘에 반사되고 있는, 비에 맞아 윤택이 나는 아스팔트 위에서. 드디어 전차는 길모퉁이까지 와서는 바위에 부딪혀 마치 장난감처럼 발동기가 멎었다.

탄환을 맞지 않은 전차대는 지금 공화군의 전차대와 같은 방향으로 내려가고 있었고, 해체되기 시작하는 그들 우군의 혼비백산한 보병들을 들이받고 있었다. 앞에서는 소나무들 사이로 전쟁의 환영(幻影)처럼 뒷발로 일어선 전차 주위에는, 온갖 위치의 전차들이 있었고, 그들은 이미 작은 나뭇가지로, 솔잎으로, 탄환에 잘린 솔방울로 덮여 있었다 —— 마치 몇 달 전부터 그곳에 버려져 있었던 것처럼 비를 맞으면서 미래의 녹이 슬고 있었다. 마누엘은 방금 도착했다. 최후의 포탑이 껑충껑충 뛰고 있는 저쪽에서 파시스트 군의 오른쪽은 이 코끼리의 무덤과 같은 싸움터를 버리고 패주하고 있었다. 그리고 공화군의 포병대는 퇴각선을 포격하기 시작했다.

마누엘은 곧 중앙부로 떠났다.

적의 오른쪽은 우군의 전차대 앞으로 도망하고 있었는데 그 전차대가 공화군의 전차대인 양 기관총을 안 가진 페페의 부하들이 지금 그 뒤를 따르고, 더구나 다이너마이트 반과 마누엘의 예비군은 진흙 속에서 달음질치며 추격하고 있었다. 적의 오른쪽은 이젠 파시스트 군의 중앙부의 일익을 끌어들이며 붕괴 상태에 빠져 있었다. 마누엘의 중앙부는 마드리드에서 트럭으로 온 부대의 일부에 의해 보강되어 드디어 돌벽에서 나왔는데, 질서정연하고 기고만장했다.

그들은 라몬타냐 병영의 공격의 날 모든 창문으로부터 총격을 받았을 때 광장 위에 엎드려 있던 자들이다. 1킬로미터마다 한 자루씩 기관총을 가지고 있고, 공격을 할 때에는 기관총을 서로 빌려 썼던 자들이다. 또는 자기들의 엽총을 가지고 알카사르 병영의 공격에 참가했던 자들이며, 비행기의 공격을 받자 도망을 치고는 '아군이 우리를 버렸다'고 병원에서 울던 자들이며, 전차 앞에서 도망친 자들이며, 다이너마이트를 애용했던 자들이다. 그들은 모두 세뇨리토들이 노예 근성을 보고 착한 사람들을 분간할 줄 안다는 것을 알고 있다 —— 미래에 총살형을 받게 될 무수한 군중, 북소리와 같은 소리를 내면서 전선의 이쪽에서 저쪽까지 이 군중을 쫓아 회전하는 포신처럼 눈에 보이지 않는 군중인 것이다.
 파시스트들은 그날 중에 구아다라마를 점령하지 못할 것이다.
 마누엘은 소나무 가지를 코에 대고 아란후에스의 병사들과 페페의 부하들이 득실거리는 전선을 바라보고 있었다. 마치 그가 끝없이 단조롭게 내리는 빗속을 아직도 진흙이 끈끈하게 묻어 있기는 했으나 그의 최초의 승리가 전진하고 있는 것을 보기라도 하는 것처럼.
 두시에 파시스트의 모든 진지는 점령당했다. 그러나 거기에서 멈추어야만 했다. 세고비아를 향하여 전진하는 것은 문제가 되지 않았다. 참호 속으로 되돌아간 파시스트들은 저 건너에서 기다리고 있었고, 그리고 중앙 부대는 전선에 배치된 예비군 이외의 예비군을 가지고 있지 않았기 때문이다.

6

 가로숫길을 따라 늘어놓은 카페 그란하의 테이블들은 텅텅 비어 있었으나 그 안은 만원이었다. 시에라 지방에서 시작된 비가 마드리드에서는 멎었다. 폭발의 음향이 귀에 익지 않았다. 폭탄의 음향보다는 약하지만 지면 10 내지 20미터 높이에서 터지는 소리였다.
 "우리 고사포는 도착했나요?" 하고 모레노가 물었다.
 그는 여느 때보다 더 미남이었다.
 아무도 대답하지 않았다. 그란하에서 술을 마시고 있는 사람들은 모두가 조금씩은 서로 안면이 있는 사이였다. 대학 도시의 끊임없는 포성 때문에 유리잔들이 가볍게 흔들리고 있었다. 카페에는 전등불이 켜져 있지 않았다. 오후의 한시는 홀의 안까지 지하실 같은 불빛을 비치고 있었다.
 한 장교가 문의 원통을 돌리자 11월의 햇살이 새를 유인해 잡는 거울 함정처럼 눈부시게 빛났다. 그는 들어왔다.
 "사방에서 불꽃이 오르고 있어. 이곳에도 오겠는데."
 "오면 끄지 뭐" 하고 한 목소리가 대꾸했다.
 "말은 쉽지! 산마르고스가(街), 마르틴 데 로스 이호스가……."

"우르키호로(路)……."
"산헤로니모 양로원, 산카르로스 병원, 왕궁 부근의 민가들……."
다른 장교들이 들어왔다. 문의 원통은 카페 속으로 매캐한 돌 냄새를 풍겨주었다.
"적십자 병원……."
"산미구엘 시장……."
"벌써 일부는 껐어요. 산카르로스 병원과 산헤로니모 양로원도 끝났어."
"저 소리는 뭐야? 고사포소린가?"
"여보게, 압생트를 한 잔 주게" 하고 모레노의 동료가 말했다. 그는 초췌해 보이는 장발족이었다.
"모르겠는데, 고사포가 아닐걸."
"저건 유산탄이야" 하고 맨 나중에 들어온 장교가 말했다.
"스페인 광장에는 비오듯 하네. 그러나 구아다라마는 아직 돌파하지 못하고 있지."
그는 역시 제복을 입고 있는 모레노 옆에 앉았다 —— 오늘 모레노는 젊게 보였다. 말끔히 면도를 했기 때문이다. 그는 지금은 머리를 짧게 깎았다.
"거리의 반응은 어떤가?"
"대피소에 겨우 들어가기 시작했네. 화석이 된 듯이 서 있는 자도 있고……. 특히 여자들이 그래요. 쓰러지는 자도 있고, 소리치는 자도 있고, 무턱 대고 뛰는 자도 있어요. 어린애의 손을 끌고 가는 여자들은 모두가 뛰고 있어요. 게다가 구경꾼까지 있어요."
"난 아침 나절에 지진이 났나 했지" 하고 모레노는 말했다.
그는 군중이 파시스트에 대한 불안에 사로잡힌 것이 아니라 무슨 천재지변에 대한 공포에 사로잡혀 있다고 말하고 싶었다. 항복이라는 문제는 제기될 수 없었기 때문이다. 지진에 대해 항복의 문제가 제기될 수 없듯이.
구급차가 한 대 지나갔다. 클랙슨을 앞세우고서.
벼락치는 소리와 함께 유리잔들이 장난감 토끼처럼 튀었다가 사방팔방으로 흩어지면서 받침접시와 뒤집힌 아페리티프(식욕을 돋우기 위하여 음식을 들기 전에 먹는 술)와 큰 상자처럼 구멍이 뚫린 유리창의 삼각형 파편들 속으로 떨어졌다. 카페 앞 가로숫길에 폭탄이 한 개 떨어졌던 것이다. 급사의 큰 쟁반이 굴렀다. 그 쟁반은 떨어지면서 침묵 가운데에 둔탁한 심벌즈와 같은 소리를 냈다. 손님의 절반이 지하실 계단으로 몰려들었다. 작은 스푼들이 부딪치는 소리가 났다. 나머지 절반은 꼼짝하지 않고 그 자리에 머물러 있었다. 그러고 나서 또 다른 폭발은 없었다. 여느 때처럼 퀄련이 약 열 개쯤 주머니 속에서 나왔고(그러나 아무도 권하지는 않았다) 약 열 개쯤의 성냥이 소용돌이치는 연기 속에서 켜졌다. 본래 유리가 있었던 곳에 톱니바퀴 모양의 커다란 구멍이 두 개 뚫렸는데, 그 구멍 사이로 연기가 흘러나갔을 때 한 시체가 문의 회전문 가로대 위에, 원통의 별 모양으로 금이 간 유리 사이에 기대어 있었다.

"놈들이 우리를 노리고 있군" 하고 모레노의 동료가 말했다.

"자네에겐 싫증났네."

"너희들은 모두가 돌았어, 그것도 모른단 말인가! 너희들은 개죽음을 당할 거야! 놈들은 우리를 노리고 있고!"

"내가 알 게 뭐야" 하고 모레노가 대꾸했다.

"내 말 듣게, 노형, 미안하네! 물론 나도 싸웠네. 자네가 하고 싶은 대로 다 하게. 그러나 비행기의 폭탄에 맞아 내가 개죽음당하게 하지는 말게. 난 지금까지 평생 동안 일을 해왔네. 그리고 내겐 꿈이 있단 말일세."

"그렇다면 자넨 거기서 무얼 하고 있나? 자넨 지하실에도 가지 않았잖아."

"난 남아 있지만 이건 바보 같은 짓이라고 생각해."

"'내 행위를 보라, 내 말에 귀를 기울이지 마라.' 어떤 철학자의 말씀이야."

여기저기에서 떨어지는 포탄의 포효 밑에서 테이블과 마룻바닥 위에 남아 있는 유리 조각에 와 닿은 겨울 햇빛의 반사 작용은 스페인산 포도주와 베르무트주와 압생트의 떨리는 늪 속에서 느껴지지 않을 만큼 가볍게 흔들리고 있었다. 급사들이 지하실에서 나오고 있었다.

"……우나무노(스페인의 문학자·철학자. 살라만카 대학 총장. 키르케고르의 영향을 받은 생生의 철학을 창도함. 대표작에 《인생의 비극적 감정》과 소설 《안개》·《전쟁 속의 평화》 등이 있음. 1864~1936)가 살라만카에서 죽었다고들 하는데."

평복의 사나이가 전화실에서 나왔다.

"푸에르타 델 솔의 지하철에 폭탄이 떨어졌대요. 10미터 깊이의 구멍이 뚫렸대."

"가볼까" 하고 두 목소리가 말했다.
"지하실에 대피자들이 있었나?"
"모르겠는데."
"구급대의 보도로는 정오에 200명 이상의 사망자와 500명의 부상자를 냈다는군."
"이제 시작인데!"
"……구아다라마에서는 놈들이 얻어맞았다더군……."
전화를 한 자는 엉망이 된 아페리티프 앞에 앉았다.
"지긋지긋해" 하고 모레노의 장발을 한 동료가 말했다. "그리고 되풀이하지만, 놈들은 우릴 노리고 있어요! 우린 그 한복판에서 무얼 하고 있단 말인가! 바보짓이야!"
"꺼져."
"그러지. 중국으로, 오세아니아로, 어디든지 상관없어."
"……델카르멘 시장이 타고 있어요" 하고 바깥에서 어느 목소리가 외쳤다. 그러나 그 외침은 곧 새로 울리는 구급차의 클랙슨 소리 때문에 지워졌다.
"오세아니아에 가서 무얼 하겠나? 조개 목걸이를 만들려나, 토인들을 조직하려나?"
"난 금붕어를 잡겠네! 무엇이라도 하겠어. 이런 이야기를 더 이상 듣지 않을 수만 있다면 말이야!"
"자네는 지하실에 가고 싶지 않은 만큼 이 동지들과 떨어지는 게 싫은 모양일세. 난 자네 연설을 기억하고 있지. 에르난데스에게 한 얘기 말이야. 에르난데스가 불쌍하군!"
그는 갑자기 불안한 듯이 그의 동료를 바라보았다. 그때는 에르난데스였지만, 지금은 모레노다. 그리고 에르난데스는 이미 죽었다. 그러나 미신적인 생각은 그들 앞에서 연기처럼 사라졌다.
"난 프랑스로 뛸 뻔했지. 그런데 망설였어. 그다음엔 동지애와 인생이라는 것에 의해 또다시 붙들렸네. 포탄 앞에서는 난 심사숙고하여 얻은 사상도, 깊이 있는 진리도 아무것도 믿지 않네. 믿는 것은 오직 공포뿐이야. 진정한 공포지. 지껄이게 하거나 떠나게 하는 공포가 아니야. 자네가 도망친다 하더라도 나야 자네에게 할 말이 없네. 이 순간 자네가 여기에 남아 있을 바에야 역시 입을 닥치는 게 좋을거야. 결판이 나 있으니까 말이야. 감옥에서 난 인간이 볼 수 있는 것은 다 보았다네. 죄수들이 자기들의 목숨을 동전의 앞과 뒤로 점치는 것을 들었고, 일요일엔 총살형이 없기 때문에 일요일을 기다렸네. 난 죄수들이 다른 죄수들의 뇌장과 머리카락이 그대로 붙어 있는 벽에다 대고 공놀이를 하는 것을 보았네. 나는 50명 이상의 사형수들이 그들의 독방에서 '앞이냐 뒤냐'의 동전 점(占)을 치는 소리를 들었네. 내가 이 얘기를 할 땐 이 얘기의 의미를 알고서 하는거야. 이만하면 됐네. 다만 여보게, 다른 얘기가 있네. 난 모로코에서 전쟁을 겪었지. 그건 결투만도 못한 것이었네. 이곳 전선에서는 아주 얘기가 다르네. 열흘 동안 전선에 있으면 몽유병자가 되네. 수많은 사람이 죽는 것을 보게 되지. 대포, 전차, 비행기는 너무나 기계적인 무기들이야. 모두가 운명으로 돌아가네. 자네 역시 운명으로부터 피할 길이 없다는 것은 확실하네. 자네가 받게 되는 공격, 즉 전쟁을 피할 길이 없다는 것뿐만이 아니네. 자네는 마치 몇 시간 후면 효력이 발생하는 독약을 복용한 사람과도 같네. 마치 맹세를 해버린 사람과 흡사하단 말일세. 자네의 인생은 과거의 것이 되네. 그때, 인생이 변하지. 자네는 갑자기 다른 진리 속으로 뛰어드는 것이네. 그래서 미치는 놈은 다른 인간들이지."

"자넨 언제나 진리 속에 뛰어드는군!"

"맞았네. 결국 이 얘기야. 자넨 탄막 사격을 무릅쓰고 전진하네. 자네에겐 아무것도, 자네 자신조차도 염두에 없네. 수백 발의 포탄이 떨어지네. 수백 명의 인간이 전진하네. 자넨 다만 자살자에 불과하네. 그리고 동시에 자넨 최상의 것을 모조리 소유하네. 자넨 드디어 그들의…… 그들이 가지고 있는 최상의 것을 소유하네. 카니발 때의 군중이 공유하는 희열과 같은 것을. 내가 나를 이해시켰는지 그건 나도 모르겠네. 내게 친구가 하나 있는데, 그는 그것을 '사자(死者)들이 노래하기 시작하는 순간'이라고 부르지. 한 달 전부터 나는 사자들도 노래할 수 있다는 것을 알고 있네."

"그럴 리가 없네."

"가장 오래된 마르크시스트 장교인 내가 한 번도 생각해본 적이 없는 일이었네. 죽음의 반대쪽에서만 발견되는 우애가 있네."

"소총으로 비행기와 맞서 싸워야 했을 때 우애라는 것을 실컷 맛본 괴짜들이 있었네. 소총으로 탱크와 맞서 싸워야 했을 때 우애를 실컷 맛본 괴짜들이 있었네. 난 바로 지금 우애를 맛보고 있네."
"나도 자네처럼 신경의 발작을 일으켰었지. 그리고 지금은……."
"자넨 죽을 때나 되어서야 좀더 평온해질거야."
"맞았네. 다만, 지금은 난 아무래도 좋아요."

모레노의 미소는 그의 훌륭한 이를 드러내 보였다. 술집 위에 놓여진 모든 장식용 병들이 빈 유리잔 부딪치는 소리 속에서 굴러떨어졌다. 테이블들은 폭발이 있는 동안 굳어지는 것같이 보였고, 베르무트주의 광고가 모레노의 등에 떨어져 그의 미소를 마치 손으로 채듯 절단했다. 지하실에서 코끝만 내밀고 있던 패들은 도로 들어가버렸다.

수염을 기른 부상당한 한 민간인이 바깥으로부터 문을 열고 뛰어들었다. 그리고 재빨리 밀어붙인 문짝이 원통에 기대어 있던 죽은 사람의 가슴에 부딪혀 폭발에 뒤따른 침묵 속에서 무딘 소리를 내며 울렸다. 그 부상자는 주먹으로 절반쯤 부서진 유리창을 때리며 악착같이 덤비더니 결국은 폭삭 쓰러졌다.

여기저기에서 폭발이 다시 시작되었다.

7

대구경 포탄들이 알칼라가와 중앙 전화국 사이로 굴러떨어지고 있었다. 그 중의 하나는 불발탄이어서 두 명의 민병이 하나는 머리 쪽을 하나는 꼬리 쪽을 붙들고 가져갔다. 해질 무렵의 구름 한 점 없는 하늘은 불티와 불꽃이 튀는 마드리드를 내리누르기 시작하였다. 마드리드는 폭격과 먼지의 냄새가 좀 불안한 다른 냄새와 뒤섞여 있었다. 로페스는 이 냄새가 일찍이 톨레도에서 맡아본 적이 있는, 불에 타는 사람의 살 냄새라고 생각하였다. 로페스가 배치된 문화재 보호위원회에서는 아침에 그레코 2점과 고야의 소품 3점을 기다리고 있었다. 이것은 그 소유주가 호텔에 버리고 간 것이었는데, 결국 그것은 위원회에 운반되지 않았다. 로페스는 그 그림들이 자기보다 앞서 소개(疏開)되는 것을 보고 싶었던 것이다.

전쟁에는 아주 무능하지만 로페스는 예술품 보호에만큼은 눈부신 수완을 발휘하고 있었다. 그의 덕택으로 톨레도의 대혼란 때에도 그레코의 작품이 한 점도 손실되지 않았다. 그리고 위대한 화가들의 그림이 수십 점씩 수도원 다락의 무심한 먼지 속에서 끌려나왔다.
　꽤 먼 전방의 교회 앞에서 소구경의 포탄이 터졌다. 그와 동시에 날아간 비둘기들은 다시 돌아와서는 당황한 모습으로 교회 정면에 갓 생긴 틈을 살피고 있었다. 구멍이 크게 뚫린 한 민가의, 지금은 무한을 향하여 활짝 열린 창문 너머로 바로크식 방패 모양의 중앙 전화국의 높은 탑이 11월의 석양 속에서 창백하게 나타났다.
　마드리드의 시가지를 내려다보는 이 작은 마천루(摩天樓)가 아직도 산산조각이 나지 않은 것은 기적이었다. 한쪽 귀퉁이는 달아나고 없었다. 유리창은…… 탑 뒤에서 포탄의 연기가 솟아올랐다. '저런!' 하고 로페스는 생각했다. '저러다가 내가 보관하고 있는 그레코의 그림에도 포탄이 떨어지겠군…….'
　공포에 질린 군중은 그들이 피해야 한다는 것은 알고 있으나 어디로 피해야 좋을지 몰라 거리에서 서성거리고 있었다. 그리고 다른 군중은 무심히, 더러는 호기심으로, 더러는 흥분해서 고개를 쳐들고 걷고 있었다. 두번째 포탄이 부근에 떨어졌다. 여자들이나 노인들을 따라가던 어린 아이들은 새파랗게 질려 달음질치고 있었다. 아무 친척도 없는 다른 어린 아이들은 포격에 대해서 이렇게 말하고 있었다.
　"바보들이야, 파시스트들은! 사격술도 모르잖아. 카사 델 캄포의 병정들을 겨누었는데 실제로는 어딜 두들기고 있는가 보라고!"
　어느 날 아침, 엘 프로그레소 광장의 탁아소 안마당에서는 세 어린 아이가 지금 로페스 앞에 있는 아이들처럼 턱을 쳐들고 전쟁놀이를 하고 있었다. "폭탄이야!" 하고 한 어린 아이가 외쳤다. "엎드려!" 셋은 훈련받은 병사들처럼 엎드렸다. 그런데 그때 진짜 폭탄이 떨어졌다. 전쟁놀이에 끼지 않고 서 있던 다른 어린 아이들은 죽었거나 부상당했다…….
　포탄 하나가 왼쪽에 떨어졌다. 개들이 일렬로 비스듬히 달음질을 쳤다. 또 한 작은 개들의 무리가 옆길의 반대 방향에서 나타났다. 버림받은 개들의 희망 없는 윤무(輪舞)는 인간들의 그것을 예고하는 것 같았다. 로페스는 동물을 사랑하는 조각가의 눈으로 그 개들을 바라보고 있었으나 다른 동물들이 그를 기다리고 있었다.

징발된 거의 모든 대저택들이나 알바의 대저택처럼, 지금 로페스가 가고 있는 대저택은 박제된 동물로 숱하게 장식되어 있었다. 많은 스페인 귀족들은 그림보다도 사냥을 좋아했다. 그리고 만일 그들이 고야의 그림을 소지하고 있을 경우 그들은 그것을 기념품들과 함께 섞어두는 것이었다. 도주한 귀족들의 저택 목록에는──소유주가 달아난 경우에만 징발되었다──종종 약 10점 가량의 대가의 그림들(반란 전주前週에 외국으로 반출되지 않았다면) 이외에 뜻밖에도 많은 코끼리의 엄니, 코뿔소의 뿔, 박제된 곰, 그리고 온갖 동물들이 포함되어 있었다.

로페스가 100미터 거리에 투하된 폭탄으로부터 인사를 받고 대저택의 정원에 들어섰을 때 한 민병이 그에게로 다가왔다.

"어떤가, 여보게" 하고 로페스는 그의 어깨를 치면서 고함을 질렀다. "그레코는 어떻게 됐나? 제기랄!"

"뭐요? 그림요? 운반할 방법이 없었죠. 그런데 당신의 부하가 와서 계란이라도 싸듯 포장하니까 부피가 커지더군요. 그러나 그 트럭은 나갔어요."

"언제?"

"거의 반시간 됐어요. 그러나 이런 동물들은 가져가고 싶어하지 않았죠."

차양 밑에 조심스레 늘어놓은 코끼리의 엄니 주위에 자연스러운 자세를 취한 채 나무 밑에 흩어져 있는 박제된 곰들이 움직이고 있었다. 포탄들은 대지를 가볍게 흔들고 있었고, 버림받은 곰들은 한 발을 쳐들고 전쟁의 밤을 축복하거나 아니면 위협하고 있는 것 같았다.

"이건 쉽게 깨지지 않아" 하고 로페스는 태연히 말했다.

그는 보호위원회의 다른 부에서 수집하고 있는 이 진기한 수집품에 대한 책임을 자신의 임무로 받아들이기를 거부하였다.

"여보시오, 동지, 만일에 포탄이 그림에 나쁘다면 코끼리의 엄니에도 좋을 리가 없겠지요……. 도대체 이 물건들을 어떻게 했으면 좋겠소? 게다가 비까지 내릴 듯하니!"

아주 가까운 데에서 포탄이 터지자 동물들이 상하좌우로 흔들렸다. 인도 회사의 황금색 새장 속에 남아 있던 카나리아 한 마리가 미친 듯이 노래하기 시작했다.

"곰을 가져가도록 전화를 해두겠네."

로페스는 궐련에 불을 붙인 뒤 새장을 들고 나갔다. 그는 새장의 균형을 잡고 있었다. 포탄이 터질 때마다 카나리아는 더욱 요란하게 노래하다가 그치곤 하였다. 한 건물이 영화의 한 장면처럼 불에 타고 있었다. 위에서 아래로, 뒤틀린 장식이 있는 무사한 정면 뒤로 활짝 열린 채 부서진 모든 창문 안에는 각 층마다 밖으로 날름거리지 않는 불꽃이 들어 있어서 이 건물에 마치 화신(火神)이 살고 있는 것 같았다. 좀더 떨어진 곳에, 두 길의 모퉁이에 버스 한 대가 기다리고 있었다. 로페스는 밖으로 나와 처음으로 숨을 헐떡이면서 걸음을 멈추었다. 그는 미친 사람처럼 몸을 심하게 흔들더니 카나리아가 든 새장을 돌멩이처럼 내던지며 "내리시오!" 하고 외쳤다. 버스에 타고 있던 사람들은 그가 몸을 흔드는 것을 바라보고 있었다. 그는 다른 거리에 있는 그 미친 광이들과 비슷했다. 로페스가 길바닥에 몸을 내던지자 그 버스는 포탄과 함께 날아갔다.

로페스가 몸을 일으켜보니 주위의 벽이 피로 흥건히 젖어 있었다. 폭발로 인해 옷이 찢겨진 사자(死者)들 사이에서, 벌거벗었으나 부상은 당하지 않은, 구레나룻을 기른 한 사나이가 일어나서 악을 쓰고 있었다. 폭격은 언제나 중앙 전화국 쪽으로 퍼부어질 것이다.

8

쉐이드는 중앙 전화국에 와 있었다. 기사(記事)를 보낼 시간이었다. 포탄은 전구역에 떨어지고 있었으나 특히 이곳이 목표가 되어 있다는 것은 누구나 아는 사실이었다.

다섯시 반에 결국 중앙 전화국도 포탄을 맞았다. 포탄이 떨어질 때마다 전화국은 공격 목표가 되어 있었다. 포탄은 전화국에 명중했다가 다음에는 빗나갔고 이번에는 다시 전화국의 위치를 더듬고 있었다. 교환수, 사무원, 신문기자, 배달인, 민병들이 모두 전선에 나와 있는 것 같은 느낌이었다. 포탄이 아주 약간의 간격을 두고 마치 천둥소리가 반향하듯 작렬하고 있었다. 저녁때가 되었다. 구름은 낮게 떠 있었다. 혹시 비행기도 한몫 끼여들었는지 모를 일이다. 그러나 교환대의 소음 때문에 발동기의 진동소리는 전혀 들리지 않았다.

한 민병이 쉐이드를 찾으러 왔다. 가르시아 소령이 신문기자들을 전화국 사무실로 소집했던 것이다. 조금이라도 비중 있는 기자들은 모두 거기서 기다리고 있었다. '왜 지금 소집하는 것일까?' 하고 쉐이드는 혼자 생각했다. 그러나 가르시아는 신문기자와 만날 용건이 있을 때에는 으레 기자들이 가장 위험하다고 생각하는 장소에서 그들을 만나는 것이 그의 습관이었다.

가죽과 나무와 니켈로 이루어진 중앙 전화국의 전(前)국장실에서 가르시아는 마드리드에서 보내온 기사의 복사를 매일 전달케 하고 있었다. 그는 '정책'과 '사실'이라는 두 서류를 받고 있었다. 기자들을 기다리는 동안 그는 두 번째 서류를 넘기면서 사람으로 태어난 것이 지긋지긋하게만 느껴졌다. 잔인한 기사가 넘치도록 많았기 때문이다.

《파리 스와르》: 전화국에 오기 전에 나는 잔인하게 아름다운 장면을 목격했다.
 이날 밤 푸에르타 델 솔 부근에서는 어둠 속에서 미아가 된 세 살짜리 어린 아이가 울고 있었다. 그런데 그란 비아가의 지하실 속에 피란한 한 여자는 자기 어린 아이의 행방을 모르고 있었다. 그애는 푸에르타 델 솔에서 발견된 어린 아이처럼 금발에 같은 또래의 사내아이였다. 그 여자는 그 기별을 듣고 어린애가 보호되어 있는 몬테라가의 집으로 뛰어간다. 커튼이 내려진 침침한 가게 안에서 어린애는 한 조각의 초콜릿을 빨고 있다. 어머니는 두 팔을 벌리며 어린 아이에게로 뛰어간다. 그러나 어머니의 두 눈은 점점 더 커지고 나중에는 미친 듯이 무섭게 부릅뜬다.
 그녀의 아이가 아닌 것이다.
 그녀는 오랫동안 움직이지 않는다. 길잃은 어린 아이는 그녀에게 미소를 짓는다. 그러자 그녀는 아이에게 달려들어 꼭 끌어안고는 잃어버린 자기 아이를 생각하면서 그애를 데려간다.

'이 기사는 통과되지 못하겠는데' 하고 가르시아는 생각했다.
불그스름한 저녁놀이 깨진 유리창에 가득 찼다.

《로이터》: 한 여자가 겨우 두 살이 될까말까하는 계집아이를 안고 있었다. 그애는 아래턱이 없다. 그러나 어린 아이는 눈을 크게 뜨고 아직도 살아 있다. 그 아이는 누가 그런 짓을 했는가 하고 놀란 듯이 묻고 있는 것 같았다. 또 한 여자가 거리를 가로질러 갔다――그녀의 팔에 안긴 어린애는 머리가 없었다······.

가르시아는 한 어머니가 자기 아이의 몸의 나머지 부분을 보호하기 위해 어떤 끔찍스러운 몸짓을 하는가를 본 적이 있었다. 오늘도 비슷한 몸짓이 얼마나 많이 벌어지고 있을까? 멀리서 포탄 세 발이 마치 극장에 딱다기를 세 번 치듯이 무딘 소리를 내며 터졌다. 문이 열리더니 기자들이 들어왔다. 낮은 테이블 위에서는 아직도 깨지지 않은, 유리로 만든 조화(造花)가 포성과 함께 흔들리고 있었다. 유리창은 산산이 깨졌으므로 불에 타고 있는 도시의 냄새가 연기와 함께 두 창문으로 들어오고 있었다.

"전선이 자유로우면" 하고 가르시아는 말했다. "신청자에게 여기서 즉시 알려드리겠습니다. 아시다시피 여러분을 소집한 것은 오로지 여러분에게 서류를 전달하기 위해서입니다. 서류를 전달하기 전에 여러분께서 주의해주셨으면 하는 점이 있습니다. 다름이 아니라, 전쟁 발발 이후 우리는, 파시스트측의 보도에 따르면, 아홉 개의 비행장을 습격하여 적기를 파괴했습니다. 말하자면, 세빌랴의 비행장보다도 세빌랴를 폭격하는 것이 더 쉬운 일입니다. 그런데 우리의 폭탄 몇 개가 군사 목표에서 벗어나 시민들에게 상처를 입히는 일이 생겼다 하더라도, 적어도 우리는 스페인의 시가지를 조직적으로 폭격한 적은 없습니다. 이제 서류를 전달하겠습니다. 제가 낭독하지요. 여러분께서는 각기 원본을 읽어주십시오. 게다가 우리는 원본이 파리와 런던에서도 발표될 수 있도록 힘써볼 작정입니다. 그렇게 생각해주시고······ 이것은 반란군 고급 장교들에게 보낸 작은 회장(回章)에 불과합니다. 이것은 장교 마누엘 카라체가 소유한 회장인데, 7월 28일에 발견됐습니다. 그는 구아달라하라 전선에서 포로가 됐습니다."

승리의 본질적인 조건의 하나는 적군의 사기를 동요시키는 것이다. 적은 우리에게 대항할 만큼 충분한 부대도 무기도 갖추고 있지 않다. 그럼에도 불구하고 다음의 지시를 엄하게 준수하는 것이 절대로 필요하다.

배후 지역을 점령하기 위해서는 주민에게 어떤 유익한 공포감을 고취시키는 것이 절대로 필요하다. 한 가지 규칙이 부과된다. 사용 수단은 화려하고 인상적이어야 한다는 것이다.

　적의 퇴각선상에 있는 모든 장소는, 그리고 일반적으로 적의 전선 뒤에 위치한 모든 장소는 공격 지대로서 간주되어야만 한다. 이 점에 관해서는 그 장소에 적이 주둔하고 있느냐 없느냐에 의해서 차별이 있을 수 없다. 적의 후퇴 선상에 있는 주민 사이에 일어나는 공포는 부대의 사기 저하에 크게 이바지한다.

　대전중에 겪은 경험으로 보아 구급차에 있어서의 그리고 적의 부상자 운반 수단에 있어서의 부주의에 의해 야기된 손실은 그 부대의 사기 저하에 큰 효과를 거둔다는 것을 알 수 있다.

　마드리드 입성 후 각 부대의 지휘관은 즉시 공공건물과 종루를 포함한 수상한 지구를 내려다보는 건물의 지붕 위에 모든 인근 도로를 내려다볼 수 있는 기관총 진지를 구축해야만 할 것이다.

　주민이 저항하는 기미가 보이는 경우에는 저항자에게 즉시 총격을 가할 것. 적편에서 싸우는 여성의 수효가 많음에 비추어 이들 전투원의 성별을 고려할 수는 없을 것이다. 우리의 태도가 강경하면 할수록 주민들의 모든 저항의 분쇄는 더욱 신속해질 것이며, 스페인 혁신의 승리는 더욱 가까워질 것이다.

　"파시스트들의 입장에서" 하고 가르시아는 말했다. "한마디 부언한다면, 이 지시는 매우 논리적입니다. 제 개인 의견으로는, 공포는 첫날부터 반란군에 의해 조직적·기술적으로 사용될 수단의 일부라는 것입니다. 그리고 여러분이 여기서 목격하시게 될 비극의 총연습장은 바다호스라는 것입니다. 그러나 이것은 어디까지나 저의 의견입니다."

　그러고는 기자들이 밖으로 나가는 것을 보며 이렇게 말했다.

　"여러분은 또한 '나는 절대로 마드리드를 폭격하지 않겠다. 거기에는 무고한 자들이 많으니까……' 하고 시작되는 8월 16일자 프랑코의 인터뷰 기사를 받으시오."

　1킬로미터 떨어진 지점에 다시 포탄이 떨어지고 있었다. 중앙 전화국에서는 아무도 포탄을 경계하지 않았다.

　비서가 들어왔다.

　"마니앵 대령에게서 전화가 왔었나?" 하고 가르시아가 물었다.

　"아닙니다, 소령님. 국제의용군은 헤타페 상공에서 싸우고 있습니다."

"스칼리 중위는 오지 않았나?"
"알칼라에서 전화가 왔었습니다. 열시경에 들르시겠다고 합니다. 그런데 느부르 박사님이 와 계십니다, 소령님."

적십자 파견단장으로서 느부르 의사는 살라만카에서 왔다. 가르시아와 그는 일찍이 제네바 회의에서 두 번 만난 적이 있었다. 소령은 느부르가 살라만카에서 별로 보고 온 것이 없다는 것을 모르지는 않았다. 그러나 적어도 그는 살라만카에서 오랫동안 미구엘 데 우나무노와 만났던 것이다.

프랑코가 스페인 최대의 작가를 대학의 총장직에서 파면한 지 얼마 되지 않았다. 그리고 가르시아는 파시즘이 그 후 파시즘의 저명한 옹호자였던 이 사나이를 얼마나 위협하고 있는지를 모르지 않았다.

9

"6주 전부터" 하고 의사는 말했다. "그분은 자그마한 방안에 누워 책을 읽고 있었지요……. 면직된 후에 그분은 '나는 죽거나 사형 선고를 받기 전에는 이곳에서 나가지 않겠어' 하고 말씀하시고는 누워버렸습니다. 지금도 계속입니다. 파면 이틀 후에 성심회(聖心會)에서 대학 총장에 취임했지요……."

느부르는 지나가다가 그 방에 있는 거울에 비친 자신의 면도한 얼굴을 들여다보았다. 그 얼굴은 기지가 있어 보이기를 원하고 있으나 젊음의 파멸처럼만 보였다. 대화가 시작되기 전에 가르시아는 서류 가방에서 한 장의 편지를 꺼냈다.

"당신이 오신다는 것을 알았을 때" 하고 그는 말했다. "나는 예전에 우리가 교환했던 편지를 꺼내 보았지요. 이 편지는 우나무노가 10년 전에 망명지에서 보낸 것입니다. 중간에 보면 우나무노는 이렇게 쓰고 있습니다.

진리 이외의 정의는 존재하지 않습니다. 그리고 진리는 이성보다 강하다고 소포클레스는 권하고 있습니다. 삶이 쾌락이나 고통보다 힘이 센 것과 마찬가지입니다. 진리와 삶은 그러므로 나의 신조입니다. 그리고 이성과 쾌락은 나의 신조가 아닙니다. 쾌락 안에서 추리하거나 이성 속에서 행복을 느끼는 것보다는 설사 고통을 받을지라도 진리에 사는 것이…….”

　가르시아는 그 편지를 자기 앞에 있는 반들반들한 책상 위에 놓았다. 책상에는 붉은 하늘이 반사되고 있었다.
　“그건 그분의 파면의 원인이 된 연설의 취지와 같아요. 정치에는 그분의 요구 조건이 있을 수 있는 일이나 여기에서는 논의하지 않겠습니다. 이 대학은 진리에 봉사해야만 합니다……. 미구엘 데 우나무노는 거짓이 있는 곳에서는 있을 수가 없습니다. 그리고 늘 화제에 오르고 있는 빨갱이들의 잔인성에 관해서는 다음의 사실을 잘 알아 두시오. 가장 이름없는 여자 민병은—— 설사 그녀가 남들이 말하는 창녀일지라도—— 자기가 선택한 것을 위하여 총을 들고 싸우며 죽음을 무릅쓰고 있는 그녀는 그저께 연회에서 자리를 뜨던, 값비싼 속옷과 꽃들이 끊임없이 스쳐간 팔을 드러내고 마르크시스트들의 총살형을 구경하러 간 그 여자들보다 정신적으로 덜 비참하다는 사실을 말이오…….”
　느부르는 흉내를 잘 내기로 유명했다.
　“의사로서 한 말씀 올리자면” 하고 그는 자기 음성으로 돌아가서 말을 이었다. “우나무노의 사형에 대한 혐오에는 병적인 데가 있어요. 그리고 테르시오 창설자인 장군에게 직접 대답해야만 했다는 것이 그분의 신경을 건드렸을 것은 틀림없어요. 그분이 스페인의 문화 통일을 옹호했을 때 연설 방해가 시작됐지요…….”
　“연설 방해라니?”
　“우나무노를 사형하라, 인텔리를 사형하라! 그런 것이지요.”
　“누가 외쳤나요?”
　“대학의 바보 같은 청년들이었지요. 그때 밀란 아스트라이 장군이 일어나서 '지성을 사형하라, 사형 만세!' 하고 외쳤지요.”
　“당신 의견으로는 밀란 아스트라이 장군의 고함은 무엇을 의미한다고 생각하시나요?”
　“틀림없이 '죽어버려!' 라는 뜻이겠지요. '사형 만세!' 라는 뜻은 우나무노의 총살 항의에 대한 야유였는지도 모르죠.”
　“스페인에서는 이 고함소리가 꽤 심각한 겁니다. 아나키스트들까지도 그 전에 그렇게 외쳤으니까요."

포탄 한 개가 그란 비아가에 떨어졌다. 자신의 용기를 대견하게 생각하며 느부르는 가르시아의 사무실을 뚜벅뚜벅 거닐고 있었다. 그의 대머리에는 화재로 붉어진 하늘이 희미하게 비치고 있었다. 그의 정수리 양쪽에 있던 검은 고수머리는 없어져버렸다. 20년 동안 느부르는(그의 분야에 있어서는 탁월한 존재였을지라도) "18세기의 사제와 똑같군!"이라는 말을 시인해왔는데, 지금도 그러한 흔적이 약간 남아 있었다.

"그때였지요" 하고 의사는 다시 말을 이었다. "우나무노는 저 유명한 답변 '비스카야와 카탈로니아가 없는 스페인은, 장군님, 당신과 비슷한 나라가 될 겁니다. 즉 애꾸눈이와 외팔이가 될 거란 말입니다'로 대답했지요. 이 말은 몰라 장군에게 한 '이기는 것은 설득시키는 것이 아닙니다'라는 답변이 있고 난 다음인지라, 모든 사람들이 다 알고 있습니다만, 달콤한 말로 통용될 수가 없었지요……. 그날 저녁 그분은 카지노에 갔습니다. 그분은 모욕을 당했지요. 그분은 자기 방으로 돌아오자 다시는 안 나가겠다고 말했습니다."

가르시아는 열심히 듣고는 있었지만 그의 책상 위에 놓여 있는 우나무노의 예전 편지에서 눈을 뗄 수가 없었다. 그는 그것을 소리 높여 읽었다.

십자군과 복수의 전사들은 리프 지방을 민위화(民衛化)한다는, 즉 비문명화(非文明化)한다는 계획을 거절할 것인가? 그리고 우리는 사형 집행인이라는 이 불명예로부터 해방될 것인가? 거기에 대해서는, 스페인에 대해서는 나는 아무것도 알고 싶지 않다. 자기만 외쳐대고 남의 말은 듣지도 않는 자들이 스페인 대국(大國)이라고 부르는 것에 대해서는 더구나 알고 싶지가 않다. 나는 다른쪽 나의 스페인 소국(小國) 곁으로 피신한다. 그리고 앞으로 절대로 읽고 싶지 않은 것은 스페인의 신문이다. 이것은 아주 소름이 끼친다. 마음의 줄이 끊어지는 소리조차 없다. 들리는 것은 오로지 꼭두각시의 날개가, 우리의 거인인 풍차의 날개가 삐걱거리는 소리뿐이다……

소란스러운 소리가 그란 비아가에서 들려오고 있었다. 화재의 불빛이, 마치 강물에 반사된 햇빛이 여름에 방의 천장에서 흔들리듯이 벽 위에서 가볍게 흔들리고 있다.

"마음의 줄이" 하고 가르시아는 파이프로 엄지손가락의 손톱을 때리며 되풀이했다. "끊어지는 소리조차 없습니다……. 내가 알고 싶은 것은 그의 사상입니다. 흰 올빼미와 같은 고귀하고도 놀란 듯한, 생각에 잠긴 듯한 태도로 밀란 아스트라이에게 호통을 치고 있는 그가 여기서 보이는 것 같아요. 그러나 그건 어디까지나 그의 일화적(逸話的)인 면이오. 다른 면이 또 있지요."

"그리고 나서는 우린 사적으로 많은 얘기를 했지요. 그분이 더 많이 얘기했습니다. 나는 그저 듣고만 있었으니까요. 그분은 아사냐를 싫어합니다. 그분은 아직도 공화국에, 그리고 공화국 속에만, 스페인의 연방적 통일의 수단이 있다고 봅니다. 그분은 절대적인 연방주의에 반대하고 있지요. 그러나 또한 권력에 의한 중앙집권주의에도 반대하고 있습니다. 그리고 그분은 지금 파시즘 속에서 바로 이 중앙 집권주의를 보는 것입니다."

오 드 콜로뉴 향수와 화재의 이상한 냄새가 깨진 유리창을 통해 사무실 가득히 풍겨왔다. 향수 공장이 불에 타고 있었던 것이다.

"그는 파시즘에도 역시 발이 있다는 것을 모르고 파시즘과 악수하고 싶어했지요. 그가 연방적 통일의 의사를 지니고 있는 것은 그의 모순들을 많이 설명하고 있는 거예요……."

"그분은 프랑코의 승리를 믿고, 신문기자를 만나서는 그들에게 '어떠한 일이 일어날지라도 나는 결코 승자의 편이 되지 않을 거라고 쓰시오' 하고 말했지요……."

"기자들은 기사를 매우 조심스럽게 쓰지요. 그는 당신에게 자기 아들에 관해 얘기를 했나요?"

"전혀 안 했어요. 그건 왜 물으십니까?"

가르시아는 꿈꾸듯이 붉게 물든 저녁 하늘을 쳐다보았다.

"그의 아들은 모두 여기에 와 있어요. 두 사람은 전투원으로서……. 그가 아들 생각을 전혀 안 한다고는 생각지 않아요. 그리고 그에게는 양진영을 알고 있을 만한 인사들을 만날 기회가 좀처럼 없어요……."

"그분은 연설 후에 한 번 외출했지요. 그분이 그 여자들에 대해 한 말에 대한 응답으로서 그분을 창문이 활짝 열린 방으로 호출하여 창문 앞에서 총살형에 처했다는 소문이 있어요……."

"나도 그 소문은 들었지만 별로 믿지는 않아요. 당신은 이 소문에 대한 정확한 정보를 가지고 계신가요?"
 "그분은 내게 그 얘긴 하지 않았어요, 당연한 일이지만. 나도 말하지 못했어요, 짐작하시겠지만. 그분은 요즈음 많이 불안해하는 것 같아요. 이 나라가 한사코 폭력과 비합리에 의지하려는 꼴을 보고서."
 파이프의 당황해하는 손짓은 가르시아가 이러한 정의(定義)를 적당히 신뢰하고 있음을 말하고자 하는 것같이 보였다. 느부르는 시계를 들여다보고 일어섰다.
 "가르시아 씨, 우리가 한 얘기는 아무래도 핵심에서 상당히 먼 것같이 생각됩니다. 우나무노의 반대는 윤리적인 측면에서의 반대지요. 이 점에 대해선 우리의 대화는 간접적이었어요. 그러나 꾸준했어요."
 "물론, 총살형은 중앙집권주의의 문제가 아닙니다."
 "책에 둘러싸여, 쓰라리고 우울한 침대 속에 누워 있는 그분과 헤어질 때 나는 19세기와 헤어지는 기분이었습니다……."
 그를 배웅하면서 가르시아는 파이프의 끝으로 그가 손에 들고 있던 편지의 마지막 줄을 그에게 가리켜 보였다.

 내가 살라만카의 비좁고 작은 연구실의 그늘진 꿈을 빼앗긴 순간부터 —— 나는 얼마나 그 연구실을 꿈꾸었던가 —— 지금까지의 내 변민의 이 12년에 대해 마음의 눈을 돌릴 때, 이 기간은 마치 꿈속의 꿈처럼만 생각됩니다.
 독서를 하느냐고요? 이제는 별로 많이 안 합니다. 매일 아주 친한 나의 친구가 되어가는 바다에 대해서는 예외이지만…….

 "10년 전의 일입니다" 하고 가르시아는 말했다.

10

 파리와 연락이 되어 쉐이드가 전화실로 불려간 순간 아주 가까운 곳에 포탄 하나가 떨어졌다. 이어서 더욱 가까운 곳에 또 두 개가 떨어졌다. 거의 모든 사람들이 창문과 반대쪽 벽에 몸을 내던졌다. 전등이 켜져 있었음에도 불구하고 바깥의 짙은 붉은 빛이 안에서도 느껴지고 있었다. 화재 자체가 전화국을 향해 쏘게 하는 것 같았다. 전화국의 13층이나 되는 창문에는 사람의 그림자 하나 얼씬거리지 않았다. 드디어 코밑수염을 기른 노기자(老記者)가 벽에서 몸을 뗐다. 이어서 모두가 차례차례로. 그들은 마치 자기들의 흔적을 찾고 있는 것처럼 벽을 바라보고 있었다.

다시 포탄들이 떨어졌다. 상당히 가까운 곳이었다. 그러나 아무도 다시 잡은 자리를 뜨지는 않았다. 집회에서는 20분마다 침묵이 흐른다고들 말한다. 여기서는 무관심이 흐르고 있었다.

이윽고 쉐이드는 구술(口述)을 시작할 수가 있었다. 그날 아침의 자기 메모의 구술이 계속되고 있는 동안, 포탄은 가까이 오고 있었다. 폭발할 때마다 연필 끝이 속기철(速記綴) 위에서 동시에 튀어올랐다. 포격은 그쳤으나 불안은 더욱더 늘어났다. 저쪽 대포들은 사격 목표를 수정하고 있는가? 사람들은 기다리고 기다리고 기다렸다. 쉐이드는 구술하고 있다. 파리는 뉴욕으로 전신(轉信)하고 있었다.

"오늘 아침, 쉼표, 1000명 이상의 부상자가 있는 병원을 포탄이 포위하는 것을 보았음, 마침표. 사냥할 때 부상한 동물들이 지나간 뒤에 떨어져 있는 피를 흔적이라고 부른다, 마침표. 보도에도, 쉼표, 벽에도, 쉼표, 흔적들이 그물처럼 있었다……."

포탄이 20미터 이내에 떨어졌다. 이번에는 지하실을 향해 몰려갔다. 거의 텅 빈 홀에는 교환수와 '통화중'인 신문기자들만이 남아 있었다. 교환수들은 통화에 귀를 기울이고 있었으나 그들의 눈초리는 포탄이 날아오는 것을 기다리고 있는 것같이 보였다. 구술하고 있는 기자들은 계속 구술했다. 한번 통화가 끊어지면 다시 통화를 이을 수가 없어서 조간(朝刊)에 늦어진다. 쉐이드는 왕궁에서 목격한 것을 구술하고 있었다.

"오늘 오후 폭발 5분 후에 나는 푸줏간 앞에 이르렀다. 여자들이 줄을 서 있던 곳에 핏자국들이 있었다. 피살된 푸줏간 주인의 피는 도마로부터 쇠고리에 매달린 쇠고기와 양고기 사이를 지나 땅바닥 위로 흐르고 있었다. 땅바닥에서는 파열된 수도관에서 흘러나온 물로 흘러들어가고 있었다.

"그리고 이 모두가 헛된 짓임을 잘 이해할 필요가 있다. 헛된 짓이다. 마드리드 시민의 마음을 뒤흔드는 것은 공포라기보다는 잔학이다. 어떤 노인은 폭탄이 떨어지고 있을 때 나에게 말했다. —— '난 언제나 정치라는 것을 아주 경멸해왔다. 그러나 아직 손아귀에 들지도 않은 권력을 이렇게 행사하는 패들에게 권력을 내어주는 것을 어찌 용인할 수 있겠는가' 하고. 한 시간 동안 나는 빵집 앞에서 줄을 섰다. 거기에는 몇 명의 남자와 100명 가량의 여자가 서 있었다. 같은 장소에 한 시간 동안 그대로 서 있다는 것은 걷는 것보다 더 위험하다는 것을 누구나 알고 있다. 빵집에서 5미터 떨어진 곳인, 좁은 길의 반대쪽에서, 벽에 구멍이 뚫린 집안에서 송장들이 입관되고 있었다. 이 순간 마드리드의 허물어진 집마다 그렇게 하는 것처럼. 포성과 폭음이 들리지 않을 때에는 정적 속에서 쇠망치소리가 들렸다. 내 옆에서 한 남자가 한 여자에게 말했다. '후아니타는 한 팔이 떨어져나갔소. 이런 상태에서 약혼자가 그녀와 결혼할 것 같습니까?' 하고. 저마다 자기들의 문제를 얘기하고 있었다. 잠시 후 한 여자가 외쳤다. '우리들처럼 먹고 사는 것이 불행이 아니라면!' 하고. 다른 여자가 엄숙한 표정으로, 또한 여자들이 모두 조금씩은 흉내내고 있는 파시오나리아(스페인의 유명한 여자 혁명가)식 태도로 대답했다. —— '당신들은 못 먹고 있어요. 우리도 못 먹고 있어요. 그러나 전에도 우린 잘 먹지 못했어요. 그리고 우리 자식들은 우리 나라에서 200년 전부터 먹지 못한 것처럼 먹어대고 있어요' 하고. 이 말에 모두가 찬성.

"이 배가 갈라진 자들이, 이 목이 잘린 자들이 받은 고통은 헛된 것이다. 포탄이 작렬할 때마다 마드리드 시민의 신념은 굳어진다."

"대피호에는 15만 명의 자리밖에는 없는데, 마드리드의 인구는 100만이다. 가장 포격의 목표가 되어 있는 구역에는 군사 목표는 한군데도 없다. 포격은 계속될 것이다."

"내가 이 기사를 쓰고 있는 동안에도 포탄은 빈민가에 매분마다 작렬한다. 땅거미가 지는 때인데도 화재의 불빛은 너무도 강해서 이 순간에 내 앞에는 해가 지고 포도빛 밤이 온다. 운명은 가까운 전쟁의 총연습을 위하여 연기의 막을 올린다. 아메리카의 동지여, 유럽을 타도하라!"

"우리는 우리가 원하는 것을 깨닫자. 코뮤니스트가 국제회의에서 발언할 때는 테이블 위에 주먹을 올려놓는다. 파시스트가 국가회의에서 발언할 때는 테이블 위에 다리를 얹는다. 민주주의자 —— 아메리카인이, 영국인이, 프랑스인이 —— 가 국제회의에서 발언할 때는 자기의 목덜미를 긁으면서 질문한다."

"파시스트는 파시스트를 도왔고, 코뮤니스트는 코뮤니스트와 스페인의 민주주의자까지도 도왔다. 그러나 민주국가는 민주국가를 돕지 않는다."

"우리들 민주주의자는 모든 것을 믿으나 우리 자신만은 믿지 않는다. 만일에 한 파시스트나 코뮤니스트 국가가 미국과 영국과 프랑스를 합친 세력을 제멋대로 행사한다면 우리는 그 세력에 공포를 느낄 것이다. 그러나 그 세력이 우리 나라의 세력이기 때문에 우리는 그 세력을 믿지 않는다."

"우리가 원하는 것을 깨닫자. 아니면 파시스트에게 '여기서 나가라, 그렇지 않으면 우리와 충돌하게 될 것이다!' 하고 말하자. 그리고 필요하다면 내일 코뮤니스트에게도 같은 말을 하자. 그렇지 않으면 한 번 더 단단히 '유럽을 타도하라' 하고 말하자."

"지금 내가 이 창문으로 내다보는 유럽은 이제는 더 이상 잃어버릴 힘도, 성심상을 흔드는 모로족들의 신앙도 가르칠 수가 없다. 아메리카의 동지들이여, 우리 나라에서 평화를 원하는 모든 것이, 푸줏간 도마 위에 흐른 피살된 푸줏간 주인의 피로써 투표 용지를 지우는 자들을 미워하는 모든 것이 이제부터 이 대지에서 멀어지도록. 이성을 잃은 머리와 야만인에 못지않은 정열과 가스 중독자와 같은 얼굴을 하고서 충고를 하러 오는 이 유럽의 아저씨에게는 싫증이 났다."

구술을 끝내자 쉐이드는 맨 꼭대기 층으로 올라갔다. 마드리드의 최고의 전망대이다. 네 명의 신문기자가 거기에 올라와 있었는데 그들은 거의 긴장이 풀린 듯했다. 왜냐하면 우선 주위가 막혔으면 불안을 더 강하게 느끼게 마련인데, 그들은 지금 앞이 툭 터진 곳에 있어서 중앙 전화국의 옥상 누각은 그 탑보다 작아 덜 위험하기 때문이다. 마치 마드리드 가는 화염만이 있는 저녁은 이 하루의 종말이 사대원소(四大元素)로의 귀환이라는 인상을 주고 있었다. 인간적인 모든 것이 포탄에 찢기고 화염에 붉게 물든 11월의 안개 속으로 사라지고 있었다.

타오르는 불꽃 한 다발이 작은 지붕에 불을 냈다. 그것을 보고 쉐이드는 지붕이 그 불꽃 다발을 어떻게 감출 수 있었을까 하고 놀랐다. 불꽃은 올라가려 하지 않고, 꼭대기까지 올라가면서 태우고 있던 집을 따라서 내려왔다. 질서 정연한 방화(防火)에서처럼, 화재의 끝장에서 불꽃의 소용돌이가 안개를 가로질렀다. 불티가 날아다녔기 때문에 기자들은 몸을 낮추어야 했다. 화재가 이미 타버린 민가들에까지 퍼졌을 때 화재는 민가의 배후에서 환상적이고도 불길하게 비치고, 그 폐허의 윤곽 뒤에 머물러 오랫동안 헤매고 있었다. 음산한 황혼이 불의 시대 위에 솟아오르고 있었다. 가장 큰 세 병원이 불에 타고 있었다. 사보이 호텔이 타고 있었다. 교회가 타고 있었고, 내무성이 타고 있었고, 중앙 시장이 타고 있었고, 작은 판자 시장에 불꽃이 오르고 있었고, 민가들이 무너지며 불똥을 날리고 있었고, 긴 검은 벽에 줄무늬가 있는 두 지역은 잉걸불 위의 석쇠처럼 붉어지고 있었다. 장중한 완만으로, 그러나 불의 격앙된 집요함으로, 아토차를 거쳐 레온가로 이 모든 것들은 중앙을 향하여, 푸에르타 델 솔을 향하여 전진하고 있었다.

'이게 첫날이야……' 하고 쉐이드는 생각했다.

날아온 포탄은 지금 훨씬 왼쪽에 떨어지고 있었다. 그리고 쉐이드가 굽어보아도 잘 보이지 않는 그란 비아가의 끄트머리에서 정지하지 않고 길을 내려가고 있는 구급차의 클랙슨 소리를 이따금 덮어누르는 듯이, 야만스런 연도(連禱) 소리 같은 것이 들려왔다. 쉐이드는 온갖 주의를 기울여 아주 먼데서 시간 속으로 나타난, 불의 세계와 야만스럽게 조화를 이룬 이 소리에 귀를 기울이고 있었다. 간격을 두고 반복해서 발음되는 한 구절 뒤에, 온 거리가 답구(答句)로서 '동 통공 동' 하는 장례의 북소리를 흉내내고 있는 것 같았다.

마침내 쉐이드는 깨달았다기보다 분간했다. 그는 한 달 전에도 같은 리듬을 들었던 것이다. 그에게 들리지 않았던 한 구절에 대한 답구로서 인간의 북과 같은 소리가 박자를 맞추어 외치고 있었다 —— '노 파사란('파시스트들을 통과시키지 말라'는 뜻의 스페인어)' 하고.

쉐이드는 검은 옷을 입고 준엄한 얼굴을 한, 아스투리아스의 모든 피살자의 과부인 파시오나리아가 엄숙하면서도 흉악한 행렬의 선두에 서 있는 것을 보았던 것이다. 그녀가 외치는 유명한 구절 '겁쟁이의 아내가 되느니보다 영웅의 과부가 되자'를 적은 붉은 깃발 밑에서 2만 명의 여자가 잘 들리지 않는 긴 구절에 대한 답구로서 똑같은 '노 파사란'을 박자에 맞추어 외치고 있었다. 그는 그때의 그 군중보다 수는 아주 적으나 보이지 않는 이 군중에게서 더 감동을 받았다. 이 군중 속에서 악착스러운 용기가 화재의 연기를 통하여 그를 향해 올라오고 있었다.

11

 마누엘은 손에 소나무 가지를 들고, 선출된 위원들로 구성된 군법회의가 열렸던 시청에서 나오고 있었다. 암살자와 도망병에게는 사형이 선고되었다. 도망병에 대해서는 진짜 아나키스트들이 가장 엄격했다. 모든 무산자(無産者)는 책임이 있었기 때문이다. 만일 그들이 팔랑헤 당원의 스파이에게 속았더라면 그들은 그러한 짓을 용서받을 수가 없었을 것이다. 자동차 한 대가 지나갔다. 빗속에서 여러 가지 빛깔로 아롱지는 이중 헤드라이트의 세모꼴.
 '그들은 이제 마드리드를 침착하게 폭격할 수 있을거야' 하고 마누엘은 생각했다. 전혀 아무것도 보이지 않았다.
 복도의 불빛으로밖에는 식별할 수 없는 작은 문 앞을 지나치는 순간, 누군가가 그에게 달려들어 무릎을 껴안았다. 가르트너와 그를 따라가던 병사들이 재빨리 손전등을 켰다. 비에 가득 찬 그 불빛 속에서 여단의 두 병사가 질척한 진흙 속에 무릎을 꿇고 마누엘의 다리를 껴안고 있었다. 그들의 얼굴은 보이지 않았다.
 "우리를 총살할 순 없습니다!" 하고 그들 중의 하나가 소리쳤다.
 "우리는 의용병들이란 말이오! 그분들에게 말해야 합니다!"
 포성은 잠잠해졌다. 남자는 얼굴을 들지 않고 진흙을 향하여 외치고 있었다. 그의 고함소리는 비의 커다란 속삭임 속에 싸였다. 마누엘은 아무 말도 하지 않았다.
 "우리를 총살할 순 없습니다. 우리를 총살할 순 없습니다" 하고 이번에는 다른 자가 외쳤다. "대령님!"
 목소리는 무척 젊었다. 마누엘에게는 여전히 그들의 얼굴이 보이지 않았다. 제각기 허리에 차고 있는 모자의 주위로, 손전등이 만들고 있는 어지러운 얼룩 속에서, 땅으로부터 솟아오르는 것 같은 작은 물방울들이 촘촘한 빗줄기 사이로 흩날리고 있었다. 마누엘이 여전히 아무 대답이 없자 두 사형수 중의 한 사람이 느닷없이 그를 쳐다보기 위해 얼굴을 뒤로 젖혔다. 무릎을 꿇고, 자기를 내려다보고 있는 마누엘을 쳐다보기 위해 상반신을 젖히고, 시간을 초월한 밤과 비를 등지고 두 팔을 내려뜨리고 있는 그의 모습은 어디까지나 '값을 치르는' 사람의 모습이었다. 그가 자신의 얼굴을 진흙투성이인 마누엘의 장화에 대고 거칠게 문질러대는 바람에, 하얀 채로 있던 두 눈자위의 시체 같은 얼룩 주위와 이마와 광대뼈에 온통 진흙이 묻어버렸다.
"나는 군법회의의 대표가 아니야" 하고 마누엘은 대답할 뻔했다. 그러나 그는 이러한 자신의 부정에 부끄러움을 느꼈다. 그는 아무런 할 말을 찾지 못하고 있었다. 그는 역겨운 두번째 사형수에게서 벗어나기 위해서는 그를 발로 밀어낼 도리밖에는 없을 것 같은 생각이 들었다. 그러나 숨을 헐떡거리며 얼굴 전체로 울고 있는 것 같은, 얼굴을 때리는 빗물이 개울처럼 흘러내리고 있는 다른 사형수의 광기 어린 눈길 앞에서 그는 꼼짝도 못하고 있었다.
마누엘은 아란후에스의 병사들과 아침이 끝날 무렵 작은 벽들 뒤에 있던 제5병단의 병사들을 생각하고 있었다. 군법회의를 소집한 그의 결정은 신중한 고려 없이 실행된 것이 아니었다. 그러나 그는 위선과 역겨움에 사로잡혀 무엇을 해야 할지 몰랐다. 총살한다는 것은 모랄을 개입시키지 않아도 되는 짓이다.
"그분들에게…… 말해야 합니다!" 그를 바라보고 있던 사형수가 다시 한 번 말했다. "그분들에게…… 말해야 합니다!"
무엇이라고 말해야 하나 하고 마누엘은 생각했다. 그들에 대한 변론을 어떻게 해야 할지 누구도 결코 알 수는 없었으나 그것은 입이 벌어진 채 빗물이 흐르고 있는 그의 얼굴 속에 담겨 있었다. 그 얼굴에서 마누엘은 자신이 '값을 치르는' 사람의 영원한 얼굴 앞에 서 있음을 깨달았다. 그는 이토록 승리와 연민 사이에서 갈등해야만 하는 기분을 느껴본 적이 없었다. 그는 몸을 굽혀 아직도 그의 다리를 껴안고 있는 사형수를 떼내려고 했다. 그는 여전히 머리를 숙이고 맹렬하게 매달렸다. 마치 전세계에서 자기를 죽음으로부터 면하게 해줄 수 있는 것은 오직 마누엘의 그 다리밖에 없다고 믿고 있는 것처럼. 마누엘은 넘어질 뻔했다. 그리고 그는 이 사형수를 떼어놓기 위해서는 몇 사람이 더 필요하겠다고 느끼면서 더욱더 강하게 그의 두 어깨를 짓누르는 듯한 기분을 느꼈다. 갑자기 사형수는 두 팔을 내려뜨리고는 마누엘을 올려다보았다. 마누엘 역시 그를 내려다보았다. 그는 젊었다. 그러나 마누엘이 생각했던 것만큼은 아니었다. 그는 체념을 넘어서 있었다. 마치 그가 이번뿐만이 아니라 수세기 동안 모든 것을 이해하고 있었던 듯이. 그러고는 삶의 저편에서, 벌써 얘기를 끝낸 사람의 목소리인 양 무관심하고 씁쓸한 어조로 말했다.

"그럼, 이젠 우리를 위해서 해줄 말이 하나도 없다는 거지요?"

마누엘은 자기가 지금까지 단 한 마디도 하지 않았다는 것을 깨달았다.

그가 몇 발자국을 옮겼으나 그들 두 사람은 그의 뒤에 그대로 있었다.

나뭇잎과 나뭇가지 위에 떨어지는 비의 짙은 냄새가 그들의 제복에서 풍기는 양모와 가죽 냄새를 덮어버렸다. 마누엘은 뒤를 돌아보지 않았다. 그는 등뒤로 진흙 속에 무릎을 꿇고 있는 그 두 사람을 느끼고 있었다. 그들의 몸은 꿈쩍도 하지 않았으나 머리는 자기의 뒤를 좇고 있었다.

12

섬광(閃光)이 번쩍하더니 전등빛이 한순간 낮빛으로 변했다. 전등에 불이 켜져 있었음에도 불구하고 가르시아와 스칼리가 그 섬광을 느낄 수 있었던 것은 그 섬광이 아주 높은 불꽃으로부터 나왔기 때문임에 틀림없다. 두 사람은 모두 창문가로 갔다. 지금은 공기가 차가웠고 가벼운 안개가 올라왔다. 안개는 소리 없이 타고 있는 수백 가호의 화재 연기와 뒤섞였다. 사이렌 소리는 없었다. 단지 소방차와 구급차만이 있을 뿐이었다.

"왈키리(전사자의 극락에서 전사자를 모시는 12인의 시녀)들이 사자(死者)들을 고르는 시간이군" 하고 스칼리는 말했다.

"마드리드는 이 화재와 더불어 우나무노에게 '만일 선생께서 우리들의 비극을 생각할 수 없으시다면 선생의 사상은 우리와 무슨 관계가 있기를 원하십니까?' 하고 말하고 있는 것 같은데요……. 내려갑시다, 다른 사무실로 갑시다."

가르시아는 방금 그가 느부르 박사와 나누었던 대화를 스칼리에게 얘기했다. 그가 밤낮으로 만나는 모든 사람들 가운데 스칼리는 이 모든 것에서 그 자신과 똑같은 반향을 받은 유일한 사람이었다.

"한때 혁명파였던 한 인텔리가 혁명을 비난하는 것은" 하고 스칼리는 말했다. "말하자면 그의 윤리가 언제나 혁명적 정책을…… 문제삼기 때문입니다. 소령님, 진정으로 이러한 비판이 없기를 바라십니까?"

"어찌 내가 바라겠는가!"

"인텔리란 언제나 한 정당은 한 사상의 주위에 모인 인간들이라고 약간이나마 믿고 있지요. 한 정당은 한 사상보다 훨씬 행동하는 인간과 비슷해요! 심리적으로 볼 때, 한 정당이란 정확하게 말하면…… 때로는 별처럼 흩어져 있는 모순된 감정들의 공동의 행동을 위한 조직이지요. 감정들이란 여기서는 빈곤──굴욕──묵시록이고 희망이며, 코뮤니스트의 경우라면 행동과 조직과 제작 등의 의욕이지요……. 한 인간의 심리를 그의 소속 정당의 표현으로부터 추론(推論)하는 것은 내가 나의 연구 대상인 페루인의 심리를 그들의 종교적 전설로부터 추론하자고 주장하는 경우와 똑같은 효과를 나에게 준단 말이오!"

그는 군모와 권총을 집어들고 스위치를 돌렸다. 전등불이 꺼졌다. 전등불이 꺼지는 바람에 여태까지 바깥에 있었던 불이 갑자기 들어와 그들은 목구멍 속에 불에 탄 나무의 연기를 들이마셨고 연기는 푸에르타 델 솔 쪽으로 타오르는 화세(火勢)처럼 물리칠 수 없는 완만한 속도로 사무실 안으로 밀고 들어왔다. 연보랏빛 하늘은 온통 전등불이 꺼진 방을 내리누르고 있었다. 중앙 전화국과 그란 비아가 위로는 검붉은 뭉게구름이 손에 쥘 수 있을 정도로 짙게 모여들고 있었다. 좀 전보다 더 잘 보이는 연기가 더 짙어지지는 않았지만, 스칼리는 기침과 재채기를 하면서 창문가로 다시 갔다. 거리의 땅바닥이 불에 타고 있었다. 아니다, 이건 짧은 불꽃을 붉게 반사하고 있는 찬란한 아스팔트였다. 버림받은 개떼들은 그들이 마치 이 세상 종말의 황폐를 지배하고 있기나 한 것처럼 터무니없이, 우롱하는 듯이, 짜증스럽게 짖어대기 시작했다.

승강기가 다시 오르내리고 있었다.

그들은 황갈색 하늘 밑의 새카만 거리를 따라 프라도까지 걸어갔다. 프라도는 완전히 암흑이었으나 중앙 전화국의 창문에서 들려오는 소리는 아직도 그들을 에워싸고 있었다. 마드리드는 자기의 상처에 붕대를 감고 있었다. 그리고 그들은 아스팔트를 때리는 수천의 조그마한 소리와 비슷한 다른 소리 쪽으로 걸어가고 있었다.

"우나무노는 자신의 죽음을 망칠거야" 하고 스칼리는 말했다. "운명은 그가 일생 동안 꿈꾸었던 그의 장례식을 이곳에 장만해놓았는데……."

가르시아는 살라만카의 방을 생각하고 있었다.

"그분은 여기서 다른 비극을 발견했을거야" 하고 그는 말했다. "그분이 그 비극을 이해했을는지는 모르는 일이지만, 그분은 진정 위대한 지성인이란 뉘앙스와 등급과 질(質)과, 그 자체의 진실과 복잡성을 풍기는 인간이오. 그라는 인간을 정의한다면, 본질적으로는 반(反)마니교도(教徒)요. 그런데 행동방식은 마니교(3세기 초엽에 페르시아 사람인 마니mani가 배화교·기독교·불교 및 바빌로니아의 원시 신앙을 혼성하여 만든 일종의 자연 종교)적이오. 왜냐하면 '모든 행동이 마니교적'이니까요. 행동이 대중에 옮으면 급성상태가 되고 그러지 않아도 마찬가지요. 모든 진정한 혁명가는 천성적인 마니교도요. 그리고 모든 정치가도 그렇고."

그는 넓적다리를 사방에서 밀어붙이는 것 같은 느낌이 들었다. 부상자가 그렇게 많을 리가 없었다. 그는 손으로 만져보려고 했다. 개떼일까? 그런데 웬 시골의 먼지 냄새일까!

더욱더 밀어붙인다. 앞으로 나아갈 수가 없다. 아스팔트 위에 닿는 짐승의 발소리는 개의 발소리보다 더 단단하고 더 빨랐다.

"이건 도대체 뭐야?" 하고 스칼리는 벌써 가르시아에게서 5미터나 떨어진 곳에서 외치고 있었다. "양떼들인가요?"

몇 미터 떨어진 곳에서 양의 울음소리가 났다. 열이 오른 가르시아는 그의 손전등의 단추를 어렵게 풀었다. 그리고 반짝거리는 빛 다발은 연기의 구름보다 거의 더 짙지 않은 구름 위에 비스듬히 스치는 빛처럼 떨어졌다. 정말로 양떼였다.

손전등은 멀리까지 비치지 못했기 때문에 가르시아는 그들을 둘러싸고 있는 양떼의 끝을 볼 수가 없었다. 그러나 양떼의 울음소리는 수백 미터에 걸쳐 서로 응답하고 있었다. 그리고 목자(牧者)의 그림자는 보이지 않는다.

"우로 비스듬히!" 하고 가르시아는 스칼리에게 외쳤다.

전쟁 때문에 쫓겨난 양떼가 거슬러 올라가 마드리드를 횡단하고 발렌시아 쪽으로 내려가려 하고 있었다. 아마도 목자들은 —— 지금은 무장집단과 행군하고 있는데 —— 짐승들 뒤에 있거나 아니면 가로숫길과 평행해 있는 거리에 있음에 틀림없다.

그러나 이 순간에는, 보이지 않는 양떼들이 마치 인간이 전멸한 후에 그들이 프라도의 주인이 되기라도 하는 것처럼 화재 사이를 급하게 뜨거운 듯이 전진하고 있었다. 그들의 무거운 침묵은 여기저기서 가느다란 양떼의 울음소리로 인해 깨지고 있었다.

"자동차를 찾으러 갑시다" 하고 가르시아는 말했다. "그게 더 분별 있는 행동이겠어."

그들은 도심 쪽으로 돌아왔다.

"아까 뭐라고 하셨죠?"

"스칼리, 이 점을 생각해보시오. 모든 나라에 있어서——모든 당에 있어서——인텔리들은 반대파에 흥미를 느낍니다. 프로이트 대 아들러(오스트리아의 정신 의학자. 개인 심리학이라 자칭하는 학설을 세워 프로이트의 성욕 중심적인 설에 반대하고, 리비도 대신 권력 의지를 주장하였음. 주저에는 《개인 심리학의 이론과 연구》 등이 있음. 1870~1937), 마르크스 대 소렐(프랑스의 철학자·정치 사상가. 마르크스의 경제학에 베르크송의 철학을 원용하여 혁명적 생디칼리슴과 직접 행동을 이론화하였음. 저서로는 《폭력론》이 있음. 1847~1922). 다만 정치에 있어서는 반대파는 곧 제명자이지요. 인텔리겐치아는 제명자에 대해 무척 흥미를 느끼지요. 관대하기 때문이든 능란한 솜씨에 대한 흥미 때문이든간에. 인텔리겐치아는 한 정당에 있어서의 옳은 것이란 정당한 이유를 갖는 것이 아니라 무엇을 획득하는 것이라는 사실을 잊어버립니다."

"인간적으로나 혹은 기술적으로나, 혁명적인 정책의 비판을 시도할 수 있는 자는 말하자면 혁명의 소재를 모르고 있는 것입니다. 혁명의 경험을 가진 자는 우나무노의 재능도, 때로는 자기 생각을 표현하는 수단조차도 가지고 있지 못해요……."

"만일 소문처럼, 러시아에 스탈린의 초상화가 너무 많다면 그것은 역시 크레믈린 궁 한구석에 웅크리고 있는 사악한 스탈린이 그렇게 하라고 결정했기 때문이 아니겠소. 보세요, 이곳 마드리드에서도 배지를 가지고 미친 짓 하는 것을. 그리고 정부가 개의치 않는다는 것은 알 도리가 없지! 흥미 있는 것은 왜 초상화가 거기 있는가 그 이유를 설명하는 것이오. 오직, 연애하는 자에게 사랑에 관해 얘기하기 위해서는 연애를 경험할 필요가 있어요. 그러나 연애를 조사할 필요는 없지요. 사상가의 힘은 찬성이나 항의 속에 있는 것이 아니라 설명 속에 있습니다. 인텔리는 무엇 때문에 그리고 어떻게 해서 사물이 이러이러한가를 설명해야죠. 그리고 그 후에, 만일에 필요하다면, 그는 항의를 해야죠(하긴 그럴 필요도 없겠지만). 분석은 위대한 힘이오, 스칼리. 나는 심리를 빠뜨린 모랄은 믿지 않아요."
  그들에게는 화재소리가 들리지 않았다. 마치 마드리드 전체가 타오르는 것처럼 하늘을 덮고 있는 무거운 연기와 찢어진 너울 끝까지 내닫고 있는, 다시 식어진 연철(鍊鐵) 같은 강렬하고 침울한 붉은 색의, 이 거대한 얼룩 밑에서 침묵은 이따금 이 음산한 하늘 속에서는 엉뚱한 무딘 소리로 즉 프라도로부터 계속 올라오고 있는 수천의 발자국소리로 장식되고 있었다.
  "그렇지만" 하고 스칼리는 말했다. "머지않아 다시 인간에게 삶의 방법을 가르칠 필요가 있을 거요……."
  그는 알베아르를 생각하고 있었다.
  "저에게 있어서는 한 인간으로서 산다는 것은 훌륭한 코뮤니스트로서 산다는 것이 아닙니다. 한 인간으로서 산다는 것은 기독교도에게는 훌륭한 기독교도로서 사는 것입니다. 그리고 저는 신중을 기합니다."
  "그건 사소한 문제가 아니군 그래. 그건 문명의 문제요. 오랫동안 현자(賢者)가 —— 현자라고 부릅시다 —— 다소간 명백하게 유럽의 훌륭한 인간으로 간주되었지요. 인텔리는 한 세계의 성직자들이었고 그 속에서 정치는 단정하든 추악하든간에 귀족에게 자격을 주었지요. 이론의 여지가 없는 성직자였습니다. 인간에게 삶의 방법을 가르치는 임무를 맡은 것은 바로 그들이었지 다른 사람들이 아니었어요. 미구엘이었지 알폰소 13세는 아니었지요 —— 그리고 역시 미구엘이었지 주교(主敎)는 아니었지요 —— 그리고 보세요, 새로운 정치적 지도자들이 정신의 통치를 주장하고 있는 것을. 미구엘 대 오늘의 프랑코와 어제의 우리, 토마스 만 대 히틀러, 지드 대 스탈린, 페레로 대 뭇솔리니, 이건 주교 서임의 쟁탈전 같은 거요."
  거리는 비스듬해졌고 보이지는 않으나 사보이 호텔의 불터에서 그들 위로, 거대한 불빛이 비쳐오고 있었다.
  "페레로보다는 차라리 보르제제……" 하고 스칼리는 밤하늘에 집게손가락을 들어올리며 말했다. "이 모든 것이 말하자면 전체성(全體性)이라는 그 유명하고도 무의미한 이념의 주위를 돌고 있는 것같이 저에게는 생각됩니다. 그 이념이 인텔리들을 미치게 하고 있지요. 20세기에 있어서 전체적 문명이란 무의미한 낱말이지요. 그건 마치 군대가 전체적 문명이라고 말하는 것과 같아요. 실상은 진정한 전체성을 '찾고 있는' 유일한 인간은 정확하게 인텔리밖에는 없습니다."
 "진정한 전체성이 필요한 것은 어쩌면 인텔리뿐일지도 모르네. 19세기말은 전체가 수동적이었네. 새 유럽은 행위 위에 건설되는 것같이 보이네. 그 속에는 몇 가지 차이점이 내포되어 있지."
 "이러한 관점에서 볼 때, 인텔리에게 해결방법부터 가르치기 때문이오."
 그들은 한 민가의 그늘 속에 있었다. 가르시아의 불붙인 파이프의 작고 붉은 얼룩은 곡선을 긋고 있었다. 마치 그가 '이 문제는 한정이 없을 것 같아요' 하고 말하고 싶은 것처럼. 그가 도착한 후부터 스칼리는 가르시아에게서, 날카로운 귀를 가진 건장한 소령에게서 평소에 없던 어떤 불안을 느끼고 있었다.
 "아 참, 소령님, 당신의 의견으로는 한 인간의 가장 좋은 삶의 방법은 무엇이라고 생각하십니까?"
 구급차의 경적이 마치 공습 경보처럼 전속력으로 가까이 오더니 지나쳐 사라졌다. 가르시아는 생각에 잠겨 있다.
 "가능한 한 폭넓은 경험을 의식(意識)으로 바꿀 것."
 그는 두 거리의 모퉁이를 모두 차지하고 있는 영화관 앞을 통과하고 있었다. 비행기의 공뢰가 영화관에 큰 구멍을 뚫어놓고 가장 좁은 거리 쪽으로 향한 벽을 위에서 아래로 파괴해놓았다. 구조반이 잔해를 파헤치며 무엇인가를, 어쩌면 피해자를 손전등으로 찾고 있는지도 몰랐다. 예전에 사람들로 하여금 꿈을 꾸도록 기원했던 소리와 같은 소리로 이젠 사람들로 하여금 이 시체 탐색을 와서 보도록 부르는 듯 거의 다치지 않은 벽 뒤에서 초인종소리가 겨울 저녁 속에 울리고 있었다.
 가르시아는 에르난데스를 생각하고 있었다. 그리고 마드리드의 거대한 화재를 눈앞에 보면서 그는 마치 미치광이를 바라보는 것처럼 인간들의 비극이 어느 정도로 서로 비슷하고, 지옥 같은 작은 범위 안에서 어떻게 돌아가고 있는가를 고통스럽게 느끼고 있었다.
 "혁명은 그가 지닌 문제들을 해결해야 할 책임은 있으나 우리의 문제들을 해결해야 할 책임은 없습니다. 우리의 문제들은 우리에게만 매어 있습니다. 만일 망명군(亡命軍) 뒤에 숨어서 도망친 러시아 작가의 수효가 더 적었더라면 작가와 소비에트와의 관계는 어쩌면 같은 것이 아니었을지도 몰라요. 미구엘은 그가 증오한 군주제(君主制)의 스페인에서 가장 잘 —— 가장 고귀하게라는 뜻인데 —— 살았던 거요. 그는 덜 나쁜 사회에서도 최선을 다해 살았을 거요. 어쩌면 어렵게. 어떠한 국가도, 어떠한 사회 구조도 고귀한 성격이나 정신의 품질을 창조하지는 못합니다. 기껏해야 우리는 유리한 조건을 기다릴 수 있을 뿐이오. 그리고 이건 상당히……."

"당신은 그들이 주장하고 있는 것을 잘 아시지요……."

"이 영역에서 한 정당이 주장하는 것은 그의 선전의 총명 내지 우둔을 증명할 뿐입니다. 내게 흥미 있는 것은 정당의 일이오. 무엇 때문에 당신은 여기에 왔나요?"

스칼리는 그 이유를 밝히지 못하는 데에 놀란 듯이 걸음을 멈추고는 그가 생각에 잠길 때 늘 그러하듯이 코를 치켜들었다.

"저의 경우, 전 인민전선에서 가장 고귀한 정부를 기대하기 때문에 이 제복을 입고 있는 것이 아닙니다. 제가 이 제복을 입고 있는 이유는 스페인 농민의 생활 조건이 변화되기를 원하고 있기 때문입니다."

스칼리는 알베아르의 주장을 생각하고 있다가 그의 주장을 되풀이했다.

"만일 그들을 경제적으로 해방시키기 위하여 당신이 그들을 정치적으로 예속시키는 국가를 만들어야만 한다면요?"

"그럼, 그 국가의 미래의 순수성은 아무도 알 수가 없는 것이니 파시스트들을 방치해둘 수밖에 없지요. 우리가 결정적인 점에, 사실상의 저항에 의견이 일치한 이상 이 저항은 하나의 행위입니다. 저항은 당신을 끌어들입니다. 모든 행위처럼, 모든 선택처럼. 저항은 그 자체내에 그의 숙명을 지니고 있어요. 어떤 경우에 있어서는 이 선택은 비극적인 것이 되지요. 그리고 인텔리에게는 이 선택이란 거의 언제나 비극적이오. 특히 예술가에게는."

"그래서요? 저항할 필요가 없나요? 생각하는 인간에게는 혁명은 비극적인 것이오. 그러나 이러한 인간에게도 인생은 역시 비극적이오. 그리고 만약 그의 비극을 없애기 위하여 혁명에 기댄다면 그의 생각은 비뚤어진 거요. 그뿐이오. 당신의 질문은 거의 모두 어쩌면 당신도 알지 모르는 사나이 에르난데스 대위에 의해 제의되는 것이라고 난 들었소. 하긴 그는 그 때문에 죽었지만. 전투 방법은 쉰 가지나 있는 것이 아니오. 단 하나뿐이오. 그건 승리자가 되는 것이오. 혁명도 전쟁도 자기 만족에 있는 것이 아니오! 어느 작가가 말했는지 모르지만, '난 옛 묘지처럼 송장들이 득실거려요……' 라고 했어요. 넉 달 전부터 우리 내부에는 송장이 득실거려요, 스칼리. 모두가 윤리에서 정치로 통하는 길가에 있어요. 행동하는 모든 인간과 그의 행동의 조건 사이에는 주먹다짐이 있어요(이기는 데 필요한 행동 말이오. 우리가 구제하고 싶은 것을 잃어버리기 위한 행동이 아니고). 그건 사실상의 문제요……. 이렇게 말할 수 있다면 재능의 문제이지 토론의 주제는 아니오. 주먹다짐 말이오" 하고 그는 마치 자기 파이프에게 말하는 것처럼 되풀이했다.

스칼리는 마르첼리노의 비행기가 그 자체의 화염과 싸우던 것을 생각하고 있었다.

"정의의 전쟁들이 있지요" 하고 가르시아는 되풀이했다. "── 이 순간에는 우리의 전쟁도 정의의 전쟁의 하나요 ── 정의의 군대라는 것은 없어요. 그리고 한 인텔리가, 생각하는 것이 직업인 한 인간이 와서 미구엘처럼 '내가 당신과 헤어지는 것은 당신이 옳지 못하기 때문입니다' 하고 말한다면, 여보게, 나는 이 말을 비도덕적이라고 생각하네. 정의의 정치는 있어요, 그러나 정의의 정당이란 없는 거요."

"정당이란 모든 음모에 대해서 활짝 열린 문이군요……."

"모든 문은 문을 부수고 싶어하는 사람들에겐 활짝 열려 있지요. 정신의 품질과 마찬가지로 인생의 품질이 있어요. 인민정부에 의한 정신의 정치에 대한 보증은 우리의 이론이 아니라 이 순간에 있어, 우리가 여기에 현존하고 있는 것입니다. 우리 정부의 윤리는 우리의 노력에, 우리의 열의에 달려 있지요. 스페인에 있어서의 정신은 아무도 모르는 것의 신비적인 필연성이 아닐 거요. 그건 우리가 만들어 내는 것일 거요."

새로운 화재가 그들의 근처에서 타올랐다.

"여보게" 하고 가르시아는 빈정거리듯이 말했다. "프롤레타리아의 해방은 노동자 자신의 제작이어야 할 거요."

13

격렬히 분출하는 물과 화염에 싸인 사보이 호텔 사이에서 목표를 겨냥하고 있는 사격수처럼 움직이지 않는 소방수들은 호스의 주둥이를 물고기가 걸린 낚싯대처럼 흔들며, 사다리 위에서 갑자기 움찔했다. 지뢰가 터지는 것 같은 폭음을 내며 화염이 한순간 정지했다. 뒤에서 공뢰가 폭발한 것이다.

'우리가 불을 끄는 속도보다 놈들이 불을 붙이는 속도가 더 빠른 것 같군' 하고 메르스리는 생각했다.

그는 자신이 군사 고문이나 전략가로서 스페인에 유익하리라 믿고 있었다. 그러나 그는 비누공장을 점령한 사건이 있은 후로 다시 소방대장이 되어 있었다. 그리고 그는 이처럼 유익했던 적이 일찍이 없었다. 이처럼 사랑을 받아본 적도 없었다. 그리고 지금 24시간 동안 적을 만나고 있는 것만큼 전선에서 적을 만나본 적도 없었다. "불이란 교활한 녀석이야" 하고 그는 말했다. "그러나 훌륭한 기술만 갖고 있다면……." 그러고는 코밑수염을 슬쩍 잡아당겼다. 소방복 차림새로 그는 반대편 포도(鋪道)에 서서, 공격해오는 적의 무리를 바라보듯 화염의 무리를 하나하나 바라보고 있었다. 불덩이들은 끊임없이 되살아났다. 칼슘 조명탄들은 꺼질 줄을 몰랐다. 그렇지만, 결정적으로 진화된 왼쪽의 발원점에서 내뿜고 있는 짙고 흰 분연(噴煙)은 화염의 불빛에 붉게 물들면서 시에라 산맥에서 불어오는 바람과 평행으로 흐르고 있었다.

여전히 네 개의 호스가 세 개의 발원점과 싸우고 있었으나 발원점들은 인근 가옥과 불과 4미터를 남겨놓고 있었다.

왼쪽 발원점에 다시 불이 붙었다.

그 왼쪽의 불덩어리가 심각해지기 전에 오른쪽 끝에 있는 화염은 몹시 불안한 순간에 불길을 잡을 수 있었다. 가라앉은 화재의 밑바닥에서 호스의 주둥이들이 움찔하며 튀어올랐다. 이번에는 전방에서 두번째의 공뢰가 터진 것이다.

메르스리는 폭음을 식별하려고 고심했다. 한밤중임에도 불구하고 많은 파시스트 비행기들이 공중을 날고 있었다. 마드리드의 화재는 그들에게는 완벽한 폭격 목표였다. 10분 전에, 네 개의 소이탄이 떨어졌다. 대구경 포들은 여전히 노동자 구역과 중심가에만 떨어지고 있었다. 그리고 멀리서 야포와 섞여 날아오고 있는 경량급 포의 포성은 이따금 사이렌의 울부짖는 소리와 구급차의 경적소리, 그리고 간헐온천처럼 정확하게 불똥을 내뿜고 있는 화재의 붕괴음으로 뒤덮이곤 했다. 그러나 메르스리에게는 예비의 호스 주둥이를 알리는 자동차의 경적소리가 들려오지 않았다.
 같은 방향으로 세번째의 폭탄이 떨어졌다. 메르스리가 불과 싸우고 있는 동안은 15대의 대형기마저도 그를 1센티미터도 움직이게 하지 못했다.
 중앙에 있는 발원점이 갑자기 넓어지더니 곧 다시 오므라들었다. "전쟁이 끝나면 도박사라도 되어야겠군……" 하고 메르스리는 생각했다. 왼쪽 끝에 있는 발원점들은 고정되어 있었다. 메르스리는 나폴레옹 당원이라도 된 것 같은 기분을 느꼈다. 그는 유쾌하게 코밑수염을 잡아당겼다.
 오른쪽 끝에 있던 소방수가 호스의 주둥이를 떨어뜨리고, 한쪽 발로 사다리 위에 간신히 걸려 있다가 불 속으로 떨어졌다. 그러자 다른 소방수들이 모두 한 칸씩 평행으로 사다리를 내려왔다.
 메르스리는 땅을 맨 처음 밟은 소방수에게로 뛰어갔다.
 "위에서 누군가가 우리를 저격하고 있어요" 하고 그 소방대원은 말했다.
 메르스리는 고개를 돌렸다. 유리창에서 저격할 수 있을 만큼의 높은 집들이 근처에는 하나도 없었다. 그러나 멀리서도 조준할 수는 있을 것이다. 소방수들의 모습은 그림자처럼 확실히 떠오르고 있었고, 마드리드에는 아직 파시스트들이 남아 있었다.
 "이놈을 손에 잡기만 해봐라!" 하고 다른 소방수가 말했다.
 "내겐 아무래도 기관총으로 쏜 것 같아" 하고 또 다른 소방수가 말했다.
 "자네 돌았나?"
 "인제 알게 된다" 하고 메르스리는 말했다. "자, 모두 함께 올라가자. 불길이 다시 번질 것 같군. 인민과 자유를 위하여! 불멸의!" 하고 그는 사다리에 손을 대기 전에 이렇게 덧붙였다.
 그는 방금 화염 속으로 떨어진 소방수가 맡고 있던 자리로 올라갔다.
 사다리의 꼭대기에서 그는 뒤를 돌아보았다. 저격은 없었다. 저격할 수 있으리라 생각되는 곳은 한군데도 보이지 않았다. 기관총을 위장하는 것은 어렵지 않다. 그러나 기관총소리는 순찰대에게 발각될 것이다……. 그는 호스의 주둥이를 조준했다. 그가 노리고 있는 발원점은 가장 위태로운 기세를 보이고 있었다. 그것은 인간보다도 더욱 생생한, 그리고 무엇보다도 더욱 살아 있는 적이었다. 미친 낙지처럼 수천 개의 촉수를 꿈틀거리고 있는 그 적을 눈앞에 두고서 그는 자신의 몸이 야릇하게 굼뜨고 광물처럼 굳어지는 것을 느꼈다.

제2편 만사나레스 강(江)   385

 그럼에도 불구하고 그는 화재를 짓눌러 이겨버릴 기세였다. 그의 뒤에서, 검은 석륫빛 연기가 눈사태처럼 쏟아지고 있었다. 화재의 소음에도 불구하고, 그는 도로에서 3,40명쯤 되는 사람들의 기침소리를 들었다. 터질 듯이 반짝거리는 건조한 열기 속에서 그는 동분서주하고 있었다. 발원점이 꺼졌다. 그 마지막 연기가 걷히자, 메르스리는 어두운 구멍 속에서 불빛 없는 마드리드가 붉은 모자를 땅에 닿을락말락 미친 듯이 흔들어대고 있는, 멀리 떨어진 화재의 불빛에 의해서만 뚜렷이 드러나고 있음을 보았다. 그는 '좀더 나은 세계의 실현을 위하여 모든 것을, 아내까지도 버리고 온 것이었다. 첫 성체 배령 때의 잘 차려 입은 옷처럼 장식이 달린 하얀 아이들의 영구차가 어떤 손짓에 의해 멈추어지고 있는 모습이 눈에 띄었다. 그가 듣고 있는 모든 폭탄과 모든 화재는 그를 그 끔찍한 어린이들의 영구차로 끌어넣고 있었다. 그는 다음 불덩이 위에 정면으로 호스의 주둥이를 들이댔다. 경주용 자동차 한 대가 전속력으로 지나갔다. 그러자 또다시 한 사람의 소방대원이 격렬한 공기의 충돌에 호되게 얻어맞기라도 한듯 나가떨어졌다. 그러나 이번에는, 메르스리는 깨달았다. 그들은 전투기의 기총소사에 맞은 것이라는 것을.
 두 대.
 메르스리는 전투기들이 화재 위에서 10미터 상공의 높이까지 터무니없는 저공비행으로 되돌아오고 있는 것을 보았다. 그들은 쏘지 않았다. 화염으로 환한 밑바닥 위를 날고 있을 때밖에는 소방대원들을 볼 수 없는 조종사들이 지금은 분명히 소방대원들에게 등을 돌리고 있음에 틀림없다. 메르스리의 권총은 소방복 속에 들어 있었다. 그는 그것이 무익하다는 것을 알고 있었다. 권총을 끄집어낼 수도 없었다. 그러나 그는 쏘고 싶은 미친 듯한 욕망을 느꼈다. 적기들이 다시 돌아왔다. 그리고 이번에는 두 명의 소방대원이 한 사람은 화염 속으로, 한 사람은 포도(鋪道) 위로 떨어졌다. 너무나 증오에 불탄 나머지, 오히려 처음으로 평온을 되찾게 된 메르스리는 불타버린 마드리드의 하늘 위에서 그를 향하여 진로를 바꾸고 있는 비행기들을 쳐다보고 있었다. 그들은 '올바른 방향'으로 되돌아오기 전에 그를 모욕하는 듯한 비행술을 부리며 지나쳤다. 그는 세워놓은 사다리 위에서 세 칸을 내려와 몸을 꼿꼿이 하고 적기를 향하여 몸을 돌렸다. 맨 첫번째 비행기가 포탄처럼 그의 위에 다다르는 순간 그는 호스의 주둥이를 휘두르며 기체에 물을 끼얹었다. 그러고는 몸에 네

발의 총탄을 맞고 사다리 위에 쓰러졌다. 죽었는지 살았는지, 그는 사다리의 두 가로대 사이에 끼인 호스를 놓지 않았다. 땅에 기총소사가 가해지기 전에 모든 구경꾼들은 문 밑으로 피했다. 마침내 메르스리의 손은 천천히 벌어졌고, 그의 몸은 사다리 위에서 두 번 튀어오르더니 텅 빈 도로 위로 떨어졌다.

14

한쪽 끝에서 다른 쪽 끝까지 지도로 뒤덮인 한 오래된 별장의 홀에서, 장교들은 전화로 부른 마누엘의 도착을 기다리고 있었다.
"팔랑헤 당원 한 명이 자살했군요" 하고 한 대위가 말했다.
"그러나 다른 한 명은 모든 조직을 털어놓았어요" 하고 가르트너는 대답했다.
"놀랍지 않아요? 이런 일을 하러 오는 놈들은 구역질 나는 녀석들임에 틀림없지만 용기는 있어……."
"우린 아직도 인간의 본질에 대해서 많이 배워야 해요. 그들이 어떠한 모습을 하고 있었는지 보셨겠지요. 대령의 표현대로 '모랄이 극도로 타락한' 경우에 항상 배반자가 나오는 법이오."
"독일 군 탱크를 보았나요?" 하고 또 다른 목소리가 물었다.
그들은 빗속에서 탱크의 그림자밖에는 보지 못했다.
"난 그 중 하나에 들어가보았지요. 뚜껑이 열려 있더군. 한 녀석은 용케 도망쳐버렸지만 다른 녀석은 죽어 있었죠. 탱크 속의 자기 위치에서 죽어 있었는데, 그의 주머니들이 뒤집혀져 있었어요. 비가 올 때면 그 일을 잊을 수가 없어요……."
빗물이 쉴새없이 유리창 위로 흘러내리고 있었다.
"그의 동료들이 털어갔나요?"
"우리 손에 어떤 서류도 들어가지 않게 하기 위해 그의 주머니를 뒤졌던 것이라고 생각해요. 그러나 그런 다음에 주머니를 다시 집어넣을 시간이 없었던 거죠."
"나도 그렇게 생각해요. 서류를 끄집어내는 것까지는 좋았겠지. 필요했을 테니까. 그러나 그런 다음에 주머니를 그 전처럼 집어넣는 것까지는……."
"암살범과 도망병들은 처형되었나요?"
"아직."
"기지에서는 무어라고들 말하고 있습니까?"
"그곳 동지들은 몹시 강경해요. 특히 톨레도의 동지들이. 무기와 지휘자가 없을 때 도망친 그들은, 모든 게 있을 때 도망친 자들을 용서하려 들지 않는 겁니다."
"그래, 나 역시 그런 인상을 받았지. 그들은 다른 동지들보다 더욱 엄격하더군."
"……그들이 가장 잊어버리고 싶은 것을 이번의 도망병들이 생각나게 하고 있는거야……."
"……고생고생해서 쌓아놓은 것을 그들이 허물어버린 거지……."
"그들은 난국에서 살아났어요. 그리고 우리들 중에서 많은 사람도 역시…… 그러나 대위를 죽인 그 더러운 자식들을 한 사람도 용서하지 말라는 다른 사람들의 이야기를 잊어서는 안 돼요."

입을 축 늘어뜨리고 또 다른 소나무 가지를 팔 밑에 낀 마누엘이 도착했다.

벽에는 지도 사이에 나비의 표본 상자가 걸려 있었다. 포탄 하나가 시내에서 퍽 가까운 곳에서 터졌다. 폭격이 다시 시작되었다. 두번째 포탄. 나비 하나가 빠져 표본 상자의 밑바닥에 떨어졌다. 나비를 꽂았던 핀만이 허공에 남아 있다.

"동지들" 하고 마누엘이 말했다. "마드리드가 불타고 있습니다……."

그는 말을 알아들을 수 없을 정도로 목이 쉬어 있었다. 하루 종일 몹시 소리를 질렀다. 그러나 목소리를 잃어버릴 정도는 아니었다. 그는 계속해서 낮은 목소리로 말했고 가르트너는 좀더 큰 소리로 되풀이했다.

"파시스트 군들은 서남 전선 전역에 걸쳐서 공격하고 있습니다. 국제여단이 지탱하고 있습니다. 그들은 지금 비행기와 대포로 동시에 공격하고 있습니다."

"그런데 무사합니까?" 하고 어떤 목소리가 물었다.

마누엘은 소나무 가지를 쳐들었다. 마드리드는 걱정할 것 없다는 듯이.

"사형은 집행될 겁니다" 하고 그는 다시 계속했다. "민위대가 올 겁니다."

가르트너는 반복했다. 그러나 더 이상 마누엘은 말할 수가 없었다.

모두가 무관심하게 듣고 있는 속에서 포탄은 터지고 있었다. 포탄이 가까이서 터질 때마다 표본 상자 속의 나비가 하나 둘 떨어졌다.

마누엘은 그의 앞에 있는 테이블에 펼쳐놓은 참모본부 지도의 여백에 한 구절을 썼다.

가르트너는 그것을 보고, 동지들을 한 사람씩 쳐다보았다. 납작한 그의 얼굴에서 작은 입이 갑자기 침을 삼켰다.

그리고 마침내 그는 승리와 패배, 또는 평화를 알릴 때 사용하는 목소리로 이렇게 말했다.

"동지들, 소련기(機)들이 도착했소."

15

적은 세고비아로 퇴각하고 있었다. 정부군은 그들을 추격하기에는 현실적으로 무장된 병사가 너무나 없었고 마드리드에서 부대를 철수시킬 수도 없었다. 마누엘의 연대와 연대를 도왔던 부대들은 전투가 쉬는 동안에도 중대별로 훈련을 받고 있었다.

비는 더 이상 오지 않았으나 넝마처럼 풀어진 아침녘의 구름들이 카스틸랴의 민가 위를 몹시 낮게 흐르고 있었다. 돌벽과 지붕들도 똑같은 회색으로 바뀌었다. 시청 현관에 서서 마누엘은 그가 책임지고 있는 병사들이 돌아오는 것을 바라보고 있었다.

정면에는 거대한 성(城)이 하나 서 있었다. 그 마을의 모든 성들처럼 절반이상 부서진 그 성은 부드러운 바위 위에 세워져 있었고 그 바위의 부서진 사면들은 성의 그것들과 뒤섞여 있었다. 오른쪽으로는 오르막길이 하나 있었고 그 길을 따라 부대들이 시청과 성의 폐허 사이의 광장으로 행진해오고 있었다. 마누엘은 간밤에 있었던 사형집행 이후, 그의 부대를 아직 보지 못하였다.

첫번째 중대가 시청 앞 고지(高地)에 도착했다. 보조를 맞춘 장화들이 뾰족뾰족한 포석을 때리고 있었고 대형(隊形)은 정규군의 그것에 못지않게 훌륭했다.
 대열이 현관 앞을 지나려는 순간 지휘관이 호령했다.
 "고개 들어 좌향 좟!"
 모든 얼굴이 일제히 마누엘에게로 향했다. 연대에서 이러한 호령이 내려진 것은 처음이었다. 마드리드의 전전선을 통해서도 아마 처음이었을 것이다. 전의용병을 그들의 지휘관에게 더한층 연결시키고 있는 이러한 경례는 혁명적인 지휘관에 의해 명령되었다. 그리고 마누엘은 그 경례를 간밤에 있었던 일들과 연결시켜서 차분히 생각하고 있었다.
 두번째 중대가 도착했을 때에도 사열은 똑같았다. 그리고 다른 모든 중대도 마찬가지였다. 마누엘은 그 모든 병사들이 이제는 그들의 적들과 마찬가지로 강한 전투 대열을 지어 지나가고 있는 것을 바라보고 있었다. 그는 그들이 스페인의 국민을 방어하는 것처럼 자기도 그들을 모든 것으로부터, 그리고 그들 자신으로부터 보호해야 할 의무가 있다는 것을 느끼고 있었다. 그러나 그는 "이젠 우리를 위해서 해줄 말이 하나도 없다는 거지요?" 하고 말하던 진흙투성이의 넋잃은 얼굴들을 잊어버릴 수가 없었다. 그러나 대열이 지나갈 때마다 그의 눈길과 교차하는 병사들의 시선은 무관심하거나 모호하지 않았다. 그들은 밤 가득히 비극적인 우애(友愛)에 충만되어 있었다.
 그 성은 마누엘이 타호 강의 전선에서 히메네스의 이야기를 듣던 때 가까이 있던 성과 비슷했다. '절대로 유혹하면 안 돼…….' 그러나 지금 문제는 유혹하는 것과는 별개의 것이었다. 그는 자신의 앞을 지나가고 있는 병사들 하나 하나의 모든 생명에 대해서 책임을 지고 있기 때문에 적도 아닌 의용병이었던 병사들을 죽이지 않으면 안 되었던 것이다. 자신의 책임이 있음을 알고 있는 것에 대해서 모든 사람은 대가를 지불하는 법이다. 그에게는 인제부터 그것은 생명에 관한 책임이었다.
 점점 슬프고 엄숙한 기분을 느끼면서 마누엘은 자신과 피로써 동맹을 맺고 있는 시선을 그들 병사들과 차례로 교차시키고 있었다.

16

 연대가 지나가자 마누엘은 아무것도 보이지 않는 텅 빈 광장에 혼자 남았다. 다만 주인을 잃은 개가 몇 마리, 그리고 멀리서 포성이 들려왔을 뿐이다. 가르트너는 여단과 함께 있었다. 마누엘은 이처럼 외로움을 느껴본 적이 없었다. 앞으로 그에게는 세 시간의 여유가 있었다. 그리고 그 성(城)이 또 한 번 그의 생각을 히메네스에게로 돌렸다. 히메네스는 약 10킬로미터 떨어진 곳에 있었고, 그 역시 휴식하고 있었다. 마누엘은 전화를 걸게 했다. '늙은 오리'가 마침 있었다. 마누엘은 부하에게 지시를 해두고 차에 올랐다.
 히메네스 여단이 주둔하고 있는 마을은 마누엘이 있는 마을 뒤에 있었다. 피난 가는 농민들이 아직도 그곳을 지나가고 있었다. 마누엘은 당나귀와 수레의 열(列)을, 또 온갖 동물들이 혼잡을 이루는 곳을 지나서 히메네스 대령이 있는 마을에 도착했다.
 둘은 밖으로 나왔다. 습한 공기 때문에 반쯤 난청인 히메네스는 더욱 들리지 않았다. 적은 오른쪽 꽤 먼 곳에서 포격하고 있었다. 그리고 마드리드의 포성도 들렸다. 시에라 산맥의 벌어진 틈으로 세고비아의 평야가 나타났다.
 "저는 어제 저의 인생에서 가장 중요한 하루를 보낸 것 같습니다" 하고 마누엘은 말했다.
 "어째서?"
 마누엘은 어제 있었던 일을 얘기했다. 그들은 말없이 거닐었다. 마누엘의 변한 얼굴과 그의 짧게 깎은 머리, 그리고 그의 위엄 있는 모습이 처음부터 히메네스를 놀라게 했다. 그가 잘 알고 있었던 이 젊은 사나이에게서 새삼 알아본 것은 마누엘의 손에 들고 있던 물에 젖은 소나무 가지였다.
 에스쿠리알 왕궁 쪽에 큰불이 났다는 소문이 있고 매우 어두운 구름들이 시에라 산맥의 경사면에 걸려 있었다. 더 멀리 세고비아 쪽으로는 한 마을이 불에 타고 있었다. 쌍안경으로 마누엘은 농부들과 당나귀들이 달음질치는 것을 보았다.
 "저는 제가 해야 할 일을 알고 있었지요. 그래서 저는 했습니다. 저는 제가 소속한 정당에 봉사하기로 결심했습니다. 그리고 저는 심리적인 반작용으로 주춤하는 일은 없을 겁니다. 저는 뉘우치거나 하는 사람은 아닙니다. 문제는 다른 일입니다. 당신은 언젠가 저에게 이렇게 말씀하셨습니다. 개인보다도 지휘관이 되는 것이 고귀하다고. 음악 얘기는 하지 맙시다. 저는 지난 주에 결국 제가…… 여러 해 동안 헛되이 사랑해오던 여자와 함께 잤습니다. 그리고 저는 어디론가 가버리고 싶었습니다. 저는 그 모든 것을 후회하지는 않습니다. 그러나 제가 그 여자를 버린다면 그것은 어떤 일 때문입니다. 사람은 봉사하기 위해서만 명령할 수가 있습니다. 그렇지 않으면…… 제가 이 처형(處刑)의 책임을 지겠습니다. 처형은 남을 즉 우리편을 구제하기 위하여 행해졌습니다. 다만, 잘 들어주십시오. 저를 병사들로부터 떼어놓은 것은 제가 보다 유능한, 즉 보다 나은 지휘관이 되기 위하여 제가 기어오른 사다리의 계단 때문입니다. 저는 매일같이 병사들과 조금씩 멀어집니다. 당신도 사람들을 필연적으로 만나셨습니다. 결국 같은 사람을……."

"난 자네가 알아들을 수 없는 말밖에는 할 수가 없네. 자네는 행동을 바라면서 우애는 하나도 잃지 않고 싶어하네. 난 인간이란 그러기엔 너무나 보잘 것없다고 생각하네."

그는 그러한 우애는 그리스도를 통해서만 발견될 수 있다고 생각하고 있었다.

"그러나 인간이란 언제나 보기보다는 자기를 더 잘 방어하는 법이고 또 자네를 병사들로부터 떼어놓는 것은 결국 자네를 자네의 당에 접근시키게 하는 것이라 여겨지네……."

마누엘 역시 이것을 생각하고 있었던 것이다. 이따금 두려움도 없지는 않았다.

"당에 접근한다고 하지만 만일에 그것이 당이 봉사하는 바로 그 사람들과 멀어지는 것이라면 아무 가치가 없지요. 당의 노력이 어떠한 것일지라도, 저 유대(紐帶)라는 것은 어쩌면 우리들 각자의 노력에서 나오는 것일지도 모릅니다……. 사형 선고를 받은 두 사람 중의 하나가 '당신은 이젠 우리를 위해서 해줄 말이 하나도 없다는 거지요?' 하고 제게 말했어요."

그는 그가 실제로 그의 목소리를 잃어버리고 있었음은 말하지 않았다. 히메네스는 그의 겨드랑이에 자기의 팔을 밀어넣었다. 이렇게 높은 데에서 보니 평야에 있는 모든 병사들이 보잘것없어 보였다. 다만 보기 흉한 구름들이 천천히 전진하고 있는 하늘 위로 느릿느릿 솟아오르는 불의 장막을 제외하면 신

㈎들의 눈에는 인간은 한낱 화재감에 불과한 것 같았다.
 "에, 참! 그럼 어떻게 하겠다는거야? 침착하게 사형 선고를 내리겠다는 건가?"
 그는 모순되고 쓰라린 숱한 경험으로 가득 차 있을지도 모를 마누엘을 애정 어린 표정으로 바라보고 있었다.
 "자네도 이것에 익숙해질거야……."
 병자가 죽음에 대해 이야기하기 위하여 또 한 사람의 병자를 선택하듯이 마누엘은 이 세상과 친근한 한 사람과 도덕적 비극에 대해 얘기하고 있었다. 그러나 그것은 그의 대답의 의미 때문이 아니라 그의 대답의 인간성 때문이었다. 코뮤니스트인 마누엘은 그의 결정의 합법성에 의문을 던지는 일이 없었고 또한 자기 행위를 문제삼는 일도 없었다. 그의 눈에서 보면 이러한 종류의 문제는 자기의 행위를 수정함으로써(그러나 그 행동을 수정하는 것은 문제가 되지 않았다) 또는 문제를 거부함으로써 해결되어야 하는 것이었다. 그러나 해결할 수 없는 문제들의 특성은 말에 의해서 마멸되어야 하는 것이다.
 "진짜 싸움은" 하고 히메네스는 말했다. "자기 자신의 일부와 싸워야 할 때 시작되네……. 지금까지는 너무나 쉬웠단 말이야. 그러나 이러한 싸움을 겪어야만 사람들은 한 인간이 되는거야. 그러니까 언제나 자기 자신의 내부에 있는 세계와 원하든 원치 않든간에 부딪쳐야 하는 걸세……."
 "당신은 언젠가 '지휘자의 첫번째 의무는 유혹하지 않고 사랑을 받는거야' 라고 저에게 말씀하셨지요. 유혹하지 않고 사랑을 받는다는 것은──자기 자신도……."
 커다란 바위틈에서 시에라 산맥의 다른 비탈이 방금 나타났다. 회색 공간 속이라 거의 보이지 않는 마드리드 위에 거대한 검은 연기가 황량하고 완만한 속도로 솟아오르고 있었다. 마누엘은 이 연기가 뜻하는 것을 알고 있었다. 도시는 화재 뒤로 사라지고 있었다. 마치 군함이 그들의 포연(砲煙)의 막 뒤로 숨듯이. 붉은 빛이 조금도 나타나지 않는 무수한 화재 터에서 나온 연기의 기둥은 회색 하늘의 중심까지 솟아올라 흩어지고 있었다. 모든 구름은 구름이 가는 방향에서 전개된 이 유일한 발원점에서 발생한 것 같았다. 그리고 숲 사이에 가려진 마드리드의 하얗고 가는 선 위의 고뇌(苦惱)가 하늘에 충만해 있었다. 마누엘은 밤의 기억조차 구아트로 카미노스와 그란 비아의 냄새를 가져온 무겁고 느린 바람에 날려가는 것을 깨달았다.
 히메네스의 한 부하 장교가 자동차가 있는 곳에 나타났다.
 "마누엘 중령님께 전화가 왔었습니다, 총참모부에서."
 그들은 서둘러 돌아갔다. 마누엘은 어쩐지 불안했다. 그는 총참모부에 전화를 걸었다.
 "여보세요! 저를 부르셨나요?"
 "최고사령부는 당신의 어제의 작전 지휘를 치하하고 있습니다."
 "황송합니다."
 "민병대의 전(前)도망병들이 재편입을 원하여 출두하고 있다는 것은 아시죠."
 "……."
 "최고사령부는 이 패들로 여단을 한 개 만들기로 결정했습니다. 그들은 우리 부하들 중에서 가장 다루기가 힘듭니다."
 "……."
 "참모장께서는 당신이 이 여단을 지휘하는 데 적격이라고 생각하십니다."
 "아이쿠!"
 "당에서도 찬성하고 있습니다."
 "……."
 "미아하 장군의 의견도 마찬가지십니다. 당신이 곧 이 사단의 지휘를 맡게 될 겁니다."
 "그렇지만 내 여단은 어떻게 하고요? 내 연대 말이오!"
 "당신의 연대는 사단에 편입될 거요."
 "그렇지만 대원들을 모두 알고 있는데요! 누가 대신을……."
 "미아하 장군께서는 당신이 이 여단의 지휘에 있어 적격자라고 생각하십니다."

 그가 전화를 끊고 돌아왔을 때 하인리히가 그를 기다리고 있었다. 국제의용군은 세고비아의 반격을 계획하고 있었다. 하인리히는 구아다라마 쪽으로 올라갔다. 그들은 함께 출발했다.
 자동차는 시에라 산맥을 내려가고 있었다. 마누엘은 하인리히가 잘 알고 있는 것 같은 생각이 들었다. 왜냐하면 그는 하인리히의 지휘의 성질을 알고 있었기 때문이다. 그러나 그가 그 전날 하루의 일과 히메네스와의 대화를 그에게 요약하여 말했을 때 장군과 그 사이에 존재하고 있는 유일한 인간적인 연락은 언제나 통역관과 그가 통역하는 사람 사이에 생기는 기묘한 유대와도 같았다.

하인리히는 머리를 앞으로 숙이고 있었다. 그의 면도한 목덜미는 매끄러웠고, 생각할 때 입을 삐죽거리는 모습은 그의 다듬어진 노안(老顏)을 동안(童顏)으로 만들고 있었다.

"우린 전쟁의 운명을 바꾸고 있는 중이오. 자넨 자기 자신을 바꾸지 않고 사물을 바꿀 수 있다고 생각하나? 자네는 프롤레타리아의 군대에서 지휘를 맡는 날부터 자네의 영혼에 대한 권리를 잃어버리는 거야."

"코냑은 어떻습니까?"

마누엘은 하인리히가 그의 여단의 모든 술주정꾼들에게 코냑 병을 배급한 것을 알고 있었다. 바꿔진 레테르에는 '하인리히 장군으로부터 ── 휴식중에는 무슨 짓을 해도 좋으나 임무중에는 오로지 임무만을 수행할 것'이라고 적혀 있었다.

"자네 마음은 간직할 수 있네, 그건 별개의 것이니까. 그러나 자네의 영혼은 잃어버려야만 하네. 자네는 이미 장발(長髮)을 잃었네. 그리고 자네의 목소리도……."

어휘는 거의 히메네스의 어휘와 같았다. 그러나 어조는 하인리히의 냉혹한 어조였다. 그리고 눈썹이 없는 그의 푸른 눈은 톨레도에서처럼 고정되어 있었다.

"마르크시스트인 당신은 무엇을 가리켜 영혼을 잃어버린다고 하시는 겁니까?"

존대는 한쪽에서만 사용하고 있었다.

하인리히는 소나무들이 슬픈 햇살 속에서 쏜살같이 스쳐가는 것을 바라보고 있었다.

"모든 승리 속에는 상실이 있지요" 하고 그는 말했다. "전장(戰場)에서 뿐만 아니라."

그는 마누엘의 팔을 꼭 붙들었다. 그러고는 마누엘로서는 그것이 고통의 어조인지 아니면 경험이나 결심의 어조인지 알 수 없는 어조로 말했다.
"지금부터 자네는 결코 파멸한 인간을 동정해서는 안 되네."

17

마드리드, 12월 2일

창문 앞에는 두 구의 시체가 있었다. 부상자는 발이 붙들려 뒤로 끌려나갔다. 다섯 명의 동지가 수류탄을 옆에 두고 계단을 지키고 있다. 약 30명의 국제의용병들이 장밋빛 건물의 5층에 있다.
공화군 트럭이 선전용으로 운반하고 있고 나팔이 트럭에 가득 찰 정도의 거대한 확성기가 이미 기울어진 겨울의 오후에 외친다.

동지 여러분! 동지 여러분! 여러분의 모든 부서를 지키시오. 파시스트들은 오늘 저녁 탄약이 없을 겁니다. 우리바리 부대가 오늘 아침 파시스트의 화차 서른 두 대를 폭파했습니다.
동지 여러분! 동지 여러분! 지키시오…….

확성기는 대답이 없을 줄 알고 있기 때문에 되풀이하고 또 되풀이한다.
파시스트들은 탄약이 끊어질 것이다. 그러나 당분간은 지탱한다. 그들은 반격을 가하여 2,3층을 점령한다. 4층은 중립 지대이다. 국제 의용병들은 5층을 점령하고 있는 것이다.
"썩을 놈들아!" 하고 굴뚝 사이로 올라오는 어느 목소리가 프랑스어로 외친다. "무거워서 지지 못할 정도로 탄환이 있는가 없는가 두고 보아라!"
아래에는 테르시오(스페인의 외인부대)가 있다. 굴뚝이 성능 좋은 통화관(洞話管) 노릇을 한다.
"일당 10프랑 받는 치사한 놈들아!" 하고 마랭고가 대꾸한다. 그는 팔다리를 쭉 뻗고 엎드려 있다. 아파트 안에서도 총알은 머리 높이까지 날아온다. 그는 예전에는 프랑스 외인부대의 낭만주의자였다. 스페인의 외인부대는 그의 밑에 있다. 그들은 도대체 무엇을 방위하러 왔는지 모른다. 그들은 병사의 허영심에 취하고 있다. 지난달에, 마랭고는 서공원에서 총검으로 돌격한 적이 있었다. 테르시오는 언제 총검으로 돌격하나? 피에 길들은, 자기도 모르는 것에 맹목적인 이 사냥개떼는 그에게 혐오를 일으킨다. 국제의용병들도 역시 외인부대라고 할 수 있다. 그리고 그들이 제일 미워하는 것은 다른 외인부대이다.

규칙적으로 공화군의 155밀리 포들이 개인병원이었던 자리를 향해 쏘고 있다.

마랭고와 그의 부하들이 부서지는 유리의 수정 같은 소리를 들으며 사각(射角)을 찾고 있는 아파트는 치과의사의 아파트이다. 한 문에 열쇠가 걸려 있다. 마랭고는 뚱뚱해 보일 정도로 땅딸막하다. 그는 작은 코에 눈썹은 새카맣고 마치 카둠 비누 광고에 나오는 아기와 같이 즐거운 표정을 하고 있다. 문이 부서져 진료실이 보이는데, 치료 의자 위에 한 모로족이 뻗어 있다. 죽은 것이다. 어제 이 건물의 아랫 부분을 점령한 것은 공화파였다. 그곳의 창문은 다른 창문보다 폭이 넓고 키가 낮다. 적의 총탄은 치과의사의 유리 기구를 부수었는데, 그것은 어느 것이나 마룻바닥에서 3미터 높이에 있는 것들뿐이었다. 여기서라면 보면서 쏠 수 있다.

마랭고는 아직 지휘를 해본 적이 없다. 그는 병역을 치르지 않았던 것이다. 그러나 중대에서 그는 꽤 권위 있는 편이다. 중대에서는 누구나 그가 일찍이 최대의 무기 제조 공장의 서기였음을 알고 있다. 이탈리아가 프랑코에게 건네줄 예정인 기관총 2000자루를 그 공장에 주문한 적이 있다. 무기에 관한 한 열성인 한 공장 경영주는 '완전하지 못하다'는 이유로 그것을 상자에 넣지 못하게 했다. 밤마다 일이 끝난 뒤에는 거리가 내려다보이는 공장의 한 귀퉁이에 불이 켜졌다. 열성적인 노경영주는 홀로 불이 켜진 공장 안에서 작은 기계 위에 있는 핀 한 개를 수정함으로써 이 기관총을 '이것밖에 없다고 말할 수 있는 기관총'으로 만드는 결정적 부분품을 완성하였다. 그런데 아침 네 시가 되면 마랭고의 지시를 받은 전투적인 노동자들이 잇따라 나타나서는 끈질기게 완성한 그 부분을 두세 번 줄로 갈아 뒤틀리게 해버렸다. 6주간, 40밤 이상 동안이나 이 무기 공장에서는 기술적인 열정과(마랭고의 고용주는 파시스트가 아니었다. 그의 아들들은 파시스트였지만) 연대성(連帶性) 사이에 이 끈질긴 싸움이 계속되었다.
 여단에 소속되어 있는 이들은 모두가 그것이 헛된 일이 아니었음을 알기 위해서 돈을 받고 있다.
 마랭고의 동지들은 와서 총탄 위에 자리를 잡는다.
 10일 전부터 싸움이 계속되고 있는 이 집은 돌격하든 포위되든 국제의용병들이 다섯 명씩 교대로 옆에 수류탄을 놓고 지키고 있는 그 계단에 의하지 않고는 절대로 점령되지 않는다. 시야가 좋지 않으므로 대포로 공격할 수도 없고 총알로는 더구나……. 지뢰라는 수단만이 남는다. 그러나 테르시오가 아래에 있는 한 이 집은 지뢰를 묻어도 터지지 않을 것이다.
 공화군의 155밀리 포는 여전히 포격을 계속하고 있다.
 거리는 텅 비어 있다. 약 열 채의 민가에서 굴뚝을 통해 서로 욕을 하고 있다. 이따금 어느 쪽에서 공격군이 거리를 점령하려고 시도하고, 실패하고, 퇴각한다. 사람을 죽여도 기분이 풀리지 않는 저격병들이 한가하게 창문 뒤에서 기다리고 있다. 만일 운이 나쁜 신문기자가 이곳을 보러 온다면 그는 몸에 총탄 세례를 받게 될 것이다.
 창문마다 그 뒤에는 소총이 아니면 기관총이 있다. 확성기는 목이 쉰 그 고함소리로 굴뚝의 욕설을 덮어버린다. 거리는 영원히 텅 빈 것 같다.
 그러나 오른쪽에는 개인병원이 있는데 그곳은 마드리드 전선에서 가장 좋은 파시스트의 진지이다. 이 땅딸막한 마천루는 풀밭 속에 고립하여 고급주택 구역을 내려다보고 있다. 5층에서 마랭고의 동지들은 공화군들이 거리마다에서 진흙 위를 네 발로 기고 있는 것을 본다. 그리고 병원은 보이지 않아서, 어떠한 살아 있는 사람도 뛰어넘을 수 없는 그 건물의 높이로 미루어 보아 병원이 거기에 있음을 짐작할 수 있을 뿐이었다.
 거리의 집들처럼 쉴새없이 기관총을 발사하고 있는 병원은 버림받은 것같이 보인다. 바빌로니아의 폐탑(廢塔)같이 음산하고 살인적인 이 마천루는 병원을 파편으로 후려갈기는 포탄들 속에서 황소처럼 꿈을 꾸고 있다.
 국제의용병 중의 한 사람이 옷장을 죄다 뒤지다가 오페라 글라스를 발견했다.
 수류탄이 계단에 터진다. 마랭고는 층계참으로 간다.
 "아무 일 없어요" 하고 그곳을 지키던 한 국제의용병이 소란한 포성 속에서 말했다.
 테르시오는 한 번 더 올라오려고 시도를 했다.
 마랭고는 오페라 글라스를 든다. 좀더 가까이에서 보면 병원은 빛깔이 달라지고 붉어진다. 병원의 외형이 말끔한 것은 단지 병원이 큰 건물이기 때문이다. 병원을 절굿공이로 찧듯이 155밀리 포의 포탄이 명중시킬 때마다 병원은 움푹 들어가는가 하면 울툭불툭하게 되기도 하고 또는 살짝 눌리기도 한다. 마치 벌겋게 단 쇠를 망치질하는 것처럼. 더욱 잘 보이는 병원의 창문들은 지금은 마치 벌이 떠난 벌집과 같은 인상을 준다. 그렇지만 이 잔해만 남은 성채(城砦)를 멀리 에워싼 인간들은 비에 젖은 포석과 녹슨 전차의 레일 위를 기어다니고 있다.
 "제기랄!" 하고 마랭고는 큰 팔을 휘두르며 고함을 지른다. "그럴 줄 알았다, 그럴 줄 알았어……. 우리편이 공격하고 있군!"
 모두는 치료 의자 위에서 죽은 모로족과 창문 사이에 서로 붙어 서 있다. 다이너마이트 폭파수와 수류탄 투척자의 검은 점들이 갑자기 병원 주위의 지면으로부터 나타나 팔을 올리고 진흙 속으로 되돌아갔다가 5분 전에 붉은 염주처럼 다이너마이트와 수류탄이 터졌던 곳으로 다시 나타난다.
 마랭고는 굴뚝으로 뛰어가 테르시오에게 외친다.
 "병원에서 일어나고 있는 일을 좀 보게나, 바보같으니!" 그러고는 제자리로 뛰어 돌아온다. 다이너마이트 폭파수들은 아주 가까이에 있다. 폭파된 벌집으로부터 벌레와 다름없는 사람들이 파시스트 전선을 향하여 자기편의 기관총에 쫓기듯이 뛰어간다.
 굴뚝은 대답하지 않았다. 다른 국제의용병들보다 더 앞으로 몸을 숙인 한 체크인이 어깨에 총을 겨누고 쏜다, 쏜다, 쏜다. 건너편 보도의 민가에 포위되어 있는 국제의용병들도 역시 쏘고 있다. 벽을 스치면서 테르시오의 패들은 장밋빛 민가에서 도망친다. 이 집은 지뢰가 묻혀 있고 곧 폭파한다.

 엘 네구스는 대갱도(對坑道) 속에서 앞으로 나아간다. 한 달 전부터 그는 더 이상 혁명을 믿지 않는다. 묵시록은 끝났다. 남아 있는 것은 파시즘과의 싸움, 그리고 마드리드의 방위에 대한 엘 네구스의 고려뿐이다. 정부에는 아나키스트들이 있다. 바르셀로나에서는 다른 아나키스트들이 이론과 입장을 맹렬히 수호하고 있다. 두루티는 죽었다. 엘 네구스는 부르주아지에 대한 싸움 속에서 하도 오랫동안 살아왔기 때문에 그는 파시즘과의 싸움 속에서도 고통 없이 살 수 있다. 부정적 사고는 항상 그의 정열이었다. 그렇지만 그것은 더 이상 가지 못한다. 그는 그의 동지들이 라디오에서 규율을 호소하는 것을 듣고, 그리고 그들 다음에 얘기하는 젊은 코뮤니스트들을 부럽게 생각한다. 그들의 생애가 여섯 달 사이에 변형되지는 않았다……. 그는 여기서 곤살레스와 싸운다. 그는 톨레도 앞에서 이탈리아의 탱크를 페페와 함께 공격한 뚱뚱한 동지이다. 곤살레스는 C. N. T.에 속하고 있으나 그것은 아무래도 좋다. 파시스트들은 우선 타도해야 한다. 토론은 나중이다. "자네 말이야" 하고 엘 네구스는 말한다. "코뮤니스트들은 일을 잘 해요. 나는 그들과는 일을 할 수가 있어. 그러나 그들을 사랑할 수는 없어. 사랑해보려고 아무리 애써도 소용이 없어요. 어떻게 할 도리가 없는거야……." 곤살레스는 아스투리아스 지방의 광부였고 엘 네구스는 바르셀로나의 운수 노동자였다.

알카사르 병영의 화염방사기 이후로, 엘 네구스는 그가 좋아하는 이 지하전투 속으로 숨어버렸다. 여기서는 거의 모든 전투원이 목숨을 내걸고 있고, 자기도 여기서 죽으리라는 것을 알고 있다. 지하전투에는 개인적인, 그리고 낭만적인 무엇이 남아 있었다. 엘 네구스는 문제를 해결하지 못할 때면 항상 폭력이나 희생 속으로 도피한다. 두 가지를 동시에 할 수 있으면 더욱 좋다.

몸이 마른 그가 앞서고 뚱뚱한 곤살레스가 뒤를 따른다. 대갱도는 장밋빛 민가보다 더 가서 끝이 난다. 대지는 점점 더 우렁차진다. 아니면 적의 지뢰가 아주 가깝다. (그러나 그에게는 치는 소리가 들리지 않는다.) 또 그렇지 않으면……?

그는 수류탄을 준비한다.

곡괭이의 마지막 일격이 허공 속에 빠져버렸기 때문에 곡괭이를 든 자는 그 충격으로 큰 구멍 속으로 굴러떨어진다. 엘 네구스의 손전등이 그의 주위를 맹인의 손처럼 더듬는다. 사람만큼 키가 큰 항아리들이 있다. 지하실이다. 엘 네구스는 불을 끈다. 그리고 뛰어내린다. 그의 눈앞에서, 다른 손전등이 역시 더듬는다. 손전등을 든 자는 먼저 불을 껐기 때문에 엘 네구스의 손전등을 보지 못했다. 파시스트이다. 쏜다? 엘 네구스에게는 그 사람이 보이지 않는다. 장밋빛 건물은 거의 그들 위에 있다. 곤살레스는 아직도 갱도 속에 있다. 엘 네구스는 그의 수류탄을 던진다.
 곤살레스의 손전등 불빛 속에서 소용돌이치는 연기가 걷히자 두 파시스트가 털썩하고 쓰러진다. 굉장히 큰 항아리의 깨진 조각들이 삐죽삐죽 나와 있는, 기름인지 포도주인지 알 수가 없는 끈끈한 물웅덩이 위로 머리가 나와 있었는데, 물웅덩이는 전등의 고정된 불빛 속에서 그들의 어깨까지, 그들의 입까지, 그들의 눈까지 차츰 올라가고 올라간다.

 공화군의 반격은 끝났다. 마랭고와 그의 패들은 풀려나왔다. 곤살레스와 그의 패는 여단의 본부로 돌아간다. 마드리드의 일부를 지나가야 한다.
 포격에 익숙해진다. 통행인은 포탄소리를 들으면 곧 문 속으로 들어갔다가 이윽고 다시 걷는다. 여기저기, 부드러운 바람에 나부끼는 분연(噴煙)은 비극 속에 식사 때의 마을 굴뚝의 평화를 휩쓸어 버린다. 한 시체가 길을 가로질러 쓰러져 있었는데, 팔 밑에는 변호사의 서류가방이 꼭 끼여져 있었으나 아무도 그것에 손을 대려고 하는 사람은 없었다. 카페도 문을 열었다. 각 지하실 입구로부터 음산한 밤의 피난민들과 비슷한 사람들이 나온다. 사람들이 그곳으로 내려간다. 매트리스, 가방, 유모차, 부엌세간, 테이블, 초상화, 두꺼운 종이로 만든 장난감 소를 든 어린애들로 가득한 손수레와 함께 한 농부가 버티는 당나귀를 지하철 속으로 밀어넣으려 한다. 21일부터 파시스트들은 매일 폭격했다. 살라만카 근처에서는 남의 눈에 띄지 않고 슬쩍 들어가기 위한 놀랄 만한 책략들이 문 귀퉁이에서 꾸며진다……. 이따금 잔해의 부스러기가 움직이고 손가락을 이상하게 편 손들이 나타난다. 그러나 어린이들은 포격이 있었던 근처에서, 도망치느라 당황해하는 얼굴들 사이에서 전투기놀이를 한다. 여자들은 마치 아라비아의 이야기 속에 나오는 여자들처럼 싸구려 침대나 매트리스에 몸을 싣고서 마드리드로 돌아온다. 여단본부로 가기 위해 병정들과 합류한 운전사가 곤살레스에게 말한다.
 "인생으로 말하자면 그것도 인생이야. 그러나 직업으로 말하자면 그것은 직업은 아니지. 출발하고, 일하고, 종점에 닿을 때쯤이면 손님이 절반밖에 없고 나머지는 도중에서 죽고. 그때 난 말하지. 이건 직업이 아니라고……."
 운전사는 정지한다. 곤살레스도 정지한다. 마랭고도 정지한다. 통행인들은 모두 정지하거나 문 밑으로 뛰어든다. 열네 대의 하인켈기의 보호를 받으면서 다섯 대의 융커기가 마드리드에 나타난다.

"겁낼 필요 없어" 하고 한 목소리가 말한다. "익숙해져요."

그리고 곤살레스와 마랭고가 저녁때의 회색 하늘에 있는 것이 무엇인가를 보기도 전에 거대한 군중이 대피호에서, 지하실에서, 문에서, 집에서, 지하철에서, 입에 궐련을 물고, 손에 연장과 신문을 들고, 작업복을 입은 채, 양복을 입은 채, 잠옷 바람으로, 담요를 뒤집어쓰고 나온다.

"우리 비행기도 있다!" 하고 한 시민이 외친다.

"무얼 안다고?" 하고 곤살레스가 묻는다.

"전보다 훨씬 잘 들을 수 있는걸."

마드리드의 반대쪽에서 처음으로 공화군 전투기 36대가 나타난다.

이건 소련이 불간섭주의를 폐기한 후에, 소련에서 사들여 결국은 조립한 비행기이다. 몇 대는 벌써 헤타페 상공에서 싸웠고 국제의용군의 수리된 비행기들은 공화국 공군의 재편성을 알리기 위하여 삐라를 마드리드 상공에 뿌렸던 것이다. 그러나 셈브라노가 지휘하는 이 9기(機)의 4편대는 마름모꼴로 나타나서 처음으로 마드리드를 지키고 있다.

선두의 융커기는 오른쪽으로 왼쪽으로 기우뚱하면서 주저한다. 공화군 편대는 전속력으로 폭격대를 습격한다. 남자들의 손이 여자들의 어깨나 허리 위에서 부르르 떤다. 모든 거리에서, 모든 지붕에서, 모든 지하실의 구멍에서, 모든 지하철의 입구에서 18일 전부터 시간마다 폭탄을 기다리던 사람들이 하늘을 쳐다보고 있다. 드디어 적의 비행대는 헤타페 쪽으로 반회전한다. 그리고 사납고, 끔찍스럽고 해방된 50만의 함성이 마드리드의 비행기들이 거침없이 날고 있는 회색 하늘을 향하여 솟아오른다.

하인리히는 그들의 부대에서 떨어져 재편성되기 위해 오고 있는 병정의 무리를 다가오는 밤의 창문으로 내다보고 있었다. 그는 그의 앞에 붙어 있는 지도 위에 알베르가 전해준 지시를 적어넣는다. 알베르는 여느 때처럼 전화에 매달려 있다. 모든 방향에서 우리바리 대령으로부터 탄약 열차를 빼앗긴 파시스트들에게 이제는 탄약이 없음이 확인된다.

"포수엘로 아라바카에의 공격은 격퇴되었습니다, 장군님."

하인리히는 지도 위에 새로운 진지를 기입한다. 그의 하얀 목덜미에 잡힌 주름이 미소를 짓는 것 같다.
"라스 로사스에의 공격도 격퇴되었습니다" 하고 참모부의 다른 장교가 전한다.
또 전화.
"감사합니다" 하고 알베르는 대답한다.
몬클로아 공원의 공격도 격퇴된다.
모두가 축하를 나누고 싶어한다.
"머지않은 승리를 위하여 모두가 코냑을 들자!" 하고 하인리히가 외친다.
육군성은 알베르의 수신기에 차례대로 진지를 전한다. 여단들은 다른 전화로 부른다.
"내게도 코냑이다!" 하고 알베르는 외친다. "아군은 포르테 데 페르로 전진하고 있습니다. 코로냐 거리는 해방되었습니다."
"빌라베르데는 탈환되었습니다!"
"아군은 케마다와 가랄리토를 향하여 전진하고 있습니다, 장군님!"

제 3 편

희 망

1

2월 8일

　메델린을 폭격하던 날 밤에 마드리드에서 만났던 것처럼, 마니앵은 발렌시아에 있는 공군 본부에서 바르가스를 다시 만났다. 이제는 장관들의 표정이 달라졌고, 전투원들은 군복을 착용하고 있었다. 프랑코가 마드리드를 점령할 위험성이 엿보였으므로 민간인 부대가 조직되었다. 그러나 전쟁은 여전히 심각했다. 설사 그 많은 사람들이 죽음을 당하고 또한 운명에 부딪혔을지라도 바르가스와 마니앵의 경우는 별로 변모된 점이 없었다. 마드리드에서처럼 바르가스는 조금 전에 위스키와 담배를 주문해놓았다. 마드리드에서처럼 두 사람은 모두 밤을 새운 얼굴을 하고 있었다.
　"말라가는 절망이군, 마니앵" 하고 바르가스는 말했다.
　마니앵은 놀라지 않았다. 정부군이 중앙에서 절단된 전선을 이탈리아와 독일 군과 대항해서 회복할 수 있으리라고는 생각지 않고 있었다. 일주일 전에 가르시아는 이렇게 말했었다.
　"나는 중앙에다 모든 기대를 걸고 있소. 작은 전선에는 아무런 기대도 걸지 않겠소. 말라가는 이제 톨레도와 같단 말이오."
　"피난민의 행렬이 대단하군, 마니앵……. 10만 이상의 주민들이 피난하고 있어…… 끔찍하더군."

그 전에는 어느 부상(富商)의 호텔이었던 집의 살롱 한복판에 앉아 있는 그들의 머리 위에서는 한 마리의 박제된 독수리가 샹들리에를 떠받들고 있었다.

"그런데 이탈리아 군의 비행기들이 피난민들을 뒤쫓고 있어. 게다가 트럭 부대까지. 트럭 부대를 멈추게만 한다면 그들은 알메리아에는 도착할 수 있을 텐데……."

마니앵은 두 눈에 슬픈 빛을 가득 담고 "우리는 언제 떠나지?" 하며 이상한 몸짓을 해 보였다.

"우리편의 우수한 비행기들은 마드리드에 있을텐데, 마니앵……."

파시스트 군이 라 하라마에 철저한 공격을 가하고 있었다.

"말라가 가도에는 대형 비행기가 아무래도 두 대 필요해. 지금 이곳에 우군 전투기는 거의 없어…… 그러나 또 테루엘에도 임무가 있단 말이야. 국제군단에는 자네만큼 테루엘을 잘 아는 사람이 없지. 나는 자네가 맡아주었으면 하는데……."

그는 스페인어로 계속했다.

"자네가 큰 위험에 부딪히는 것보다는 중대한 임무 쪽을 택해주길 나는 원하네. 자네가 테루엘을 맡고 말라가는 셈브라노가 맡는거야. 그도 여기 와 있지. 자네도 알겠지만" 하고 그는 덧붙였다. "테루엘에도 역시 전투기는 한 대도 없다네……."

두 달 전부터 국제 공군은 동부 전선 즉 발레아레스 제도(諸島), 남부, 그리고 테루엘에서 싸우고 있었다. 이제 펠리칸의 시대는 끝났다. 테루엘의 모든 전투를 통해서 국제의용군을 원조한 비행 중대는 하루에 두 번 출격하여 상당수의 사상자를 내면서 싸우고, 수리하고, 또한 전투중의 폭격 상황을 촬영하고 있었다. 비행사들은 비밀 비행장 가까이에 있는 오렌지 나무의 숲속에 있는 성관(城館)에 살고 있었다. 전투중에 그들은 대공 포화 속에서 테루엘 역과 참모본부를 폭파했고 폭발 상황의 확대 사진이 식당의 벽 위에 핀으로 붙여져 있었다. 마니앵과 그의 부하 조종사들은 그 전선을 지도보다도 더 잘 알고 있었다.

"아침에 떠나나?" 하고 마니앵이 물었다.

그들은 지도 제작실로 들어갔다.

하이메와 스칼리, 가르데와 폴, 아티니에스와 여단에서 파견된 정비사 사이디, 그리고 카르리치가 거리에서 스페인산 포도주를 마시고 있었다.

그들 뒤에 있는 카페의 유리창 바깥쪽에는 작은 시장이 있었다. 거기서 흘러나오는 음악이 카페 안으로 흘러들고 있었다. 복권을 파는 집, 과자를 파는 가게, 그리고 사격장들. 아이들의 축제였다. 기관총 사수들이 사격장에 와서 지칠 줄 모르고 파이프들을 깨뜨리거나 가죽으로 만든 돼지들을 넘어뜨리고 있었다. 그들은 감탄하며 바라보고 있는 군중들 사이에서 카르리치를 다시 찾았다. 가르데와 사이디가 온 것은 사격장보다는 아무래도 어린애들 때문이었다.

그들의 돈은 과자를 사서 나눠주는 데 다 날아가고 말았다. 쉐이드가 동물을 사랑하는 것처럼 가르데는 외로움 때문에 어린애들을 사랑했다. 사이디는 자기 자신 속에 남아 있는 유년시절의 추억과 회교도적인 연민에서 어린애들을 사랑하고 있었다.

"아메리카 녀석들, 그리 나쁘지는 않은데" 하고 폴은 말했다.

미국의 공군 의용병 제1진이 방금 도착했다.

"내 마음에 드는 점은" 하고 가르데는 말했다. "그들은 자기들이 프로펠러를 돌리는 것이 항상 민주주의를 구할 수 있는 길이라고는 믿지 않는다는 점이야."

"그리고 그들이 그들의 고용병들을 면직시킨 것도 잘한거야" 하고 아티니에스는 말했다.

그는 고용병이라면 누구든 싫어하고 있었다.

"그러나 신임 사령관은" 하고 폴이 계속했다. "단순히 얼간이야."

마니앵과 함께 비행장을 지휘하는 스페인인 사령관직을 이런 기묘한 사람이 맡게 된 것은 처음이었다.

"개의치 맙시다" 하고 아티니에스는 말했다. "우리에게 꼭 완전한 사람이 오리라고 믿으면 안 돼요. 그자는 잠깐 동안이야. 셈브라노가 돌아올 테니까. 우리는 우리 일만 하면 돼요. 그러니까 그만해두라고. 브레게기를 지휘하고 있는 스페인인 대장은 멋있는 사람이야."

"그러나 그자와 함께 매주 빠짐없이 신형기와 대항해서 싸우는 데는 참을성이 필요하단 말이야."

"신기한 일이 한 가지 있는데" 하고 스칼리는 말했다. "아마 어느 나라도 이 나라처럼 행동방식에 대한 재능을 갖고 있지는 못할거야. 농민, 신문기자, 지식인 누구라도 붙잡고 그에게 어떤 역할을 주면 물론 잘하고 못하고의 차이는 있지만 그러나 거의 항상 그들은 유럽인에게 어떤 교훈을 주는 행동방식으로 일을 처리하지. 그러나 이 사령관은 도대체 행동방식이 없단 말이야. 스페인인이 행동방식을 잊어버렸을 때는 그는 이미 모든 것을 잊어버린 것이나 다름없지."

"어젯밤 알함브라 주점에서 말이야" 하고 카르리치는 말했다. "이런 것을 보았네. 거의 나체가 된 무희가 무대 위에 나왔지. 아주 가까워서 손을 내밀면 닿을 것 같았어. 술 취한 한 민병이 달려나오더니 한 손으로 그녀를 어루만졌어. 관객들은 마구 웃어댔지. 그 민병이 뒤로 돌아서는데 보니까 그자는 눈만 감고 있는 게 아니라 손까지 꽉쥐고 있더군. 마치 그 여자를 어루만졌을 때 그녀의 아름다움을 그 손에 잡아내기라도 한 것처럼 말이야. 그리고 그는 군중들을 향해 돌아서더니 그 손안에 있는 아름다움을 관객들에게 내던졌네, 군중들을 경멸하는 듯한 모습으로. 훌륭하더군. 오직 이곳에서만 가능한 일이지."

그는 전에보다는 많이 서투른 프랑스어로 말했다. 경쾌하고도 매끈한 용모를 지닌 이 지휘관은 오 드 콜로뉴 대신 장뇌유(樟腦油)를 사용한 목욕실에서 나온 것 같았다. 그는 자신의 대위 군모를 벗었다. 그때 스칼리는 그의 검고 단단한 고수머리를 보았다.

"이곳을 내가 좋아하는 이유는" 하고 폴은 말했다. "이것저것을 배울 수 있기 때문이야. 정말이야. 그렇지만 그 사령관은 얼간이라고 밖에는 말할 수가 없었네."

"사령관에 대해서 그렇게 말하면 안 돼" 하고 카르리치는 거칠게 말했다.

그는 코밑수염이 자라도록 내버려 두었다. 그의 얼굴은 어린애다운 점이 사라지고, 더욱 엄숙해 보였다. 스칼리는 그 전의 우랑겔 군의 장교가 다시 나타난 것 같은 기분이 들었다.

폴은 어깨를 추어올리며 집게손가락을 쳐들었다.

"나는 얼간이라고 말했을 뿐이야."

'뭐가 잘못 될지도 모르겠군' 하고 아티니에스는 생각했다.

"어떻게 이곳에 오게 됐어?" 하고 그는 사이디에게 물었다.

"모로족들이 프랑코 편에 붙어서 싸우고 있다는 것을 알고 나는 내가 소속하고 있던 소셜리스트 당 지부에 가서 이렇게 말했지. '우리들은 무엇인가 해야 합니다. 시몽, 그렇지 않으면 노동자 동지들이 아랍인에 대해 어떻게 말하겠습니까?' 하고 말이야."

"빛이 보이는데" 하고 철사를 구부리고 있던 하이메가 말했다. 그는 철사로 조종 장치가 달려 있는 비행기를 만들었고 비행 대원들은 그것을 서로 빼앗으려고 다투었다.

한 달 전부터 매일 그의 눈에 빛이 보이기 시작했다. 처음에는 그의 친구들도 빛을 찾으려고 애썼다. 그러나 언제나 찾게 되는 것은 항상 빛이 아니라 슬픔 그 자체였다. 스칼리와 하이메가 나란히 앉아 있고 다른 친구들은 서로 얼굴을 맞대고 있었다.

"그런데 말이지" 하고 카르리치가 말했다. "알바라신을 우리가 점령했을 때 가장 책임 있는 파시스트들 중에 나이가 매우 젊어 보이는 녀석이 하나 있었지. 아마 스무 살쯤 됐을까. 그 녀석이 숨어 있었지. 우리가 그곳에 갔더니, 노파 두 사람 외에는 아무도 없더군. 그 젊은 녀석이 우리 동지들을 아마 50명은 밀고했을거야. 뿐만 아니라, 우리편이 아닌 다른 사람들까지도. 모두 총살당했지."

"젊은 녀석이 한술 더 뜨는군" 하고 스칼리는 말했다.

"그 중의 한 노파가 이렇게 말하더군. '없어요, 없어요. 여긴 아무도 없어요. 단지 내 조카아이가 하나 있을 뿐예요…….' 그 녀석의 고모들이었지. 그런데 이런 일이 일어났어. 스타킹을 신고 모자를 쓴 한 소년이 밖으로 나오는 거야……."

카르리치는 그의 머리 위에 동그라미를 그리는 시늉을 했다. 그것은 어린이용 수병 모자를 나타내는 것이었다.

"……수병복(水兵服)에다 반바지 차림으로 말이야. '보시다시피' 하고 노파들이 말하더군. '이제 잘 보셨지요?' 그 녀석이야말로 우리가 찾고 있던 악한이었어. 노파들은 그 녀석에게 어린이 옷을 입혀서 우리를 속이려고 했던거야……."

"빛이 돌고 있어" 하고 하이메는 말했다. 그는 검은 안경을 벗었다.

카르리치는 웃었다. 그것은 8월에 스칼리의 신경을 거슬리게 했던 바로 그런 웃음이었다.
"그는 총살되었지."
카르리치가 적군의 포화 속으로 부상당한 동료들을 구하기 위해 두 번이나 들어갔던 사실을 모두 알고 있었다. 그때 그가 죽음을 무릅쓴 것도. 그에게는 봉사한다는 것이 하나의 정열이었고, 그의 밑에서 일하는 사람들도 역시 그런 기분으로 일하고 있었다. 그가 처음 모로족들에게 고문당한 부상병들을 찾아냈을 때, 그들의 석방을 요구하기 위해 단신으로 모로족 장교를 찾아갔었다. 그러한 그의 행동이 스칼리와 아티니에스에게는 불안을 느끼게 했다. 다른 사람들은 그가 좀 돌았다고 믿고 있었고, 사이디는 그 모든 것에 의심을 품고 있었다.
스칼리는 카르리치가 처음 왔을 때를 생각했다. 그는 훌륭한 장화를 신고 있었다. 처음 만난 구두닦이에게 그는 자기 구두를 닦게 했다. 그러나 훌륭한 코작 장화를 닦는 일은 보통 단화 한 켤레를 닦는 것과는 달랐다. 군용차는 단체로 쓰게 되어 있어서 30명이나 되는 전문가들이 반시간 동안이나 카르리치를 기다리고 있었고, 카르리치 또한 기다리다 지쳐 책상을 톡톡 치고 있는 바람에 구두닦이는 나머지 한쪽 장화의 윤내는 일을 끝내지 못하고 말았다.
"빛이 멈췄어" 하고 하이메는 말했다.
끊임없이 되풀이되는 이 희망은 번번이 그의 주위에 무서운 불안을 만들고 있었다. 맹인이 된 것을 그는 거의 수치로 생각하고 있는 만큼 더욱 유머를 찾아내려고 애쓰고 있었다. 그가 굴을 사겠다고 약속한 적이 있었다. 기상천외한 계략으로 굴을 구할 수 있을 것으로 믿고 있었던 것이다. 그러나 그것은 잘못이었다. 처음으로 도착한 사람들은(스칼리와 그는 맨 나중에 왔다) 카페의 문에서 이런 문구를 발견했다. "심사숙고한 끝에 우리는 오지 않기로 했습니다——굴로부터."
"이런 생활이 마음에 듭니까?" 하고 아티니에스는 카르리치에게 물었다.
"내 아버지가 세상을 뜨셨을 때(우린 네 형제였어요) 나는…… 군대에 있었죠. 그분은 이렇게 말씀하신 적이 있어요. '세 놈은 행복을 누려야 한다. 그러나 한 놈은——승리를 거두어야 한다' 라고."
스칼리는 두 달 전부터 그를 불안하게 해오던 것과 한 번 더 부딪쳤다. 그것은 전쟁 기술자들이 '전사(戰士)'라고 부르고 있는 것이었다. 스칼리는 전투원을 사랑했다. 그러나 직업군인들에게는 불신감을 가지고 있었고 전사들을 싫어하였다. 카르리치로 말하자면 너무 단순했다. 그러나 다른 사람들은?…… 그런데 프랑코측에도 역시 그런 전사들이 수천 명이나 있었다.

"나는 전차 부대에 들어가고 싶어" 하고 기관총 사수는 말을 이었다. "전차대원, 비행대원, 기관총 사수, 고용병들, 그들이 모두 유럽으로 다시 돌아갈 수 있을까?"

"대전중에 가장 무서운 게 무엇이던가요, 카르리치?"

그는 공포라든가 연민을 얘기하고 싶었으나 그렇게 미묘한 문제를 말할 필요는 없었다.

"공포 말인가? 처음엔 모든 것이 다 그랬지."

"그리고 그 다음으로는요?"

"모르겠어."

"불빛이 보여요?" 하고 하이메는 물었다.

"그래!" 하고 카르리치는 대답했다. "무서웠던 것이 하나 있었어요. 무서웠지요. 바로 교수형을 당한 시체들이었소. 당신은?"

"난 그런 것은 한 번도 못 보았네."

"운이 좋은데요……."

"그건 무섭더군. 이런 거요. 피가 흐른다면 모든 것이 자연스럽지. 하지만 교수형을 당한 자들은 자연스럽지가 않아요. 피가 흐르지 않는 것은 자연스러운 것이 아니예요. 자연스럽지 않은 것, 그게 바로 두려움인 것이오."

20년 전부터 스칼리는 사람들이 '인간의 개념'에 대해서 말하는 것을 들어왔다. 그리고 그 점에 관해서 많이 생각해왔다. 삶과 죽음 사이에 있는 사람을 앞에 놓고 볼 때 인간의 개념이란 멋진 것이었다. 스칼리는 아무리 생각해 보아도 인간이 어디에 속해 있는가를 알 수가 없었다. 용기와 관용이 있었는가 하면 생리학이 있었고, 혁명가가 있었는가 하면 또한 대중이 있었다. 정치가 있고 한편으로는 도덕이 있었다. '내가 말하는 것에 관해서 알고 싶다' 하고 알베아르가 말한 적이 있었다.

"저것 봐, 빛이 다시 움직이는군" 하고 하이메는 말했다.

스칼리는 멍하니 입을 벌린 채 두 주먹을 테이블 위에 올려놓고 있다가 철사 비행기를 3미터쯤 밀어버리고 일어섰다. 가르데는 하이메의 두 어깨를 붙들었고 두 사람은 카페의 유리창 너머로 이제 막 돌기 시작한 목마(木馬)의 커다란 전구(電球)를 바라보고 있었다.

하이메와 그의 동료들은 완전히 정신이 돌아버린 것 같은 기분으로 꾀꼬리들처럼 휘파람을 불며, 그리고 마니앵은 다른 차를 타고 점호를 받기 위해서 —— 그리고 말라가 출격을 위해서 비행장으로 달렸다. 적의 비행대가 6킬로미터쯤 떨어진 항구를 폭격하고 있었다. 안개가 발렌시아를 덮고, 오렌지 나무 위를 부드럽게 흐르고 있었다. 어린이들의 축제를 위해서 노동조합은 전례 없는 행렬을 준비하기로 이미 결정이 되어 있었다. 의견을 모은 꼬마들의 대표단이 동물 만화의 주인공들을 요구해왔다. 노동조합은 두꺼운 마분지를 이용하여 거대한 '미키 마우스'와 '고양이 펠릭스', '오리 도날드'들을 만들었다 (하지만 앞장은 돈 키호테와 산초 판사가 서게 되었다). 마드리드에서 피난 온 아이들에게 베풀어진 이 축제에는 각 지방에서 수천 명의 아이들이 모여들었는데, 그 대부분이 방공호가 없었다. 겉으로 드러난 도시의 대로(大路) 위에는 신나게 행렬을 마친 마차들이 버려져 있었고, 2킬로미터쯤은 자동차의 헤드라이트의 불빛에 비쳐서 근대의 동화 속, 죽은 것도 다시 살아나는 세계에서는 말을 할 줄 아는 동물들의 모습이 보였다. 방공호가 없는 곳에 아이들은 마분지 발판 위에 세워진 생쥐와 고양이들의 다리 사이에 숨었다. 적의 비행대는 계속해서 항구에 폭격을 가하고 있었다. 폭발의 리듬에 맞추어 떨고 있는 동물들이 밤의 동 키호테의 보호 밑에서 잠들어 있는 아이들의 머리 위에서 비를 맞으며 신나게 머리를 흔들고 있었다.

아티니에스는 셈브라노가 조종하는 폭격기의 폭격수였다. 두 대의 비행기의 탑승원은 혼합되어 있었고 두번째의 비행기에는 정비사 폴과 아티니에스가 탑승하고 있었다. 셈브라노의 부조종사는 레이에스라고 불리우는 바스크인이었다. 그들은 남부 지방의 마지막 비행장에서 바꾸지 않으면 안 되는 폭탄과 톨레도에 견줄 만한 대혼란을 발견했다. 말라가 조금 앞에 15만 명이나 되는 피난민 대열이 해변의 가도를 걷고 있었다. 그리고 뒤에서는 파시스트 순양함이 쾌청한 아침에 기다란 연기를 내뿜으면서 알메리아로 향하고 있었다. 마지막엔 이탈리아와 스페인의 기동 부대의 선발대를 찾았는데, 비행기에서 볼 때 몇 시간 안에 피난민 군중에 따라붙을 것 같았다. 아티니에스와 셈브라노는 서로 마주 보았다. 고도를 최소한도로 낮추었다. 기동 부대는 형태조차 없어졌다.

급히 귀환하기 위해 셈브라노는 기수를 꺾고 바다를 건너기로 했다.

아티니에스가 뒤를 돌아보자 정비사가 투폭 장치의 핸들에서 묻은 기름투성이의 손을 비비고 있었다. 그는 다시 정면을 향하여 고개를 돌리고 맑은 뭉게구름으로 가득 찬 하늘을 바라보았다. 좀 늦었구나 싶게 18대의 적의 전투기가 두 편대로 갈라져서 다가오고 있었다. 또 한 뒤에도 있었다.

총탄들이 기수총좌(機首銃座)를 꿰뚫었다.

셈브라노는 오른팔에 몽둥이로 얻어맞은 것 같은 강한 충격이 느껴지더니 팔이 축 늘어지기 시작했다. 그는 부조종사를 돌아보았다. "조종간을 잡아!" 레이에스는 조종간을 잡기는커녕 두 손으로 배를 움켜쥐고 있었다. 그를 붙들어매고 있는 밴드가 없었더라면 뒤로 나자빠져 피투성이가 된 한쪽 다리를 기체 안에 뻗고 있는 아티니에스 위로 넘어졌을 것이다. 기체 뒤로 지나간 적의 전투기들은 틀림없이 격렬하게 쏘아댈 것이다. 그것을 막을 길이란 전혀 없다. 이만한 수효의 적기 앞에서는 공화파의 다섯 대의 전투기들은 가장 유리한 전투 위치를 만들어서 다른 한 대의 대형기의 탈출을 시도하는 수밖에 없었다. 기체에 뚫린 구멍은 작은 포탄의 크기만 했다. 이탈리아기들은 기관포를 가지고 있었다. 뒤쪽의 기관총 사수도 부상당했을까? 셈브라노가 뒤를 돌아보는 순간, 그의 시선이 오른쪽 발동기 위로 지나갔다. 그것은 불길을 뿜고 있었다. 셈브라노는 발동기를 껐다. 그의 기관총 사수들은 아무도 더 이상 사격하지 않았다. 기체는 매초마다 고도가 낮아졌다. 조종석에서 내려와 줄곧 물을 찾고 있는 레이에스 위로 아티니에스는 몸을 굽혔다. '배를 맞았구나' 하고 셈브라노는 생각했다. 다시 새로운 집중 사격이 기체 위로 지나갔다. 다만 오른쪽 수평판만이 얻어맞았다. 셈브라노는 두 발과 왼손으로 조종하였다. 피가 뺨 위로 조용히 흘러내리고 있었다. 머리 역시 다쳤음에 틀림없다. 그러나 아프지는 않았다. 비행기는 계속 고도가 낮아졌다. 뒤는 말라가이고 아래는 바다였다. 멀리 10미터 높이의 띠 같은 사구(砂丘)를 넘어서 제방처럼 늘어진 암벽이 보였다.
 적기가 따라오고 있었고, 이미 기체의 고도는 너무 낮아져서 낙하산을 사용할 수도 없었다. 고도를 다시 올리기는 불가능했다. 파열탄(破裂彈)에 맞은 것이 틀림없었다. 수평 조종타가 거의 말을 듣지 않았다. 해면이 너무 가까워지자 아래쪽의 기관총 사수가 총좌에서 나와 기체 속에 누웠다. 그의 다리 역시 피투성이였다. 레이에스는 눈을 감고 바스크어를 지껄이고 있었다. 마지막 총격을 혼자서 가하고 있는 적기를 그들은 더 이상 바라보지 않았다. 그들은 바다를 바라보고 있었다. 그들 중 몇 사람은 수영을 할 줄 몰랐고, 다른 사람이라 할지라도 발과 팔에, 그리고 배에 파열탄을 맞은 채로 수영할 수는 없었다. 해안까지는 1킬로미터, 해면까지는 30미터, 수심의 깊이는 4 내지 5미터였다. 적의 전투기가 다시 와서 또 한 번 전기관총으로 쏘아댔다. 예광탄들이 비행기의 주위에 붉은 줄의 거미집을 펼치고 있는 것 같았다. 셈브라노의 아래에서는 아침의 맑고 조용한 파도가 행복과는 아랑곳없이 태양을 반사하고 있었다. 눈을 감고 비행기가 천천히 어디까지나 내려가도록 내버려두는 것이 가장 좋은 방법이었다. 그의 시선은 갑자기, 피투성이가 되어 불안하긴 해도 언제나 유쾌해 보이는 폴의 얼굴에 가서 멈추었다. 총알의 붉은 선들이 피투성이가 된 기체를 둘러싸고 있었고, 그 속에서는 아티니에스가 이제는 조종석에서 내려져 숨을 헐떡거리고 있는 듯한 레이에스 위로 몸을 구부리고 있었다. 기진맥진해 보였다. 셈브라노가 정면에서 본 유일한 사람인 폴의 얼굴에서도 역시 피가 철철 흐르고 있었다. 그러나 그 뚱뚱한 유태인 익살꾼의 매끄러운 뺨에는 어떤 삶에 대한 용기가 담겨 있어서, 조종사는 오른팔을 사용해보려고 마지막 노력을 다했다. 그 팔은 사라지고 없었다. 두 발과 왼팔에 모든 힘을 기울여 기체를 급상승시켰다.
 폴은 바퀴를 내렸었으나 이젠 접어넣었다. 비행기의 동체가 수상비행기의 그것처럼 미끄러져 나갔다. 순간 기체는 속도가 늦어졌고 고요한 파도의 거품 속으로 처박히며 뒤집혀졌다. 모두가 기체 속으로 밀려들어오는 물 속에서 물에 빠진 고양이처럼 허우적거렸다. 물은, 지금은 뒤집혀진 기체의 꼭대기까지는 올라오지 않았다. 폴은 문으로 달려가 여느 때처럼 손잡이를 위에서 아래로 돌려 움직이려고 했다. 그러나 뜻대로 되지 않자 곧 비행기가 뒤집혀져 있다는 사실을 깨닫고 손잡이를 위에서 찾아야만 했다. 그러나 문은 파열탄에 맞아 꼼짝도 하지 않았다.
 셈브라노는 거꾸로 된 비행기 속에서 다시 일어나 코앞에 뒤집힌 조종석을 두고 제 꼬리를 물려고 도는 개처럼 그의 팔을 찾았다. 이미 장밋빛이 된 상처에서 흐르는 피가 기체 안의 물 속에 붉은 반점을 만들고 있었으나 팔은 제 자리에 있었다. 앞쪽의 기관총 사수가 전복할 때 열린 총좌의 방풍창(防風窓)을 부수었다. 셈브라노, 아티니에스, 폴 그리고 그 자신이 빠져나오는 데 성공, 마침내 자유로운 공기 속에 상반신을 내놓고 다리는 물 속에 잠긴 채 끝없는 피난민의 행렬 앞에 서게 되었다.
 정비사에 기대어 아티니에스가 사람들을 불렀지만 파도가 그의 목소리를 덮어버렸다. 기껏해야 도망중인 농부들이 그들의 손짓을 보았을 뿐이었다. 군중 속에서는 누구나 그들의 부름이 다른 사람에게 호소하고 있는 것으로 생각되리라는 것쯤은 아티니에스도 알고 있었다. 한 농부가 모래밭 위를 걷고 있었다. 아티니에스는 모래까지 기어갔다. "와서 저들을 좀 도와주시오!" 하고 소리가 미치는 곳까지 오자마자 이렇게 외쳤다. "헤엄칠 줄 몰라요" 하고 그가 대답했다. "깊진 않아요." 아티니에스는 계속 앞으로 나아갔다. 농부는 움직이지 않았다. 아티니에스가 물 속에서 나와 그의 곁에 섰을 때야 비로소 그는 "애들이 있어서" 하고 말했다. 그러고는 가버렸다. 어쩌면 그것은 사실일지도 모른다. 이 격노한 피난민 앞에서, 참을성 있게 파시스트 군이 다가오기를 기다리는 사람에게 어떤 도움을 청할 수 있겠는가? 아마 그는 경계하고 있었는지도 모른다. 정력적이며 금발인 아티니에스의 얼굴은 말라가의 농부가 상상하는 독일 조종사의 모습과 너무나 닮아 있었다. 동쪽 산꼭대기에서 아주 가까이로 공화군 비행기들이 사라지고 있었다. "그들이 자동차를 보내주기를 기대해 보자……."
 흘러가는 군중 속에서 한 무리의 민병들이 빠져나왔다. 그들은 둑 위에 서 있어서 군중보다 훨씬 커 보였고 몸을 전혀 움직이지 않고 있었기 때문에 살아 있는 물체라기보다는 바윗돌이나 무거운 뭉게구름과도 흡사했다. 마치 도망가고 있지 않은 것들 중에는 살아 있는 생물이란 하나도 없는 것처럼. 수면에서 타고 있는 짧은 불꽃이 비행기의 표지판의 빛깔을 감춰버리고 있었고, 그들은 이제 거의 불타버린 비행기에 눈을 고정시킨 채 앞으로 전진하고 있는 어깨와 허공에 흔들고 있는 손의 흐름을 전설을 지키는 사람처럼 내려다보고 있었다. 바다에서 불어오는 바람에 맞서기 위해 벌리고 있는 그들의 다리 사이로 머리들이 낙엽처럼 굴러가고 있었다. 마침내 그들은 아티니에스를 향하여 급히 내려왔다. "부상자들을 도와라!" 그들은 물결에 걸리면서 한 발짝 한 발짝 비행기까지 접근했다. 마지막 사람은 아티니에스 곁에 남아 비행사의 팔을 자신의 어깨 위에 걸쳤다.
 "전화가 있는 곳을 아시오?" 하고 아티니에스가 물었다.
 "그렇소."
 그들은 마을의 경비를 맡고 있는 민병들이었다. 그들은 조약돌밖에 없는 마을을 이탈리아 군의 기계화 부대에 대항하여 방어하려 하고 있었다. 도로 위에는 그들 나름대로 민병들과 함께 남은 말라가의 주민 20만 명 중 15만 명이 무기도 없이 죽을 때까지 '스페인의 해방자'로부터 도망치고 있었다.
 그들은 비탈의 중턱에서 멈추었다. '총알에 맞은 상처는 아프지 않다는 말은 순 거짓말이었군' 하고 아티니에스는 생각하였다. 바닷물도 고통을 전혀 가라앉혀주지는 못했다. 둑 위에서는 상반신을 구부린 사람들이 걷거나 혹은 달리면서 끊임없이 서쪽을 향하여 전진하고 있었다. 마치 모두가 어떤 소리없는 나팔을 불고 있는 것처럼 많은 사람들이 한쪽 주먹을 입에 대고 있었는데 그 안에는 무언가가 쥐어져 있었다. 그들은 무엇을 먹고 있는 중이었다. 잎이 짧고 넓은 풀 한 포기, 아마 샐러리였으리라. "밭이 있어요" 하고 그 민병은 말했다. 한 노파가 무어라 소리치면서 비탈을 따라 내려오더니 아티니에스에게로 다가와 병을 내밀었다.
 "내 불쌍한 아이들, 내 불쌍한 아이들!"
 그녀는 밑에 있는 다른 사람들을 바라보고 있더니 아티니에스가 그 병을 잡기도 전에 다시 병을 빼앗으면서 여전히 같은 말을 되풀이하여 소리치며 재빨리 아래로 내려갔다.
 아티니에스는 민병의 부축을 받으며 다시 올라갔다. 여자들이 달려가다 말고 걸음을 멈추더니, 부상당한 비행사들과 불길이 꺼져가는 비행기를 보며 울부짖으면서 다시 달음질을 쳤다.
 '마치 일요일의 거리 같군' 하고 길에 이르자 쓸쓸한 기분으로 아티니에스는 생각했다. 파도소리가 리듬을 더해주고 있는 피난민의 소음 속에서 아티니에스에게는 너무도 귀에 익은 또 다른 소음이 들려오기 시작했다. 적의 전투기였다. 군중들은 사방으로 흩어졌다. 그들은 이미 폭격도 기총소사도 경험하고 있었다.

 적기는 바다 속에서 마지막 불꽃이 꺼져가고 있는 대형기를 향해 일직선으로 내려오고 있었다. 이미 민병들은 부상자들을 운반하였다. 적기가 도착하기 전에 그들은 길에 다다르게 될 것이다. 군중들을 향하여 엎드리라고 소리쳤으나 아무도 듣고 있지 않았다. 셈브라노의 지시에 따라 민병들은 부상자들을 작은 벽 옆에 길게 뉘었다. 적기는 아주 낮게 내려와 꺼져가는 작은 불꽃에 싸여 통닭구이처럼 뒤집혀 있는 대형기의 주위를 맴돌았다. 아마 사진을 찍었을 것이다. 그러고는 다시 날아가버렸다. '그러나 트럭들도 역시 뒤집혀 있단 말이야.'

 짐수레 한 대가 지나가고 있었다. 아티니에스는 수레를 멈추게 하고는 민병의 어깨로부터 벗어났다. 한 젊은 농부가 그에게 자리를 양보하고 자기는 어느 노파의 다리 사이에 앉았다. 짐수레는 다시 떠났다. 수레에는 다섯 명의 농민들이 타고 있었다. 아무도 무어라 묻지 않았고 아티니에스 역시 한 마디의 말도 하지 않았다. 그 순간에는 전세계가 오직 한 방향을 향하여 흘러가는 듯싶었다.

 민병은 짐수레 곁에 바싹 붙어 걷고 있었다. 1킬로미터쯤 가자 길은 바다에서 멀어졌다. 들판에는 모닥불들이 타고 있었다. 그 모닥불들과 꼼짝 않고 웅크리고 있거나 누워 있는 사람들에게서는 피난 행렬 속에서와 같은 극도의 불안감이 감돌고 있었다. 그들 사이로 집 없는 무저항적인 무리들이 알메리아를 향하여 절망적인 이동을 계속하고 있었다. 차들이 엉클어져 빠져나갈 수 없을 만큼 혼잡을 이루고 있었다. 짐수레는 더 이상 나아가지 못했다.

 "아직 멀었습니까?" 하고 아티니에스는 물었다. "3킬로미터" 하고 민병은 대답했다.

 당나귀에 올라탄 한 농부가 그들을 지나쳤다. 당나귀들은 끊임없이 도로를 벗어나 어디든지 미끄러지듯 빨리 가고 있었다.

 "당나귀를 좀 빌려주시오. 마을 우체국 앞에서 돌려드리겠소. 부상당한 비행사들 때문에 그럽니다."

 농부는 아무 말없이 당나귀에서 내려와 짐수레 속의 아티니에스 자리에 앉았다.

아마 학생임에 틀림없는 고상하기까지 한두 명의 젊은이들, 즉 청년과 처녀가 짐도 없이 당나귀 옆을 지나쳤다. 그들은 손을 마주잡고 있었다. 아티니에스는 문득 자기가 지금까지 간혹 여자 노동자가 섞인, 그러나 거의 언제나 농부(農婦)들뿐인 비참한 모습의 군중들밖에는 보지 못했다는 생각이 들었다. 그리고 항상 등에 멕시코풍의 모포를 두르고 있는 사람들뿐이었다. 대화 같은 것은 없었다. 외침소리와 침묵만이 있었을 뿐이다.

도로는 터널 밑으로 들어가고 있었다.

아티니에스는 그의 손전등을 찾았다. 그러나 물에 젖은 주머니 속에서 끄집어낸들 소용이 없었다. 사람과 가축과 수레가 지나가고 있는 양쪽에서 성냥불, 횃불, 깜부기불 같은 갖가지 종류의 수많은 조그만 불빛들이 노랗고 불그스름하게 붙었다가는 꺼지기도 하고, 불 무리에 둘러싸여 가만히 빛나기도 했다. 비행기를 피하여 대량의 피난민 야영지가 햇빛에서 멀리 떨어진 푸르스름한 두 개의 구렁 사이의 지하에 만들어져 있었다. 횃불과 움직이지 않는 안전등 주위에서 많은 그림자들이 움직이고 있었고 그때마다 사람의 상반신과 머리들이 한 순간 그림자처럼 나타났다가는 그 다리들이 어둠 속으로 사라지곤 했다. 바위 밑에서 마차들의 삐걱거리는 소리가 지하천(地下川)처럼 울리고 있었고, 그 외의 침묵은 동물들마저 사로잡고 있었다.

터널 안에서는 운집한 군중들이 내뿜는 열기(熱氣)와 땅 밑에서 올라오는 지열(地熱)이 아티니에스를 감싸고 있었다. 전화가 있는 곳까지 가야만 한다. 꼭 전화가 있는 곳까지 가야만 한다. 그런데 아티니에스가 길에서 죽어버리는 것은 아닐까? 수레나 당나귀는 단말마의 고통을 더욱 무디게 해주는 환몽(幻夢)이 아닐까? 그를 감쌌던 바닷물로부터 그는 깊숙한 땅 밑의 이 막힌 세계로 미끄러져 들어가고 있었다. 생자(生者)의 확신보다도 더욱 강렬한 하나의 명확한 사실이 조금 전에 기체 속을 흐르던 피로부터 숨막힐 듯한 터널로 옮아가고 있었다. 생명이었던 모든 것들이 비참한 추억들처럼 깊고 무기력한 허탈 상태 속으로 녹아들고 있었다. 열기에 찬 어둠 속에서 반짝거리는 불빛들이 축 처져버린 물고기 같은 생명을 인도하고 있었다. 정치 위원 아티니에스는 꼼짝하지 않고 체중도 없는 듯이 거대한 수면(睡眠)의 강을 건너 죽음의 피안(彼岸)으로 미끄러져가고 있었다.

햇빛이 점점 가까이 다가오다가 구부러진 도로로 인해 갑자기 펼쳐지면서 마치 그 전까지 빛이 얼어 있었던 것처럼 그의 전신을 차갑게 일깨워주었다. 당나귀를 타고 있는 발이 찌르는 듯 아픔에도 불구하고 전화를 해야 한다는 생각이 머리를 떠나지 않고 있음을 다시 깨닫고 그는 놀라움을 느꼈다. 전투에서 벗어난 것처럼 비행기에서 빠져나온 순간부터 그는 생의 신비를 앞에 두고 지옥의 변경에서 돌아온 것 같은 기분을 느끼곤 했다. 또다시 피난민이 흘러가는 건너편에 스페인의 황토색 대지가 지중해까지 펼쳐져 있고, 그곳에는 검은 염소들이 바위 위에 서 있었다.

우왕좌왕하는 군중들이 첫번째 마을의 주변에서 들끓고 있었다. 마치 파도가 떨어지면서 조약돌과 바위 부스러기의 모래톱을 남겨놓는 것처럼, 첫번째 벽 주위에 온갖 가구를 내려놓고 있었다. 갖가지 갑옷을 걸치고 있는 듯한 혼란한 무리들이 벽들 사이사이에 목장의 가축떼처럼 넘치고 있었다. 이곳에서 피난민의 대열은 눈사태와 같은 힘을 잃어버렸다. 이제는 단순한 군중에 지나지 않았다.

그 민병의 덕택으로 아티니에스는 줄곧 당나귀를 타고 마침내 전화국에 도착했다. 전화선은 끊어져 있었다.

부상자들이 벽 밑에 눕혀지자 폴은 민병들에게 어디로 가면 트럭을 구할 수 있겠느냐고 물었다. "농가에 가면 있지만 가솔린이 없어요!" 그는 첫번째 농가로 달려갔다. 트럭은 있었으나 연료 탱크는 비어 있었다. 그는 여전히 뛰어 바께쓰를 들고 돌아와서는 비행기의 다치지 않은 연료 탱크 속에서 약간의 가솔린을 담아내는 데 성공했다. 그는 바께쓰의 균형을 잡으면서 지칠 줄 모르는 농민들의 피난 행렬 옆을 천천히 걸어 농장으로 다시 돌아왔다. 또한 그들이 그날 아침에 폭파해버린 트럭 부대의 뒤를 틀림없이 뒤따라오고 있을 또다른 트럭 부대를 순간마다 기다리면서. 그는 자동차를 가동시켜보려 했다. 그러나 마그네토가 부서져 있었다.

그는 두번째 농가로 달려갔다. 셈브라노는 아티니에스가 이러한 혼란 속에서 일을 쉽게 해결해나갈 수 있으리라고는 생각지 않았다. 따라서 연락을 하여 트럭이 오는 것보다는 그곳에서 직접 트럭을 찾아내는 데 더 기대를 걸고 있었다. 반은 별장인 듯한 그 농가에는 가구가 하나도 없었다. 모로식 질그릇들과 앵무새가 그려진 낭만풍의 모조 프레스코(마르지 않은 벽면에 그린 수채화)들이 화재를 기다리고 있는 것처럼 보였다. 지하에서 울려오는 피난민의 소음이 매초마다 적군의 도착을 알리는 듯 위협하고 있었다. 이번에는 셈브라노도 왼손으로 스페인 기관총 사수가 묶어준 오른팔을 붙들고 그에게로 왔다. 그들이 트럭을 발견하자마자 곧 셈브라노가 발동기 덮개를 들어올렸다. 연료관이 부서져 있었다. 트럭들은 파시스트들이 사용하지 못하도록 고의로 부실하게 만들어져 있었다. 몸을 구부리고 있던 셈브라노가 다시 일어났다. 입은 벌어지고 눈은 반쯤 감긴 그의 모습은 마치 지쳐버린 볼테르와 같았다. 그리고 비틀거리는 권투 선수와 같은 발걸음으로 다음 농가를 향하여 입을 벌린 채 걸음을 옮겼다.

　들판의 한복판에서 그는 자기 이름을 부르는 소리를 들었다. 얼굴이 아주 동그란 스페인 기관총 사수가 여전히 피투성이인데도 마치 환희에 찬 사과와 같은 모습으로 펄쩍펄쩍 뛰면서 그에게로 달려오고 있었다. 아티니에스는 자동차를 타고 돌아왔다. 공화군 전투기들이 병원에 알린 것이다. 셈브라노와 폴은 부상자들을 자동차 뒤의 바닥과 의자에 뉘었다. 기관총 사수는 그들과 함께 남았다.
　의사 한 사람이 자동차와 함께 왔는데 그는 캐나다인 수혈 주임의사였다.
　비행기가 추락한 뒤로는 비행사들 가운데 어느 누구도 파시스트 군이 오고 있다는 얘기를 하지 않았다. 그러나 모두는 말라가를 벗어날 때 폭격한 기동부대를 아티니에스처럼 분명히 기억하고 있었다.
　자동차의 앞쪽은 사람들로 꽉 들어차 있었으나 뒤쪽은 텅 빈 듯이 보였다. 매킬로미터마다 민병들이 차를 세우고는 여자들을 실으려 했다. 그러나 발판 위로 올라와 부상자들을 보고는 다시 내려가버리곤 했다. 처음에 군중들은 위원회의 위원들이 도망가고 있다고 믿고 있었다. 그러나 언뜻 보아 텅 빈 것 같은 자동차마다 부상자들이 들어차 있는 것을 보고 그들은 우울한 우애의 감정을 느끼며 자동차들을 바라보곤 했다. 레이에스는 숨을 헐떡거리고 있었다. "수혈은 하겠지만 걱정이 되는군요" 하고 의사는 아티니에스에게 말했다. 너무나 많은 사람들이 길가에 누워 있었다. 그 중에서 그냥 잠들어 있는 사람과 부상당한 사람을 구별할 수가 없었다. 곧잘 여자들이 도로를 가로질러 누워 있곤 했다. 그때마다 의사가 내려가서 그녀들을 타이르곤 했다. 여자들은 와서 보고는 아무 말없이 차를 지나가게 했다. 그러고는 다음 차를 기다리기 위해 다시 드러누워버리는 것이었다.
　힘줄과 신경밖에는 남지 않은 한 노인이 농부들 사이에서나 볼 수 있는 오그라든 모습으로, 왼팔에 생후 몇 개월밖에 안 되는 어린애를 안고 그들을 불러세웠다. 길을 따라 가노라면 그 정도의 비참한 모습은 얼마든지 볼 수 있었다. 그러나 어쩌면 인간은 다른 어떠한 연약한 것보다 어린애에게 더욱 약한 것인지도 모른다. 레이에스가 헐떡거리고 있는데도 불구하고 의사는 차를 세웠다. 농부를 안으로 들어오게 하는 것은 불가능했다. 그는 여전히 왼팔에 아기를 안은 채 운전석 옆의 발판에 올라섰다. 그러나 아무것도 손으로 잡을 만한 것을 찾지 못했다. 다른 쪽 발판 위에서 오른손으로 조수석의 손잡이를 잡고 있던 폴이 왼손을 내밀었다. 농부는 그 손을 붙잡았다. 따라서 운전사는 거의 계속해서 몸을 반쯤 구부리고 운전하지 않으면 안 되었다. 두 사람의 손이 앞창 앞에서 맞잡고 있었기 때문이다.
　의사와 아티니에스는 그것으로부터 눈을 뗄 수가 없었다. 의사는 연극이나 영화의 러브 신을 보게 될 때면 항상 거북스러움을 느끼곤 했었다. 이곳에서도 역시 곧 다시 전투에 나가야 할 이 외국인 노동자가 피난민 앞에서 안달루시아의 늙은 농부의 손목을 잡고 있는 모습이 그의 마음을 괴롭히는 것이었다. 그래서 그는 그 모습을 바라보지 않으려고 애썼다. 그러나 그럼에도 불구하고 그 자신의 가장 깊은 부분이 그들의 손과 함께 묶여 있었다. 그것은 조금 전에 그들을 멈추게 했던 똑같은 마음이었고, 그것이 그들의 가장 하잘것없는 표현 속에서 모성과 어린애를, 또는 죽음을 느끼게 했는지도 모른다.
　"정지!" 하고 한 민병이 소리쳤다. 운전사는 속도를 줄이지 않았다. 민병은 차를 겨눴다. "부상당한 비행사들이야!" 하고 운전사가 소리쳤다. 민병이 발판 위로 뛰어올라왔다. "정지하라면 정지하는거야! —— 부상당한 비행사들이라고 말했잖아, 이 얼간아! 보면 몰라?" 그러고는 부상자들이 알아듣지 못할 몇 마디가 더 들렸다. 민병이 발포했고 운전사는 핸들 위에 고꾸라졌다. 자동차는 나무를 들이받을 뻔했다. 민병은 브레이크를 밟고 차에서 뛰어내린 다음 길 위로 뛰어갔다.
　검붉은 군모를 쓰고 허리에 사벨을 찬 한 아나키스트 민병이 트럭 위로 올라와서 "저 바보녀석이 당신들을 왜 세웠지?" 하고 묻자 "모르겠소" 하고 아티니에스는 대답했다. 아나키스트는 땅으로 뛰어내려 그 민병의 뒤를 쫓아갔다. 두 사람은 모두 햇빛이 비치는 속에서 어두운 초록색 나무들 뒤로 사라졌다. 자동차는 그대로 버려져 있었다. 부상자들은 아무도 운전할 수가 없었다. 아나키스트는 손에 피묻은 사벨을 들고 마치 무대 뒤에서 나오는 것처럼 다시 나타났다. 그는 트럭이 있는 데까지 다시 돌아와서는 죽은 운전사를 길가에 내려놓고 자신이 운전석에 앉아 아무 말도 묻지 않은 채 차를 몰기 시작했다. 10분쯤 후에 그는 뒤를 돌아보며 피투성이가 된 그의 사벨을 들어 보였다.

"더러운 놈. 민중의 적. 두 번 다시 그런 짓을 못하게 해놓았지." 셈브라노는 죽음에 지쳐버린 듯 어깨를 움츠렸다. 아나키스트는 성난 얼굴로 고개를 돌렸다.

그는 옆 사람들을 보지 않는 체하며 운전하고 있었다. 그러나 그는 조심스럽게 운전하고 있을 뿐만 아니라 차가 흔들리지 않도록 애쓰고 있었다.

"그럼, 당신은 지금 민병을 두고 하는 얘기로군요!" 하고 폴이 프랑스어로 말했다. 차창 밖으로 내민 폴의 얼굴은 검붉은 장교의 모자와 아주 가까이 있었다. "부루퉁한 얼굴이나 펴고서 그런 말을 했으면!"

아티니에스는 앞창 앞에서 두 손을 꼭 쥐고 있는 아나키스트의 뒤에서 그의 폐쇄적이고 적의에 찬 듯한 얼굴을 바라보고 있었다.

그들은 마침내 병원에 도착했다.

병원은 텅 비었으나 아직 기구들과 붕대가 가득했고, 온갖 종류의 고통이 지나간 흔적으로 가득 차 있었다. 자주 피투성이가 되었던 듯한 구겨진 침대들에는 그 비어 있는 모습이 아직도 너무나 선명한 자국들과 얽혀져 마치 그곳에 누워 있던 것은 살아 있거나 죽어가는 특별한 얼굴을 가진 사람들이 아닌 상처 그 자체 —— 팔과 머리와 다리 가 아닌 바로 피 자체가 아니었나 싶었다. 전등불의 움직이지 않는 무게가 병실 전체에 비현실적인 분위기를 주고 있었고, 그 병실에 가득 찬 백색의 조화는 만일 핏자국과 몇몇 육체가 그곳에 생명의 존재를 잔인하게 불러일으키지만 않았더라면 한낱 꿈속의 건물처럼 보였을 것이다. 후송할 수 없는 세 명의 부상자가 권총을 곁에 두고 파시스트들을 기다리고 있었다.

만일 후송기(後送機)가 오지 않을 경우 그들은 자신에 의한 죽음이나 적에 의한 죽음만을 기다리고 있을 따름이었다. 그들은 커다란 체구에 고수머리를 한 폴과, 입술이 튀어나온 셈브라노와, 고통스런 얼굴밖에는 하고 있지 않은 다른 사람들이 들어오는 것을 말없이 지켜보고 있었다. 그리고 그 방은 난파자(難破者)들의 우애로 가득 찼다.

2

완전히 기계화 부대로 조직된 이탈리아 군 4만 명과 그들의 탱크와 비행기가 빌라비시오사에서 공화군 전선을 무너뜨렸다. 그들은 잉그리아 강과 타후나 강의 계곡을 타고 내려와 구아달라하라와 알칼라 데 에나레스를 점령한 뒤 아르간다에서 진격이 멈춰져 있는 프랑코의 남부군과 합류하였다. 그럼으로써 마드리드와의 모든 연락을 차단하려는 것이었다.

말라가 전투에서 몹시 열렬했던 이탈리아 군은 5000명의 병사를 잃었다. 그러나 말라가 전투에서 민병대는 톨레도에서와 같이 싸웠다. 여기서는, 군대는 마드리드에서와 같이 싸우고 있었다. 11일에는 스페인인, 폴란드인, 독일인의 각 부대, 프랑스·벨기에 혼성 부대와 가리발디(이탈리아의 정치가·장군. 일찍부터 청년 이탈리아 당에 가입, 공화파의 혁명 운동에 참가하였으나 실패하고 수차 외국에 망명하였음. 1807~1882) 군의 제1여단이 1 대 8의 비율로 사라고사와 브리웨가 가도의 양쪽에서 이탈리아 군의 진격을 저지하고 있었다.

희끄무레한 최초의 빛이 눈같이 무거운 구름 밑으로 미끄러져 들어오기가 무섭게 포탄들이 에드가르·앙드레 대대와 급히 파견된 새로운 의용병들이 의지하고 있는 작은 숲들과 듬성듬성한 큰 숲들을 갈가리 찢어놓기 시작했다. 포탄 한 방에 뿌리째 뽑힌 오렌지 나무들이 금방이라도 눈이 쏟아질 것만 같은 하늘을 향해 치솟아오르고는 다시 가지를 앞으로 숙여 종이 구겨대는 소리를 내며 화전(火箭)처럼 떨어지고 있었다.

이탈리아 군의 돌격 부대 제1진이 도착했다. "여러분!" 하고 정치 위원 한 사람이 말했다. "공화군의 운명은 10분내로 결정될 겁니다." 중기관총 소대의 전기관총 사수들은 각기 제자리에 남아 죽음을 바로 앞에 두고 총의 놀이쇠를 잡아당겼다. 공화군은 포화 속에서 방어선을 구축하고 측면을 견고하게 했다.

가끔 파시스트 군의 포탄에 불발이 있었다.

새로운 중대의 위원이 일어섰다.
"밀라노에서 포탄 사보타주 도중 총살당한 노동자들 만세!"
모두가 일어섰다. 무기 공장의 노동자들만이 주저하고 있었다. 그들은 포탄이 항상 불발되는 것만은 아니라는 것을 알고 있었기 때문이다.
그때 파시스트 군의 탱크가 도착했다.

그러나 국제의용군과 다이너마이트 대원들은 하라마의 전투로 탱크에 익숙해져 있었다. 탱크들이 차폐물이 없는 지점까지 밀려오자 독일인 부대는 숲속으로 퇴각하여 나오지 않았다. 탱크는 기관총을 가지고 있었는데, 그들에게도 기관총은 있었다. 밀집한 수목 앞에서 탱크들이 공연히 이리저리 움직이고 있었다. 마치 커다란 개들처럼. 이따금씩 작은 떡갈나무가 눈 같은 구름을 향해 튀어오르곤 했다.
숲속에서 포탄을 얻어맞으면서 플랑드르인 기관총 사수들은 파시스트 군 돌격대들을 지면에 묶어놓고 있었다.
"리베터 기관총의 리벳이 지속하는 한 쏠테야" 하고 태풍 같은 포성과 총성의 소음, 기관총의 작렬음, 파열탄의 폭발음, 전차의 포탄이 날카롭게 내지르는 찌릿찌릿한 음향, 구름이 너무 낮아 빠져나오지 못한 채 멀리서만 맴돌고 있는 비행기의 불안한 폭음소리 속에서 기관총대의 대장이 소리를 지르고 있었다.
그날 저녁 이탈리아 군이 화염방사기를 가지고 공격해왔으나 탱크가 진격한 선보다 더 넘어서지는 못했다.
12일, 이탈리아 군의 돌격대는 다시 공격해왔다. 제5병단에 속하는 몇 개의 여단들, 마누엘의 여단과 프랑스인 부대와 독일인 부대가 부딪쳤다. 해가 지자 이탈리아 군은 협착한 지대에 집결하게 되어서 그들의 진로는 막혀 있었다. 그들의 중량급 탄약과 식량이 더 이상 전선에 이르지 못하고 있는데 눈이 내리기 시작했다. 큰 거리는 위협을 받고 있었으나 이탈리아 군도 마찬가지로 위협을 받고 있었다.
13일, 눈은 그쳤고 전투원들은 추위에 얼어죽을 것만 같았다.
밤중에 증원군이 도착했다. 마드리드의 스페인 군의 여단들, 국제 의용군의 원군, 게다가 히메네스가 지휘하는 기병 대대. 공화군은 그래도 2대 1의 약

세였다. 완전히 무장했다고는 할 수 없으나 얼마만큼의 장비를 갖춘 국제의용군이 대열에 합류했다. 가도의 한쪽에서 마누엘의 부하들과 리스테르 여단의 병사들이 운동화를 신고 사면을 오르고 있었다. 공동 전선에서 함께 싸우던 3개월 동안에도, 시리와 마랭고는(지금은 프랑스·벨기에 혼성 부대에 속하고 있다) 그 얼어붙은 3월의 저녁때만큼 스페인인의 병사들을 가깝게 느껴본 적이 없었다. 그날 밤 눈이 쏟아질 때까지 국민군 부대는 넝마가 된 운동화를 질질 끌고 포탄에 흔들리고 있는 지평선을 향하여 행군하고 있었다. 이따금 중량급 대포가 더욱 빨리 짖어대고 있었다. 그러자 예전에 구아달라하라의 농가에 있던 개들처럼 수많은 다른 대포들이 거기에 호응하고 있었다. 포성이 높아질수록 병사들은 서로의 몸을 더욱 바짝 붙이고 있었다.

14일, 제5병단 및 마누엘의 부대는 트리후에케를 공격하고 그곳을 점령했다. 적의 한쪽 측면은 각창문마다 경기관총이 배치된 이바라 궁(宮)에서 방어되고 있었다. 오후 두시부터 프랑스·벨기에 혼성 부대와 가리발디 부대는 공격중에 있었다.

가리발디 부대는 60퍼센트가 마흔 다섯 살 이상의 노병들이었다.

숲의 나무 밑으로, 낮고 평평한 궁전으로부터 보이는 것이라고는 이제 저물어가는 밤과 다시 내리기 시작한 눈 사이로 타오르는 짧은 불꽃밖에는 아무것도 없었다. 포화소리는 멎었으나 개별적인 소총의 음향은 다시 들리고 있었다. 그러자 사람의 소리에 비한다면 소총과 대포의 차이와 같은 커다란 음향이 이탈리아어로 짖어대기 시작했다.

  동지 여러분, 이탈리아의 노동자와 농민 여러분은 무엇 때문에 우리에게 대항하여 싸우고 있습니까? 여러분이 확성기소리를 듣지 않게 되는 날, 이 확성기소리를 지워버리는 모든 소리는 곧 죽음의 소리입니다. 여러분은 우리 스페인의 노동자와 농민들의 자유로운 삶을 방해하기 위하여 죽으시려는 겁니까? 당신들은 속고 있습니다. 우리들은……

대포와 수류탄의 격렬한 폭음이 공화군의 확성기소리를 지워버렸다. 넘어진 채유공(採油孔)과 흡사한, 그리고 그것을 싣고 있는 트럭보다도 더 큰 것 같은 네모진 확성기가 숲의 장막 뒤에 거의 홀로 버려져 있었다. 그러나 말을 하고 있는 것으로 보아 그것은 살아 있었다. 그리고 2킬로미터까지 울려퍼지는 이 외침. 세계의 마지막을 고하는 것 같은 이 소리는 말소리를 구별하기에는 너무나 느렸지만 어두워지는 밤과 포탄에 의해 가지가 부러진 나무들과 끝없이 내리는 눈 사이에 깃든 고독 속에서 울부짖고 있었다.

동지 여러분, 우리들의 포로가 되어 있는 여러분의 동료들은 여러분들에게 이렇게 말할 것입니다. 잔인무도한 빨갱이라고 불리우는 무리가 여러분에 의해 입은 상처로 피투성이가 된 그들의 두 팔을 벌려주더라고…….

파시스트의 정찰대는 확성기소리가 가득 찬 눈과 숲속을 가로지르고 있었다. 그러자 한 방의 총성이 울렸다. 파시스트 한 사람이 쓰러졌다.
"무기를 버려라!" 하고 짧은 침묵 사이에 누군가 이탈리아어로 외쳤다.
"쏘지 마라, 바보 같은 녀석아!" 하고 장교가 외쳤다. "우리들이야!"
"무기를 버려라!"
"우리들이라고 말하지 않았나!"
"알고 있어. 무기를 버려라!"
"너희들이나 무기를 버려라!"
"셋을 셀 때까지 안 버리면 쏜다!"
정찰대는 대답하고 있는 이탈리아인들이 자기편이 아니라는 것을 알아차렸다.
"하나……. 항복하라!"
"절대 못해!"
"둘……. 항복하라!"
정찰대는 무기를 버렸다.

가리발디 대대가 궁전의 한쪽 측면을 공격하고 프랑스·벨기에 혼성 부대는 다른 쪽을 공격하고 있었다. 조명탄 한 개가 숲 위로 튀어올라 소용돌이치는 눈 속에서 검은 나뭇가지들을 비췄다. 가지가 낮고 수북한 나무 한 그루가 튀어올랐다. 나뭇가지 부러지는 소리를 내며 멀리서 그 나무가 떨어지는 동안, 시리는 다섯 명의 동지들이 달려가는 것을, 네 명이 쓰러지는 것을, 오른쪽에 있던 동지의 머리가 날아가는 것을, 또 포탄들이 여기저기 땅 위에 구덩이를 파는 것을, 무언가를 들고 있는 듯한 한 동료의 피투성이 손을 보았다. 사라진 나무와 그가 지금 이바라 궁전의 창문 가운데의 한 곳에서 자기에게 총격이 가해지고 있다는 것을 깨닫기도 전에 시리는 총알이 들어가지 못하도록 등의 근육을 바짝 수축시키고는 달음질을 쳤다. 갑자기 어떤 양식(良識)이 떠오르자 그는 엎드려 있는 어느 중위 앞에서 배를 깔고 엎드렸다. 중위는 몸을 일으키더니 곧 "오…… 오……" 하는, 겁을 먹은 듯한 신음소리를 내면서 다시 엎어졌다.

"어떻게 됐나요?" 하고 시리는 옆에서 물었다. "부상당했나요?" "죽었소" 하고 어떤 목소리가 대답했다. 시리는 동지들과 함께 궁전의 벽까지 접근했다. 그러나 나무가 뽑히는 바람에 생긴 커다란 틈은 경기관총이 배치된 스무 개의 창문으로부터 집중사격을 받았다. 병사들은 모두 배에 상처라도 입은 것처럼 땅에 엎드려 포복하면서 후퇴했다. 한 병사가 공포에 질린 얼굴을 하고서 다른 한 명의 병사를 풍뎅이같이 난처해하는 모습으로 천천히 끌고가고 있었다. 그러나 그는 그를 버리지는 않았다. 시리는 머리를 왼팔에 기대고 대포와 소총과 기관총과 파열탄의 폭음 속에서 똑딱거리는 팔목시계의 가냘픈 소리를 듣고 있었다. 그 소리를 듣고 있는 한 죽을 것 같지는 않았다. 그는 옛날에 배를 훔쳤을 때 과수원지기에게 가졌던 두려움과 흡사한, 어떤 숨겨야 할 잘못을 저지른 것만 같은 혼란스러움을 느끼고 있었다. 그는 마침내 부상자를 끌고 온 병사와 똑같은 시간에 차폐물이 있는 곳에 다다랐다.

마랭고는 궁전을 방어하고 있는 벽에서 10미터 되는 곳에 있었다. 거기서는 수류탄을 던질 수가 있었다. 밤과 눈 속에서 적의 사격은 벽의 꼭대기로, 땅에 닿을 듯이, 각 유리창 뒤로, 마치 화재 때의 탁탁 튀는 소리처럼 뛰어다니고 있었다. 뚱뚱한 마랭고는 붉은 불꽃과 사격소리를 향해 쏘고 또 쏘면서 자신의 기분이 침착해지는 것을 느꼈다. 누군가 그의 뒤에서 엎드렸다. 대장이었다.

"그렇게 소리치면 안 돼. 너의 위치를 가르쳐주게 되니까." 한 국제의용군이 궁전의 벽에 두 손으로 매달려 있었다. 아마 피살되었나 보다. 마랭고는 계속해서 쏘아대며 전진했다. 그의 오른쪽에서는 역시 그의 동지들이 경기관총과 수류탄, 터무니없이 들리는 울부짖는 소리와 포탄의 소음을 뚫고 전진하고 있었다. 다시 조명탄 하나가 나무 사이로 올라갔다. 그 밑으로 수류탄과 나뭇가지와 잘려진 팔과 떨어진 손가락들의 얼룩들이 경련을 일으키듯 드러났다. 마랭고의 소총에 불이 붙었다. 그는 총을 눈 위에 내려놓고 부상당한 한 국제의용군이 넘겨준 수류탄들을 던지기 시작했다. 병사 하나가 숨을 헐떡이는 물고기처럼 계속해서 입을 벌름거리고 있었다. 세 사람이 사격을 한다. 아직 2미터. 지금 그는 수류탄을 들고, 입에는 피우고 있다고 생각되는 담배를 물고, 벽에 바짝 접근하고 있었다.

"왼쪽에 있는 녀석들은 무얼 꾸물거리고 있는거야?" 하고 누가 눈 속에서 명령조로 외쳤다. "좀더 빨리 쏘아라!"

"녀석들은 죽었어" 하고 다른 목소리가 대답했다.

가장 용기 있는 파시스트들은 벽을 방어하고 있었으나 동시에 전투와 백설에 의해 미친 듯이 격앙된 가리발디 병사와 프랑스·벨기에 혼성 병사들도 벽을 향해 몸을 내던지듯 돌격하였고, 총알에 맞은 후에도 얼마 동안은 쓰러지지 않았기 때문에 파시스트의 정예 사격수들도 사격에 고전을 겪고 있었다. 갑자기 궁전과 숲속으로부터 불안한 외침소리가 들려왔다. 그러자 곧 짧은 순간의 침묵이 흐르고 파시스트들과 시칠리아의 길거리에서 모집해온 부랑자들은 조명탄의 불빛 아래에서 콧수염이 하얀 가리발디의 노병들이 푸른 눈 속에서 자기들을 공격하는 것을 보았다. 그러자 요란한 소음이 다시 시작됐다. 그러고는 돌격대가 벽에 이르렀는지 아니면 카페와 위원회의 이상한 침묵이 전쟁에까지 찾아온 것인지 폭발의 광란이 갑자기 성난 바람에 불리어 검은 하늘로 날아가는 눈송이의 소용돌이와 함께 올라가는 것 같았다. 그리고(확성기만이 이 침묵을 노리고 있었다) 파시스트들과 가리발디 병사들과 프랑스·벨기에 혼성 부대원들은 이런 소리를 들었다.

동지들, 들으라! 거짓말이다! 모두 거짓말이다. 나는 안젤로다. 첫째로 그들은 탱크를 가지고 있다. 내가 그것을 눈으로 똑똑히 보았다. 그리고 대포들도 있다. 또 장군들도 있다. 그리고 그들은 우리를 신문했다! 또한 그들은 우리를 총살하지 않았다! 나다! 안젤로다! 나는 총살당하지 않았다. 정반대다. 우리는 속았다. 그대로 있으면 모두 죽는다! 항복하라, 동지들, 항복하라!

벽까지 돌아온 시리는 그 소리를 듣고 있었다. 가리발디의 병사들도 듣고 있었다. 마랭고와 프랑스·벨기에 혼성 병사들은 짐작을 하고 있었다. 궁전 안에 있는 전파시스트 군의 기관총 사수들이 일제히 대답했다. 바람은 약해지고 있었고, 무심한 눈은 다시 무겁게 퍼부어내리고 있었다.

시리는 벽의 모퉁이에 있었다. 조금 멀리 떨어진 나무 밑에 작은 요새들이 있었다. 오른쪽에 있는 것들은 공화군에 속했고 왼쪽에 있는 것들은 파시스트 군에 속했다. 시리는 확성기소리에 이어 들려오는, 전날 포로가 되어 지금은 가리발디 병사들과 함께 싸우고 있는 그들이 눈 사이로 부상자의 목소리처럼 약하게 외치고 있는 소리를 듣고 있었다.

"카를로, 카를로, 바보 짓은 그만둬. 그런 곳에 있지 마. 나야, 구이도야. 걱정할 것은 하나도 없다. 내가 모든 것을 잘해주겠다."

"비열한 놈들, 배반자!"

구령소리가 들리고, 이어서 경기관총의 일제사격이 시작되었다.

"브루노, 동지들이다, 쏘지 마라!"

마치 바람이 눈송이뿐만 아니라 전투까지 휘젓고 있는 것처럼 폭음이 거대한 소용돌이를 만들며 높아졌다가 다시 낮아졌다.

마랭고는 그의 마지막 수류탄을 던지고 나서 다시 소총을 집어들었으나 이내 소총을 도로 빼앗겼다. 그와 동시에 그의 동지 세 명이 두 팔로 몸을 감싸며 화염 속으로 사라졌다. 그는 벽으로 뛰어가 거기에 몸을 밀착시켜, 돌에 걸려 넘어져 있는 동지의 소총을 두 손으로 잡아당겼다.

눈이 그쳤다.

마치 자연의 힘이 전쟁보다 강하다는 것을 보여주기라도 하는 것처럼, 또 이제는 눈송이로 가려져 있지 않은 겨울 하늘이 떨어뜨린 그 무언가가 전투로 하여금 그 열기를 가라앉히도록 강요라도 한 것처럼 갑자기 새로운 침묵이 찾아왔다. 커다란 틈 사이로 방금 달이 나타났고, 조명탄 밑에서 항상 푸르던 눈이 처음으로 하얗게 빛났다. 국제 의용군의 배후에서는 울타리가 쳐진 지역과 층층으로 되어 있는 작은 벽들이 있는 전지역에서 폴란드인 병사들이 백병(白兵)으로 공격하고 있었다. 전체가 뭉쳐 있지 않고 개별적인 작은 무리들로 나뉘어 눈 속에 반쯤 파묻힌 벽을 방패삼아 방어하고 있었다. 프랑스·벨기에 혼성 부대와 가리발디 대대에서는 그들이 거의 보이지 않았으나 총검 진격이 멈춰질 때마다 총격소리는 똑똑히 들려오고 있었다. 거의 모습이 보이지 않는 이들 병사의 소총소리는 포성과 폭발음의 소음 속에서 끈질기게 전진하고 있었다. 마치 지하로 공격하고 있듯이 전설 속에서 하느님이 파견한 신비스러운 군단(軍團)인 양 달 아래에서 가냘픈 눈송이가 만드는, 가라앉아 수직으로 드리워진 커다란 장막을 뚫고 언덕의 거대한 눈 계단 위를 올라가고 있었다.

멀리서 시리는 마누엘과 가르시아의 옛 동지인 바르카 노인이 스페인어로 얘기하고 있는, 알아들을 수 없는 고함소리를 확성기를 통해 듣고 있었다.

그러자 갑자기 시리와 마랭고, 그리고 프랑스·벨기에 혼성 병사와 그들 곁에서 싸우고 있던 가리발디의 병사들은 자신들이 미친 것이 아닌가 하고 생각했다. 궁전에서 그들이 잘 알고 있는 노래가 흘러나오고 있었던 것이다. 국제 의용군은 3면에서 공격하고 있었다. 그들이 벽 뒤에서 저지당하고 있는 동안 다른 중대가 궁전 안을 통과했는지도 모를 일이었다. 그러나 모두가 라 하라마의 전투에서 파시스트 군들이 그 〈인터내셔널〉을 부르며 곧 그들의 참호 속으로 뛰어들었던 것을 기억하고 있었다. "먼저 무기를 버려라!" 하고 그들은 외쳤다. 대답이 없다. 포격은 계속되고 있었으나 총격의 강도는 약해졌다. 눈은 더욱 밀집하여 회오리치고 있었다. 그러나 이 눈 아래 왕궁의 유리창에서 반짝이는 작고 붉은 불꽃은 터지고 노래는 계속되고 있었다. 프랑스 말인지 이탈리아 말인지 가사를 분별하기가 어려웠다……. 이젠 더 이상 총은 쏘지 않았다. 그러자 가지 없는 나무 사이로 확성기가 스페인어로 외쳤다.

포격을 멈춰라! 이봐라! 왕궁은 함락됐다!

그들은 모두 다음날 아침 또다시 공격이 있으리라 믿고 있었다.

3

다음날 저녁, 동부 전선

비행장의 전화는 초소 안에 가설되어 있었다. 마니앵은 수화기를 귀에 대고 카나르기(機)가 저물어가는 태양 속에 먼지를 일으키며 착륙하고 있는 모습을 바라보고 있었다.
"여기는 작전 본부. 비행기 두 대는 준비되어 있소?"
"그렇습니다."
테루엘의 공격에 매일 사용되었고, 바꾸기로 되어 있는 좋지 않은 부속품으로 수리되어 있어서 탈라베라 공격 때와 마찬가지로 기체의 안전도는 조금 떨어져 있었다. 응급 수리반은 쉴새없이 카뷰레터에 매달려 있어야만 했다.
"가르시아 사령관이 어젯밤 파시스트 전선을 통과해온 알바라신 북쪽에 사는 농부 한 사람을 보내십니다. 그의 마을 옆에 비행기가 많이 있는 비행장이 하나 있다고 합니다. 지하 격납고는 없고."
"난 그들의 지하 격납고를 믿지 않아요. 우리 것도 역시 마찬가지이고. 난 이것을 어제의 보고서에 기록해두었소. 우리들이 사라고사 가도의 비행장에 쓸모 없는 폭격을 가한 것은 그들의 비행기가 지하 격납고 속에 있기 때문이 아닙니다. 이유는 비행기들을 비밀 비행장에 숨겨놓았기 때문이오."
"지금 그 농부를 보내겠습니다. 출격 임무를 검토하시고 전화로 보고해주시오."
"여보세요!"
"옛?"
"농부는 어떤 증명서를 가지고 옵니까?"
"사령관의 증명서를 가지고 갈 것입니다. 그리고 그의 조합 증명을 가지고 있을 겁니다."
반시간 후에 작전 본부의 한 하사관에 인도되어 그 농부가 도착했다. 마니앵은 그의 팔을 잡고 비행장을 따라 걷기 시작했다. 비행기들이 마지막 햇빛 속에서 성능 시험을 끝마치고 있었다. 언덕 위에까지, 바다와 비행장의 커다랗고 텅 빈 공간 위에 저녁의 평화로움이 펼쳐져 있었다. 마니앵은 전에 어디서 이 사람의 얼굴을 보았을까? 여러 곳에서다. 그는 키가 작은 스페인 사람이었다. 그러나 건장하게 생겼고 마니앵보다는 훨씬 키가 컸다.
"우리에게 알리기 위해 전선을 넘어오셨다니, 모두를 대신하여 감사드리겠습니다."
농부는 미묘하고도 기복이 심한 웃음을 웃었다.

"그들의 비행기가 어디 있던가요?"

"숲속에요." 농부는 엄지손가락을 쳐들었다. "숲속에요." 그는 오렌지 나무 사이로 국제의용군의 비행기들이 감춰져 있는 공지를 바라보았다. "저런 공지였어요. 똑같습니다. 하지만 훨씬 더 깊숙하더군요. 그곳은 아주 진짜 숲속이었으니까요."

"비행장은 어떻던가요?"

"비행기가 뜨는 곳 말입니까?"

"그렇소."

농부는 그의 주위를 둘러보았다.

"이렇지는 않던데요."

마니앵은 수첩을 꺼냈다. 농부는 비행장을 그렸다.

"아주 좁던가요?"

"넓지는 않았어요. 하지만 그곳에서는 군인들이 꽤 작업을 많이 하고 있더군요. 그곳을 더 넓히려는 것이지요."

"어느 방향으로였나요?"

농부는 눈을 감고 풍향을 잡았다.

"동쪽 바람이 부는 쪽이었습죠."

"그래요…… 그렇다면, 좋아요. 숲은 비행장의 서쪽에 있었겠군, 확실합니까?"

"가만 있어보세요."

마니앵은 오렌지 나무 위의 풍향기를 바라보았다. 바람이 서쪽에서 불고 있었다. 좁은 비행장에서는 바람을 향해 이륙해야 한다. 만일 바람이 테루엘에서도 똑같다면 적기들이 방어할 경우에는 바람을 뒤로 받고 이륙해야만 했다.

"어제 바람이 어느 쪽에서 불고 있었는지 기억하시나요?"

"북서풍이었어요. 비가 올 것 같다고 말들을 하고 있더군요."

그렇다면 아마도 비행기들은 여전히 거기에 있을 것이다. 바람이 바뀌지만 않는다면 출격은 유리한 입장이 될 것이다.

"비행기의 수효는?"

농부는 금강잉꼬처럼 이마 한복판에 닭의 며느리발톱 같은 머리를 늘어뜨리고 있었다. 그는 다시 엄지손가락을 쳐들었다.

"제 경우에는…… 짐작하시겠지만, 저는…… 작은 것을 여섯 대 세었습죠. 하지만 그곳에 들어가본 또 다른 동지들이 있어요. 의견은 같지 않지만, 적어도 큰 것으로 그들이 말한 수만큼은 있을 겁니다. 어쩌면 더 있을지도 모르죠."

마니앵은 곰곰이 생각했다. 그는 지도를 꺼냈다. 그러나 그가 생각했던 대로 농부는 지도를 볼 줄 몰랐다.

"이건 제가 만든 게 아니니까요. 저를 비행기에 태워주시면 그 장소를 가르쳐드리겠어요. 정확히 말입니다."

마니앵은 왜 가르시아가 이 농부를 보증하는지를 이해할 수 있을 것 같았다.

"전에 비행기를 타본 적이 있나요?"

"아뇨."

"불안을 느끼지 않나요?"

그는 잘 이해하지 못했다.

"무섭지 않나요?"

그는 생각에 잠겼다.

"아뇨."

"비행장을 다시 찾아낼 수 있겠어요?"

"저는 이 지방에서 28년을 살아왔습니다. 그리고 마을에서 일한 적도 있고요. 제게 사라고사 가도만 찾게 해주시면 저는 그 비행장을 찾아드리겠어요. 자신 있습죠."

마니앵은 농부를 성관으로 보내고 전화로 작전 본부를 불러냈다.

"적의 비행기는 약 10대 정도 있는 모양입니다. 최선의 방법은 물론 아침에 공격하는 것입니다. 그러나 여긴 대형기가 두 대 있을 뿐입니다. 내일 아침에 출격할 전투기는 없습니다. 전투기는 모두 구아달라하라에 출격중입니다. 저는 그 지역을 어느 정도 알고 있습니다만 만만치 않아요. 그래서 제 의견으로는, 아침 다섯시에 사리온에 있는 측후소에 전화를 걸어보고 조금이라도 날씨가 흐릴 것이라고 하면 출격하겠습니다."

"바르가스 대령이 결정은 당신에게 맡기겠다는군. 출발하겠다면 모로스 대위의 비행기를 마음대로 쓰셔도 좋다고 합니다. 그리고 사리온에 혹시 호위 전투기가 있을지도 모르니 그 점 잊지 말아주시오."

"알겠습니다, 감사합니다. 참, 또 한 가지…… 야간 이륙은 좋습니다만, 이 곳 비행장에는 항로 표지가 안 돼 있습니다. 탐조등은 없습니까?"
"없는데요."
"정말로 없나요?"
"온종일 부탁을 받고 있지요."
"그러면 육군 본부에는?"
"마찬가지입니다."
"그래요…… 그렇다면 자동차는?"
"전부 사용중입니다."
"좋습니다. 어떻게 해보도록 하겠습니다."
 그는 육군 본부에 전화를 걸었다. 똑같은 대답.
 그렇다면 그는 조그마한 비행장에서 항로 표지도 없이 야간 이륙을 감행하지 않으면 안 된다. 세 방향에 자동차를 세워 놓는다면 가능할지도 모른다. 그렇다면 자동차를 찾는 일만이 남았다.
 마니앵은 자기 자동차를 타고 바로 옆 마을의 위원회를 향하여 어둠 속을 달렸다.
 방안 깊숙이 테이블 위에 놓인 램프의 강렬한 불빛 사이로 연장 자루들이 우뚝 서 있고, 재봉틀, 그림, 촛대, 침대, 그리고 모든 잡동사니 같은 온갖 종류의 징발품들이 쌓여 있어 마치 아래층이 약탈물 판매소로 지정된 것 같은 인상을 풍겨주고 있었다. 농부들이 책상 앞을 지나다니고 있었다. 책임자들 중의 한 사람이 마니앵 쪽으로 걸어왔다.
 "자동차가 필요합니다" 하고 마니앵은 그의 손을 잡으며 말했다.
 농민 대표는 아무 말없이 하늘을 향해 두 팔을 올렸다. 마니앵은 이들 마을의 대표 위원들을 잘 알고 있었다. 대개 나이가 많고, 착실하고, 술책에 능하고(그들은 시간의 절반을 불청객들로부터 위원회를 방어하는 데 보내고 있었다) 그리고 거의 항상 능력을 발휘할 줄 알았다.
 "이것 좀 봐요" 하고 마니앵은 말했다. "새로운 비행장을 만들었는데 아직 항로 표지가 안 되어 있어요. 야간의 이륙과 착륙을 위한 조명 시설이 없다는 말씀입니다. 거기에는 한 가지 방법밖엔 없어요. 자동차의 라이트로 활주로를 구분해주는 겁니다. 본부에는 차가 없어요. 육군 본부에도 없고요. 여러분들만 자동차를 가지고 있습니다. 오늘 밤에 그 차를 꼭 좀 빌려주셔야 되겠습니다."

"우리에게도 열두 대가 부족합니다. 지금은 다섯 대밖에 없어요. 또 그 중 세 대는 그나마 소형 트럭이고요. 몇 대나 빌려주길 원하십니까? 한 대? 두……."

"한 대론 안 됩니다. 우리 비행기가 테루엘에 출격하면 반드시 파시스트 군을 저지시킬 수 있습니다. 만일 그렇지 못하면 파시스트 군이 그곳을 점령할 것이고, 민병대는 붕괴당할 것입니다. 알아들으시겠어요? 그러니 자동차가 필요합니다. 소형 트럭이 아닌 다른 것이라도 좋습니다. 저 진지 위에서 버티고 있는 동지들에게는 생사의 문제입니다. 이봐요, 당신들의 자동차는 대체 어디에 쓰여지고 있는 겁니까?"

"우리도 차 없이는…… 다만 운전사 없이는 차를 빌려줄 권리가 우리에겐 없단 말입니다. 운전사들은 오늘 열다섯 시간이나 일을 해서, 그들은……."

"차 안에서 잠을 자야 한다 하더라도 그건 상관없습니다. 공군 정비사들에게 운전을 하게 할 수도 있습니다. 내가 직접 그들에게 말하는 게 좋다면 그렇게 하겠소. 꼭 들어줄 것으로 확신합니다. 그러나 당신 자신이 그들에게 상황을 설명하더라도 역시 그들은 응낙할 것입니다."

"차가 필요한 것은 몇 십니까?"

"내일 새벽 네시."

대표 위원은 석유 램프가 켜 있는 책상 뒤로 가서 다른 두 사람과 상의하더니 다시 돌아왔다.

"할 수 있는 데까지 해보겠소. 세 대를 약속하겠소. 가능하다면 더 많이."

마니앵은 밤이 깊은 마을을 이리저리, 고물이 다 된 방에서 흰 석회가 칠해진 커다란 방으로 쫓아다녔다. 검은 작업복을 입은 위원들과 농부들이 벽에 벽화 같은 그림자를 만들고 있었다. 점점 더 인적이 없고 무대 장치와 같은 색조를 띤 광장에서는 싸구려 술집들과 몇 개의 마지막 가스등 화구(火口)에서 흘러나오는 불빛이 용도가 바뀐 교회의 보랏빛 둥근 지붕 위에 인광처럼 빛나는 얼룩을 만들고 있었다. 온 마을에는 두세 대의 자동차가 있었다. 그 중 아홉 대를 약속받았다.

그가 첫번째 마을을 다시 지나쳤을 때에는 새벽 두시였다. 위원회 건물의 정면을 비추고 있는 희미한 불빛 속에서 사람들이 차례차례로 줄을 지어 배에 석탄을 싣는 인부들처럼 부대를 옮기고 있었다. 그들이 면사무소에 들어가기 위해 길을 가로지르고 있었기 때문에 마니앵의 운전사는 자동차를 세우지 않으면 안 되었다. 가죽을 벗긴 소 반 마리를 짊어진 한 사람이 허리를 구부리고 차의 덮개 바로 옆을 지나갔다.

"무슨 일이오?" 하고 마니앵은 문 앞에 앉아 있는 한 농부에게 물었다.

"지원병들이오."

"무슨 지원병이오?"

"식량 때문입니다. 식량을 운반할 지원병을 모집했지요. 우리 자동차들은 마드리드를 지원하려고 비행장에 갔습니다."

마니앵이 비행장에 돌아와 보니 맨 먼저 온 자동차들이 도착해 있었다. 네 시 반에는 열두 대의 승용차와 여섯 대의 소형 트럭이 운전사를 동반하고 그 곳에 모였다. 그 중 몇 사람은 만일의 경우를 대비해서 바람막이가 달린 램프를 가져왔다.

"다른 할 일은 없습니까?"

한 지원병이 욕설을 퍼붓고 있었다. 그가 왜 그러는지 이유를 아는 사람은 아무도 없었다.

그는 그들을 배치시키고 비행기의 엔진 소리가 들릴 때까지는 차의 라이트를 켜지 않도록 지시한 후 성관으로 돌아왔다.

바르가스가 그를 기다리고 있었다.

"마니앵, 가르시아의 말에 의하면 그 비행장에는 열다섯 대 이상의 비행기가 있다고 하던데."

"그거 잘됐군."

"그렇지 않아. 그들이 마드리드를 향해 진격하고 있기 때문이야. 알고 있겠지만, 그저께부터 구아달라하라 쪽에서 전투가 벌어지고 있어. 그들은 빌라비시오사의 전선을 돌파했단 말이야. 우리는 그들을 브리웨가 쪽으로 견제하고 있어. 그들은 아르간다를 기습하려 하고 있지."

"그들이란 누군가?"

"기계화된 이탈리아 군 4개 사단이지. 전차, 비행기, 모두 갖추고 있어."

이 전쟁에서 가장 많은 사상자를 낸 지난달 6일에서 20일까지의 전투에서 독일 군 참모본부는 아르간다를 남쪽으로부터 점령하려고 시도하고 있었다.
"난 새벽에 떠나네" 하고 바르가스는 말했다.
"다시 만나세" 하고 마니앵은 나무 손잡이가 달린 그의 권총을 만지며 말했다.

다섯 시의 추위, 새벽 전의 추위였다. 마니앵은 커피 생각이 났다. 어둠 속 푸른 석고를 바른 것 같은 성관 앞에서 그의 자동차가 한 과수원을 비추고 있었다. 이미 출발 준비가 다 된 국제의용군들의 그림자가 나무 사이를 뛰어오르면서, 이슬처럼 반짝거리고 있는 흰 서리 같은 빛깔의 오렌지들을 따고 있는 것 같았다. 비행장 끝에서는 어둠 속에서 자동차들이 기다리고 있었다.
점호를 하는 동안 마니앵은 기장(機長)들에게 비행중에 그들이 전 승무원들에게 전달해야 할 임무를 브리핑했다. 그는 기관총 사수 전원이 장갑을 휴대하고 있는가를 확인했다. 오렌지 나무를 비추고 있는 그의 자동차는 마지막 순간까지 각 비행기 사이의 연락을 맡고 있었고 그 자동차 뒤에서 비행복을 입은 탑승원들이 강아지들처럼 뒤뚱거리면서 마지막 밤의 냄새가 가득 찬 비행장을 가로지르고 있었다.
하늘에서는 날개가 잘 보이지 않는 비행기들이 기다리고 있었다. 뜻밖의 불빛에 놀랐을 뿐만 아니라, 바람이 얼어붙은 물방울을 얼굴에 끼얹는 바람에 잠이 깨어 의기소침해졌다기보다는 흠뻑 젖어 풀이 죽은 대원들은 아무 말없이 발을 끌며 걷고 있었다. 야간 이륙의 추위 속에서 모두는 자신들의 운명에 따라가고 있음을 알고 있었던 것이다.
손전등을 켜들고 정비사들이 작업을 시작했다. 첫번째 비행기의 엔진이 돌고 있었다. 기체는 아직 정점(定點)에서 움직이지 않았다. 무관심한 밤의 비행장 끝에서 두 줄기의 헤드라이트가 켜졌다.
다시 두 대 —— 자동차는 비행기의 엔진 소리를 듣고 있었다. 멀리 있는 언덕들, 그리고 그의 위에 있는 대형기의 높다란 기수(機首)도, 또한 프로펠러의 푸르스름한 동그라미 위로 보이는 다른 비행기의 날개도 마니앵은 거의 알아차릴 수가 없었다. 또다시 두 대의 헤드라이트가 켜졌다. 세 대의 자동차가 비행장의 경계선을 구분지어주고 있었다. 그 너머에는 밀감나무 밭이었고 같은 방향으로 테루엘이 있었다. 그곳에서는 국제군단과 아나키스트 부대가 묘지 가까이나 얼어붙은 계곡이 있는 산 속에서 멕시코풍의 망토를 입고 적의 공격을 기다리고 있었다.

　말린 오렌지를 태우는 불꽃이 일기 시작했다. 오렌지의 미친 듯한 적갈색 불꽃은 헤드라이트 사이에서 약하게 보였지만 그 씁쓸한 냄새는 바람에 실려 이따금 연기처럼 비행장을 가로질러갔다. 다른 자동차의 헤드라이트도 하나씩 하나씩 켜졌다. 마니앵은 가죽을 벗긴 소 반 마리를 등에 지고 가던 농부와 선박에서 하역하는 것처럼 창고에 짐을 쌓고 있던 모든 지원병들을 생각하였다. 헤드라이트는 이제 세 방향에서 동시에 비치고 있었고, 그 사이에서 오렌지가 불에 타고 있었다. 그리고 그 오렌지의 모닥불 주위에서는 망토를 입은 사람들이 움직였다. 한순간 비행기의 엔진 소리가 끊어지고 마을에서 온 열여섯 대의 자동차가 부르릉거리며 흩어지는 소리가 들렸다. 빛의 줄무늬 한복판에 있는 그대로 남아 있던 거대한 어둠의 덩어리 속에서, 숨어 있던 비행기들이 갑자기 그리고 동시에 모두 엔진의 폭음을 울렸다. 이것은 이날 밤 전체의 스페인 농부를 대표하여 구아달라하라 방어에 출격하고 있는 것 같았다.

　마니앵은 마지막으로 이륙했다. 테루엘 전선의 이 세 비행기는 편대를 짓기 위하여 서로 다른 비행기의 위치를 나타내는 불을 찾으면서 비행장 위를 선회했다. 밑에서는 이제 완전히 작아진 사다리꼴 모양의 비행장이 전원의 무한한 어둠 속으로 자취를 감추고 있었다. 마니앵에게는 이 전원이 고스란히 그 불행한 모닥불을 향해 모아지고 있는 것 같았다. 세 대의 대형기는 아직 선회하고 있었다. 마니앵은 손전등을 켜고 농부가 그린 약도를 지도 위에 옮겼다. 총좌(銃座)의 창구(窓口)로부터 추위가 들어오고 있었다. '5분이 지나면 나는 장갑을 끼어야 할 것이다. 연필을 사용하지 못하게 될 테니까.' 세 대의 비행기는 편대를 짜고 비행하고 있다. 마니앵은 기수를 테루엘 쪽으로 돌렸다. 아직도 비행장으로부터 바람이 싣고 오는 불에 타는 오렌지 냄새 가득한 속에서 비행기의 내부는 여전히 어두웠다. 태양이 총좌 속에 들어 있는 기관총 사수의 명랑한 진홍색 얼굴 위에 떠오르고 있었다.

　"안녕하세요, 기장님!"

　마니앵은 그가 웃을 때면 크게 벌어지는 입과 떠오르는 햇빛을 받아 기묘한 장밋빛으로 빛나는 깨어진 이에서 눈을 뗄 수가 없었다. 기체 안은 조금씩 밝아지고 있었다. 대지에는 아직도 밤이었다. 비행기는 아직 망설이고 있는 햇빛 속을, 첫번째 산맥의 장벽을 향하여 전진하고 있었다. 그 아래에서는 아주 간단한 초보적인 지도의 윤곽이 희미하게 형성되어가고 있었다. "적기가 나타나지 않는 한 우리는 꼭 적절한 시각에 도착하게 될거야." 몇 채의 농가의 지붕이 마니앵에게 보이기 시작했다. 태양이 대지 위에 떠오르고 있었다.

마니앵은 말레이 반도처럼 남쪽으로 길게 뻗어내려간 테루엘 전선에서 종종 싸운 경험이 있어 아직도 남아 있는 그곳에 대한 기억을 더듬어 그는 육감만으로 조종하고 있었다. 여느 때처럼 전투 전의 긴장감에 젖어 있는 기관총 사수들과 정비사들은 테루엘 쪽을 바라보고 있다가 모두들 슬며시 농부를 향해 고개를 돌렸다. 그들이 힐끗 쳐다볼 때면 비행모들 사이에서 고집 세게 머리를 숙이고 있는 금강잉꼬의 볏 같은 머리털과, 또는 갑자기 입술을 깨무는 불안해하는 그의 얼굴과 만나곤 하였다.

적의 포병대는 아직 쏘지 않았다. 비행기가 구름 속에서 보호를 받고 있었기 때문이다. 대지 위에는 이제 해가 완전히 올라온 것이 분명했다. 마니앵은 그의 오른쪽에서 가르데가 지휘하는 '사슬에서 풀려난 오리'기(機)와 왼쪽에서 모로스 대위가 지휘하는 스페인의 대형기를 주시하고 있었다. 이 두 대의 비행기가 모두 그로부터 조금 떨어진 뒤에서 마치 몸 하나에 달린 두 팔처럼 마라기에 연결되어 태양과 구름의 바다 사이의 거대한 고요 속을 편대를 지어 비행하고 있었다. 한 떼의 새들이 비행기 밑으로 지나갈 때마다 농부는 집게 손가락을 쳐들곤 했다. 이곳저곳에서 검은 보습의 날과 같은 테루엘의 산들이 비죽비죽 튀어나와 있고, 오른쪽에는 비행사들이 설산(雪山)이라고 부르는 산괴(山塊)가 겨울의 태양 밑에서 하얗게 반짝거리고 있었으며, 그 위에는 보다 불투명한 흰색 구름이 떠 있었다. 마니앵은 인간들의 싸움을 초월하여 세계를 재창조하는 것 같은 이 평화스러움에 이제 습관이 되어 있었다. 그러나 이번에는 구름이 개어 있지 않았다. 무관심한 구름 바다는 위험이 도처에 숨어 있는 이 조용한 하늘 밑에서처럼 우정 속에서 날개를 맞대고 출발하여 같은 적을 향하여 날고 있는 이 비행기들보다 더 강하지는 못했다. 그리고 형제와 같은 똑같은 운명 속에서 컴퍼스의 움직임에 따라 단결하고 있는, 그들 자신보다도 다른 것을 위하여 죽기를 각오한 사람들보다 더 강하지는 못했다. 구름 밑에서는 아마 테루엘이 보일 것이다. 그러나 마니앵은 지상에 경고를 주지 않기 위해 고도를 낮추려 들지 않았다. "곧 횡단하게 될 것이오" 하고 그는 농부의 귀에 대고 소리를 질렀다. 왜냐하면 그는 이 농부가 지금, 자기가 아무것도 보지 못할 경우 어떻게 비행사들을 안내할 수 있을까 하고 혼자서 생각하고 있음을 느꼈기 때문이다.

 멀리서 빛나고 있는 피레네 산맥의 장벽까지 마치 눈 속의 어두운 호수 같은 길쭉한 얼룩들이 계속되면서 그들에게 다가오고 있었다. 대지였다. 다시 한 번 기다리는 것으로 충분했다.

 편대는 군용기가 가지고 있는 저 위협에 가득 찬 인내력을 가지고 방향을 바꾸고 있었다. 이제는 적의 전선에 접어들었다.

 이윽고 회색 반점이 구름 위를 미끄러져 지나가는 것 같았다. 몇 개의 지붕이 반점을 가로지르고 그들 역시 그 반점을 한 끝에서 한 끝까지 마치 움직이지 않는 금붕어처럼 미끄러지며 지나갔다. 다음엔 혈맥 같은 작은 길들이 입체감 없이 나타났다. 다시 몇 개의 지붕과 희끄무레하고 거대한 원(圓)이 나타났다. 투우장이었다. 그러자 곧 납빛의 빛무리 속에서 노랗고 붉은 지붕들의 커다란 비늘 무늬가 터진 구름 사이를 채웠다. 마니앵은 농부의 어깨를 잡았다.

 "테루엘이오!"

 농부는 알아듣지 못했다.

 "테루엘이오!" 하고 마니앵은 그의 귀에다 대고 소리쳤다.

 잿빛 틈새로 시가지는 점점 커지고 있었다. 지평선까지 양털처럼 흰 물결을 일으키고 있는 구름 가운데에서, 홀로 점점 또렷해지는 도시의 들판과 하천과 철도 사이에서.

 "저것이 테루엘입니까? 저것이 테루엘이란 말입니까?"

 농부는 새의 도가머리 같은 머리를 흔들면서 좀이 슬어 확실치 않은 지도와 같은 그 공간을 바라보고 있었다. 침침한 햇살 속에서 어슴푸레한 사라고사 가도가 공화군이 진격하고 있는 묘지의 북쪽에 어두운 들판을 배경으로 하고 뚜렷이 드러났다. 위치를 확인한 마니앵은 곧 구름으로부터 다시 빠져나왔다.

 편대는 기수를 정하고, 보이지는 않으나 사라고사 가도를 따라갔다. 농부가 살던 마을은 조금 오른쪽으로 40킬로미터쯤에 있었다. 전날에 무의미하게 폭격을 가한 또 하나의 비행장은 20킬로미터 지점에 있었다. 아마 지금 그들은 그 비행장 상공을 날고 있는지도 모른다. 마니앵은 매초마다 비행 거리를 재고 있었다. 만일 그들이 두번째 비행장을 재빨리 찾아내지 못하고 적에게 경보만 주게 된다면 사라고사와 칼라모차의 그리고 비밀 비행장에서 날아온 적의 전투기들에게 배후를 공격받게 될 것이며, 이곳에 적기들이 있다면 귀환 비행로가 막히게 될 것이다. 단 한 가지 방어 수단은 구름이다. 테루엘로부터 31킬로미터, 36, 38, 40. 비행기는 급강하했다.

하얀 안개가 비행기를 둘러싸자마자 마치 전투가 시작된 것 같았다. 마니앵은 고도계를 바라보았다. 이 부근의 전선에는 이제 구릉(丘陵)은 없었다. 그러나 전투기들이 구름 속에 숨어서 기다리고 있는지도 모른다. 농부의 코는 유리창에 눌리어 납작해져 있었다. 가도의 횡선이 안개 위에 그려놓은 것처럼 나타나기 시작하고, 다음에는 마을의 적갈색 집들이 구름의 누더기 위에 묻은 말라붙은 핏자국처럼 보이기 시작했다. 아직 적의 전투기는 나타나지 않았고 대공포화도 없었다. 그러나 마을의 동쪽에는 길게 펼쳐진 밭들이 있었는데 모두가 같은 쪽의 가장자리에 조그마한 숲이 있었다.

선회하는 데 시간을 소비할 수는 없었다. 모두들 고개를 앞으로 내밀고 있었다. 비행기가 교회를 지나갔다. 비행기는 가도와 평행으로 날고 있었다. 마니앵은 다시 농부의 어깨를 잡고 그들 밑으로 전속력으로 지나가고 있는 양떼 같은 지붕들을 가리켰다. 농부는 있는 힘을 다해 고개를 내밀고 입을 벌린 채 바라보고 있었다. 눈물이 그의 뺨에 한 방울씩 지그재그로 흘러내리고 있었다. 그는 아무것도 알아볼 수가 없었던 것이다.

"교회요!" 하고 마니앵은 소리쳤다. "도로요! 사라고사의 가도요!"

마니앵이 그것들을 가리켜 보였을 때 농부도 그것을 알아볼 수는 있었지만 자기가 있는 위치를 알 수가 없었던 것이다. 눈물이 흐르고 있는, 움직이지 않는 그의 뺨 밑에서 턱이 경련을 일으킨 듯 떨고 있었다.

단 한 가지 방법이 남아 있었다. 그에게 익숙한 각도를 잡아주는 것이었다. 대지는 마치 모든 균형을 온통 잃어버린 것처럼 오른쪽에서 왼쪽으로 흔들리면서, 사방의 새들을 날려보내면서 거칠게 비행기에 접근했다. 마니앵은 30미터까지 고도를 낮춘 것이다.

카나르기와 스페인 군용기가 일렬로 뒤를 따랐다.

대지는 평평했다. 마니앵은 지상의 대공포화를 염려하지 않았다. 속사 기관총들의 경우에는 그렇다. 만일 고사포대(高射砲隊)가 비행장을 방어하고 있다면, 이 정도의 저공 비행으로는 쏠 수가 없다. 그는 기관총 사수들에게 사격 명령을 내릴 뻔했으나 농부를 당황하게 만들지 않기로 했다. 저공 비행을 하면서 숲에 닿을 듯이 접근했다. 시야는 경주용 자동차에서 보는 것과 같았다. 그들 바로 밑에서 가축들이 미친 듯이 도망치고 있었다. 만일 무엇인가를 보고 또 찾아냈다는 것만으로 사람이 죽을 수 있다면 그 농부는 아마 죽었을 것이다. 그는 마니앵의 비행복의 한가운데를 붙잡았다. 무엇인가를 손가락으로 가리키면서.

"어느 것이오? 어느 것?"

마니앵은 그의 비행모를 벗어제쳤다.

"저거요!"

"어느 것이라고? 제기랄!"

농부는 마치 마니앵이 비행기라도 되는 것처럼 그를 힘껏 왼쪽으로 밀어붙였다. 그러고는 오므린 손가락을 기체의 방풍창 위에 옮겨놓으면서 그들의 왼쪽에 까맣고 노란 색으로 그려진 베르무트주의 광고판을 가리켰다.

"어느 것이야?" 하고 마니앵은 소리를 질렀다.

600미터쯤 전방에 네 개의 반점 같은 숲이 보였다. 농부는 여전히 그를 왼쪽으로 밀어붙이고 있었다. 맨 왼쪽에 있는 숲이란 말인가?

"저거요?"

마니앵은 미친 듯이 바라보았다. 농부는 눈꺼풀을 깜박거리며 한 마디의 말도 제대로 하지 못한 채 그저 외치고만 있었다.

"저거요?"

농부는 여전히 내민 팔을 움직이지 않고 머리 전체와 어깨로 끄덕였다. 바로 그 순간 숲 기슭에서, 프로펠러가 돌아갔고 그 눈부신 동그라미가 나뭇잎들의 어두운 밑바닥 위에 나타났다. 적의 전투기를 숲으로부터 끌어내고 있는 중이었다.

폭격수가 돌아보았다. 그 역시 본 것이다. 폭격하기에는 너무 늦었고 게다가 고도도 너무 낮았다. 아무것도 보지 못한 전부총좌(前部銃座)의 기관총 사수는 쏘지 않았다.

"숲에다 쏘아라!" 하고 마니앵은 노출된 폭격기 한 대를 보는 순간 총좌의 기관총 사수에게 소리쳤다.

기관총 사수는 페달을 밟아 총좌를 회전시키고 사격했다. 이미 전투기는 나무숲의 모퉁이에 가려 보이지 않았다.

그러나 가르데는 이 즉흥적인 사격술을 성공시키는 데는 주의력이란 힘밖에는 없다는 것을 이해하고 있었다. 몇 분 전부터 그는 카나르기의 앞쪽 총좌에 자리를 잡고 마라기에서 눈길을 떼지 않고 있었다. 그는 마라기의 총좌에서 사격을 시작하는 것을 보자마자 검초록빛 숲 깊숙이에서 반짝거리는 프로펠러를 식별했다. "기다려!" 하고 중얼거리며 그는 쏘기 시작했다.

그가 쏜 예광탄(曳光彈)들이 카나르기의 총좌에 앉아 있던 스칼리에게 피아트기의 위치를 알렸다. 어떻게 해야 좋을지, 문제가 어렵게 되자 그는 폭격수를 그만두고 기관총 사수를 맡았다. 그는 자신을 더 이상 수동적인 것에 적응시킬 수가 없었던 것이다. 뒤쪽의 총좌에 있는 미로는 뒷날개가 가려서 쏠 수가 없었다. 그러나 모로스기는 세 대의 기관총으로 사격할 수가 있었다.

상승하면서 비행기를 회전시킨 마니앵은 다시 돌아오면서 전투기의 프로펠러가 멈추는 것을 보았다. 한 떼의 사람들이 폭격기를 나무 밑으로 밀고 있었다. 이 순간에도 바로 그 숲속에서는 파시스트들이 다른 비행장에 전화를 걸고 있음에 틀림없다. 마라기는 폭탄을 투하하게 될 때 자신의 폭탄에 격추되는 일이 없도록 나선을 그으며 상승한다. 그러나 폭격수가 조준할 시간을 주기 위하여, 또 다라스가 숲 위를 지나갈 때 타임을 잃지 않도록 선회반경(旋回半徑)을 크게 할 필요가 있었다. 마니앵은 단 하나의 폭격 코스를 생각했다. 그 숲은 잘 볼 수 있는 공격의 표적이 되어주고 있고, 만일 틀림없이 있을 법한 연료 창고가 그곳에 있다면 모두가 폭발해버릴 것이다. 그는 폭격수와 가까워졌다. 아티니에스를 그리워하면서.

"한꺼번에 전부 투하하라!"

비행기는 폭격의 종류를 지시하기 위하여 두 번 날개를 오르내렸다. 400미터에서 상승을 멈추고 다시 숲을 향하여 일직선으로 기관총 소사를 가하면서 전속력으로 되돌아왔다. 400미터 고도에서 폭격수들은 조준할 시간을 가졌을 것이다. 농부는 정비사 곁에서 몸을 오므리고 조금도 방해가 되지 않으려고 애쓰고 있었다. 기관사는 폭탄 투하기의 손잡이에 두 손을 얹고 조준경 안에 숲이 들어오는 것을 주시하고 있는 폭격수의 쳐들고 있는 한 손을 바라보고 있었다.
 손이 모두 내려졌다.
 마니앵은 폭격 결과를 확인하기 위해서는 기체를 90도로 회전시켜야 했다. 다른 두 대의 비행기도 뒤를 따르고 있었고, 회전목마가 비스듬히 회전을 계속하고 있는 것 같았다. 숲으로부터 모두에게 낯익은 커다란 검은 연기가 솟아오르기 시작했다. 가솔린이었다. 연기는 마치 그 작고 조용한 숲 밑에 있는 지하층이 타고 있기라도 하는 것처럼 조그맣고 성급하게 끓어오르고 있었고, 회색의 아침이 밝아오는 속에서 다른 모든 것과 똑같이 보였다. 열 명 정도의 사람들이 나무숲에서 뛰어나왔다. 그러자 몇 초 후에 100명 가량의 사람들이 방금 전의 양떼처럼 공포에 사로잡혀 요란스럽게 뛰어나가고 있었다. 바람에 의해 비행장 쪽으로 내리몰아치고 있는 연기는 가솔린 화재의 장중한 곡선을 이루며 퍼져나가기 시작했다. 이제 적의 전투기는 틀림없이 날고 있을 것이다. 폭격수는 투폭 조준기의 파인더에서처럼 소형 카메라의 파인더에 눈을 붙이고 촬영을 하고 있었다. 기관사는 폭탄 투하기의 손잡이에서 방금 떼어낸 손을 닦고 있었다. 농부는 방풍창에 대고 누르고 있어 커다란 그의 코가 빨갛게 되어가지고 기쁨과 추위 때문에 기체의 바닥에 발을 구르고 있었다. 비행기는 구름 속으로 다시 들어가 발렌시아로 기수를 돌렸다.
 마니앵은 다시 구름을 꿰뚫어 그의 시야가 멀리 펼쳐지자마자 곧 상황이 나빠지고 있음을 깨달았다.
 구름이 분산되고 있었다. 그리고 테루엘을 넘어선 곳에서 거대하게 갈라진 부분이 50킬로미터의 길이로 하늘과 땅을 풀어내놓고 있었다.
 구름 속에서 빠져나오지 않고 귀환하려면 파시스트 전선 위를 통과하여 크게 회전하지 않으면 안 된다. 그러나 그곳 역시 구름이 매우 빨리 해체되어버릴 수도 있는 일이다.
 남은 희망은 적의 전투기보다 먼저 사리온의 우군 전투기대가 와주는 것뿐이다.
 폭격의 성공에 대한 기쁨으로 가득 차 오늘만큼은 결코 죽고 싶지 않은 마니앵은 1분, 2분을 세고 있었다. 만일 20분 안으로 우군에 합류하지 못한다면…….

그들은 환히 트인 하늘의 한복판으로 들어갔다.

하나, 둘, 셋, 넷, 다섯, 여섯, 일곱 대의 적기가 차례차례로 구름 속에서 나왔다. 공화군의 전투기들은 저익(低翼)의 단좌기(單座機)였고 그들은 하인켈기를 혼동할 리가 없었다. 마니앵은 쌍안경을 놓고, 밴드를 매고 세 아군기의 간격을 좁혔다. '편리한 기관총만 있다면 그래도 견디어낼 수가 있는데' 하고 마니앵은 생각했다. 그러나 그가 가지고 있는 것은 여전히 구식 루이스 기관총이었고 이중총신(二重銃身)도 아니었다. '1분에 800발 곱하기 세 대의 기관총은 2400발.' 그는 이것을 외우고 있었다. 그러나 그것을 되풀이하는 것은 항상 즐거운 일이었다.

파시스트기들은 세 대의 대형기 편대 위로 접근해왔다. 왼쪽으로 방향을 잡고 먼저 어느 한 대의 폭격기를 공격할 모양이었다. 하늘에 공화군의 전투기는 한 대도 없었다.

비행기 밑으로 계절의 이동에 바쁜 메추라기들이 지나갔다.

왼쪽에 있는 것은 가르데의 비행기였다.

주조종사 푸홀은 축하하는 뜻으로 사이다에게 추잉 검을 모두에게 나누어 주도록 했다. 푸홀은 르클레르의 좋은 관습을 지키고 있었다. 수염은 한쪽만 면도를 하고(감상적인 기원의 표시로), 폭격이 끝나자마자 붉은 깃털 장식이 달린 정원사 모자를 다시 고쳐 쓰는, 들창코에다 F. A. I.의 스카프를 두른(그 단체의 일원은 아니었다) 스물 네 살의 청년인 그는 파시스트들이 인식하고 있는 붉은 무뢰한의 이미지와 매우 흡사했다. 비행모 밑에 감고 있는 긴 양말들과 가르데의 조그만 소총을 제외한 다른 것들은 모두 정상적이었다. 확고하면서도 감추어진 권위를 가지고 군사상의 능률에 필요한 질서를 유지하고 있는 가르데는 그 자신의 나무총과 같은 모든 예쁘장한 것들을 허용하고 있었다. 그리고 마니앵도 아직까지는 행동을 무력하게 만들지 않는 우스꽝스러운 언동에 특별한 관용을 베풀고 있었다. 특히 그런 것들이 마스코트로 생각되고 있음을 느낄 때는 더욱 그랬다.

가르데 역시 독일기의 작전을 이해하고 있었다. 그는 마니앵이 다른 두 대의 비행기를 카나르기 밑으로 하강시켜 카나르기가 공격당하게 될 때 곧 기관총들이 협공할 수 있도록 만들고 있는 것을 보았다. 그는 자기 비행기의 기관총들을 조정하고 앞쪽의 총좌로 들어갔다. 그리고 그는 조준점 위에서 점점 커지고 있는 하인켈기들을 향해 총좌를 돌렸다.

몇 발인가 총탄이 날아왔다.

"신경쓰지 마라!" 하고 가르데는 소리쳤다. "다른 쪽에서 또 온다!"

푸홀은 S자형으로 조종하고 있었다. 정면으로 공격받아 보는 것은 그에게는 처음이었다. 그는 속력이 빠른 비행기로부터 공격받고 있는, 무겁고 느린 비행기의 조종사라면 누구나 갖게 되는 씁쓸함을 느끼며, 적의 전투기들이 전속력으로 자기 위로 다가오는 것을 보았다. 펠리칸들은 적의 전투기들 중에 제일 솜씨가 좋은 탑승원이 있다면 별 어려움 없이 이쪽 대형기들을 격추시킬 수 있으리라는 것을 알고 있었다. 그리고 전투 전에는 언제나 그렇듯이 모두들 그들 밑에 텅 빈 공간을 느끼기 시작하고 있었다.

기관총의 위치를 잡고 있던 스칼리는 갑자기 그의 왼쪽에 폭격하는 동안 벗겨지지 않은 대형 폭탄이 하나 남아 있는 것을 보았다.

"적기가 온다!"

마니앵은 편대의 거리를 정확히 고정시켰다. 하인켈기들은 카나르기를 둘러싸지 못했다. 위에 두 대, 아래에 두 대, 한쪽 측면에 세 대. 조종사들의 비행모가 보일 정도로 적기들이 커졌다.

일제히 쏘기 시작한 기관총들에 의해서 카나르기 전체가 뒤흔들렸다. 10초 동안 지옥 같은 소동이 일었고 적의 총탄 밑에서 불타듯 휘몰아치는 숲의 나지막한 소음, 그리고 파열탄들의 그물.

가르데는 밑에 있던 하인켈기 중에서 한 대가 스칼리의 기관총 아니면 다른 대형기의 기관총에 맞아 수직으로 떨어지고 있는 것을 보았다. 다시 한 번 그는 텅 빈 공간을 느꼈다. 미로가 입을 반쯤 벌린 채 뒤쪽 총좌를 떠났다. 축 늘어진 그의 팔에서는 피가 물뿌리개의 주둥이에서처럼 기체 안으로 흘러내리고 있었다. 스칼리는 그의 총좌에서 올라와 드러누웠다. 그의 구두 한 짝이 터져버린 것 같았다.

"모두 졸라매라!" 하고 가르데는 소리친 뒤 미로에게 원반을 던지듯 구급상자를 던져주고 총좌 속으로 뛰어들었다. 사이디가 그의 기관총을 잡았고, 폭격수는 미로의 그것을 잡았다. 조종사들은 총탄에 맞은 것 같지 않았다.

하인켈기들이 다시 돌아왔다.

이제는 밑에서는 붙지 않았다. 수직 상승 공격을 시도하던 그들이 하부총좌(下部銃座)에 있는 가르데의 기관총과 여섯 대의 마라기와 모로스기의 기관총의 총격 속으로 들어가게 되기 때문이다. 우군기들이 쏘는 예광탄의 연기가 카나르기 밑에서 그물처럼 교차하고 있었다. 격추된 하인켈기의 동료기는 혼자서 위로 올라오고 있었다. 푸홀은 S자 모양을 점점 더 길게 늘이면서 공기조절판을 활짝 열고 전속력으로 날고 있었다.

다시 똑같은 예광탄들과 소란, 그리고 숲의 작은 소음. 사이디는 아무 말없이 뒤쪽 총좌를 떠나 스칼리 위에 가서 팔꿈치를 괴었다. 그 옆에는 미로가 쭉 뻗고 드러누워 있었다. '만일 녀석들이 지나다니면서 공격하지 않고 평행봉처럼 뒤에 달라붙는다면……' 하고 가르데는 생각했다. 어슴푸레한 속에서 햇빛이 적기의 총알 구멍 사이로 들어와 작은 불꽃처럼 반짝이고 있었다. 왼쪽에 있는 엔진이 멎었다. 마라기와 스페인 군용기는 카나르기를 둘러쌌다. 푸홀은 기체 안에서 아직도 깃털이 달린 정원사 모자를 쓰고 피투성이가 된 머리를 기울이고 있었다.

"적기가 달아난다!"

하인켈기들이 도망치고 있었다. 가르데는 쌍안경을 집어들었다. 공화군의 전투기가 남쪽에 나타났다.

그는 총좌에서 뛰어내려 아직 아무도 손을 대지 않는 구급상자를 열고 미로(왼쪽 팔에 세 방, 어깨에 한 방의 기관총상)와 스칼리(발에 파열탄)의 상처를 동여맸다. 사이디는 오른쪽 넓적다리에 한 방을 맞았으나 별로 고통스러워하지 않았다.

가르데는 조종석으로 돌아갔다. 기체는 엔진 하나로 지탱하면서 30도나 기울어져 날고 있었다. 부조종사 랑글루와가 손가락으로 회전계(回轉計)를 가리켰다. 1800이 아닌 1400. 기체는 곧 활공(滑空)에 의지할 수밖에 없게 될 것이다. 그리고 그들은 그 설산 위에 다다랐다. 나지막이 어느 집에서 한 줄기 조용한 연기가 아주 똑바르게 올라가고 있었다.

푸홀은 피투성이가 되어 있었으나 상처는 가벼웠고 오히려 다른 동지들이 몸 속으로 파고드는 듯한 상처로 인해 마치 자기의 조종간이 자신의 육체를 짓누르는 것 같은 느낌을 받고 있었다. 회전계가 1200에서 1100으로 떨어졌다.

비행기는 매초 1미터씩 고도가 떨어지고 있었다.

밑에는 설산의 지맥이었다. 그곳에 충돌하면 벽에 부딪혀 박살난 취한 말벌처럼 협곡 속으로 굴러떨어지는 것이다. 그곳을 넘으면 구불구불한 눈 벌판이었다. 그러나 또 그 밑에는?

그들은 구름을 가로질렀다. 모든 것이 새하얀 속에 기체의 바닥은 온통 피투성이가 된 구두 발자국들이 찍혀 있었다. 푸홀은 기체를 상승시켜 구름에서 벗어나려고 해보았다. 그러나 구름에서 빠져나온 것은 하강에 의해서였다. 산까지는 60미터 거리였다. 대지가 그들에게 달려들고 있었다. 그러나 그 눈의 부드러운 곡선이…… 폭격에 성공하고 총격에서 빠져나온 지금 그들은 어떻게 해서라도 살아나가고 싶었다.

"폭탄을 떨어뜨려라!" 하고 가르데가 소리쳤다.

이번에도 투하되지 않으면 모두가 폭사하게 될 것이다. 사이디는 두 개의 투하 장치의 손잡이를 한꺼번에 부서질 듯 잡아내렸다. 폭탄은 떨어졌다. 그리고 비행기를 향해 대지를 집어던진 듯 눈이 뱃속으로 쳐들어옴을 느꼈다.

갑자기 하늘이 활짝 열린 곳에서 푸홀은 자리에서 일어났다. 귀머거리가 된 것일까? 그것은 아니었다. 추락할 때의 굉음 뒤에 오는 산의 고요였다. 왜냐하면 그는 까마귀의 울음소리와 사람들의 신음소리를 들었기 때문이다. 그의 얼굴 위로 미지근한 피가 천천히 흘러내려 그의 구두 앞에 있는 눈 속에 붉은 구멍들을 만들고 있었다. 시야를 가로막는 그 피를 닦는 도구로는 손밖에 없었다. 피 사이로 금속의 시커먼 수풀이 희미하게 보였다. 그것은 부서진 비행기가 빠져나갈 수 없을 만큼 엉클어진 모습이었다.

마니앵과 모로스는 귀환할 수 있었다. 작전 본부에서 비행장으로 전화가 왔다. 부상자들은 모라에 있는 작은 병원에 수용되었다고 한다. 비행기들은 점검을 받아야 했고 다음날까지는 날 수 없었다. 마니앵은 몇 가지 지시를 내린 다음 곧 다시 떠났다. 앰뷸런스가 뒤따라올 것이다.

"사망 한 명, 중상 두 명, 나머지는 모두 경상" 하고 담당 장교가 전화기에 대고 말했다.

그는 부상자들과 사망자의 이름을 모르고 있었다. 폭격의 결과에 대해서도 아직 보고를 받지 못했다.

마니앵의 자동차는 광대한 오렌지 나무 숲 사이를 달리고 있었다. 나무에는 열매가 많이 달려 있었고 여기저기 삼나무에 둘러싸여 몇 킬로미터까지 펼쳐져 있었다. 그 위로 멀리 사군테(고대 스페인의 도시. 기원전에 누만티아와 함께 파괴됨. 현재는 사군토로서 발렌시아 북쪽에 있음)와 폐허가 된 그곳의 성채(城砦)들의 모습이 보였다. 기독교도의 성벽 위에 로마인의 성벽, 로마인의 성벽 위에 카르타고인의 성벽. 전쟁……. 그 위에서는 테루엘의 산들의 눈이 이제 활짝 개인 하늘 아래에서 떨고 있었다.

오렌지 나무가 떡갈나무로 바뀌었다. 이제 산이 시작되고 있었다. 마니앵은 작전 본부에 다시 전화를 걸었다. 농부가 가르쳐준 비행장에는 적기가 열 여섯 대 있었으나 이제는 모두 소실(燒失)되었다.

모라의 병원은 국민학교 안에 설치되어 있었다. 비행사에 관해서는 모르고 있었다. 면사무소 안에 또 하나의 병원이 있었다. 거기서도 역시 모르고 있었다. 인민전선의 위원회에서 마니앵에게 리나레스에 전화를 걸어보라고 권했다. 모라의 의사 한 사람이 부상자를 치료하러 그곳으로 불려갔다는 것이다. 마니앵은 위원회의 대표 한 사람과 함께 우체국으로 향했다. 나무로 된 발코니들을 지나 장밋빛과 피스타치오 열매와 같은 초록색과 푸른 색의 집들이 늘어선 가로를 통과했으며, 모퉁이마다에서 짧은 담시(譚詩)에 나오는 성의 폐허들이 내려다보고 있는 고딕식 다리들을 건넜다.

우체국원은 나이든 소셜리스트 열성분자였다. 그의 어린애는 무전기가 놓여 있는 책상 위에 앉아 있었다.

"저놈도 비행사가 되고 싶어한답니다."

벽에 총알 자국들이 있었다.

"나의 전임자는 C. N. T.의 당원이었습니다" 하고 우체국원은 말했다. "혁명이 일어나던 날 그는 마드리드에 계속 무전을 치고 있었습니다. 파시스트들은 그것을 모르고 있었지요. 그러나 곧 그를 죽였어요. 저게 그때의 총알 자국입니다."

마침내 리나레스에서 응답이 왔다. 비행사들은 그곳에 없었다. 그들은 어느 작은 부락 근처에 추락한 것이다. 발데리나레스. 여기보다 더 높은, 눈에 덮인 작은 마을.

또 어떤 마을을 불러내야 하는가? '여기보다 더 높고 눈에 덮인 작은 마을

이요?' 그러면서도, 그 대답하는 억양에서 마니앵은 이처럼 스페인을 자기 가까이 느껴본 적이 없었음을 깨달았다. 모든 병원에서, 모든 위원회에서, 모든 우체국에서 형제와 같은 어느 농부가 기다리고 있는 것 같았다. 마침내 벨이 울렸다. 우체국원은 마침내 손을 들어올렸다. 발데리나레스가 응답하고 있다. 그는 귀담아 듣고 돌아보았다.
"비행사 중 한 사람이 걸을 수가 있었네. 그가 작은 마을을 찾으러 갔나봐."
그 어린애는 이제 움직이려 하지 않았다. 한 마리의 고양이의 그림자가 창문 위로 소리없이 지나갔다.
우체국원은 분명치 않은 소리로 웅얼거리고 있는 낡은 수화기를 마니앵에게 내밀었다.
"여보세요! 누구십니까?"
"마니앵이오. 푸홀이 아닌가?"
"그렇습니다."
"죽은 건 누구지?"
"사이디입니다."
"부상자는?"
"가르데는 중상입니다. 눈 때문에 걱정입니다. 타유페르는 왼쪽 다리가 세 군데 부러졌어요. 미로는 팔에 네 방을 맞았고, 스칼리는 발에 파열탄 한 발, 랑글루와와 저는 그저 그렇습니다."
"걸을 수 있는 자는?"
"산을 내려가기 위해서 말입니까?"
"그래."
"모두 안 됩니다."
"노새를 타고도 말인가?"
"랑글루와와 저는 됩니다. 부축해준다면, 어쩌면 스칼리도…… 확실친 않습니다."
"치료는 어떻게 받고 있나?"
"빨리 내려갈수록 좋습니다. 어쨌든 힘껏 손을 쓰고 있습니다만……."
"들것은 있나?"

"여긴 없습니다. 기다리십시오, 여기 있는 의사가 무어라 합니다."
의사의 소리.
"여보세요!" 하고 마니앵은 말했다. "부상자를 모두 운반할 수 있겠습니까?"
"들것이 있으면 가능합니다."
마니앵은 우체국원에게 물었다. 그도 잘 모르고 있었다. 아마 병원에는 있을지 모른다. 그러나 여섯 대나 있을 리 없다는 것은 확실하다. 마니앵은 다시 수화기를 들었다.
"들것을 만들 수는 없겠어요? 나뭇가지와 가죽띠와 밀짚 매트를 가지고."
"전…… 좋습니다."
"나도 구할 수 있는 대로 가져가겠소. 지금부터 들것을 만들도록 시키고 하산을 시작해주시오. 나는 이곳에서 구급차가 오기를 기다리겠소. 차가 올라갈 수 있는 데까지 구급차로 올라갈 것이오."
"사망자는요?"
"모두 내려보내 주시오. 여보세요! 여보세요! 비행사들에게 적기가 열여섯 대나 파괴되었다고 전해주시오, 잊지 마시고."
알록달록한 집들이 늘어선 거리며, 분수가 있는 광장이며, 노새의 등처럼 생긴 다리들과 여전히 낮게 내려앉은 하늘 밑, 아침의 소나기에 아직도 반짝이고 있는 포석 위를 그는 다시 뛰어다니기 시작했다. 들것은 모두 둘밖에 없었는데, 그것을 자동차의 지붕에 얹고 묶었다.
"마을의 문을 지나는데 너무 높지 않을까요?"
마침내 마니앵은 리나레스를 향하여 출발했다.
이제부터 그는 영원한 스페인으로 들어가고 있었다. 난간 위에 있는 다락방의 문들이 활짝 열린 첫번째 마을을 지나 자동차는 회색 하늘 밑의 푸르스름한 협곡 앞에 도착했다. 그곳에서 뿔이 넓게 벌어진 한 마리의 투우(鬪牛)의 그림자가 부질없는 공상에 잠기어 있었다. 쿠르드(쿠르디스탄을 주요 거주지로 하는 이란 어계語系의 민족. 약 500만 명이 있는데 과거에는 유목민이었으나 차차 농경화되고 있으며 독립심이 강하고 용감하며 자유를 즐기고 관대하나 반면 피의 복수·강탈을 영웅적 행위로 여겨 즐김)족(族)의 마을이 화상 자국처럼 더럽혀지고 있는 이 대지로부터 원시적인 적의가 솟아오르고 있었다. 5분마다 시계를 들여다보는 마니앵은 부상자들과 같은 심정으로 그 바위들을 바라보고 있었기 때문에 더욱더 냉혹하게 보였다. 아무 데도 착륙할 만한 곳은 없었다. 여기저기에 계단식 밭과 바윗돌과 나무들만이 있을 뿐이었다. 자동차가 비탈을 내려갈 때마다 마니앵은 희망 없이 그 지표면에 접근하는 비행기를 떠올리지 않을 수 없었다.

리나레스는 벽으로 둘러싸인 큰 마을이었다. 성문의 양쪽에 쌓아올린 성벽 위에 어린애들이 올라가 있었다. 일층에 짐수레와 들것이 무질서하게 쌓여 있는 여인숙에서 노새들이 기다리고 있었다. 골짜기에서 온 의사 한 사람과 15명의 청년들이 위원회에 있었다. 그들은 스페인 공군의 제복을 입고 축 늘어진 콧수염을 달고 있는 이 커다란 외국인을 신기하게 바라보고 있었다.

"이렇게 많은 운반인은 필요 없는데" 하고 마니앵이 말하자,
"그들이 꼭 가겠답니다" 하고 대표는 말했다.
"좋아요. 구급차는?"
대표가 모라에 전화를 걸었다. 구급차는 아직 그곳에 도착해 있지 않았다. 노새 몰이꾼들이 여인숙의 마당에 앉아 그들의 둘레에 반원형으로 짐수레를 세워놓고 솥 주위에서 무엇을 먹고 있었다. 그 솥은 커다란 종을 뒤집어놓은 것인데 그 안에서는 올리브 기름이 끓고 있었다. 그을음이 솥에 새겨진 글자를 감추고 있었다. 성문 위에는 1614라고 새겨져 있었다.

마침내 대열은 출발했다.
"위에까지 몇 시간쯤 걸릴까요?"
"네 시간은 걸립니다. 그러나 그 전에 그들을 만나게 될 겁니다."

마니앵은 200미터쯤 앞서 걷고 있었고, 군모와 가죽 망토를 입은 그의 검은 그림자는 산 자락 위에 선명하게 드러났다. 진흙은 거의 없었고 돌멩이들만이 발부리에 걸렸다. 그 뒤로 노새를 탄 의사가 따르고, 그 뒤를 이어 스웨터에 바스크풍의 베레모를 쓴 운반인들(그들의 옷은 민속 의상이었고 축제 때나 노인들이 입는 것이었다)이 따랐다. 그리고 훨씬 떨어져서 노새들과 들것이 따라오고 있었다.

곧 투우와 밭이 보이지 않게 되었다. 여기저기에는 돌뿐이었다. 햇빛을 받아 노랗고 붉은 빛인 이 스페인의 돌은 맑은 하늘이 수직으로 드리운 그의 커

다란 그림자 속에서 푸르스름하게 혹은 납빛으로 변하기도 했다. 눈이 그친 뒤로 하늘의 지붕에서 그림자들은 골짜기의 바닥까지 두 줄기 또는 세 줄기의 파선(破線)이 되어 떨어지고 있었다. 산허리에 있는 길에서는 조약돌들이 발 밑으로 굴러내려가면서 바위와 바위 사이에 부딪혀 소리를 내다가 협곡의 침묵 속으로 사라졌고, 마치 점점 멀어져가는 급류의 음향이 그 속으로 삼켜져 버리는 것 같았다. 한 시간이 훨씬 지난 후에야 골짜기는 끝났으나 골짜기의 패어진 곳으로는 아직도 리나레스가 보이고 있었다. 새로운 산 자락이 리나레스를 갈라놓자 곧 마니앵에게는 물소리가 들리지 않았다. 오솔길이 수직으로 깎인 바위 뒤로 지나가고 있었고 이따금 그 바위가 오솔길 위로 불쑥 튀어나와 있었다. 오솔길이 마침내 방향을 바꾸는 곳에 사과나무가 한 그루 서 있었는데, 그것은 작은 밭 가운데에서 하늘을 배경으로 일본풍의 그림자를 만들고 있었다. 열려 있는 사과는 아무도 따가지 않았고, 땅에 떨어진 것들은 나무 주위에 두꺼운 고리를 만들고 있었는데 그것들은 조금씩조금씩 풀로 변해가고 있었다. 그 단 한 그루의 사과나무만이 돌 틈에서 살아가고 있었고, 지질학적인 것에는 아랑곳없이 끝없이 되풀이되는 식물의 생명을 살고 있었다.

올라갈수록 마니앵은 어깨와 넓적다리의 근육에 점점 피로를 느꼈다. 그의 몸 전체가 조금씩 안간힘을 써야 했고 무엇을 생각하는 데에도 노력이 필요했다. 뭉크러진 팔과 부러진 다리들을 실은 들것들이 통행하기 힘든 바로 이 오솔길을 내려오고 있는 중이었다. 그의 시선은 오솔길에 보이는 것으로부터 하얀 하늘 속에 파묻힌 눈의 능선으로 옮겨졌고, 하나하나의 새로운 노력은 지휘자로서 일하고 있다는 우애 있는 생각을 그의 가슴속까지 찔러넣고 있었다. 아직 부상자들을 한 사람도 보지 못한 리나레스의 농부들은 눈에 띄게 엄숙하고 침착하게, 그리고 말없이 그의 뒤를 따르고 있었다. 그는 마을의 자동차에 대해 생각했다.

그가 적어도 두 시간 이상을 올라오자 산의 경사면에 걸려 있는 길이 끝났다. 오솔길은 이제 눈을 가로질러 새로운 협곡을 따라가고 있었고, 그들이 테루엘을 향하여 비행할 때 다른 쪽에서 보이던, 더 높긴 해도 그보다 험하지는 않은 산을 향하여 뻗어 있었다. 거기서부터는 계곡들이 얼어 있었다. 길모퉁이에 방금 전의 사과나무같이 왜소한 한 사라센 전사가 하늘을 등지고 거무스름한 모습으로 기다리고 있었다. 그는 높다란 밑받침 위에 서 있는 입상(立

像)처럼 키가 작달막하게 보였다. 망아지로 보였던 것은 노새였고 사라센 전사로 생각했던 것은 비행모를 쓴 푸홀이었다. 그는 뒤로 고개를 돌리고 사진 속의 인물 같은 옆얼굴로 깊은 정적 속에서 "마니앵이 온다!" 하고 외쳤다.

조그만 당나귀의 양쪽으로 길고 뻣뻣한 두 다리를 내려뜨리고, 동여맨 붕대 위로 머리털이 면도솔처럼 하늘로 꼿꼿이 뻗쳐 있는 사람은 부조종사 랑글루와였다. 마니앵이 푸홀의 손을 잡는 순간 그의 가죽 망토의 혁대 밑으로 엉겨붙은 피가 갈라진 금 때문에 마치 악어 가죽처럼 보이는 것이 눈에 띄었다. 어떤 상처이기에 가죽을 이토록 피투성이로 만들었단 말인가? 가슴에는 솟아나온 피가 그물처럼 교차되어 있었는데, 너무나 똑바로 흘러내렸으므로 아직도 피가 흐르고 있는 것만 같았다.

"가르데의 가죽 망토입니다" 하고 푸홀은 말했다.

마니앵은 등자(鐙子) 없이는 몸을 일으킬 수가 없었다. 그는 목을 쑥 내밀고 가르데를 찾았다. 그러나 들것은 아직도 바위 건너편에 있었다.

마니앵의 시선은 가죽 망토에서 움직일 줄을 몰랐다. 푸홀은 이미 이야기를 시작하고 있었다.

랑글루와는 머리에 가벼운 상처를 입었으나 한쪽 발로 기체에서 벗어날 수가 있었다. 다른 한쪽은 으깨어져 있었다. 토막난 기다란 상자 꼴이 된 기체 속에 스칼리와 사이디가 누워 있었다. 뒤집혀 버섯 모양이 된 총좌 밑에 미로가 있었는데, 그의 사지는 총좌의 지주(支柱)에서 비죽이 튀어나와 있었고, 총좌의 꼭대기는 고문 장면을 새긴 옛 판화에서처럼 부서진 그의 어깨를 짓누르고 있었다. 기체의 잔해 가운데에 폭격수가 길게 뻗어 있었다. 소리칠 수 있는 자는 모두 마치 절박한 화재로 인한 집념에 사로잡힌 듯 산의 거대한 고요 속에서 소리를 지르고 있었다.

푸홀과 랑글루와는 기체에서 동지들을 끄집어냈다. 다음에는 푸홀이 미로를 짓누르고 있는 총좌를 들어올리려고 애쓰는 동안 랑글루와는 폭격수를 구출해 냈다. 마침내 총좌가 흔들려 뒤엎어졌다. 쇠와 방풍 유리가 부서지는 새로운 소음에 눈 속에 누워 있던 부상자들은 몸을 떨었다. 그러고는 조용해졌다.

가르데는 오두막집 하나를 발견했다. 그래서 그는 그쪽으로 걸어갔다. 그의 깨진 턱을 권총의 개머리판으로 받치고서(감히 손으로 받칠 수가 없었다. 피가 흐르고 있었던 것이다). 한 농부가 멀리서 그를 보고는 달아나버렸다. 1킬로미터 이상이나 떨어져 있는 그 오두막 안에는 말 한 마리가 있을 뿐이었다. 말은 그를 바라보더니 멈칫거리다가 울기 시작했다. '내 얼굴이 몹시 흉측하게 돼버린 게 확실하군' 하고 가르데는 생각했다. '그렇지만, 역시 따뜻한 말은 인민전선의 말뿐인 것 같아……' 적막한 눈 속에서도 오두막집은 따뜻했다. 그는 그곳에서 몸을 뻗고 잠들고 싶었다. 아무도 오지 않았다. 가르데는 한쪽 손으로 구석에 있는 삽을 집어들었다. 기체로 다시 간 것은 사이디를 구출하기 위함이요, 또한 동시에 걸음을 걷는 데 도움을 받기 위함이었다. 자신의 발밑을 제외하고는 어느 것도 똑똑히 보이지 않기 시작했다. 그의 위쪽 눈꺼풀이 부어오르고 있었던 것이다. 그는 눈 속에 남아 있는 자신의 핏자국과 그가 넘어졌을 때마다 생긴, 길게 뒤섞여 있는 자신의 발자국을 따라서 돌아왔다.

걸어가면서 그는 생각했다. 카나르기의 3분의 1을 조립한 헌 부속품을 제공한 비행기 —— 외국 노동자들의 헌금으로 구입되었다가 라 시에라 전선에서 격추당한 코뮌 드 파리기를.

그가 비행기가 있는 곳에 도착했을 때 한 소년이 푸홀에게 다가왔다. '만일 우리가 파시스트들의 점령지에 추락했더라면' 하고 조종사는 생각했다. '우리는 독 안의 쥐들이 되었겠군.' 권총은 어디 있을까? 기관총으로는 자살할 수가 없다.

"여기는 어느 쪽이냐?" 하고 푸홀이 물었다. "적군이냐? 프랑코군이냐?"

소년은 —— 아이구! 장난꾸러기 같은 표정에 크게 벌어진 두 귀, 머리 꼭대기에는 머리털이 곤두서서 —— 대답은 하지 않고 그를 바라보고만 있었다. 푸홀도 자신이 그의 편이라고는 믿을 수 없는 행색을 하고 있다는 것을 알고 있었다. 머리에 아직 쓰고 있는 붉은 깃털 장식이 있는 모자를 무의식적으로 다시 썼다. 하지만 그의 콧수염은 한쪽만 면도가 되어 있었고, 피는 그의 하얀 비행복 위로 흐르고 또 흐르고 있었다.

"어느 쪽이냐? 말해봐!"

그가 가까이 가자 소년은 뒤로 물러났다. 위협한들 소용없는 일이었다. 게다가 이제는 추잉 검도 없다.

"공화파냐 파시스트냐?"

멀리에서 급류의 물소리가 들렸고 몰려온 까마귀들이 성가시게 울어대고 있었다.
"이곳에는" 하고 소년은 비행기를 바라보며 대답했다. "모두 다 있어요. 공화파도 파시스트도."
"조합은?" 하고 가르데는 소리쳤다.
푸홀은 짐작했다.
"가장 큰 조합은 어느 것이냐? U. G. T. 냐? C. N. T. 냐? 아니면 가톨릭이냐?" 가르데는 소년의 오른쪽에 있는 미로에게로 갔다. 소년은 그의 등밖에는 보지 못했고 그의 등에 맨 조그만 나무총을 보았다.
"U. G. T.예요" 하고 소년은 웃으면서 말했다.
가르데는 뒤를 돌아보았다. 아직도 권총의 손잡이로 받치고 있는 그의 얼굴은 한쪽 귀에서 다른 쪽 귀까지 찢어져 있었고, 코의 아래쪽은 축 늘어져 있었다. 피는 아직도 흐르고 있었으나 끓는 물처럼 솟아오르던 것이 이제는 그가 비행복 위에 입고 있는 비행사용 가죽 망토 위에서 응고되어 있었다. 소년은 소리를 지르더니 고양이처럼 몸을 구부리고 달아나버렸다.
가르데는 미로가 찢겨져나간 듯한 사지를 몸 위에 모아 무릎으로 일어서려는 것을 돕고 있었다. 그가 몸을 굽히면 얼굴에 타는 듯한 고통이 몰려왔으므로 그는 머리를 똑바로 하려고 하면서 미로를 돕고 있었다.
"우린 우리 편 땅에 내렸어!" 하고 푸홀은 말했다.
"이번엔 정말로 얼굴이 짓이겨졌나 봐" 하고 가르데는 말했다. "그 애가 도망치는 것을 보았지?"
"자네 정신이 돌았군!"
"개두수술(開頭手術)을 받았네."
"젊은이들이 이리로 오는군."
정말로 가르데를 보고 도망친 농부가 다른 농부들을 인솔하여 그들 쪽으로 오고 있었다. 이제 그는 혼자가 아니었으므로 돌아올 용기가 생긴 것이다. 폭탄이 폭발했을 때 온 마을 사람들이 밖으로 나왔고, 지금 가장 대담한 사람들이 가까이 오고 있는 것이었다.
"인민전선이다!" 하고 푸홀은 붉은 깃털 장식이 있는 모자를 강철 더미 속에 내던지며 소리를 질렀다.

농부들이 뛰어오기 시작했다. 그들은 추락한 비행사들이 자기들편이라고 생각하고 있는 것에 틀림없었다. 왜냐하면 그들은 거의 무기를 가지고 있지 않았기 때문이다. 비행기가 추락하기 전에 아마 그들 중의 한 사람이 날개에 그려져 있는 붉은 휘장을 보았는지도 모른다. 가르데는 작은 들보와 전선이 뒤죽박죽 쌓인 속에서 푸홀의 자리 앞에 백 미러가 그자리에 늘어져 있는 것을 보았다.

'거울 속으로 내가 나를 바라본다면 자살하고 싶은 생각이 들지도 몰라.'

농부들은 평평하거나 조각난 날개들이 비죽비죽 튀어나온 강철 더미와 파헤쳐진 엔진과 팔처럼 휘어진 프로펠러와 그리고 눈 위에 길게 누워 있는 동체들이 충분히 보일 만큼 가까이 오자 걸음을 멈췄다. 가르데는 그들 쪽으로 갔다. 농부들과 검은 숄을 두른 여자들이 떼를 지어 마치 불행을 기다리고 있기라도 한 것처럼 움직이지 않고 그들을 기다리고 있었다. "조심하시오!" 경기관총의 개머리판으로 받치고 있는 가르데의 으깨진 턱을 맨 먼저 본 농부가 말했다. 피를 눈앞에서 보며 다시 과거의 기억에 사로잡힌 여자들은 성호를 그었다. 그리고 그들 중 한 사람이 가르데와 그의 뒤를 따라온 푸홀 쪽이 아닌 길게 누워 있는 시체들을 향해 주먹을 쳐들었고, 한 사람씩 모두가 차례차례 부서진 비행기와 죽었다고 생각되는 시체들을 향해 말없이 주먹을 쳐들었다.

"모두가 죽은 것은 아니오" 하고 가르데는 소리쳤다. 그리고 스페인어로 말했다. "도와주시오."

그들은 부상자들에게로 다시 돌아왔다. 농부들은 쓰러져 있는 사람 중에 단 한 사람만이 죽어 있다는 것을 알고는 곧 애정에 넘치는, 그러나 어쩐지 어설픈 동요를 일으키기 시작했다.

"잠깐!"

가르데는 질서를 잡기 시작했다. 푸홀도 활동했으나 아무도 그의 말을 듣지 않았다. 가르데는 지휘자였다. 실제로도 그랬을 뿐만 아니라 또한 얼굴에 부상을 당하고 있었기 때문이기도 했다. '만일 사신(死神)이 온다 하더라도 그에게 복종하는 자들은 모두 미치광이들뿐이겠는걸!' 하고 그는 생각했다. 한 농부가 의사를 데려오기 위해 떠났다. 몹시 멀다고 한다. 낭패로군. 스칼리와 미로 그리고 폭격수를 운반한다는 것은 간단한 일이 아니다. 그러나 산 사람들은 부러진 다리 같은 것에는 익숙하다. 푸홀과 랑글루와는 걸을 수 있었다. 그리고 부득이한 경우에는 그 자신도.

그들은 남자와 여자들이 눈 위에서 아주 조그맣게 보이는 작은 마을을 향하여 산을 내려가기 시작했다. 정신을 잃기 전에 가르데는 마지막으로 백 미러를 찾았다. 그것은 추락할 때 산산이 부서져 있었다. 비행기의 잔해 속에 거울 같은 것이 있을 리가 없었다.

첫번째 들것이 마니앵의 눈앞에 불쑥 나타났다. 네 사람의 농부가 각자 들것을 어깨에 메고 운반하고 있었다. 그 뒤를 따라 곧 네 사람의 동지들이 나타났다. 그것은 폭격수의 들것이었다.

다리는 부러졌다기보다는 몇 년 동안 결핵을 앓고 있는 것처럼 보였다. 얼굴은 형편없이 움푹 들어가 있었고 눈에는 온 힘이 주어져 있었으며, 짧은 콧수염이 있는 땅딸막한 보병의 그 얼굴은 낭만적인 모습으로 바뀌어 있었다.

그 뒤를 따르는 미로의 얼굴은 거의 변하지 않았으나 다른 점에서 변해 있었다. 그의 얼굴에서는, 마치 고통이 어린 시절을 찾으러 나선 듯하였다. "위에서 출발할 때는 눈이 오고 있었어요!" 하고 마니앵이 손을 잡자 그가 말했다. "정말 우스운 일이에요!" 그는 미소를 띠고 다시 눈을 감았다.

마니앵은 리나레스의 운반인들을 뒤에 거느리고 계속해서 앞으로 나아갔다. 다음 들것은 분명히 가르데의 것이었다. 붕대가 거의 얼굴 전체를 감고 있었다. 얼굴 전체에서 노출된 유일한 부분은 터질 듯 부어 있는 창백한 붉은 보라색의 눈꺼풀뿐이었다. 그것은 그가 꽉 붙들고 있는 비행모와 얄팍한 붕대 사이에서 부풀어 있었기 때문에 서로 꼭 붙어 있었다. 그리고 그 아래의 코는 마치 사라져버린 것만 같았다. 마니앵이 그와 이야기를 하고 싶어하는 것을 보고 앞쪽의 두 운반인이 뒤쪽 사람들보다 먼저 들것을 내려놓았기 때문에 순간 가르데의 몸이 결투를 시작할 때의 자세처럼 비스듬히 기울어졌.

조금도 몸을 움직일 수가 없었다. 가르데의 두 손은 담요로 덮여 있었다. 그의 왼쪽 눈꺼풀 사이로 마니앵은 희미하게 그어진 금 하나를 힐끗 본 것 같았다.

"보이나?"

"잘은 보이지 않아. 그렇지만 자네 모습은 알아보겠군!"

마니앵은 그를 껴안고 흔들어주고 싶었다.

"내가 해줄 일은 없나?"
"저 할머니에게 수프 같은 것은 싫다고 말해주게! 아 참, 병원엔 언제 닿게 되나?"
"밑에 있는 구급차까지 한 시간 반. 병원엔 오늘 저녁에 도착하게 될거야."
들것은 다시 움직였다. 발데리나레스 주민의 반수가 뒤를 따랐다. 머리에 검은 수건을 쓴 한 노파가 스칼리의 들것이 마니앵을 지나치자, 잔을 들고 가까이 다가가 부상자에게 수프를 주었다. 그녀는 바구니를 들고 있었고 그 속에는 보온병과 아마 그녀의 사치품인 듯한 일본식 찻잔이 한 개 들어 있었다. 마니앵은 그 찻잔의 가장자리가 가르데의 붕대를 들추고 그 속으로 들어가는 것을 상상해보았다.
"얼굴에 부상을 입은 사람에게는 주지 않는 게 좋겠어요" 하고 그는 노파에게 말했다.
"마을에 한 마리밖에 없는 암탉으로 만든 수프예요" 하고 그녀는 엄숙하게 대답했다.
"그렇지만."
"내 아들도 전선에 나가 있어요······."
마니앵은 들것과 농부들을 먼저 앞으로 보냈다. 맨 뒤에 있는 농부들은 관을 운반하고 있었다. 관은 들것보다 빨리 만들어졌다. 아마 관습 때문이겠지······. 관 뚜껑 위에는 농부들이 비행기의 휘어진 기관총 한 개를 붙들어매 놓았다.
5분마다 운반인은 교대되었으나 들것은 쉬지 않았다. 마니앵은 여인들의 지극히 가난한 몸차림과 그들 중의 여러 명이 바구니 속에 가지고 있는 보온병들과의 대조를 보면서 얼떨떨해했다. 그들 중의 한 여자가 그에게 가까이 왔다.
"이 사람은 몇 살이지요?" 하고 여자는 미로를 가리키며 물었다.
"스물일곱이오."
몇 분 전부터 그녀는 무엇인가 힘이 되고 싶은 막연한 욕망에 사로잡혀, 섬세하고 부드러우나 분명한 동작으로 들것을 뒤따르고 있었다. 운반인들이 발밑을 살펴야 하는 가파른 내리막길에 이를 때마다 어깨를 움츠리곤 하는 그녀의 몸짓에서 마니앵은 영원한 모성(母性)을 느꼈다.

계곡은 점점 경사가 심해졌다. 골짜기의 한쪽 면에서는 눈이 빛깔도 시간도 없는 하늘 꼭대기까지 치솟고 있었고, 다른 쪽에서는 침울한 구름이 능선 위를 미끄러져가고 있었다.

남자들은 아무말도 하지 않았다. 한 여자가 다시 마니앵에게로 왔다.

"이 사람들은 외국인들인가요?"

"벨기에인이 한 명, 이탈리아인이 한 명, 그리고 다른 사람들은 프랑스인이오."

"국제의용군인가요?"

"그렇지는 않지만, 그와 같은 사람들이지요."

"저 사람은……."

그녀는 그의 얼굴을 향해 주저하는 듯한 몸짓을 했다.

"프랑스인이오" 하고 마니앵은 말했다.

"죽은 사람도 프랑스인인가요?"

"아니오. 아랍인입니다."

"아랍인이라고요? 설마! 정말 아랍인이에요?"

그녀는 그 사실을 알리러 갔다.

행렬의 거의 뒤에 처져 있던 마니앵이 다시 스칼리의 들것까지 왔다. 팔꿈치로 몸을 기댈 수 있는 사람은 그뿐이었다. 그의 눈앞에서 오솔길은 거의 같은 길이의 지그재그를 그으며 내려왔으나 얼어붙은 가느다란 급류 앞에서 멈추었다. 푸홀은 다시 뒤로 돌아왔다. 급류의 건너편에서 길은 수직으로 구부러지고 있었다. 들것들 사이에 200미터쯤의 거리가 생겼다. 랑글루와는 1킬로미터쯤 앞에 있었는데, 면도솔 같은 머리를 하고 당나귀 위에 앉아 있는 이 기상천외한 척후병은 골짜기에서 솟아오르기 시작하는 안개 속에서 유령처럼 보였다. 스칼리와 마니앵 뒤에 오는 것은 이제 관뿐이었다. 들것들이 차례차례로 급류를 건너고 있었다. 수직으로 그림자를 떨어뜨리고 있는 거대한 바위의 사면 밑으로 행렬이 옆으로 펼쳐지고 있었다.

"저 말입니다" 하고 스칼리는 말했다. "옛날에 제가……."

"저것 좀 보게. 한 폭의 그림 같군!"

스칼리는 자신의 이야기로 다시 들어갔다. 그림과 그들이 보고 있는 것과의 비교가 스칼리의 신경을 건드린 것처럼 그것은 아마 마니앵의 신경도 건드렸는지 모른다.
　제1공화국 시절에, 한 스페인 사람이 그의 누이동생에게 구애를 했었다. 그는 동생의 마음에 든 것도 안 든 것도 아니었는데, 어느 날 그는 그녀를 무르시아 쪽에 있는 그의 시골 별장으로 데리고 갔다. 그곳은 18세기 말엽의 오락장이었는데, 오렌지색 벽 위에 크림빛 기둥, 튤립 모양의 칠 장식 그리고 암홍색 장미 아래에는 종려의 형상을 한 정원의 작달막한 회양목들이 있었다. 소유자 중의 한 사람이 옛날에 그곳에 그림자놀이 연극을 하는 30석(席)짜리 소극장을 지었다. 그들이 들어갔을 때 그곳에는 환등기가 켜져 있었고 조그마한 스크린 위에는 그림자놀이가 나붓거리고 있었다. 그 스페인인은 성공을 했고 그녀는 그날 밤 그의 애인이 되었다. 스칼리는 누이가 받은 환상에 가득 찬 그 선물에 질투를 느꼈었다.
　급류 쪽으로 내려가면서 그는 한 번도 보지 못한 그 연어 살빛과 황금색으로 채색된 네 개의 방을 생각하고 있었다. 오렌지 나무의 어두운 빛깔의 나뭇잎들 사이로 석고 흉상들이 서 있는 꽃무늬 진 별장……. 그의 들것이 급류를 지나 구부러졌다. 눈앞에 다시 황소들이 나타났다. 청년시절의 스페인은 사랑이었고 장식이었다. 그러나 비참한지고! 현재의 스페인은 아랍인의 관 위에 묶여진 저 휘어진 기관총이며 골짜기에서 울고 있는, 추위에 얼어붙은 새들이었다.

　맨 앞에 앞장선 당나귀들이 모퉁이를 돌며 사라졌다가 다시 먼저 방향으로 향하고 있었다. 새로운 경사면으로부터 길은 리나레스를 향하여 똑바로 내려가고 있었다. 마니앵은 그 사과나무를 알아보았다.
　어느 숲에 웬 소나기가 퍼붓고 있담, 바위의 건너편인가? 마니앵은 당나귀를 속보(速步)로 빨리 몰아 다른 사람들을 모두 제치고 모퉁이에 다다랐다. 소나기는 아니었다. 그것은 계곡의 바위가 먼 곳에서 가로막아 다른 쪽 비탈에서는 들리지 않던 급류의 물소리였다. 구급차들과 다시 찾은 삶이 골짜기의 밑바닥에서 나뭇잎들 위로 길게 끄는 큰 바람소리를 보내주고 있는 것처럼 물소리는 리나레스에서 올라오고 있었다. 저녁은 아직 오지 않았으나 빛은 힘을 잃고 있었다. 마니앵은 비스듬한 승마상(乘馬像)과 같은 모습으로 안장도 없는 그의 당나귀에 올라타고 앉아 떨어진 사과들 가운데에 서 있는 사과나무를 바라보고 있었다. 피투성이의 면도솔 같은 랑글루와의 머리가 나뭇가지 앞을 지나갔다. 흐르는 물소리로 갑자기 충만해진 침묵 속에서, 썩어가는 그러나 씨들이 가득 차 있는 그 동그라미는 인간의 생(生)과 사(死)를 초월한 대지의 생과 사의 리듬인 것 같았다. 마니앵의 시선은 그 나무 줄기에서 태고적 협곡으로 떠돌고 있었다. 차례차례 들것들이 지나갔다. 랑글루와의 머리 위에서처럼 나뭇가지들은 흔들리는 들것 위에도, 타유페르의 송장 같은 미소 위에도, 미로의 동안(童顏) 위에도, 가르데의 편편한 붕대 위에도, 스칼리의 찢어진 입술 위에도 우정에 찬 흔들림 속에서 실려가는 피투성이의 모든 육체 위에도 뻗어 있었다. 나뭇가지처럼 휘어진 기관총들이 묶여 있는 관이 지나갔다. 마니앵은 다시 출발했다.

웬지 이유는 알 수 없었지만 그들은 마치 대지 그 자체 속으로 들어가는 것처럼 그들이 지금 들어가고 있는 협곡의 깊이는 나무의 영원성과 조화를 이루고 있는 것 같았다. 그는 옛날 죄수들을 죽게 내버려 두었던 채석장들을 생각했다. 그러나 근육에 불안하게 붙어 있는 저 조각난 다리, 축 늘어진 팔, 빼앗긴 얼굴, 관 위의 기관총, 동의했던 이 모든 위험들, 그리고 들것의 엄숙하면서도 원시적인 걸음걸이, 이 모든 것들이 무거운 하늘에서 떨어지는 창백한 바위들이나 땅 위에 흩어져 있는 사과들의 영원성과 마찬가지로 절대적이었다. 또다시 하늘 바로 밑에서 맹금(猛禽)들이 울었다. 아직도 얼마나 더 살 수 있을까? 20년?

"아랍인 비행사는 왜 왔나요?"

여자들 중의 한 명이 다른 두 사람과 함께 그에게 왔다.

저편 높은 곳에서 새들이 선회하고 있었다. 그들의 움직이지 않는 날개가 마치 비행기의 그것과 같았다.

"지금은 코도 고칠 수 있다는 게 정말일까?"

협곡이 리나레스에 가까워질수록 길은 더욱 넓어졌다.

농부들은 들것의 주위를 걷고 있었다. 머리에 숄을 두르고 팔에는 바구니를 든 검은 옷을 입은 여자들은 여전히 같은 방향으로, 오른쪽에서 왼쪽으로 부상자의 주위를 분주히 쫓아다니고 있었다. 남자들은 들것의 뒤를 따라가고 있었는데 절대로 앞지르는 일이 없었다. 그들은 앞으로 나란히 나아가고 있었고 방금 어깨에 짐을 졌던 모든 사람들처럼 상체를 똑바로 펴고 있었다. 교대할 적마다 새로운 운반인들은 그들의 뻣뻣한 걸음걸이를 버리고 신중하면서도 애정이 넘치는 동작으로 들것을 다루고 있었다. 그리고 방금 전에 자기들의 마음을 보여주었던 몸짓들을 재빨리 감추려는 듯이, 나날의 작업중에 외치는 영차! 소리를 다시 시작하고 있었다. 오솔길의 돌멩이들에게 줄곧 마음을 쓰면서, 들것을 흔들지 않게 하는 것만 생각하면서, 비탈에 다다를 적마다 천천히 보조를 맞추면서 그들은 질서정연한 걸음으로 나아가고 있었다. 그리고 이렇게 긴 길 위의 고통과 박자를 맞추고 있는 리듬은 마지막 새들이 하늘에서 울고 있는 이 거대한 협곡을 장례 행렬의 장엄한 북소리처럼 채우고 있는 것 같았다. 그러나 이 시간에 산과 조화를 이루고 있는 것은 죽음이 아니었다. 그것은 인간의 의지(意志)였다.

협곡 밑으로 리나레스가 힐끗 보이기 시작하고 들것 사이의 거리는 좁혀지고 있었다. 관은 스칼리의 들것과 합류했다. 여느 때 같았으면 화환이 놓여져 있을 자리에 기관총이 묶여 있었다. 이 행렬이 장례 행렬이라면 휘어진 기관총은 화환의 역할을 하고 있었다. 저쪽 사라고사 가도 가까이의 파시스트 비행기 주위에서는 검은 숲의 나무들이 어두워져가는 햇빛 속에서 아직도 불타고 있었다. 그들은 구아달라하라로는 가지 않았다. 그리고 검은 옷을 입은 농부들과 어느 시대의 것인지 모를 숄로 머리를 감싼 여인들의 행진은 부상자를 따라가는 것보다는 엄숙한 개선의 하산을 하고 있는 것 같았다.

이제는 비탈이 덜 가파르다. 길에서 벗어난 들것은 풀밭을 가로지르며 지나갔다. 산악 지방의 사람들도 부채꼴로 펼쳐졌다. 아이들이 리나레스에서 달려나와 들것으로부터 100미터 되는 곳에 길을 열어 들것을 통과시키고는 뒤를 따라왔다. 들에 가설한 포장 도로는 산길보다 미끄러웠고 성벽을 따라 성문까지 올라가고 있었다.

총안(銃眼) 뒤에 리나레스 사람들이 모두 모여 있었다. 햇빛은 약했으나 아직 저녁은 아니었다. 비가 오지 않았는데도 포석은 반짝거렸고 운반인들은 조심스럽게 걸음을 내딛고 있었다. 성벽보다 높은 집들의 층마다에는 몇몇 약한 불빛들이 켜져 있었다.

선두는 여전히 폭격수였다. 성벽 위에서 여자 농부들이 심각한 얼굴을 하고 있었으나 놀라지는 않았다. 폭격수의 얼굴만이 모포 밖으로 나와 있었는데 그의 얼굴에는 다친 곳이 없었기 때문이다. 스칼리와 미로의 경우에도 마찬가지였다. 돈 키호테 같은 모습의 랑글루와는 그들을 놀라게 했다. 피가 흐르는 머리띠를 매고 으깨진 한쪽 발의 구두를 벗고 있어서 발가락이 공중을 향하고 있었다. 전쟁중에서도 가장 정열적인 비행전(飛行戰)이 이렇게 끝날 수가 있단 말인가? 푸홀이 지나갈 때에는 분위기가 더욱 무거워졌다. 주의 깊은 눈들이 그의 가죽 망토 위에 피가 널따랗게 번진 것을 볼 수 있을 만큼은 빛이 충분히 남아 있었다. 가르데가 도착했을 때는 이미 침묵에 잠겨 있는 그 군중 위에 갑자기 먼 계곡의 물소리가 들릴 것만 같은 침묵이 떨어졌다.

다른 부상자들은 모두 시각(視覺)에는 이상이 없었다. 그래서 그들 가운데 폭격수는 군중을 보고 미소를 지으려고까지 했다. 가르데는 그들을 바라보고 있지 않았다. 그는 살아 있을 뿐이었다. 성벽 위의 군중들은 그의 뒤를 따라오는 두꺼운 관을 보았다. 모포가 턱까지 덮여 있었고 투구 같은 비행모 밑으로 감긴 붕대는 너무나 평평해서 그 속에 코가 있다고는 생각되지 않았다. 이 부상자의 모습은 농부들이 수세기 동안 익숙해진 전쟁의 이미지 바로 그것이었다. 그리고 아무도 그로 하여금 억지로 싸우게 하지는 않았다. 한순간 그들은 무언가를 해야만 한다는 것을 알았고 또 그럴 결심은 하면서도 주저하고만 있었다. 마침내 발데리나레스의 사람들처럼 말없이 주먹을 들어올렸다.

이슬비가 내리기 시작했다. 마지막으로 도착하는 들것과 산에 사는 농부들과 맨 마지막 당나귀들이 저녁 비가 만들고 있는 커다란 바위들의 풍경과 주먹을 쳐들고 움직이지 않는 수백 명의 농부들 사이를 지나가고 있었다. 여자들은 아무 몸짓도 하지 않고 울고만 있었고, 나막신소리를 내는 행렬은 맹금의 영원한 울음소리와 남몰래 우는 흐느낌 속에서 산의 야릇한 침묵을 멀리하고 있는 것만 같았다.

구급차는 출발했다. 운전사와 이야기할 수 있는 창을 통해서 스칼리는 네모진 밤의 풍경을 보았다. 여기저기 조각져 널려 있는 사군테의 성벽. 야간 폭격을 보호해준 그 안개로 가득한 달빛 속에서 검게 빛나는 질긴 삼나무. 비현실적으로 보이는 하얀 집들, 평화의 집들, 어두운 과수원 속에서 인광처럼 빛나는 오렌지 열매들. 셰익스피어의 과수원, 이탈리아의 삼나무……. '바로 이런 밤이었지, 제시카…….' 세상에는 행복도 있다. 차가 흔들릴 때마다 들것 위에서 폭격수가 신음소리를 냈다.

미로는 아무것도 생각지 않았다. 열이 대단하다. 그는 끓는 물 속에서 고통스럽게 헤엄치고 있었다.
　폭격수는 자신의 다리를 생각하고 있었다.
　가르데는 자신의 얼굴을 생각하고 있었다. 가르데는 여자들을 좋아한다.
　마니앵은 전화기에서 바르가스의 말을 듣고 있다.
　"결정적인 전투야, 마니앵. 할 수 있는 데까지 모두 데리고 와줘, 할 수 있는 데까지……."
　"마라기의 승강타(昇降舵)의 조종 장치들이 거의 절단나버렸는데……."
　"할 수 있는 데까지……."

4

구아달라하라, 3월 18일

　이탈리아 군이 브리웨가에 반격을 가하고 있었다. 만일 그들이 그곳을 돌파한다면 전공화군은 배후를 공격받게 되는 것이다. 구아달라하라는 다시 위협을 받게 되었고 중앙군(中央軍)은 마드리드와 차단되었다. 도시는 거의 무방비 상태였고 2월 6일에 디미트로프, 텔만, 가리발디, 앙드레·마르티의 각 대대들은 퇴로가 끊겼다. 트리후에케와 이바라의 점령은 수포로 돌아갔고 캄페시노는 숲속에 고립되었다.
　텔만 부대와 에드가르·앙드레 부대가 또다시 결전을 벌이고 있었다.
　크로아티아인, 불가리아인, 루마니아인, 세르비아인, 발칸인 그리고 파리의 유고슬라비아 유학생들로 구성된 디미트로프 대대는 파시스트들과 대치하면서 동지들을 죽인 살인자가 눈앞에 있다고 느끼며, 숲속에 잠복하고 있는 이탈리아 군 전차부대에 라 하라마 전선에서 했던 것처럼 24시간 동안 욕설을 퍼붓고 있었다. 또한 그들은 1킬로미터나 진격하고서도 전선 정비를 위해서는 그곳을 포기하지 않으면 안 되었다. 분노로 미칠 것 같으면서도. 추위를 막으려고 파리처럼 서로 몸을 붙이고자면서도 그들은 유산탄(榴散彈)이 날아오는 속에서 공격을 하고 있었다. 한 몬테네그로인 소대장은 크게 소리치면서 뒤로 물러섰다. "이 얼간이들아, 내 걱정은 말고 너희 진지를 지켜라!" 그는 오른팔로 다친 왼팔을 부축하고 있었으나 파열탄 하나가 날아와 소용돌이치는 눈보라 속에서 그의 머리를 날려버렸다.

눈이 또 내리기 시작했다. 전 전선에서 머리를 어깨 속에 파묻으며 부상당하지 않을까 하고 복부의 근육을 수축시키면서 전진하고 있는 병사들은 마치 눈송이를 맞는 것처럼 유산탄의 납 총알을 맞고 있는 듯한 기분이었다.

텔만 대대에서는 두 가지 말밖에는 더 들을 수가 없었다. "식사다!"와 "여보게, 희생 없는 전쟁이 있겠나"였다. 배에 부상을 당한 기관총 중대의 정치위원은 정신착란 상태 속에서 외치고 있었다. "우리편 탱크를 보내라! 우리편 탱크를 보내라!" 대대는 전투가 시작된 이래 적의 열한 번째의 공격을 물리치고 난 직후였다. 나무들은 아직 줄기는 남아 있었으나 가지는 찾아볼 수 없었다.

"이건 전쟁이 아냐!" 하고 프랑스·벨기에 혼성 부대에 있는 시리가 외쳤다. "이건 임질(淋疾)이야! 끝나지 않을거야!"

그러고는 즉흥적으로 '불치의 난병에 걸린 티티새의 노래'를 불렀다. 소총이 손을 델 정도로 뜨거워지기 시작했다.

마누엘의 부대에서는, 페페의 부하들에게 1분에 600발을 쏘는 기관총 한 자루에도 실탄은 750발밖에는 남아 있지 않았다. 탄환의 절반은 저격병들에게 나누어졌다. 쓸모 없이 된 소총을 앞에 놓고 신병들이 기운이 빠져 울고 있었다. "기관총은 여기에 둬!" 하고 소대장이 소리쳤다. 처음 날아온 포탄의 연기가 사라졌을 때 방금 손가락으로 가리켰던 곳에서 그는 죽어 있었다. 그러나 탄약은 도착했고 쓰다 남은 소총 몇 자루도 왔다.

마침내 브리웨가 쪽으로 내려가는 숲과 들판에서 다시 시작된 포격에도 불구하고 들려오는 외침소리가 있었다. 그 소리는 올리브 나무들로부터, 공화군 병사들이 곤충처럼 늘어붙어 있는 작은 벽들로부터, 붕괴된 농가와 밭으로부터 들려왔다. 전파시스트 포진지에서 쏘아대는 격렬한 폭발로 지평선은 팽팽하게 당겨지는 것 같았다. 공화군 탱크대가 도착했다.

간헐적으로 쏟아지는 눈 때문에 가려졌다가는 다시 나타나는 지평선 끝에서 끝까지, 50대가 넘는 탱크들이 줄을 지어서 전선 위로 진군하고 있었다. 얼어붙은 올리브 나무 밑에서 20분 동안의 불안한 잠을 고통스럽게 자고 난 병사들과, 피곤한 몸을 잔뜩 웅크리고 자다가 뻣뻣해진 몸으로 깨어난 병사들이 갑작스런 눈으로 해서 주기적으로 가려지곤 하는 후미(後尾)의 탱크들 뒤로 달려가기 시작했다.

제5병단에서는, 제1중대의 중대장이 최초의 전사자가 되었다. 몇 분 후에는 공화군의 탱크 한 대가 화염에 싸여 폭발하였고 눈송이가 잠시 멈춘 눈 덮인 들판을 참혹한 모습으로 푸르게 비추고 있었다. 기관총의 십자포화로 그곳에 못박혀 나무 그루터기 뒤에 배를 깔고 엎드린 병사들은 탄환 클립과 철모로 땅에 구멍을 파고(총검을 가지고 몸을 일으켜야 하니까) 누웠다가 갑자기 일어나 재빨리 수류탄을 던지고는 땅을 긁어대는 기관총 세례를 받으며 다시 납작 엎드리곤 했다. 부상자를 끌고 오려던 여섯 명의 지원병 중에서 네 명이 쓰러졌다. 근처에 있던 국제의용군들에게는 그들 뒤에서 터지는 파열탄의 음향과 가끔씩 들려오는 병사들의 외침소리밖에는 들리지 않았다. "이봐, 아직 괜찮냐?" 그리고 그에 대답하는 다른 목소리들. "괜찮다, 자네들은 어때?" 그리고 그 밑에서, 모든 들판에서 슬픈 합창처럼 들리는 소리들. "살려줘! 살려줘!"

그럼에도 불구하고 세시쯤에는 피로 때문에 지나치게 잠이 찾아온다. 다시 커피가 배급되었다. 병사들은 밤의 추위를 두려워한다. 그들은 망토의 두건을 뒤집어쓰고 마드리드의 참호를 생각하고 있었다. 그곳에서 어떤 때는 식사를 하면서 총을 쏘던 일, 참호 속에 들쥐를 길들이던 괴짜들, 그리고 포탄을 맞으며 말없이 어린 아이들 사진을 들여다보던 병사들의 모습을. 그리고 라하라마의 참호에서는 포탄이 떨어진 파시스트 탱크를 뒤쫓아가며 공격하던 일, 기관총의 총신을 식히기 위해 소변을 보라고 외치고 다니던 녀석들을 생각하고 있었다.

"총탄 없이 탱크 없고, 탱크 없이 총탄 없다" 하고 페페는 자기가 만들어낸 표어에 만족해하면서 전진하고 있는 그의 부하들에게 말했다. 그의 오른쪽으로는 제5병단의 병사들이 총탄 때문에 답답해진 공기를 느끼며 한 스페인 장교의 매우 탁월한 지휘를 받고 있는 전포병대의 포격 뒤를 따라 진격하고 있었다. 평화주의자들인 구호반들도 부상자들을 구출해내기 위해 완장도 없이 손에 수류탄을 들고 탱크와 맞서 싸우고 있었다.

어디선가 〈인터내셔널〉을 부르는 소리가 들려왔으나 스페인 군 쪽에서 터져

나오는 분격한 듯한 커다란 고함소리와 국제의용군 쪽에서의 열 개 국어로 된 짤막한 외침소리로 인해 곧 지워져버렸다. "전진!"
 "파시스트들은 그들의 공군 지원을 받고 있지 않습니다" 하고 공군 참모본부의 한 장교가 말했다.
 구름은 200미터 높이에 걸려 있었고 눈은 다시 내릴 것 같았다.
 "그들의 비행장은 라 시에라의 건너편에 있습니다" 하고 셈브라노는 응답했다.
 "그들이 라 시에라를 건너올 것 같지는 않습니다."
 그는 팔에 붕대를 감아 늘어뜨리고 있었으므로 조종을 할 수가 없었다. 이탈리아 군 부대들은 공화군과 라 시에라 사이에 포진하고 있었다.
 바르가스는 아무 말도 없었다.
 "당연히" 하고 한 장교가 말했다. "만일 우리들이 출격한다면 우리의 전비행대가 격멸될 위험이 있습니다. 이 날씨가 돌풍으로 바뀌기만 해도……. 그런 대실패의 책임을 지려고 하는 군 당국은 없을 겁니다……."
 바르가스는 전속 부관을 불렀다.
 "테루엘에 있는 그들의 비행기는 이러한 날씨에도 라 시에라를 우회할 수 있습니다" 하고 셈브라노가 말했다.
 "그들의 비행기가 남아 있으리라고는 생각지 않아" 하고 바르가스는 대답했다.
 "여보세요!" 전속 부관이 전화를 걸고 있었다. "알칼라? 곧 모든 비행기를 구아달라하라 17비행장으로 보내시오. 여보세요! 21비행장? 모든 비행기를 곧 구아달라하라 17비행장으로 보내시오. 여보세요! 사리온? 전비행기를 곧 구아달라하라 18비행장으로 보내시오."
 "우리가 이 전쟁에서 지면" 하고 바르가스는 말했다. "우리들은 모든 것을 잃게 됩니다. 궁극적으로 우리가 비행대에 대하여 책임을 지고 있는 것은 스페인 국민에 대해서 뿐입니다. 파시스트에게는, 더 착잡할 겁니다……. 자, 가자."
 그래서 몇 개월 이래 처음으로 그들은 다시 비행모를 썼다.

 신병들은 공격했다. 병사들이 아직 각국 중대에 배치받고 있지 않은 이 대대는 무엇보다도 극히 최근에 먼 나라에서 온 지원병들로 구성되어 있었다. 그리스인, 유태인, 북아메리카의 시리아인, 쿠바인, 카나다인, 아일랜드인, 남아메리카인, 멕시코인, 그리고 약간의 중국인이었다. 그들은 함부로 쏘아대기 시작했다. 처음으로 전투에 참가했을 때 떠들어대지 않아도 되는 병사들이란 드물다. 맨 처음 충격을 받았을 때 그들은 자신이 부상당한 줄로 생각한다. 왜냐하면 상처는 당장은 아프지 않은 것이라고 들었기 때문이다. 처음으로 총알소리를 들었을 때 몇몇 사람은 그것이 스페인의 새소리라고 단언했다. 그들이 총을 쏠 때마다 그것은 철모의 차양이나 철모 목에 부딪혀 부자유스럽고 비현실적인 사자(死者)의 모습이 마음을 혼란하게 했고, 난생 처음으로 부상자를 눈앞에 두고 아무 말도 못하던 그들이었지만 그들은 모두 얼굴에 똑같은 웃음을 띄고 공격 명령만을 기다리고 있었다. 그리고 그들은 오른쪽에서 에드가르·앙드레 부대가 엄폐물이 없는 지역으로 돌격해 나오고 있는, 귀청이 터질 듯한 시끄러운 소리를 듣고 있었다. 그들은 수류탄을 들고 탱크 뒤로 달려내려가고 있었다.

맨 왼쪽 진지에서는, 터무니없이 빠른 속도로 위치를 바꾼 기관총대의 총격이 마누엘의 각 부대를 아연실색하게 만들었고, 곧 경기관총으로 무장한 모로족 기병들이 그들의 참호 위로 쇄도하기에 이르렀다. 결과는 빨랐다. 경기관총과 처음으로 맞서게 된 병사들은 도망치려고 했다. 그러나 마누엘은 페페에 의해 조직된 그의 다이너마이트반(班) 신병들을 이끌고 있었다. 그들은 기병들이 달리면서는 조준을 할 수 없다는 것을 알고 있었고 따라서 그들은 보호받고 있는 셈이었다. 그들은 첫 수류탄 돌격을 받았다. 죽은 말들의 두꺼운 장벽 뒤로 재빨리 몸을 숨긴 그들은, 이제 상황을 알아차리고 집결하고 있는 기병들에게 소총을 쏘아대고 있는 신병들의 지원을 받으면서 경기관총을 가져가기 위해 말 밑을 포복하기 시작했다. 뒤에 남아 있는 병사들은 농부 출신의 신병들뿐이었다. 그들은 인간과는 싸울 용의가 있었으나 그토록 좋은 말들을 감히 죽일 생각은 못하고 있었다. 한 탱크 뒤에서 가르트너가 그들에게 말하고 있었다. 탱크의 포탑(砲塔)보다 더 큰 몸짓을 하지 않으려고 주의하면서.

전전선에 걸쳐 간호대원들의 손은 붉게 변하고 있었다.

그때, 마치 지상의 하얀 눈과 구름 속의 더러운 눈 사이를 미끌어져 들어오듯이 공화군의 첫 비행기가 나타났다. 그러고는 8월부터 볼 수 없었던 고물 비행기들이 하나씩하나씩 부상당한 민병 같은 모습으로 엉뚱하게 나타나기 시작했다. 세뇨리토의 경비행기들, 수송기들, 우편기들, 연락용 비행기들, 르 클레르가 타던 옛날의 오리온기, 그리고 연습기들이 나타났다. 스페인인 부대의 병사들은 그것들을 착잡한 미소로 맞이하고 있었는데, 그 미소는 아마 그때의 그들의 감정이 불러일으키게 했을 것이다. 이 묵시록의 대표단이 눈에 닿을 듯이 이탈리아 군 기관총대를 공격하러 도착했을 때 마침 그때까지 대기 중이던 국민군의 전부대는 진격 명령을 받았다. 그리고는 나지막한 하늘과 쏟아질 것 같은 눈에도 불구하고 처음에는 세 대씩 다음에는 중대 단위로 마치 새들이 천장에 부딪히는 것처럼 구름과 충돌하고는 다시 하강했고, 땅 위에, 시체 위에 쌓인 눈을 고동치게 하는 노호(怒號)로 이제는 전쟁의 지평선에 불과한 뚜렷한 전지평선을 가득히 채웠다. 그리고 숲처럼 어두운 비스듬한 평원의 황량한 선(線)을 가로막으며 80여 대에 달하는 공화군의 대비행 편대는 대침략 군단처럼 긴장해 있었다.

아래에서는 망토 속에 몸을 감추고 모로코인들처럼 뾰족한 망토 두건을 머리에 쓴 공화군 병사들이 전진하고 있었다. 비행기 앞에서 누더기처럼 도망치고 있는 것들 중에 한순간 떨고 있는 듯한 가도(街道) 하나가 나타났는데, 그것은 이탈리아 군 기동부대의 종렬(縱列)임이 드러났다. 공화군의 전선 쪽에서 불고 있는 바람 때문에, 오리온기 속에 있는 마니앵은 그 종렬이 망토 두건 앞에서, 광대한 들판에 널려진 탱크 앞에서, 비행기 앞에서 도망치고 있는 것인지 아니면 끝없는 구름과 온 땅덩어리처럼 바람에 날려가고 있는 것인지 알 수가 없었다.

그러나 또한 그는 전투에서 이렇게 긴장을 느껴본 적이 없었다. 구름과 종대(縱隊)가 마치 똑같은 의지를 신비하게 표현하고 있는 것 같았고, 대포와 파시즘과 폭풍이 한꺼번에 그를 공격하고 있는 것 같았으며, 이 납빛의 세계가 승리로부터 그를 떼어놓고 있는 것도 같았다. 너무 흐릿해서 비행사들로 하여금 맹인이 되어버린 듯한 기분을 주고 있는 거대한 구름이 관광 비행기들 위로 몰려들었다. 가장자리에 눈이 묻어 있는 기체의 날개는 그들을 뒤덮고 좌우로 죄어들고 있는 눈송이의 미친 듯한 질주 속에서 전율하기 시작했다. 땅과 하늘은 가려서 보이지 않았고, 몹시 삐걱거리면서도 바람에 완강히 버티고 있는 비행기들은 조금도 움직이고 있는 것 같지 않았다. 거의 흑색에 가까운 회색 반점의 위치를 찾고 있던 마니앵은 오리온기가 180도로 선회한 것을 알았다. 나침반은 움직이지 않았고 수평도(水平度)를 가리키고 있는 계기(計器)들은 부서져 있었다. 다라스는 추위에도 아랑곳없이 비행모를 벗어버리고 고도계 위에 엎드렸으나 그것 역시 부서져 있었다. 그의 머리카락은 비행기를 둘러싸고 있는 모든 것과 마찬가지로 하얗게 보였다. 혹시 비행기가 시속 300 미터로 땅 위로 덤벼들지도 몰랐고 고도는 400미터도 안 되었다.

그게 아니었다. 그들은 구름에서 높이 벗어나고 있었다.

땅 위로 흩어지고 있는 누더기 같은 구름과, 하늘 높이 푸르스름하고 평평하고 커다란 그린란드 같은 두번째 구름 바다 사이를 공화군의 전군용기가 편대를 지어 비행하고 있었다.

다라스는 날개의 눈을 털어버리기 위해 기체를 흔들었다.

"폭탄을 조심하라!"

그는 그 말에 별로 마음을 쓰지 않고 다시 한 번 기체를 급강하시켰다.

'구름 속에서 싸우게 된다면 큰일이야!' 하고 마니앵은 생각했다. 스페인의 모든 바람에 흩뿌려진 그의 비행기들, 여기저기 흩어진 묘지에서 잠자고 있는 그의 동료들. 그것은 결코 헛되이 끝난 것은 아니었지만, 지금 그것이 뜻하고 있는 바는 눈의 폭풍우에 성난 듯이 흔들리고 있는 기상천외한 오리온기와 다시 복구된 공화군의 항공대 앞에서 나뭇잎처럼 떨고 있는 보잘것없는 비행기들뿐이었다. 미쳐버린 엘리베이터를 탄 것처럼 오리온기 속에서 흔들리면서 마니앵은 지금 그의 아래에 보이는 것이 무엇인가를 알아보았다. 그것은 게릴라 부대의 종말이었고 군대의 탄생이었다.

캄페시노는 숲에서 나오고 있었고 가리발디 중대와 프랑스·벨기에 혼성부대는 돔브로프스키 중대의 뒤에서 내려오고 있었다. 보병들은 타후나 강을 따라 올라가고 있었다. 전선의 끝에서 끝까지, 기관총의 총신을 바꾸고 있는 기관총 사수들이 화상을 입고 우뚝 일어섰다가는 곧 총알에 쓰러져버리곤 했다. 전선의 끝에서 끝까지 탱크들은 전진했고 그 뒤에서 병사들은 규칙적으로 왕복하면서 끝없이 들어오는 부상자들을 담요에 싸서 나르고 있었다. 공화군의 탱크 한 대가 움푹 들어간 텅 빈 땅에서 무한궤도(無限軌道)를 반쯤 드러내 놓고 나지막한 하늘을 배경으로 부각되고 있었다. 마침내 탱크 소대의 소대장이 된 카르리치가 적의 대전차 소대에 끊임없이 총화를 퍼부으며 전진하고 있었다. 손에 수류탄을 쥐고 허리를 굽히고 있는 눈 없는 병사들의 그림자를 향하여.

테루엘에서 마니앵은 지나는 길에 광대한 사유지의 흔적을 본 적이 있었다. 전쟁중의 산속에는 무사태평하고 고집불통인 황소들이 산재해 있었다. 이곳에서 보이는 것은 더욱 분명치 않았다. 이 흔적은 그의 밑에서 국제의용군과 마드리드의 각 여단들이 공격하고 있는 작은 돌벽들과, 테루엘을 비롯한 남부 지방에서 보아오던 똥똥하고 짤막하여 아직도 위협을 받고 있는, 최근에 쌓은 작은 돌벽들과 눈(雪)을 통하여 섞이고 있었다. 최근에 쌓은 작은 돌벽은 광대한 옛날의 흔적 사이에 있었다. 그는 경작하지 못하고 방치된 황무지들을 생각하고 있었다. 가난으로 말미암아 갑상선종(甲狀腺腫)을 앓고 있는 농민들에게는 경작할 권리마저 없는 황무지들을……. 그의 아래에서 싸우고 있는 성난 농부들은 그들의 관록의 첫 조건인 그 조그마한 벽을 쌓아올리기 위하여 싸우고 있었다. 그리고 도시에서 사용하는 어휘를 훨씬 넘어서, 마니앵은 자기가 수개월 전부터 몸부림쳐온 모든 꿈속에서 세습 지주에 대한 경작자들의 지난날의 투쟁을 분만과 환희와 고뇌 또는 죽음처럼 단순하고도 기본적인 것으로 느끼고 있었다.

오리온기와 그의 고물 편대가 다섯번째로 돌아왔을 때 구름 밑으로 나온 공화군 항공대는 망토 두건 부대의 전열을 공격하고 있었다. 파시스트 항공대는 거의 모습을 나타내지 않았다. 밑에서는 공화군 탱크대가 붉은 광장 위에서의 연습 때처럼 질서 있게 공격하고는 다시 돌아왔다가 또다시 공격하고 있었다. 이미 브리웨가의 수도원과 교회들은 분지의 바닥에 깔려 있는 저녁 안개보다 높은 부분은 거의 없었고 다만 폭탄만이 그 안개 속에서 번쩍거리고 있었다. 공화군의 폭격 자국은 이제 도시의 둘레에 말굽쇠 같은 공화군의 모습을 그리고 있었다. 말굽쇠의 두 가지 끝에 숨가쁜 포병 진지의 불꽃이 다시 오기 시작하는 눈에 대비해서 세워진 화형대(火刑臺)처럼 타고 있었다. 만일 그 두 나뭇가지가 합쳐진다면 그것은 구아달라하라 전선 전체에서의 이탈리아 군의 퇴각을 의미하는 것이다.

그 두 가지를 떼어놓고 있는 공백의 전방에 신호 표지판이 펼쳐져 있었으나 지금 안개가 몹시 퍼지고 있어서 제복을 입은 병사를 찾아낸다는 것은 불가능했다. 만일 밤이 이탈리아 군을 구해준다면 그들은 트리후에케를 반격하려고 들 것이다. 갈짓자로 비틀거리고 있는 오리온기는(게다가 폭탄도 없었지만) 더 이상 싸우고 있지 않았다. 그것은 옛날 마르첼리노의 귀환 때처럼 스페인의 운명 위로 다가서고 있는 그 밤과 싸우며 전후좌우로 흔들리면서, 그곳에 머물러 있었다. 전투 지역에서 200미터도 안 되는 곳에서 군용기의 편대가 거대한 울타리처럼 바람을 향하여 갈짓자로 선회하고 있었다. 그들 역시 아무것도 볼 수 없었지만 그곳을 떠나지 않고 있었다. 타후나 강의 계곡에서는 여전히 안개가 솟아오르고 있었다.

비행대 밑에서는 지원병들의 야수 같은 노력이 —— 공화군의 창설을 견고히 하거나 약화시키게 될 노력이 계속되고 있었다. 그리고 어쩌면 전쟁에 이기고 있는 비행기들은 적기의 출현을 기다리고 있는 것이 아니라 승리의 도래를 잠복 대기하고 있는 듯이 떠날 줄을 모르고 선회하고 있었고 다가오는 밤 속에 매혹되어 그들의 비행장에 항로 표지가 없다는 것도 잊고 있었다.

마니앵은 말굽쇠 모양의 공간을 날고 있었고 그 밑에 오르카로 통하는 길 하나가 있었다. 길은 이 지점에 비하면 폭이 넓었고 길가에는 버려진 트럭이 늘어서 있었다. 그는 그 농부와 함께 테루엘의 비행장을 습격하던 때와 같이 저공비행으로 급강하했다. 그러자 공화군의 부대들이 그의 비행기를 오인하고 날개에 총격을 가했는데 이 때 그는 아나키스트인 메라의 보병대와 캄페시노의 신호 표지판을 알아볼 수 있었다.

5

전쟁의 마지막 경련이 멀리서 노호하고 있었다. 자신의 전선을 확고하게 한 다음 마누엘은 트럭을 얻기 위해 그의 개를 데리고 마을을 한바퀴 돌았다. 그는 그 전에 파시스트의 군용견이었다가 네 번이나 부상당한 한 훌륭한 낭견(狼犬)을 데리고 있었다. 인간으로부터 소외되고 있음을 느끼면 느낄수록 그는 더욱 동물을 사랑했다. 투우, 군마, 낭견, 투계(鬪鷄)들……. 이탈리아 군은 많은 트럭을 버리고 가서 공식적으로 트럭 분배가 행해지기 전에 모든 사단장들은(캄페시노가 나타나기를 기다리고 있다가는 한 대도 남지 않을 것이라고 약삭빠르게 주장하면서) 가능한 한 많은 트럭을 가지려고 애쓰고 있어다. 트럭들은 임시로 트럭이 들어갈 만큼 넓은 건물들 즉 교회나 면사무소 헛간 속에 수납되어 있었다. 중기병(重騎兵)이 점령한 마을에는 교회 속에 트럭들이 수납되어 있다. 그러나 마누엘은 히메네스가 그와 똑같은 목적으로 그곳에 와 있다는 통지를 받았었다.

그것은 붉은 돌로 지어진 높다란 교회였고 종려수 모양의 장식들은 총알에 갈가리 찢겨져 있었다. 성당의 둥근 천장을 뚫고 들어온 대각선 모양의 햇빛이 장작더미처럼 쌓여진 의자 위와 중앙 홀의 한복판에 정렬된 트럭 위에서 부서지고 있었다. 교회를 지키고 있던 한 민병이 마누엘과 가르트너의 뒤를 따라왔다.

"대령을 보았나?" 하고 가르트너는 물었다.

"저쪽, 트럭 뒤에 계십니다."

"저런, 글렀군" 하고 가르트너는 투덜댔다. "그가 벌써 압수해버렸을거야."

아직 어둠에 익숙해지지 않은 마누엘의 시선은 정면 현관 위의 어둠 속에서 움직이지 않는 화염처럼 떨고 있는 무질서한 황금빛 퇴적물 위에 멈춰졌다. 공중으로 발을 쳐든 천사들이 음관(音管) 주위에 있는 벽을 거의 가득 채우고 있었다. 거대한 파이프 오르간이었다. 마누엘은 나선 계단을 보았다. 그리고 호기심에 끌리어 계단을 올라갔다.

민병이 그의 뒤를 따랐다. 가르트너는 마치 트럭들을 지키려는 듯이 밑에 남아 있었고 개도 그의 뒤에 있었다.

"이것이 다치지 않고 그대로 남아 있다니, 어떻게 된 셈인가?" 하고 마누엘은 민병에게 물었다.

"혁명 예술 위원회의 덕택이죠. 그분들이 찾아와서는 이곳 위원회에 말했습지요. '파이프 오르간과 성가대석(聖歌隊席)은 중요하다'고요. (그들의 말이 옳다, 노고가 이만저만이었어야지!) 그래서 대책을 세웠던 거죠."

"하지만 이탈리아 군들은?"

"이곳에선 별로 싸움이 없었죠."

얼마 전에 세르반테스의 묘지(墓地) 위에서, 한 아나키스트가 예배당을 태워버리려 했던 횃불로 다치지 않고 남아 있는 그리스도의 수난상을 가리키는 커다란 화살표를 그린 다음 이렇게 써두었다. '세르반테스여, 그가 너를 구했

도다'라고.
 "그래 자넨 찬성인가?" 하고 마누엘은 물었다.
 "저기 있는 조각들을 만든 사람들은 자기가 하는 일을 사랑하고 있었지요. 전, 여기선 항상 파괴 행위에 반대해왔어요. 물론 신부들과는 의견이 맞지 않지만 교회에는 반대할 것이 하나도 없지요. 전 제나름대로 생각이 하나 있는데요, 이곳을 극장으로 개조했으면 해요. 건물도 으리으리하고 소리도 잘 들리니……."
 마누엘은 히메네스와 함께 타호 전선에서 민병들에게 질문을 던지던 때를 회상하고 있었다. 그는 주의 깊게 중앙 홀을 돌아보고는 마침내 어느 기둥 옆의 어둠 속에서 병아리의 솜털 같은 짧게 깎은 머리털이 빛나고 있는 것을 발견하게 되었다. 마누엘은 히메네스가 음악을 이해하고 있다는 것을 알고 있었다. 그는 그 '늙은 오리'의 하얀 후광을 다정하게 바라보았고 장난이라도 하려는 듯한 미소를 띠며 피아노 앞에 앉았다.
 그는 연주하기 시작했다. 그것은 그의 기억 속에 떠오른 종교 음악 중의 첫 곡으로 팔레스트리나(이탈리아의 작곡가. 가톨릭 교회 음악의 선구자로서 16세기의 대위법對位法 기술을 완성함 〈스타바트 마테르〉 등의 미사곡이 있음. 1525~1594)의 〈키리에〉(미사의 처음 기도로 '주여 긍련히 여기소서'라는 뜻의 음악)였다. 텅 빈 중앙 홀 안에 고딕식 휘장처럼 굳고 엄숙한 성가가 울려퍼지고 있었다. 그것은 전쟁과는 잘 어울리지 않았으나 죽음과는 너무나 잘 조화되고 있었다. 조각난 의자들과 트럭들, 그리고 전쟁임에도 불구하고 내세의 소리가 교회를 다시 점령하고 있었다. 음악 때문이 아니라 자신의 과거로 인하여 마누엘은 마음의 혼란을 일으키고 있었다. 민병은 교회 음악을 연주하고 있는 이중령을 얼빠진 얼굴로 바라보고 있었다.
 "어떻습니까? 여전히 잘 쳐지는군요, 거시기가" 하고 마누엘이 연주를 끝내자 그가 말했다.
 마누엘은 다시 내려왔다. 그는 얌전히 앉아 있는 개를 쓰다듬어주었다. 그는 개를 자주 쓰다듬어주었다. 왜냐하면 그는 지금 오른손에 아무것도 들고 있지 않았기 때문이다. 가르트너는 계단의 입구에서 그를 기다리고 있었다. 트럭 옆에 있는 포석은 커다랗고 검은 얼룩으로 덮여 있었다. 벌써 오래전부터 그는 어떤 종류의 액체가 이런 얼룩을 만드는가에 대해 생각해보지 않게 되었다.
"이 〈키리에〉는 훌륭한 곡이야" 하고 마누엘은 착잡한 표정으로 말했다. "그러나 나는 다른 것을 생각하며 그 곡을 치고 있었네. 나는 음악과는 인연을 끊었지……. 지난 주에 막사에서 피아노 위에 쇼팽의 악보 뭉치가 놓여 있는 것을 자네도 보았겠지. 그것도 가장 좋은 곡들이었네. 나는 그것을 대강 훑어보았지. 그러나 그 모두가 나와는 다른 어떤 삶에서 온 것 같았네……."
"어쩌면 너무 늦게 온 것일까요, 아니면 너무 빨리 온 것일까요?"
"어쩌면……. 그러나 난 믿지 않네. 나로선 전쟁과 함께 또 하나의 삶이 시작되었다는 것만을 믿을 뿐이야. 내가 처음으로 여자와 함께 잤을 때 시작된 삶과 똑같이 절대적인 것이지……. 전쟁은 순결을 가져다주는거야……."
"할 얘기가 많겠습니다."
그들은 마침내 자동차 앞에서 엔진을 시험하고 있는 대령을 발견했다.
"오, 자네들이로군. 그리고 보니 나를 위해서 미사곡을 쳐준 게 자네였었군 그래? 고마워. 일부러 해준 거겠지, 안 그런가?"
"그저 쳐보고 싶었을 뿐입니다."
히메네스는 그를 바라보고 있었다.
"자넨 서른 다섯 살 이전에 장군이 될거야, 마누엘……."
"저는 16세기의 스페인 사람입니다" 하고 마누엘은 심각하면서도 겸손한 미소를 띠우며 말했다.
"그런데, 자넨 직업 음악가가 아닌 줄로 아는데, 도대체 어디서 파이프 오르간을 배웠나?"
"협박하다시피 강청한 결과였지요. 저의 라틴어 교육을 책임 맡으셨던 신부님께서는 두 시간 중 한 시간만 라틴어를 가르치셨지요. 신부님은 항상 그러셨어요. 남은 한 시간은 저의 즐거움을 위한 시간이었지요. 처음에는 저의 즐거움이라기보다는 한편으로는 그분의 즐거움이기도 했습니다. 그분은 중고품 만물 시장에나 있을 법한 나팔꽃 모양의 확성기가 달린 축음기에 그 시기에는 퍽 사치품이었던 상아 바늘을 꽂고 베르디(이탈리아의 오페라 작곡가. 1851년 〈리골렛토〉로 크게 성공하였음. 이외에 〈일트로바토레〉·〈라 트라비아타〉·〈아이다〉 등이 있음. 1813~1901)를 틀고는 했지요. 〈아프리카의 여인〉은 외울 정도였습니다. 그러다가 저는 그분께 전술을 가르쳐달라고 생떼를 썼습니다. (전술을 말입니다, 대령님!) 그분은 제게 전술은 당신이 모르는 분야이고 당신의 성격에도 맞지 않는다면서 저를 타이르셨습니다. 그러나 그분은 종이를 오려 만든 병정들이 가득 들어 있는 구두 상자를 하나 가져다주더군요……."

아직 살아 있거나 이미 죽은 병사들이 들것에 실려서 또는 담요에 싸여서 지나가고 있었다.

"다음엔 팔레스트리나의 음반이 나왔습니다. 전술 강의에서 해방될지도 모른다는 희망에서 그는 그것들을 나팔꽃 모양의 확성기와 상아 바늘 밑에 걸던 겁니다. 그건 대성공이었어요. 저는 전술을 배우려는 것을 그만두고 이번엔 파이프 오르간을 가르쳐달라고 졸랐습니다. 저는 피아노를 제법 쳤었지요."

"그렇다면 여보게, 세상엔 나쁜 신부들만 있는 것은 아니군 그래" 하고 그 '늙은 오리'는 빈정거리며 말했다.

마누엘은 교묘하게 화제를 트럭으로 돌렸으나 그가 얘기를 꺼내자마자,

"계략을 부려도 소용없네" 하고 히메네스가 말했다. "명령이 올 때까지 이 트럭은 불가침이야."

"물론이죠. 교회 안에 있던 것이니까요. 하지만 대령님의 보병들은 소형 트럭을 가지고 있던데요."

히메네스는 예전처럼 한쪽 눈을 감고 농담을 했다.

"뭐라해도 소용없네. 자넨 서른 살에 장군이 될거야. 하지만 내 트럭을 가져가지는 못하네. 게다가 나도 저것으론 충분치 못해. 다른 것들을 찾으러 함께 가보세."

"라 시에라에서 저는 어느 여자 민병의 아름다운 머리카락을 말한 적이 있습니다. 전 그녀에게 한 가닥만 줄 수 없겠느냐고 부탁했지요. 귀찮은 듯이 거절하더군요. 대령님의 인색함은 그 여자의 경우와 아주 똑같습니다."

"만능 스패너를 빼앗아오게. 그리고 그 얘긴 그만두세."

그들은 떠났다. 브리웨가에 도착하기 전에 그들은 이미 제각기 세 대를 찾아냈다. 가르트너가 데리고 온 운전사들과 히메네스의 운전사들이 핸들을 잡고 그들의 뒤를 따르고 있었다.

"이 안달루시아 지방의 축혼곡(祝婚曲)은 마음에 드는군요" 하고 마누엘은 말했다.

"88킬로미터 지점까지 진격중!" 하고 한 연락병이 그들을 향해 소리를 질렀다.
 승리는 대기 속에 떠돌고 있었다.
 브리웨가의 광장 위, 사령부 앞에서 (모든 책임을 진 장교들이 오전 중에 그곳을 다녀간 것이 분명했다) 가르시아와 마니앵이 나비 넥타이를 맨, 여러 날 동안 면도를 하지 않아 마치 지하실에서 나온 것 같은 한 늙은 허풍선이의 말에 귀를 기울이고 있었다.
 "그놈들은 우리를 쫓아내기로 결심하자마자 모든 것을 치워버렸어요. 하지만 우리들이 팬티를 걸어놓을 수 있도록 철사들은 남겨놓았더군요. 그런데 말이오, 안내원들은 그 철사들을 어떻게 설명해야 할지 전혀 모르고 있더군요. 한 사람만 빼놓고는요. 늙은 친구였죠. 예술가 그 녀석 말입니다……."
 그는 제스처를 쓰며 긴 머리에 빗질을 했다.
 "그는 수채화도 그리고 시도 썼지요. 녀석은 예술가였으니까요. 그리고 톨레도의 왕성(王城)의 관광객들에게 이렇게 말하곤 했지요. '신사 숙녀 여러분, 엘 시드 캄페아도르는 말할 것도 없이 할 일이 대단히 많았습니다. 그는 자신의 모든 임무 즉 명령 하달과 문서 기재와 군대 파견을 끝내면 으레 이 홀을 찾아왔습니다. 더구나 혼자서 말입니다. 그러고는 휴식을 취하기 위해 그가 무슨 일을 했는지 아시겠습니까? 그는 이 철사에 매달려서는 이렇게 흔들거리고 있었습니다.'"
 "그 친구는 구아달라하라 왕궁의 안내원이었답니다" 하고 가르시아는 마누엘과 히메네스에게 말했다. "그 전에는 톨레도에서였고요."
 그는 짧은 구레나룻을 기른 노인으로, 흡사 배우를 천직으로 하여 태어난 듯한 표정과 몸짓이 소설 속에서나 있을 수 있는 사람의 모습이었다.
 "나 역시 괴상한 것은 모두 좋아했었죠. 내 첫번째 마누라가 죽기 전까지는요……. 세계를 돌아다녔어요. 서커스단에 있었으니까요. 볼 만한 것이 있을 때는 언제나 달려갔죠. 그러나 이곳의 이 모든 얘기는……."
 그는 엄지손가락으로 구아달라하라 쪽을 가리키고 있었는데 그곳에서는 바람이 낮게 깔린 구름 밑으로 송장 구덩이의 냄새가 풍겨오고 있었고 이탈리아 군 포로들이 그곳을 향해 걸어가고 있었다.
 "이 모든 얘기도, 그 추기경들도, 엘 그레코(그리스 출생의 스페인 화가. 주로 이탈리아에서 공부하였고 종교재판의 광경에서 강렬한 인상을 받아 〈그리스도의 승천〉 등에서 음침한 분위기를 조성함. 기괴한 채색과 기이한 데생으로 약간의 교회의 성망은 얻었으나, 후계자가 없어 차츰 망각되었다가 뒤에 인상주의의 부흥으로 다시 정신적 선구로서 부활됨. 1541~1614)의 작품이라 할지라도, 또는 관광객들과 다른 사람들도, 그리고 모든 기계들도, 25년 동안이나 보고 있으면, 그리고 전쟁도 6개월 동안이나 보고 있노라면……."

그는 여전히, 마치 무관심하게 파리라도 날려보내는 듯한 몸짓으로 남서쪽을, 구아달라하라와 마드리드와 톨레도 쪽을 가리키고 있었다.

한 장교가 마누엘에게 와서 말했다.

"우린 90킬로미터 지점까지 진격중입니다!" 하고 그는 말하면서 손바닥으로 개의 등을 탁탁 때렸다. "그들은 기재를 모두 버리고 갔습니다!"

"제 의견을 말씀드릴까요?" 하고 그 안내인은 말을 계속했다.

그는 마치 자신의 전생애의 체험을 요약하고 있기라도 하는 듯이 어깨를 으쓱하고 말했다.

"돌 말입니다…… 오래된 돌 말입니다…… 그것이 전부지요. 만일 다시 더 깊이 파보신다면 반드시 고생한 보람이 있는 물건들을 얻게 될 겁니다. 로마 시대의 돌들을 말입니다! 기원 전 30년도 더 된 것을요! 기원 전 말입니다. 이건 상당한 겁니다. 사군테는 정말로 위대합니다. 아니면, 바르셀로나의 새로운 지대에 대한 얘기를 해주시오. 하지만 기념 건조물들은? 전쟁과 마찬가지로 돌이란……."

이탈리아 군 포로들과 함께 몇 명의 모로족 포로들이 지나갔다.

"당신은" 하고 가르시아는 마니앵에게 말했다. "싸우면 싸울수록 스페인 속에 점점 더 깊이 들어가게 돼요. 난 일을 하면 할수록 더욱더 멀어지게 되지요. 나는 오전을 모로족 병사들을 신문하는 데 보냈소. 이곳에는 모로족 병사들이 거의 없지만 그래도 있긴 있었소. 지금은 어디든지 있소. 모로족 병사들은 12000명밖에 없다고 바르가스가 내게 말하던 것이 생각나나요, 마니앵? 됐어. 이곳에 있는 프랑스 점령지의 모로족들은 상당한 숫자가 돼요. 현재 회교도들은 회교도로서, 정신적인 공동체로서 거의 뭇솔리니의 수중에 들어가 있소. 프랑스인과 영국인들이 아직 북아프리카의 행정 관리들을 손에 쥐고 있지만 종교면은 이탈리아가 잡고 있는 중이오. 그리고 그 첫 결과로 우리는 이곳

브리웨가에서 모로족들과 이탈리아인 병사들을 포로로 잡고 있는 거요. 불령 (佛領) 모로코에서 동요가 있었어요. 리비아, 팔레스티나에서도, 이집트에서 도 그렇소. 프랑코는 코르도바의 회교 사원을 회교도들에게 반환하겠다는 약 속을 하고 있소······.”

가르시아는 말하는 것을 좋아했다. 그리고 모두들 가르시아가 얘기하기를 바라고 있었다. 그들은 전시 검열을 받은 신문밖에는 읽지 못하지만 가르시아 는 사정에 밝았다. 그러나 마누엘과 히메네스가 그들의 트럭을 잊고 있는 것 은 아니었다.

이탈리아 군에게 점령당하고 있는 동안 숨어 있던 집 문 앞에서 한 여자가 그 안내인을 부르고 있었다.

“지금”하고 그는 가르시아에게 말했다. “우리들은 아샤냐가 일을 시작하기 만을 기다리고 있습니다. 그가 무슨 일을 할까요? 그건 커다란 미지수입니 다······.”

낮게 깔린 하늘을 향해 집게손가락을 치켜든 안내인은 갑자기 방금 전에 취 했던 비밀스런 말투를 버리고 전혀 무관심한 태도로 말했다.

“아무 일도 안 할 거요. 그는 아무 일도 안 할 거요. 아무 일도 할 줄 모릅 니다······. 프랑코란 놈은 고릴라 같은 자요. 그러나 그를 제외하고라도, 내가 지금 지하실에서 나온 이상, 아사냐나 카발레로와 함께, U. G. T.와 함께, 또 는 C. N. T.의 사람들과 함께 혹은 당신들과 함께, 나는 고객들에게 봉사하고 바보들을 안내하겠어요. 그리고 나는 고객들에게 봉사하고 바보들을 안내하 다가 구아달라하라에서 죽을 겁니다······.”

여자는 다시 그를 불렀고 그는 그곳으로 갔다.

“대단한 녀석이로군”하고 마니앵은 말했다.

“아무리 격렬한 내란 속에도”하고 가르시아는 대답했다. “무관심한 사람들 은 얼마든지 있게 마련이오······. 이봐 마니앵, 8개월 동안 전쟁이 계속된 지 금 내 눈에는 적지않게 이상하게 보이는 것이 생겼어요. 한 남자가 소총을 잡 기로 결심하는 순간 말이오.”

“그 점에 대해서는 우리들의 친구 바르카가 상당히 심각하게 생각하고 있었 죠”하고 마니앵은 대답했다.

낭견이 그렇다는 듯이 짖어댔다.

"인간을 싸움으로 끌어들이는 이유에 대해서는 역시 그렇겠지. 그러나 나의 관심을 끄는 것은 행동이 시작되는 바로 그 순간에 있어요. 전투라든가, 묵시록이라든가, 희망 같은 것은 전쟁의 신이 인간을 낚는 데 사용하는 미끼와도 같은거야. 결국, 매독도 사랑으로부터 시작되지. 전투라는 것은 거의 모든 인간들이 자기 자신에게 덤벼들고 있는 희극의 한 역할을 하고 있는 것이네. 그리고 그것은 우리들의 희극이 거의 모든 우리들을 인생 속으로 끌어넣고 있듯이 인간을 전쟁에 출전시키고 있는거야. 지금 그 전쟁이 시작되고 있는 거지."

그것은 마니앵이 오리온기 속에서 생각하던 것이었다. 그리고 또 다른 많은 사람들도 틀림없이 그런 생각을 했을 것이다. 이러한 담론은 그에게 메델린을 폭격하던 날 밤에 가르시아와 바르가스와 함께 주고받던 대화를 생각나게 해주었다. 그리고 그는 다시 한 번 국제 항공대가 죽어가고 있음을 느끼고 있었다.

"짧은 시일내에 일본이 이 춤 속으로 뛰어들거야……" 하고 가르시아는 말했다. "거의 대영 제국과 똑같은 한 제국이 거기에서 만들어지고 있어요……"

"우리가 20세였을 때 유럽이 어떠했는가를 생각해보게" 하고 마니앵은 말했다. "그리고 오늘날은 어떠한가를……."

마누엘과 가르트너와 히메네스는 다시 트럭 사냥을 나갔다. 가르시아가 마니앵의 팔을 잡았다.

"그런데 스칼리는 어떻게 되었나?" 하고 그는 물었다.

"테루엘 상공에서 발에 파열탄을 맞았지. 아마 발을 자르게 될 거요……."

"그분의 이데올로기는 어느 쪽이오?"

"글쎄요…… 그렇지요. 아나키즘으로 점점 기울어졌다가 차츰 소렐식으로 되었고, 지금은 거의 반공주의자에 가까워……."

"그가 반대하고 있는 것은 코뮤니즘 자체가 아니라 당(黨)에 대해서일거야."

"아, 그런데 소령님, 당신은 코뮤니스트를 어떻게 생각하십니까?"

'또 시작이군' 하고 가르시아는 생각했다.

"내 친구 게르니코는 이렇게 말하더군" 하고 그는 대답했다. "'그들은 행동이라는 모든 미덕을 가지고 있지. ──그러나 단지 그것뿐이야.' 그러나 지금 문제가 되는 것은 바로 그 행동이야."

 괴로운 경험을 요약할 때면 언제나 그렇듯이 그의 목소리는 낮아졌다.
 "오늘 아침 이탈리아 군 포로들이 있는 곳에 갔었지. 그 중에 젊지도 않은 한 녀석이 송아지처럼 울고 있더군. 왜 그러느냐고 물었지만 그는 울고 울고 또 울기만 하더군……. 그러다가 결국 '어린애가 일곱입니다……' 하고 말하길래 '그래서요?' 하고 물었지. 결국 나는 우리들이 포로를 총살할 것이라고 그가 믿고 있음을 알게 되었네. 내가 그렇지 않다고 설명해주니까 그는 나의 말을 믿기로 작정을 하더군. 그러자 갑자기 격노한 듯이 의자 위로 뛰어올라가 고함치듯 연설을 하더군 ── 열 마디쯤 했을까. '우린 이탈리아에서 속았다' 등등이었지 ── 그리고 외치기를 '뭇솔리니를 죽여라!' 하고. 반응은 약했어. 그는 다시 시작했지. 그러자 주위에 있던 포로들이, '죽여라!' 하고 알아들을 수 없을 정도의 목소리로 외치더군. 마치 입을 다문 합창 같았어. 겁에 질린 두 눈은 문 쪽을 바라보고 있었고……. 우리 진지에 있는데도 말이야……. 그들을 짓누르고 있는 것은 경찰에 대한 공포도 아니고 뭇솔리니 자신에 대해서는 더구나 아니야. 그건 바로 파시스트당에 대해서야. 그리고 우리들 진영에서도……. 전쟁 초기에는 착실한 팔랑헤 당원들이 '스페인 만세!' 하고 외치며 죽어갔어. 그러나 나중에는 '팔랑헤당 만세!'로 바뀌었지. 자네의 비행사 중에서도 코뮤니스트는 처음엔 '프롤레타리아 만세!' 또는 '코뮤니즘 만세!'라고 외치며 죽었지 않나. 그러나 지금은 똑같은 상황에서도 그렇게 외치지 않지. '코뮤니스트당 만세!'가 아니겠나?"
 "이젠 더 이상 외칠 필요가 없을 겁니다. 그들은 거의 병원에 있거나 땅속에 묻혀 있으니까요……. 그건 아마 개인적인 문제일 겁니다. 아티니에스 같으면 틀림없이 '코뮤니스트당 만세!'를 외치겠지만 다른 사람들은 또 다르겠지요……."
 "게다가 당이라는 말은 사람을 속이고 있어요. 그들의 투표에 의해 자연스럽게 모여진 사람들의 모임과, 인간의 깊고도 불합리한 요소들이 눌어붙은 거대한 뿌리투성이의 담에다가 같은 딱지를 붙인다는 것은 아주 힘든 일이지……. 바야흐로 당의 시대가 시작되고 있네, 여보게……."
 '그렇지만!' 하고 마니앵은 생각하고 있었다. 최근에 가르시아는 소련이 개입하지 않을 것이라고 내게 단언하지 않았는가. 그의 말은 흥미는 있지만 신탁(神託)은 아니야……. 소령은 그의 팔을 꼭 쥐고 놓지 않았다.

"우리들의 승리를 과대평가해선 안 되네. 이 싸움은 마른 전선에서의 싸움과는 전혀 달라요. 그러나 역시 승리임에는 틀림없겠지. 이곳에서 우리에게 덤벼든 자들은 혹셔츠 당(파시스트당의 별칭)원보다는 실업자 쪽이 더 많았네. 자네도 알다시피 내가 확성기로 선전을 시킨 것은 그 때문이었지. 한데 간부들은 파시스트였었지. 우리들은 눈살을 찌푸리며 이 지역을 바라볼 수 있네. 여긴 우리들의 발미(프랑스의 동북부 마른 현縣의 한 마을로서, 1792년 프랑스 혁명군이 이곳에서 처음으로 프로이센 오스트리아 정규군을 격파한 곳으로 유명함. 괴테도 이 싸움에서 프로이센 군에 종군하였는데 "이제 여기에서 세계사의 새 시대가 시작된다"고 한 그의 말은 유명함)이니까. 처음으로 이곳에서 두 개의 진짜 정당이 충돌한 셈이야."

사령부에서 장교들이 서로 어깨를 두드리며 나오고 있었다.

"92킬로미터!" 하고 그들은 눈에 보이지 않는 사람에게 외쳤다.

"이바라를 지나오셨지요?" 하고 마니앵은 가르시아에게 물었다.

"그렇소. 그러나 전투중이었소."

"이곳에는 구석구석마다 밥 냄비가 있군요. 우유로 지은 밥인 것 같아요. 가리발디 부대의 병사들이 오래전부터 요구했었는데(그들은 스페인산 기름을 싫어한다) 그 요구가 드디어 이루어질 수 있었던 것 같아요. 그럼, 그렇지 않나요? 냄비 속의 밥이 눈에 덮여 있군요. 최초의 전사자들도 역시 그랬지요. 그들을 묻으려고 눈을 털어주면서 보니 그들의 죽은 얼굴들이 모두 행복해 보이는 표정을 하고 있더군요. 입술에도 행복한 미소를 띠고 있었지요. 식욕이 채워진 듯한 미소를……."

"인생이란 정말 기묘한거야……" 하고 가르시아는 말했다.

마니앵은 농부들에 대해 생각하고 있었다. 사상에 있어서는 가르시아와 같은 친화감을 갖기 힘들었지만, 비행 경험이 그의 사상에 모든 육체적인 상대성을 주고 있었고, 때때로 깊이를 보충해주는 것이었다. 농부들이 줄곧 그의 머리에서 떠나지 않고 있었다. 가르시아가 그에게 보내온 농부, 마을에서 자동차를 빌려달라고 부탁하던 농부들, 산에서 줄곧 따라내려온 농부들, 그리고 전날 그의 밑에서 싸우는 모습을 본 농부들…….

"그리고 농부들은?" 그는 다만 이렇게 물었을 뿐이다. "이곳에 오기 전에 난 구아달라하라에서 아니스(미나리과에 속하는 일년초. 8~10월에 줄기 끝에 복산형複繖形 화서로 황색을 띤 흰 꽃이 피고 과실은 갈색의 달걀꼴인데 휘발성의 아니스유油가 들어 있음. 건위·거담약 또는 향미료로 씀)를 탄 커피를 마셨네(여전히 설탕은 없었기에). 술집 주인이 그의 어린 딸에게 신문을 읽어주고 있었지. 딸애도 읽을 줄 아는데도 말이야. 프랑코는 그가 승자가 된 곳에서 지금 우리가 하는 것과 같은 짓을 하거나 끝없는 게릴라전으로 들어갈거야. 그리스도가 승리를 거둔 것은 콘스탄티누스 대제를 통해서 뿐이야. 나폴레옹은 워털루에서 격멸되었지만 프랑스 헌장을 폐지하는 것은 불가능했지. 나의 마음을 가장 괴롭히는 것 중의 한 가지는 어느 전쟁에서도 원하든 원치 않든간에 저마다 적에게서 어느 정도 빼앗는 것을 보게 되는 거……."

그 안내인은 가르시아 뒤에 와 있었다. 가르시아는 그가 돌아오는 발소리를 듣지 못했다. 그는 집게손가락을 쳐들고 눈가에 주름을 만들었다. 술에 취한 코에도 불구하고 그의 얼굴 전체는 수수께끼로 말미암아 세련되어 보였다.

"여러분, 인간에게 있어 중요한 적이 무엇인가 하면 그건 바로 숲이올시다. 그것은 우리들보다도 강하고 공화국보다도 강하며 혁명보다도 강하고 전쟁보다도 강한 것입니다. 만일 인간이 싸움을 멈춘다면 60년이 못 되어 숲은 유럽을 파랗게 덮고 말 것이외다. 그것은 이곳에서도 솟아오르고, 길 가운데에서도 솟아오르고, 집 가운데에서도 지붕을 뚫고 솟아올라 나뭇가지들은 창문 밖으로 튀어나오고 —— 피아노는 뿌리 속에 처박히고 말 겁니다. 헤! 헤! 여러분, 바로 그렇게 되는 겁니다……."

커다란 포탄 구멍이 뚫린 집 속으로 들어간 몇 명의 병사들은 그 속에서 한 손가락으로 피아노를 치고 있었다.

"93킬로미터!" 하고 누군가가 유리창에서 소리쳤다.

다시 포로들이 광장을 가로질러 가고 있었다.

"더러운 새끼들!" 하고 안내인은 말했다. "너희들 나라에 남아 있을 순 없었더냐?"

그는 눈을 내리깔았다. 그의 눈길은 그의 새 구두에 가 닿았다.

"내 구두까지도 저놈들 것이라니까요! 어쩌자고 그놈들은 기재까지 버리고 갔담! 그 중엔 괜찮은 녀석들도 있거든요. 노래 불러봐, 어서" 하고 그는 그의 곁으로 지나가는 병사들에게 두 팔을 흔들면서 소리질렀다. 포로 중의 한 사람이 무어라고 한마디 대답했으나 안내인은 알아듣지 못했다.

"뭐라고 말했나요?"

"불행한 사람들은 노래하지 않는대요" 하고 가르시아는 통역했다.

"그럼, 너의 괴로움을 노래해봐, 이 바보들아!" 하고 안내인은 스페인어로 대답했다.

포로들은 멀어져 갔다. 그는 시선으로 그들을 뒤쫓고 있었다.

"그건 아무것도 아니야, 이 가련한 자들아! 아무것도 아니야!"

멀리 가리발디 부대에서 아코디언을 타는 소리가 들렸다.

"정말로 그건 아무것도 아니야!…… 구아달라하라에서 난 정원사였어요. 도마뱀들이 나오지요……. 내가 서커스단과 함께 인도에 있을 때 나는 인도의 곡조를 하나 배웠지요. 내가 그 곡을 휘파람으로 불면 도마뱀들이 내 얼굴로 기어올라와요. 눈만 감고 있으면 되죠. 그리고 곡도 알아야 하고. 그런데 뭐란 말입니까? 전쟁, 전쟁, 포로들, 시체들이라니……. 이 짓이 끝나면 나는 여느 때처럼 벤치에 몸을 쭉 뻗고 누워 휘파람을 불 거예요. 그러면 도마뱀이 내 얼굴로 기어올라오겠지요……."

"나중에 그걸 한번 보고 싶군" 하고 마니앵은 코밑수염을 잡아당기면서 말했다.

안내인은 그를 바라보고 또 집게손가락을 쳐들었다.

"아무도 볼 수 없어요, 아무도."

그러고는 그 집게손가락으로 자기를 부르고 있는 문 쪽을 가리켰다.

"내 두번째 마누라라 할지라도."

"94킬로미터!" 하고 두번째의 연락병이 소리를 질렀다.

6

이탈리아 군 트럭의 징발 명령이 총사령부에서 내려지자 마누엘은 히메네스와 헤어졌다. 그는 자기 여단의 병사(兵舍)를 향하여 걸어서 돌아왔다. 낭견은 그의 곁을 위엄 있게 따르고 있었다. 가르트너는 이미 압수해놓은 트럭들을 돌려주러 나가고 없었다.
 이상하게 한가한 시간을 갖게 된 병사들은 브리웨가를 빈손으로 방황하고 있었다. 장밋빛과 노란 색 집들과 엄격한 교회들과 커다란 수도원들이 늘어선 큰 거리는 파편들로 가득 차 있었다. 많은 집들이 구멍이 뚫려 가구들이 치워져 있었다. 그곳은 전쟁과 너무나 밀접하게 연결되어 있었기 때문에 전쟁이 멈춘 지금은 이민족(異民族)의 사원과 묘지처럼, 실업자의 모습으로 그 거리를 돌아다니고 있는 소총 없는 병사들처럼 비현실적이고 부조리한 곳이 되어가고 있었다.
 다른 길들은 반대로 무사한 것 같았다. 가르시아는 언젠가 마누엘에게 이런 이야기를 들려준 적이 있었다. 인도의 자이푸르에 가면 집집마다 그 정면에 실물이라고 착각을 일으킬 만한 그림이 그려져 있다느니, 진흙 집들은 저마다 정면에 가면처럼 장미꽃으로 장식되어 있다느니 하고. 여러 길에서 볼 때 브리웨가는 진흙의 도시는 아니었으나 모든 집들이 낮잠과 휴전이라는 표면 뒤에 숨어서 황량한 하늘 아래 유리창을 반쯤 열고 있는 죽음의 도시와도 같았다.
 마누엘에게는 샘물 흐르는 소리밖에는 들리지 않았다. 해빙(解氷)이 시작되고 있었다. 물은 석조 기사상(騎士像) 밑과 간단한 구조의 홈통 속으로 흘러 오래된 스페인의 볼록 나온 포도 위의 모든 도랑 속으로 흩어지고 있었다. 그리고 거기에서는 물이 길 위에 내던져진 초상화들과 가구의 조각들과 냄비와 부서진 물건 더미들 사이로, 산의 조그만 급류소리를 내며 떨어지고 있었다. 남아 있는 동물이란 하나도 없었다. 그러나 물소리로 가득한 고적함 속에서, 여기저기 거리에서 거리로 묵묵히 지나가고 있는 민병들은 고양이처럼 미끄러져가고 있었다. 그리고 마누엘이 마을의 중심으로 가까이 감에 따라 또 다른 소리가 물소리와 섞여지고 있었다. 물소리처럼 투명하고 또 그것을 반주로 하고 있는 것처럼 조화되어 들리고 있는 피아노의 가락들이었다. 건물의 정면이 길에 내려앉아 있고 방들마다 천장이 날아가버린 아주 가까운 어느 집안에서 한 민병이 손가락 하나로 로맨스(감미로운 정조情調를 가진 자유 형식의 소악곡)를 치고 있었다. 마누엘은 조심스럽게 귀를 기울였다. 물소리 너머로 그는 세 대의 피아노 소리를 듣고 있었다. 모두가 한 손가락으로 치고 있었다. 〈인터내셔널〉과는 문제가 달랐다. 모든 손가락이 천천히 치고 있는 로맨스는 브리웨가로부터 창백한 하늘을 향해 올라가고 있는, 부서진 트럭들이 흩뿌려진 언덕의 끝없이 슬픈 정경만을 연주하고 있는 것 같았다.

마누엘은 가르트너에게 자기는 이제 음악과는 작별했다고 말한 적이 있었다. 그러나 그는 지금 이 순간 정복된 시가지의 길에 홀로 서서 자기가 가장 바라고 있는 것은 음악을 듣는 것임을 느끼고 있었다. 그러나 그는 자신이 연주하고 싶은 생각은 없었다. 혼자 있고 싶었다. 그의 여단의 식당에는 축음기가 두 대 있었다. 전쟁이 처음 시작됐을 때 갖고 온 음반들은 보관하지 않았지만 큰 축음기의 케이스 속에는 아직도 많이 있었다. 가르트너는 독일인이었다.

그는 베토벤의 교향곡들과 〈고별〉 소나타를 찾아냈다. 그는 베토벤만을 어느 정도 좋아하고 있었으나 그것은 중요한 문제가 아니었다. 그는 작은 축음기를 자기 방으로 가지고 와서 틀기 시작했다.

음악은 그의 의지력을 빼앗고 있었으므로 그는 과거로 줄달음질치고 있었다. 그는 알바에게 권총을 건네주었을 때의 몸짓을 회상했다. 어쩌면 히메네스가 말한 대로 그는 자신의 삶을 찾아냈는지도 모른다. 그는 전쟁에 대해서도 눈을 떴고 죽음에 대한 책임에 대해서도 눈을 떴다. 지붕 끝에서 갑자기 잠을 깬 몽유병자처럼, 그 장엄한 하강 음조가 그의 정신 속에 처절한──그곳에서는 핏속으로밖에는 떨어질 수 없는── 평형의 감각을 일깨우고 있었다. 그는 카라반첼의 밤에 마드리드에서 만난 눈먼 거지를 생각해냈다. 마누엘은 치안국장과 함께 있었고 그의 차를 타고 있었다. 헤드라이트가 갑자기 그를 향해 내밀고 있는 그 맹인의 손을 비췄다. 그림자의 투영(投影)으로 거대하게 커진 그 손은 그란 비아의 경사 때문에 포도 위에서 울툭불툭하게 보였고, 보도 위에서 꺾여지고, 아직 왕래가 드문 군용 차량에 의해 으스러져, 마치 운명의 손처럼 길쭉해졌다.

"95킬로미터! 95킬로미터!" 하고 온 도시 안을 산만한 목소리들이 외쳐대고 있었으나 모두가 똑같은 음색이었다. 그는 자기 주위를 둘러싸고 있는 생명을 느꼈다. 그것은 마치 이제는 포성에 흔들리고 있지 않은 낮은 구름 뒤에서 눈먼 운명들이 자기를 기다리고 있는 것처럼 어떤 전조(前兆)로 가득 차 있었다. 낭견은 저부각(低浮刻)된 늑대처럼 길게 드러누워 귀를 기울이고 있었다. 언젠가는 평화가 찾아올 것이다. 그리고 마누엘은 자신도 알지 못하는 다른 인간이 되어버릴 것이다. 마치 오늘의 전사(戰士)는 시에라 산에서 스키를 즐기기 위해 소형차를 샀던 사람에게는 미지의 존재인 것처럼.

그리고 아마도 거리를 지나다니고 있는 병사들과 천장이 날아간 방의 피아노 앞에서 한 손가락으로 집요하게 로맨스를 치고 있는 병사들과 뾰족하고 무거운 망토 두건을 쓰고 어제 싸우던 하나하나의 병사들의 경우도 마찬가지일 것이다. 예전에는, 마누엘은 자기 자신에 대해 깊이 생각해봄으로써 자신을 깨닫곤 했다. 그러나 지금은 그가 자신을 깨닫게 되는 것은 우연히 행동에서 벗어나 자신의 과거로 내던져질 때였다. 그리고 그와 그를 비롯한 부하들 하나하나와 마찬가지로, 빈혈 상태의 스페인은 마침내 그 자신을 깨닫기 시작하고 있었다. 죽음의 시각에 와서야 갑자기 반문하는 사람처럼. 인간이 전쟁을 발견하는 것은 단 한 번뿐이다. 그러나 인생은 몇 번이고 발견하는 것이다.

악장(樂章)은 차례차례 계속되며 그의 과거 속으로 끌고가고 있었다. 그리고 그것은 지난날 모로족들의 진격을 막아낸 이 도시와 저 하늘과 영원한 저 들판만이 할 수 있을 것처럼 그에게 이야기를 하고 있었다. 마누엘은 처음으로 인간의 피보다도 엄숙한, 대지 위의 인간 존재보다 더 불안한 것의 ──인간의 운명의 끝없는 가능성의── 소리를 듣고 있었다. 그리고 그는 도랑을 흐르는 물소리와 포로들의 걸음과 뒤섞여 있는 이 존재를, 심장의 고동소리처럼 깊고 영속적인 존재를 자기 마음속에서 느끼고 있었다. *

작품론

'혁명의 신화' 시대의 행동주의 작가

이 가 형 (국민대 대우교수·문학박사)

I.《희망》이전의 앙드레 말로

1. 쉬르리얼리스트 앙드레 말로

앙드레 말로, 정확히는 조르주 앙드레말로(Georges André Malraux)는 1901년 11월 3일, 파리 시, 몽마르트르 구(區)의 다므레몽가(街)에서 출생했다. 조부 알퐁스 에밀르 말로는 무역상으로서 선박을 몇 척 가지고 있었고, 부친 페르낭 조르주 말로는 파리의 미국계 은행의 지점장이었다.

1905년에는 부모의 이혼으로 인해 말로는 외가에서 성장한다. 외가는 잡화상을 하고 있어서 가게 2층에서 외조모, 어머니, 이모와 함께 생활한다.

1918년 제1차세계대전이 끝나는 해에 에콜르 뒤 튀르고를 종합성적 3위로 졸업한다. 말로 전설의 하나로, 그는 명문 고교 리세 콩도르 세를 나와 동양외국어학교에서 동양어를 청강했다고 하는데, 사실 말로의 학력이 고교 졸업 정도밖에 되지 않는 것은 바칼로레아(프랑스의 후기 중등 교육 종료를 증명하는 국가 시험. 동시에 대학 입학 자격도 됨)가 없어서 대학에 가지 못했기 때문이다. 부모가 이혼한 데다가 어쩌면 여자들 속에서 생활한 환경에 그 원인이 있을지도 모르겠다. 이 무렵 그는 센 강변의 고서점을 섭렵하고 다녔다 한다. 외가에서 나와 하숙 생활을 하면서 그는 고서점 및 출판사 코네상스 서점을 경영하는 르네 루이 드와이용 밑에서 희귀본을 발굴하는 일을 한다.

1920년 코네상스 출판사에서 발행한 월간지 《코네상스》 창간호에 〈입체주의시(詩)의 기원에 대하여(Des Origines de la Poésie Cubiste)〉를, 제2호에는 〈타이야드의 세 책(Trois Livres de Tailhade)〉을 발표하는데 이것은 말로의 최초의 문필활동이 된다. 이어서 크라 서점에서 고급 희귀본 간행 편집장이 되어 희귀본 및 희귀한 작가·화가들과의 접촉을 통하여 그는 문단과 화단에 지기(知己)를 갖게 된다.

당시의 전위파 계간지 《아크시용》 지의 중심인물인 막스 자콥(Max Jacob)을 알게 되어 3호에 〈말도로르의 노래의 기원(起源)(La Genése des Chants de Maldoror)〉, 5호에는 〈프롤로그(Prologue)〉를 발표했다. 이 〈프롤로그〉는 말로의 처녀작 〈종이 달님들(Lunes en Papier, 1921)〉의 프롤로그에 해당되는 부분이다. 이 무렵 문학적 및 예술적 모임에서 말로는 독일계 유태인 여성인 클라라 골드슈미트(Clara Goldschmidt)를 알게 된다.

1921년 4월에는 말로의 처녀작 《종이 달님들》이 나오고, 10월에는 두 살 연상인 클라라와 결혼한다. 이때 신랑인 말로의 나이는 만 스물이 되지 않았다.

말로의 처녀작은 전후의 전위파인 다다이슴과 쉬르리얼리즘의 영향을 받은 지극히 환상적이고 부조리하며 우화적인 이야기로서 신과 악마와 죽음 등이 의인화(擬人化)되고 있다.

《종이 달님들》의 환상적인 세계는 몇 년 후에 출판된 《기묘한 왕국(Royaume Farfelu, 1928)》에 이어진다. 그러나 결국 클라라 골드슈미트와의 결혼이 말로를 현실 세계로 끌어들이는 계기가 된다. 말로는 고대 크메르 조각품을 채취하려는 엉뚱한 계획을 하게 된다. 그건 동양미술에 대한 동경에다 물욕이 곁들인 발상이었을는지도 모른다.

2. 인도지나에서의 모험

1923년 11월 13일 금요일, 말로 부부는 마르세유를 떠나 인도지나로 향한다.

말로는 출발 전에 고대 크메르 왕국의 반테아이 스레이 유적의 자비 탐험 허가원을 제출하여 허가를 받았기 때문에 인도지나에 도착하면 하노이의 극동 프랑스 학원의 원조를 받을 예정이었다. 그러나 편의는커녕 나중에는 고발까지 당한다.

말로 부부는 하노이에 1개월 동안 체재한 후에 육로로 사이공에 가서 프랑스를 늦게 출발한 탐험대의 멤버인 루이 슈밧송(Louis Chevasson)을 만난다. 슈밧송은 말로의 어릴 적부터의 학교 친구인데 이번 탐험을 함께 하기로 한 것이다.

세 사람은 캄보디아의 수도 프놈펜에 당도, 발동선을 이용하여 메콩 강과 톤레삽 호(湖)를 지나 셈레압까지 간다. 말로는 식민지 당국의 지방주재원인 크레마지를 만나 원조를 부탁한다. 주재원은 탐험에 필요한 원조를 하면서 탐험에서 발견된 유적은 반출할 수 없다는 당국의 지시도 강조한다.

그러나 말로는 이러한 지시를 무시했기 때문에 결국 문제가 생기고 그의 탐험은 불명예스러운 헛수고가 되고 만다.

말로 일행이 절취한 조각은 폐허의 사원에 새겨져 있는 수호 여신 데바스타 신을 조각한 부분이었다. 그것은 세 덩어리로 겹쳐진 높이 약 65센티미터, 넓이 약 70센티미터의 사암(砂岩)의 각석(刻石)이었다. 말로는 채취한 조각을 가지고 발동선으로 프놈펜에 왔을 때 검색을 당하여 조각은 압수되었을 뿐 아니라 도굴 혐의로 6개월 동안 호텔에 묵으며 취조를 받게 된다.

판결은 말로에게는 금고 3년, 슈밧송에게는 금고 1년 반으로서 집행유예도 없었다. 클라라는 파리로 먼저 돌아와 말로 구명운동을 시작한다.

제일 먼저 서둔 사람은 르네 루이 드와이용과 막스 자콥이었다. N.R.F.가 벌인 서명자 명단에는 나중에 노벨문학상을 수상한 작가가 셋이나 끼여 있었다. 앙드레 지드, 프랑스와 모리악, 장 콕토, 심지어는 아나톨 프랑스와 같은 최원로 작가도 말로 청년에게 동정심을 보였다.

2개월 반 후에 다시 열린 상고재판소의 판결은 말로에게는 금고 1년에 집행유예, 슈밧송에게는 금고 8개월에 집행유예로 경감되었으나 말로가

고생하여 채취한 조각은 그에게 돌아갈 수가 없었다.

프랑스에 돌아온 앙드레 말로는 식민 당국과 반대 입장에 있는 샤를 모냉(Charles Monin)과 함께 식민 당국을 비판하는 신문을 내기로 한다.

1925년 6월, 드디어 《인도지나(Indochine)》가 발간되기는 하나 두 달도 못 가 인쇄소를 구하지 못해 발행하지 못한다. 식민 당국의 압박 때문이다. 11월에는 《쇠사슬에 묶인 인도지나(l'Indochine enchaîné)》라는 과격한 표제로 속간을 한다. 그러나 이것도 연말까지는 매주 2회씩 순조롭게 발간되었으나 연말에 말로가 프랑스로 귀국한 후에는 정월에 휴간, 2월에 4호가 나온 뒤로 영영 폐간되고 말았다.

이상으로 2년간에 걸친 인도지나에서의 말로의 예술적 또는 정치적인 모험은 수포로 끝나고 말았다. 말로는 이러한 실패와 좌절을 겪고 나서야 그의 문학적인 의욕이 용솟음 치지 않았나 생각된다. 그가 귀국선의 3등 선실 속에서 〈서구(西歐)의 유혹〉을 쓰기 시작했기 때문이다.

3. 〈서구(西歐)의 유혹〉

1926년 6월, 프랑스에 귀국한 지 약 반년 후에 말로는 《서구의 유혹(La Tentation de l'Occident, 1927)》을 출판한다.

이 작품은 서문에서 밝혔듯이 아시아 여행에 나선 25세의 프랑스 청년 A. D 씨와 유럽을 여행하는 23세의 중국 청년 링 W. Y 씨가 제각기 이국 땅에서의 견문을 바탕으로 여러 가지 감상과 고찰을 통신으로 나눔으로써 동서 양문명을 비교하고 검토하는 기회를 갖자는 왕복 서간체의 에세이집이다.

18통의 서신 중에서 제1, 8, 12, 14, 16, 18의 여섯 통은 A. D의 것이고 나머지 12통은 링의 것이다.

〈서구의 유혹〉은 제목만 보아서는 서구가 동양을 유혹하는 것으로 느껴지나 반대로 동양이 서구를 유혹하는 것으로도 볼 수 있다. 왜냐하면 말로는 나이 20여 세에 동양의 미술을 동경한 나머지 프랑스의 식민지로 되어 있는 캄보디아의 밀림까지 탐험모험을 하였으나 결국 동양의 식민지를 지배하는 서양 때문에 실패와 좌절을 겪게 되었기 때문이다. 〈서구의 유혹〉은 말로가 겪은 동양에서의 모험 결산서라고도 볼 수 있을 것이다.
말로의 분신으로 볼 수 있는 A.D는 이렇게 외친다.

　유럽이여, 숨이 끊어진 정복자들이 혼자 잠들고, 그들의 명예로운 높은 이름에 장식되어 더욱더 비애가 깊어지는 무덤이여! 그대가 나의 주위에 남기는 것은 아무 것도 눈에 띄지 않는 지평선──고독한 늙은 왕, 절망이 가져오는 거울뿐이 아닌가. (제18신信)

　말로의 서양 탈출은 동양에의 유혹 때문에 이루어졌다고도 할 수 있다. 그러나 인도지나에서의 2년간의 체재는 그때까지 정치에 관심이 없던 말로를 식민지에 집약되는 제국주의적 유럽의 모순 즉 부정부패의 신랄한 고발자, 나아가서는 혁명적 소설가로 변모시킨다.
　서구를 탈출한 앙드레 말로는 동양을 경험한 후에 사회와 인간의 부조리를 고발하는 작가로서 귀환하는 것이다.

4. 〈정복자(征服者)〉와 〈왕도(王道)〉

　앙드레 말로의 최초의 장편소설은 〈정복자(Les Conquérants, 1928)〉이다. 제2작인 〈왕도(La Voie Royale, 1930)〉와 더불어 이 작품은 인도지나에서의 경험이 바탕을 이루고 있다. 〈정복자〉의 주인공 가린느(Garine)나 〈왕도〉의 주인공 페르켄(Perken)도 세계의 부조리와 인간의 숙명에 항거하여 중국혁명의 와중에, 또는 미개지의 유적탐험에 뛰어든다. 그들은 〈서구의 유혹〉에서 지적된 유럽의 비극적 상황에서의 탈출을 동양에서의 모험적 행동에 걸고 있는 것이다.
　〈정복자〉의 무대는 1925년 광동에서 일어난 중국의 반제국주의 혁명이다. 이 혁명을 지휘하는 백인 혁명가 가린느는 스위스 출신의 무정부주의자이다. 이 소설의 나레이터는 이름을 대지 않는 '나'이다. '내'가 가린느의 초대를 받고 광동으로 오는 도중의 배 위에서부터 소설은 시작된다.
　'나'는 서서히 혁명의 현장에 접근하며(제1부 접근), 가린느가 지휘하는 혁명의 와중에 뛰어들고(제2부 권력), 가린느가 지병인 학질과 이질 때문에 중국을 떠나는(제3부 인간) 것을 지켜본다.

　이 소설에서의 가린느와 '나'와의 관계는 〈왕도〉에서의 페르켄과 클로드 바네크와의 관계와 비슷하다. 〈왕도〉의 배경은 말로의 캄보디아에서의 유적 탐험을 바탕으로 하고 있다. 주인공 페르켄은 돈이 필요한 모험가이다. 그는 청년 고고학자 클로드 바네크를 따라 밀림 속까지 들어가게 되고 야만족과의 싸움에서 부상을 당하여 그로 인해 결국 죽고 만다.

　가린느나 페르켄과 같은 모험가들도 죽음 앞에서는 속수무책이다. 그들은 인생의 허무와 부조리에 행동으로써 의의를 부여하려 하지만 죽음이라는 인간의 숙명 앞에서는 손을 들어야 한다.

　이 두 작품에서는 앙드레 말로를 일찍부터 사로잡고 있던 죽음에 대한 집념을 볼 수 있는 동시에 죽음을 초월할 수 있는 행동에의 강한 의지를 엿볼 수 있다.

　행동에의 의지가 훌륭한 죽음의 집념과 작품으로 융합된 세번째의 장편은 1933년에 출판된《인간의 조건(*La Condition humaine*)》이다.

5. 〈인간의 조건〉

　1933년에 콩쿠르 상을 받은 〈인간의 조건〉은 중국의 혁명을 바탕으로 하고 있다. 무대는 1927년 중국 상해에서 일어난 장개석(蔣介石) 장군의 쿠데타가 된다. 공산당의 협력을 얻어 북방 군벌을 토벌한 장개석이 상해를 점령하자 돌변하여 공산당을 때려잡을 때의 이야기인 것이다.

　소설에서 일어나는 사건과 실제로 일어난 사건과의 대비는 앙드레 말로의 경우에는 의미가 없다. 왜냐하면 말로는 실제로 공산당원도 아니었고 역사적 사건에 참여하지도 않았기 때문이다. 다만 신념을 위하여 죽음을 두려워하지 않는 인간들과 그들이 행동하는 상황이 비극적 상상력을 가진 소설가 말로에게는 필요했던 것이다.

　소설의 시작에서는 사람을 암살하는 테러리스트 진(陳)이 등장한다. 그는 코뮤니스트이지만 암살을 한 후로는 고독한 니힐리스트가 된다. 그는 결국 자신의 죽음에 큰 의미를 부여하기 위하여 지시를 어기고 장개석의 승용차에 폭탄을 안고 뛰어들지만 장개석은 이미 차에 없었다. 그는 권총으로 자결한다. 그는 한마디로 현대 중국이 낳은 비극적인 인물이라고 하겠다.

또 하나의 주요인물은 키요 지조르라는 프랑스인과 일본 여자와의 혼혈아인데 이상적인 코뮤니스트로 등장한다. 그는 혁명을 믿고 자기의 행동에 의의를 느낀다.

그는 인터내셔널에 실망하고 장개석에게 배반당해 사형 언도를 받고 있으면서도 공산주의에 대한 신뢰를 버리지 않고 청산가리로 자결한다.

러시아 출신의 카토프는 가마솥의 뜨거운 물에 빠뜨려 죽이는 사형을 기다리고 있는데, 옆에 있던 중국인 동지가 공포에 떨고 있는 것을 보고 자기 몫의 청산가리를 그에게 준다. 그리고 자기는 뜨거운 물에 빠져 죽을 각오를 하는데 이 장면은 이 소설에서 가장 잔인한 장면 중의 하나이다.

이 소설에는 키요의 프랑스인 아버지 지조르 노교수와, 아내인 독일인 여의사 메이 외에도 많은 인물이 등장한다. 그러나 많은 인물들 중에서 특히 주목할 만한 사람은 테러리스트 진, 키요, 카토프이다. 그들은 그들의 행동에 의해 역사를 만든 자들이다. 그들은 죽음 앞에서 〈정복자〉의 가린느나 〈왕도〉의 페르켄처럼 인간의 허망함을 느끼지 않는다. 이 점이 모험가 페르켄과 '혁명적 모험가'라 할 수 있는 가린느와의 차이점일지도 모른다.

Ⅱ. 〈희망〉

1. 〈모멸(侮蔑)의 시대〉

히틀러가 이끄는 나치스(Nazis)당이 일약 국회의 제1당이 된 것은 1932년 7월 총선거에서였다. 그리고 히틀러가 힌덴부르크 대통령으로부터 조각 전권을 위임받아 독재체제를 갖추고 바이마르 공화국에 종지부를 찍은 것은 1933년 1월이었다.

그동안 나치스(국가사회주의당)의 숙적이었던 독일공산당 본부가 습격을 당하고 독일 국회 내부에 화재가 일어나자 공산당의 방화라 하여 당 간부, 좌익 작가, 학자 등 130명이 검거 투옥당한다. 그리고 나치스는 유태인을 학대하기 시작한다.

독일에 있어서의 나치스의 급격한 대두는 유럽에 반(反)나치스 즉 반파시스트 운동을 일어나게 하였다. 프랑스에서는 공산당과의 공동 전선을 확대하여 '반파시스트 행동 통일 위원회'(약칭 인민전선)가 조직되었다. 이 인민전선에는 정치단체 외에도 지드, 발레리, 줄르 로맹, 뒤아멜, 모리악, 앙드레 말로 등의 대가 및 중견작가들이 결집한 '반파시즘 지식인 감시 위원회'가 참가했다.

혁명기념일인 7월 14일에는 40만의 대중이 동원되어 바스티유 광장에서 반산느 문까지 3색기와 적기를 내걸고, 〈라 마르세예즈〉와 〈인터내셔널〉을 부르면서 행진을 했다.

한편 소련에서는 코민테른 제7회 대회가 개최되고 널리 세계 각국에 인민전선 조직을 요청했는데 이때의 서기장은 불가리아의 공산당 영수였던 디미트로프였으며, 이 디미트로프가 추방되어 독일에 숨어 있을 때 독일 국회 방화범으로 체포되었던 것이다(이 재판은 결국 증거 불충분으로 무죄로 판결되었다).

〈모멸의 시대(Le Temps du Mépris)〉는 1935년 3월에서 5월까지 N. R. F. 지에 연재된 후에 즉시 출판되었는데, 이 소설의 배경은 독일 국회 방화 사건에 잇따른 나치스의 공산당 탄압의 한 에피소드를 취급하고 있으며 주인공 카스너에게는 디미트로프의 이미지가 부여되어 있다. 앙드레 말로도 이 디미트로프의 석방을 위하여 힘을 많이 썼음은 물론이다.

인민전선과 나치즘과 파시즘과의 대결은 1936년 7월부터 약 3년간에 걸치는 스페인 내란에서 폭발한다. 말로는 스페인 공화정부군에 참가하여 그 실전 경험을 바탕으로 제5작 〈희망(L'Espoir)〉를 쓰게 된다. 〈모멸의 시대〉는 〈희망〉의 선도적인 작품으로 볼 수 있다.

중편 정도의 길이밖에 되지 않는 이 〈모멸의 시대〉의 헌사에는 다음과 같은 말이 씌어 있다.

독일인 동지들에게――그들이 고뇌한 것을, 그들을 지탱케 한 것을 나에게 알려주려고 애쓴 동지들에게——이 책은 그들의 것이다.

이 소설의 주인공은 공산주의 작가 카스너이다. 카스너는 독일의 돌격 대원에게 체포되어 나치스의 감옥에 있다. 그러나 그는 증거 불충분으로 9일 동안 구속된 후에 석방된다. 동지 한 사람이 자기가 카스너라고 자백했기 때문이다. 그는 자기보다 더 중요한 인물이 당을 위하여 살아남아 있어야 한다고 생각했기 때문이다.

국외 추방을 당한 카스너는 당장 당의 비밀 조직에 속하는 프로펠러 공장의 시험비행기로 체코의 수도 프라그를 향해 출발한다. 그는 처자를 만나 소생의 기쁨을 맛보기가 바쁘게 다시 변신 변장하여 독일로 잠입하도록 되어 있었던 것이다.

이 작품은 외관상 명백히 하나의 정치적 이데올로기가 담겨 있다. 그것은 반나치즘, 반파시즘이며 코뮤니즘에 동조하는 입장일 것이다.

그러나 소설의 형태로 보면 이 소설은 이념 선전 소설이 아니라 강제수용소에서 풀려나온 한 인간의 의식이 어떻게 흘러가는가를 더듬는 심리소설이라고 할 수 있다.

말로의 소설로서 소련에 소개된 것은 이것이 유일한 작품이라고 한다. 〈정복자〉나 〈인간의 조건〉은 소련에서 인정을 받지 못했는데 〈모멸의 시대〉는 러시아어로 번역되고 있으니 그것은 관점에 따른 문제가 아닌가 싶다.

1936년 앙드레 말로는 런던에서 개최된 문화 옹호 국제 작가 회의 강연에서 이렇게 말한다.

나는 항상 파시즘의 예술이 인간의 인간에 대한 투쟁 이외의 것을 표현하는 경우의 무력함에 놀라왔었다……

2. 스페인 내란(內亂) (1)

스페인 왕 알폰소 13세가 왕궁을 영영 떠난 것은 1931년 4월 14일 심야였다고 한다.

4월 12일에 행해진 군왕제냐 공화제냐의 국민투표는 공화제가 압도적으로 다수표를 얻게 되어 마드리드 혁명위원회의 알카라 사모라가 수반이 되는 임시정부가 수립된다.

스페인 공화국에서는 3색기(적색, 황색, 자색)가 국기가 되고 〈리에고 찬가〉가 국가로 제정된다. 6월 28일의 헌법 제정 의회 선거에서는 아사냐의 공화행동당이 다수를 얻어 사모라를 대통령으로 하는 아사냐 공화정부가 12월 14일 출범하여 제반 개혁에 나섰다. 12월 9일까지 제정된 헌법은 "스페인은 정의와 자유의 제도에 의해 조직된 모든 계급의 근로자를 위한 민주주의적 공화국이다"라는 말부터 시작하여 주권재민, 전쟁의 폐기, 국가와 교회의 분리, 귀족의 폐지, 23세 이상 남녀의 보통선거권, 일원제(一院制) 국회, 카탈로니아의 자치를 규정하고 있었다. 아사냐 내각은 좌파공화자와 사회당으로 구성되어 있는데 개혁을 반대하는 우익으로는 '레노바시온 에스파뇨라(스페인 혁신당)', 'CEDA(스페인 자치 우파 연맹)', '팔랑헤 에스파뇨라'가 있었다.

1933년 11월 선거에서 우익은 승리를 거두게 된다. 그리하여 2년간의 개혁은 원점으로 돌아가고 있었다. 모든 것이 역행하는 것이었다.

점차 파시스트의 폭력에 대한 노동자들의 반항이 일기 시작한다. 특히 아스투리아스 탄광구의 반란은 격렬하여 모로코에서 용병 모로족 부대를 불러다가 처참하게 탄압한다. 탄압을 지휘한 자는 프랑코 장군이었다. 공화정부는 육군사관학교의 교장이었던 프랑코를 해임하고 바레아레스 섬으로 좌천했는데 그에 대한 프랑코의 보복이었던 것이다.

그러나 10월 투쟁의 교훈은 노동자계급의 단결을 촉구하고 있었다. 뿐만 아니라 모든 반파시즘 세력, 모든 좌파 공화주의자의 연합전선이 필요하게 되었다.

1935년 7~8월의 코민테른 대회는 세계 각처에서 대두하는 파시스트 세력을 타도하는 인민전선 전술을 채택하였다. 이 대회에는 스페인의 공산당 대표 벤투우라가 참석하였다.

1936년 1월 26일, 좌익공화당, 공화동맹, 카탈로니아 좌익당(에스케라), 사회당, 공산당, POUM(통일 노동자 마르크시스트당) 사이에 인민전선 협정이 맺어진다.

협정 내용인즉 10월 사건 이후의 정치적 이유로 투옥된 자의 석방, 헌법상 보장의 확보, 재판소의 개혁, 의회 지방 자치단체의 제법규의 개정, 농민의 조세 지대의 경감, 중소공업 보호, 실업의 제거, 은행 통제, 세제 수정, 노동입법, 최저 임금, 교육개선, 국제연맹 옹호 등이며 우익 정부가 가로막았던 것을 재주장한 것에 불과했지만 중요한 것은 민주세력의 반파시즘 선언이었던 것이다.

1936년 2월 16일, 선거일이 왔다. 우익은 폭력을 행사하기 시작했고 갖은 부정선거를 감행했다. 아나키스트들도 투표에 참석하게 되었다.

결과는 인민전선 258, 우익국민전선 152, 중간파 62로 인민전선이 승리를 거둔다.

드디어 사모라는 대통령직에서 쫓겨나고 아사냐가 대통령에 당선되었으며, 내무장관이었던 키로가는 수상이 되고 아사냐파는 거의 각료가 되었다.

이리하여 5월에 스페인에서는 인민전선 정부가 드디어 수립된다. 이때 총선에서 승리한 프랑스의 인민전선을 대표하여 문화 옹호 국제 작가 협회의 앙드레 말로, 장 카수, 앙리 르노르망이 스페인을 방문한다. 방문 목적은 아사냐의 대통령 취임을 축하함과 동시에 양국간의 유대를 돈독히 하기 위한 것이었다.

일주일 동안 스페인을 여행하고 강연한 앙드레 말로는 스페인 인민전선의 장래에 대하여 세 가지 가능성을 예언했는데, 불행하게도 가장 불길한 예언 '파시스트에 의한 독재'가 2개월 후에 들어맞게 된다. 취약한 아사냐 정부는 우익과 군부의 반란에 대항하여 이를 막을 만한 배짱이 없었던 것이다.

드디어 스페인 군부의 반란이 7월 17일 모로코의 멜릴랴에서 터지고, 18일 카나리아 제도(諸島)의 라스팔마스에서 프랑코 장군은 쿠데타를 선언한다. 19일에는 모로코의 테투안에 영국 비행기로 도착한 프랑코는 "스페인은 살았다" 하고 방송하고 있다.

본토에서도 18일 새벽부터 각처에서 반란이 일어나 드디어 스페인에서의 미증유의 비극이 벌어진 셈이다. 살기는 커녕 죽는 길로 치닫게 된다.

3. 스페인 내란 (2)

　스페인에 반란이 일어났다는 소식을 접하자 앙드레 말로는 즉시 행동을 개시한다.
　7월 21일, 반전·반파시즘 세계위원회의 의장단의 일원으로서 그는 동 위원회의 스페인 인민전선에 대한 연대 표명을 전보로 발신함과 동시에 스페인으로 뛰어간다. 말로의 친구 콜니리온 몰리니에가 조종하는 비행기는 항공성 소관의 록히드기(機)였는데 이것은 말로와 친한 코트 항공상이 주선한 것으로서 반전·반파시즘 세계 부인 위원회의 대표적 존재인 아내 클라라 말로도 동승했다. 마드리드 근교의 공항에서 그들을 맞이한 사람 중에 가톨릭 작가 호세 벨가민이 있었다. 이리하여 말로는 스페인의 인민전선과의 의리를 지켜 독자적으로 스페인 정부군에 참가하게 된다. 공교롭게도 레온 브룸의 인민전선 내각은 불간섭주의를 표명하고 있었기 때문이다.
　며칠 동안이었지만 말로는 스페인의 각처에서 벌어지고 있는 내전의 실태를 직접 확인한다. 그에게 충격적이었던 것은 무장한 노동자·농민·상인·지식인·학생 등의 민중병이 반란군인 정규군과 맞서 싸우고 있는 것이었다. 그리고 그들이 바르셀로나를 비롯한 도처에서 반란군을 진압하고 있는 것이었다.
　독일과 이탈리아의 적극적인 후원을 받고 있는 반란군의 중장비에 비하면 정부측에 대한 충성을 지키는 일부 군대와 치안경찰과 민병들로 구성된 반파시즘 군대의 무기는 형편없이 빈약했다. 수류탄, 구식 총, 구식 소총, 공사용 다이너마이트, 철판을 두른 트럭 등이 있을 뿐이었다. 〈1984년〉의 작가 조지 오웰은 스페인 내란 참가 기록인 〈카탈로니아 찬가 (讚歌)〉에서, 그는 1898년의 독일제 모제르총을 지급받았다고 기록하고 있다. 민병들에게는 열정과 용기만이 있을 뿐이었다.
　말로는 프랑스에 지원을 청하는 신임 스페인 대사와 함께 파리로 돌아온다. 그러나 프랑스의 정세는 미묘했다. 독일의 히틀러나 이탈리아의 뭇솔리니는 프랑코 반란군을 적극적으로 지원하고 있는데 반해 프랑스의 인민전선 내각은 파시스트의 공격을 받고 있는 스페인에 대하여 불간섭 방

침을 취하고 있었다. 말로는 파리에서 반전·반파시즘 강연을 하며 스페인 공화국 지원의 필요성을 역설한다. 설사 프랑스의 불간섭 정책 때문에 공공연한 무기 원조는 못한다 하더라도 기술 원조나 의용병은 보낼 수 있어야 한다고 외친다. 스페인 민중의 자유를 위한 투쟁을 지원하는 것은 파시즘의 괴멸을 원하는 민주주의 프랑스의, 그리고 모든 억압받고 있는 민중의 입장이라고 역설한다.

말로의 정치에 대한 깊은 참여는 그로 하여금 국제 의용 항공대를 창설하게 한다.

말로가 국제 항공대를 편성한 것은 스페인 정부가 지원 요청한 것 중에서 항공기가 가장 중요한 것이었기 때문이다. 한데 말로는 시바 여왕의 유적을 탐험하기 위하여 조종사 콜니리온 몰리니에와 아라비아를 비행한 경험이 있었고 말로와 친한 코트 항공상이 스페인 지원론자였기 때문에 그 일이 성사되지 않았나 추측된다.

하여튼 말로는 스페인 대사를 통하여 스페인 정부의 자금으로 프랑스, 벨기에, 체코슬로바키아의 시장에서 중고 비행기를 구입케 하고 파일럿을 모집한다. 급료는 월액 5만 페세타(따로 50만 페세타의 생명보험), 한 달마다 계약을 갱신하며 스페인 정부의 지휘 계통에 들기로 한다. 이리하여 스페인 항공대가 편성되고 말로는 대장(대령급)으로서 스페인 정부의 승인을 받는다.

스페인 항공대는 1936년 8월부터 11월까지 여섯 나라에서 32명의 대원이 모인다. 11월부터 이듬해 2월까지는 '말로 반파시즘 항공대'라고 불리우며 일곱 나라에서 42명이 모인다.

대부분은 프랑스인이었는데 제1차세계대전을 경험한 조종사나 공군예비역의 지원자로서 비행 테스트를 거쳐 선발했다. 항공대가 소유하는 비행기는 동시에 6기 이상 뜬 적이 없고, 또 항공 가능한 비행기를 아홉 대 이상 갖춘 적이 없을 정도의 규모였으나 그러나 공화국이 거의 공군력을 갖고 있지 못했기 때문에 말로의 항공대는 참으로 소중한 전력이었던 것이다.

8월 14일, 스페인 항공대의 첫 전투였던 메델린 공폭은 마드리드로 진격하는 파시스트 군의 강력한 기계화부대를 저지하여 수도 방위에 중대

역할을 하였다. 말로 자신의 비행만 하더라도 수십 번 출격을 했고 격추당한 적도 있었다. 스페인 전쟁의 서전에서 반년 동안 말로가 지휘하는 국제 항공대는 각지를 전전한다. 공화국 정부가 발렌시아에 이전하면 항공대도 그 근교로 이동한다. 1937년 테루엘에 출격했을 때에는 말로의 비행기가 추락했는데 다행히 그는 경상만 입는다. 결국 1937년 2월 중순, 반정부군과 이탈리아 군의 합동작전으로 말라가를 점령했을 때 출격한 말로 항공대는 주력의 2기가 격추당함으로써 전투 능력을 잃고 해체할 수밖에 없게 된다.

말로의 그 후의 활동은 스페인 지원 모금을 위해 미국과 캐나다에 강연 여행을 하고, 공화국 정부 치하의 발렌시아에서 제2회 문화 옹호 국제 작가 회의 개최를 위하여 분주했으며, 영화 〈테루엘의 산〉 촬영으로 바빴다. 그러나 이러한 활동 중에서도 앙드레 말로를 위대한 작가로 만든 것은 그의 스페인 전쟁의 경험을 즉시에 기록하는 르포르타주 소설인 〈희망〉의 완성이었다.

스페인 내란은 1939년에 반란군의 승리로 종결되지만 말로의 〈희망〉은 아직 승리의 희망이 있었던 1937년에 출간된다.

4. 〈희망〉

〈희망〉은 세 편으로 나뉘어 있다. 제1편은 서정적 환상, 제2편은 만사나레스 강(江), 제3편은 희망이다.

제1편은 2부로 나뉘어 있다. 제1부는 서정적 환상이고 제2부는 묵시록의 실천이다. 제2편도 2부로 나뉘어 있으며 제1부는 존재와 행위이며 제2부는 좌익의 피이다. 제3편은 그대로이다. 부별로 따지면 〈희망〉은 다섯 부로 나뉠 수 있는 것이다.

제1편의 제1부는 3장으로 나뉘어지며 제1장은 4절, 제2장은 4절, 제3장은 3절, 합쳐 11절이다. 제1편 제2부는 2장으로 나뉘어지며 제1장은 5절, 제2장은 10절, 합쳐 15절이다. 제2편의 제1부는 1장 9절이고 제2편 제2부는 1장 17절이다. 제3편은 6절이다.

〈희망〉은 타이틀이 없는 58절로 되어 있다. 다시 말해 장단 58개의 에

피소드나 신(scene)으로 구성되어 있다. 에피소드와 에피소드 사이에 긴밀한 연관은 없다. 여러 인물들의 행동이나 대화가 시간과 장소별로 즉시에 서술되고 있다. 등장인물들의 생각이나 행동을 일관하고 있는 것은 스페인 내란이라는 전쟁이며 전쟁의 위협이다.

작자 앙드레 말로는 전투에 참가하면서 그 순간 순간을 기록하고 있다. 과거에 일어났던 사건을 이야기하는 것이 아니라 현재의 순간에 일어나는 사건을 적고 있는 것이다.

르포르타주 문학의 특이한 점은 현재의 시간과 공간을 고속도 사진처럼 포착하는 것이다. 따라서 현재 생동하는 역사를 생생하게 포착하게 된다.

말로는 〈정복자〉나 〈인간의 조건〉에서도 이러한 르포르타주 형식을 취하고 있으나 〈희망〉과 다른 점은 작자가 사건을 시시각각으로 겪으면서 기록하고 있는 것이 아니라는 점이다. 소설이니까 그렇게 꾸며댈 수는 있겠지만 〈희망〉은 그것이 아니라는 것이다. 전쟁의 보도문학과도 다르다. 어떻게 보면 이것은 비허구 소설(Nonfiction Novel)이라고도 볼 수 있다. 사실에 바탕을 둔 소설인 것이다. 그러니까 작가가 총알을 맞고 쓰러지면 그 소설은 끝나고 마는 것이다.

많은 등장인물들이 나온다. 그 중에는 작가와 비슷한 인물도 있고 대조적인 인물도 있다. 모두가 약간씩 색깔은 다르나 반파시즘 전쟁이라는 열띤 도가니 속에서 함께 움직이고 있는 것이다.

등장인물 제1호는 마누엘이다. 마누엘은 이상적인 공산당원, 혁명적인 행동에 의해 자기의 인생에 의의를 주는 타입의 인간이다. 그는 많은 행동을 통해 인간으로 성장해가는 새로운 타입의 공산주의자라고도 볼 수 있다. 오합지졸인 혁명군에게 질서를 부여하는 그의 통솔력은 그의 인간적인 성장으로부터 나온다.

소설의 시작에서 철도 노조의 서기 라모스의 조수로 나오는 그는 여단을 지휘할 정도의 전쟁 지휘관으로 발전하고 있다.

작가 말로와 대단히 비슷한 인물은 프랑스인 비행대장 마니앵이다. 그는 사회주의자이지 공산주의자는 아니다. 그는 공산주의를 위해서가 아니라 사회 정의를 위해서 싸우려고 스페인에 왔다. 비행대의 대원들은 목적은 같으나 각기 국적과 경력과 직업은 다르다. 저마다 자기 문제를 가지고 있다. 그들과 진정으로 결합되는 것은 목숨을 거는 행동을 통해서 그들을 맺어주는 전우애에 의해서이다.

　마니앵이 출격한 비행기가 테루엘 산중에 격추되었을 때 그들이 농민들에 의해서 구출되는 장면은── 부상자들이 농민들의 들것에 실려 산에서 내려오는 장면──이 소설의 가장 감동적인 장면의 하나이다(제3편).

　제3편은 처음에는 '농민'이라는 타이틀이었는데 '희망'이라고 바뀌면서 소설의 제목까지 된다. 그 이유를 다른 데에서도 살펴볼 수 있다.

　〈희망〉은, 구아달라하라 전선의 공화군이 브리웨가를 점령하여 이탈리아 병사와 프랑코 군을 물리친다. 즉 공화군이 한숨을 쉴 수 있었던 것이다.

　마지막 2절에서 여단을 맡게 된 마누엘이 파시스트 군을 쫓던 중 텅 빈 교회에서 히메네스에게 들려주기 위해 오르간을 친다. 그는 음악에 몰입하여 처음으로 그 자신의 심금에서 '인간 운명의 무한한 가능성(la possibilité infinie du destin des hommes)'을 느낀다. 이 인간 운명의 무한한 가능성에서 말로는 희망을 발견했는지도 모른다.

　만일 전쟁에 완전히 졌을 때 이 소설이 발표되었더라면 말로는 과연 절망 아닌 희망이라는 타이틀을 붙일 수 있었을까.

　이 소설의 장단 58절의 약 백여 개의 장면에 등장하는 인물은 약 70여 명이며 주요인물을 대략 20여 명으로 본다면 그들을 두 개의 집단으로 나눌 수 있다. 지상 집단이 41절을 차지하며 나머지가 국제 의용 항공 부대 관계이다. 등장인물을 둘로 분류해보면 다음과 같다.

① 지상 관계
㈀ 예술가
　마누엘(영화 녹음 기사), 로페스(조각가), 쉐이드(미국의 작가), 게르니코(가톨릭 작가), 엘 그레코, 벨라스케스, 고야, 피카소 등 스페인의 화가들.
㈁ 학자
　가르시아(소령·민속학자), 알베아르(미술사 교수), 느부르(박사·적십자 파견 단장), 우나무노(대학총장·철학자), 스칼리(이탈리아인 의용 비행사・미술사 교수).

(ㄷ) 노조간부

라모스(철도 종업원 조합 서기), 엘 네구스(F. A. I.(이베리아 무정부주의 연맹) 회원), 푸이그(F. A. I. 회원), 두루티(C. N. T.(전국노동동맹) 회원).

(ㄹ) 군인

히메네스(가톨릭. 노대령・민병대장), 바르가스(장군・군작전부장), 에르난데스(대위・민주주의자), 하인리히(독일인 국제의용군 장군), 알베르(하인리히의 부관), 엔리케(멕시코인 제5연대 정치위원), 모레노(마르크스주의자・장교), 만가다(대령・지구사령관), 미아하(장군), 그 밖의 국제의용군 장병들.

(ㅁ) 신문기자

골로브킨(러시아인 공산당원), 나달(프랑스인 부르주아 주간지 특파원), 쉐이드(아메리카인 특파원 (전출)・작가), 그 밖의 일본인 기자.

(ㅂ) 프랑코측

모스카르도 대령, 모로족 부대, 스페인 외인 부대.

② 비행대 관계

○대원들

마니앵(프랑스인 항공로 개척 비행사・대장), 카무치니(이탈리아인 서기), 하이메 알베아르(통역・공장 기사), 슈라이너(독일인 제1차세계대전 때 22기 격추 용사), 시비르스키(백계 러시아인 프랑스 군 장교), 카르리치(백계 러시아인 기총수), 뒤게(프랑스인 조종사), 메르스리(이탈리아인 소방대장), 셈브라노(공항장), 다라스(프랑스인 노조 간부・조종사), 바르카(폭격수), 가르데(프랑스인 기총수), 하우스(영국인 대위・조종사), 아티니에스(조종사・코뮤니스트, 아버지는 파시스트).

등장인물들은 장면에 따라 주역이 되기도 하고 단역이 되기도 한다. 그들의 공통적인 특성을 든다면 국적이 국제적이고 지식인들이 많고 보통 이상의 인물들이라는 것이다. 그들 중에서 대표적인 인물은 지상 관계의 마누엘과 항공대 관계의 마니앵이다.

마누엘은 스페인인 코뮤니스트이며 영화 녹음 기사로서 처음에는 공화 정부측의 한낱 의용병에 지나지 않았는데 전쟁이 진행됨에 따라 지휘관으로서의 역량을 발휘하므로써 소설의 결미에서는 장군이 되어 여단을 지휘하기에 이른다. 이 소설의 히어로를 찾는다면 마누엘이야말로 혁명 전쟁의 이상적인 혁명 투사라 하겠다.

한편 항공대측의 주요인물 마니앵은 프랑스인 비행대의 조직자이며, 작가 자신을 연상시킨다. 마니앵은 전문비행가이며 정치적 입장은 일인일당의 급진사회당이다. 이것 역시 공산당에 소속하지 않고 반파시스트 운동의 주동인물이 된 말로의 입장과 같다고 볼 수 있는 것이다.

말로는 마니앵의 입을 통해 그가 스페인 내란에 참여하게 된 이유를 다음과 같이 말하고 있다.

전면적인 자유에의 꿈, 가장 고귀한 것에 잠재하고 있는 힘, 내가 여기에 오게 된 것은 이러한 것이 내 눈에 비쳤기 때문입니다.

〈희망〉은 행동과 의식을 교착시키는 다이내믹한 문장으로 박력 있는 장면을 쌓아올리는 수법을 사용하고 있다. 등장인물들은 개인으로서 뿐만 아니라 집단으로도 다루어지고 있다. 개인은 어떤 상황에서 피동적으로 움직이는 인물이 아니라 그 상황을 만들어내는 인물로 묘사되고 있다. 거기에서는 인간이 역사에 의해서 만들어지는 것이 아니라 인간이 역사를 만들고 있는 것이다. 스페인 내란이라는 역사적 사건을 소재로 하여 그 사건에 의해서 규제되는 인간을 묘사하는 것이 아니라 그 사건을 인간의 상황으로 만들어가는 인간을 묘사함으로써 한 역사적 사건의 비극적 서사시가 형성되고 있는 것이다.

제1편 제1부의 서정적 환상은 이 소설의 기조를 이루는 복선 부분인데 반란군이 봉기한 밤, 마드리드 시민의 폭발적인 분노의 양상이 기록되고 있다.

민중에게 무기가 배급되고 있다. 나라를 지켜야 할 군인이 반란을 일으키고 있는 것이다. 정부는 민중의 힘을 빌려야 하는 판이다. 그러나 무기와는 인연이 없었던 민중이 과연 우수한 무기로 장비된 직업군인에게 대항할 수가 있을까. 민중은 헛꿈을 꾸고 있었는지도 모른다.

민중은 갑자기 우쭐한 생각으로 공화국의 반역자이며 민중의 적인 파시스트 군인과 싸운다.

거기에는 인민전선 정부를 구성한 공화당, 공화동맹, 사회당, 공산당, 노동총동맹 등등에 속하는 모든 정당, 단체의 소속원, 경찰대를 개편한 민위군, 인민 의용군, 국제의용군, 또는 아프리카에서 뛰어온 흑인자유주의자들이 반파시스트 전쟁에 궐기하고 있는 것이다.

이들 속에 잠재하고 있는 주요인물들은 상황을 만들어내는 핵심이 되고 있다. 그들은 바로 한 목적으로 맺어진 집단의 대표자들이다. 설사 그들의 소망이 서정적 환상(幻想)으로 끝날지라도 그들에게는 온갖 폭력에 항거하는 힘의 원천인 '희망'이 있는 것이다.

인민의 자유를 얻고자 하는 행동인 혁명은 이를 행동하는 자에게 자유와 해방의 감정과 의식을 부여한다. 그러나 그것이 서정적 환상에 그치게 하지 않기 위해서는 그것을 위대한 힘으로 조직하지 않으면 안 된다. 적은 만만치 않기 때문이다. 자칫하면 버마재비의 전설에 끝나버릴지도 모른다.

공화군의 주요 수뇌부이자 인류학자인 가르시아는 프랑스의 의용비행대장 마니앵에게 이렇게 말한다.

여기에 있는 것과 같은 인민행동――또는 혁명이든 폭동이든간에――, 그때까지 승리를 부여해온 수단에 대립하는 기술에 의해서 처음으로 승리를 확보할 수 있습니다. 때로는 감정에 대립하는 기술로――. 당신의 항공대가 다만 동포애 위에서만 성립하고 있다고는 보지 않습니다.

그러나 역부족임은 명료한 사실이다. 파시스트들의 승리는 어찌할 수가 없다.

소설 〈희망〉이 끝나는 것은 1937년 3월 중순 마드리드의 공방전이 한창일 때이며 조직된 농민이 그때까지 전선을 지켜온 노동자들을 돕기 위하여 등장하는 시기이다. 다시 말하면 전황이 호전될 듯한 희망이 엿보이는 시기인 것이다.

 그러나 현실은, 희망이 가장 가까이 보이는 순간에 '절망'이 벼락같이 닥친다.

 파시스트 진영을 돕는 것은 독일, 이탈리아, 포르투갈이다. 한데 반파시스트 진영을 돕는 것은 소련뿐이며 프랑스는 영국의 불간섭주의에 영향을 받아 프랑스의 인민전선 내각도 적극적인 원조를 하지 못했고 소련은 너무나 멀었다.

 1937년말 공화정부군의 돌각(突角)을 이루고 있던 테루엘이 프랑코 군에 실함되었고 이듬해 가을에는 프랑스와의 연락을 차단하기 위해 카탈로니아를 적극적으로 공략하여, 1939년 1월에 바르셀로나는 실함하고 카탈로니아 정부는 괴멸한다. 말로는 실함 직전까지 〈테루엘의 산〉이라는 영화를 찍고 있다. 말로의 〈희망〉은 테루엘에서 전사한 반파시스트의 용사들에게 바치고 있다.

 그래도 마드리드는 8월까지 중앙 고원의 카스틸랴 황야에서 고립무원 상태에 있으면서도 처참하게 버티었다.

 프랑코 장군이 스페인을 장악하던 다음달 9월 1일에 독일 군은 소련군과 함께 분할 침입하고 영·미 양국은 선전포고 하여 제2차세계대전이 터진다. 스페인 내란은 제2차세계대전의 전초전이 된 셈이다.

Ⅲ. 〈희망〉 이후의 앙드레 말로

 앙드레 말로의 75년간의 생애는 흔히 판이한 세 가지의 시기로 나뉜다. 첫째로 다다이스트·쉬르리얼리스트의 천재 청년 말로, 둘째로 '혁명의 신화' 시대의 행동적 작가로서의 말로, 셋째로 정치가·사상가로서의 말로이다.

 첫째 시기에서는 〈종이 달님들〉과 〈기묘한 왕국〉의 쉬르리얼리스트요, 둘째 시기는 〈정복자〉, 〈인간의 조건〉, 〈희망〉의 사회서사시 3부작의 혁명적 작가요, 셋째 시기에서는 레지스탕스의 영웅이자 드골 장군 밑에서의 정보상 및 문화상이요, 소설 〈알텐부르그의 호두나무(Les noyers de l'

Altenbourg, 1942)와 미술론 〈침묵의 소리(La Voix de Silence, 1951)〉의 저자이다.

말로는 전쟁이 터지자 전차대의 한낱 병사로서 출정한다. 그리고 프랑스가 독일 군에 점령당하자 포로수용소에서 탈출하여 저항운동에 참여한다. 프랑스가 해방될 때의 말로는 '베르제 대령'이라는 이름으로, 〈희망〉에서의 마누엘처럼 여단 병력을 지휘하고 있다. 실로 모험가·행동가로서의 면목이 약여하다고 할 수 있겠다.

앙드레 말로는 〈모멸의 시대〉와 〈희망〉을 쓸 무렵에 가장 공산주의에 가까웠다는 것이 일반의 정설로 되어 있듯이 전후에 드골 장군의 각료가 되었을 때에는 공산주의와 가장 멀어졌다는 것도 사실이다.

말로는 공산주의자의 우익 요인 암살자 명단의 상위에 있었던 것이다. 아이러니컬하게도 한때 반파시스트 운동의 주동인물이었던 말로는 파시스트의 거두로서 비난을 받게 된 것이다.

레지스탕스 투사로서의 말로가 전후에 드골 장군의 가장 신뢰받는 친구가 된 이유는 무엇일까. 말로는 어떤 당파나 주의에 구애받지 않고 오로지 프랑스 국민이라는 순수한 신앙과 남의 나라의 독자성을 존중하는 새로운 내셔널리즘에 의해 프랑스의 영광을 지키려는 드골 장군에게서 자기 사상의 실천자를 발견하고, 그의 꿈을 의탁한 것이 아닐까.

한편 전후에 문화 특히 미술에 대한 관심은 청년기의 에세이 〈서구의 유혹〉 이후로 꾸준히 그를 사로잡았던 예술에 의한 인간구제의 개념을 되살리고 있다.

그는 11년간 문화상으로서 문화정책을 폈을 뿐만 아니라 스스로 〈침묵의 소리〉 등과 같은 미술론의 대작들을 발표하였고, 정치인으로서는 드골 장군의 대변인으로서 활동하여 '말로의 신화'를 만들어낸 것이다.

소설가로서의 말로는 그가 기도한 제2차세계대전의 소설 〈천사와의 싸움〉의 일부인 〈알텐부르그의 호두나무〉를 남기고 있는데 저항운동 중 원고를 잃어버렸다고 한다. 〈희망〉보다 더 위대한 소설을 기대했던 우리로서는 실망이 크지 않을 수 없다.

〈희망〉으로 '혁명의 신화' 시대의 영웅들을 창조한 앙드레 말로는 스스로가 20세기의 신화적 인물이 되지 않았나 싶다.

연 보

1901년 11월 3일, 파리 몽마르트르의 다므레몽 가(街)에서 출생함. 아버지 페르낭 조르주 말로는 은행가였으나 파산하였고, 조부 알퐁스 말로는 북부 프랑스의 항구 도시 당게르그의 시장을 역임한 바 있는데, 아버지나 조부가 모두 자살하였다고 함. 뿐만 아니라 전부인(前夫人) 클라라의 어머니도 자살한 것으로 보아, 말로의 집안은 자살자의 계통이라고 함직도 함.

1905년 부모의 이혼으로 외가에서 성장함.

1909년 조부 알퐁스 말로 사망.

1920년 콩도르세 고등중학을 졸업하고 파리 동양외국어학교에서 산스크리트, 인도지나어, 중국어를 연구함.

1921년 처녀작 《종이 달님들》 간행. 독일계 유태인 부인 클라라 골드슈미트와 결혼.

1923년 부인 클라라와 함께 고고학적 사명을 띠고 캄보디아, 북부 라오스 등지에서 크메르 문화의 유적을 답사함. 베트남 독립운동에 참가, 신생 안남 연맹에 가입하여 그들의 정치적인 운동에 협조하는 활동을 벌임. 그러나 프놈펜 당국으로부터 도굴(盜掘) 죄목으로 감금당함. 프랑스 본국 문인들의 지원으로 석방되어 곧 귀국함.

1925년 중국으로 건너가 광동혁명과 상해혁명을 원조하고, 중국 국민당의 고문격인 혁명정부에서 선전정보위원으로 활동함.

1926년 국민당의 북벌(北伐)에 참가 국공합작(國共合作)이 실패로 돌아가자 중국을 떠남.

1927년 에세이 《서구(西歐)의 유혹》 간행.

1928년 《유적(流謫)의 왕국》·《정복자(征服者)》·《기묘한 왕국》 간행.

1930년 《왕도(王道)》 간행. 아버지 페르낭 조르주 말로 사망.

1931년   아내 클라라와 함께 일본·만주·몽고를 여행함.
1933년   《인간의 조건(條件)》을 간행하여 콩쿠르 상(賞)을 받음. 이를 계기로 일약 대가의 위치에 서게 됨.
1934년   아라비아를 여행하면서 시바의 고적을 답사함. 독일 국회의사당 방화사건에 관련되어 구속된 디미트로프 석방을 위한 진정서를 가지고 앙드레 지드와 함께 베를린으로 가서 히틀러 정권과 담판함. 세계 반(反)파시스트 회의에 참가함.
1935년   《모멸의 시대》 간행. 모스크바에서 개최된 소련작가대회에 참석함.
1936년   스페인 내란이 일어나자 8월부터 10월까지 인민전선파에 가담함. 국제 항공대를 편성하고 그 사령관이 되어 전투를 지휘하다가 부상을 당함.
1937년   미국을 방문하여 스페인 공화국을 위한 의연금 모집을 목적으로 순회 강연을 벌임. 《희망》 간행.
1938년   스페인으로 돌아가 〈희망〉의 일부를 〈테루엘의 산〉이라는 제목으로 영화화하여 자신이 시나리오와 감독을 맡음. 이혼.
1939년   제2차세계대전이 일어나자 전차병(戰車兵)으로 참가. 독일 군의 포로가 되었다가 탈출함.
1940년   요느 현(縣) 전투에서 부상, 포로가 되어 수용소 생활을 하던 중 탈출하여 항독(抗獨) 유격대 대장으로 무력투쟁을 계속함.
1941년   조제트 크로티스와 재혼.
1943년   《알텐부르그의 호두나무》 간행. 〈천사와의 싸움〉 탈고. 재혼녀와 사별함.
1944년   남불 가나 지방에서 독일 군에게 체포되어 감금되었다가 동지들의 힘으로 구출됨. 알사스로렌 여단(旅團)의 여단장이 되어 연합군 반격작전에 참가함. 이때 드골과 역사적인 회견을 가졌는데, 드골이 말로를 가리켜 "마침내 인간을 만났다!"고 한 말은 너무나도 유명함.
1945년   프랑스가 해방된 후 드골의 임시정부가 수립되었을 때, 말로는 드골의 문화 고문이었다가 후에는 정보상(情報相)이 됨(1946년 까지).
1946년   신헌법이 제정되어 제4공화국이 수립된 뒤, 드골 장군이 정권을 떠나 야인으로 돌아가자 말로도 정보상에서 물러남. 예술론을 집필,

　　　　《시네마 심리 시론》을 간행함. 이어 국민연합당에 입당.
1947년　《예술심리학》 3권 중 1권 《광상(狂想)의 미술관》 간행.
1948년　마들린느와 결혼함.
1949년　《예술심리학》 2권 《예술적 창조》 간행. 《사튀르느 고야론(論)》 간행.
1950년　《예술심리학》 3권 《절대의 화폐》 간행. 드골이 창설한 프랑스 국민연합(R. P. F.)에 참가하였다가 정치생활에서 물러남.
1951년　《예술심리학》 3권에 1권을 추가하여 증보수정판 《침묵의 소리》를 간행함. 그리스, 소아시아, 이집트, 페르시아 등지로 여행하면서 고대 조각을 답사함.
1952년　3년 여에 걸쳐 《세계 조각 가상(假想) 미술관》 3권을 간행.
1954년　미국 각지를 여행함.
1958년　《제신(諸神)의 변모》 간행. 드골의 제5공화국이 수립되자 무임소상(無任所相)에 취임함.
1959년　드골 대통령의 특사로 중동 제국 및 일본을 방문하면서 《반회고록(反回顧錄)》 중 제1권을 발표함. 1969년 까지 제5공화국 문화상을 역임함.
1967년　옥스퍼드 대학에서 명예박사 학위 받음.
1969년　드골 대통령이 국민투표에 패하여 사퇴하자 문화상을 퇴임하고 정계에서 은퇴함.
1970년　평론집 《검은 삼각(三角)》 간행.
1971년　《쓰러진 거목》 간행. 동(東)파키스탄 방글라데시 해방군에 자원입대를 선언함. 《반회고록》 제2권의 1부 발표.
1974년　《피카소의 마스크와 라자러스》 간행.
1976년　파리에서 폐충혈(肺充血)로 사망함.

▨ 옮긴이 소개

문학박사. 1921년 전남 목포 출생.
일본 동경제국대학과 미국 윌리엄즈 대학에서 수학.
전남대·중앙대·국민대 교수 역임.
앙드레 말로의 〈희망〉으로 한국번역문학상 수상(1972).
한국 영어영문학회장. 국제 펜클럽 한국본부 부회장 역임.
현재 국민대학교 대우교수, 한국추리작가협회 회장.
저서로는 《미국 문학사》(공저)가 있고, 역서로는 《정복자》,
《왕도》, 《사회계약론》, 《인권론》 등이 있음.

희 망 　　　　　　　　　　　　　　값 9,000원

1991년 6월 30일 　초 판　 1쇄 발행
1992년 3월 20일 　초 판　 2쇄 발행
1999년 11월 30일　 2 판 　1쇄 발행

지은이 　앙 드 레 　말 로
옮긴이 　이 　 가 　 형
펴낸이 　윤 　 형 　 두
펴낸데 　**범 우 사**

등 록 1966. 8. 3. 제 10-39호
121-130 서울시 마포구 구수동 21-1
대표 717-2121·2122 / FAX 717-0429

＊ 파본은 교환해 드립니다.

ISBN 89-08-07177-6 04860 　(인터넷)http://www.bumwoosa.co.kr
　　　89-08-07000-1 (세트)　　(천리안·하이텔 ID) BUMWOOSA

범우비평판 세계문학선

범우 비평판 세계문학선이
체계화·고급화를 지향하며
새롭게 다시 태어나고
있습니다.
작가별로 고유번호를
부여하고 완벽하게 보완해
권위와 전문성을 높이고,
미려한 장정으로
정상의 자존심을
지켜나갈 것입니다.

(전책 새로운 편집·장정,
크라운 변형판)

❶ 토마스 불핀치 1-1 그리스·로마신화 최혁순 값 8,000원
  1-2 원탁의 기사 한영환 값 10,000원
  1-3 샤를마뉴 황제의 전설 이성규 값 8,000원
❷ F. 도스토예프스키 2-1,2 죄와 벌 (상)(하) 이철(외대 노어과 교수) 각권 7,000원
  2-3,4,5 카라마조프의 형제 (상)(중)(하)
       김학수(전 고려대 교수) 각권 7,000~9,000원
  2-6,7,8 백치 (상)(중)(하) 박형규(고려대 교수) 각권 7,000원
  2-9,10 악령 (상)(하) 이철(외대 노어과 교수) 각권 9,000원
❸ W. 셰익스피어 3-1 셰익스피어 4대 비극 이태주 (단국대 교수) 값 9,000원
  3-2 셰익스피어 4대 희극 이태주 (단국대 교수) 값 9,000원
  3-3 셰익스피어 4대 사극 이태주 (단국대 교수) 값 10,000원
❹ T. 하디 4-1 테스 김회진(서울시립대 영문과 교수) 값 8,000원
❺ 호메로스 5-1 일리아스 유영(연세대 명예교수) 값 9,000원
  5-2 오디세이아 유영(연세대 명예교수) 값 8,000원
❻ 밀턴 6-1 실낙원 이창배(동국대 교수·영문학 박사) 값 9,000원
❼ L. 톨스토이 7-1,2 부활(상)(하) 이철(외대 노어과 교수) 각권 7,000원
  7-3,4 안나 카레니나(상)(하) 이철(외대 노어과 교수) 각권 10,000원
  7-5,6,7,8 전쟁과 평화 1.2.3.4
       박형규(전 고려대 노어과 교수) 각권 9,000원
❽ T. 만 8-1 마의 산(상) 홍경호(한양대 독문과 교수) 값 9,000원
  8-2 마의 산(하) 홍경호(한양대 독문과 교수) 값 10,000원
❾ 제임스 조이스 9-1 더블린 사람들·비평문 김종건(고려대 교수) 값 10,000원
  9-2,3,4,5 율리시즈 1.2.3.4 김종건(고려대 교수) 각권 10,000원
  9-6 젊은 예술가의 초상 김종건(고려대 교수) 값 10,000원
❿ 생 텍쥐페리 10-1 전시조종사·어린왕자(외) 염기용·조규철·이정림 값 8,000원
  10-2 젊은이의 편지(외) 조규철·이정림 값 7,000원
  10-3 인생의 의미(외) 조규철 값 7,000원
  10-4,5 성채(상)(하) 염기용 값 8,000원
  10-6 야간비행(외) 전채린·신경자 값 8,000원
⓫ 단테 11-1,2 신곡(상)(하) 최현 값 9,000원
⓬ J. W. 괴테 12-1,2 파우스트(상)(하) 박환덕(서울대 독문과 교수) 각권 7,000원
⓭ J. 오스틴 13-1 오만과 편견 오화섭(전 연세대 영문과 교수) 값 9,000원
⓮ V. 위고 14-1,2,3,4,5 레미제라블 ①②③④⑤
       방곤(경희대 불문과 교수) 각권 8,000원
⓯ 임어당 15-1 생활의 발견 김병철(중앙대 명예교수·문학박사) 값 12,000원
⓰ 루이제 린저 16-1 생의 한가운데 강두식(서울대 교수) 값 7,000원
⓱ 게르만 서사시 17 니벨룽겐의 노래 허창운(서울대 교수) 값 13,000원
⓲ E. 헤밍웨이 18-1 누구를 위하여 종은 울리나 김병철(중앙대 명예교수) 값 10,000원
  18-2 무기여 잘 있거라 김병철 값 12,000원
⓳ F. 카프카 19-1 城 박환덕(서울대 독문과 교수) 값 9,000원
  19-2 변신·유형지에서(외) 박환덕(서울대 독문과 교수) 값 9,000원
  19-3 심판 박환덕(서울대 독문과 교수) 값 8,000원
  19-4 실종자 박환덕(서울대 독문과 교수) 값 9,000원
⓴ 에밀리 브론테 20-1 폭풍의 언덕 안동민 값 8,000원

범우비평판 세계문학선

범우 비평판 세계문학선은 수많은 국외작가의 역량이 총 결집된 양식의 보고입니다.
대학입시생에게는 논리적 사고를 길러주고
대학생에게는 사회진출의 길을 열어주며, 일반 독자에게는 생활의 지혜를 듬뿍 심어주는 문학시리즈로서 이제 범우비평판은 독자 여러분의 서가에서 오랜 친구로 늘 함께 할 것입니다.

㉑ 마가렛 미첼 21-1,2,3 **바람과 함께 사라지다 (상)(중)(하)**
  송관식·이병규 각권 9,000원
㉒ 스탕달 22-1 **적과 흑** 김붕구 값 10,000원
㉓ B. 파스테르나크 23-1 **닥터 지바고** 오재국(전 육사교수) 값 10,000원
㉔ 마크 트웨인 24-1 **톰 소여의 모험** 김병철(중앙대 명예교수·문학박사) 값 7,000원
  24-2 **허클베리 핀의 모험** 김병철(중앙대 명예교수) 값 9,000원
㉕ 조지 오웰 25-1 **동물농장·1984년** 김희진(서울시립대 영문과 교수) 값 10,000원
㉖ 존 스타인벡 26-1,2 **분노의 포도 (상)(하)** 전형기(한양대 영문학과 교수) 각권 7,000원
  26-3,4 **에덴의 동쪽 (상)(하)**
  이성호(한양대 영문학과 교수) 각권 9,000~10,000원
㉗ 우나무노 27-1 **안개** 김현창(서울대 서어 서문학과 교수) 값 6,000원
㉘ C. 브론테 28-1·2 **제인에어 (상)(하)** 배영원 각권 8,000원
㉙ 헤르만 헤세 29-1 **知와 사랑·싯다르타** 홍경호 값 9,000원
  29-2 **데미안·크놀프·로스할데**
  홍경호(한양대 교수·문학박사) 값 9,000원
  29-3 **페터 카멘친트·게르트루트** 박환덕(서울대 교수) 값 9,000원
  29-4 **유리알 유희** 박환덕(서울대 교수) 값 12,000원
㉚ 알베르 카뮈 30-1 **페스트·이방인** 방 곤(전 경희대 불문과 교수) 값 9,000원
㉛ 올더스 헉슬리 31-1 **멋진 신세계(외)** 이성규·허정애 값 10,000원
㉜ 기 드 모파상 32-1 **여자의 일생·단편선** 이정림(번역문학가) 값 9,000원
㉝ 투르게네프 33-1 **아버지와 아들** 이철(외대 노어과 교수) 값 9,000원
  33-2 **처녀지·루딘** 김학수(전 고려대 노어노문학 교수) 값 10,000원
㉞ 이미륵 34-1 **압록강은 흐른다(외)** 정규화(독문학 박사·성신여대 교수) 값 10,000원
㉟ 디어도어 드라이저 35-1 **시스터 캐리** 전형기(한양대 영문학과 교수) 값 12,000원
  35-2,3 **미국의 비극 (상)(하)**
  김병철(중앙대 명예교수·영문학) 각권 9,000원
㊱ 세르반떼스 36-1 **돈 끼호떼** 김현창(서울대 서어 서문학과 교수) 값 12,000원
  36-2 **(속)돈 끼호떼** 김현창(서울대 서어 서문학과 교수) 값 13,000원
㊲ 나쓰메 소세키 37-1 **마음·그 후** 서석연(경성대 명예교수) 값 12,000원
㊳ 플루타르코스 38-1~8 **플루타르크 영웅전 1~8**
  김병철(중앙대 명예교수·영문학) 각권 8,000원
㊴ 안네 프랑크 39-1 **안네의 일기(외)** 김남석·서석연 값 9,000원
㊵ 강용흘 40-1 **초 당** 장문평 값 9,000원
  40-2 **동양선비 서양에 가시다** 유 영 값 9,000원
㊶ 나관중 41-1~5 **삼국지 1~5** 황병국(중국문학가) 값 9,000원
㊷ 귄터 그라스 42-1 **양철북** 박환덕(서울대 독문학 교수) 값 10,000원
㊸ 아쿠타가와 류노스케 43-1 **라쇼몽(외)** 진웅기·김진욱 값 8,000원
㊹ F. 모리악 44-1 **떼레즈 데께루·밤의 종말(외)** 전채린 값 8,000원
㊺ E. 레마르크 45-1 **개선문** 홍경호 값 12,000원
  45-2 **그늘진 낙원** 홍경호·박상배 값 8,000원
  45-3 **서부전선 이상없다** 박환덕 값 12,000원
㊻ 앙드레 말로 46-1 **희 망** 이가형 값 9,000원
㊼ A. J. 크로닌 47-1 **성 채** 공문혜 값 9,000원
㊽ H. 뵐 48-1 **아담, 너는 어디에 있었느냐(외)** 홍경호 값 8,000원
㊾ 시몬느 드 보봐르 49-1 **타인의 피** 전채린 값 8,000원

2000년대를 향하여 꾸준하게 양서를!

현대사회를 보다 새로운 시각으로 종합진단하여
그 처방을 제시해주는

범우사상신서

1 자유에서의 도피 E. 프롬/이상두
2 젊은이여 오늘을 이야기하자 렉스프레스誌/방곤·최혁순
3 소유냐 존재냐 E. 프롬/최혁순
4 불확실성의 시대 J. 갈브레이드/박현채·전철환
5 마르쿠제의 행복론 L. 마르쿠제/황문수
6 너희도 神처럼 되리라 E. 프롬/최혁순
7 의혹과 행동 E. 프롬/최혁순
8 토인비와의 대화 A. 토인비/최혁순
9 역사란 무엇인가 E. 카/김승일
10 시지프의 신화 A. 카뮈/이정림
11 프로이트 심리학 입문 C.S. 홀/안귀여루
12 근대국가에 있어서의 자유 H. 라스키/이상두
13 비극론·인간론(외) K. 야스퍼스/황문수
14 엔트로피의 법칙 J. 리프킨/최현
15 러셀의 철학노트 B. 페인버그·카스릴스(편)/최혁순
16 나는 믿는다 B. 러셀(외)/최혁순·박상규
17 자유민주주의에 희망은 있는가 C. 맥퍼슨/이상두
18 지식인의 양심 A. 토인비(외)/임현영
19 아웃사이더 C. 윌슨/이성규
20 미학과 문화 H. 마르쿠제/최현·이근영
21 한일합병사 야마베 겐타로/안병무
22 이데올로기의 종언 D. 벨/이상두
23 자기로부터의 혁명 ① J. 크리슈나무르티/권동수
24 자기로부터의 혁명 ② J. 크리슈나무르티/권동수
25 자기로부터의 혁명 ③ J. 크리슈나무르티/권동수
26 잠에서 깨어나라 B. 라즈니시/길연
27 역사학 입문 E. 베른하임/박광순
28 법화경 입문 박혜경
29 융 심리학 입문 C.S. 홀 (외)/최현
30 우연과 필연 J. 모노/김진욱
31 역사의 교훈 W. 듀란트 (외)/천희상
32 방관자의 시대 P. 드러커/이상두·최혁순
33 건전한 사회 E. 프롬/김병익
34 미래의 충격 A. 토플러/장을병
35 작은 것이 아름답다 E. 슈마허/김진욱
36 관심의 불꽃 J. 크리슈나무르티/강옥구
37 종교는 필요한가 B. 러셀/이재황
38 불복종에 관하여 E. 프롬/문국주
39 인물로 본 한국민족주의 장을병
40 수탈된 대지 E. 갈레아노/박광순
41 대장정—작은 거인 등소평 H. 솔즈베리/정성호
42 초월의 길 완성의 길 마하리시/이병기
43 정신분석학 입문 S. 프로이트/서석연
44 철학적 인간 종교적 인간 황필호
45 권리를 위한 투쟁(외) R. 예링/심윤종·이주향
46 창조와 용기 R. 메이/안병무
47 꿈의 해석 S. 프로이트/서석연
48 제3의 물결 A. 토플러/김진욱
49 역사의 연구 ① D. 서머벨 엮음/ 박광순
50 역사의 연구 ② D. 서머벨 엮음/ 박광순
51 건건록 무쓰 무네미쓰/김승일
52 가난이야기 가와카미 하지메/서석연
53 새로운 세계사 마르크 페로/ 박광순
54 근대 한국과 일본 나카스카 아키라/김승일
55 일본 자본주의의 정신 야마모토 시치헤이/김승일·이근원
▶ 계속 펴냅니다

범우사 서울시 마포구 구수동 21-1
전화 717-2121 FAX 717-0429

시대를 초월해
인간성 구현의 모범으로
삼을 만한 책을 엄선

범우고전선

1 유토피아 T. 모어/황문수
2 오이디푸스王(외) 소포클레스/황문수
3 명상록·행복론 M.아우렐리우스·L.세네카/황문수·최현
4 깡디드 볼떼르/염기용
5 군주론·전술론(외) N. B. 마키아벨리/이상두(외)
6 사회계약론(외) J. J. 루소/이태일(외)
7 죽음에 이르는 병 S. A. 키에르케고르/박환덕
8 천로역정 J. 버니언/이현주
9 소크라테스 회상 크세노폰/최혁순
10 길가메시 서사시 N. K. 샌다즈/이현주
11 독일 국민에게 고함 J. G. 피히테/황문수
12 히페리온 F. 횔덜린/홍경호
13 수타니파타 김운학 옮김
14 쇼펜하우어 인생론 쇼펜하우어/최현
15 톨스토이 참회록 L. N. 톨스토이/박형규
16 존 스튜어트 밀 자서전 J. S. 밀/배영원
17 비극의 탄생 F. W. 니체/곽복록
18-1 에 밀 (상) J. J. 루소/정봉구
18-2 에 밀 (하) J. J. 루소/정봉구
19 팡세 B. 파스칼/최현·이정림
20-1 헤로도토스 歷史 (상) 헤로도토스/박광순
20-2 헤로도토스 歷史 (하) 헤로도토스/박광순
21 성 아우구스티누스 고백록 A. 아우구스티누스/김평옥
22 예술이란 무엇인가 L. N. 톨스토이/이철
23-1 나의 투쟁 A. 히틀러/서석연
23-2 나의 투쟁 A. 히틀러/서석연
24 論語 황병국 옮김
25 그리스·로마 희곡선 아리스토파네스(외)/최현
26 갈리아 戰記 G. J. 카이사르/박광순
27 善의 연구 니시다 기타로/서석연
28 육도·삼략 하재철 옮김
29 국부론(상) A. 스미스/최호진·정해동
30 국부론(하) A. 스미스/최호진·정해동
31 펠로폰네소스 전쟁사 (상) 투키디데스/박광순
32 펠로폰네소스 전쟁사 (하) 투키디데스/박광순
33 孟子 차주환 옮김
34 아방강역고 정약용/이민수
35 서구의 몰락 ① 슈펭글러/박광순
36 서구의 몰락 ② 슈펭글러/박광순
37 서구의 몰락 ③ 슈펭글러/박광순
38 명심보감 장기근 옮김
39 월든 H. D. 소로/양병석
40 한서열전 반고/홍대표
41 참다운 사랑의 기술과 허튼 사랑의 질책 안드레아스/김영락
42 종합탈무드 마빈 토케이어(외)/전풍자
43 백운화상어록 석찬선사/박문열
44 조선복식고 이여성
45 불조직지심체요절 백운선사/박문열
46 마가렛미드 자서전 마가렛 미드
47 조선사회경제사 백남운
48 고전을 보고 세상을 읽는다 모리야 히로시/김승일
49 한국통사 박은식/김승일 ▶계속 펴냅니다

범우사 서울시 마포구 구수동 21-1
전화 717-2121 FAX 717-0429

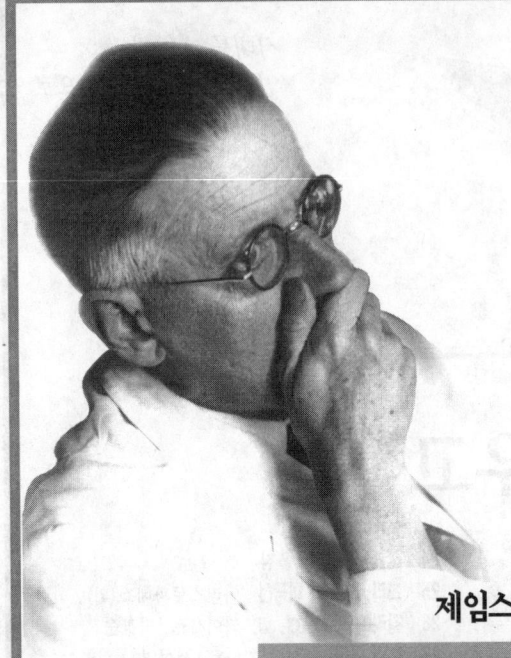

James Joyce, 1882~1941
아일랜드 태생의 영국 소설가.
'모더니즘'의 기수, 심미적 질서의 창조자,
'가장 난해한 작가'로
알려진 제임스 조이스는,
의식의 흐름이라는 혁신적인
수법으로 인간의 내적 상태를 표현한,
20세기 최고의 작가 중 하나이다.

20세기 최고의 모더니스트
제임스 조이스의 정수(精髓)를 맛본다!

제임스 조이스 전집
김종건(고려대 교수) 옮김

한국 제임스 조이스 학회장 김종건 교수(고려대 영문과 교수)가 28년간에 걸쳐 우리 말로 옮긴 제임스 조이스 전집의 결정판. 고뇌와 정열이 낳은 이 일곱 권의 책을 통해 우리는 비로소 진정한 모습의 조이스를 만날 수 있다.

비평판세계문학선 **9** — 전 7권

- ❶ 더블린 사람들 · 비평문
- ❷ 율리시즈 1
- ❸ 율리시즈 2
- ❹ 율리시즈 3
- ❺ 율리시즈 4
- ❻ 젊은 예술가의 초상
- ❼ 피네간의 경야 · 시 · 에피파니

크라운변형판/ 각 440쪽 내외/각권 값 10,000원

 **범우사** 서울시 마포구 구수동 21-1
전화 717-2121/FAX 717-0429

범우비평판세계문학 41-①②③④⑤

이 책이 서울대 선정도서인 나관중의 '원본 삼국지' 다

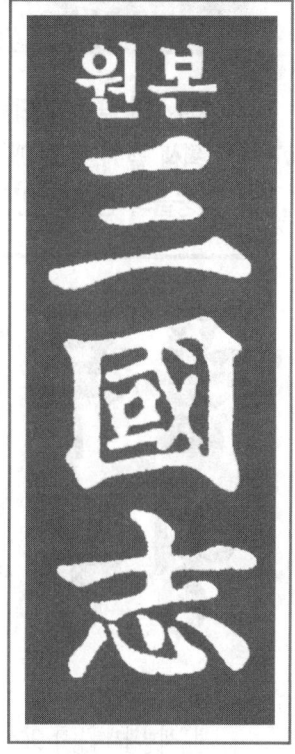

원본 三國志

나관중 / 중국문학가 황병국 옮김

전❺권
각권 9,000원

원작의 순수함을 그대로 간직한 삼국지!

**원작의 광대함과 박진감을 그대로 담고 있어
독자로 하여금 읽는 즐거움을 느끼게 합니다.**

이 책은 편역하거나 윤문한 삼국지가 아니라 중국
삼민서국과 문원서국판을 대본으로 하여 원전에
가장 충실하게 옮긴 '원본 삼국지' 입니다. 한시(漢詩)
원문, 주요 전도(戰圖), 출사표(出師表) 등 각종 부록을
대거 수록한 '99년 신개정판.

• 작품 해설: 장기근(서울대 명예교수, 한문학 박사)
• 전5권/각 478~502면 이내·크라운변형판

범우사 서울시 마포구 구수동 21-1 전화 717-2121 FAX 717-0429
인터넷 주소 http://www.bumwoosa.co.kr

책 속에 영웅의 길이 있다…!!

프랑스의 루소가 되풀이하여 읽고, 나폴레옹과 베토벤, 괴테가
평생 곁에 두고 애독한 그리스·로마의 영웅열전(英雄列傳)!
영웅들의 성격과 인물 됨됨이를 사실적으로 묘사한 영웅 보감!

플루타르크 영웅전

범우비평판세계문학 38-1

플루타르코스 / 김병철 옮김
* 새로운 편집 장정 / 전8권
크라운 변형판 / 각권 8,000원

국내 최초 완역, 99년 개정판 출간!

❝지금 전세계의 도서관에 불이 났다면
나는 우선 그 불속에 뛰어들어가 '셰익스피어 전집'과
'플루타르크 영웅전'을 건지는데 내 몸을 바치겠다.❞
— 美 사상가·시인 에머슨의 말 —

〈플루타르크 영웅전〉은 세계의 선각자들에게 극찬과 사랑을 받아온 명저입니다.

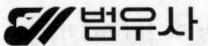 범우사   서울시 마포구 구수동 21-1 전화 717-2121 FAX 717-0429
인터넷 주소 http://www.bumwoosa.co.kr